Le
Livre
de
Poche
Jeunesse

DANS LA TÊTE D'UNE GARCE

Laurène Reussard

Laurène Reussard a seize ans lorsqu'elle décide, un peu par hasard, de publier le premier chapitre de son roman *Dans la tête d'une garce* sur la plateforme d'écriture Wattpad.
Deux ans plus tard, son aventure virtuelle devient réelle avec l'édition de ses deux premiers romans.

Du même auteur

• Dans la tête d'une garce – Tome I

LAURÈNE REUSSARD

DANS LA TÊTE D'UNE GARCE

2

Couverture : © Rohappy/Shutterstock

© Hachette Livre, 2018.
© Librairie Générale Française, 2019, pour la présente édition.

PROLOGUE

Mon amour,

Je suis perdue. Spécialement aujourd'hui, même si je le suis en vérité depuis ton départ. Et fatiguée, surtout. Fatiguée d'attendre que quelque chose se produise. Ton retour, peut-être ? Je vis dans le doute constant, et je ne le supporte plus.

Aujourd'hui, je me suis levée de mauvaise humeur en découvrant que Dame Nature était en avance. Du coup, j'ai dû me rendre au supermarché afin d'acheter... Enfin bref, tu as saisi.

En parcourant les rayons, je suis tombée sur Robin. Tu sais, le grand type blond envers qui tu avais des envies de meurtre lorsqu'il s'intéressait à moi, au début de notre histoire. On a un peu discuté, puis, de fil en aiguille, il m'a invitée à boire un verre. J'ai accepté.

J'avais besoin de me sentir importante. De me revaloriser, car tu n'es plus là pour le faire. Ça ne fait qu'un mois, Evan, et pourtant, je me sens affreusement seule. Ce vide au creux de ma poitrine, je n'en peux plus. Je ne veux plus vivre avec la douleur qu'il m'inflige. Sauf que j'avais oublié un détail, et pas des moindres : Robin n'est pas toi.

C'était stupide de penser que tous ces sentiments, il pouvait me les procurer, puisque tu es le seul à en être capable à présent. Au lieu de combler ce putain de trou, le fait de siroter cette foutue boisson en compagnie de Robin l'a agrandi. Car plus les minutes passaient, plus je m'en voulais d'avoir accepté sa proposition. Il me semble que je ne devrais pas. Nous ne sommes pour ainsi dire plus ensemble, je suis libre de voir qui je veux. Et pourtant non, je ne le suis pas, car ce lien invisible entre nous m'empêche de me détacher de toi, même si nos discussions sont devenues rarissimes.

Ce qui m'inquiète le plus, c'est que j'ai beau avoir pu trouver Robin attirant à une période, ça n'était plus du tout le cas. Ça ne l'est avec personne, d'ailleurs. J'ai réalisé que sa tignasse blonde qui me plaisait auparavant manquait en fait cruellement d'épaisseur. Que ses yeux verts avaient peut-être une jolie couleur, mais ils ne transmettaient rien. Pas comme les tiens. Et je ne parle pas des sujets de conversation, barbants à un point phénoménal. Je suis donc condamnée à n'être séduite plus que par toi ? J'accepterais ce châtiment avec plaisir, si tu étais à mes côtés.

C'est en recevant ton message, alors que Robin me parlait de l'université dans laquelle il allait faire sa rentrée, que je me suis tirée. Un simple message pour me demander comment j'allais. Je peux très bien t'imaginer, les sourcils froncés, à effacer et retaper ce message banal une bonne dizaine de fois. Mais que te répondre alors ? Je ne l'ai toujours pas fait. À quoi bon ? Si je le fais, ce

8

*sera un « ça va » absolument sans intérêt, et tu répondras
la même chose. Ou alors, tu feras comme la dernière fois
que nous nous sommes appelés, tu me feras part de l'état
de ta mère. Et je sais que c'est plus qu'égoïste, mais je
ne veux pas en parler. Je ne veux pas apprendre que ce
nouveau traitement est loin d'être une réussite, et que son
état ne s'améliore pas. J'aimerais être là pour toi, mais
j'en suis incapable. Depuis la dernière fois, quand je t'ai
eu au téléphone et que ta voix tremblait en me donnant
des nouvelles, c'est une trouille bleue qui m'anime. Si
les choses ne changent pas – il y a peu de chances pour
qu'elles changent, nous le savons – alors tu feras ta rentrée
à Paris. Tu seras dans un nouveau lycée, tu rencontreras
de nouvelles personnes, tu referas ta vie là-bas. Quant à
moi, je resterai à Toulouse. Seule. Mais dans ce cas-là,
Evan, quelle Mia serai-je ? La reine des garces ? Une autre
Mia ? Je n'ai envie de connaître aucune des deux.*

*Aujourd'hui est un mauvais jour, et mes règles sou-
daines n'en sont pas la seule cause. Les mauvais jours
commencent souvent de la même façon : je rêve de toi.
Cette nuit, c'était dans ma douche que nous étions unis.
Ma poitrine collée contre la paroi, ton torse dégoulinant
et pourtant brûlant longeait mon dos, et ta bouche à la
hauteur de mon oreille me murmurait tout ce que je voulais entendre. Nos mains jointes au-dessus de ma tête,
tu me disais que tu m'aimais, que tu m'appartiendrais à
jamais, pendant que tes mouvements s'accéléraient. Quand
ta bouche ne parlait pas, elle se fondait en une multitude
de baisers le long de mon cou, me faisant perdre le fil de
mes pensées, pour qu'il ne reste que toi.*

Il n'y a toujours eu que toi.

Alors, comment suis-je censée, après de tels rêves – ou cauchemars ? – faire comme si de rien n'était, et vivre normalement ? Alors que tu n'es pas là. Tu ne l'es jamais.

Je ne sais pas réellement pourquoi je couche ces mots sur le papier, alors que tu ne les liras jamais, étant donné que me connaissant, cette lettre sera réduite en cendres une fois terminée. Mais je me suis dit que peut-être, si j'écrivais ce que j'avais sur le cœur, cela m'aiderait à voir plus clair et donc à avancer.

Jules m'a invitée à passer le mois d'août en bord de mer avec lui, Simon, et ses parents. Je crois que je vais accepter. Je ne supporte plus de devoir vivre dans un environnement où tu as été présent. Il me faut changer d'air.

Quoi qu'il en soit, j'espère que tu te portes bien, et que Marie garde un minimum le moral. Je pourrais facilement le savoir, si jamais j'en avais le courage. Il faut croire que toutes les couilles que j'ai brisées ne m'en ont pas donné pour autant. Et j'espère, égoïstement, que tu penses à moi comme moi je pense à toi.

Je t'aime, et n'oublie pas qu'une partie de moi t'appartiendra toujours.

Mia.

1. UN ÉTÉ

MIA

La musique vrille mes tympans à l'instant même où j'entre dans la boîte. Je souris, toujours en même adoration devant cet endroit qu'au premier jour. C'est certainement ce qui va le plus me manquer une fois partie, demain matin.

Ce mois d'août est passé à une vitesse fulgurante, et je ne regrette absolument pas d'avoir décidé de partir avec Jules et Simon en vacances. J'avais besoin de dépaysement. Alors quoi de mieux qu'une plage pleine de garçons en maillots de bain et des soirées à volonté pour me changer les idées ?

Je retrouve Julie au bar, une amie que je me suis faite durant mon mois ici. Oui, *une* amie, c'est l'une des seules filles que j'aie jamais appréciées dans ma vie. Elle ne se prend pas la tête, vit sa vie à fond, et c'est en grande partie grâce à elle que je me suis tant éclatée cet été.

— Mia ! Encore en retard, j'ai cru que tu allais me poser un lapin.

— Jamais je n'oserais. Surtout pour ma dernière soirée.

Je lui adresse un clin d'œil qui la fait rire. Elle me tend un verre d'alcool, mais je décline. Contrairement à certains,

11

l'alcool ne me divertit pas, mais me ramène à… bref. Je peux m'amuser autrement qu'en me bourrant la gueule.

— Maxence m'a dit qu'il viendrait ce soir, m'annonce-t-elle.

— D'accord.

Elle me lance un regard qui veut tout dire, et m'entraîne sur la piste de danse. Je me déhanche au rythme de la musique, dans mon élément. Mon corps ne tarde pas à être en sueur, et ma gorge sèche à force de chanter à tue-tête.

Soudain, sans crier gare, deux mains se posent habilement sur mes hanches. Inutile de me retourner pour en deviner l'origine, son odeur masculine qui m'est maintenant devenue familière et la façon dont il se colle à moi me donnent la réponse. Il se met à bouger contre moi, je le laisse faire, les yeux toujours mi-clos. Au bout de quelques minutes, je me retourne et tombe nez à nez avec ces deux yeux bleus qui me reluquent avec envie.

— Tu es très belle ce soir, crie Maxence par-dessus la musique.

— Ce qui signifie que je ne le suis pas habituellement ?

— Mia, c'est pas ce que j'ai dit. Toujours aussi compliquée, à ce que je vois.

Il fait mine d'être exaspéré, mais n'en perd pas pour autant son sourire séducteur.

— C'est ce que tu aimes chez moi, avoue-le.

— Je l'avoue.

Maxence travaille en tant que maître nageur sur la plage où je bronze une bonne partie du temps. Je l'ai vu suffisamment de fois torse nu pour vous assurer qu'il a tous les atouts qu'il faut, là où il faut.

Il continue de se balancer contre moi et je me laisse aller, prenant du plaisir à me sentir désirée. Puis vient le moment où il caresse ma joue de sa grande main, pour relever mon visage vers le sien. Il s'humecte les lèvres en fixant avidement ma bouche.

— J'ai envie de t'embrasser, lâche-t-il.

— OK.

Il se penche lentement vers moi en fermant les yeux. Pile au moment où ses lèvres frôlent les miennes, je détourne la tête. Il grogne contre mon oreille.

— C'est quoi, le problème ?

— J'ai pas envie de t'embrasser.

— Mais tu as dit OK…

Il a une voix désespérée. *Pauvre chou.*

— Ce qui ne veut pas forcément dire que j'étais d'accord.

Honnêtement, j'admire l'acharnement de Maxence. Je ne compte plus le nombre de fois où je l'ai fait espérer, pour en fait le repousser. Il ne se passera rien entre lui et moi, je le sais depuis le début, mais je l'ai laissé croire le contraire. Eh oui, que voulez-vous, je suis une éternelle garce.

J'attrape Maxence par la main et le tire jusqu'à la table où est assise Julie, tout en découvrant qu'elle est en bonne compagnie. Un beau blond a passé un bras autour de ses épaules. Je lève mon pouce, admirative. Elle me sourit malicieusement.

— À ta dernière soirée parmi nous !

Julie trinque avec Maxence et Beau Blond. La main de Maxence s'aventure sur ma cuisse, et Julie le remarque.

— Bon, vous allez enfin conclure ce soir ?

— J'aimerais bien, grommelle Maxence.

13

— C'est pas dans mes plans.

Mes deux amis soupirent en se laissant aller sur leur siège.

— Tu ne crois pas que tu m'as déjà assez fait cogiter pendant un mois ? plaide Maxence.

— Ce n'est tout de même pas ma faute si tu es tombé sous mon charme dès la première seconde. Je ne t'ai jamais rien promis.

— Mais tu n'es sortie avec personne cet été, même pas un petit flirt, pourquoi ? me questionne Julie, curieuse.

Je souris en buvant une gorgée dans le verre de mon amie. Puis je me penche par-dessus la table, et demande à mes trois compagnons :

— Avez-vous déjà été amoureux ?

Ils me considèrent, incrédules. Ce n'est pourtant pas compliqué, comme question. Ils finissent par me répondre ce que je m'attendais à entendre, qu'ils ne savent pas vraiment, et qu'ils préfèrent « s'amuser » plutôt que de se caser.

— Justement, la voilà la différence entre nous. Je suis folle amoureuse du même garçon depuis presque un an maintenant, et rien que l'idée d'en embrasser un autre me répugne.

Maxence n'a pas l'air d'apprécier ma déclaration. Il plisse les yeux avant de croiser les bras, comme un enfant.

— Et il est où, ce prince charmant ?

Je ressens un pincement au cœur, comme à chaque fois qu'on évoque le sujet, que j'essaie de réprimer.

— Loin d'ici, malheureusement.

— S'il n'est pas avec toi en ce moment, c'est qu'il ne mesure pas la chance qu'il a.

Bon Dieu, il n'a rien compris. C'en est désolant.

— Non, ce n'est pas ça. Il n'est pas avec moi parce qu'il a choisi de chérir une personne qu'il aime, quitte à mettre son propre bonheur de côté. Je ne l'aime que d'autant plus pour ça.

Parler de lui me fait mal. Evan me manque affreusement, et quelquefois, je me demande comment j'arrive encore à me lever chaque matin. C'est plus facile depuis que je me suis éloignée de Toulouse, c'est vrai. Il n'empêche qu'il est toujours omniprésent dans mon esprit, et bel et bien ancré dans mon cœur. Je n'arrive plus à me rappeler la dernière fois où j'ai eu une conversation avec lui tant cela remonte loin. Tous les deux avons peur de parler de son retour qui ne se fera sûrement pas, et donc de devoir envisager notre vie sans l'autre. J'espère que de son côté, il ne sort pas avec une autre, qu'il n'a pas tiré un trait sur moi. Ce plan est mon pire cauchemar. Evan est devenu une partie de moi, la meilleure partie de moi, et si elle venait à m'être retirée complètement... je préfère ne pas l'imaginer.

— Si je comprends bien, ce mec t'attend à Toulouse quand tu rentreras ?

Maxence me tire de ma rêverie.

— Je l'espère.

— Tu n'en es même pas sûre ?

Il commence à me taper sur le système, celui-là. Décidément, même s'il n'y avait pas Evan, je ne voudrais pas de lui : il est trop pénible. Agacée, j'attrape mon sac et me lève sans un mot, ignorant les appels de Julie, et sors de la boîte. Une fois dehors, je fais défiler la liste de mes contacts, et j'appuie pour la première fois depuis bien trop longtemps sur le plus merveilleux nom de mon répertoire.

•

EVAN

Les rayons du soleil frappent avec force mon visage alors que je traverse les rues de Paris. Cette chaleur est épuisante. Certes, elle est moins cuisante qu'à Toulouse, il n'empêche que le mois d'août a été particulièrement chaud.

Je sors mon portable de la poche arrière de mon jean, et le colle à mon oreille en attendant que les sonneries cessent.

— Encore toi ! s'écrie une voix exaspérée au bout du fil.

— Moi aussi, ça me fait plaisir de te parler, Jules.

— Evan, sérieusement. J'en ai marre de me faire harceler.

« Harceler », il exagère, c'est un peu fort ! Je ne l'appelle que quoi… quatre à cinq fois par semaine, ça passe.

Je lui demande des nouvelles, comme à mon habitude. Il fait exprès d'évoquer sa relation avec Simon, passant par son stage de surf, me parle même de sa tortue, tout en évitant *le* sujet qui m'intéresse.

— OK. Et c'est tout ?

— Tu ne crois pas que c'est déjà assez ? répond-il, faussement étonné.

Quelle plaie, il cherche vraiment à me compliquer la tâche. Il me rappelle vaguement une certaine personne, parfois.

— Et elle, comment elle va ?

16

— Qui ça ? Ma tortue ? Oh, elle pète la forme, bien qu'elle m'ait engueulé tout à l'heure parce que je lui ai pas acheté sa salade préférée. J'ai eu beau lui expliquer qu'il n'y en avait plus au supermarché, elle ne voulait rien entendre, une vraie tête de mule !

Je lève les yeux au ciel tout en accélérant le pas.

— Non, pas ta tortue, j'en ai rien à foutre.

— Oh, tu me vexes.

— *Mia*, comment elle va ?

Il met un temps à me répondre, ce qui fait monter mon angoisse. Et s'il lui était arrivé quelque chose ? J'ai cru comprendre qu'elle enchaînait les fêtes ces temps-ci, et si un type avait essayé d'abuser d'elle, et que je n'avais pas été là pour l'en empêcher ? Ou si un imbécile bourré l'avait ramenée et qu'ils avaient eu un accident ?

— Jules ? Elle va bien ?

— Mis à part le fait qu'elle me reproche mon manque d'entrain à la suivre partout, oui, elle va bien.

Je soupire de soulagement. Cela peut paraître stupide, mais j'ai peur de ne plus jamais la revoir. Je n'ai pas encore eu mon quota d'emmerdements de la part de cette fille.

— Très bien. Et elle voit un mec ?

— Putain, Evan ! Appelle-la et vois avec elle ! J'en ai marre de jouer l'entremetteur.

Bordel, ça devient de plus en plus difficile de lui tirer les vers du nez.

— C'est compliqué. On n'aime pas s'appeler, et je me vois mal lui demander d'un seul coup : « Eh salut, tu vois quelqu'un depuis que je suis parti et que je regrette chaque seconde d'être loin de toi ? »

— Peut-être bien.

— Jules, s'il te plaît…

— Non, elle ne voit personne, soupire-t-il.

Second soupir de soulagement.

— Et ce maître nageur, il lui tourne toujours autour ?

— Je n'aurais pas dû te parler de ça, je ne sais pas ce qui m'a pris.

— Réponds-moi.

— Si tu veux dire par là qu'il la souhaite toujours dans son lit, alors oui, comme la plupart des garçons ici, d'ailleurs.

Je grogne. Si j'avais su que Mia partirait en vacances avec Jules cet été dans un endroit où tout un tas de pervers aurait la possibilité de la voir déambuler en bikini toute la journée, je ne serais pas parti. *Eh merde, voilà que je me transforme en jaloux maladif.* Bien sûr que je serais quand même parti.

— OK. Veille à ce qu'aucun d'entre eux ne la force à faire quelque chose dont elle n'aurait pas envie pour sa dernière soirée.

— Elle n'a pas besoin de moi pour ça, elle maîtrise très bien ce qu'elle appelle « le brisage de couilles ».

J'éclate de rire. Ce qu'elle peut me manquer, elle et ses expressions inexistantes. La vie est tout de suite moins drôle sans Mia Castez à ses côtés.

Je raccroche en entrant dans une boutique de lingerie. Ma mère affirme que porter de la lingerie fine l'aide à se sentir sexy, alors elle m'oblige à en acheter pour elle. Je ne vous parle pas de mon malaise à chaque fois que j'entre dans un de ces environnements hyper féminins.

Une vendeuse s'approche de moi, un sourire aguicheur aux lèvres. Elle n'a pas l'air bien plus vieille que moi.

— Bonjour, je peux vous aider ?

Virginie – c'est le nom inscrit sur son badge – est une belle femme, c'est indéniable. C'est certainement une des raisons qui fait qu'elle est employée ici. Même si ses cheveux blonds tirés en arrière lui vont bien et que son large sourire lui donne un certain charme, il lui manque quelque chose. Elle n'a pas cette lueur malicieuse dans le regard, ni ces formes que je ne me lasserai jamais d'observer. Elle n'est pas *elle*, tout simplement.

— Je ne sais pas trop… C'est pas trop mon univers, tout ça.

— J'ai cru comprendre.

Elle rit en s'approchant d'un portant, me regardant du coin de l'œil.

— C'est pour votre petite amie ?

N'importe qui aurait distingué l'intérêt dans son ton.

— Non.

Elle tourne la tête vers moi, souriant davantage.

— Ma petite amie a déjà tout ce qu'il faut.

Les coins de sa bouche redescendent, tout comme son enthousiasme. Elle me montre quelques pièces, tout en restant très professionnelle. Au moins, elle ne revient pas à la charge ; toutes les filles que j'ai croisées cet été n'en faisaient pas autant. Je repars finalement avec un nouvel ensemble à ajouter à la collection de ma mère, la maudissant pour son abus de pouvoir.

Je rentre à l'auberge de jeunesse qui est ma maison depuis deux semaines, fatigué. J'ai passé la plus grande partie de l'été avec Seb et sa fille, jusqu'à ce que je ne les supporte plus. Seb restera un éternel casse-pieds à mes yeux, et Juliette est adorable, dans une certaine mesure.

J'ai dépensé une bonne partie de mon argent de poche à financer cette auberge, mais ça en valait la peine. C'était pour le bien de ma santé mentale.

— Evan !

Une chevelure rousse m'intercepte à l'entrée.

— Tu viens ce soir ?

Merde, c'est vrai, la petite fête d'Angélique pour son anniversaire. Ça m'était complètement sorti de la tête.

— Euh…

— Ah non, Evan, tu n'as pas intérêt à me faire faux bond ! Tu m'avais promis que tu viendrais…

Elle fait la moue, me faisant soupirer. Elle a gagné.

— J'imagine que je te dois bien ça, après ce que tu as fait pour moi.

Angélique sourit de toutes ses dents, m'embrasse sur la joue, puis s'éloigne en criant que sa soirée va être « génia-lissime ».

Angélique a été très présente ces dernières semaines. Elle ne me connaissait pas et dès le premier jour, elle m'a tenu compagnie lors de mes grands moments de solitude, étant la fille du gérant de l'auberge. Elle sait depuis le début pourquoi je suis ici, mais jamais elle ne m'a posé des questions sur ma mère du moment que je ne lui en parlais pas. Elle a été un soutien moral indéniable.

C'est bien ce que je craignais, je me fais rudement chier. Angélique est occupée à danser avec ses copines sur une chanson d'un boys band tandis que je sirote ma bière, seule boisson alcoolisée ici. C'est étrange de se dire que Mia avait le même âge qu'Angélique l'année dernière. C'est quelque chose que j'avais remarqué dès le début chez Mia, elle ne faisait pas ses seize ans. Enfin, c'était jusqu'à ce que je découvre son côté gamin qui lui fait perdre au moins huit ans. Mia a perdu son innocence trop tôt, elle aurait mérité de sautiller de manière insouciante sur de la soupe commerciale avec ses amies. On lui a volé son adolescence.

Je souris en découvrant que Mia a mis en ligne une story Snapchat. C'est mon moment préféré de la journée, celui où je vois son adorable bouille en photo. Je suis particulièrement gâté aujourd'hui, elle pose avec Jules, en maillot de bain. Bien que Jules ait des tablettes de chocolat bien dessinées, ce n'est pas son corps qui attire mon attention. Mia porte un bikini bleu turquoise qui fait ressortir à merveille son bronzage et la couleur de ses yeux. Même si ce n'est qu'une image sur un écran, je la sens, cette attractivité entre nous. Ou alors c'est moi qui deviens taré.

J'hésite à faire une capture d'écran, sachant qu'elle le verra. Que pensera-t-elle alors ?

— Qu'est-ce que tu fais ?

Je sursaute quand Angélique s'assoit sur le canapé à côté de moi, et verrouille automatiquement mon téléphone.

— Rien, je traîne sur les réseaux sociaux. Tu t'amuses ?

— Et toi ? sourit-elle.

Je grimace, lui apportant sa réponse. Elle pose sa tête sur mon épaule. Est-ce une limite à ne pas franchir ? Je suis nul pour ça.

— J'aurais aimé que tu restes avec nous plus longtemps.

— Malheureusement, mon porte-monnaie ne me le permet pas.

Angélique se redresse et se rapproche de moi. Nos têtes ne sont plus qu'à quelques centimètres l'une de l'autre.

— Je t'apprécie énormément, Evan.

— Euh… moi aussi.

— Et je ne sais pas si c'est l'alcool qui me donne du courage, mais je sens que si je ne saute pas le pas maintenant, je vais le regretter ensuite.

Double merde. Ses lèvres s'approchent dangereusement des miennes. Je tourne la tête au dernier moment, les paupières closes. Je n'ai pas envie de lui faire de la peine, mais je ne peux juste pas l'embrasser.

— Je ne t'attire pas, conclut Angélique, blessée par mon rejet.

— Ce n'est pas ça… Je ne peux pas, c'est tout.

— Je peux connaître la raison pour laquelle tu ne « peux pas » ?

Elle baisse le regard, humiliée. Soudain, elle est prise d'un léger rire sarcastique.

— Laisse-moi deviner, la raison s'appelle Mia ?

Je fronce les sourcils, incrédule, jusqu'à ce qu'elle me montre mon téléphone en train de vibrer sur la table basse. Appel entrant « Mia la plus belle ». Bordel. Mon pouls s'accélère. *Elle m'appelle.*

Je décroche sans même réfléchir, puis me lève et m'éloigne de la foule. Je me racle la gorge.

— Allô ?

— Salut, beau brun.

Bon Dieu. J'ai l'impression que cela fait une éternité que je n'ai pas entendu cette voix sexy et sarcastique.

— Princesse Mia ! Que me vaut cet appel ?

Je m'appuie sur une portion de mur dans l'entrée. Tiens, je refais connaissance avec ce fameux sourire niais qui m'avait momentanément quitté.

— Je ne sais pas trop… J'étais en boîte, et je pensais à toi. J'ai eu envie de t'entendre.

— Tu as bien fait. Je suis à une espèce de party pour ados, et je m'ennuie à mourir.

— Pourquoi tu ne t'en vas pas ? demande-t-elle, comme si ça tombait sous le sens.

— Parce que… on m'a invité. Ce serait impoli de partir en début de soirée. On n'est pas tous sans-gêne, tu sais.

— On devrait, pourtant.

Il y a plein de pensées que j'aimerais partager avec elle, mais je n'arrive pas à faire le tri. J'ai pris l'habitude de parler sans filtre avec Mia, mais c'était quand nous étions ensemble. Je ne sais plus comment me comporter.

— Où est-ce que tu es ? Je n'entends aucune musique.

— Dehors, devant la boîte, et je me les pèle.

Je roule des yeux.

— Et évidemment, je parie que tu n'as pas pris de veste.

— Eh, pas de jugement ! J'ai pensé à prendre du maquillage, c'est le plus important.

Je ris de bon cœur, pour la première fois depuis bien trop longtemps. La douleur lancinante dans mes veines de ne pas pouvoir la tenir dans mes bras me brûle encore plus qu'à l'ordinaire.

— J'aimerais être là pour te réchauffer.

Je l'entends haleter à l'autre bout du fil. La conversation prend un autre tournant.

— Ah oui, et qu'est-ce que tu ferais ?

Sa voix devient rauque.

— Déjà, tu peux être sûr que je n'aurais pas mes mains dans mes poches. Elles seraient partout sur toi.

— J'ai envie de tes mains sur moi.

Son ton séducteur fait immédiatement réagir mon entre-jambe. *Comment se fait-il qu'elle ait une telle emprise sur moi ?*

— Mia… soufflé-je, pantelant.

— Evan…

Je me brusque pour reprendre mes esprits. J'adore-rais poursuivre cette conversation, mais dans un endroit, disons… moins public.

— Tu rentres quand ? dis-je, pour changer de sujet.

Elle met un temps à répondre, certainement pour se calmer.

— Demain. Maël veut absolument que je sois là pour sa fête de départ, alors qu'il m'abandonne pour la fac, ce petit con.

— Quelle horreur ! Tu penses qu'on aura la chance de s'y croiser ?

Silence. Silence qui s'éternise. Je jette un coup d'œil à mon écran pour vérifier que nous sommes toujours en ligne, tant le mutisme de Mia est étonnant.

— Mia ?

— Tu… tu reviens demain ?

— Oui. Il ne faudrait pas que je rate la rentrée, tu ne penses pas ?

Si Mia n'avait pas existé, je n'aurais sûrement pas pris la décision de rentrer. Mais je ne sais pas comment je survivrais si je faisais ma rentrée loin d'elle. L'état de ma mère n'est pas glorieux, mais à peu près stable. J'essaie de me déculpabiliser de la laisser ici en me disant que je prendrai le train souvent pour venir la voir.

— Mon Dieu, Evan… Pince-moi pour m'assurer que ce n'est pas un rêve.

— Demain, mon cœur, avec plaisir.

Elle soupire longuement, alors qu'un sourire s'étirant d'une oreille à l'autre ne veut plus quitter mon visage.

— Ouais, bon, crois pas non plus que j'étais désespérée. Je savais que tu reviendrais, tu ne pouvais pas vivre bien longtemps loin de Mia Castez.

Je pouffe de rire.

— Bien sûr, Jules m'a dit que tu regardais des photos de moi à longueur de journée.

— Il te l'a dit ? Le salaud !

— Non, mais maintenant je le sais.

Mia pousse un cri offusqué au bout du fil, et il me semble que je n'ai jamais autant ri de ma vie.

— Evan Pérez, on dirait qu'une paire de couilles vous est poussée durant les vacances. On verra si vous ferez toujours le malin demain, quand j'en reprendrai possession.

— J'ai hâte de voir ça.

— Bien.

— Oh, et Mia ?

— Oui ?

— Je t'aime.

Même à distance, je sais qu'elle est en train de sourire.

— Je te répondrai demain, si tu es moins insolent.

Elle raccroche, et je prends véritablement conscience que demain, je serai de nouveau à Toulouse. Et que je vais enfin la revoir.

2. RETROUVAILLES

MIA

Pour la vingtième fois en cinq minutes, je lisse ma robe. Mes mains sont moites, une boule est née dans mon ventre hier soir et ne semble pas décidée à disparaître, sans parler de mon cœur qui bat à cent à l'heure. *Bon sang, mais qu'est-ce qu'il m'arrive ?*

La perspective de revoir Evan me met dans tous mes états. Toutes les personnes me connaissant un minimum le savent, même les rumeurs le disent, Mia Castez n'est jamais stressée ! Excepté quand elle s'apprête à revoir le garçon dont elle est folle amoureuse, apparemment.

Enfin, Mia, reprends-toi, ce n'est qu'Evan. Evan qui a changé ta vie. Evan que tu n'as pas revu depuis deux mois. Evan qui t'a fait vivre les meilleures parties de jambes en l'air de l'univers... Bref ! Je devrais être excitée à l'idée de me retrouver enfin face à sa belle frimousse. Et c'est vrai, je le suis, mais ça ajouté à l'anxiété donne un drôle de mélange dans mon estomac. *L'amour, ça craint.*

Je me regarde une dernière fois dans la glace, histoire de me donner du courage. J'espère qu'il me trouvera à son goût, ce soir. Entre mon teint bronzé et tous les efforts que j'ai faits cet été pour garder une ligne parfaite, j'en suis persuadée.

Quant à ma robe… Cette robe ! Une vraie perle. Vous visualisez une belle crêpe au Nutella recouverte de chantilly avec une fraise sur le dessus qui vous attend après une journée de travail ? Eh bien je suis tout aussi alléchante, si ce n'est plus. Une robe avec un décolleté qui suffirait à faire partie intégrante du fantasme de n'importe quel mec, accompagné d'un dos nu qui s'arrête juste au-dessus des fesses, histoire de faire languir tous les intéressés. Malheureusement pour eux, seul un aura le droit de profiter du spectacle une fois cette robe enlevée.

Autant j'aime porter des vêtements sombres pour me donner un côté femme fatale, autant j'aime aussi porter des couleurs claires pour me donner un côté angélique que je n'ai pas. Le blanc de cette tenue est éclatant, et le col en dentelle la sublime encore plus.

Je frictionne une dernière fois mes cheveux pour leur donner du volume. Je les aime à cette longueur, j'ai eu de la chance sur ce coup-là. J'ai raccourci ma crinière sur un coup de tête, en plein mois de juillet, où je n'en pouvais plus de la chaleur que son épaisseur provoquait. J'aurais pu tomber sur un charlatan qui aurait tout saboté, mais heureusement ma coupe est très réussie. J'avais besoin de changement : cette coupe me grandit, je me sens plus mûre, même si je ne le suis pas forcément. Rien de très folichon non plus, ils m'arrivent au-dessus de la poitrine, mais c'est un grand changement quand on pense à mon ancienne chevelure qui touchait presque mes fesses. Je ne les aurais pas laissés pousser plus, ça aurait été dommage de cacher ce joli fessier.

— Prête ?

Maël se tient dans le chambranle de la porte, un sourire aux lèvres en détaillant ma tenue. Il est plutôt à son avantage, lui aussi, comme toujours. Il faut dire que la progéniture Castez est très réussie.

— Je crois. Tes abrutis de potes sont déjà là ?

— Quelques-uns, mais pas celui qui t'intéresse.

Je déglutis en essayant d'être la plus discrète possible. *Et s'il ne venait pas ?* Je n'hésiterais pas à lancer une nouvelle opération spéciale « brisage de couilles », c'est moi qui vous le dis. Quoique, cette idée ne m'enchante pas des masses, finalement…

— Tu es stressée ? enchaîne mon frère, tout en entrant dans ma chambre.

— Pourquoi le serais-je ? Ce n'est pas ma première fête, je te rappelle.

Maël soupire en roulant des yeux. Comme d'habitude dans ce genre de situation, je joue les ignorantes, ce qui a le don d'agacer mes proches au plus haut point. *Particulièrement Evan.*

— Tu vas revoir Evan, celui que tu appelles dans ton sommeil, l'objet de tous tes fantasmes, celui que tu nommes mielleusement mon amour, se moque Maël en prenant une voix de crécelle.

Je lui envoie mon mascara à la figure, ce qui le fait rire plus fort. Comme ça, on pourrait croire que je suis la plus âgée. Car je pense que nous sommes tous d'accord pour le dire, Maël est loin d'être un exemple de maturité. *Et dire que cet idiot va à la fac…*

— Je ne l'appelle pas dans mon sommeil ! Et tu peux parler, monsieur que j'ai surpris en train de s'astiquer le poireau sur un poster de Taylor Swift.

— Ne parle plus de cette histoire ! gronde-t-il.

Je glousse en secouant la tête. Cette anecdote, il peut être sûr que je lui en reparlerai jusqu'à la fin de ses jours. Et même après.

— Plus sérieusement, dit-il en s'approchant de moi, comment tu te sens ?

J'imagine que depuis toutes ces années, il a eu le temps de comprendre comment voir clair dans mon jeu. Je n'ai presque pas ouvert la bouche depuis que je suis rentrée de mes vacances, à midi. Rien que ça, c'est très alarmant.

— Ça va. Ce n'est qu'Evan.

J'essaie de me convaincre en même temps que lui.

— Je sais pas, tu n'as pas peur qu'il ait changé de style… qu'il soit devenu punk, ou un truc du genre ?

Je grimace quand l'image d'un Evan aux cheveux verts portant des piercings frappe mon esprit.

— Très drôle.

— Tu vas me manquer, vieille chaussette moisie, tu le sais ?

Je vous présente Maël, et sa manie de tout le temps passer du coq à l'âne. *Vieille chaussette moisie ?* C'est tout ce qu'il a trouvé ? On retombe dans du niveau maternelle.

Je me tourne pour lui faire face.

— J'espère bien, larve désarticulée.

— Tu sais qu'une larve est déjà désarticulée, pas vrai ? me raille-t-il.

— Oh, ça va. Ça y est, monsieur a son bac S et il se croit supérieur !

— Patrick et moi, on a toujours été supérieurs.

Je secoue la tête. À dix-huit ans, il appelle toujours son engin par le prénom qu'il lui a donné. Il n'empêche que cet abruti bête et immature va affreusement me manquer quand il aura déménagé. Il reste à Toulouse pour ses études, mais préfère s'installer dans son propre appartement, pour, je cite, « prendre son envol ». N'importe quoi. Me retrouver seule avec mes deux parents me fout une trouille bleue. Sans la sérénité de Maël, je sens que les choses ne vont pas être faciles.

— Tu reviendras nous voir le week-end, hein ?

Maël penche la tête sur son épaule.

— Bien sûr. J'aurai besoin de ma dose de Mia chaque semaine.

Nous nous contemplons un moment, jusqu'à ce que j'estime la situation trop gênante.

— C'est bon, on va pas se faire un câlin non plus.

— Certainement pas ! s'indigne Maël.

— Bon.

Je veux lui passer devant pour sortir, mais il me retient et me tire de force contre sa poitrine. Je me débats alors que ses bras enlacent maladroitement mon corps.

— Allez, fais pas ton insensible et donne-moi un gros câlin !

Je finis par renoncer et me laisse étreindre, les bras immobiles le long de mon corps.

— Je t'aime, sœurette.

Une boule remonte dans ma gorge. *Il va vraiment me manquer.*

— Oui, moi aussi je m'aime. Il paraît que c'est un syndrome qui a frappé une bonne partie de la société.

Il rit dans mon oreille et prend une profonde inspiration avant de me lâcher, pour m'entraîner hors de la chambre. Une envie de vomir que je réprime me prend en haut des escaliers.

— Dis, commence Maël en descendant les marches, tu ne trouves pas qu'il y a bien trop de bruit ?

Maintenant qu'il le dit, j'entends un brouhaha insupportable. Nous dévalons les escaliers et, arrivés en bas, ma mâchoire se décroche. Je ne pensais pas qu'un nombre aussi important de personnes puisse tenir dans ma maison.

— Je croyais que ta fête devait se faire en petit comité ?

Maël me regarde, les yeux écarquillés.

— Ça devait être le cas. J'ai dit à quelques potes qu'ils pouvaient amener des gens, mais je ne pensais pas qu'on serait autant…

Bien, apparemment, tout le monde a cru que c'était open-bar chez les Castez ce soir. Bordel, je crois qu'il y a même des secondes de l'année dernière. Jana nous rejoint, pour traiter Maël de tous les noms, tout en lui reprochant son manque d'organisation. Quant à moi, la seule chose qui me préoccupe est : comment vais-je trouver Evan dans cette masse de personnes phénoménale ?

Après dix minutes de recherche, et un nombre incalculable de bousculades, je me rends à l'évidence : Evan n'est pas là. Il est toujours ponctuel, pourtant. Il ne viendra pas, ce serait la raison qui expliquerait qu'il ne décroche pas son téléphone.

Humiliée, je me dirige vers les escaliers, quand un cri me stoppe net :

— Evan !

Je me retourne lentement, le cœur battant à tout rompre. Je reconnais immédiatement Evan, même s'il est de dos. Déjà à cause de sa taille, et ensuite parce que je reconnaîtrais cette paire de fesses entre mille. *Il est là.*

Une fille se pend à son cou, et j'arrive à la distinguer. C'est Luna, elle était dans notre classe l'année dernière. Puis sa bande de copines suit le mouvement, s'émerveillant de revoir Evan après deux mois. Je le sais, qu'Evan est apprécié de beaucoup, et que ces embrassades ne signifient pas que ces filles le draguent – même si elles aimeraient bien. Pourtant, j'ai l'impression qu'on m'enfonce un poignard en plein cœur.

Je me retourne, sans même avoir pu voir son visage, et avance en me faisant encore bousculer. Je ne trouve même pas la force de dire à ces personnes d'aller se faire voir.

— Tiens, salut, copine sexy d'Evan !

Je lève les yeux vers la personne devant moi. *Hein ?* Je la reluque des pieds à la tête, incrédule.

— Qu'est-ce que tu fous là, Jason ?

— Raté, moi c'est Jordan. Ravi de constater à quel point je t'ai marquée.

Je m'en contrefous, de comment il s'appelle. Tout ce que je veux savoir, c'est pourquoi ce pote d'Evan qui habite à Nice est ici, dans ma maison. Mon teint devient livide à l'idée qu'il soit venu avec Adèle et tous les autres.

— Ne t'inquiète pas, je suis venu seul avec Evan, m'assure-t-il, comme s'il avait lu dans mes pensées.

— OK, mais…

Je m'interromps en sentant une main se poser sur le bas de mon dos nu. À la chair de poule que ce contact me provoque, il n'est pas difficile de deviner qui se trouve derrière moi. Je tourne alors la tête, et bien que j'en aie rêvé tout l'été, je ne pense pas être prête à me retrouver si près de lui aussi rapidement.

— Salut, murmure-t-il.

Les frissons qui me parcourent le corps suite à ce simple mot – prononcé de façon sensuelle, certes – prouvent l'emprise qu'a ce type sur moi. Il me sourit chaleureusement, bien que sa main tremblante dans mon dos trahisse son assurance.

Je remarque immédiatement un changement sur son visage : cette surface brune recouvrant ses joues et son menton. Evan porte maintenant une barbe entretenue qui lui va divinement bien. Il fait homme. J'adore.

Je me contente de lui retourner un sourire crispé, et la situation devient gênante. Nous nous retrouvons rapidement sans savoir quoi faire. Il se penche alors, et il me faut du temps pour comprendre qu'il veut me faire la bise. *Quoi ?* Evan et moi ne nous sommes jamais faits la *bise !* Même avant de sortir avec moi, il m'embrassait sur le front, mais au grand jamais une vulgaire bise !

Je me laisse faire, sans pour autant exécuter un mouvement. La sensation étonnamment douce de sa barbe contre ma joue me donne immédiatement envie de sentir celle-ci à d'autres endroits de mon corps, comme entre mes cuisses, par exemple…

Quand il se redresse, je vois qu'il est gêné de son geste ridicule. Jordan ricane dans son coin, mais je suis trop sonnée pour m'en préoccuper.

— Eh bien, moi qui croyais que vous étiez toujours extrêmement à l'aise l'un avec l'autre !

— Jordan, grogne Evan. Ça te dirait pas d'aller draguer des nanas, comme t'en as l'habitude, au lieu de nous faire chier ?

Je ferme les yeux pour apprécier le son de sa voix dans mon oreille. Après deux mois passés loin de lui, ça paraît tellement irréel, qu'il se tienne à mon côté.

Jordan lui fait un clin d'œil, pas le moins du monde vexé, et s'éloigne. Je considère alors Evan, un sourcil arqué.

— Qu'est-ce qu'il fait là, cet imbécile ?

Evan sourit tout en haussant les épaules, se donnant un air nonchalant plutôt irrésistible.

— Il va faire sa rentrée ici. Son père va être encore plus absent cette année, alors il a demandé au mien si son fils pouvait venir habiter ici. En plus, l'idée de faire ses études à Toulouse ne déplaît pas à Jordan, alors…

— Attends, deux secondes. Tu veux dire qu'on va avoir ce truc dans les pattes jusqu'à la fin de l'année ?

— Hum… c'est l'idée.

J'encaisse la nouvelle, pas certaine de savoir quoi en penser, et un nouveau silence s'installe entre nous. Même la musique en fond ne suffit pas à le rendre moins pesant. Evan se masse la nuque pendant que je me mords la lèvre, à la recherche d'un sujet de discussion. Pourtant j'en ai des choses à lui raconter, mais rien ne me vient.

— Tu t'es fait couper les cheveux, finit-il par remarquer. J'ai failli ne pas te reconnaître, sans ton interminable crinière.

Il m'observe maintenant avec attention. J'avais oublié l'intensité de son regard… Bon Dieu, ça ne devrait pas être permis, d'avoir le pouvoir de me liquéfier comme ça.

— Oui, j'avais besoin de changement.

— J'aime beaucoup.

Spontanément, je souris de toutes mes dents. Les compliments de sa part sont plus précieux que n'importe quoi. Je suis ravie qu'il ne regrette pas mes cheveux longs, j'avais un peu peur, puisqu'il m'avait toujours connue avec.

— La barbe, c'est nouveau.

Il se passe instinctivement la main sur la zone en question. Je suis sûre qu'il n'a pas conscience à quel point ce geste est sexy.

— Oui, j'avais besoin de changement.

Un sourire espiègle fend ses lèvres. À peine rentré qu'il se moque déjà de moi, super. Enfin j'aurais matière à lui rendre la pareille, avec les deux misérables bisous qu'il a laissés sur mes joues.

Soudain, un bruit strident nous fait tiquer tous les deux. Je me retourne pour voir un vase éclater en mille morceaux par terre, renversé par une abrutie pompette.

— Non mais t'as vu ce que t'as fait, idiote ! Si tu sais pas marcher, reste chez toi !

Evan presse ses mains sur mes épaules, ce qui me calme instantanément. C'est la seconde fois qu'il me touche, et la seconde fois que ce simple geste me trouble.

— Détends-toi, bébé, je vais t'aider à nettoyer.

Je comprends à la roseur que prennent ses joues que ce surnom lui a échappé. Il est adorable.

Je hoche la tête et nous montons tous les deux chercher de quoi nettoyer les dégâts, à l'étage. Une fois dans la salle de bains, j'ouvre un placard, ignorant si ce que je cherche s'y trouve. *Il faut dire que je ne fais pas souvent le ménage.* Je vois un manche de balai, bingo ! Je le tire, sauf que, certainement à cause de mon anxiété, je fais tomber l'intégralité du placard sur moi. Je crie en postant mes mains au-dessus de ma tête par automatisme, et Evan se précipite pour essayer de tout rattraper. Une fois l'écroulement terminé, je prends conscience que me voilà penchée, le cul en arrière, l'engin d'Evan collé pile à cet endroit-là.

— Ça va ? me demande Evan, sans se décoller de moi.

— Oui…

Je le sens reprendre son souffle dans mon oreille. Une bosse se forme contre mes fesses.

— Evan ?

— Oui ?

— Tu bandes.

— Oh…

Il s'écarte immédiatement de moi. Je me retiens d'éclater de rire en me mordant la lèvre, tout en me retournant.

— Désolé, c'est que… ça fait longtemps, et bon…

— Ouais, et mon cul t'a toujours fait fantasmer.

— Aussi…

Il déglutit, et je souris, amusée. Puis, mon sourire retombe au fur et à mesure que son regard descend vers la bouche. Le courant entre nous se fait immédiatement ressentir, m'électrisant tout entière. Ses yeux perçants se baladent ensuite le long de mon corps, et j'ai soudain l'impression d'être toute nue.

— Est-ce que je t'ai dit que ta robe était sublime ?

Sa voix rauque envoie une onde directe à mon intimité. *Seigneur*.

— Il ne me semble pas… Mais merci.

— Quoique, une fois retirée, peut-être que tu serais encore plus sublime…

Il se frotte à nouveau la barbe. C'est la flamme de trop qui embrase mon corps, je ne peux plus me retenir. Je me jette à son cou, et un élan de soulagement m'étreint quand nos deux bouches s'entrechoquent. Il gémit, puis descend ses mains jusqu'à mes fesses. Il me soulève, ses deux mains sous mes cuisses, et me pose sur le bord du lavabo. Sa langue se balade dans mon cou, jusqu'à ma poitrine, tandis que je m'acharne à déboutonner sa chemise.

— Tu m'as manqué, lâche-t-il entre deux baisers.

— Toi aussi, si tu savais…

Je fais glisser sa chemise le long de ses bras musclés, pour constater que c'est le même corps d'apollon qui me fait face qu'il y a deux mois. J'en ai vu défiler, des musculatures, cet été. Mais seule celle d'Evan me fait cet effet.

Ses paumes remontent ma robe le long de mes cuisses alors que nos langues se rencontrent à nouveau, ou devrais-je dire se retrouvent. Une de ses mains dévie rapidement vers l'intérieur de ma jambe. Il arrête de m'embrasser et me considère, surpris.

— Pas de culotte, mademoiselle Castez ?

— Non, aujourd'hui je me suis décidée à ne mettre aucun sous-vêtement. Je me suis dit que ce serait plus facile à retirer, sans arrière-pensées, évidemment.

Il devait avoir remarqué que je ne portais pas de soutien-gorge à cause de mon profond dos nu, en revanche, la culotte, c'était la surprise. Surprise qui semble avoir l'effet escompté, puisque ses yeux brûlent de désir, plus que jamais.

Il infiltre sans prévenir un doigt en moi, qui m'arrache un long gémissement. Je m'accroche à ses épaules alors qu'il répète le même mouvement, en rajoutant un deuxième doigt cette fois.

— Regarde-moi, m'ordonne-t-il.

Sa main libre encercle mon cou, sans le serrer, pour maintenir ma tête en place. Cette fabuleuse sensation remonte dans tout mon corps, et je sens l'orgasme dévastateur arriver de plein fouet. Il faut dire qu'il sait toujours tellement y faire avec moi…

— Bordel… Je suis sûr que tu n'as aucune idée de ta beauté, en ce moment. Regarde-toi.

Il tourne ma tête de façon à ce que je rencontre mon reflet dans le miroir. Les joues rouges, la bouche entrouverte, haletante, c'est cette image de moi qui me fait éclater. Je m'écroule en avant, et heureusement qu'Evan est là pour me rattraper. Comme toujours.

Ma joue posée sur sa poitrine, il saisit à nouveau mes cuisses pour me porter jusqu'à la chambre. Il m'allonge sur le lit, où je reprends mon souffle. J'entends le zip de son jean, puis le temps qu'il se retrouve au-dessus de moi, je suis de nouveau prête.

— Je veux diriger.

— À vos ordres, princesse Mia, rit-il.

Il se laisse tomber sur le dos à côté de moi, un sourire malicieux aux lèvres. Je retire ma robe en la retournant dans tous les sens, impatiente. Je me positionne à califourchon sur lui, puis me remets à l'embrasser, ne m'en lassant pas. Je referme mes doigts à la base de son membre, lui arrachant un râle de plaisir. À l'instant où je m'apprête à descendre sur lui, une pensée m'arrive brusquement. Je m'immobilise. C'est une torture de devoir m'arrêter maintenant, mais c'est important.

— Evan, est-ce que tu as… un préservatif ?

Evan se redresse sur ses coudes, les sourcils froncés.

— Pourquoi tu veux que je mette un préservatif ? Tu ne prends plus la pilule ?

— Si, si, je la prends toujours… Crois-moi, ça ne m'enchante pas non plus, surtout maintenant que j'ai été habituée à te sentir sans barrière… Mais je ne sais pas ce que tu as fait cet été, ni avec qui tu as couché, alors je préfère ne pas prendre de risques.

— Moi, j'ai couché avec personne ! s'empresse-t-il de répondre.

Mes paupières se ferment d'elles-mêmes, alors que je pousse un long soupir de soulagement. *Il n'a couché avec personne*. Je suis la seule à ses yeux, comme il est le seul aux miens.

— Et toi ? me presse-t-il, plus angoissé que jamais.

Je descends soudainement sur lui, sa surprise mélangée au désir le fait retomber net sur les draps. Il gémit profondément alors qu'il m'emplit tout entière, et je voudrais capturer cette image. Je me penche pour murmurer à son oreille :

— Bien sûr que non. Il n'y a que toi, Evan.

Ses pupilles soudées aux miennes, mes fesses s'élèvent pour de nouveau redescendre. Je me redresse, appuie mes paumes sur son torse dur, et répète le même mouvement dans une lenteur sensuelle qui je sais, va lui faire perdre la tête. Ses mains se posent sur mes hanches, pour les accompagner dans leur ondulation. Je garde une lenteur exquise, afin de le sentir au maximum glisser en moi.

— Mia, c'est trop lent…

Mais je poursuis ma torture, je tiens à faire durer le plaisir. Seulement il n'a pas l'air du même avis, puisqu'il s'assoit, s'enfonçant encore plus profondément en moi. Il m'offre un baiser tendre avant de me retourner brutalement, sans se retirer. C'est à présent lui qui décide du rythme, et celui qu'il entreprend est extrêmement rapide. Ses coups de hanche sont tellement brutaux que je crains d'avoir des bleus. Il m'embrasse la tempe, avant d'articuler difficilement :

— Dis-moi si... si tu veux que je ralentisse...

Maintenant qu'il a commencé, hors de question que je le freine. Au lieu de lui répondre, j'attrape ses fesses fermes pour le suivre dans ses mouvements. Sa barbe frotte le contour de ma mâchoire alors que ses douces lèvres se referment sur la peau tendre de mon cou, créant un magnifique contraste. Le concert de gémissements qui anime la chambre ne semble pas vouloir prendre fin. J'explore son dos, sur lequel des gouttes de sueur se forment.

— Merde... Mia, je suis désolé, je ne vais plus tenir longtemps... dit-il, sans pour autant ralentir la cadence.

Je replie mes jambes autour de sa taille avec le peu de force qu'il me reste, attrape son menton entre mes doigts pour relever sa tête vers moi. Je l'embrasse en sentant cette merveilleuse sensation remonter dans mes jambes. C'est dans une dernière poussée en moi qu'Evan et moi nous envolons ensemble, et j'ai l'impression de soudain atteindre les étoiles.

3. REPRISE DE LA ROUTINE

EVAN

Je me réveille doucement, un corps chaud frôlant le mien. Je tourne la tête vers le visage endormi de Mia, enfoncé dans les oreillers, ses jambes entremêlées aux miennes. *Ce n'est pas un rêve. Je suis bel et bien rentré, et elle est étendue à mon côté. Nue.*

Je dépose une traînée de baisers le long de son cou, histoire de la tirer du sommeil avec le plus de douceur possible. Je n'ai pas besoin d'une Mia de mauvaise humeur de bon matin. Ses paupières battent, et elle m'offre un sourire resplendissant. La rendre si heureuse est, je crois, la plus grande satisfaction qui puisse exister. Elle caresse tendrement ma barbe de trois jours. J'ai cru comprendre que ce nouveau détail chez moi lui plaît bien.

— Bonjour, beauté.

— Tu crois que tu pourrais devenir mon réveil de tous les matins ?

Elle pose son menton sur mon torse. Je ris, me souvenant lui avoir sorti la même réplique au début de notre histoire.

41

— Ce serait avec plaisir, mademoiselle Castez, si je n'avais pas un colocataire immature dont je dois m'occuper à la maison.

Elle grogne.

— Et voilà que ce stupide Florian vient se mettre entre nous.

— Non, bébé, Florian c'est l'autre, lui c'est Jordan.

— On s'en fout, c'est pareil.

Mais bien sûr. Elle niche sa tête dans mon cou, et je l'entends humer mon odeur. J'entoure sa taille de mes bras pour la serrer contre moi. Nous restons quelques minutes dans cette position, nos corps l'un contre l'autre.

— Demain, c'est la rentrée.

Elle se contracte dans mes bras. Je peux l'entendre penser d'ici « *Tu trouves vraiment judicieux de briser ce silence avec une telle annonce ?* »

— Waouh, bravo don Juan, comment casser l'ambiance en deux secondes !

— Est-ce normal que je sois content à l'idée de reprendre les cours ?

— Non, tu devrais te faire soigner.

Je rigole alors qu'elle relève sa tête. Je dégage les deux mèches qui lui tombent devant les yeux, et les cale derrière ses oreilles.

— En fait, c'est l'idée de reprendre notre routine qui me réjouit. Après avoir été séparés, je suis heureux de pouvoir faire cette rentrée à tes côtés.

Une lueur dans ses yeux se ravive. Elle comprend ce que je veux dire.

— Oh… Vu sous cet angle, alors peut-être que moi aussi, je suis contente que la reprise soit demain.

Je dépose tendrement mes lèvres sur les siennes, et j'aimerais ne jamais sortir de ce lit. Mais j'ai quelque chose à lui rendre, et quand je le lui annonce en repoussant la couverture, je sais qu'elle a deviné de quoi je parle. Instinctivement, elle se passe la main sur le cou, les pupilles étincelantes. J'enfile un boxer puis attrape mon jean, pour en sortir cette chaîne argentée de la poche arrière. Je jure en essayant de démêler les nœuds qui se sont formés, me maudissant de ne pas avoir pensé à la donner à Mia hier soir. Disons que pour une raison inconnue, ça m'est sorti de la tête…

— Bon sang, Evan, tu ne pouvais pas le mettre autre part que dans une poche ? Regarde son état maintenant !

Mia se plante devant moi pour m'aider à défaire les nœuds de la chaîne argentée.

— Tu mériterais une grève du sexe pour avoir été si peu vigilant.

Un mot sur deux me parvient, maintenant que mes pupilles sont scotchées à ses courbes nues exposées à quelques centimètres de moi. Mes doigts ont cessé leur activité, et c'est à peine si je tiens le collier. Mia, comprenant d'où vient mon air distrait, glousse.

— Eh bien, monsieur Pérez, on peut dire que l'effet que vous fait mon corps est pour le moins surprenant et fort amusant.

Je me brusque pour détacher mon regard de son corps et me concentrer à nouveau sur le collier. Mais Mia en décide autrement en balançant le bijou sur la commode. Des flammes dansent dans son regard lorsqu'elle enroule ses bras autour de mon cou en se collant à moi.

— Il me semble qu'on ait pas mal de rounds à rattraper… Le collier attendra.

— Complètement d'accord.

Elle se mord la lèvre en souriant quand je glisse ma main sur sa joue, avant de l'embrasser amoureusement. Je la soulève et l'allonge sur le lit, prêt pour un nouveau round.

•

La rentrée. Cet événement que tout élève redoute, et qui marque la fin de l'éclate totale. Ma rentrée de terminale, dernière année au lycée. Je ne réalise pas tout ce que cela signifie.

Je me gare à ma place habituelle, avant que Mia et moi descendions tous les deux de ma moto. Nous regardons simultanément la place vide à côté, anciennement réservée à Maël. Mia me sourit tristement en haussant les épaules. Qui eût cru que l'absence de cet idiot se ferait autant ressentir ? Il a intérêt à bien s'éclater à ses soirées étudiantes. Quoique, il y a peu de chances, avec Jana à ses trousses.

Notre moment de nostalgie à Mia et moi est interrompu par une Vespa qui s'arrête brusquement sur la place de Maël. Le chauffeur descend de son scooter avec maladresse, et manque de tomber. Toutes les personnes autour rient en le regardant se rattraper de justesse. Il retire son casque, et lance :

— Salut les accros au sexe !

Pile à cet instant, je me retiens de frapper ma main contre mon front, exaspéré.

— Jordan, si tu pouvais éviter de crier ce genre de surnom en public, ce serait sympa.

44

— Oh, je vois, monsieur Pérez a une réputation à tenir. Ils ne savent pas que tu ne penses qu'à sauter ta bombe de copine chaque minute de temps libre !

Encore une fois, il a parlé trop fort, et une bande de filles passant à côté de nous gloussent. Mia se tourne vers moi, l'air excédé.

— Et tu vas réussir à supporter ce truc tous les jours ?

— Je n'en suis plus sûr. À peine trois jours et je suis à cran.

— Hé, ho, ce truc vous entend, Christian et Anastasia.

Jordan ricane de sa référence. *Bien sûr, j'ai des tendances sadomasos, c'est bien connu… Et Mia adore se faire dominer !*

— Mia !

Eva, arrivée de nulle part, saute dans les bras de Mia. Les deux cousines se mettent à discuter, déblatérant un nombre de mots incroyables en seulement quelques secondes, le monde autour d'elles ayant soudainement disparu.

— Ravi de te voir aussi, Eva, je grommelle dans ma barbe.

Eva me regarde, la mine adoucie.

— Oh, mon petit Evanounet, ne sois pas grognon !

Mes lèvres se tordent en un rictus hypocrite à l'entente de ce surnom que Mia a divulgué dans le groupe. Eva se met sur la pointe des pieds en riant, et m'embrasse sur la joue.

— Pérez, tu ne me présentes pas ?

Jordan se tient maintenant à côté de moi, un sourire séducteur aux lèvres. Il dévore Eva des yeux. *Oh non…*

— Puisque mon confrère manque de manières, je me présente. Jordan Vidal, nouveau courtisan de cet humble lycée.

Il prend la main d'Eva pour la porter à ses lèvres, mais celle-ci s'arrache immédiatement à son étreinte. Le terme « courtisan » n'a pas eu l'effet escompté. *Il faut croire qu'on ne drague plus aujourd'hui comme autrefois, quelle surprise !* Le pire dans les techniques de drague pourries de Jordan, c'est qu'elles marchent une bonne partie du temps. Paraît-il que les filles trouvent ça original. Seulement s'il a jeté son dévolu sur Eva, elle va lui donner du fil à retordre, elle n'est pas une Castez pour rien.

Mia prend Eva par le bras, tout en fusillant Jordan du regard, l'air de dire « pas touche ». Mia-la-protectrice ne nous rend visite que très rarement, c'est pourquoi je suis surpris de la voir. Si en plus Jordan doit passer sur le corps de Mia pour avoir sa cousine, alors il n'est pas sorti de l'auberge, le pauvre.

Après avoir passé le portail, j'arrache Mia à Eva. Je passe un bras autour des épaules de ma jolie brunette, et le regard amoureux qu'elle pose sur moi me donne presque envie de rebrousser chemin. Je n'ai jamais été si heureux d'être rentré qu'en voyant son sourire à cet instant.

Arrivés devant le tableau affichant la distribution des classes, Mia exerce une pression sur mon bras pour attirer mon attention.

— Je vais t'attendre ici, je ne m'aventure pas là-dedans.

Elle désigne d'un mouvement de tête l'amas d'élèves. Je hausse les sourcils.

— S'il te plaît, mon amour, ajoute-t-elle.

Si elle a cru qu'elle pourrait m'attendrir avec un simple « mon amour » mielleux, c'est raté. Elle me donne la même sale corvée qu'à Fanny et Sophia l'année dernière, je ne sais pas comment le prendre. Et puis elle ajoute tout bas :

— Allez, je promets de te tailler une pipe la prochaine fois qu'on sera seuls.

L'image de la belle bouche de Mia autour de moi me vient automatiquement en tête. C'est bon, elle m'a convaincu. Je m'avance à grands pas vers la foule, le rire de Mia retentissant derrière moi.

Je me fraie difficilement un chemin jusqu'au tableau. Mon visage s'illumine devant la composition de la terminale S3. Et puis je me dis que j'ai bien envie de m'amuser un peu…

En retrouvant ma copine restée en retrait, elle me demande en fouillant dans son sac :

— Alors, quelle salle ?

— En fait, on n'est pas dans la même classe.

Elle laisse tomber son sac et relève vers moi des yeux écarquillés.

— Comment ça ?

— Tu es en terminale S3, moi en S4.

Mon information met un moment à lui monter au cerveau, avant qu'elle n'explose :

— Ils ont osé nous séparer, ces petites bites ! Putain, les connards ! Je m'en fous, je vais pas en cours.

Elle croise les bras pour montrer qu'elle compte bien camper sur ses positions. Quant à moi, je fais tout mon possible pour retenir l'éclat de rire que je menace de lâcher.

— Mais non, bébé, que va devenir le lycée sans Mia Castez ? On se verra quand même, ne t'en fais pas.

Elle semble réfléchir un instant.

— Bien. Tu as raison, je ne dois pas laisser tomber mon royaume. Par contre, je vais arriver en retard, tout d'abord pour emmerder le prof, et ensuite pour faire une entrée plus remarquée.

— Ça marche. On se voit à la récré.

Elle fait la moue avec sa lèvre inférieure. J'embrasse celle-ci avant de lui glisser à l'oreille le numéro de sa salle. De *notre* salle. Puis je m'en vais, jubilant intérieurement.

Une fois devant la salle, je remarque Adrien, un gars que je connais de quelques fêtes de l'année dernière.

— Pérez, mais où est passé le canon toujours collé à toi ?

Il fait semblant de chercher derrière moi.

— Elle arrive bientôt.

— Si je comprends bien, aucune chance que tu nous cèdes la place cette année ?

Noah, un des amis proches d'Adrien, se joint à nous. Je lui réponds sévèrement, non sans un sourire amusé :

— En effet, je ne partage pas en ce qui la concerne.

Et aucune négociation possible. Nous discutons de tout et de rien en attendant le professeur. Sarah, la copine de Noah, se blottit dans ses bras en arrivant. Je n'ai rien contre Sarah, en revanche sa copine Anaïs est insupportable. Elle parle sans arrêt d'une voix si aiguë qu'elle suffirait à faire éclater les tympans les plus sensibles.

— À ce qui paraît, notre prof principal est une vraie bombe ! s'exclame-t-elle, tout excitée.

Fantastique ! Sérieusement, on s'en fiche.

— Notre prof principal enseigne les maths. Tu as déjà vu un prof de maths un tant soit peu attirant ? contre-attaque Sarah.

— Il semblerait qu'il soit l'exception. Écoute, j'ai une copine qui l'a croisé tout à l'heure dans les couloirs, et elle m'a assuré que la fille qui ne le trouverait pas beau serait à coup sûr lesbienne.

Au même instant, le fameux prof arrive devant la porte. Toutes les filles en restent bouche bée, alors que je suis obligé de le constater : ce prof est en effet beau gosse. Il nous fait entrer, et tous les regards féminins que je sentais sur moi un peu plus tôt se sont tournés vers ce foutu professeur. Je ne sais pourquoi, mais cette perte d'attention m'agace. En plus, ce mec n'a rien d'exceptionnel.

Je m'assois vers le fond de la salle, et réserve la place à côté de moi pour Mia. Une certaine angoisse monte en moi alors que le prof se présente, M. Mercier, et que toutes les nanas continuent de le dévorer des yeux. *Et si Mia le trouvait à son goût, elle aussi ?* Tout le monde sait à quel point elle aime le danger. Avoir une aventure avec Mercier serait dangereux, alors que notre relation, à elle et moi, ne l'est absolument pas. Avec tout ce qui s'est passé l'année dernière, elle peut avoir fait le tour de notre histoire. Il est certain que Mia n'aurait de mal à séduire aucun homme, elle est irrésistible. Si elle le veut, elle l'aura.

Non. Evan, arrête d'être parano. Mia t'aime, arrête de douter sans arrêt.

— Comme vous devez le savoir, je suis nouveau dans l'établissement, alors ne vous étonnez pas si j'arrive en retard à certains cours, c'est que je n'arrive pas à trouver la salle.

Toute la classe rit – spécialement les filles, à vrai dire. Pourtant, il n'y a rien de drôle.

— Je vais faire l'appel, dites-moi si j'écorche vos prénoms.

Mercier se met à nous appeler un par un, alors que je fixe intensément la porte en attendant l'entrée de Mia. Elle se fait désirer. L'idée qu'elle soit partie faire une scène au principal pour qu'il la change de classe m'effleure l'esprit. Ce serait bien son genre.

— Mia Castez ?

— Elle va arriver ! je m'empresse de répondre.

— Ça a déjà sonné, fait remarquer Mercier.

La classe éclate de rire, connaissant parfaitement Mia et ses habitudes.

— Oh vous savez, ce n'est pas ce qui l'empêchera de fixer ses propres horaires.

Mercier fronce les sourcils, pas sûr de bien comprendre. La porte s'ouvre bruyamment, et Mia apparaît sur le seuil, plus belle que jamais, tombant nez à nez avec le prof. Elle le détaille attentivement, un sourire aux lèvres. *Bon sang…* Lui la regarde avec un peu trop d'insistance à mon goût.

— Mia, je présume ?

— En chair et en os. Je peux m'asseoir ? Ces talons me font un mal de chien !

Mercier lâche l'affaire, comme s'il savait d'emblée que dompter Mia était peine perdue. Mia se tourne, et ses pupilles s'accrochent instantanément aux miennes. La surprise est sa première réaction, jusqu'à ce que son visage soit éclairé d'un sourire éblouissant. *Tu vois, idiot, il n'y a que toi.* Je lui fais un signe de la main, amusé de sa réaction. Elle se précipite jusqu'à moi, et comme à son habitude, parle bien trop fort.

— Tu n'étais pas censé être séparé de moi cette année ?

— Peut-être que j'ai menti dans le but de te faire une surprise.

Prise d'un élan de joie, elle se penche, prend mon visage entre ses mains, et m'embrasse rapidement.

— Mia !

Mercier la rappelle à l'ordre.

— Oui, oui, ça va, grommelle-t-elle en s'asseyant.

Le prof reprend la parole, alors que Mia me frappe sur l'épaule.

— Hé, mais qu'est-ce qui te prend ?

— Petit con. Tu m'as bien eue.

Je souris, et reporte mon attention sur le cours.

4. AUDACE

MIA

— Mia, j'ai peu de temps, il faut que je bosse…

Je ne tiens pas compte de la plainte d'Evan et le tire derrière moi dans l'escalier, priant pour que ma mère ne sorte pas de la cuisine au même moment. Je me suis engagée à bosser à fond pour mon année de terminale, ce qui implique la fin des visites-surprises d'Evan les soirs de semaine. Mais là, c'est important. Il faut que je le voie, je n'ai plus le choix.

— Je te rappelle que le prof de physique nous a donné une tonne d'exercices pour demain. Et ne me dis pas qu'on va les faire ensemble, on sait tous les deux comment se terminent nos séances de révision.

Je m'arrête une fois à l'étage, le sourire aux lèvres.

— Et comment elles se terminent, Pérez ?

Je me mords la lèvre en collant mon corps au sien. Il déglutit en fixant intensément ma bouche.

— Tu vois, ça commence. Vous n'êtes qu'une allumeuse, mademoiselle Castez.

Je lève les yeux au ciel en le repoussant doucement, reprends sa main, et l'attire dans ma chambre. Je scrute sa réaction en découvrant l'état de mon sanctuaire.

— Ça te plaît ?

Il s'approche de mon lit et attrape un pétale de rose rouge qui y est déposé.

— Des pétales de roses ? demande-t-il, étonné.

— Hum… De toute évidence, oui.

Evan laisse tomber le pétale et se déplace dans ma chambre, pour me montrer une bougie posée sur ma table de chevet.

— Des bougies ?

— Dis donc, quel sens de l'observation ce soir ! Tu m'épates !

Il passe outre ma raillerie, je ne sais même pas s'il l'a saisie, et m'observe de la tête aux pieds.

— C'est toi qui as fait tout ça ?

— Eh bien… oui.

— Ça ne te ressemble pas du tout.

Je grogne intérieurement. Pourquoi faut-il qu'il me connaisse si bien ? Je garde la face, mon objectif bien en tête. Je me déplace jusqu'à ma commode en roulant exagérément du cul, puis me munis de l'huile de massage. Le visage d'Evan s'éclaire soudainement.

— Je vois. Mia, si tu m'as fait venir pour que je te fasse un massage, tu peux oublier.

Il se dirige à grands pas jusqu'à la sortie, mais je l'intercepte d'une main sur son torse.

— Pas si vite. En fait, c'est à toi que j'aimerais faire un massage.

Il arque un sourcil. Bon Dieu, pourquoi ne peut-il juste pas croire que je peux avoir de bonnes intentions ? *Tout simplement parce que tu n'as jamais de bonnes intentions, Mia.*

— Toi ? Tu veux me faire un massage ?

Je tente de lui sourire le plus naturellement possible.

— C'est si dur à croire que j'ai envie de faire plaisir à mon merveilleux petit ami ?

Je m'écarte de lui, sans le quitter du regard.

— Honnêtement, oui. Tu es plutôt du genre à me faire plaisir… en nature, si tu vois ce que je veux dire.

— Non, qu'est-ce que tu veux dire ?

Je prends un ton innocent qui le fait sourire. *Un point pour moi.*

— Allez, je te promets que ça sera pas long. En plus tu as bien besoin de te détendre. La physique attendra.

Je soulève son tee-shirt, il lève les bras pour m'aider à le lui retirer. *Wow.* Evan est tellement bien foutu que ça m'étonne encore. Tous les corps que j'ai vus défiler cet été ne lui arrivent pas à la cheville. *Mia, ne te laisse pas distraire. Pas ce soir.*

Evan cède et s'allonge sur mon lit à plat ventre. Je m'installe à califourchon sur lui. *Sur ses fesses.* Une vague de chaleur me remonte dans l'intégralité du corps. Il me fait toujours un tel effet… C'est inhumain, d'avoir ce pouvoir.

— Tout va bien, Mia ? s'amuse-t-il, voyant que je ne fais rien.

— Oui, oui… Je réfléchissais juste pour savoir par quelle zone débuter.

Je me mets à le masser, et me rends compte que je n'ai jamais massé personne. Ce doit être l'une des seules choses que je ne sais pas faire. J'exécute alors des ronds avec mes pouces, un peu au hasard, et lui me donne quelques indications pour m'aider. À l'air épanoui que je peux voir sur la moitié de son visage qui n'est pas enfoncée dans le matelas, je ne dois pas trop mal me débrouiller. *Il est temps de passer à l'action.*

— Evan ?

— Huum ?

— Tu sais, cet été, je me faisais pas mal chier.

Il ouvre un œil pour me regarder. Une nouvelle angoisse s'empare de mon corps. Je ne suis jamais stressée, sauf quand il s'agit d'Evan. *Quand je parle de pouvoir.*

— Ouais, moi aussi. Par contre, Mia, si tu pouvais éviter de te balancer sur mon cul comme ça… Enfin c'est sûr que mes exercices de physique ne seront jamais faits sinon.

— Oh… Pardon.

Je m'immobilise, tentant de faire disparaître toutes les idées cochonnes traversant mon esprit. Je me remets à le masser, concentrant mon regard sur une partie de chair en particulier pour ne pas perdre le fil.

— Donc, je disais… Je me faisais pas mal chier, alors juste pour voir, je me suis renseignée sur les castings de mannequinat à proximité de Toulouse. Et il se trouve qu'Audace Lingerie tourne une pub ici même en ce début d'année, et qu'ils cherchent une jeune actrice…

Je fais une pause, guettant sa réaction. Il n'en a aucune. Habituellement c'est moi l'impassible, pas lui. Il se contente de dire d'une voix neutre :

— Ah oui ?

— Oui. Des photos sont prévues aussi… Enfin tout pour la promotion de la nouvelle collection. Je me suis inscrite, et… le casting est demain après-midi.

Un poids quitte ma poitrine une fois ma déclaration faite. Evan se contracte sous moi, puis se redresse, me faisant quitter ma place sur son dos. Assise en tailleur, j'attends sa réaction. Il se masse la nuque, et prend la même position que moi pour me regarder.

— Pourquoi tu ne m'as rien dit avant ?

Il n'a pas l'air en colère. Je hausse les épaules.

— Je ne sais pas… Je ne savais pas si ça te plairait, que je pose et tourne en lingerie fine pour que tout le monde puisse me voir ensuite.

Il soupire et secoue la tête.

— Mia, je ne t'empêcherai jamais de saisir une opportunité pareille à cause de ma jalousie. Je te fais confiance, je sais que tu feras tout pour ne pas mettre notre couple en péril. Surtout que tu as toutes tes chances : s'ils ne te prennent pas, c'est qu'ils ont carrément de la merde dans les yeux.

Mes épaules s'affaissent. La sincérité dans son ton me surprend. L'idée que d'autres garçons puissent mater mon corps presque nu doit certainement le piquer au fond de lui, mais il ne laisse rien paraître.

— Mais comment se fait-il que tu sois soudainement le petit copain parfait en toutes circonstances ? soufflé-je, impressionnée.

— Je pourrais dire la même chose, madame qui décide de me faire subitement un massage. Enfin je comprends mieux maintenant, c'était pour m'amadouer. Manipula-trice.

Nous sourions tous les deux, puis quelques secondes de silence passent. Audace est une marque que j'affectionne tout particulièrement, et Evan aussi... Il m'en a même acheté un ensemble une fois, si je me souviens bien. Ça va peut-être l'aider à finalement se réjouir de cette nouvelle. Je l'observe assimiler toutes les informations de ces dernières minutes.

— Mais tu as tout ce qu'il faut ? Je veux dire des photos, tout ça... Il faut des photos, n'est-ce pas ?

— Oui, Evan, j'ai tout ce qu'il me faut. Et oui j'ai un book de photos réalisé par un vrai photographe. Je n'ai plus qu'à me présenter au casting.

— D'accord...

— Tu... tu voudrais pas m'y accompagner ?

Les coins de sa bouche se relèvent pour former un sourire ravageur.

— Avec grand plaisir.

●

Je déteste attendre, c'est un fait. Attendre dans une salle remplie de nanas respirant l'angoisse, c'est pire que tout pour moi. Surtout quand celles-ci reluquent mon mec en pensant être discrètes. Sauf que lui ne fait attention à elles à aucun instant, feuilletant mon book en attendant. Je souris de cette constatation, tout en me disant que j'ai vraiment de la chance de pouvoir compter sur lui dans ces moments de ma vie.

— J'en ai marre ! je me plains, faisant relever la tête d'Evan. Ça fait quoi, deux heures qu'on est là ? Qui sont-ils exactement, pour me faire patienter autant ?

— Non, en fait ça fait à peine trente minutes, répond Evan, amusé.

Il pointe sa montre pour prouver son affirmation. Je soupire, le temps passe à une lenteur phénoménale.

— Eh bien c'est déjà trop !

Je croise les bras en m'enfonçant dans mon siège. La femme revient, et ma mauvaise humeur s'accroît quand je l'entends prononcer un autre nom que le mien. D'une fille même pas jolie, en plus.

L'air de la salle devient de plus en plus irrespirable. Je me lève, ne supportant plus de rester assise, et fais quelques pas. Mon regard est attiré par des portes battantes sur le côté. Je m'approche, seules deux petites fenêtres rondes permettent de révéler un long couloir sombre. Je distingue tout de même une légère luminosité vers le fond. *Peut-être est-ce une autre entrée.*

— Mia, qu'est-ce que tu fais ?

Evan se tient debout derrière moi. Il adopte son air de père sermonneur.

— J'aimerais juste jeter un œil…

Je pousse une porte, mais Evan m'arrête d'une main sur mon bras.

— Je ne pense pas que tu aies le droit de passer par là.

— Je n'ai que faire des règles, monsieur Pérez. Et c'est juste histoire de voir… Je reviens vite. Viens me chercher si on m'appelle avant.

Je ne lui laisse pas le temps de riposter et pénètre dans le long couloir. Seul le bruit de mes talons qui claquent contre le sol rompt le long silence autour de moi. J'avance à l'aveuglette vers le rayon de lumière, plus tellement certaine de ma décision de m'aventurer ici.

J'arrive devant une porte avec la même espèce de hublot que tout à l'heure, d'où provient la lumière. Je peux voir trois personnes assises derrière une table, certainement les clients d'Audace Lingerie, ainsi que la fille moyennement belle devant eux.

— Je peux savoir ce que tu fais là ?

Je sursaute et me retourne précipitamment, prise en flagrant délit. Le peu de luminosité ne me permet pas de distinguer la personne qui vient de parler, j'entends juste ses pas se rapprocher. Je peux simplement présumer qu'il s'agit d'un homme, étant donné le son grave de sa voix.

— Tu n'as pas le droit d'être ici, poursuit-il face à mon silence, révélant un accent italien qui en charmerait plus d'une.

Il se rapproche toujours de moi dans la pénombre. Ne pas voir mon interlocuteur me plonge dans un état de suspense que je n'apprécie pas. Je me vois déjà faire la une des journaux : « *Une adolescente retrouvée découpée en morceaux dans des locaux lors du casting de la célèbre marque Audace Lingerie.* »

— Et c'est censé changer quelque chose ?

Mon ton est hautain au possible. Si ce type est réellement un serial killer, je ferais mieux de la boucler. J'entends un clic, et les grandes lampes accrochées au plafond éclairent le couloir. Mon regard reste rivé sur les doigts de l'inconnu sur l'interrupteur, à environ deux mètres de moi. J'ai peur de remonter le long de son bras à cause de l'alerte « danger » qu'a activée mon corps.

— Avec de la lumière c'est mieux, tu ne penses pas ?

Ma curiosité l'emporte et je lève le menton vers le psychopathe, qui me dévisage avec un intérêt non dissimulé.

Je le reconnais immédiatement, et mes yeux s'écarquillent sous la surprise de le voir ici. Il paraît satisfait de ma réaction et en peu de temps, il est planté à quelques centimètres de moi. Ses yeux plus noirs que jamais descendent le long de mon corps, comme si sa position lui permettait d'agir de manière si indécente.

— J'aimais le noir, à vrai dire, riposté-je, pour lui montrer qu'il ne m'intimide pas. C'est tout de suite plus amusant.

Il hausse les sourcils, sûrement étonné que je ne fonde pas devant lui. Son comportement est exagéré. Certes, il a acquis une notoriété indéniable ces deux dernières années, mais il est encore méconnu de pas mal de personnes. Je sais qui il est car je m'intéresse au monde du mannequinat, mais quelqu'un qui n'en a rien à faire ne connaît même pas le nom de Silvio Calvi.

— C'est parce que tu aimes tout ce qui est sombre, je me trompe ? Tu aimes la sensation de pouvoir que te procure l'obscurité.

Je me retiens d'éclater de rire. J'ai simplement dit que j'aimais le noir, et il en a déduit tout ça ? *Tu n'es qu'un stupide mannequin, Calvi, pas un philosophe.*

— Non, pas spécialement.

— Non ?

— Non.

Il sourit en coin de manière méprisante, comme si… comme s'il me voyait déjà dans son lit. Je suis obligée de lever la tête pour le regarder, ce qui m'agace profondément. De par ma grande taille, il est rare qu'on me domine largement. Evan est l'exception, mais ça ne m'a jamais dérangée, au contraire. En revanche, que ce Silvio me dépasse, ça me dérange.

— Tu vas me dire ce que tu fais ici ? insiste-t-il, son souffle s'écrasant sur mon front.

Il se croit menaçant, peut-être ? J'avais déjà remarqué sur les photos que sa tête était disproportionnée par rapport à son corps, et maintenant je découvre qu'il a la grosse tête dans tous les sens du terme. Silvio Calvi, à peine vingt ans, est plus arrogant qu'il n'est permis. Je sais ce que vous vous dites, c'est l'hôpital qui se fout de la charité, au vu de mon caractère. Sauf qu'il n'y a que moi qui aie le droit d'agir ainsi.

— Et toi ? rebondis-je, me souvenant que lui aussi se trouve en ce lieu interdit.

La mèche brune qui lui tombe sur le front lui donne un côté enfantin durant un instant, jusqu'à ce qu'il l'écrabouille en ouvrant la bouche.

— Tu crois être en position de me demander ça ?

Alors là, c'est plus fort que moi, j'éclate de rire. Ce gars n'est pas croyable. Il se croit si irrésistible que ça en devient ridicule.

— Je peux savoir pourquoi tu ris ? s'agace-t-il, visiblement touché par mon manque de respect.

— C'est juste que… Désolée de t'apprendre ça, mec, mais tu n'es pas le roi du monde. Parce que tu apparais dans quelques pubs, ça y est tu devrais te sentir supérieur aux autres ? Redescends de quelques étages mon coco, parce que tu es loin d'avoir des ailes pour voler.

Je me rends compte que c'est tout à fait une réflexion qu'on pourrait me faire, à moi. La différence c'est que j'aurais trouvé quelque chose à répondre, alors que Silvio reste bouche bée. Puis un large sourire se dessine sur son visage, et une lueur qui ne présage rien de bon s'anime dans son regard. Je comprends qu'il croit qu'une sorte de jeu s'établit entre nous. Sauf que je ne suis en aucun cas en train de jouer, et ce n'est pas comme si j'en avais envie.

— Tu es venue passer le casting ? enchaîne-t-il, ignorant ma dernière pique.

Quelle perspicacité !

— C'est évident, non ?

— J'ai confiance en Benoît, il sait reconnaître le talent. Il le verra en toi.

— C'est certain.

Quand je me dis que je ferais mieux de retourner dans la salle d'attente, la voix de Silvio devient sensuelle.

— En plus...

Il s'approche davantage de moi. Nos nez se touchent presque. Cette soudaine proximité ne me fait ni chaud ni froid, pour être honnête.

— C'est une chance qu'Audace Lingerie soit une marque mixte, et que cette pub nécessite un représentant homme et femme.

— Tu es le représentant masculin...

Il ne me semble pas que c'était spécifié, que la pub se ferait à deux. J'aurais dû mieux lire toutes les informations.

— Évidemment. J'ai quitté Milan pour la France justement pour cette campagne, Audace a l'air d'être une marque prometteuse, alors je n'hésite pas à donner un petit coup de pouce avec mon magnifique corps pour l'aider à prendre son envol.

— Que c'est généreux de ta part !

— Ouais, je sais.

Il ne saisit pas mon ironie, ou alors il fait exprès de ne pas la saisir. Je décide de laisser tomber, puisque ce mec est de toute évidence un sombre abruti, quand une voix familière retentit dans mon dos.

— Mia ?

Je me retourne vers Evan, craignant de le voir énervé. Il s'approche de nous, un œil critique posé sur Silvio. Il s'efforce de me sourire le plus naturellement possible.

— C'est à toi.

— D'accord. Merci de m'avoir prévenue.

Il hoche la tête. Je lui caresse le bras pour le remercier de ne pas laisser transparaître son agacement de me retrouver en train de discuter avec un mannequin. De toute façon, je peux vous assurer qu'Evan est bien plus sexy que Silvio. S'il voulait se lancer dans le mannequinat, il le surpasserait sans aucun doute.

Evan pose une main dans mon dos et nous regagnons la salle d'attente, laissant Silvio derrière nous.

•

Le casting n'aurait pas pu mieux se passer. C'est plutôt facile, en fait. Il suffit de sourire, d'être jolie, d'avoir de l'assurance ou prétendre en avoir, et le tour est joué. Le seul détail qui puisse rendre la chose difficile est de se sentir stressé, mais puisque je ne suis pas une angoissée dans l'âme, cela ne me concerne pas. Ils n'en ont rien à faire de savoir si vous êtes bêtes comme vos pieds, tout ce qui les intéresse c'est votre physique et ce que vous dégagez.

Evan et moi entrons dans ma maison. Si je n'hésite pas à exprimer ma joie, ce n'est pas son cas. En fait, il ne dit pas grand-chose. Ce qui je l'avoue, est un peu vexant.

Ma mère arrive devant nous. Je m'apprête à l'ignorer, sachant qu'elle risque de m'engueuler parce que mercredi est un soir de semaine, et donc Evan est interdit à la maison. Déjà qu'elle l'a surpris en train de sortir en cachette hier soir, elle risque d'être très, très pénible. Mais je m'arrête instantanément en voyant l'inquiétude lui ravager le visage. Ça, ce n'est pas normal.

— Mia, est-ce que tu peux rester en bas, s'il te plaît ?

Je regarde Evan, perplexe lui aussi.

— Pourquoi ?

— C'est important… Ton père sera là d'une minute à l'autre.

Son ton est dur, et ne laisse pas place à la discussion. Elle ne m'a même pas demandé comment s'était déroulé le casting, je vais finir par croire que tout le monde s'en fiche.

— On peut monter le temps de cette minute à l'autre ? Je descendrai dès que papa sera là.

Ma mère opine à contrecœur, et nous laisse monter, Evan et moi. Arrivés dans ma chambre, il semble qu'aucun de nous ne sache quoi dire.

— Tu penses que c'est grave ? demandé-je à Evan, me laissant tomber sur le lit.

Il s'assoit à côté de moi, puis pose sa main sur la mienne, sur mon genou.

— Je ne pense pas. Ce n'est sûrement qu'une réunion de famille.

En vérité, il n'en sait rien, tout comme moi. Mais son optimisme est tout de même rassurant. Je pose ma tête sur son épaule en soupirant.

— Bon, et sinon, tu n'as rien à me dire ?

— À propos de quoi ?

Il ne voit vraiment pas ? Sérieusement, il commence à m'agacer.

— Je t'ai dit que le casting s'était super bien passé, et j'ai dû avoir droit à trois mots. Et aucun d'eux n'était du genre « félicitations ».

Il tourne la tête vers moi, un air désolé sur le visage.

— Excuse-moi. Félicitations, Mia, je suis fier de toi.

— Tu pourrais être plus convaincant.

Je m'allonge, et fixe le plafond pour contenir mon énervement.

— Et je pensais avoir droit à plus qu'un silence, quand je suis sortie, continué-je.

— Et qu'est-ce que tu voulais que je te dise ? Si j'ouvrais la bouche, j'avais peur de ne pas pouvoir m'empêcher de te poser des questions sur ce type avec qui tu discutais pendant que j'attendais comme un con, et à qui tu as clairement tapé dans l'œil. Sans parler de la façon méprisante avec laquelle il m'a regardé. Je ne veux pas que tu te sentes étouffée, et je veux te montrer que je te fais confiance, mais putain, c'est pas facile…

Evan, de nouveau sur ses jambes, se retrouve à attendre ma réaction, au pied du lit. *C'est donc ça…* Son mutisme était une façon de se contenir. Si une simple discussion le met dans un état pareil, alors je préfère ne pas imaginer quelle sera sa réaction quand il apprendra que si je suis prise, je devrais poser en lingerie avec Silvio. Mais je dois le lui dire, si je commence à lui cacher des choses, on ne s'en sortira pas, notre passé peut en attester. En plus c'est quelque chose qu'il finira forcément par apprendre.

— Ce mec, c'est un mannequin italien. Silvio Calvi. Il va représenter la marque, et enfin... tourner dans la pub avec la fille qui sera prise.

— Pardon ? s'étrangle-t-il.

Il commence à gigoter dans tous les sens, ce qui il le sait, m'insupporte.

— Tu ne m'avais pas dit qu'il y aurait un gars avec toi...

— Parce que ça aurait changé quelque chose ? Tu m'aurais interdit d'aller au casting ?

Mes mots le clouent sur place, j'en profite pour venir me placer face à lui.

— Non, mais admets que ça rend la chose différente.

— C'est professionnel, Evan. Compare la chose à deux acteurs qui doivent jouer un couple, c'est que du faux.

— Parce que tu vas devoir l'embrasser ? Ou des trucs du genre ?

— Mais non ! Enfin, j'en sais rien, mais...

— Mais tu plais à ce mec, ça se voit. Et il va t'avoir avec lui presque à poil pendant... je sais pas combien de temps... mais bien trop longtemps.

— Bon, tu sais quoi...

Je m'avance à pas rapides vers la porte, et pose ma main sur la poignée.

— Tu as décidé de jouer les petits cons, alors je te propose de t'en aller, et de revenir quand tu auras réfléchi à ton comportement.

— C'est ça, crache-t-il. En attendant, tu peux peut-être aller t'entraîner avec ce « Sylvain » ou je sais pas quoi, il peut sûrement te donner des conseils. Quoique, il y a besoin de conseils pour s'exhiber presque nue ?

Evan atteint la porte, alors que ses mots frappent mon cœur avec force. Je déteste quand il est comme ça.

— Je ne sais pas. Tu sais, j'ai eu de l'entraînement cet été, sur la plage, et tout le monde en a bien profité.

Sa pomme d'Adam est plus visible que jamais lorsqu'il déglutit.

— C'est petit, Mia, même pour toi.

Il a raison, mais à cet instant, je m'en fiche. J'ouvre la porte en grand pour le convier à bien vouloir se barrer vite fait. Mais Evan reste bloqué dans l'embrasure par Maël, la main en l'air, prêt à toquer à la porte.

— Maël, qu'est-ce que tu fais là ?

Il n'est pas censé venir durant la semaine. À part si je lui manque, ce qui est tout à fait plausible.

— C'est les parents, ils m'ont demandé de venir en vitesse, quelque chose d'important à nous annoncer. Quelqu'un peut me dire ce qui est en train de se passer dans cette maison, bordel ?

5. UNE ARRIVÉE INATTENDUE

EVAN

Mia et moi scrutons Maël, en totale incompréhension. Je fulmine encore de colère, mais la curiosité est en train de prendre le dessus. Si leurs parents ont convoqué Maël un soir de semaine, c'est que leur annonce ne peut vraiment pas attendre.

— Attends deux secondes… Qu'est-ce qu'ils t'ont dit, exactement ? demande Mia.

Maël se gratte la gorge et emprunte une voix aiguë, censée ressembler à celle de sa mère :

— Mon poussin – Pérez, je t'interdis de rire –, tu pourrais venir ? Non, en fait viens, maintenant. C'est important. Tu dînes à la maison ce soir. Bip, bip, bip…

— Je ne crois pas que le « mon poussin » et les « bips » étaient indispensables, réplique une Mia blasée.

Maël hausse les épaules.

— Tu m'as demandé ce qu'ils avaient dit exactement.

Soudain, des voix retentissent en bas. Plusieurs voix. Les deux Castez et moi nous regardons tour à tour, attendons que les voix s'éloignent, puis descendons à toute allure les

68

escaliers. Nous débarquons dans la salle à manger, et nous arrêtons en même temps tel un seul homme. Susan est sur le point de se lever, certainement pour venir chercher ses enfants. Max, assis à côté d'elle, a un air coupable en voyant sa progéniture entrer. Une femme blonde dans la quarantaine est assise à côté de lui, une très belle femme. Mais la réelle surprise, c'est la fille que cette femme tient par la main par-dessus la table. Une adolescente d'environ notre âge, dotée d'un visage fin, de cheveux bruns épais, de lèvres pleines... la ressemblance avec Mia est frappante. Ses yeux sombres sont la seule différence que je trouve.

Mia fixe la jeune fille, la mâchoire serrée. Elle et Maël ont à peu près la même expression de stupéfaction, tous deux immobilisés. D'un seul coup, je me sens de trop.

— Je vais y aller...

Je me tourne mais Mia saisit fermement mon poignet, et me supplie du regard.

— Reste, murmure-t-elle.

Elle semble complètement effrayée. Je regarde Susan, qui soupire. C'est la première fois que je la vois si exténuée.

— Evan, c'est peut-être mieux que tu restes.

Je comprends le message caché : « Tu es le seul à pouvoir gérer Mia. » Qu'elle ait si peur de la suite ne présage rien de bon.

Mia glisse sa main chaude dans la mienne, et je tente de lui adresser un sourire rassurant. Même moi, je sens que c'est raté.

— Vous devriez vous asseoir, les enfants, suggère Max.

Nous nous exécutons, comme en transe. Mia, assise entre Maël et moi, se retrouve en face de l'adolescente inconnue. En la regardant, je finis par trouver des différences. Son nez est long, alors que celui de Mia est plus retroussé. Son teint est aussi beaucoup plus pâle que la peau naturellement hâlée de Mia. Mia resserre sa main autour de la mienne, toutes deux toujours enlacées sous la table, comme pour se donner du courage.

— Qui est-ce ?

Mia pointe les deux inconnues d'un geste de tête. Max tourne la tête vers Susan, mais sa femme évite son regard.

— Ma fille.

Un silence de mort tombe sur la pièce. Sa… *Attendez, quoi ?*

— Toujours autant de tact, grommelle Susan.

Le silence est soudain rompu par le rire de Mia, à côté de moi. Un rire nerveux et sans aucune joie. Une des innombrables façons de réagir à la Mia Castez.

— Pardon ?

Max soupire et baisse les yeux. Je regarde la femme blonde, elle garde la tête haute en attendant que Max s'explique, impénétrable. Susan ne semble pas se sentir concernée. J'en déduis qu'elle n'est pas la mère de cette enfant cachée. Quant à la supposée sœur de Mia, elle paraît gênée par la situation, mais essaie de faire bonne figure. Pendant une seconde, mon regard croise le sien. Puis elle reconcentre son attention sur Max.

— Quand ta mère était enceinte de toi, Mia, les choses entre elle et moi n'allaient pas très bien, commence Max. Le stress d'avoir un nouvel enfant, Maël qui n'avait même pas un an, avec les quelques problèmes financiers de l'époque ont fait que nous nous sommes séparés, pendant quelque temps. Mais nous avons pris la décision d'essayer de reconstruire notre couple à ta naissance, et on s'en est pas trop mal sortis, puisqu'on est là aujourd'hui.

La main de Mia se resserre encore un peu plus autour de la mienne, et devient moite. Ce qui est, vous le remarquerez, assez alarmant.

— C'est bien joli tout ça, mais si on pouvait en venir au fait, parce que je sais pas si vous avez remarqué mais on est sur le point de craquer ! s'exclame Maël.

C'est la première fois, je crois, que je vois Maël animé d'un si grand sérieux. Encore plus que lorsqu'il protège sa sœur.

— Tout se serait bien passé si votre père n'avait pas commis une bêtise pendant notre séparation, commente Susan sur un ton de reproche.

— Hé, oh, je n'apprécie pas trop qu'on appelle ma fille une « bêtise », intervient la blonde.

— Dans la mesure où vous vous êtes tapée mon mari alors que j'endurais ma grossesse toute seule, et que je dois maintenant héberger le fruit de vos parties de baise sous mon toit, je pense que je suis en droit de dire ce que je veux.

La blonde ne trouve rien à redire, certainement parce qu'elle sait que Susan a raison. Seulement, le dernier détail qui a franchi les lèvres de Susan n'a pas échappé à Mia et Maël, qui en restent consternés.

— Quoi ? Héberger ?

— Est-ce que quelqu'un pourrait me laisser continuer de raconter cette histoire dans l'ordre à mes enfants ? gronde Max.

Tout le monde se tait, même si quelques regards tueurs fusent à travers la salle à manger.

— Bien. Mais voilà, je pense que vous l'avez deviné, j'ai eu une aventure rapide avec Cécile ici présente pendant cette séparation. Et Cécile est tombée enceinte. Même si je suis revenu avec ma femme ensuite, je ne voulais pas renier mon troisième enfant. Je voulais être présent dans sa vie, ou au moins contribuer à ses besoins. J'ai reconnu Indiana à sa naissance, et envoie de l'argent à Cécile tous les mois. J'ai aussi essayé de rendre visite à ma fille pendant son enfance, même si ça n'a pas été facile, puisque pour son travail Cécile doit voyager beaucoup. Je comptais vous en parler, un jour ou l'autre, mais j'espérais que cela arrive moins brutalement…

— Alors tu nous as caché l'existence d'une sœur pendant toutes ces années ? dit Maël, subjugué. Et un jour tu la fais venir, elle et une de tes ex, sous notre toit, pour nous l'annoncer de cette façon ? Mais qu'est-ce qui ne va pas chez toi !

Je me demande vraiment ce que je fous là. Je ne peux pas intervenir, cette histoire ne me concerne pas. Mais il est certain que Max n'aurait jamais dû annoncer l'existence de sa fille de cette façon. Surtout connaissant Mia qui est une bombe à retardement, menaçant d'exploser à tout moment. Max poursuit son histoire sans se démonter, alors que je crains le moment où tout va lui éclater à la figure.

— Comme je vous l'ai dit, Cécile voyage beaucoup. L'année dernière, elle et Indiana étaient à Bordeaux. J'ai donc pu aller voir Indiana plus régulièrement. Mais cette année, Cécile doit partir à Madagascar. Ce serait bien trop compliqué qu'Indiana parte avec elle, sans compter que ce ne serait pas bénéfique à son année de terminale, alors elle va venir vivre avec nous.

— Putain, mais c'est n'importe quoi ! hurle Mia en se levant, et en lâchant ma main par la même occasion. Mais maman, dis quelque chose ! Tu vas pas laisser cette fille s'installer ici ! C'est une inconnue !

— Nous en avons déjà longuement discuté, Mia, assure Max. Je voulais vous en parler avant l'arrivée d'Indiana, mais le départ de Cécile s'est avancé, et tout s'est fait très vite.

Mia jette un regard de dégoût à Indiana, puis à Cécile, et secoue la tête. Cécile et Indiana ne se ressemblent pas, Indiana a surtout pris de son côté paternel. *Tout comme Mia.*

— C'est ta sœur, Mia, murmure Max, presque comme une supplique.

— Non. Je ne la connais pas. Elle n'est rien pour moi, et je ne veux pas d'elle ici. Ce n'est pas parce que tu ne sais pas garder ta bite dans ton pantalon et que tu t'es empressé de baiser avec cette blondasse durant ta courte période de célibat que c'est nous, maman et moi, qui devons trinquer maintenant. Garde ton linge sale hors de cette maison.

Je n'imagine pas à quel point cela doit être dur pour Susan, de devoir héberger la fille que son mari a eue avec une autre femme. Elle est aujourd'hui animée d'une force que je ne lui connaissais pas, et soudain Mia et elle sont plus semblables que jamais.

Cécile se lève à son tour, furieuse.

— Toi, tu vas te calmer !

— Maman…

— Indiana, tu me laisses parler. Ma fille n'y est pour rien là-dedans, elle n'a rien demandé ! Et la blondasse elle t'emmer…

— Fermez-la ! crie Susan à son tour. Mia n'y est pour rien non plus, et je vous interdis de l'insulter. Estimez-vous déjà chanceuse de pouvoir entrer dans cette maison, et reconnaissante qu'on veuille s'occuper de votre fille alors que vous vous cassez à l'autre bout du monde.

— Bien sûr que je le suis, mais ça ne donne pas le droit à Mia de nous traiter, Indiana et moi, de façon si méprisante.

— Est-ce que je peux en placer une ?!

L'ensemble de la table est surpris par la voix qui vient de s'élever. Indiana se manifeste pour la première fois depuis son arrivée, et je prends conscience que personne ne l'a laissée s'exprimer. À présent tout le monde l'écoute, même Mia est attentive.

— Je comprends que m'accepter ici est difficile. Mais je ne cherche en aucun cas à diviser votre famille, ou à créer des tensions. Je me ferai toute petite s'il le faut, et prendrai mon mal en patience, tant que je ne suis pas obligée d'aller à Madagascar je suis prête à tout. Je n'attends rien de votre part, si ce n'est de me laisser dormir dans cette maison.

— Tant mieux, parce que tu n'auras rien, déclare froidement Mia. Je n'ai qu'un frère, et il est assis à mon côté. Je ne veux pas de toi dans ma vie. Je ne voudrais même pas que tu existes.

Les mots de Mia atteignent Indiana, même si elle tente de le masquer. Les larmes lui montent aux yeux. Ça ne doit pas être facile pour elle non plus. Elle devait sûrement connaître l'existence de Mia et Maël depuis toute petite, peut-être même qu'elle rêvait de les rencontrer. Hélas, il s'avère que Mia est Mia, autrement dit une garce égoïste qui ne veut pas d'une sœur en plus.

Ma copine s'en va, le bruit de ses talons claquant contre le sol s'éloignant petit à petit. Je n'aurais décidément pas dû rester, je n'ai servi à rien. Maël s'apprête à quitter la salle à son tour, mais s'adresse à son père une dernière fois :

— Ne compte pas sur moi pour t'aider dans cette histoire. Mia a toutes les raisons d'être énervée, tu aurais dû mieux gérer la chose. Moi j'ai du boulot pour demain, et je n'ai pas vraiment envie de rester dîner.

Puis il contourne la table, pour venir s'accroupir devant Indiana.

— Ne sois pas trop touchée par les propos de Mia, elle sait exactement frapper là où ça fait mal. Mais elle n'est pas si méchante, au fond.

Indiana hoche la tête, incertaine, et Maël lui frotte affectueusement le bras.

— Je reviendrai vite, et si tu le veux bien, j'aimerais beaucoup apprendre à connaître ma nouvelle petite sœur.

Indiana sourit, et elle ressemble encore plus à Mia.

— Ce serait avec plaisir.

Maël quitte la pièce alors que je me masse la nuque, à cran. Cécile caresse les cheveux de sa fille, tout en tentant de la rassurer. Je me dis que je ferais bien de retrouver ma tarée de petite amie pour être sûr qu'elle n'est pas en train de tout casser.

— Désolé pour cette scène de ménage familiale, Evan, s'excuse Max.

— Oh, vous savez, j'en ai vu d'autres.

Je m'arrête sur le pas de la porte, comme Maël un peu plus tôt.

— Vous savez qu'elle ne l'acceptera jamais ?

Susan et Max soupirent.

— C'est sa sœur, répond Max, comme s'il ne connaissait pas sa fille.

— Raison de plus. Leur ressemblance est frappante, Indiana va venir habiter ici... Mia va avoir l'impression d'être remplacée. Et honnêtement, la connaissant, je ne sais pas quoi faire pour qu'elle ne se sente pas menacée. C'est la seule faille dans sa confiance en elle.

— Merci, Evan. Pour être resté.

Je souris à Susan et monte les escaliers. Je retrouve Mia affalée sur son lit, étudiant le plafond comme s'il s'agissait du spectacle le plus fascinant qui soit. Je fais semblant d'inspecter la chambre.

— Je rêve ou rien n'est cassé ?

Elle se redresse en souriant pauvrement. Elle a l'air de s'être calmée. Je vais m'asseoir à côté d'elle sur le coin du lit, et elle ne tarde pas à passer ses bras autour de mon cou.

— Non, mais je meurs d'envie de balancer cette lampe par terre.

— Je ne peux pas t'en tenir rigueur, je ferais certainement pire à ta place.

Je laisse mes pouces se balader le long des traits de son visage. Indiana a beau être jolie, elle ne dégage pas le même charme ensorcelant que sa sœur. De toute façon, Mia restera la plus belle de toutes à mes yeux quoi qu'il arrive. Une des répercussions d'être amoureux, j'imagine.

— Tu es toujours fâché ? me demande-t-elle.

— Non… Il faudra quand même qu'on discute de la dispute de tout à l'heure, mais j'estime que l'arrivée soudaine de ta sœur cachée vaut bien un sursis.

— Une sœur… Mon père s'est bien foutu de nous.

Je la fais grimper sur mes genoux, et pose mes mains dans le bas de son dos.

— Comment tu te sens ?

— Je sais pas trop… trahie. Et profondément énervée. Cette fille ne viendra pas habiter avec nous.

Mia plonge sa tête dans mon cou, et en embrasse quelques recoins, alors que je réfléchis à comment lui répondre sans provoquer une énième dispute.

— Je crois que la décision est déjà prise, mon ange. Mais tu n'es pas obligée de considérer Indiana comme ta sœur.

Ses hanches commencent à se balancer. Ça va être de plus en plus difficile de tenir une conversation.

— Je ne la considérerai jamais comme telle, marmonne-t-elle dans mon cou. Et puis c'est quoi ce prénom, Indiana ? C'est super moche !

— La première destination de ma mère en dehors de la France a été Indianapolis. J'imagine que j'ai eu de la chance, j'ai échappé au nom de la ville et ai pris le nom de l'État.

Par-dessus l'épaule de Mia, je regarde Indiana sur le pas de la porte. Mia se retourne et la scrute à son tour. Indiana se comporte de façon assurée, seuls ses ongles qu'elle triture nerveusement la trahissent.

— Ouais, ben c'est quand même super…

Je pince la peau de la hanche de Mia, ce qui la fait couiner. Elle reprend :

— Enfin ça doit pas être facile à porter, quoi.

— C'est sûr. J'ai dû entendre la connotation négative du mot « original » un nombre incalculable de fois.

Je laisse échapper un petit rire, et Indiana replace une mèche brune derrière son oreille. Elle a l'air sympa, comme fille. Peut-être que Mia finira par l'apprécier, comme on dit l'espoir fait vivre. Tant qu'elle ne lui fait pas de crasses, alors le monde peut s'estimer heureux.

— Je voulais juste te dire que je ne cherche absolument pas à te remplacer, Mia.

— Qu'est-ce qui te fait croire que c'est ce que je pense ? contre-attaque Mia, sur la défensive.

Indiana, perplexe, me lance un appel à l'aide. Je lui fais de gros yeux pour lui faire comprendre de ne pas poursuivre sur cette voie.

— Je ne sais pas… Enfin j'imagine que c'est ce que ressentirait à peu près tout le monde. Je vais vous laisser continuer de faire… ce que vous étiez en train de faire.

Indiana referme la porte, rougissante, alors que Mia lève les yeux au ciel. Je la réprimande du regard.

— Quoi ? J'ai pas été méchante !

— Pour l'instant.

Mia roule des yeux et presse doucement sa bouche sur la mienne. Elle chuchote tout contre mes lèvres :

— Tu devrais y aller, tu as promis à ta mère de l'appeler.

— Putain, c'est vrai.

Avec tout ça, j'avais presque oublié la discussion que je dois absolument avoir avec ma mère ce soir. Je suis rentré en me fixant une condition : l'appeler le plus souvent possible.

— Tu vas à Paris ce week-end, alors ?

— Ouais. Je vais essayer d'y aller le plus souvent possible tant qu'on n'est pas submergés de devoirs.

Mia opine et descend de mes genoux. Je sais que rendre visite à ma mère diminue le temps passé avec elle, mais elle l'accepte, avec difficulté toutefois.

Après l'avoir embrassée, je sors de la chambre. Je tombe sur Indiana dans le couloir, qui quitte la chambre d'amis dans laquelle j'ai dormi une fois, et qui est probablement devenue sa chambre. Elle me fait un sourire crispé.

— Tu t'en vas ?

— Euh ouais, mais on risque de se recroiser vite.

— Tu viens souvent ici ?

Oui, en fait le lit de Mia est très confortable pour nos affaires…

— Régulièrement, oui. Mais les parents de Mia, enfin ton père et Susan, ont fixé de nouvelles règles : je n'ai le droit de venir que le week-end à présent. Enfin normalement.

— Je vois. Alors je m'attends à te voir ce week-end ici.

— En fait, je serai à Paris ce week-end.

— À Paris ?

Dois-je lui parler de l'état de ma mère ? De toute façon elle risque de l'apprendre, et évoquer le sujet ne me dérange pas.

— Oui, ma mère a un cancer et suit un nouveau traitement là-bas.

Qui j'espère est efficace.

— Oh ! J'ai un oncle qui avait un cancer.

— Avait ?

— Ouais, il est mort. Et j'aurais certainement pas dû te dire ça…

Elle grimace et ses joues s'empourprent. Malgré le sérieux de cette conversation, sa réaction m'amuse, et me détourne de ma plus grande peur : voir ma mère mourir.

— Non, en effet.

— J'ai tendance à parler trop vite, surtout quand j'ai été angoissée comme tout à l'heure… Désolée.

— Ça me rappelle quelqu'un.

Indiana me scrute de ses grands yeux bruns, et comprend immédiatement à qui je fais allusion. Le sourire niais ancré à mon visage doit l'y aider.

— Mia ?

— Oui. Elle est du genre direct, elle aussi.

— Elle n'a pas l'air très...

— Diplomate ? complété-je.

Elle acquiesce.

— Non, elle ne l'est pas... Autant que tu sois prévenue, c'est une vraie garce.

— Mais tu sors avec elle ?

Maintenant, elle est perplexe. C'est vrai qu'il est rare d'entendre un mec dire de sa copine qu'elle est une garce. Mais dans le cas de Mia, ça deviendrait presque un compliment.

— Oui, disons que ça fait son charme.

Indiana ne semble pas comprendre, mais tout deviendra vite clair quand elle aura affaire à sa sœur. Elle ne pouvait pas tomber plus mal qu'avec Mia, j'espère que ma garce de copine va privilégier l'ignorance aux piques blessantes.

— Bon, alors on se voit demain, conclut-elle.

— Demain ?

— Oui, au lycée.

Bon sang, je n'avais pas pensé à ça. Indiana va faire sa terminale dans notre lycée. Et comment tout ça n'est-il pas censé dégénérer ? Je sens déjà les problèmes et les crises de jalousie pointer le bout de leur nez.

— ... ou pas.

— Désolé, c'est juste que je n'avais pas réalisé...

— Que je serais autant dans vos vies ? Je ne suis pas du genre à coller, ne t'en fais pas. Je vous laisserai tranquille.

— Tout va bien, ne t'en fais pas.

Je m'oblige à lui sourire et la contourne pour atteindre les escaliers.

— Bonne soirée, Indiana.

— Merci, à toi aussi.

Et je descends, appréhendant les prochains jours.

6. REMPLAÇABLE ?

MIA

Je me réveille de mauvais poil pour la première fois depuis quelques jours. Tout dans ma vie roulait depuis le retour d'Evan, seule cette histoire de mannequinat me tracassait, mais Evan finira par l'accepter, je le sais. Parce qu'au-delà de sa jalousie, il m'aime, et il veut mon bonheur. Et puis il a fallu que la progéniture cachée de mon père vienne s'incruster sous mon toit pour tout faire dégringoler. Je présume qu'elle va venir au lycée, autrement dit j'aurai toujours cette Indiana dans les pattes. Ma colère est passée – enfin, en grande partie – mais mon verdict est toujours le même : cette fille ne sera jamais ma sœur, liens de sang ou non.

Je descends les escaliers, à moitié endormie, et entends des rires provenant de la cuisine en arrivant au rez-de-chaussée. Ma mère et Indiana-tape-l'incruste sont hilares en train de faire des crêpes, le plus naturellement du monde. *C'est quoi, ce merdier ?* Ma mère n'est pas censée la détester ?

81

— Oh, bonjour, ma chérie ! s'exclame ma mère en remarquant ma présence.

Je m'approche, méfiante, pour m'asseoir à table sans un mot.

— Tu veux des crêpes ? Elles sont délicieuses.

— Ça dépend, c'est toi qui les as faites ? Parce que si c'est l'autre, non merci.

Des crêpes. On n'en fait jamais ! Bon, OK, à chaque fois que ma mère me propose de l'aider en cuisine je décline avec dégoût. Mais ce n'est pas une raison pour qu'elle pratique cette activité avec Indiana Jones.

Indiana perd son air enjoué et va se laver les mains tandis que ma mère me fait les gros yeux. Alors là, c'est le pompon sur la Garonne ! Je suis tombée dans un univers parallèle, ou quoi ?

— Mia, sois plus gentille, me chuchote ma mère.

— Quoi ? Écoute, j'ai le droit d'agir comme je veux ! Et pourquoi tu rigoles avec elle comme si elle n'était pas l'enfant que papa a eu avec cette blondasse décolorée ?

Évidemment, je n'ai pas parlé doucement. En fait, cela va peut-être vous étonner, mais je l'ai fait exprès. Indiana se sèche les mains avec empressement et prétend devoir aller se préparer avant de filer à la vitesse de l'éclair.

Ma mère s'assoit à côté de moi, tout en me plantant une assiette contenant plusieurs crêpes sous le nez.

— Écoute, je sais que cette situation n'est pas facile pour toi. Et bien sûr, tu as le droit d'être en colère. J'en ai d'ailleurs voulu à ton père pendant plusieurs années, et bon Dieu ce que j'avais envie de tuer cette Cécile, qui est une salope.

— Attends, tu le sais depuis longtemps ?

Je pensais que ma mère avait été mise dans la confidence récemment, comme Maël et moi. La logique de mon père m'étonnera toujours, il a jugé judicieux d'avertir sa femme, mais pas ses enfants.

— Oui. Ton père me l'a dit juste avant qu'on se remette ensemble. La condition pour qu'on réessaie était qu'il n'y ait plus de secret entre nous, et qu'on reparte sur de bonnes bases. De toute façon, il aurait eu du mal à me cacher un truc pareil.

— Et toi, tu ne nous en as jamais parlé ? je lui reproche, n'y croyant pas.

Je me sens doublement trahie. D'abord par mon père, et maintenant par ma mère.

— Ça n'était pas à moi de le faire. Par contre, crois-moi, j'ai poussé ton père à le faire à plusieurs reprises, mais c'est un dégonflé.

Elle sourit tristement.

— C'est vrai que de nous l'apprendre en même temps qu'il fait emménager sa fille ici c'était mieux ! dis-je, sarcastique.

Ma mère s'empêche de rire, sachant que cela risque de m'agacer – encore plus, je veux dire.

— Mais Indiana n'y est pour rien, reprend-elle. Si sa mère est infâme, Indiana est adorable, et je suis sûre que vous vous entendriez bien si tu le voulais.

— Comment tu le sais ? C'est la première fois que tu la vois, non ?

Ma mère grimace. *Oh, merde.* Mes parents en ont encore beaucoup, des annonces dans le genre ?

— Je l'ai vue une fois, m'avoue-t-elle. L'année dernière, je suis allée…

— C'est bon, j'en ai assez entendu.

Je ne veux pas savoir combien de fois l'année dernière mon père est allé voir sa seconde famille, sans nous le dire. Ni à quel point ma mère s'est bien entendue avec Indiana lors de leur rencontre.

— Tu devrais manger. Tu n'as rien dans le ventre.

Ma mère replace une mèche de cheveux derrière mon oreille, et je n'ai pas l'énergie de la repousser. Elle se lève alors que je commence à manger, parce que ma mère a raison, j'ai le ventre vide. J'ai refusé de descendre dîner hier soir, mon dernier repas remonte à hier midi. Et encore, je n'avais pas beaucoup mangé pour ne pas paraître grosse lors du casting, dont la joie qu'il m'a procurée s'est maintenant envolée. L'adorable Indiana et mes parents ont dû bien s'amuser pendant que je boudais dans ma chambre. J'imagine que mon absence les arrangeait. Cette pensée me provoque un nouvel élan de colère, et je fais voltiger le verre devant moi, le faisant éclater en mille morceaux sur le sol de la cuisine. J'engloutis une dernière bouchée de crêpe et laisse tout en état, sans rien débarrasser ni nettoyer.

Mon père, que je pensais être parti travailler, est en fait resté exceptionnellement pour conduire sa nouvelle fille à l'école. Et dire qu'il n'était pas fichu de se débrouiller pour m'emmener quand je commençais une heure plus tard, durant mon année de seconde. Ma mère a des horaires fixes, mais je suis sûre que lui peut les modifier, la preuve : il l'a fait ce matin. Mon seul chauffeur à présent est mon copain, ou ce bon vieux bus que j'aime tant. Enfin à part si mon papa adoré décide d'emmener Jones tous les jours à partir de maintenant. Quoique, il ne voudra peut-être pas que je monte à chaque fois pour passer plus de temps avec sa fille la plus adorable.

Le temps du trajet jusqu'au lycée, je regrette ma décision d'avoir dit à Evan de ne pas passer me chercher. Ma jalousie m'a poussée à ne pas vouloir laisser mon père et Indiana seuls, sauf que je n'adresse plus la parole à mon paternel, alors l'atmosphère est plus que pesante.

— Tu nous emmènes tous les jours ? demande Indiana de la banquette arrière.

— Non, je réponds à la place de mon père, en fait c'est la première fois en deux ans qu'il prend sa voiture pour faire le trajet jusqu'au lycée.

Mon père soupire, le visage empreint de culpabilité.

— Oh, je vois. Aucun problème, j'ai l'habitude de prendre les transports en commun.

— Décidément, tu es vraiment parfaite ! ironisé-je.

Je vois Indiana froncer les sourcils à travers le rétroviseur central, et mon père à ma gauche se retenir de me réprimander. Il sait qu'il n'est pas en position de le faire en ce moment.

Je m'empresse d'ouvrir la portière en arrivant devant le lycée, et suis surprise de voir mon père sortir.

— Euh… On est plus en maternelle tu sais, pas besoin de nous accompagner jusqu'au portail, raillé-je.

— Je suis obligé d'accompagner Indiana, on a rendez-vous avec le proviseur pour son transfert.

— À la bonne heure !

J'enfonce mes écouteurs dans mes oreilles, et mets en route le seul morceau de metal dans mon téléphone, réservé justement pour ce genre de situation.

Je marche jusqu'à l'entrée du lycée, sans me préoccuper d'Indiana Jones et de mon père derrière moi. Seulement je suis bien obligée de m'arrêter quand je ne sens aucun regard sur moi comme à l'ordinaire, ou très peu. C'est alors que je me rends compte que toute l'attention est concentrée sur Indiana accompagnée de mon père, ce qui suscite un grand nombre d'interrogations de la part de ces foutus élèves qui devraient se mêler de leurs affaires.

Encore plus en rogne qu'il y a cinq minutes, j'entreprends une marche déterminée durant la traversée de l'allée du lycée, jusqu'à retrouver ma bande devant l'entrée du premier bâtiment.

— Evan !

Mon petit ami se retourne, et son visage est traversé par la frayeur en me voyant arriver.

— Dis-moi honnêtement si Indila est plus bonne que moi !

Evan, Jules et Eva se retiennent de rire, et se regardent tous d'un air complice.

— Bonjour, mon amour, je vais bien, c'est gentil de demander. Et j'imagine que tu veux parler d'Indiana ?

— On s'en balance, de son nom, tu as compris de qui je parlais. Alors, elle est plus bonne que moi ?

Evan se passe la langue sur les dents, cherchant ses mots, amusé. *Enfoiré.*

— Tu sais que tu restes la plus belle à mes yeux quoi qu'il arrive. Enfin à part quand tu fais cette tête, là tu me fais flipper.

Je lève les yeux au ciel et croise les bras sous ma poitrine. Évidemment, Evan n'a pas un avis objectif, il m'aime. Indiana entre justement dans mon champ de vision.

Ouais, elle n'est pas moche. Une beauté naturelle, mais pas incroyable non plus. Et puis niveau corps, il n'y a pas photo, je suis bien mieux foutue. Elle est loin d'être aussi tonique que moi, même si elle a des courbes là où il faut.

— Attends, c'est elle, Indiana ? me demande Eva, les yeux écarquillés.

— La seule et l'unique, grommelé-je.

— Vous vous ressemblez, c'est incroyable !

— Pas du tout. Tu trouves, Evan ?

Mon copain ouvre la bouche, hésitant. Anticipant ses mots, je lève la main pour le stopper.

— C'est bon, ne dis rien. Jules ?

— Disons que j'aurais pu deviner votre lien de parenté sans le savoir…

Et merde. Pourquoi faut-il que cette fille semblable à moi débarque dans ma vie ? Et si elle plaisait autant ? Du peu que j'ai vu d'elle, elle a toutes les qualités requises pour être appréciée d'un maximum de personnes. Ces personnes qui m'idolâtrent secrètement, si elles découvrent une meilleure version de moi-même, que deviendrai-je à leurs yeux ? Ma plus grande peur, c'est de tomber dans l'oubli. C'est pathétique de l'admettre, mais si je n'existe plus aux yeux des gens, alors je ne suis rien.

— Et Jules, toi, tu la trouves belle ? continué-je, ressentant toujours ce besoin d'être rassurée.

— Elle n'est pas trop mon style, on va dire.

— Bien, apparemment personne n'est capable de me donner un avis digne de ce nom ici !

C'est avec horreur que Jordan-le-lèche-botte nous rejoint, affichant cet air habituellement idiot.

— Hé, vous avez vu la nouvelle ? Elle est super bonne !

Evan se frappe le front de sa paume, Eva semble vouloir tuer Jordan, et Jules le regarde comme s'il était un déchet.

— T'en perds vraiment pas une toi, c'est pas possible ! se plaint Eva.

— Quoi ? Ne sois pas jalouse ma belle, j'ai toujours préféré les blondes !

Eva roule des yeux.

— C'est bien ma veine !

J'observe Indiana et mon père qui s'apprêtent à entrer dans le bâtiment, non loin de nous. Eva s'écarte, et commence à aller dans leur direction. Je l'intercepte immédiatement.

— Qu'est-ce que tu fais ?

— C'est ma cousine, Mia.

— Et alors ?

Il n'y a que moi qui aie l'air de trouver ça insensé. Parce que nous sommes de la même famille, je devrais la considérer autrement qu'une inconnue s'incrustant dans ma vie ? Pour moi, elle n'est qu'un parasite.

— Alors je devrais aller me présenter. Si tu pouvais arrêter de croire que tout tourne autour de ton nombril pendant deux secondes !

Je regarde ma cousine s'éloigner, choquée. Eva fait partie des seules personnes capables de me remballer, et je n'apprécie pas spécialement quand elle le fait. La sonnerie retentissant, Jules me sourit avant de se rendre en cours, alors que je reste figée. Evan se penche jusqu'à mon oreille, me frôlant le bras de sa main.

— Tu es la seule Mia Castez.

Il lit en moi comme dans un livre ouvert, c'est assez stupéfiant. Evan glisse sa main dans la mienne, je reprends contenance, et nous entrons à notre tour dans le bâtiment.

Ce M. Mercier me tape sur le système. Oui, il est beau comme un dieu, je ne peux pas le nier. Sa mâchoire carrée, le contraste entre ses cheveux noirs et ses yeux clairs, ainsi que cette carrure feraient craquer n'importe quelle fille. En plus de cela, ça m'a l'air d'être un bon professeur, en tout cas je ne suis pas encore perdue. Mais ce style baba-cool qu'il se donne, cet air décontracté et proche des élèves parce qu'il est jeune m'agacent. Toutes les filles semblent accrochées à ses lèvres à chaque fois qu'il prononce un mot, émerveillées. Visiblement, elles ne comprennent pas qu'un homme de presque trente ans – séduisant, qui plus est – ne s'intéressera jamais à elles alors qu'il peut avoir des femmes mûres et expérimentées en un claquement de doigt. En plus, je suis sûre qu'il n'est pas assez stupide pour ternir sa réputation et risquer sa carrière de professeur pour un simple flirt.

En revanche, ce qui m'amuse, c'est de voir la jalousie que cette attention provoque chez Evan. Ce dernier est devenu le beau gosse du lycée l'année dernière, il a pris l'habitude d'être celui qu'on regarde en entrant dans les couloirs. C'est toujours le cas, mais Mercier lui fait de l'ombre depuis son arrivée. C'est drôle qu'Evan critique mon envie d'être remarquée alors qu'il adore ça, lui aussi. Il refuse juste de l'admettre.

— Nous allons commencer par un cours, je vais expliquer au fur et à mesure, alors écoutez attentivement, sinon vous risquez d'être à la ramasse pour les exercices. Ce n'est pas compliqué, il suffit juste de…

Trois coups brefs frappés à la porte interrompent Mercier, qui s'avance pour aller ouvrir. Le proviseur fait un pas dans la salle, suivi de…

— Bonjour, monsieur Mercier, je vous amène une nouvelle élève.

… Indiana.

Non.

Non, non, et non.

Cette fille vient à peine de débarquer qu'elle s'immisce déjà dans chaque parcelle de ma vie. Tout d'abord ma famille, puis mes amis, et maintenant ma classe.

— Je vous présente Indiana Castez, elle vient d'arriver à Toulouse alors je compte sur vous pour l'accueillir le mieux possible, dit le proviseur à la classe.

Le silence de la classe se transforme bientôt en brouhaha de chuchotis, intriguée par cette nouvelle élève qui porte mon nom. Je déteste entendre son nom complet, elle n'est même pas une vraie Castez, elle ne connaît personne de la famille à part mon père.

Puis le proviseur se tourne vers Mercier, et lui apprend :

— Elle est la sœur de Mia. Nous avons pensé qu'il serait plus facile pour Indiana si elles se retrouvaient toutes les deux dans la même classe.

Non mais je rêve ! Comme si j'allais l'aider à s'intégrer ! Déjà, elle peut s'estimer heureuse si je ne l'assassine pas au bout d'une semaine à la voir H-24.

— D'accord. Indiana, tu n'as qu'à aller t'asseoir à côté de Marion.

— Merci…

Indiana se précipite à la place que Mercier lui a indiquée, certainement soulagée de ne plus se tenir debout devant cette ribambelle de regards inquisiteurs. Elle ne risque pas de se faire harceler de questions par Marion, c'est une véritable coincée. En revanche, Anaïs – alias la plus grosse commère du lycée – est assise derrière elles, et ne perd pas une seconde pour interroger Jones. Je suis assez proche pour les entendre.

— Alors Mia Castez a une sœur ? Comment se fait-il qu'on ne t'ait jamais vue ? Pourquoi tu viens d'arriver ? C'est Mia qui t'a chassée à la naissance ?

Indiana arque un sourcil, avant de répliquer sèchement :

— Demi-sœur, en fait. Et clairement, je ne vois pas en quoi le reste te regarde, lâche froidement Indiana.

Je ne peux réprimer un sourire satisfait. Non pas pour la riposte de Jones – elle n'avait rien d'exceptionnel – mais pour l'expression qu'affiche Anaïs. Elle devait penser que la nouvelle s'écraserait et jouerait les gentilles pour se faire accepter.

Indiana se retourne pour écouter le cours après une remarque désapprobatrice de Mercier.

— Tu vois, elle a l'air plutôt sympa, me chuchote Evan.

Ses pupilles sont pleines d'espoir, et sont presque suffisantes pour m'empêcher de l'écrabouiller.

— Je n'ai pas besoin de la trouver sympa. À la limite supportable, puisqu'elle vit dans ma maison. Mais ça n'est qu'une colocataire.

— Tu sais, avoir une sœur, ça peut être…

— Non, Evan. Je sais ce que t'essaies de faire. Je ne voudrai jamais d'Indiana, inutile de perdre ton temps, c'est comme ça.

Evan se contente de soupirer, résigné, puis croise les bras sur sa poitrine. Je tente d'écouter le cours, sauf que tout ce que j'arrive à entendre, c'est Indiana et Marion qui rient de temps en temps. Indiana a même réussi à décoincer Marion-balai-dans-le-cul.

●

Je crois que je n'ai jamais été aussi ravie de me rendre en sport. J'ai particulièrement besoin de me défouler, là tout de suite. Voir Indiana dans tous les cours s'entendre avec de plus en plus de monde est insupportable.

Alors que je suis dans les vestiaires des filles en train de me changer, la voix stridente d'Anaïs retentit avec horreur.

— Aaah, mais c'est quoi ce que t'as dans le dos ?

Anaïs fixe le dos dénudé d'Indiana, qui est en train de changer de haut. En effet, je remarque une fine cicatrice le long de sa colonne vertébrale.

— De toute évidence, il s'agit d'une cicatrice, répond Indiana, pas le moins du monde vexée.

Je comprends d'où cette marque lui vient. Ayant moi-même une légère scoliose, pas assez importante pour m'handicaper, je m'étais tout de même renseignée sur cette opération. Autrement dit, le dernier stade du traitement de la scoliose.

— C'est flippant.

— J'imagine que tu n'es pas en filière scientifique pour faire des études médicales, si une cicatrice presque invisible de deux ans te répugne autant, rebondit Indiana. Remarque, c'est peut-être mieux pour tout le monde, c'est t'imaginer avec un scalpel dans les mains qui me fait flipper.

C'est indéniable, Indiana a hérité du répondant des Castez, ainsi que du tempérament. En revanche, il n'y a que moi qui aie le droit d'en user au lycée. Pour l'heure, je ne dis rien, car c'est bien trop jouissif de voir Anaïs sur le cul. Mais que Jones ne croit pas une seconde que je la laisserai remettre tout le monde à sa place, il s'agit de mon rôle.

— Très drôle. Ça se voit que vous êtes sœurs, crache Anaïs, deux garces puériles toujours sur la défensive.

Cette fois, je décide de prendre la parole suite à cette attaque directe :

— Des garces puériles qui peuvent se vanter d'avoir vécu des choses, tu ne peux certainement pas en dire autant. Les cicatrices sont plus une forme de courage pour moi qu'une horreur. Mais évidemment, il faudrait avoir un QI supérieur à cinquante pour comprendre ça.

Anaïs ne rétorque pas, sachant certainement que c'est mieux pour elle. Aucune n'est visible, mais la vérité c'est que je me sens couverte de cicatrices. Mon cœur tout particulièrement, dont les plaies se sont refermées avec le temps, mais sont toujours présentes. Je n'ai pas envie qu'elles s'en aillent complètement, sinon la preuve de ce que j'ai enduré et dépassé disparaîtra. Et aussi, parce que je serais presque fière de celle que je suis aujourd'hui, et qu'elles en sont la représentation.

En sortant des vestiaires, Indiana m'intercepte. Elle me sourit timidement avant de se lancer :

— Merci, pour ce que tu as dit tout à l'heure. Tes paroles sur les cicatrices, elles étaient…

— Je ne l'ai pas fait pour toi, la coupé-je. Ça fait un moment que j'avais envie de me défouler sur Anaïs. Ça ne signifie pas que je te défendais.

Indiana encaisse sans discuter. Elle paraît déçue. *Elle pensait vraiment que ce serait si facile ? Qu'il suffirait qu'on*

93

s'acharne sur la même fille pour qu'on devienne de super-sœurettes ? Mauvaise pioche.

— Quand t'es-tu fait opérer ? demandé-je tout de même, ma curiosité prenant le dessus sur mon amertume envers elle.

— À la fin de mon année de troisième.

— C'était douloureux ?

— Non, vraiment pas. Ça l'était quand ma colonne tordue me faisait un mal de chien au quotidien. Plus de douleur, plus de séances de kiné, plus de corset... c'est assez libérateur.

— Tu as porté un corset ?

Je me souviens de cette fille, au collège, qui en portait un tous les jours. Elle était sujette à quelques moqueries d'idiots sans cervelle, qu'elle réussissait à ignorer. Je me demandais comment elle arrivait à subir ça, un truc comprimant en plastique qui la maintenait droite toute la journée. Et puis j'ai réalisé qu'elle n'avait pas le choix.

— Oui, mais que de nuit.

— C'était pas trop désagréable ?

Elle hausse les épaules.

— Tu sais, quand t'es obligée d'en porter un, tu ne te poses pas la question.

J'opine, puis l'abandonne sans un mot pour gagner l'intérieur du gymnase. Mon visage s'éclaire d'un sourire en apercevant Jules au pied du mur d'escalade. Il me manque, maintenant qu'il n'est plus dans ma classe. Je ne vais l'avoir avec moi qu'en cours de sport, que nous avons cette année en commun.

Mon meilleur ami me sourit grandement en me voyant approcher. Je l'embrasse sur la joue et lui avoue :

— Je suis contente de te voir.

— On s'est vus ce matin, je te rappelle.

— Oui, mais c'est pas la même chose.

Jules acquiesce. Il comprend. Mon regard se dirige par automatisme vers Evan, qui s'apprête à entamer sa montée sur le mur d'escalade. Il me fait un clin d'œil en s'apercevant que je l'observe, et je suis prise d'un sourire lubrique à l'idée de voir sa paire de fesses bien avantagée par son baudrier. Il saisit mes pensées perverses, même à distance, et articule sur ses lèvres : « plus tard ». Je glousse comme une gamine en me mordant la lèvre. Je me rends alors compte que Jules me scrute, un sourcil arqué.

— Qu'est-ce que tu veux, Beaumont ?

Jules lève les mains en l'air.

— Oh, rien. Je me disais juste que vous êtes véritablement irrécupérables.

— C'est bon, on n'est pas *si* dévergondés…

Jules me lance un regard signifiant « si, totalement ». Je ne réponds pas, sachant qu'il a sûrement raison, au fond. Mais il est normal d'autant désirer quelqu'un qu'on aime… Non ?

Je grimpe au mur le plus dur et, comme d'habitude, le fais en un temps record. Les garçons me reluquent avec admiration et une envie non dissimulée, ce qui me rappelle que je suis toujours Mia Castez, objet de désir de beaucoup. Ça n'a pas changé.

Je rejoins Jules à nouveau, qui vient de descendre, lui aussi. Mon corps bouillonne quand je vois Indiana s'avancer vers la voie la plus dure. *Ma* voie. Elle ne va pas la faire, elle n'a pas les capacités pour. Et pourtant, elle se prépare, et entame sa montée. Mes bras tremblent à toutes les idées meurtrières qui me traversent l'esprit.

— C'est bon, Mia, tu vois bien qu'elle est moins à l'aise que toi, tente de me rassurer Jules.

Il a raison. Elle monte à une vitesse de tortue et s'arrête à peine à la moitié. Elle redescend et une fois en bas, plusieurs élèves la félicitent. *C'est une blague ?*

— Dis-moi Jules, est-ce qu'on m'a déjà autant félicitée pour mes talents sportifs ?

— Non… Mais il faut dire que tu n'en as pas besoin, et les gens le savent.

— Peu importe. Pourquoi est-ce que Jones suscite autant d'attention, alors qu'elle est méconnue de tous ?

— Je ne sais pas… Elle a l'air agréable…

Je tourne la tête vers lui et laisse percevoir ma déception de le voir aussi dupe.

— Jules, ne me dis pas que toi aussi, tu tombes dans le panneau.

Mon meilleur ami me dévisage, incrédule.

— Elle respire l'hypocrisie, ajouté-je.

Je regarde Indiana encore une fois, avec insistance. Quand son regard croise le mien, elle baisse rapidement la tête, mais je distingue bien un sourire en coin se dessiner sur son visage.

— Cette fille n'est pas nette. Elle cache forcément quelque chose. Et je vais finir par trouver ce quelque chose.

Et ensuite, je la détruirai.

7. DÉJEUNER ANIMÉ

MIA

Je vis véritablement un week-end pourri. Entre l'absence d'Evan qui est à Paris, et mes parents ainsi qu'Indiana-tape-l'incruste qui tentent de jouer aux familles parfaites, il n'y a rien pour me rendre de bonne humeur. Encore moins ce foutu devoir maison de mathématiques qui risque de me prendre deux plombes si je décide de le faire bien. *Merci, Mercier, de rendre encore plus pourri un week-end déjà au top de la pourriture.*

Comme si tout ça ne suffisait pas, ma jalousie m'a encore poussée à commettre une bourde : me voilà assise en face de Jones, toutes deux attablées en compagnie de mes parents, dans un restaurant dont je ne connaissais pas l'existence. J'avais décidé de ne pas venir à ce petit comité familial, jusqu'à ce que j'apprenne qu'ils iraient de toute façon, que je le veuille ou non. Peut-être qu'ils auraient préféré que je ne sois pas présente. Dommage, je ne suis pas décidée à laisser Jones me prendre tout ce qui m'appartient. De plus, je me suis promis de la mettre à nu. Elle ne peut pas être aussi blanche qu'elle en a l'air.

Personne ne l'est. Et je compte bien découvrir son secret le plus sombre, m'en servir contre elle afin de lui montrer qui commande ici, et qu'elle s'écrase jusqu'à rejoindre sa maman adorée au fin fond du monde.

Je boude depuis notre arrivée au restaurant, Indiana et mes parents discutant de sujets futiles auxquels je n'ai aucunement envie de participer. J'étais en train d'examiner un ongle mal taillé lorsqu'une silhouette familière entre en furie dans le restaurant, se précipitant jusqu'à notre table. Malgré ma mauvaise humeur évidente, je ne peux m'empêcher d'esquisser un sourire.

— Désolé du retard, il... il y avait des bouchons ! s'excuse Maël, essoufflé.

Mon frère se baisse pour me faire la bise en premier, ce qui prouve bien que je resterai sa préférée quoi qu'il arrive. J'en profite pour chuchoter à son oreille :

— Des bouchons ? T'aurais pu trouver mieux, comme excuse.

— Quoi ? Mais ce n'est pas une excuse, balbutie-t-il.

— C'est bon, je suis au courant que Jana et toi avez des pulsions que vous ne pouvez pas retenir.

Maël me regarde avec de grands yeux, l'air de dire : « Comment tu sais ? »

— Ta braguette. Et ta chemise est mal reboutonnée.

Il s'empresse de remettre en place son accoutrement débraillé, avant de dire bonjour au reste de la tablée, sous mon regard amusé. Une vague d'agacement me traverse en le voyant embrasser les deux joues d'Indiana, une main dans son dos. *Comme il le fait avec moi.* Il prend place à côté de moi, et s'efforce de sourire, tout en enlevant sa veste. Mon frère, contrairement à moi, n'a jamais su mentir.

J'attends que mes parents soient à nouveau distraits pour questionner Maël sur son état étrange.

— Tout va bien ?

Il fait la moue en haussant les épaules.

— Je ne sais pas. J'ai l'impression que Jana s'éloigne de moi.

— Ça n'avait pas l'air, vu ton état en arrivant ici.

Mon frère fronce les sourcils en jouant avec les dents de sa fourchette.

— Justement. Presque une semaine sans donner de nouvelles, et elle revient comme une fleur pour se jeter sur moi, prétendant que je lui ai affreusement manqué. Je lui ai alors proposé de s'installer avec moi, elle ne m'a pas répondu. Je me suis rendu compte de l'heure tardive alors je suis parti. Je sens qu'elle m'échappe.

Mon frère me parle rarement de ses histoires de cœur. S'il le fait, c'est qu'il est réellement inquiet. Malheureusement, je ne peux pas grand-chose pour lui. Jana est une fille tellement complexe – peut-être même plus que moi – qu'il est presque impossible de comprendre son fonctionnement. Maël était le seul à en être capable, mais visiblement il a plus de mal en ce moment.

— Elle a sûrement pris peur, tenté-je tout de même de le rassurer. C'est Jana, tu sais que ce n'est pas une fille d'engagement. Laisse-lui le temps, elle t'aime, ça crève les yeux. Quelque chose ne va pas dans sa vie en ce moment ?

J'ai l'impression que mes conseils sonnent faux. Je suis loin d'être calée en amour, je ne comprends même pas ma propre relation. Pour ma défense, je ne crois pas que notre relation, à Evan et moi, soit compréhensible pour quelqu'un.

99

— Elle n'a pas eu l'école qu'elle voulait, mais d'après ce qu'elle m'a dit sa seconde option lui plaît tout de même. Pendant cet été, tout allait bien, c'est depuis la rentrée qu'elle est bizarre…

Je m'aperçois alors qu'Indiana nous observe du coin de l'œil, écoutant silencieusement notre conversation. Elle détourne les yeux à l'instant où je la surprends.

— Et toi, Indiana ? Un copain que tu aurais laissé à Bordeaux ?

La main de Jones se met à trembler, alors qu'elle fronce douloureusement les sourcils. *Oh, oh…* En plein dans le mille.

— Non, répond-elle simplement.

— Non ? Personne à qui tu penses encore ?

Elle relève la tête et tente vainement de reprendre contenance. Son petit manège aurait pu berner quelqu'un d'autre, mais je la vois masquer la souffrance sur son visage. Je suis bien trop douée dans la dissimulation des sentiments pour ne pas remarquer quand les autres essaient de faire de même.

— J'ai déménagé bien trop de fois pour les compter, Mia. J'ai appris à ne pas trop m'attacher.

— Même en amour ? Pourtant, c'est quelque chose qu'on ne contrôle pas.

Et j'en sais quelque chose.

Indiana déglutit. Elle est bien moins bonne menteuse que moi, mon père s'est gouré de quelques points dans sa copie.

— Mia, de toute évidence, elle n'a pas envie d'en parler, intervient Maël.

Je fusille mon frère du regard pour son interruption. Il fuit mon regard et entame une discussion avec mes parents, de façon à ce que l'attention soit détournée de Jones. *Pas mal, Castez. Mais il en faudra plus que ça.*

Quand le serveur vient prendre les commandes, mon menu est resté fermé sur la table, devant moi, sans que j'y aie touché. Ma famille commande, alors que j'enroule une mèche brune autour de mon doigt.

— Mademoiselle ? me demande le serveur, hésitant.

Je relève le menton vers lui, et remarque qu'il a du mal à soutenir mon regard. Le jeune serveur devient vite nerveux et ne cesse de ciller, ses jambes tremblant imperceptiblement.

Le charme de Mia Castez, pensé-je. *Avec le temps, on s'habitue.*

— Je n'ai pas faim, annoncé-je, tout en croisant les bras sur ma poitrine.

Je lance un regard provocateur à mes géniteurs, un demi-sourire dessiné sur mon visage.

— Mia, tu dois bien manger quelque chose… me murmure ma mère.

— Mia, s'il te plaît, m'implore l'autre casse-pieds.

Mon père s'en veut tellement que je pourrais faire ce que je veux de lui. *Très bien, ils veulent que je mange, alors je vais manger.* Je parcours rapidement la carte jusqu'à repérer le plus gros nombre inscrit. Je m'éclaircis alors la gorge, et déclare distinctement :

— Je prendrai un foie gras poêlé aux truffes.

Mon père semble s'étouffer avec sa salive, alors que le sang de ma mère lui monte à la tête. Maël me chuchote de ne pas pousser si loin, mais je l'ignore.

Le serveur repart finalement avec ma commande. Je jubile intérieurement, satisfaite. Je me suis déplacée jusqu'ici, mon père peut bien dépenser quelques centimes de plus pour l'honneur de m'avoir à déjeuner. Ou dizaines d'euros.

Je reste silencieuse durant les minutes qui suivent, tendant davantage l'oreille quand Indiana s'exprime. Mais elle ne laisse rien passer comme indice, la peste. Elle donne son opinion sans approfondir sur ce qu'elle est, elle. Quand on y réfléchit, personne ne connaît cette fille qui dort sous notre toit, pas même mon père. Et il n'y a que moi que ça a l'air de déranger.

Tout le monde mange goulûment son plat, alors que je trie les ingrédients hors de prix dans mon assiette. Mon père perd patience, et prend sa voix de papa autoritaire :

— Bon, Mia, tu vas manger, oui ?

Je le fixe insolemment, souriant toujours.

— Je viens de me rappeler que je n'aime pas le foie gras. Et les truffes, n'en parlons pas.

Mon père, furax, s'apprête à se lever de sa chaise quand ma mère le retient par le bras. Elle lui intime de se calmer, tandis que je me délecte de ce pouvoir que j'ai sur eux ces temps-ci. Je me demande jusqu'où je pourrais aller avant que les deux n'éclatent.

Maël, comme s'il avait entendu mes pensées, prend les devants :

— Arrête. Tu vois pas que tu es en train de gâcher le moment, là ?

Alors ça y est, même mon vrai frère n'est plus de mon côté. *Quand se rendront-ils tous compte qu'Indiana n'est pas celle qu'elle prétend ?* Bon, d'accord, pour le moment, je n'ai rien pour le prouver. Mais je trouverai.

— Facile à dire, toi tu n'es plus à la maison, contre-attaqué-je. Tu n'as pas à la voir tous les jours, à devoir te la coltiner lors de tous les repas, même en cours...

— Stop ! rugit Maël. Ça y est, Evan est absent deux jours et la reine des garces est de retour ? Tu ne crois pas que tu devrais commencer à voler de tes propres ailes ? Il ne sera pas toujours là pour toi.

— Et toi ! Jana t'ignore pendant une semaine et tu es au plus bas, jusqu'à te traîner une mine de chien battu ! Rends-toi à l'évidence, elle doit se lasser. Sa nouvelle fac doit être remplie de beaux étudiants, et elle n'aura certainement aucun mal à se faire...

— Mia ! s'écrie ma mère. Tu vas cesser ce petit jeu d'enfant gâté tout de suite. Maël a raison, tu es en train de complètement gâcher le moment.

Mes yeux parcourent le cercle de la table. En passant par Maël qui me dévisage, offusqué et touché par mes propos, avant de secouer la tête avec dégoût. Indiana qui, comme d'habitude, assiste à la scène mais ne dit rien. Ce cher Max, censé être mon père, qui fixe ses pieds en fuyant encore une fois ses responsabilités. Et ma mère, qui est la seule à avoir le courage de soutenir encore mon regard.

— Bien. Puisque tout le monde a l'air unanime sur le sujet, alors je vais vous laisser.

Je quitte la table pour me diriger vers la sortie. N'entendre personne me retenir me fait l'effet d'un coup de poignard en pleine poitrine.

●

Je commence à me les peler sévère. Nous ne sommes même pas encore en automne, alors pourquoi le soleil a-t-il décidé de prendre la fuite ? Je déteste cette période de fin d'été affreusement déprimante durant laquelle je dois laisser mes robes légères au placard.

De plus, je m'ennuie. Ça va faire un quart d'heure que je suis plantée devant le restaurant, attendant je ne sais quoi. La baie vitrée du bâtiment me donne une vue directe sur ma famille en train de déguster ses plats, pas le moins du monde affectée par mon absence. Je pourrais disparaître qu'ils ne le verraient pas. Cette idée me dérange bien plus qu'elle ne le devrait.

J'appelle Evan une troisième fois, pour encore tomber sur son répondeur. D'accord, il est occupé avec sa mère, mais je ne crois pas qu'être avec elle exclut tout contact téléphonique avec sa petite amie. J'ai de nouveau le cafard. Alors que je me demande si je ne devrais pas trouver un moyen autre que la voiture de mes parents pour rentrer, le bruit d'une porte s'écrasant brutalement contre un mur attire mon attention. Un homme est carrément jeté à l'extérieur de ce que je pense être les cuisines par une femme furieuse. Elle lui balance sa veste et ses chaussures à la figure tout en lui criant des injures. Puis elle referme la lourde porte, alors que l'homme met ses chaussures.

— J'ai été ravi de faire ta connaissance, Ramona ! Et en profondeur ! glousse-t-il.

Je suis en train de me dire que je connais cette voix, et surtout cet accent italien, quand l'homme se retourne, me dévoilant son identité. Il s'agit tout bonnement de Silvio Calvi, le mannequin dont j'avais momentanément oublié l'existence. Un large sourire se dessine sur son visage en m'apercevant, visiblement lui remet mon identité immédiatement. Ça n'a rien d'étonnant, je ne suis pas le genre de personne qu'on oublie.

— Mia ! Quel plaisir !

Il vient jusqu'à moi, enfilant sa veste à la volée. Je le regarde, un sourcil arqué, et me dis qu'il ne ressemble à rien avec ses cheveux en bataille et son air benêt. *Pas comme Evan, que la coupe après-baise rend affreusement sexy. Evan qui n'est pas fichu de décrocher son téléphone.*

— Je ne peux pas en dire autant.

Silvio ne semble pas affecté par ma pique, et sort un paquet de cigarettes de la poche de son jean. Il en pique une pour la porter à sa bouche, avant de l'allumer.

— Elle était très en colère, constate-t-il en désignant la porte en fer d'où il vient de sortir, comme si ça n'était déjà pas évident.

— Non, tu crois ? Pourtant elle avait l'air ravie de te voir partir !

— C'est vrai qu'elle l'était, il y a quelques minutes, affirme-t-il très sérieusement.

Décidément, ce gars ne comprend pas le second degré. Ou peut-être que les Italiens ont un humour bien particulier. Je ne lui fais pas de remarque, me disant qu'il ne saisirait sûrement pas.

— Beurk. Heureusement que je n'ai rien mangé, apparemment les règles sanitaires sont loin d'être appliquées.

Silvio me reluque avec un sourire en coin, toujours de cette façon inconvenante. Je comprends alors pourquoi son regard sur moi ne me fait rien. Car il est vide, tout simplement. Il y a des regards qui vous transcendent – celui d'Evan en fait partie –, d'autres moins sensationnels mais qui reflètent quelque chose, et puis il y a ceux qui ne transmettent rien, comme celui de Calvi. Ce doit bien être la seule chose qui lui manque pour le mannequinat, mais c'est quelque chose d'essentiel pour moi.

— Qu'est-ce que tu fais ici ? me questionne-t-il au bout d'un moment.

— Je suis venue déjeuner avec ma famille.

Je désigne d'un signe de tête la nouvelle famille modèle à travers la baie vitrée du restaurant. La bile remonte dans ma gorge en les voyant rire tous ensemble.

— La brune, c'est…

— Tu n'as pas intérêt à dire qu'on se ressemble, ou je t'étrangle.

Silvio se tait devant mon air menaçant. Je ne sais pas pourquoi je reste là, à lui parler. Peut-être parce qu'avoir un peu d'attention me réconforte, en un sens. Je déteste cette faille dans ma confiance en moi qui me pousse à chercher une forme d'affection en permanence, même si je prétends le contraire. Avant Evan, c'était séduire une tonne de garçons qui m'apportait cette affection. Maintenant, c'est Evan. Et il n'y a pas d'après-Evan, du moins je l'espère.

— J'allais dire que tu étais bien plus belle qu'elle, en fait.

Je hausse les sourcils. Silvio a vraiment cru qu'il pourrait m'avoir avec de belles paroles ? Il veut juste me mettre dans son lit, et il n'y parviendra certainement pas avec de faux compliments. Même si, je l'avoue, cette flatterie me procure un élan de satisfaction.

— Et toi, tu ne me demandes pas ce que je fais ici ? enchaîne Calvi qui, de toute évidence, ne supporte pas le silence.

— Je crois que c'est évident. Tu pourrais quand même prendre un hôtel pour sauter tes plans cul, et ne pas contaminer les lieux de travail.

— Justement, ma lubie du moment est de toutes les prendre sur leurs lieux de travail. Tu sais, quand on a un tableau de chasse aussi long que le mien, on essaie de trouver des idées qui puissent toujours nous exciter.

Merde. Ce mec est tordu. Et répugnant. Et… la liste de défauts est longue.

— Toujours aussi charmant.

— Merci, je sais.

Et le second degré est toujours porté disparu.

— Et tu me demandes pas pourquoi elle était en colère ?

Il ne comprend donc pas que je m'en fiche ? On dirait bien qu'il a besoin de vider son sac. Je ne suis pas une espèce de psychologue prête à écouter ses problèmes. *Ou plutôt une sexologue, dans son cas.*

— J'imagine que tu t'es comporté en bon connard.

— Elle s'est juste énervée quand je lui ai dit qu'il n'était question entre nous que d'une partie de baise, mais pas plus.

— Si tu ne l'as pas avertie au départ, aussi, marmonné-je.

— Bah non, sinon elle n'aurait pas accepté de coucher avec moi.

Je le regarde, ahurie.

— Tu veux dire que tu lui as promis des trucs ?

— Évidemment. C'était le moyen le plus simple, la séduire en lui faisant croire que débutait entre nous une histoire d'amour.

Alors là, on vient de dépasser une limite niveau enfoiré encore jamais atteinte. Le pire, c'est qu'il déblatère ces conneries en étant persuadé que son comportement est normal. Il joue avec le cœur de ses victimes, les faisant espérer, pour en fait les baiser et se tirer. À la façon dont il en parle, ça a l'air d'être le jeu le plus passionnant de son existence. Je ne trouve rien d'autre à dire qu'un simple « waouh » sarcastique. Il se positionne face à moi, avant de se rapprocher. Très près.

— Je te dis ça parce que je sais qu'on est pareils, toi et moi, Mia. Tu aimes jouer avec les gens. Leurs sentiments. Et pour je ne sais quelle raison, tu t'entêtes à ne pas voir la réalité en face.

Il me recrache sa fumée à la figure, juste avant de sourire comme un malade.

— J'ai hâte du jour où tu arrêteras de te retenir. Du jour où ta vraie nature éclatera. Ce jour-là, *bella*, je serai ravi d'assister à ce magnifique spectacle.

Je déglutis péniblement. *Et s'il avait raison ? Et si je m'efforçais de ne pas éclater, pour Evan ? Pour mes amis ?* Pour ne pas les perdre. *Mais combien de temps encore pourrai-je me retenir ?*

— Mia.

Je tourne vivement la tête en direction de la voix de mon frère, qui vient de nous rejoindre. Je recule immédiatement pour m'éloigner de Silvio. Mon frère nous observe, les mains dans les poches, les sourcils froncés, ayant endossé son rôle de grand frère protecteur.

— Il serait temps que tu rentres.

Je me racle la gorge, puis me passe une main dans les cheveux.

— Tu es sûr ? Vous avez l'air de bien vous amuser.

— Joue pas à ça. Je t'attends à l'intérieur.

Maël tourne les talons avec un dernier regard assassin en direction de Silvio. Je m'apprête à le suivre, résignée, quand Silvio m'attrape le bras, me ramène contre lui, pour me chuchoter à l'oreille :

— On se voit bientôt.

— Je n'espère pas, lâché-je.

— Oh si, je t'assure. Bien plus vite que tu ne le penses.

Je le dévisage, interpellée.

— Je ne devrais sûrement pas te le dire, poursuit-il, mais… il semble qu'Audace ait fait son choix. Ils devraient t'appeler bientôt. Bienvenue dans le monde du mannequinat, ma jolie.

Un immense sourire fend mes lèvres alors qu'une soudaine allégresse se répand dans mon corps. *Enfin une bonne nouvelle.* Je me précipite vers l'intérieur du restaurant, où mes parents paraissent surpris de me voir soudain gaie comme un pinson.

— Audace m'a choisie !

Les lèvres de ma mère se détachent, traduisant sa surprise. Même si elle était au courant de mon casting et qu'elle l'a en quelque sorte approuvé, j'imagine qu'elle ne pensait pas que moi, simple adolescente de dix-sept ans, je serais prise. Il ne fallait pas me sous-estimer.

— Audace ? La marque de lingerie ? Tu vas devenir un de leurs mannequins ? demande Indiana, choquée.

— Pardon ? s'étrangle Maël. Tu vas poser en lingerie ?

Leurs réactions à tous m'agacent. Pas un pour se réjouir de cette opportunité qui m'est offerte. Je ne suis pas bonne à l'école comme Evan, du moins je ne m'en donne pas les moyens. Je n'ai pas le dossier pour intégrer une bonne prépa où les places sont chères. Je ne me vois nulle part dans le monde du travail. En revanche, le mannequinat, c'est dans mes cordes, et je pense être capable d'évoluer dans ce milieu. Ma famille ne prend visiblement pas la chose de la même manière.

— Oui, Maël, je réponds, agacée. En lingerie. C'est une opportunité en or.

— Mais… mais tu n'as que dix-sept ans ! Et vous êtes d'accord ? dit-il en accusant les parents.

— Tu sais quoi, tu n'avais qu'à rester à la maison si tu voulais donner ton avis sur ce genre de sujet. Tu as décidé de partir, tant pis pour toi, tu n'as plus ton mot à dire.

Je m'éclipse encore une fois, dégoûtée et déçue de la réaction des personnes qui sont censées me soutenir en toute épreuve, pour atteindre les toilettes. J'ai l'impression que quoi que je fasse, je ne serai jamais à la hauteur. Il faudrait que je redevienne une bonne élève, le nez plongé dans ses cours toute la journée pour qu'ils soient fiers de moi.

Je me passe de l'eau sur le visage quand mon téléphone vibre dans ma poche. Appel entrant d'Evan. Je fixe mon téléphone quelques secondes, tout en réalisant que sa réaction en apprenant la nouvelle sera pire que celle de ma famille. Je refuse l'appel.

8. RETOUR DIFFICILE

EVAN

Le lundi est définitivement un jour à bannir de la semaine. Déjà qu'il est déprimant, quand en plus on s'est tapé douze heures de train en un week-end, c'est encore moins sympathique. Je suis affreusement fatigué, et j'ai le moral dans les chaussettes, comme à chaque fois que je vois ma mère dans un état critique.

— Donc, Evan, tu penses que je devrais m'y prendre comment ?

— Hum ?

Je relève la tête de mon bol de céréales, et Jordan soupire en se rendant compte que je n'ai rien écouté de ses confessions spéciales petit déj.

— S'il te plaît, Evan, j'ai vraiment besoin de ton aide ! Je suis prêt à te supplier !

— Là, tu m'intrigues, souris-je. Qu'est-ce qui te met dans un état aussi pathétique, mon petit Jordy ?

Jordan me fusille du regard pour ce surnom qu'il déteste, se repositionne bien sur sa chaise, et se lance :

111

— Eva. Elle fait que me repousser, c'est à croire que je ne lui plais pas !

— Tu ne t'es jamais dit qu'en effet, tu pouvais ne pas lui plaire ?

Il fronce les sourcils en réfléchissant un instant, le regard perdu dans son yaourt.

— Mais ce serait insensé ! lâche-t-il.

Je ricane en secouant la tête. Jordan a un physique qui plaît généralement aux filles, c'est vrai. Ce doit être d'ailleurs pour ça qu'il arrive à séduire, et certainement pas grâce à ses techniques de drague foireuses.

— J'ai tout essayé ! se lamente-t-il, désespéré. En passant par le rôle de Jack Dawson à celui de Damon Salvatore, allant même jusqu'à lui offrir des chocolats ! Elle me les a balancés à la figure !

Mon Dieu, que je regrette de ne pas avoir assisté à cette scène.

— Te moque pas, m'ordonne mon coloc.

— Jamais ! Mais dis-moi, tu ne t'es pas dit que pour la séduire tu devrais peut-être tenter d'être… toi-même ?

— Moi-même ?

Il écarquille les yeux, comme si cette idée ne lui était jamais venue à l'esprit.

— Tu veux dire quoi par « être moi » ?

— Bon sang, Jordan, je veux dire que tu arrêtes de jouer des rôles ! Dévoile-lui ce que tu es à l'intérieur !

— À l'intérieur…

Jordan hoche lentement la tête, comme s'il commençait à comprendre.

— Bien sûr, être moi !

Il se lève en se répétant la même chose, comme s'il s'agissait d'un mantra. Intrigué, je l'arrête en lui demandant :

— Dis-moi, Eva est un record, non ? D'habitude tu te lasses plus rapidement.

— Ouais. Je ne sais pas, j'ai l'impression qu'elle a quelque chose en plus…

— Un gros truc, tu veux dire : c'est une Castez !

Jordan et moi rions en cœur, et je crois que c'est la première fois que je me réjouis de son installation ici. Jordan a beau avoir ses défauts, il n'y a pas plus divertissant. Je retourne à mes céréales quand sa voix inquiète retentit dans mon dos :

— Et toi, ça va ?

Je le regarde en grimaçant. Il fait la moue, l'air désolé.

— Pas trop. C'est toujours dur de voir ma mère dans cet état…

J'essaie d'oublier l'image du teint blafard de ma mère sur ce foutu lit d'hôpital.

— Elle ne va pas mieux ?

— Je ne sais pas trop. Disons qu'on attend plus de progrès… Et que c'est loin d'être encore ça.

Jordan me donne une tape amicale sur l'épaule. Il est particulièrement sensible à la maladie de ma mère, étant donné que la sienne est morte d'un cancer peu après sa naissance. Et son soutien m'est bien plus précieux que je ne l'aurais pensé.

— Je t'admire, Evan, pour la façon dont tu gères tout ça. Tu sais, t'es un peu un modèle pour moi, m'avoue-t-il.

Nous nous fixons quelques secondes, jusqu'à ce que le moment devienne trop gênant.

— Allez arrête, sinon tu vas te mettre à chialer, le raillé-je.

— Moi, je ne pleure jamais !

Il s'écarte et prend la direction de sa chambre, juste après m'avoir rappelé qu'il est là, si j'en ai besoin. Et puis il revêt son masque d'abruti quand il se cogne à l'embrasure de la porte.

●

Je retire mon casque et soupire longuement en voyant la façade du lycée. J'aurais bien passé ma journée à traîner au lit. *Non, au lieu de ça, je vais endurer quatre heures de sciences d'affilée ! Fantastique !*

Soudain, une furie entre dans mon champ de vision. Mia est en train de courir à fond dans ma direction, avant de littéralement me bondir dessus, me faisant reculer de trois pas. Elle s'agrippe à moi comme si sa vie en dépendait, ses jambes autour de ma taille et ses bras passés autour de mes épaules me serrant contre elle. *Un vrai ouistiti.*

— Eh bien, mademoiselle Castez, on dirait que vous êtes heureuse de me voir.

Elle sort sa tête de là où elle s'était réfugiée, dans l'antre de mon cou, et me regarde avec ses beaux yeux débordant d'amour. *Tiens, ma bonne humeur refait surface.*

— Tu m'as manqué.

Elle m'embrasse passionnément suite à cet aveu, le genre de baiser à faire perdre la tête à n'importe qui. Je suis obligé de la soutenir de deux mains sous ses fesses pour qu'elle ne tombe pas, et j'aurais vite fait d'oublier que nous sommes dans un endroit public.

— Pourtant ça ne fait que deux jours, mon amour.

— Je sais. Mais je déteste te savoir loin de moi.

114

Je souris parce que moi aussi, j'ai détesté qu'on soit loin l'un de l'autre. À chaque fois, c'est un immense vide qui m'envahit, même si je sais que je ne pars que pour un week-end.

— Moi aussi. La prochaine fois, ne t'étonne pas si je te kidnappe pour te mettre dans ma valise.

Mon nez joue avec le sien, tandis que nous sourions tous les deux comme des idiots.

— Si c'est un kidnappeur aussi sexy que toi, alors tu peux m'enlever quand tu veux.

— En parlant de ça… Ça me manque de ne plus venir te chercher.

— Je sais… Mon père a encore insisté pour nous emmener. Mais demain si tu veux, et ce soir tu peux me ramener, suggère-t-elle.

Je m'efforce de sourire en opinant. Je sais très bien qu'en vérité, Max n'insiste absolument pas pour emmener Mia, il ne fait que proposer. C'est elle qui ne veut pas laisser son paternel et sa sœur trop longtemps tous les deux. Je comprends qu'elle se sente menacée : Indiana est jolie, visiblement agréable à vivre, elle s'intègre facilement… Mais ce que Mia ne comprend pas c'est qu'elle n'est pas en train de prendre sa place, mais de se faire la sienne. Mia est irremplaçable, elle devrait le savoir ; et Indiana a beau avoir des qualités, ça ne compensera pas ses dix-sept ans d'absence. Mia occupe une place dans le cœur de ses proches bien plus importante qu'elle ne l'imagine. Car si elle est insupportable, pénible, exaspérante et imbuvable la plupart du temps, Mia est aussi l'une des personnes les plus touchantes et attachantes que je connaisse.

Je remarque Eva arriver derrière Mia et lui claquer le cul, avant de me réprimander du regard.

— Hé, vous deux, arrêtez de vous donner en spectacle, tout le monde vous regarde !

Mia décroise ses jambes et retombe sur ses pieds.

— Et en quoi c'est un problème ? interroge-t-elle sa cousine.

— Y en a pas, c'est juste que vous débordez d'amour, ça me file la nausée.

Eva lève les yeux au ciel, puis tourne les talons. Mia et moi nous regardons en haussant les sourcils.

— Elle est dans sa phase « anti-amour », m'apprend ma copine. Je sais pas ce qui lui prend. Elle qui est une romantique dans l'âme, elle ne veut pas parler de tout sujet qui aurait un rapport avec l'amour ces derniers temps.

— Tu penses que ce serait dû à un garçon en particulier ?

Mia hausse les épaules, glisse sa main dans la mienne, et me traîne jusqu'au portail. Je me demande bien quel mec dans la vie d'Eva pourrait la mettre dans un état pareil. *Non… Ça ne peut pas…* Jordan n'est pas le genre de type qui pourrait plaire à Eva. Mais après tout, je n'ai vu qu'une fois Eva en couple, et ça n'a duré que deux semaines.

Peut-être que Jordan a sa chance, finalement.

Nous voilà en cours de mathématiques, comme une bonne partie du temps. Mercier annonce qu'il va ramasser les devoirs maison qu'on avait à faire, et mon cœur s'affole dans ma poitrine.

— Un DM ?

Mia me regarde avec de grands yeux, sa copie sous les yeux.

— Oui, il nous l'a donné la semaine dernière. Evan, tu n'oublies jamais rien !

— Putain, c'est pas vrai…

Je me passe une main dans les cheveux en voyant Mercier avancer dans les rangs. Jamais durant mes deux premières années de lycée je n'ai oublié un devoir. Il m'est arrivé de ne pas en faire, mais c'était volontaire. Et bien sûr, il faut que je me relâche pendant l'année du bac.

— Evan, ton devoir ? demande Mercier après avoir ramassé celui de Mia.

— Je… je ne l'ai pas fait.

Mercier croise ses bras sur sa poitrine. Je déteste que ce type ait une autorité sur moi.

— Et je peux connaître la raison ?

— J'ai oubl…

— Connaissez-vous la situation familiale d'Evan, monsieur ? me coupe Mia.

Je lui donne un coup de coude pour lui intimer de se taire, mais elle n'en fait rien. *Comme toujours.*

— On ne m'a rien dit, répond Mercier, intrigué.

— Sa mère est malade et en soins à Paris. Il est allé la voir ce week-end, et ce serait vraiment gentil de votre part si vous lui laissiez plus de temps.

Mercier soupire, mitigé, tandis que je bougonne dans mon coin.

— Très bien, je te laisse exceptionnellement jusqu'à mercredi. Mais pas plus.

— Merci, lâché-je sèchement.

Une fois le prof parti, je fusille Mia du regard.

— J'avais pas besoin que tu parles pour moi. Ni que tu donnes l'état de ma mère comme excuse, tu sais que je n'aime pas être pris en pitié à cause de ça.

Mia roule des yeux tout en jouant avec son stylo, l'air désinvolte. *J'adore être pris au sérieux comme ça.*

— C'est la vérité, Evan. J'ai juste voulu t'aider.

— Oui, eh bien, évite la prochaine fois.

Je m'enfonce dans ma chaise en fixant le tableau. Mia commence à tapoter avec son stylo sur la table, ce qui n'est clairement pas bon signe.

— Désolée de me préoccuper de ton état en ce moment.

Ah, oui, parce qu'on n'aurait vraiment pas cru quand tu n'as... pas demandé de nouvelles de ma mère. Ni posé de questions sur ce week-end.

— Mia, viens devant ! aboie le prof, lassé par nos bavardages incessants.

— Avec plaisir !

Ma copine, énervée, rassemble ses affaires en me jetant un regard noir, avant de rejeter sa crinière brune sur une épaule, et de s'éloigner en roulant du cul. *Quelle comédienne !* Je fais mine d'en avoir rien à faire et me détourne pour regarder le mur. Jusqu'à ce que la voix de Mercier me parvienne à nouveau.

— Indiana, prends sa place !

Indiana et moi écarquillons les yeux alors que Mia ouvre la bouche, offusquée. C'est à croire que ce professeur aime les emmerdes. Indiana obtempère et laisse sa chaise à Mia, pour venir prendre sa troisième nouvelle place depuis qu'elle est arrivée, à côté de moi. Je lui souris pour la rassurer, et décide de ne pas faire attention à Mia pour le moment, au risque de me prendre les plus grosses foudres qui n'aient jamais existé.

Le problème de maths était aujourd'hui à faire en groupe, Indiana et moi avons bien galéré, mais sommes arrivés à un résultat cohérent. J'ai senti le regard mitrailleur de Mia sur moi durant toute la séance, mais en ai fait abstraction. Et quand la sonnerie retentit, je m'attends déjà à croiser cette Mia sarcastique qui me demandera si je me suis bien amusé.

Ça ne rate pas, puisque pile à la sortie, sa voix raille dans mon dos :

— Ça va, tu t'es bien amusé ?

Tellement prévisible.

— Oui, Mia, je me suis éclaté à bosser sur un problème de maths pendant deux heures !

Je continue de marcher ce qui, je le sais, risque de l'agacer foncièrement. Contre toute attente, elle enserre doucement mon poignet pour m'arrêter, et murmure :

— Pardon. Je ne devrais pas te faire de crise de jalousie par rapport à Indiana, mais… j'en ai marre de l'avoir tout le temps dans ma vie.

Je soupire et passe mon bras autour de ses épaules, sachant que je ne pourrai pas lui faire la gueule bien longtemps. Sur le chemin jusqu'à la cour, j'ai droit à un débriefing complet sur comment Indiana a été exaspérante ce week-end, et sur comment Mia a détesté leur déjeuner au restaurant. Tout ça sans évidemment me poser une question sur moi.

— Ce qu'elle peut m'énerver, à jouer les innocentes ! Sérieusement, elle est presque pire que Charlotte par moment. C'est fou que mes parents ne voient pas clair dans son jeu…

— Mais de quel jeu tu parles, Mia ?

Déjà que ces petites querelles familiales ne m'intéressent pas, si en plus Mia mêle mon ex à tout ça – qui a disparu de la circulation, d'ailleurs – elle est sûre de m'agacer encore plus.

— Evan, elle ne peut pas être si gentille, m'assure-t-elle comme si ça tombait sous le sens.

— Bien sûr que si ! Tout le monde n'est pas…

Je m'interromps et me gratte la nuque avant de dire une bêtise. Les yeux de Mia s'emplissent à nouveau de colère.

— Garce ? Tout le monde n'est pas une garce ? Tu peux le dire, Evan !

— Oui, une garce. Les gens peuvent être agréables sans forcément cacher quelque chose.

Mia semble perplexe. Manifestement, elle ne comprend pas ce que je me tue à lui expliquer gentiment depuis l'arrivée d'Indiana.

— T'es vraiment bizarre aujourd'hui ! On dirait que quoi que je dise, tu trouves un moyen de me contredire. Dis-moi si je te fais chier et si tu ne veux pas m'écouter.

J'éclate d'un rire difficilement plus jaune.

— Moi, je ne veux pas t'écouter ? Je ne fais que ça, merde ! Tes histoires, autant te dire que je m'en balance pas mal, mais je t'écoute parce que je sais que ça te tourmente et j'ai envie que tu ailles bien ! Mais dis-moi, Mia, en as-tu quelque chose à faire de moi ?

— Quoi ? Bien sûr que oui !

— C'est nouveau alors ! Parce qu'au cas où tu l'aurais oublié, je suis allé voir ma mère plus malade que jamais ce week-end. Je l'ai vue dans un état misérable, et je me traîne aujourd'hui comme une loque, mort de trouille ! Plusieurs connaissances m'ont demandé si tout allait bien et toi, la personne qui est censée le plus se soucier de mon état, tu me parles de tes petits soucis familiaux ! Alors oui, tu as raison, je suis bizarre aujourd'hui. Parce que la fille que j'aime ne voit pas plus loin que le bout de son nez !

Mia, bouche bée, encaisse mes paroles sans émettre le moindre mouvement. À la fin de ma tirade, voyant qu'elle ne réagit pas, je m'éloigne d'elle d'un pas enragé. Je suis au courant que je sors avec une fille des plus égoïstes. Mais parfois, c'est trop, surtout dans ces jours où je n'ai aucune patience.

J'ai attendu Mia à la sortie malgré ma rancœur envers elle. Je ne voulais pas qu'elle se retrouve devant le lycée toute seule si je m'étais tiré sans elle après qu'on a convenu que je la ramenais. Mais elle a dû se débrouiller sans moi, puisque je suis resté jusqu'à ce qu'il n'y ait plus personne.

Résultat : me voilà dans ma chambre, à essayer de faire ce foutu devoir maison de maths – sans grand succès –, en me disant que j'ai peut-être été trop dur avec Mia. Sans parler de Jordan en bas, qui est en train de jouer à la *Wii* dans mon salon, console que j'avais complètement oubliée. Il faut dire que c'est un peu démodé, comme jeu. Mais Jordan a l'air de s'éclater au bowling au vu des cris de joie que j'entends de temps en temps.

— Evan ! On sonne !

Je soupire, désespéré que Jordan n'ait toujours pas le réflexe d'ouvrir la porte d'entrée. Il se croit à l'hôtel, c'en est exaspérant.

Je descends les escaliers en traînant des pieds. Jordan a changé de sport et se démène maintenant au tennis quand je passe devant lui. J'ouvre la porte, et quelle est ma surprise de découvrir une Mia gênée sur le seuil. Puisque c'est moi qui l'ai plantée, je ne m'attendais pas à ce que ce soit elle qui revienne. Du moins, pas si vite.

Tête légèrement baissée, elle me regarde avec des yeux emplis de culpabilité, et mon expression s'adoucit instantanément. *Comment fait-elle ça ?*

— Qu'est-ce que tu fais là ?

Elle dégage une mèche de cheveux de son joli visage en la ramenant derrière son oreille. Hésitante, elle déclare :

— J'essaie d'agir en petite amie qui te mérite, et non en petite garce égoïste.

Je ne peux m'empêcher de sourire. Mia est une fille très compliquée, c'est un fait. Mais ces moments où elle fait des efforts rien que pour moi me confortent dans l'idée qu'elle est parfaite pour moi.

— Je peux entrer ?

J'acquiesce d'un mouvement de tête. Nous passons devant le sportif de la maison qui sue comme un porc, Mia se retient de faire une remarque, et nous gagnons l'étage. Une fois dans ma chambre, nous nous retrouvons plantés au milieu de la pièce, comme deux beaux idiots.

— Ton père n'est pas là ? me demande Mia.

— Non. Dîner avec un client…

Je hausse les épaules, alors que Mia me sourit tristement. Chaque début d'année scolaire, le discours de mon père est le même : « Cette fois, fiston, je te promets d'être plus présent pour toi. » J'ai arrêté d'espérer. J'ai toujours trouvé sa manie de balancer des promesses absurde, même lui n'y croit jamais.

— Je suis désolée, soupire Mia en s'asseyant sur mon lit. Malheureusement je n'ai pas vraiment d'excuses. J'étais juste… tellement concentrée sur moi que je t'ai retiré de l'équation. Il faut dire que tu es tellement autonome, comparé à moi.

Je me joins à elle en prenant place sur le matelas. Ses yeux tristes plongent dans les miens et mon cœur se serre.

— Tu agis toujours exactement comme il faut agir, naturellement. Et moi, je ne t'arrive toujours pas à la cheville.

— Pardon ? Dois-je te rappeler l'histoire des photos ? Ou Nice ?

— Tu as merdé sur le moment, mais tu as su faire exactement ce qu'il fallait ensuite. Tu m'as reconquise après les photos, et tu m'as laissé le temps nécessaire après Nice. Alors que moi, je ne suis pas fichue de me soucier de ton bien-être.

— Il faut dire que je ne t'en ai pas parlé non plus…

— C'était évident, Evan, qu'après deux jours passés avec ta mère malade tu irais mal.

J'esquisse un faible sourire, sans trop savoir quoi dire. Soudain, Mia grimpe sur mes genoux, une jambe de chaque côté de mes cuisses sur le lit, et emprisonne mon visage entre ses mains.

— Je ne veux pas que tu me quittes. Je sais que je fais plein d'erreurs, et j'en ferai encore, mais promets-le-moi.

— Mia…

— Promets-moi que tu m'aimeras toujours.

Je passe ma main sur sa joue, ses paupières frémissant à ce contact.

— C'est évident que je t'aimerai toujours, quoi qu'il arrive.

Sa détresse quant à sa peur de l'abandon me touche toujours autant. Bien que cette crainte soit moins présente qu'avant, elle persiste dans sa jolie petite tête bien dérangée. Mia est sans aucun doute ce qui m'est arrivé de mieux dans ma vie, je ne suis pas prêt à m'en séparer.

— J'ai peur. Peur de finir par faire une bêtise, chuchote-t-elle.

— Une bêtise ? Pourquoi est-ce que tu ferais une bêtise ?

— Parce qu'un jour, ma vraie nature éclatera, et je ne suis pas sûre d'être capable de la retenir.

J'ai l'impression de faire un bond sacrément grand en arrière, actuellement. Nous avons la même discussion que la première fois où je lui ai dit être amoureux d'elle. Je pensais qu'on avait dépassé tout ça.

— Mais enfin Mia, qui est-ce qui t'a remis ces idées en tête ? Tu as l'impression de te retenir avec moi ?

— Non ! C'est avec toi que je suis moi-même. J'ai juste blessé tellement de personnes, et une facette de moi, très sombre, aime ça. J'ai peur qu'un jour ce soit toi que je blesse, à cause d'une de mes bêtises.

— Toute cette peur que tu ressens prouve à quel point tu es différente de ce que tu me décris. Je te connais. Tu ne me feras pas de mal parce que tu m'aimes.

Elle hoche la tête avec conviction, les dents plantées dans sa lèvre tremblante. J'essuie la larme qui s'échappe de sa paupière frémissante et rapproche mes lèvres des siennes.

— Tu as raison. Je ne suis plus cette fille. Mais des fois elle essaie de refaire surface, et tu risques de te lasser de moi. Je veux dire, je me lasse moi-même.

— J'admets que parfois, tu as tendance à m'exaspérer…

— Je suis prête à tout pour m'améliorer encore si c'est possible. Je peux même te promettre de laisser Indiana tranquille, puisque tu as l'air d'en avoir marre. Je ne chercherai pas à lui faire du mal, et arrêterai d'en parler. Si tu me le demandes.

— J'aurais aimé que tu aies d'autres motivations. Mais oui, j'aimerais que tu arrêtes avec elle.

— D'accord, répond-elle aussitôt. Je te le promets.

Nos lèvres s'unissent alors fiévreusement, soulagés de cette réconciliation. Je passe mes mains dans son dos et la serre contre moi, alors que sa fabuleuse langue vient à la rencontre de la mienne. Puis je descends dans son cou, et l'explore comme j'ai appris à si bien le faire.

— Evan... Il faut encore que je te dise quelque chose...

— Ça ne peut pas attendre ?

— Non...

Je relève alors la tête, intrigué. Mia se mordille la lèvre tout en posant son regard partout, sauf sur moi.

— J'ai appris quelque chose, ce week-end...

Je l'encourage à continuer, pas rassuré, tout d'un coup. Mia se passe une main sur le visage avant de soupirer.

— Alors ?

— Je... je vais...

Elle déglutit, ses pupilles accrochées aux miennes. Puis elle sourit.

— Rien d'important. Ça ne va pas très bien entre Jana et Maël, mais tu as raison, ça peut attendre.

Je n'ai pas le temps de réfléchir à ses paroles ni au fait qu'elle s'est sûrement défilée, puisqu'elle se jette à nouveau sur mes lèvres pour me faire basculer sur le lit. Après s'être remontés le moral de la façon qu'on connaît le mieux, Mia m'écoute me confier sur mes peurs quant à la maladie de ma mère, son menton posé sur mon torse et ses doigts s'emmêlant dans mes cheveux.

9. PREMIERS MENSONGES

MIA

Cela va faire deux semaines qu'entre Evan et moi, tout va super bien. Depuis son coup de gueule à propos de sa mère et notre réconciliation, je me sens plus proche de lui que jamais. J'ai le sentiment de lui être utile : il n'a plus peur de me dévoiler ce qu'il ressent, ses craintes, ses cauchemars, et je n'ai plus peur de l'écouter. J'aime Evan plus que tout, et c'est parce que je l'aime que je ne peux pas être égoïste avec lui bien longtemps.

Je tiens ma promesse. J'ignore prodigieusement Jones, et fais abstraction de sa présence chez moi. Même si elle s'entend bien avec Eva, elle ne reste pas avec nous au lycée, ce qui prouve que la fille cachée de mon père n'est pas complètement stupide. Indiana s'est liée d'amitié avec deux filles de notre classe, Sarah et Margot, et ne tente plus de me faire de l'ombre. Il vaut mieux pour elle.

Et c'est parce que tout roule dans ma vie que je n'ai toujours pas avoué à Evan avoir été choisie par Audace Lingerie. Ils m'ont appelée la semaine dernière, les propos de Silvio Calvi sont confirmés. Je n'arrive même plus à me réjouir de cette nouvelle. Demain après-midi je dois me rendre à la première séance photos, et mon copain n'en sait rien. Je ne lui ai jamais rien caché, j'ai toujours été honnête avec lui, mais cette nouvelle-là, je ne sais pas comment la lui annoncer. Je sais qu'il ne m'interdira pas de devenir mannequin – de toute façon, c'est trop tard – mais je ne veux pas qu'il se sente menacé et que par conséquent, il s'éloigne de moi.

À l'heure du déjeuner, je retrouve ma petite bande au complet à la cantine. Le vendredi est le jour où nous mangeons tous à la même heure, et pouvons donc nous retrouver tous ensemble. Comme de plus en plus souvent, Adrien, un pote d'Evan, se joint à nous. Ça ne me dérange pas, il est supportable, et je crois que Jules craque pour lui – même s'il est toujours avec Simon. Je ne forcerai pas la main à mon meilleur ami pour qu'il m'en parle, mais les signes sont de plus en plus visibles, surtout quand Adrien s'adresse à lui directement et qu'il rougit comme une tomate. Jordan s'assoit à côté d'Eva, et ma cousine s'écarte automatiquement avec un air de dégoût. Il n'y a qu'Evan et moi qui sommes si collés que l'on pourrait presque tenir sur une chaise.

Pendant que Jules nous raconte comment son professeur de philosophie, sans aucune autorité, s'est retrouvé accroché à un portemanteau, Noah, un ami d'Adrien, passe devant nous. Evan et Adrien lui proposent alors de s'asseoir à notre table, seulement il est accompagné de Sarah, sa copine, et donc de Margot et d'Indiana. Après hésitation et n'ayant certainement pas envie de manger toute seule, Indiana est obligée de suivre ses amis. Et cerise sur le gâteau, la place restante est celle à côté de la mienne. *Quelle joie.*

— Sois gentille, me glisse Evan à l'oreille.

Je lui souris hypocritement avant d'enfourner une bouchée de cette viande gélatineuse au goût de plastique.

— Mercier en chemise, c'était quelque chose, d'ailleurs ! s'exclame Eva, pour continuer dans la lignée des profs.

Mercier a deux classes de terminale : la S3, la nôtre, et la ES2, celle d'Eva. J'ai donc la joie d'entendre ma cousine déblatérer sur comment cet homme arrive à être sexy en toute circonstance.

— Qu'est-ce que vous avez toutes avec lui, sérieux, grogne Evan.

— C'est vrai ! renchérit Jordan. Moi aussi je peux mettre une chemise et jouer les autoritaires.

— Ça n'aura pas le même effet, le casse Eva.

Sarah et Margot s'intègrent à la conversation, mais Jones reste à l'écart. Sans pouvoir m'en empêcher, je me mets à la provoquer :

— Et toi, Indiana, qu'en penses-tu ? Mercier sexy ou Mercier ringard ?

Elle s'essuie la bouche tout en cherchant ses mots.

— Eh bien, je pense surtout qu'il est un peu vieux, et que c'est un prof.

— Ah, parce que toi tu les prends au berceau, compris.

Evan enfonce son coude dans ma hanche, ce qui lui vaut une tape sur l'épaule qu'il ne semble même pas sentir. Je n'ai pas à continuer cette discussion, puisque Margot prend la relève :

— Pas si vieux, quand on y réfléchit. Dix ou onze ans, c'est quoi à l'échelle de la vie ? Et le fait qu'il soit prof met une dose de danger qui me plaît bien.

— C'est pas mon truc, dit platement Indiana.

— Ah ouais, alors c'est quoi, ton truc ?

Jones me considère, ne sachant pas comment répondre à ma question. Alors je continue :

— C'est quel genre de danger que tu aimes toi ? Piquer le petit copain des autres ?

Indiana écarquille imperceptiblement les yeux, et ses joues rosies la trahissent. *Je rêve.* Alors Jones serait une briseuse de couple ?

— Le danger n'est pas indispensable.

Jugeant la conversation close, Jules et Eva changent de sujet. Cela m'énerve, cette manie qu'ils ont tous de voler au secours de cette pauvre Indiana. Evan ne me regarde pas durant le reste du repas, je devine qu'il est fâché. Je n'ai pas vraiment brisé ma promesse… si ? Poser des questions à cette chère Indiana peut être seulement par curiosité, et non pour l'embêter. Il est normal, après tout, que j'aie envie d'en savoir plus sur cette fille qui vit sous mon toit.

Le soir, Evan me ramène chez moi. Après notre séance de baisers langoureux habituels, je me décide à rentrer avant que mes jambes seulement couvertes de fins collants ne se retrouvent gelées. Mais Evan m'arrête avec sa question :

— Au fait, tu fais quoi demain après-midi ?

Mon cerveau fonctionne à toute vitesse, à la recherche d'un mensonge à balancer.

129

— Je vois Maël. On va à la piscine. On devrait être sortis vers dix-huit heures.

Heure à laquelle je sortirai en fait de mon shooting.

— Oh, dommage. Je n'aurai pas le privilège de te voir, alors.

— Tu n'es pas là dans la soirée ?

— Non, je me suis engagé à aller dîner avec mon père et sa copine. Il y tient, alors pour une fois je vais faire un effort et prendre mon mal en patience.

— Bonne chance, dans ce cas. On s'appelle, de toute façon ?

Evan acquiesce, m'embrasse une dernière fois, et finit par s'en aller. Je réprime la culpabilité qui naît en moi pour lui avoir encore menti, et rentre chez moi.

●

Les maquilleuses s'activent à appliquer des produits sur mon visage alors que la coiffeuse s'acharne sur mes cheveux sans aucune délicatesse.

— Eh ! fais attention ou je te fais bouffer ton peigne !

— Vous avez des cheveux très épais, se défend la nana aux dix couches de gloss. Je suis obligée de les démêler.

Ils sont déjà démêlés, morue, tout ce que tu fais c'est tirer dessus.

— Eh bien, on ne dirait pas qu'il s'agit de votre métier.

Comme si je ne voyais pas son reflet dans le miroir, la coiffeuse ose rouler des yeux. On peut dire que les employés sont culottés chez Audace Lingerie.

Je suis enfin libre de respirer au bout d'une demi-heure, et prête à me vêtir – ou plutôt me dévêtir – avec l'ensemble que Benoît, le grand chef, m'a indiqué. Je glousse quand on me donne un peignoir à porter en attendant pour que je n'aie pas froid, au dos duquel est inscrit « Mia Castez ». Je prends une photo dans le miroir par automatisme dans l'idée de l'envoyer à Evan, jusqu'à ce que je me souvienne qu'il n'est pas au courant de mon activité de cet après-midi. Cette situation est vraiment merdique. Il faut que je lui dise, sinon il m'en voudra jusqu'à... je ne préfère pas l'imaginer.

Le studio pour le shooting n'est pas très grand, et j'imagine bien moins agité que ceux qu'on trouve à Paris ; mais il n'empêche que c'est tout de même impressionnant, je dois l'admettre. Alors que j'observe les différentes personnes présentes installer les lumières, je sens une présence dans mon dos.

— *Buongiorno, tesoro*[1].

Je lève les yeux au ciel avant de me retourner vers Calvi, qui vient de casser tout le mythe du charmant Italien.

— *Tesoro ?* On voit que tu ne me connais pas.

Pour lui démontrer le peu de respect que je lui accorde, je baisse les yeux vers mon téléphone et parcours les réseaux sociaux. Bien élevé comme il est, il regarde défiler mon écran.

— Ça fait longtemps ? demande-t-il en pointant la photo d'Evan et moi en fond d'écran.

— Un an, à peu près.

Un an. Qui eût cru que Mia Castez, la garce sans cœur, aurait une relation si longue, et qu'elle souhaite qu'elle dure encore des années ?

_____

1. « Bonjour, trésor » en italien.

— Waouh. Je ne pensais pas que tu étais du genre à avoir des relations durables.

— Je ne le suis pas.

Je lève le menton pour fixer son faciès à l'expression bien trop sûre de lui.

— Il n'y a qu'avec lui. Il est l'exception.

Je tourne les talons dans l'intention de rejoindre Benoît, mais Calvi m'intercepte encore une fois.

— Que c'est touchant. Et il te satisfait ?

Il se penche jusqu'à mon oreille, et je peux deviner son sourire de malade mental.

— Je veux dire… sexuellement parlant.

— Tu n'as pas idée, lâché-je. Ne t'en fais pas pour moi de ce côté-là.

Silvio me contourne tel un rapace autour de sa proie pour me faire face.

— Vous m'avez pourtant l'air bien différents, insiste-t-il.

— Tu ne nous connais pas.

— Pas besoin. C'est flagrant. Je l'ai compris dès l'instant où il est venu te retrouver, le jour de notre rencontre.

Ma main me démange plus que jamais. Ma relation avec Evan est un sujet sensible, et ce mannequin de mes deux va vite le comprendre.

— Oui, nous sommes différents. Ça fait notre force.

— Mmm… Pourtant, qu'est-ce que vous dites déjà… ? Qui se ressemble s'assemble ?

— On dit aussi que les opposés s'attirent, contre-attaqué-je. Et j'aurais plutôt tendance à croire ce dicton-là.

Calvi me scrute un moment sans rien dire, l'air plus amusé du tout. Il doit en avoir marre que quelqu'un lui résiste, dans ce cas il ferait mieux d'arrêter de converser avec moi.

— Mia, Silvio, on ne vous paie pas pour papoter ! hurle Benoît, impatient.

Et la séance photo débute.

•

Tout s'est plutôt bien passé, dans l'ensemble. Benoît me guidait comme il le fallait, et je crois bien que j'ai ça dans le sang, au vu des remarques élogieuses du photographe. Le plus dur était les clichés à deux. Quand le corps presque nu de Silvio était collé au mien et qu'il posait ses mains sur moi, ou pire, que je devais moi aussi le toucher, ma culpabilité s'accentuait un peu plus. Ça a beau être professionnel, si Evan faisait la même chose dans mon dos, je serais folle de rage. *Mais comment le lui avouer maintenant ? Durant combien de temps m'en voudra-t-il ?* J'ai encore besoin de lui, et pour un bon moment.

Quand je sors pile à l'heure prévue, mon téléphone sonne. Je ne peux m'empêcher de sourire en voyant qu'Evan n'a pas pu attendre une minute de plus pour prendre de mes nouvelles.

— Dis-moi que tu as décidé d'annuler ton dîner avec ton père et qu'on va se faire une soirée ciné, rien que tous les deux ? On va voir un film pourri, tu passeras ton bras autour de mes épaules et je rougirai comme une pauvre adolescente. Vers la fin, tu te pencheras et nos deux nez se cogneront, alors on se donnera un baiser maladroit et je bouderai parce que t'auras mangé tout le pop-corn.

Son rire dans le combiné est si agréable que je me retiens de fermer les yeux pour l'apprécier.

— Et après tu te défends d'être une romantique. Non, malheureusement le plan de mon père tient toujours pour ce soir. En revanche, je t'ai peut-être trouvé de la compagnie.

Je m'assois sur une espèce de rocher en attendant ma mère, mon téléphone calé sur mon épaule.

— Si ce n'est pas la tienne, de compagnie, alors ça ne m'intéresse pas.

— En fait, j'aurais vraiment un service à te demander. Tu es rentrée ?

— Hum, ouais, je suis chez moi.

— OK. Écoute, j'en peux plus d'entendre Jordan se plaindre et me demander des conseils sur comment séduire Eva. Je me suis dit que tu étais la mieux placée, alors voilà j'aimerais que tu le conseilles. Je sais que l'idée ne va pas te plaire, mais s'il te plaît, fais-le pour moi et mes pauvres oreilles…

Je soupire. Qu'est-ce que je ne ferais pas pour ce garçon.

— D'accord… Mais je ne l'accepte pas plus d'une heure.

— Marché conclu. Il devrait être là d'ici dix minutes.

— Dix minutes ?

Je regarde autour de moi. La voiture de ma mère n'est pas encore là, et il me faudra plus de dix minutes pour véritablement rentrer.

— Oui, le temps qu'il arrive. Comme ça tu en seras débarrassée plus rapidement.

— Je t'ai dit que j'étais chez moi ? Désolée, c'est l'eau qui doit faire déconner mon cerveau, ça faisait longtemps que je n'avais pas nagé autant. Je suis en route pour rentrer.

— Tu es en moto, en ce moment ? s'étonne mon copain.

Mon Dieu, j'en irai presque jusqu'à faire des bruits de moteur avec ma bouche.

— Non, enfin, Maël s'est arrêté acheter quelques trucs. D'ailleurs, je ne sais pas ce qu'il fout, il met sacrément du temps.

Un silence s'ensuit au bout du fil. *Il ne me croit pas. Merde, il ne me croit pas. Qu'est-ce que je dois faire ? Tout lui dire ?* Non, pas maintenant alors que je viens de lui mentir délibérément, il réagira extrêmement mal.

— Ça ne m'étonne pas de lui. Bon, alors envoie-moi un message quand tu seras rentrée, et je t'expédie le boulet.

Je lâche un soupir de soulagement.

— Ça marche. Je t'aime, Evan.

— Moi aussi.

Il raccroche. Je ne crois pas qu'il m'ait crue sur toute la ligne, mais j'ai le temps de réfléchir sur comment arranger les choses.

Quand j'ouvre la porte de chez moi une heure plus tard, c'est un Jordan nerveux qui me fait face. Je l'invite plus ou moins poliment à entrer, et prie pour que ma mère ne nous croise pas le temps qu'on aille jusqu'à l'escalier.

— Tu m'emmènes où ?

— Dans ma chambre, on sera plus tranquilles. Et je t'interdis d'imaginer qu'on fera autre chose que discuter.

Jordan déglutit suite à mon avertissement rêche, et nous gagnons l'étage. Je m'apprête à pousser la porte de ma chambre, quand une voix tremblante en provenance de la chambre d'amis m'interpelle. Ma curiosité l'emportant, je fais signe à Jordan de ne pas faire de bruit et m'avance.

Dans l'entrebâillement de la porte je peux voir Indiana faire les cent pas, son portable à l'oreille.

— Qu'est-ce que tu fais ? chuchote Jordan derrière moi.

— La ferme. J'essaie d'écouter.

Je tends l'oreille, attentive. Indiana soupire et s'assoit sur le lit.

— Si, bien sûr que tu me manques, Maxime, mais…

Elle est visiblement coupée par son interlocuteur, et les larmes lui montent aux yeux.

— Justement ! s'énerve-t-elle. Que penses-tu que dirait Sacha si elle savait que tu m'appelais en ce moment ?

Maxime. Sacha. Que de nouveaux éléments de la vie d'Indiana qui, je le sens, ne peuvent que m'aider à la percer à jour.

— Il n'y a plus de choix à faire, je te signale. Elle était la première, de toute façon.

Non… Se pourrait-il que la petite et innocente Indiana ait brisé un couple par le passé ? Et elle serait encore en train de téléphoner au mec en question ? Si vous voulez mon avis, ça ne ressemble en rien au comportement d'une fille douce, agréable, et profondément gentille ; mais à celui d'une vraie peste.

— Rien ne sert de ressasser le passé, ni les erreurs. On ne se parle plus toutes les deux, et je n'ai plus envie d'avoir de contact avec toi non plus. J'ai tourné la page, tu n'étais rien d'autre qu'une passade dans ma vie et je suis ravie que ça n'aille pas entre vous deux, si tu veux tout savoir.

Jones appuie rageusement sur l'écran de son téléphone, avant de le balancer sur le lit par-dessus son épaule. Je m'écarte rapidement avant qu'elle n'ait le temps de me voir, un large sourire vicieux fendant mes lèvres. Je m'en doutais, elle n'est pas aussi blanche qu'elle en a l'air. Jordan me considère avec étonnement, et peut-être même un peu d'effroi.

— Il faut que j'en sache plus sur ce Maxime et cette Sacha.

— Eh bien, les réseaux sociaux sont idéaux pour ça, répond Jordan sans trop réfléchir.

— Mais bien sûr ! Pour une fois tu n'es pas inutile, mon petit Jordy.

Je lui donne une tape amicale sur le haut du torse et me précipite jusqu'à ma chambre. Je m'assois à mon bureau et ouvre mon ordinateur, pour filer sur Facebook. Jordan, mal à l'aise, observe mes gestes debout derrière moi.

— On n'était pas censés parler d'Eva ?

— Ça peut attendre. Aide-moi plutôt à chercher des infos, et après je t'aiderai avec tes peines de cœur. C'est donnant-donnant, tu vois.

Jordan acquiesce à contrecœur et je tape le nom d'Indiana Castez dans la barre de recherche. Son compte est en privé, espérons que ses copains ne soient pas aussi vigilants. En parcourant la liste de ses amis, je tombe sur deux profils de prénommés Maxime. Le premier a une tête de raton laveur, alors je l'élimine ; le deuxième en revanche paraît mignon. Jordan pointe sa photo de couverture du doigt.

— Regarde.

Il s'agit d'un cliché de ce Maxime, accompagné d'une blonde. Je suis aux anges en voyant quel est le nom de la fille identifiée : une certaine Sacha Dumont. Le nombre de cœurs en description m'indique clairement qui ils sont l'un pour l'autre. Je vais ensuite sur le profil de Sacha, pour retrouver une photo d'elle et ce Maxime. Cette fois, la description est claire : « Ensemble parmi les embûches, comme celles aux longs cheveux bruns. »

— Une chance que cette blondinette soit provocante, souris-je.

En descendant bien plus bas, ce que je découvre est d'autant plus surprenant. La photo date d'un an et représente Sacha et Indiana, bras dessus bras dessous, comme deux adorables meilleures amies. Les mots écrits me font sourire : « aux nouvelles rencontres ». Je devine que ce cliché a été pris à l'arrivée d'Indiana à Bordeaux.

— Je crois que c'est clair.

— Indiana est devenue amie avec Sacha avant de lui piquer son mec, affirme Jordan.

J'ai envie d'éclater de rire. C'est tellement ironique, la sœur la plus gentille d'apparence qui est en fait une briseuse de cœur.

Je me tourne vers Jordan, la mine grave.

— Pas un mot de tout ça à Evan, sinon je te brise les couilles. Je ne rigole pas.

Il n'a pas besoin d'être au courant de mes recherches, surtout qu'il risque de les interpréter comme une rupture de ma promesse. Mais une fois que j'aurai mis Indiana à nu aux yeux de tout le monde, alors il n'y aura plus de problème. Je suis sûre de ne pas être au bout de mes surprises.

10. SECRET DÉVOILÉ

MIA

Je me réveille le cœur léger. Rien de mieux que de ne pas entendre la sonnerie de ce stupide réveil un lundi matin. Ces vacances de la Toussaint devenaient un réel besoin, j'étais complètement cuite.

Quand j'arrive dans la cuisine, seule Indiana est attablée. Elle semble surprise lorsque je lui lance un « salut » enjoué. Je ne peux pas lui en tenir rigueur.

— Euh… salut.

Je sors un yaourt du frigo tout en demandant :

— Ils sont tous partis ?

— Ouais, ta mère il y a une heure et papa… je veux dire Max, je ne l'ai pas croisé.

Je prends place en face de Jones, pour me munir du lait.

— Maël devrait passer dans la soirée, je lui apprends. Je sais que tu préfères quand il est là.

— C'est bien, enfin c'est pas que je préfère mais…

— Indiana, je ne vais pas me vexer tu sais. Je suis au courant que je suis la plus infâme, et pour cause : je le fais exprès.

Indiana hoche la tête, visiblement perdue par ce revirement de situation. D'habitude je ne lui accorde même pas un regard au petit déjeuner. Mais on dit qu'il faut être proche de ses amis, et encore plus de ses ennemis, alors je vais occasionnellement me montrer sympa avec elle. Ou du moins essayer. Je n'ai pas trouvé meilleure idée pour lui extorquer des informations.

— Je ne serai pas là cet après-midi, annoncé-je. Le tournage avec Audace débute aujourd'hui et on va faire les quelques prises en extérieur. Et ce soir je risque de ne pas être là, Evan rentre de Paris alors on va passer la soirée chez lui.

— Hum, d'accord… Alors comment c'est, d'être mannequin pour une telle marque ?

Quelque chose que tu ne connaîtras jamais.

— Pour l'instant, pas grand-chose, puisque je n'ai fait qu'un shooting. Mais ils m'ont laissée entendre que j'avais des chances d'évoluer dans le milieu.

— Waouh, ce serait génial ! Mais il faudrait que tu quittes Toulouse pour ça, non ?

Je hausse les épaules.

— Je ne compte pas rester ici toute ma vie, de toute façon.

Je ne comptais rien du tout, à vrai dire, avant que la porte du mannequinat s'ouvre à moi. Mais ces derniers temps, je me mets à rêver d'une vie parisienne avec Evan. Les meilleures prépas qu'il recherche sont à Paris, et je sais qu'il aime cette ville autant que moi. Le siège social d'Audace Lingerie est dans la capitale, comme beaucoup de marques, alors il serait plus judicieux que moi aussi j'aille vivre là-bas. Pour finaliser ces projets, il faudrait que je mette mon copain au courant de mon nouveau métier, ce que je ne me suis toujours pas résolu à faire. Mais c'est décidé, ce soir, je lui dis tout. Je ne peux pas laisser planer des mensonges entre nous plus longtemps, et même s'il risque d'être énervé, je sais qu'il finira par comprendre.

— Et toi, tu vas faire quoi ? enchaîné-je, n'ayant pas envie de parler davantage de moi.

— Je pense commencer par le super DM de SVT ! ironise Indiana. Il faudrait que j'avance mes devoirs au maximum avant que ma mère n'arrive.

C'est vrai qu'elle doit passer une semaine et demie avec sa mère, nouvelle qui est loin de me déplaire. Personnellement, je ne compte pas ouvrir mon agenda avant... qu'Evan me force à bosser.

— Tu ne vois plus tes anciens amis ? Ceux de Bordeaux ?

Indiana se mord la lèvre, puis prend un air nonchalant.

— Disons que ça n'était pas mes meilleures fréquentations. J'ai préféré couper les ponts, c'était sûrement le plus judicieux...

Ou dis plutôt qu'ils ne voulaient plus avoir affaire à la fourbe que tu es.

— Aïe, c'est pas cool, grimacé-je. Tu sais que si tu en as besoin, tu peux toujours me parler.

Cette phrase sonne tellement faux dans ma bouche. Jones a l'air de penser la même chose, mais sourit tout de même.

— Merci... J'y penserai.

Lui faire cracher le morceau ne va définitivement pas être évident. Mais j'y parviendrai, comme d'habitude.

Indiana et moi débarrassons ensuite la table en silence, et je file me changer à l'étage.

•

— Et... action !

Je me mets à marcher dans la rue étroite, les bras croisés sur mon imperméable qui cache mon corps presque nu. Les dalles inégales sous mes talons ne me posent aucun problème, et je me félicite mentalement de m'être habituée à ces échasses durant ces deux dernières années.

Silvio m'observe attentivement, posté derrière le camera-man, et fait tout pour me déconcentrer. Un clin d'œil par-ci, un mot prononcé trop fort par-là, ce mec est une vraie plaie. Monsieur s'ennuie car il ne tourne que les scènes suivantes, quand je le rejoins dans cette chambre d'hôtel et que je révèle ce que je porte sous ce grand imperméable. Heureusement je n'aurai pas à l'embrasser, le scénario stipule seulement qu'on doive se toucher, et que nos lèvres doivent se frôler envieusement sans jamais se rejoindre. Je suis peut-être bonne actrice, mais je crois que je n'aurais pu réprimer une envie de vomir autrement.

— Parfait, Mia... Regarde la caméra, maintenant !

Je suis les indications, et adresse un regard coquin à l'objectif.

— Et... coupez ! OK, c'est dans la boîte, Mia, retourne à ta place ! On en a presque fini !

Je soupire, épuisée. Un après-midi de tournage est bien plus fatigant que je ne l'aurais pensé. Nous devrions bientôt avoir terminé, et dès lors j'irai me réfugier dans les bras de mon homme qui ne va pas tarder à rentrer.

— Tes chevilles se mettent à trembler, souffle Calvi à mon oreille, alors que tout le monde se place.

— Pourquoi t'es venu, si tu ne tournes pas aujourd'hui ? Simplement pour me casser les pieds ?

— Ou pour t'admirer, avant qu'on ne tourne les scènes intéressantes.

Je lève les yeux au ciel et me reconcentre. Je jubile quand Benoît engueule Silvio pour être en plein milieu du champ, et me prépare à recommencer la même scène pour la énième fois. C'est-à-dire seulement marcher en ligne droite dans la rue, avec différentes expressions. Seulement quelques minimes secondes dans la pub qui nécessitent plusieurs heures de tournage.

— Et… action !

Je recommence à défiler, toujours en suivant les indications de Benoît. Je suis presque au bout en arrivant sur la place. Seulement je me fige net en apercevant, derrière la fontaine, la silhouette de toutes mes horreurs. Evan se tient à quelques pas de moi, droit comme un piquet. Il semble assimiler ce qui se déroule sous ses yeux, secoue la tête, puis tourne les talons.

— Mia, qu'est-ce que tu fous ! Avance !

La voix de Benoît n'est plus que fond sonore. Je reste quelques secondes sans bouger, puis me précipite à la poursuite de mon copain qui est en train de m'échapper.

— Evan ! Attends !

Je retire mes talons en jurant, pour me mettre à courir pieds nus sur le sol. Quand j'arrive à rattraper l'amour de ma vie, il ne daigne même pas me regarder.

— Je peux tout t'expliquer.

143

— Je pense que c'est clair. Retournes-y, ils ont l'air de t'attendre.

— Je t'en supplie, écoute-moi !

Il s'arrête enfin et me regarde, dégoûté. Mon cœur se comprime dans ma poitrine.

— Je suis passé chez toi plus tôt pour te faire la surprise, murmure-t-il. Je n'ai pas voulu le croire quand Indiana m'a dit que tu étais en tournage pour Audace Lingerie. Tu ne pouvais pas m'avoir menti là-dessus, avoir omis de me préciser que tu avais été prise. Trouver l'endroit du tournage n'a pas été difficile, ni de constater que j'avais tort de mettre toutes ces espérances en toi.

Les larmes me montent aux yeux face à la déception évidente sur son visage. Je n'ai jamais voulu ça.

— Je…

— Quand comptais-tu me le dire, Mia ? Ou comptais-tu seulement me le dire ?

— Bien sûr ! Ce soir, je comptais te le dire ce soir parce que je m'en voulais de te le cacher…

— C'est ça.

Evan contracte sa mâchoire, une des innombrables façons de se contenir, j'imagine. Ça ne peut pas se passer comme ça. Pas comme ça alors que ça allait si bien entre nous, et que nous sommes plus amoureux que jamais. Je ne peux pas le décevoir ainsi.

— Evan ! Je suis désolée ! J'avais peur de ta réaction, mais je suis heureuse d'avoir obtenu ce job. J'ai l'impression d'être dans mon élément, tu vois ? Je me suis toujours demandé où était ma place, et je pense enfin l'avoir trouvée. Benoît affirme que j'ai du potentiel, et je crois qu'il envisage un avenir pour moi.

— Je me serais réjoui pour toi, si tu ne m'avais pas pris pour un con.

Benoît arrive à notre hauteur, l'air agacé. Son regard alterne entre Evan et moi, puis il crache :

— C'est un tournage privé, vous n'avez pas le droit de nous interrompre, et encore moins de perturber une actrice.

Evan me regarde droit dans les yeux quand il récite platement :

— Ne vous inquiétez pas. Je m'en vais.

C'est ce qu'il fait. Et chacun de ses pas qui résonnent contre le bitume m'arrache un peu plus le cœur. Benoît me dévisage, pas le moins du monde attendri.

— Tes histoires personnelles, tu les gardes en dehors du boulot. On ne te paie pas pour des scènes de ménage en direct.

J'encaisse, n'ayant pas la force de rétorquer.

— Oh, et ne pleure pas, tu vas faire couler ton maquillage.

Je serre les poings en retenant mes larmes, j'attends que Benoît s'éloigne, et le suis à mon tour. Silvio, qui n'a pas perdu une miette de la scène, s'en délecte sans discrétion.

— Au moins, maintenant, il n'y aura plus de problème pour les scènes chaudes.

Je le fusille du regard, vidée de toute énergie. Je répète le même schéma encore trois fois, avant que sonne enfin la fin du tournage. Silvio me propose à peu près poliment de me ramener, je commence par refuser. Et je prends conscience que je n'ai pas envie d'attendre, seule dans la rue et déprimée un maximum, que ma mère sorte du travail.

— D'accord. Mais tu me déposes et puis c'est tout.

145

— Évidemment !

La voiture hors de prix de Silvio se gare devant chez moi. Je n'ai pas prononcé un mot de tout le trajet, malgré les insistances du mannequin à mon côté. Alors que je ne m'y attends pas, il prend ma main dans la sienne, la pressant gentiment.

— Ça va aller, *bella*. Je n'ai jamais aimé personne, alors je ne peux pas savoir ce que tu ressens, mais il doit représenter beaucoup pour toi pour te mettre dans un tel état.

Calvi se penche par-dessus le levier de vitesse, et me sourit affectueusement. Il plante un doux baiser sur ma joue, et je ne sais pourquoi je reste sans bouger.

— Mais vu ton état, peut-être que continuer de s'aimer à s'en déchirer n'est pas une bonne idée. Si tu es si mal pour une simple dispute, alors je ne veux pas imaginer ce que tu deviendrais s'il te trahissait.

C'est déjà arrivé. Et en effet, ça n'était pas très joli.

Je me demande si Silvio a raison. Il ne doit pas dire ça avec une totale objectivité, mais peut-être qu'à un moment donné, il faut arrêter de se battre.

Non. On a réussi à s'en sortir plusieurs fois malgré de grosses embûches. Si Evan est revenu de Paris, ça n'est pas pour rien, nous sommes destinés à être ensemble. Si nous avons des problèmes depuis la rentrée, ce n'est qu'à cause d'une seule personne. Depuis qu'*elle* est arrivée, nos disputes sont toutes à propos d'elle.

— Le problème, ça n'est pas nous. Et c'est un problème que je vais résoudre rapidement.

Silvio fronce les sourcils, incrédule. Il n'a pas besoin de comprendre. J'ai été trop gentille jusqu'à présent, j'aurais dû me fier à mes pressentiments dès le début.

— Merci de m'avoir ramenée. Maintenant, j'ai quelque chose à faire.

J'ouvre la portière, déterminée, et m'engouffre dans le temps automnal.

En rentrant chez moi, je ne peux retenir ma rage. Je pousse violemment la porte de la chambre d'amis devenue celle d'Indiana, qui tape avec un bruit sourd contre le mur. Jones, assise sur son lit un crayon entre les dents sursaute, alors que j'entre dans son sanctuaire, plus fulminante que jamais.

— Mia... commence-t-elle, ayant une idée de la raison pour laquelle je suis dans cet état.

— Tu peux toucher à beaucoup de choses. Je t'ai laissée toucher à beaucoup de choses. *Ma* famille, *mes* amis, *mon* lycée. Mais s'il y a bien quelque chose que je ne te laisserai pas approcher, c'est ma relation avec Evan.

— Je ne pouvais pas savoir que tu ne lui avais rien dit pour Audace ! se défend-elle. Dès que je l'ai compris je me suis interrompue, mais Evan s'était déjà rendu à l'évidence.

— Je ne veux pas savoir ! hurlé-je à en faire trembler les murs. Tu n'as pas à te mêler de notre histoire ! Je t'interdis de briser mon couple comme tu en as apparemment l'habitude.

Indiana paraît surprise par mes propos, et devient rouge écarlate. Juste avant de claquer la porte, je lance :

— Et ne crois pas que je vais te laisser tranquille à partir de maintenant. Tu as de la chance de partir en vacances demain, mais tu peux être sûre qu'à ton retour, je n'aurai pas oublié. Tu ne t'es pas attaquée à quelqu'un à ta taille.

Je sors de la chambre.

J'attends patiemment assis à la bibliothèque, quand mon téléphone vibre sur la table. Encore. Durant toutes les vacances – qui s'achèvent demain – c'était le même cirque tous les jours : Mia m'appelle à trois reprises, puis elle me laisse ce message vocal quotidien. Elle me raconte ainsi sa journée même s'il ne s'est rien passé de palpitant, elle s'excuse encore une fois, me dit que je lui manque et elle finit par dire qu'elle m'aime. Il n'y en a pas un que je n'ai pas écouté. Mais je ne l'ai jamais rappelée.

J'ai besoin de temps pour digérer son mensonge. Ça n'a pas été difficile, après avoir découvert son secret, de rassembler tous ses comportements étranges pour identifier toutes les fois où elle m'avait menti. Je savais que Mia était une menteuse éhontée, mais j'étais intimement et naïvement persuadé qu'elle n'userait pas de ce talent avec moi. Je me suis lourdement trompé.

La notification qui m'avertit d'un nouveau message vocal s'affiche sur mon écran. Quand je me demande si je devrais l'ouvrir, la personne que j'attends apparaît devant moi.

— Salut ! lance-t-elle, un large sourire aux lèvres.

Son teint, grâce à ses vacances aux Bahamas avec sa mère, est beaucoup plus hâlé qu'à son départ. Ça lui va bien.

Je me lève pour faire la bise à Indiana, plus rayonnante que jamais ; ce qui fait tache à côté de mon apparence de plouc.

— Tu as l'air en forme !

J'ai essayé de parler avec un minimum d'enthousiasme, mais mes mots retombent platement.

— Oui, ces vacances étaient revigorantes ! Par contre ça n'a pas l'air d'être ton cas. Ne le prends pas mal, mais t'as une sale tête.

Son honnêteté me rappelle immédiatement Mia. Si ma copine – ou ce qu'il en reste – ne s'entêtait pas à détester sa nouvelle sœur, je suis sûr qu'elles s'entendraient bien. Elles sont très similaires.

— Je sais, ouais. Je fais pas mal d'insomnies dues au stress en ce moment, et je t'avoue que je n'avais pas vraiment envie de faire un effort niveau vestimentaire et… à tous les niveaux, en fait.

Elle m'adresse un sourire compatissant. Si nous n'avions pas ce devoir en groupe à rendre absolument à Mercier, je serais resté à ruminer sur ma pauvre existence toute la journée dans les tréfonds de mon lit. Au fond, peut-être que me creuser la tête sur des chiffres m'aidera à ne plus penser à tous mes problèmes.

— Je présume qu'entre Mia et toi, ça ne va pas mieux, devine Indiana en s'asseyant.

Je fais de même, me demandant si c'est une bonne idée que je parle de cette histoire avec Indiana. Puis je me rends compte que j'ai bien envie de vider mon sac.

— Tu sais, t'es pas obligée de jouer les psychologues… En plus on a pas mal de boulot.

— Les maths peuvent attendre.

Indiana pose ses coudes sur mon livre et mes cahiers empilés pour appuyer ses propos. Je lâche :

— Ça ne va pas vraiment mieux, non. Enfin je l'évite depuis l'autre jour, avant ton départ.

— J'aimerais bien t'aider. Mais il se trouve que Mia me déteste encore plus maintenant, alors je suis un peu impuissante.

— Je n'aurais jamais dû lui dire que j'ai appris son mensonge par toi, soupiré-je.

— Ça n'est pas grave, Evan. Elle aurait de toute façon trouvé un autre moyen pour m'en vouloir à mort, alors autant que ce soit parce que j'ai gaffé.

Elle hausse les épaules, mais je sais que toutes ces tensions avec Mia ne la laissent pas indifférente. Peut-être qu'elle s'attendait à trouver une sœur, en venant ici. Si c'est le cas, elle doit être bien déçue.

— Elle n'est pas si méchante que ça, au fond. Je sais que d'apparence on dirait juste une garce sans cœur, mais ça va beaucoup plus loin.

— J'imagine que tu ne serais pas avec elle, sinon. Je t'avoue qu'en surface, on peut se demander pourquoi tu l'as choisie.

Je souris pauvrement.

— Je ne l'ai pas choisie, tu sais. Ça nous est tombé dessus comme ça. Mais elle est la seule à me rendre vraiment heureux.

— Pourtant, tu souffres en ce moment.

Je relève la tête vers Indiana, qui de toute évidence ne comprend pas notre relation, à Mia et moi. Moi-même j'ai du mal, et c'est le cas pour beaucoup. C'est incompréhensible, tout simplement. Notre lien est rare et inexplicable.

— On est doués pour se faire souffrir mutuellement.

— Je vois, acquiesce-t-elle. Mais alors pourquoi s'acharner autant à continuer ?

— Tu ne sais pas tout ce qu'on a traversé. On en a eu, des emmerdes, et pourtant on est toujours là et on s'aime comme des dingues. Je comprends que ça puisse paraître bizarre et bien trop idéaliste, mais je sais que je suis condamné à l'aimer toute ma vie. C'est elle, c'est tout.

Sortez les violons, Evan le lover est de retour. Il n'y a que Mia pour me rendre si fleur bleue. Heureusement Indiana ne se moque pas de moi, au contraire elle a l'air très concernée.

— Comment tu l'as su ? Que c'était elle ?

— Je ne sais pas trop. J'imagine qu'on le sait quand l'amour dépasse la peur de souffrir et de tomber amoureux de qui on pense être la mauvaise personne.

Indiana, les yeux dans le vague, semble assimiler mes paroles. Soudain, je n'ai plus l'impression qu'on ne parle que de moi, mais que la conversation dévie vers d'autres horizons.

— Pourquoi, tu penses tomber amoureuse de la mauvaise personne ?

Indiana me dévisage, affolée.

— Pourquoi tu dis ça ?

— Comme ça, calme-toi. Si tu n'as pas envie d'en parler, je ne te forcerai pas.

Elle soupire et secoue la tête. Elle se mordille nerveusement la lèvre, ce qui me ramène encore une fois à Mia.

— Désolée. J'ai juste l'impression que je suis destinée à avoir une vie amoureuse compliquée.

— Je connais ça.

Je lui fais un clin d'œil et, la discussion à cœurs ouverts close, nous nous mettons à bosser.

Une heure plus tard, Indiana s'en va récupérer des papiers à l'imprimante. J'en profite pour ressortir mon téléphone, et écouter le message de celle qui me manque un peu plus chaque jour.

« *Bon sang… Je commence à regretter amèrement de ne pas t'avoir forcé à faire une messagerie vocale personnalisée. J'aimerais entendre ta voix, et non celle de cette foutue dame au ton agaçant* (je souris). *Sinon, que te raconter ? Aujourd'hui était le dernier jour de tournage. Plus que quelques shootings, et c'est la fin de mon aventure avec Audace Lingerie. Quoique, peut-être pas complètement, mais je te le dirai quand t'arrêteras de bouder comme un enfant. Maël est passé. Enfin il est passé, pour que Jana le rejoigne ensuite, et que ça se termine en ébats bruyants dans leur ancien sanctuaire de baise. Franchement, ils ont un appart, pourquoi venir m'exposer leurs pulsions ! Les entendre m'a rappelé l'année dernière, quand nous étions séparés et que je les jalousais secrètement de satisfaire leur désir. Car le mien en ce qui te concerne ne disparaît jamais, d'ailleurs je commence à être en manque de toi… J'en ai marre de n'avoir qu'une image de toi et de ne pas pouvoir laisser courir mes mains sur ta musculature* (la température de mon corps monte en flèche). *Quoi qu'il en soit, tu sais que je t'attends. Même si je m'impatiente vraiment. Lundi tu devras me parler, Evan, tu sais ? Alors s'il te plaît, puisque tu y es condamné, rappelle-moi. Je suis toujours désolée. Tu me manques. Et je t'aim…* »

Je coupe avant d'entendre la fin. Indiana revient, je m'efforce de lui sourire, et replonge dans la joie des mathématiques.

11. DYSFONCTIONNELS

MIA

Qui eût cru que ma vie deviendrait si misérable ? Ces vacances se sont avérées être finalement un véritable calvaire. Depuis qu'Evan m'a échappé, je n'ai pas pu avoir de contact avec lui, réel ou virtuel. Une chose est sûre, il me fait bien payer mon mensonge.

Demain, c'est la rentrée. Et je suis en train de me faire mon propre défilé dans ma chambre avec la lingerie qu'Audace m'a laissée, simplement par ennui. Une idée lumineuse me vient alors que je me regarde dans la glace, mon ensemble préféré ajusté parfaitement à mes courbes. Puisque les messages vocaux pleins d'amour n'ont pas l'air de faire réagir Evan, alors je vais employer les grands moyens. Un sourire mesquin aux lèvres, je prends la pose et photographie mon reflet dans le miroir. La photo part directement dans un message, accompagné de quatre mots simples : « Je pense à toi… » Je jubile de l'imaginer rougir franchement devant son téléphone.

Le temps que mon petit ami grincheux se manifeste, je décide d'aller me défouler en allant à la salle de sport. Je

153

passe une demi-heure à forcer sur de multiples machines, tentant de me divertir l'esprit.

Quand je reviens à la maison, je suis surprise de constater que Maël n'est pas encore parti, et qu'il se tient dans le salon. Il sourit en me voyant approcher, méfiante. Il me débarrasse de mon sac de sport, puis prend son temps pour déclarer :

— Tu devrais monter dans ta chambre. Tu as de la visite.

C'est un élan de joie et de soulagement qui se répand dans mon corps. Maël m'a vue ruminer ces derniers jours, il sait à quel point l'absence d'Evan, tout en sachant qu'il m'en veut, a été difficile pour moi. Je me précipite vers les marches que je monte quatre à quatre. En débarquant dans la chambre, je tente de masquer mon souffle court et d'agir comme si je n'étais pas la plus heureuse de cette planète. Evan est assis sur mon lit, et lève la tête dès l'instant où j'entre dans la pièce. Je fonds quand ses yeux verts me scrutent avec intensité, immobile sur le pas de la porte.

— Tu m'allumes clairement, là.

Il lève l'écran de son téléphone vers moi, où est affichée la photo que je lui ai envoyée. Je hausse nonchalamment les épaules, jouant les innocentes.

— J'avais juste envie de partager.

— Viens là.

J'approche lentement, hésitante, alors qu'il ne me quitte pas de son regard ardent. Quand je m'arrête juste devant lui, il lève le menton pour me regarder.

— Je n'arrive pas à décider quoi faire… chuchote-t-il.

— Fais ce dont tu as envie.

Il presse ses mains sur ma taille, et je me retiens de gémir tant ce simple toucher me fait du bien. Être privée de lui pendant deux semaines, c'est la pire sentence qu'on puisse m'infliger.

— Tu le portes en ce moment ? L'ensemble ?

Je hoche la tête, la gorge sèche. Après ma douche à la salle de sport, j'aurais pu enfiler des sous-vêtements banals. Mais quelque chose au fond de moi m'a poussée à me revêtir de cette lingerie. Et j'ai bien fait de l'écouter.

Sa pomme d'Adam roule difficilement dans sa gorge.

— Il faut que tu saches… m'avertit-il.

Evan fait sauter le bouton de mon jean. Et il s'immobilise.

— Ça ne veut pas dire que je ne t'en veux plus. Ni que tout va bien entre nous.

Je m'en doutais, à vrai dire. Une séance de baise ne suffira pas à lui faire oublier ma trahison, cette fois-ci. Cette photo, c'était la pulsion qui lui manquait pour revenir. Je fais exprès de jouer avec son attirance omniprésente pour moi, car j'ai besoin de lui. J'ai besoin de l'avoir en moi, c'est le seul moyen de m'assurer qu'il ne m'échappe pas.

Il insiste encore une fois sur le fait qu'il se sente toujours trahi. Ses mots me parviennent, mais j'ai du mal à réfléchir distinctement avec sa bouche à la hauteur de mon intimité.

— Mais j'ai envie de toi. Tu peux m'arrêter, arrête-moi si tu penses que j'agis mal…

Comme si c'était possible. Voyant que je ne bouge pas, Evan descend lentement le vêtement sur mes cuisses. J'entends son souffle se couper quand il découvre la moitié de mon corps en lingerie fine. Mon jean tombe à mes pieds,

155

et je m'empresse de m'en débarrasser. Evan, les mains sur mes hanches, m'intime de me calmer.

— Doucement. On a tout le temps.

Pas tellement de temps, en fait, mes parents seront bientôt rentrés. Mais ce genre de souci disparaît lorsqu'il soulève mon pull, et que sa bouche se pose délicatement sur mon ventre. Au fur et à mesure que mon pull se relève, ses lèvres sur ma peau suivent le même chemin, remontant jusqu'en dessous de l'élastique de mon soutien-gorge. C'est un supplice.

— Evan…

— Sois patiente, bébé.

Mon haut sur le sol, Evan prend un moment pour m'admirer. Dans cet ensemble, je me sens plus sexy que jamais. Surtout devant lui et son désir imminent.

— Tu es magnifique. Ils te laissent garder tous les sous-vêtements ?

— Une bonne partie, lâché-je difficilement.

— Hum… Je vais me mettre à aimer ce nouveau job.

Soudain, ses deux paumes se referment sur mes fesses, et il me ramène contre sa bouche. Il m'embrasse le bas du ventre, le haut et l'intérieur des cuisses, sans jamais atteindre le point central.

— Evan… s'il te plaît…

Je suis en feu. J'ai besoin qu'il me satisfasse. Maintenant.

Un sourire ravageur se dessine sur ses lèvres. Il décale le tissu de mon tanga. Puis sa bouche avide trouve enfin mon point sud, et je bascule la tête en arrière en murmurant des mots inintelligibles. Il cale une de mes jambes sur son épaule, sans cesser ses jeux de langues. J'empoigne ses cheveux épais, qui sont encore plus en bataille que d'habitude. Dans peu de temps, il n'aura plus aucune coiffure.

Rapidement, il se retrouve sur pieds, me retourne et me plaque contre le mur le plus proche. Je gémis en sentant la bosse de son pantalon contre mes fesses. Il mène la danse, et il le fait tellement bien que le laisser faire ce qu'il veut de moi ne me dérange même pas. J'ai pas mal de choses à me faire pardonner, de surcroît.

— Tu m'as manqué aussi. Au cas où tu en douterais, me confie-t-il, ses lèvres effleurant le lobe de mon oreille.

Il embrasse tendrement mon épaule, et je peux sentir sa bataille intérieure d'ici.

— Je n'aime pas être loin de toi. Mais je déteste que tu m'aies menti.

— Je sais. Je suis désolée… J'aimerais remonter le temps et que tout se passe autrement…

— Moi aussi.

Ensuite, nous ne parlons plus. Seuls nos halètements animent la pièce. Et mon prénom dans sa bouche lorsqu'il se déverse en moi.

●

Allongée le long du corps d'Evan, je profite de la sensation de nos deux chairs en contact. Car je sais que dans peu de temps, il va s'en aller. Je peux deviner la bataille qui se livre dans sa tête. Il m'en veut toujours, mais il a envie de rester. Il est en train de se dire qu'il devrait tout de même partir.

— Merci d'être passé, dis-je dans l'intention de le retenir encore un peu.

Je le sens sourire dans mes cheveux. Puis il m'embrasse le haut du crâne, alors que je redessine le contour de ses pectoraux du bout de mon doigt.

— Merci à toi. Tu étais sexy à en crever aujourd'hui… Être sevré de toi n'est pas une bonne idée, j'ai cru que j'allais exploser.

Je lève la tête vers lui, et pose mon menton sur son torse.

— Alors ne recommence pas. Ne t'éloigne plus.

Il soupire en fronçant douloureusement les sourcils.

— Tu m'en veux toujours, deviné-je. Beaucoup.

— J'ai été profondément déçu. Il me faut du temps.

Il écarte les deux mèches qui me tombent devant les yeux, tiraillé.

— Je comprends.

Je comprends, mais c'est dur à accepter.

Quelques secondes de silence passent, durant lesquelles nous nous dévisageons mutuellement. Ces instants ne sont jamais pesants, entre nous.

— Je n'aurais pas dû venir… C'est injuste pour toi, que je te baise pour ensuite te dire que je t'en veux toujours.

Je lui souris d'un air rassurant. Je me hisse le long de son corps, place mes coudes de chaque côté de sa tête, et joue avec ses mèches rebelles.

— Evan Pérez, tu es décidément quelqu'un de trop bien. Je savais ce que cette partie de jambes en l'air signifiait. Et même si elle ne représente pas de vraies réconciliations, j'avais besoin de cette union autant que toi. Alors même si je dois attendre encore un peu, ça n'est pas grave. J'attendrai que tu me pardonnes. Mais s'il te plaît, ne m'ignore pas comme ces deux dernières semaines. Je le méritais sûrement, mais c'était trop dur.

La fierté illumine ses yeux verts. Il est fier de moi. De mon raisonnement. De la maturité dont je fais preuve avec lui. Il est fier que l'amour que je lui porte me change autant.

Alors il se redresse, enlace ma taille, et m'embrasse. Chose qu'il n'avait pas faite depuis qu'il est ici, ni même pendant l'acte. Il me serre contre lui en approfondissant notre baiser, me faisant gémir dans sa bouche. À l'instant où je sens une nouvelle bosse se former, il se retire.

— Je t'aime toujours comme un dingue malgré tout.

Evan sort de mon lit et se rhabille. Je me laisse tomber sur le matelas et l'observe. Les draps ne recouvrent aucune parcelle de mon corps nu, et je fais exprès de m'allonger sur le côté, lui dévoilant ce corps qui lui appartient. Il remarque mon manège du coin de l'œil, puis sourit en coin. Une fois complètement vêtu, il lance tout en se dirigeant vers la porte :

— Tu ne m'auras pas, perverse !

Je grogne. Il ferme la porte. De toute façon, je dois avoir assez d'ensembles de sous-vêtements différents pour le faire venir tous les jours le temps qu'il me pardonne.

•

Le lendemain, je me rends au lycée en bus, regrettant amèrement la moto de mon copain… ou désormais mon plan cul… je ne sais plus. Je me suis assise le plus loin possible d'Indiana, à qui j'en veux toujours énormément d'avoir foutu la merde dans mon couple. Elle disait sûrement vrai en affirmant qu'elle ne se doutait pas qu'Evan ne savait pas pour Audace. Je l'admets, la logique aurait voulu que mon copain soit au courant, et personne ne l'a avertie que ça n'était pas le cas. Mais je transforme en quelque sorte ma culpabilité envers moi en colère envers elle. C'est cruel, mais c'est plus facile. Pour l'instant, la haïr m'aide à tenir le coup.

Je regarde le paysage défiler par la fenêtre, à l'arrière du bus, mes paupières se fermant d'elles-mêmes. Prendre les transports en commun inclut de se lever plus tôt, à mon grand dam. Ça y est, je me suis décidé à passer mon permis moto. Maël m'a laissé son scooter maintenant qu'il a une voiture, et je pense qu'il serait judicieux dans ce genre de situation, où Evan et moi sommes en froid, de pouvoir me déplacer par moi-même. De plus, je n'aime pas devoir être dépendante de mon copain ; même si je le suis depuis le début, en un sens, mais pour d'autres raisons.

Nous commençons la journée par une heure d'étude, et bien sûr je suis obligée de la passer au lycée à cause de ces foutus horaires de bus que je ne peux pas m'approprier. D'habitude, soit je viens une heure plus tard avec Evan, soit nous la passons à nous bécoter dans un coin à l'abri des regards – ou non, d'ailleurs. J'imagine que pour une fois, cette heure sera propice au travail.

Je suis agréablement surprise de voir Eva entrer dans la permanence. Après s'être exagérément étonnée du fait que j'aie le nez plongé dans un exercice de maths, elle m'apprend que Mercier n'est pas là, d'où la raison de son heure libre inhabituelle. Ce qui signifie que mon dernier cours est annulé, et que je termine plus tôt. Mais là encore, il y a un hic : je vais être obligée d'attendre un bus. Je soupire intérieurement. Peut-être qu'Evan, d'ici ce soir, aura proposé de me ramener.

Finalement, je passe l'heure à papoter avec Eva plus qu'à bosser, ce qui nous vaut des regards noirs des coincés qui souhaitent faire de l'école leur vie. Quand la sonnerie retentit, je sors de la permanence et passe devant le CDI. Je remarque alors qu'Evan en sort. Sa vue me ravit aussitôt. Je pensais qu'il serait venu maintenant, mais il doit être arrivé plus tôt pour bosser.

Je prépare un sourire, remets ma coiffure en place, et m'apprête à m'avancer vers lui d'un pas déterminé. Mais je suis coupée dans mon élan en constatant qu'il ne sort pas seul du CDI. Indiana le suit. Je me retiens de respirer. Il lui tient la porte. On me plante un couteau en plein cœur. Ils rient ensemble. Le couteau se retourne. Un goût amer me monte en bouche.

Quand Evan tourne la tête, comme s'il avait inconsciemment senti ma présence, son visage devient blême en découvrant ma mine décomposée. Ce changement d'attitude chez lui incite Indiana à également me regarder, et sa bouche s'ouvre légèrement. Ils ne rient plus. Quant à moi, je suis mitigée entre l'envie de pleurer et celle d'exploser. Pour l'instant, je n'arrive pas à m'émouvoir. Je reste immobile, tous mes membres momentanément hors-service. Je ne m'étais pas préparée à ça.

Evan dit quelque chose à Indiana, elle hoche la tête avant de s'en aller. Il se dirige vers moi, inquiet, peut-être un poil coupable... mon cerveau n'arrive pas à fonctionner suffisamment bien pour analyser son expression.

— Mia...

Il pose une main sur mon bras. Il attend peut-être que je dise quelque chose. Je le fixe, les sourcils froncés, mais ne parviens pas à mettre de mots sur mes pensées.

— Tu vas bien ? demande-t-il comme si nous allions débuter une conversation normale.

— Non. Non, je ne vais pas bien.

Le mécanisme de mon corps se remet à fonctionner. Je croise les bras tout en plissant les yeux.

— Qu'est-ce que vous faisiez, tous les deux ?

Mon ton accusateur lui fait baisser le regard. Evan se passe la main sur la nuque, à la recherche de ses mots.

— Écoute, je ne sais pas ce que tu t'imagines, mais ça n'avait rien de personnel. On était au CDI pour le travail de Mercier à faire en groupe.

— Bien sûr, le fameux travail. Celui que l'on pouvait choisir de faire en groupe ou tout seul.

Au fond, j'aurais dû deviner qu'ils le feraient ensemble. Leur duo avait l'air de fonctionner à merveille, le cours où Evan m'a ignorée prodigieusement pendant deux heures.

— On l'avait commencé en cours… C'était logique qu'on le termine à deux.

— Et vous vous étiez déjà vus ? enchaîné-je, histoire d'avoir un maximum d'éléments avant de déchaîner ma rage sur lui.

— Une fois, m'avoue-t-il.

Je ferme les yeux et prononce la phrase dont je redoute le plus la réponse :

— Quand ?

— Pendant les vacances…

Je rouvre les yeux. Il a le regard dans le vague. *Lâche*.

— Pendant notre froid ?

Il ne répond rien. Je ris jaune.

— Bien sûr, pendant notre froid. Tandis que je m'en voulais à mort et que je laissais des messages désespérés sur ton répondeur, tu la voyais pour « faire des maths ».

— Écoute…

— Non, le coupé-je. Je ne sais pas si tu te rends bien compte, mais la culpabilité me ronge un peu plus tous les jours depuis que tu as découvert mon mensonge. Je ne m'en suis jamais autant voulu. Chaque soir, quand je regardais mon téléphone avec un minimum d'espoir et que je voyais que je n'avais aucune nouvelle de toi, c'est une partie de moi qui s'éteignait un peu plus. Sans parler de ma fierté, qui en prenait un sacré coup suite à mes messages sans réponse. Je me réconfortais à l'idée que tu devais être en train d'essayer de me pardonner, mais en fait tu voyais Indiana en cachette.

Evan se rapproche d'un pas. Plonge son regard désolé dans le mien. Puis m'attrape par la main.

— Je sais de quoi ça a l'air. Mais quand hier, je t'ai dit que j'étais toujours dingue de toi, c'était la vérité. Je sais que tu as peur qu'Indiana prenne ta place, mais…

Je retire ma main de la sienne.

— Je n'ai pas peur !

— Mia…

Son regard suggestif m'indique clairement qu'il est inutile de prétendre autre chose que la vérité, car il me connaît trop bien.

— Laisse-moi reprendre : … mais je suis amoureux de toi. Je me doute que ces vacances étaient dures pour toi comme pour moi…

— Mais je n'ai vu personne – à part l'équipe d'Audace, et je devais me traîner pour aller tourner –, je me morfondais. Voilà la différence entre nous deux.

Je le laisse en plan et prie pour que le prof ne me force pas à aller chercher un billet de retard. Sinon je devrai

163

certainement y aller avec Evan, et je n'ai aucune envie de le voir, là tout de suite.

●

À la fin de la journée, je suis soulagée de pouvoir enfin me tirer. Je n'ai fait qu'éviter Evan – chacun son tour – n'ayant pas la force de me battre avec lui. Encore. J'ai eu des envies meurtrières à chaque fois que je posais les yeux sur Jones, mais il faut que je garde mon calme. Si elle a quelque chose à cacher, je le trouverai, et à cet instant je pourrai m'en prendre à elle. Quand elle ne se doutera de rien.

Je termine donc à seize heures. Il y a la queue pour sortir du bahut, ce qui ne me ravit pas, au vu de ma patience d'ange. Je tente de gratter par les côtés, comme d'habitude, et j'arrive suffisamment près du portail en quelques secondes. Et comme par hasard, quand je m'infiltre de nouveau dans la file, je me retrouve à côté d'Evan. Je sens son regard sur moi, j'en fais donc abstraction le plus naturellement possible.

— Un de tes parents a pu se déplacer pour venir te chercher ?

— Non.

— Tu veux que je te ramène ?

Tiens, tiens. Tout de suite, quand monsieur a quelque chose à se reprocher, il ne me fuit plus comme la peste. Que c'est étonnant.

Je tourne la tête vers lui, un sourire hypocrite aux lèvres.

— Non, c'est bon. On vient me chercher.

Je n'aurais définitivement pas dû passer ce coup de fil. Je n'ai même pas envie de voir l'autre con. Par contre, je crève de me délecter de l'expression d'Evan quand il découvrira qui est mon accompagnateur. Ainsi, il ressentira peut-être un dixième de ma douleur de ce matin.

Comme je le pensais – et souhaitais – Evan me suit à la sortie du lycée. Je souris en voyant que Calvi a bien suivi mes instructions. Il est garé en travers devant le lycée – sur ce qui n'est pas une place – appuyé contre sa bagnole de luxe, les bras croisés. Il a même mis des lunettes de soleil, pour faire bien dans le cliché. Quelques filles déjà sorties l'ont reconnu, et gloussent en le regardant. Si ma popularité stagne depuis l'arrivée d'Indiana, je sens que la scène d'aujourd'hui va relancer toutes les rumeurs à mon sujet. Bientôt, ils sauront tous que j'ai posé avec ce mannequin célèbre, pour une marque de lingerie renommée. Il était temps que Mia Castez reprenne le pouvoir.

Quand j'arrive à la hauteur de Silvio, celui-ci fait semblant de m'embrasser sur la joue pour chuchoter à mon oreille :

— Il est furieux.

Je souris mais veux quand même vérifier par moi-même. En effet, Evan nous scrute d'un air mauvais, les poings serrés et la mâchoire contractée un maximum.

Silvio m'ouvre la portière, en bon gentleman qu'il n'est pas, puis vient s'asseoir du côté conducteur. Il démarre sur les chapeaux de roues, et j'ai à peine le temps de distinguer Evan dans le rétroviseur qui se précipite derrière nous, trop tard.

— Tu m'en dois une, Castez.

Je toise mon conducteur, ahurie.

— Pardon ?

— Eh oui, j'ai annulé un rendez-vous pour toi.

Plutôt une partie de baise. Ce type ne fait que ça de sa vie, ou quoi ?

— Je t'ai demandé de me rendre un service. Ce qui n'inclut pas que je doive nécessairement te rendre la pareille.

— Je vais réfléchir à un moyen de me faire remercier, ne t'en fais pas, *amore*, affirme Calvi comme si je n'avais rien dit.

Je laisse tomber et roule des yeux avant de m'enfoncer dans mon siège.

Arrêtés à un feu rouge, j'entends un moteur rugir à ma droite. Je reconnais Evan malgré son casque, qui se met à taper contre la vitre comme un taré.

— Il va m'abîmer la bagnole ! s'écrie Calvi.

— Alors déverrouille, abruti !

Silvio obtempère, j'ouvre la fenêtre, et dévoile un magnifique sourire à l'abord de mon petit ami furax. Je pose un coude sur le rebord, puis articule d'une voix claire :

— Bonjour, ça sera quoi pour vous, un Big Mac – grande frite – coca ?

Evan relève la visière de son casque.

— Mia, sors de cette voiture ! hurle-t-il.

— Très bien, avec ceci ? Un dessert ?

Evan pousse plus de jurons que je pensais possible en une phrase, et descend de sa moto. Je rigole moins d'un seul coup.

— Vite ! Verrouille ! Verrouille ! j'ordonne à Calvi.

Mais ce mannequin au cerveau ramolli ne s'exécute pas assez rapidement, Evan a déjà ouvert la portière. Je croise les bras, décidée à ne pas bouger.

— Descends.

— Non.

— Mia…

Il m'avertit. Je ne fais rien. Alors je ne sais comment, mais il arrive à me tirer en dehors de la voiture avant de me prendre en sac à patates sur son épaule. Je crie à Silvio de m'aider, mais celui-ci me répond :

— C'est vert, *scuza !*

Quoi ? L'idiot se penche pour fermer ma portière et redémarre, alors que je me fais trimballer comme une imbécile sur l'épaule d'un petit ami qui va me passer le pire savon de tous les temps.

Evan me dépose à côté de sa moto, me tend mon casque, l'air de dire qu'on va avoir une petite discussion une fois arrivés chez moi. Je ne décroise pas les bras, refusant de grimper sur son engin.

— Tu ne crois pas que tu m'as assez poussé à bout ? grogne-t-il.

— C'est de bonne guerre.

À peine mes mots prononcés, je détale comme une dératée. Evan se lance à ma poursuite, et je sais d'avance qu'il va me rattraper à un moment donné.

— Mia ! Arrête-toi !

J'accélère.

— C'est bon, tu t'es vengée ! J'ai passé un moment avec ta sœur, alors tu t'es fait ramener par l'autre con, maintenant monte sur la moto !

Je trouve une ruse et tourne au dernier moment dans un parc. Evan perd de la vitesse alors que je me tape un sprint en ligne droite, me demandant soudain pourquoi je le fuis. L'adrénaline m'empêche de réfléchir clairement.

Evan finit par me rattraper et me chope par les épaules. L'élan fait que nous reculons, et je me heurte à des broussailles pour finalement tomber à la renverse. Evan atterrit sur moi, amortissant sa chute de deux mains à plat sur le gazon de chaque côté de ma tête. Je scrute sa réaction, les yeux écarquillés. Puis je porte une main à ma bouche, et... j'éclate de rire. Evan craque et part dans un fou rire aussi, qu'aucun de nous n'arrive à contrôler pendant au moins une minute. En passant à côté de nous, les mères éloignent leurs enfants des deux tarés qui se bidonnent allongés sur l'herbe d'un parc.

Quand le calme revient entre nous, nos deux souffles forment un seul son. Nous nous dévisageons longuement, et Evan écrase durement ses lèvres sur les miennes. Je gémis et plonge mes mains dans ses cheveux, alors que sa langue force le passage de ma bouche. Il s'appuie de tout son poids sur mon entrejambe, ce qui fait monter la température de mon corps illico.

— Tu vas finir par m'envoyer à l'asile, lâche-t-il.

— Je serais enchantée d'y aller avec toi.

Et il m'embrasse de nouveau. Alors, j'oublie à quel point nous sommes dysfonctionnels, et je m'abandonne à lui, nos lèvres traduisant nos excuses respectives.

12. BOMBE LÂCHÉE

EVAN

J'ai renoncé à chercher ce qui clochait, entre Mia et moi. Nous sommes définitivement dysfonctionnels au possible, et je l'aime au-delà du raisonnable ; voilà les seules conclusions que j'aie pu tirer de cette drôle de passade dans notre couple.

À la fin de notre semaine de reprise, je ne sais toujours pas où nous en sommes. Nous sommes ensemble… je crois. Nos bouches sont plus douées pour se rejoindre que pour parler. De toute façon, je ne vois pas ce qu'il y a à dire. Nous l'avons tous les deux compris, nous sommes tarés, et condamnés à toujours nous retrouver quoi qu'il arrive.

Nous avons tout de même parlé de Calvi. Savoir qu'elle a passé presque deux semaines à voir ce mannequin de mes deux sans avoir aucun contact avec moi n'est certainement pas rassurant. Mais elle m'a assuré que leur relation était uniquement professionnelle, et qu'il l'exaspérait plus qu'autre chose. Devant mon air sceptique, elle a encadré mon visage de ses douces mains et m'a promis :

— Evan, il n'y a que toi. Il n'y aura toujours que toi.

J'ai détourné le regard. Elle a compris. Elle a compris qu'à présent, j'avais du mal à la croire. Une partie de ma confiance en elle s'est brisée en même temps que j'ai appris son mensonge, et j'ai lu la culpabilité dans ses yeux.

— Je comprends que tu aies du mal à me croire. Alors je ferai tout pour te convaincre.

Elle a déposé tendrement ses lèvres sur les miennes. Puis elle est partie, me laissant à mes réflexions, seul dans ma chambre. En voyant sa jolie silhouette disparaître, j'ai ressenti une immense fierté monter en moi. Pour ce qu'elle était devenue, pour moi.

Le jour suivant, elle m'a tout raconté en détail. Dans ses messages vocaux des vacances elle m'avait fait des résumés de ses journées, maintenant je savais tout. L'entendre me décrire chaque scène tournée avec Calvi n'était pas facile. Savoir qu'il l'avait touchée me débectait. Que leurs bouches s'étaient frôlées, n'en parlons pas. Ma jalousie mise de côté, j'ai fini par voir tout ce que cette expérience lui avait apporté. Mia était comblée d'exceller dans un domaine qu'elle aimait. Benoît lui avait dit qu'il voulait la garder. Rien n'était sûr, mais elle allait peut-être devenir l'égérie officielle de la marque. Elle devrait faire de nombreux trajets jusqu'à Paris et souvent, alors ses études en pâtiraient forcément. Mais nous sommes tombés d'accord pour dire qu'une telle occasion, ça ne se rate pas. Tant pis si elle n'avait pas son bac, c'est quelque chose qui se rattrape, cette opportunité non. Tant pis si elle ne faisait pas d'études supérieures. Je l'aime assez pour ne vouloir que son bonheur, et ce même si elle doit poser à poil – ou presque – avec tous les mannequins masculins de la planète. Je ne suis désormais plus sa seule source de bonheur, et cela me rassure, quelque part. Maintenant, la chose qu'elle craignait le plus, son avenir, s'est éclairci. Nos chemins se sépareront sûrement à un moment donné, et au moins je sais à présent que je ne la laisserai pas sans rien.

Ce soir, nous célébrons l'anniversaire d'Eva. Elle n'a encore jamais fait de fête, alors elle tient à ce que tout soit parfait pour ses dix-sept ans.

Mia et moi entrons dans la maison main dans la main. Elle me sourit, dévoilant les plis sur son nez, et m'embrasse sur la joue avant de murmurer à mon oreille :

— Merci d'être passé me chercher.

— Je préfère ça plutôt que tu montes dans la voiture de cet imbécile qui abandonne sa passagère à un simple feu vert.

Elle rit et se laisse aller contre moi, sa tête contre mon torse. Je l'embrasse dans les cheveux alors qu'Eva vient nous saluer. Du moins, nous saluer à sa manière.

— Ah, vous êtes là vous deux ! Au lieu de vous béco-ter rendez-vous utiles et allez chercher la bouffe dans la cuisine, y en a encore plein. Allez, on se dépêche !

Je crois que je n'ai jamais vu Eva si tendue. Ses joues sont rouges à force de courir partout et ses cheveux blonds légèrement ébouriffés.

— Eva, tout va bien ? je lui demande, soucieux de la voir exploser.

— Non ! s'exaspère-t-elle. J'ai peur que ce soit nul. Je me mettrais presque à regretter de ne pas avoir invité Jordan, au moins je suis sûre qu'il se serait amusé.

— Hum… À propos de ça…

Eva se redresse, désormais sur ses gardes.

— L'info de ton anniv a fuité. Je crois qu'il va venir.

Au même moment, la porte d'entrée derrière nous s'ouvre en grand pour laisser place à... Jordan. *Quand on parle du loup.*

— Salut la compagnie, me voilà !

Eva se tape le front et je me retiens de faire pareil. Jordan s'avance vers nous, les bras grands ouverts à l'attention d'Eva.

— Joyeux anniversaire, la plus belle !

Eva, au lieu d'accepter son étreinte, lui enfonce le plateau sur le torse.

— Tiens, tu veux me faire plaisir ? Va poser le plateau sur une table.

La tornade Eva se retire à nouveau à la vitesse de l'éclair. Jordan se tourne vers Mia et moi, tout en fourrant une chips du plateau dans sa bouche.

— Bon, ben je crois qu'elle était contente de me voir.

Il part à la visite de la maison, le plateau toujours en main.

— Ce mec est trop bizarre, marmonne Mia.

— Ouais. Mais étonnamment attachant.

Soudain, quelqu'un que je ne m'attendais pas à voir ici apparaît devant nous. Indiana est à l'autre bout de la pièce, et Mia se tend dans mes bras en l'apercevant.

— Qu'est-ce qu'elle fait là celle-là ?

— Si elle est ici c'est qu'Eva a dû l'inviter.

Je relève le menton de ma copine du bout de mon index.

— Pas de scène. C'est l'anniversaire de ta cousine. Tâche de ne pas l'oublier.

Mia soupire, résignée, alors que nous nous fondons au reste des invités.

Le début de soirée, contrairement aux craintes d'Eva, se passe merveilleusement bien. La reine de la fête semble s'être détendue au fil du temps, l'alcool aidant sûrement.

À vingt-trois heures, nous passons aux cadeaux. Eva pousse un cri suraigu quand elle découvre le cadeau de Mia : une place pour aller voir ce *petit* chanteur Shawn Mendes en concert. Eva en est littéralement fan, elle nous casse les oreilles toute la journée en chantonnant ses chansons. Je n'en peux plus d'entendre « *qu'il peut la traiter mieux qu'il le peut* », j'espère qu'après ce concert son addiction à cet adolescent lui passera.

Eva étreint donc Mia pendant bien cinq minutes, et toutes les deux, sous l'emprise de l'alcool, se font de longues déclarations d'amour. Je les filme à leur insu pour me foutre de Mia plus tard en lui montrant.

Contre toute attente, Jordan s'approche d'Eva avec un petit paquet entre les mains. Il a les bras tremblants en le lui tendant, et Eva le regarde, surprise.

— C'est pas grand-chose, balbutie Jordan. Mais ça me tenait à cœur… Alors voilà.

Eva déballe le petit paquet, toujours sous le choc, pour dévoiler une boîte à bijoux. En l'ouvrant, deux diamants se mettent à étinceler. Il s'agit de boucles d'oreilles assez discrètes tout en étant jolies, tout à fait le style d'Eva. Elle lève de grands yeux vers Jordan qui se tortille sur lui-même.

— Tu peux les changer, si elles te plaisent pas, je…

Jordan est coupé dans son élan quand Eva se jette à son cou. Mon ami ne sait que faire de ses mains, alors il les laisse en suspens au-dessus du dos d'Eva.

— C'est d'une adorabilité sans nom ! Merci, Jordan !

Je crois que c'est la première fois qu'elle l'appelle par son prénom et pas « abruti » ou encore « idiot ». Jordan me regarde, ne croyant pas ce qui lui arrive. Je lève un pouce approbateur, impressionné. Puis il sourit comme un malade, et serre Eva dans ses bras jusqu'à l'en étouffer. Bon, OK, il a encore des progrès à faire ; mais c'est un bon début.

Plus tard dans la soirée, quelques invités décident de se rassembler en cercle pour faire un action ou vérité. Je n'ai aucune envie d'y participer, mais Mia m'y oblige et d'un côté je préfère ne pas la laisser jouer seule à ce jeu. Les mecs de la partie pourraient bien se lâcher si je ne suis pas là. Jules, lui, continue de parler avec Adrien sur le canapé. J'ai un doute sur la relation de ces deux-là.

Mia s'installe entre mes jambes. En face de nous, Indiana me sourit. Je le lui retourne, alors que Mia me pince le mollet. Je geins et ma copine me regarde innocemment. *Petite peste.*

Le jeu commence, et c'est vraiment à chier. Je bâille à plusieurs reprises, il faut croire que je vis mon coup de barre de la soirée. Mia me tient éveillé en baladant parfois sa main trop près de mon entrejambe. *Elle veut me faire exploser, c'est pas possible.*

Vient le tour d'Indiana de se faire questionner. Elle choisit vérité. Une fille de la partie dont j'ignore l'identité mais qui apparemment me connaît lui demande :

— Trouves-tu Evan sexy ?

Mia se crispe, je reste interdit, et Indiana rougit. On dirait que les gens adorent toujours foutre la merde dans nos affaires. Indiana se redresse et lâche :

— Joker.

— Il n'y a pas de joker.

— Tant pis, j'invente de nouvelles règles. Pose-moi une autre question.

Je souris en coin en voyant l'inconnue-qui-se-mêle-de-ce-qui-ne-la-regarde-pas céder.

— Très bien. Mais tu es obligée de répondre à la prochaine question.

Indiana accepte à contrecœur. Le jeu perd toute son innocence avec ce genre de joueuse comme l'adversaire d'Indiana.

— Il paraît que le père de Mia t'a élevée en cachette, raconte-nous la dernière fois qu'il est venu te voir et ce que vous avez fait.

Bordel, c'est super indiscret ! Et je ne vois pas en quoi cette information peut l'intéresser. Indiana se voit obligée de dévoiler sa vie privée à un nombre important de personnes inconnues à cause d'un stupide jeu de gamins.

— C'était au début de l'année. Il est venu me voir avec sa femme pendant un week-end et nous sommes partis en Espagne.

Mia se redresse dans mes bras. Elle devait ignorer cette anecdote, tout comme moi. Mia n'a jamais voulu entendre les détails des entretiens entre son père et sa sœur.

— C'était quand exactement ? demande ma copine, sur la défensive.

— Euh… Fin janvier, ça devait être un des derniers week-ends.

Je saisis en même temps que Mia. *Non… Non, non, non.* Elle va être furieuse.

Mia part dans un rire sarcastique.

— Évidemment. L'excuse du voyage d'affaires, et ma mère qui décide de l'accompagner. Pendant que Maël et

175

moi avions un accident, mes parents, au lieu d'être à nos côtés, étaient aux tiens.

Je sens à quel point cette nouvelle pique Mia au fond d'elle. Max et Susan sont rentrés en vitesse de leur voyage en apprenant l'accident, et ils étaient en fait avec Indiana. Mia attend la goutte de trop depuis un moment en ce qui concerne Indiana. Et j'ai bien peur que cette révélation le soit.

— Je ne comprends pas… murmure Indiana, les sourcils froncés.

— Tu n'as pas besoin de comprendre.

Mia se lève, et je n'ai pas le temps de la retenir. Elle s'approche de sa sœur, à l'autre bout du cercle.

— Bien sûr, c'est ta faute si mes parents n'étaient pas là pour me soutenir durant cette épreuve. C'est aussi toi qui as fait en sorte qu'on nous percute ? Tu as ce don-là non, de détruire tout ce que tu touches ?

Mia a un peu trop bu pour tenir ce discours. L'alcool mélangé à la colère ne donne jamais un bon résultat, j'en sais quelque chose. Elle ne se rend pas compte qu'elle prononce des incohérences.

Indiana se met elle aussi sur ses pieds pour faire face à sa sœur. Elle ne va pas se laisser faire, je le vois dans ses yeux. Pas cette fois.

— Tu dis n'importe quoi.

— Ah bon ? Et Sacha et Maxime ? Tu ne les as pas détruits, eux ?

Je fronce les sourcils, comme un bon nombre de personnes dans la pièce. Je n'ai aucune idée de ce que Mia est en train de raconter. Mais visiblement Indiana si, car la douleur déforme ses traits.

176

— Tu ne sais pas de quoi tu parles, siffle Indiana entre ses dents.

— Et moi je pense que j'ai tout compris. Tu es arrivée dans leur vie, la fille jolie et innocente, et tu les as séparés alors que Sacha était ton amie. Tu lui as piqué son mec, et peut-être as-tu trouvé une nouvelle cible à Toulouse.

Je me lève à mon tour pour m'approcher de la scène. Je ne sais pas si je dois intervenir ou laisser faire. D'un côté, la tournure que prend la conversation m'intrigue et j'ai envie d'en savoir plus.

— Tu as fait quoi pour le convaincre ? continue Mia. Tu l'as chauffé ? Tu as couché avec le mec de ton amie ?

Un sanglot incontrôlé sort de la bouche d'Indiana alors que ses yeux sont remplis de larmes. Malgré ça, Mia reste de marbre.

— Et il continue de t'appeler car il sait que tu es une fille facile…

— Ta gueule ! hurle Indiana.

Je sursaute. Indiana tente de calmer le rythme de sa respiration, les joues ravagées de pleurs.

— Tu sais quoi, Mia ? Je n'aurais pas honte si c'était ce qu'il s'était passé. Les coups de foudre, ça arrive, l'amour nous fait parfois faire des erreurs. Et connaissant véritablement Sacha maintenant, je n'aurais aucun scrupule à lui faire ça.

Tout le monde est fasciné par la scène, Eva comprise. Je sens que celle-ci ne va pas apprécier cet affront pour ses dix-sept ans.

— Mais je ne suis pas comme toi, crache Indiana. Je ne suis pas une garce qui a eu besoin depuis le début de mener la vie dure à sa demi-sœur par peur d'être remplacée. Alors comme ça, tu es intéressée par cette histoire

177

avec Maxime ? Très bien, alors je vais t'en faire part, et tout le monde va assister au spectacle. Tu as raison sur un point : Sacha et moi sommes sorties avec Maxime en même temps. Seulement je l'ignorais, et elle aussi. Il s'est joué de nous. Je suis tombée amoureuse de lui, puis j'ai appris qu'il sortait avec ma meilleure amie. J'étais tellement en colère... Sacha le semblait aussi. Nous avons décidé de le larguer toutes les deux. Elle savait à quel point je souffrais de sa trahison, et elle a fait semblant d'être là pour moi. J'imagine que tu l'as deviné : Sacha n'a en fait jamais arrêté de sortir avec Maxime. Elle était au courant depuis le début qu'il jonglait entre nous deux. Elle connaissait mes sentiments, et elle ne m'a rien dit.

Je ressens la douleur dans chaque mot que prononce Indiana. Sa peine. Elle s'est fait trahir par la personne qu'elle aimait et par une de ses amies proches en qui elle avait confiance. Et Mia est en train de lui rappeler ce moment pénible de sa vie simplement par jalousie.

— Tu mens ! la contredit Mia.

— Tu penses ? Si tu avais été plus attentive, tu aurais constaté que Maxime et Sacha ne sortaient pas ensemble quand je suis arrivée à Bordeaux. Comble de l'ironie : c'est moi qui les ai présentés. Tu peux toujours chercher un vieux bagage chez moi, il n'y en a pas. Je ne suis pas parfaite mais je n'ai jamais rien fait de dégoûtant.

— Il y a forcément quelque chose ! conteste Mia. Tu joues un rôle, ça se voit !

— Et toi t'es complètement parano ! intervient Eva.

Eva passe un bras autour des épaules d'Indiana pour la consoler.

— Tu vois dans quel état tu la mets ? Ça te plaît, l'ambiance que tu viens d'installer ? Tout le monde s'amusait, Mia, et comme d'habitude tu as trouvé le moyen de tout gâcher à cause de ta jalousie mal placée !

Je ne sais pas ce que je suis censé faire. Je ne peux pas soutenir ma petite amie dans un moment pareil, tout simplement parce que je n'approuve pas son comportement. Je croyais qu'elle en avait fini avec Indiana. Mais elle ne lâchera jamais l'affaire.

— Me dis pas que toi aussi tu te laisses berner ! Eva, cette fille n'est pas celle qu'elle prétend !

— Ah bon, et pourquoi ? Parce que tu as décidé que tu ne voulais pas d'une sœur sympa ? On est loin d'être tous détraqués comme toi, Mia. Et je commence à en avoir marre de ton égoïsme ! C'était trop te demander, une soirée sans que tu provoques quelqu'un ? Une soirée où tu t'effaçais, pour mon anniversaire ? Mais non, car Mia Castez ressent ce besoin constant de se mettre en avant, tout ça pour satisfaire un manque de confiance en soi flagrant !

— J'ai totalement confiance en moi ! Et arrête ton cirque, on sait tous que tu aimerais me ressembler. Tu m'envies depuis que nous sommes petites, mais tu ne seras jamais comme moi. Tu resteras la cousine de Mia, c'est comme ça que tu existes.

— Te ressembler ?

Eva rit jaune.

— Je n'ai aucune envie de te ressembler. Maintenant, sors de chez moi.

Cette dernière phrase a l'effet d'un vent glacial dans la pièce. Si quelques chuchotis animaient l'espace, nous sommes maintenant plongés dans le silence le plus complet.

— T'es pas sérieuse, chuchote Mia.

— Si, complètement. Sors de chez moi, je veux plus te voir.

Mia ne bouge pas, alors Eva crie, les larmes aux yeux :

— Va-t'en !

Mia frémit et tourne les talons. Elle baisse la tête, certainement trop honteuse pour croiser le regard des invités. Jules, qui s'est levé du canapé pour assister à la scène, secoue la tête avec dégoût. Il semblerait que tous les acolytes habituels de Mia soient fortement déçus, ce soir. Et j'en fais partie.

Quand elle arrive devant moi elle lève la tête, mais je détourne le regard. Je n'ai pas envie de la regarder.

— Evan ?

Je garde le regard dans le vague, tiraillé entre mon devoir de petit ami et mon envie que Mia se prenne enfin une claque. Je la connais, Mia n'aura une prise de conscience seulement si je l'abandonne. Sinon, elle continuera de se bercer d'illusions, seule dans son monde, sur la soi-disant méchanceté d'Indiana, et on n'en aura jamais fini. Alors je ne réponds rien.

— Evan ? tente-t-elle une nouvelle fois, sa voix se brisant par la même occasion.

Je presse les paupières en me concentrant pour ne pas réagir.

— Evan, si tu ne t'en vas pas avec moi maintenant, c'est terminé. Je ne rigole pas.

Je ne peux pas la soutenir dans un moment pareil. Et j'espère qu'elle le comprendra quand son égoïsme fera place aux regrets. Mia a beau être bornée, elle est loin d'être orgueilleuse et sait se remettre en question. J'ai l'espoir que ce soit le cas après ce soir.

— Très bien. C'est ton choix. Alors après tout ce qu'on a traversé, ça se termine comme ça.

Elle me donne un coup d'épaule et s'en va. Je me retourne juste à temps pour la voir sortir de la pièce, la vue embuée. Encore une fois, Mia et moi nous séparons. Et encore une fois, ce vide prend soudain place au creux de mon ventre.

●

Eva et moi jugeons qu'il est plus judicieux d'aller coucher Indiana, qui est toute troublée. De plus, ça m'étonnerait qu'elle puisse s'amuser à présent. Je me porte volontaire pour l'accompagner à l'étage, tandis qu'Eva tente de faire repartir la fête, même si elle semble à bout de force. Eva et Mia ont un lien spécial, elles s'adorent. Leur dispute affecte Eva à un point phénoménal, je le vois. Quant à moi, je ne réalise pas. Je ne sais pas si Mia va revenir sur sa décision – ou sur la mienne ? – et je ne sais pas si je veux qu'elle le fasse. Pour l'instant, tout est flou.

Quand j'arrive devant une porte, je suis intrigué par un mot qui y est accroché.

Chambre réservée à Evan et Mia,
interdiction d'y entrer,
sous peine de se faire briser les couilles.
(Je vous conseille de ne pas forcer la porte
si nous sommes dedans…
Certaines choses peuvent être traumatisantes).

J'arrache le mot et le relis encore une fois. Mia a dû monter l'accrocher un peu plus tôt, s'assurant qu'on ait un lieu où dormir tous les deux. Je déglutis, ma pomme d'Adam semblant m'arracher la gorge, et réalise que Mia et moi ne serons pas ensemble ce soir.

— Evan, ça va ?

La voix douce d'Indiana me force à cesser mon auto-torture. Je lâche le papier, qui s'échoue par terre. J'ouvre la porte et fais entrer Indiana. Elle se laisse tomber sur le lit. Maintenant qu'elle est assise et calmée, je me demande si je dois partir.

— Je ne pensais pas qu'elle ferait ça. Malgré son côté garce, je ne pensais pas qu'elle aurait voulu m'humilier en public.

Je soupire et viens m'asseoir à côté d'Indiana. Elle lève des yeux tristes vers moi, alors que je lui souris pauvrement.

— Et je ne pensais pas qu'elle me poserait un tel ultimatum. Comme quoi, on ne sait jamais à quoi s'attendre avec elle.

— Tu vas rattraper le coup ?

Je réfléchis un instant.

— Je ne sais pas.

Indiana opine, mais je remarque que sa poigne se resserre autour de sa jupe.

— Je la déteste. Je sais que je ne devrais pas te dire ça, mais je la déteste.

La tristesse s'est envolée du visage d'Indiana pour laisser place à la colère. Ses yeux déjà sombres se sont obscurcis, et quand elle me regarde à nouveau, j'en ai des frissons.

— Depuis le début, je ne dis rien. Je fais des efforts dans l'espoir qu'elle m'accepte, en vain, alors qu'elle ne cesse de me rabaisser. J'en ai ma claque d'être gentille.

— Indiana… Reste comme tu es. N'entre pas dans son jeu. Ton comportement est très mature depuis le début, ne gâche pas tout. Tu es une fille super sympa, qui plaît à beaucoup, ne change pas.

Ses pupilles se plantent dans les miennes. Elle semble s'être adoucie. Puis, tout s'enchaîne très vite. Je n'ai pas le temps de comprendre que sa main glisse sur ma joue. Qu'elle se rapproche de moi et que ses lèvres entrent en contact avec les miennes. Je suis paralysé, choqué, le temps de notre court baiser de moins de deux secondes. Indiana s'écarte aussitôt, et poste une main sur sa bouche.

— Oh, merde… Evan, je suis désolée. Je sais pas pourquoi j'ai fait ça, je…

Elle éclate en sanglots. Son altercation avec Mia a dû vraiment l'affecter pour qu'elle soit dans un tel état. Elle niche son visage dans ses mains, et je ne sais pas quoi faire, perdu. Elle vient de m'embrasser, mais je n'ai même pas eu l'air de sentir son baiser. Visiblement, elle a agi sur un coup de tête.

— Je suis désolée ! répète-t-elle. Je crois que j'ai voulu me venger de Mia, ou un truc comme ça, mais ça me ressemble pas, je te le promets. C'est juste que je me suis fait jeter, aujourd'hui, alors j'imagine que j'ai aussi voulu me venger de lui. C'est vrai, pour qui il se prend ? Il me fait des approches pour au dernier moment me dire que je ne lui plais pas ! Quel genre de type fait ça ? Tu ferais ça toi ? C'est trop demander un mec qui me traite bien dans ma vie !

Je ne comprends pas un traître mot de ce qu'elle raconte. Mais de toute évidence, elle subit un lourd chagrin.

Je soupire et passe un bras autour de ses épaules, pour la ramener contre moi. Elle pleure contre mon torse, trempant mon tee-shirt par la même occasion.

— Je l'avais oublié pendant mes vacances aux Bahamas, continue-t-elle, c'est lui qui est revenu.

Je me demande si elle parle de ce Maxime ou d'un autre. Mais manifestement, un petit malin joue avec son cœur.

Elle se retire soudainement de mes bras.

— Je ne mérite pas de me faire réconforter par toi. Va retrouver Mia, je n'ai jamais voulu m'immiscer dans votre couple, ni vous faire rompre. Je suis navrée pour ce baiser. Je fais n'importe quoi.

— Je ne vais pas retrouver Mia, j'ai besoin de réfléchir… Mais tu veux peut-être que je te laisse seule ?

Elle hoche la tête, s'essuyant les joues.

— Oui. S'il te plaît.

Je quitte la chambre, et m'adosse à la porte une fois sorti. *Oh putain !* Indiana et moi avons échangé un baiser. Le plus court de toute l'histoire, certes, mais un baiser quand même. Je sais que ça n'était qu'un accident, nous avions le cœur brisé tous les deux. Mais Mia, elle, ne le croira jamais. Et quand sa vengeance tombera… ce sera terrible.

13. REGRETS

EVAN

Me voilà à nouveau célibataire. Heureusement que je n'actualise jamais mon statut Facebook, les gens sur mon compte ne sauraient plus où donner de la tête. Et pour la première fois, mon célibat n'est pas animé par Mia qui revient vers moi, ou moi qui reviens vers elle. Pour la première fois, cela ressemble à une rupture définitive.

En arrivant au lycée ce lundi, je n'ai aucune idée du déroulement des choses. De ce qui se passera quand je croiserai son regard. Si j'y verrai du regret pour l'ultimatum qu'elle m'a lancé. Si elle éprouve l'envie de revenir auprès de moi.

Je m'en veux pour vendredi soir. Certes, Mia a agi en véritable garce, mais je savais en me mettant en couple avec elle qui elle était. Je n'ai pas le droit de n'accepter que ses bons côtés. Je devrais la soutenir quoi qu'il arrive, au lieu de quoi je lui ai tourné le dos. Mais une partie de moi ne regrette pas cette décision, puisque j'ai toujours le même espoir en tête : que cette rupture lui ait provoqué une prise de conscience.

Mais sa sœur m'a embrassé plus tard dans la soirée. Comment puis-je la regarder en face après cela ?

Quand j'entre dans la salle du cours d'anglais, elle n'y est pas encore. Je m'assois à ma place habituelle, et regarde la chaise vide à côté de moi, me demandant si elle va être occupée. La prof commence son cours, et Mia n'est toujours pas là. Cinq minutes plus tard, trois coups frappés à la porte interrompent le cours. Je me redresse vivement, pour voir Mia entrer, hésitante. Elle s'approche de la prof et lui montre son billet de retard, sans un mot. La tête baissée et sans un coup d'œil dans ma direction, elle se précipite vers une place libre au deuxième rang, à l'autre bout de la salle.

Je remarque qu'elle a laissé ses cheveux au naturel, légèrement ondulés, ce qu'elle ne fait jamais. C'est tout ou rien : soit elle les boucle, soit elle les lisse. Sa manucure n'est pas faite et elle triture nerveusement ses ongles, comme si elle sentait mon regard sur elle. Je finis par me détourner, sa vue – même de dos – se faisant trop douloureuse.

Une seconde intervention vient interrompre le cours presque fini. Mercier entre dans la classe et sourit à notre prof – qui le dévore des yeux avec appétit. La prof se tourne vers nous et nous annonce :

— Alors voilà, M. Mercier et moi avons quelque chose à vous annoncer. Vous allez avoir la chance de pouvoir partir en voyage scolaire en Angleterre cette année. Le voyage se fera début janvier, pendant une semaine. Nous visiterons Londres et ses alentours, M. Mercier, Mme Durant et moi serons les accompagnateurs. J'espère que vous serez beaucoup à tenter l'expérience, M. Mercier va vous distribuer les explications, tout y est noté : le coût, le programme du voyage, le logement, etc. Parlez-en à vos parents au plus vite si vous êtes intéressés.

Imperceptiblement, Mia tourne légèrement la tête vers moi au moment où je pose à nouveau mes yeux sur elle, sans toutefois vraiment me regarder. Nous pensons à la même chose. S'ils avaient fait cette annonce la semaine dernière, on se serait réjouis à l'idée de partir à Londres tous les deux, même si c'est dans le cadre de l'école. Je nous imagine prendre des selfies déjantés devant Big Ben ou sur le London Bridge, et s'embrasser à pleine bouche en haut du London Eye. Mais ce plan n'est plus envisageable depuis que nous avons rompu.

Mia finit par réellement se retourner, alors je cille rapidement et fixe Mercier qui distribue les papiers dans ma rangée. Je ne peux pas croiser son regard.

Quand Mercier arrive à ma hauteur, il regarde la place vide à mon côté, et me demande :

— Tu le prends pour Mia ?

On dirait qu'il veut remuer le couteau dans la plaie, ce prof de mes deux.

— Elle n'est pas absente.

Je lui montre Mia du doigt, sans pour autant regarder dans sa direction.

— Oh… Euh, oui, en effet. Au temps pour moi.

Il me sourit, compatissant, et j'ai soudain envie de lui emplâtrer sa face de slip. Et voilà que je me mets à penser comme Mia, je ne suis pas près de me détacher d'elle en continuant sur cette voie.

Mia et moi ne nous parlons pas, jusqu'à arriver en cours de physique. Là, la vision de la classe me fait horreur : aujourd'hui nous devons faire des travaux pratiques. Je dois donc me mettre avec ma partenaire de TP. Je suis sûr que vous avez deviné de qui il s'agit.

Mia arrive après moi, et ne me jette pas un regard en gagnant sa place. Je n'ai pas pour habitude qu'on soit assis avec une telle distance entre nous. Nous nous sommes tous les deux mis aux extrémités de la table.

Au bout de dix minutes d'explications, nous devons commencer l'expérience, et j'appréhende déjà. Mia et moi nous levons, commençons à sortir du bac devant nous les solvants et autres produits chimiques dont nous avons besoin, en silence. Heureusement, l'expérience n'est pas difficile ; nous n'aurons pas à trop discuter.

Quand je vois Mia ouvrir le flacon de colorant bleu, je me dépêche de lui rappeler :

— Mia ! Tes gants !

Ma voix la fait sursauter, si bien qu'un peu du liquide bleu coule sur sa main.

— Ah ! Evan ! Qu'est-ce que je fais ?

Elle se tourne vers moi, les yeux écarquillés, paniquée.

— C'est bon, calme-toi, je...

— Je sens déjà que ça brûle ! Je vais me retrouver avec la main cramée ! Fais quelque chose !

— Mia...

— Vite !

J'attrape le rouleau de papier au coin de la table, et en arrache une feuille.

— C'est bon, ma vie est fichue !

— Mia, tu veux bien...

— Chut ! C'est ta faute !

— Tu me laisses en placer une, oui ? Le colorant n'est pas nocif pour la peau ! Ça ne brûle pas et tu n'auras rien.

Elle fronce les sourcils. J'essuie minutieusement ses mains, sachant que ça ne sert à rien puisqu'il faudra plus que du simple papier pour faire disparaître la couleur vive sur sa peau.

— Pourquoi il faut mettre des gants, alors ? s'énerve-t-elle.

— Pour éviter de garder des mains de Schtroumpfs après, ce qui va t'arriver.

Je continue de lui nettoyer les mains, sans jamais regarder son visage. Je n'arrive pas à m'y résoudre. À chaque fois que je veux remonter, la culpabilité en moi m'en empêche, alors je cille. *Merci, Indiana, de me mettre dans une telle situation.*

Je finis par arrêter mon activité en voulant retirer mes mains, mais Mia les rattrape vivement. J'observe ses pouces caressant mes paumes en mouvements circulaires quand sa voix désespérée me parvient.

— Evan… Je sais que ce n'est ni l'endroit ni le moment, mais… Je regrette ce qu'il s'est passé l'autre soir.

Je presse les paupières. Alors on y est. Le moment que j'attendais arrive. Le moment où elle m'avoue ses regrets, pensant avoir toutes les fautes, alors qu'elle avait peut-être raison. Peut-être qu'Indiana est une grande manipulatrice. Elle avait l'air bouleversée, l'autre soir, mais si elle ressemble vraiment à Mia alors elle doit savoir jouer la comédie. Tout serait plus facile si je l'avais repoussée. Seulement, même si notre baiser était le plus court qui soit, je n'ai pas esquissé un mouvement.

— Je peux comprendre que je te dégoûte, continue-t-elle. C'est la pire version de moi-même qui a agi, vendredi dernier. Mais j'ai compris. Rabaisser Indiana, découvrir un quelconque secret que j'ai peut-être inventé, la détruire, ça n'en vaut pas la peine si je dois te perdre en contrepartie. Mais s'il te plaît, regarde-moi.

Puisque je n'obtempère pas, Mia me relève la tête d'un doigt sous mon menton. Mes prunelles captent immédiatement les siennes, et la sincérité dans son flot azur grossit la boule dans mon ventre. Son autre main colorée exerce une pression sur la mienne qu'elle tient toujours.

— Je suis désolée. Je comprendrais que tu ne veuilles plus de moi. Mais je peux encore changer… Avec ton aide…

— Mia…

Elle attend la suite. Je n'imagine pas sa colère si je lui annonce qu'Indiana m'a embrassé l'autre soir. Elle sera incapable de laisser sa sœur tranquille. Alors ce sera la guerre, Mia risque de m'en vouloir, et peut-être même de redevenir la reine des garces. Elle me jettera encore. Mais je ne peux pas essayer d'arranger les choses avec elle si je lui cache cet acte.

J'ouvre la bouche, mais soudain la voix du prof qui aboie derrière moi m'interrompt :

— Mia, Evan, vous êtes en retard ! Allez, on se magne, on a encore du boulot !

Mia et moi retournons à notre expérience, tous deux en levant les yeux au ciel. Mais bien sûr, une autre catastrophe arrive. Mia, plus maladroite que jamais, parvient à se couper avec une lame plate. Le prof, exaspéré de nos bêtises aujourd'hui, m'ordonne de l'emmener à l'infirmerie. Le chemin se fait sans un mot, Mia concentrée à presser sa nouvelle plaie avec du papier sur sa peau bleue. Si la situation n'était pas si grave, je serais mort de rire de sa maladresse. En arrivant devant l'infirmerie, un surveillant nous indique que l'infirmière s'est absentée.

— Évidemment ! s'exclame Mia. Cette bonne femme n'est jamais là !

Le pion s'en va, nous laissant seuls, Mia et moi, en rade devant cette infirmerie de malheur.

— Alors je fais quoi maintenant ? se plaint Mia. Je pisse le sang comme une ado lors de ses premières règles !

Cette référence me fait lâcher un gloussement incontrôlé. Mia rit à son tour, son nez se plisse, et d'un seul coup nous faisons un bond d'un an en arrière. Quand nous apprenions à nous connaître, et que tout était simple. Alors je fais exactement ce que j'aurais fait un an en arrière. Je pousse la porte de l'infirmerie, qui Dieu merci n'est pas fermée à clé.

— Evan, qu'est-ce que tu fais ? On n'a pas le droit d'entrer ici.

— Depuis quand Mia Castez respecte-t-elle les règles ?

Une lueur joueuse illumine ses pupilles. Elle me pousse du coude et entre en premier, pour venir s'asseoir sur une chaise.

— Allez-y, soignez-moi, docteur Pérez.

Je referme la porte, souriant en coin. Je m'avance vers les placards pour en sortir une trousse de secours. Puis je m'agenouille devant Mia, et lui demande :

— Comment vous êtes-vous blessée ?

— Mon compagnon a des tendances un peu spéciales…

Je retire la tonne de papier sur la plaie de Mia tout en me retenant de sourire. Nos jeux de rôle, à Mia et à moi, c'est une des choses que je préfère entre nous.

— Quel genre de tendances ?

— Il est fan de tout ce qui touche aux vampires. Il m'a promis que si je le laissais me croquer, on réaliserait mon plus gros fantasme…

Je nettoie la blessure, tout en me demandant ce qu'elle va trouver comme idée.

— Et quel est ce fantasme, si ce n'est pas trop indiscret ?

— Qu'il se déguise en père Noël.

Je la dévisage, étonné, sur le point d'éclater de rire.

— Vous aimeriez que le père Noël vous fasse l'amour ?

— Ouais. Carrément. J'ai toujours été émoustillée par les longues barbes.

J'applique un pansement sur le doigt de Mia, secouant la tête.

— Je devrais peut-être tenter de la laisser pousser, dans ce cas…

— Je vous trouve assez sexy comme ça.

Mia passe ses mains sur ma barbe de trois jours. Je frémis à son contact, alors que ses beaux yeux azur me scrutent avec attention. D'un seul coup, nous ne jouons plus.

— Tu as envie de perdre tout ça ? Parce que moi non.

— Non, bien sûr que non, Mia…

— Alors oublions cette regrettable histoire. J'ai compris, lors de mes longues réflexions ce week-end, que la fille que tu as vue vendredi n'était pas moi. C'était juste une partie de mon être brisé, celle qui est dotée d'une jalousie maladive. Mais c'est avec toi que la vraie Mia apparaît.

Oh, Mia… J'aime tellement cette fille que ça me fait mal. Et c'est parce que je l'aime que je me dois d'être honnête avec elle, quitte à faire de nouveau face à la reine des garces.

— Mia, on doit parler…

— Je suis d'accord, continue-t-elle. On en a besoin. Maintenant qu'il n'y a plus de mensonges entre nous, on doit pouvoir discuter avec maturité.

Je déglutis. *Comment lui dire qu'Indiana m'a embrassé ?* Je ne peux pas lui balancer cette nouvelle comme ça.

— Tu ne sais pas tout… Vendredi soir, après que…

— Qu'est-ce que vous faites là, tous les deux !

Je sursaute. Je n'avais pas vu l'infirmière entrer. *Eh merde, super-timing.*

— On allait… bredouille Mia. Eh bien…

— On voulait vous préparer une surprise ! dis-je sans réfléchir.

L'infirmière hausse les sourcils, puis s'étonne :

— Une surprise ?

— Oui… pour vous remercier de…

Je regarde Mia dans l'espoir qu'elle vienne à ma rescousse. À mon grand soulagement, elle prend la parole :

— Pour vous remercier de nous filer des préservatifs ! C'est vrai, combien de nanas seraient en cloque à l'heure qu'il est sans vous ? On vous doit beaucoup !

— Mais bon, vous nous avez surpris, alors on va devoir trouver une autre idée, déclaré-je. Mia, tu viens ? Il faut qu'on réfléchisse !

Mia hoche la tête puis nous sortons, laissant la bonne femme en pleine incompréhension.

En sortant, Mia et moi soupirons de soulagement. Pour inventer des histoires à dormir debout, nous sommes des professionnels.

— On n'aura sûrement pas le temps de parler tranquillement aujourd'hui, remarque Mia. Demain matin, avant la sonnerie, on se retrouve à la cafet ?

La cafétéria est-elle un bon endroit pour se faire briser les couilles ? Certainement.

— OK. On parle demain.

MIA

Ce vide au creux de ma poitrine est de retour. J'espérais ne jamais avoir à recroiser sa route, mais il faut croire qu'Evan et moi sommes condamnés à connaître beaucoup de déceptions. Il ne s'est pas pointé ce matin. Je suis restée comme une conne à attendre dans la cafétéria, un café à la main déjà payé pour lui, et il n'a pas été fichu de ramener son cul. Peut-être qu'il a réfléchi, et qu'il ne veut plus de moi. Il m'a semblé, hier, que nous étions sur la même longueur d'onde, mais j'ai dû me tromper.

Si encore il avait été absent, j'aurais pu comprendre. Il aurait dû me prévenir, mais j'aurais sûrement laissé couler. Seulement monsieur est bel et bien présent, et il ne m'a pas regardée une fois en ce début de matinée. Tout ça à cause de mes envies de vengeance. Qui maintenant que j'ai perdu le garçon que j'aime et que je me suis fâchée avec ma cousine, me paraissent bien insignifiantes.

J'arrive à choper Evan à la récréation. Je n'hésite pas une seconde en l'apercevant, je me précipite vers lui. J'ai l'impression que je ne pourrai jamais tourner la page sans une discussion avec de vraies explications, alors qu'il le veuille ou non, il va m'écouter et réagir.

Il sursaute quand j'arrive précipitamment devant lui, et regarde autour de lui, comme s'il y avait une quelconque échappatoire. Il n'y en a pas.

— Je peux savoir pourquoi tu m'as posé un lapin ce matin ?

— Je n'ai vraiment pas envie de parler de ça maintenant, Mia, soupire-t-il.

Il paraît exténué. Mais je ne comprends pas, c'est lui qui a dit qu'on devait parler.

— Tu ne veux plus de moi ? lâché-je, redoutant sa réponse.

— Ce n'est pas ça…

Il fronce les sourcils. Son regard se pose partout sauf sur moi.

— Je ne peux pas te répondre maintenant. Désolé, je ne peux pas.

Evan me contourne avant que j'aie le temps de réagir, et disparaît en s'enfonçant dans la foule. Mon cœur n'a jamais été si lourd dans ma poitrine, et ma fierté si rabaissée. Je découvre alors Eva à quelques pas, qui m'observe, sans aucune expression. Les larmes me montent aux yeux.

— Ça n'a pas l'air d'aller très fort.

Je secoue la tête, sentant mon visage se tordre sous la douleur. Ma cousine soupire et capitule, pour venir me prendre dans ses bras avec empressement. Je me laisse aller contre elle, qui m'apporte le seul réconfort de ces derniers jours.

— Je suis désolée pour ton anniversaire. Pardonne-moi, Eva, je ne suis qu'une égoïste. Je ne pensais pas un mot de ce que je t'ai dit, c'est plutôt moi qui ai envie de te ressembler.

— C'est bon, on oublie, dit-elle à mon oreille. Je pense que tu paies assez cher tes actes avec le froid entre Evan et toi. En plus, j'y suis allée un peu fort en te virant de chez moi… je fais qu'y penser depuis.

Elle se détache de moi, et essuie mes joues humides.

— Dis donc, c'est quoi ça ! Princesse Mia ne pleure pas, ne s'excuse pas, et n'admet pas envier quelqu'un d'autre ! Reprends-toi, bon sang !

Pour la première fois depuis hier avec Evan, je souris. Elle a raison. Il est temps que je me ressaisisse, on dirait Charlotte tant je suis faible ces derniers jours.

— Moi, j'ai dit envier quelqu'un ? Tu as dû rêver !

— Bien sûr, rit-elle.

Elle passe son bras sous le mien et nous avançons côte à côte dans la cour. Eva me raconte un peu la fin de soirée, et s'excuse encore une fois pour m'avoir virée si sévèrement. Quand j'en arrive à lui demander si tout le monde a eu de la place pour dormir, elle change soudainement de sujet, ce qui m'interpelle.

— Attendez, jeune fille... Un mec aurait été invité à dormir quelques heures dans votre lit ?

Elle rougit immédiatement. *J'y crois pas ! Et elle n'allait même pas m'en parler !*

— Il s'est rien passé, se défend-elle. On a juste dormi ensemble parce qu'il n'y avait plus de place nulle part.

— Oui, ça commence comme ça, puis ça finit par des câlinous innocents sous les draps, avant que les vêtements disparaissent soudainement...

Elle me donne un coup de coude amical, amusée, puis baisse la tête. Elle croit peut-être que je ne vais pas demander l'identité de l'élu. C'est mal me connaître.

— Alors, c'était qui ?

Ma cousine accélère le pas, tout en cherchant ses mots. Je l'arrête, maintenant réellement intriguée.

— Mais qui est-ce qui te met dans un tel état ?

Elle cache son visage écarlate de ses mains, que j'écarte ensuite doucement.

— Jordan ! s'écrie-t-elle.

— Jor… quoi ?

— Jordan, là-bas, regarde !

Elle me pointe du doigt le coloc d'Evan un peu plus loin, qui est en train d'avoir une discussion animée avec une blonde. Elle ne cesse de lui sourire envieusement, tournant une mèche de cheveux autour de son doigt.

— Ça fait un moment que cette blondasse lui tourne autour…

— Attends, Eva, t'es jalouse ?

— Non ! Ça m'énerve juste que monsieur ait dormi avec moi et que maintenant il flirte avec cette… ça se voit en plus, que c'est une fausse blonde !

Non, tu as raison, pas du tout jalouse.

— Je vais lui arracher ses extensions à cette…

Je n'ai pas le temps d'entendre la suite, ma cousine se dirige à grands pas vers Jordan. Alors que je crois qu'elle va le frapper, elle l'attrape par la nuque et lui mange carrément la bouche. Jordan, les yeux grands ouverts, ne semble pas réaliser ce qui lui arrive. Ensuite, Eva le tire par la main, l'éloignant de la blonde décolorée, sous mes yeux ébahis. Il a finalement réussi à la séduire ! *Chapeau, Jordy. Au moins une histoire qui roule.*

●

Après le dîner, je m'affale sur mon lit. J'ai une tonne de devoirs mais pourtant, je dois passer un bon quart d'heure à fixer mon plafond. Ma vie n'a pas de sens en ce moment.

— Mia ?

La voix timide en provenance de ma porte m'interrompt dans ma réflexion. Indiana me scrute de l'embrasure, un sourire crispé aux lèvres. Je m'assois, pas certaine de savoir à quoi m'attendre.

— Je peux entrer ?

J'opine, surprise qu'elle ait envie de me parler après l'humiliation que je lui ai fait subir la dernière fois que nous avons eu une altercation.

Jones s'assoit à côté de moi, les yeux dans le vide. Ses lèvres se détachent, puis elle se tourne vers moi, la mine grave.

— J'aimerais qu'on discute…

— Je sais déjà ce que tu vas dire, l'arrêté-je. Que je suis une personne abominable, qui ne mérite pas tout ce qu'elle possède. Et tu as raison. D'ailleurs, le karma m'est retombé dessus, puisque Evan m'a finalement larguée. En quelque sorte.

Elle secoue la tête.

— Il ne s'agit pas du karma, Mia.

Je la dévisage, les sourcils froncés, incrédule. Jones s'humecte les lèvres, cille à plusieurs reprises. *Ça, ce n'est pas normal.*

— J'ai quelque chose à t'avouer.

Mon corps se raidit, appréhendant la suite. Je hoche la tête, l'entraînant à poursuivre.

— Je le fais car j'ai toujours espoir, au fond de moi, que toi et moi finissions par avoir une bonne relation. C'est peut-être naïf, mais c'est ce que je ressens. Je ne te déteste pas, Mia. Par contre, l'autre soir, j'étais très en colère et j'avais vraiment soif de revanche.

Indiana fait une pause, avale sa salive, les yeux embués.

— Qu'est-ce que tu as fait ? je demande d'une voix fébrile.

Au fond, je le sais déjà. Du moins je sais qui ça implique. Mon cœur dans ma poitrine, déjà bien malmené, est sur le point d'éclater.

— J'ai embrassé Evan. Un bref baiser, vraiment, ça n'a pas dû durer plus d'une seconde, le temps que je me rende compte de ce que je faisais. J'ai su à partir de ce moment que l'on ne jouait plus dans la même cour. Certes l'histoire avec Maxime m'a vraiment affectée, mais je vois dans tes yeux ce que représente Evan pour toi. Je n'aurais pas dû le toucher, et j'en suis sincèrement désolée.

Mon attention est maintenant concentrée sur la porte en face de moi. Pendant quelques secondes, j'ai l'impression de ne rien ressentir. D'ailleurs je n'entends plus rien. N'éprouve plus rien. Jusqu'à ce que la sensation d'une larme s'échouant sur ma lèvre supérieure me réveille de nouveau.

— Il t'a repoussée ?

Elle soupire. J'ai ma réponse.

Je ferme les yeux, comme si cela pouvait atténuer la douleur. Evan savait. Il savait ! Il savait que je m'en voulais à mort et que je pensais que si tout avait foiré, c'était ma faute. Il savait qu'à présent je pensais que je le dégoûtais et qu'il ne voulait plus rien avoir à faire avec moi. Que c'était pour cela qu'il m'évitait. Mais non. Il ne voulait pas m'affronter car il a laissé cette fille l'embrasser. Cette fille qui est un membre de ma famille. Je ne sais pas pourquoi, mais j'ai l'impression d'être doublement trahie, alors qu'Indiana n'est rien pour moi.

— Je pense qu'il était surpris. Il ne m'a pas non plus rendu mon baiser – si on peut appeler ça comme ça.

Écoute, je sais que ma parole ne doit pas avoir une grande valeur pour toi, mais je te promets que je n'ai jamais voulu interférer dans votre couple. Evan était la meilleure façon de te toucher, et j'en ai profité, maintenant je regrette…

— Tais-toi.

Maintenant que j'ai retrouvé la force de parler, la rage remonte par tous mes membres. Les poings serrés, je lui ordonne :

— Sors d'ici. Tout de suite.

Jones obtempère, pas assez stupide pour rester à côté de moi dans cette situation. Sur le pas de la porte, elle se retourne. *Ah, si, en fait elle est stupide.*

— Je sais que tu n'as jamais eu connaissance de mon existence. Mais petite, je rêvais du jour où je rencontrerais ma sœur. J'aurais aimé que les choses se passent autrement.

Elle ferme la porte. Je reste quelques minutes immobile, bouillonnant intérieurement. Puis je me munis de mon téléphone.

Moi : Alors, elle a bon goût, la bouche de celle qui me sert de demi-sœur ?

Peu de temps après, mon téléphone sonne : appel entrant d'Evan. Je suis prise d'un rire sarcastique. Maintenant que je suis au courant de son petit secret, il veut bien discuter. Et lui qui me faisait la morale sur mes mensonges. *Ça ne marche pas comme ça, mon coco.*

Je décline trois appels le temps d'arriver jusqu'à mon garage. J'ai traversé la maison à pas de loup, histoire de ne pas avoir à affronter mes parents. Une fois arrivée à destination, je me retrouve face au scooter poussiéreux de mon frère qui n'a plus servi depuis un moment. Si je le pousse jusqu'au portail, peut-être que ça n'alarmera pas mes parents. Je n'ai pas encore officiellement mon permis moto, mais j'ai presque terminé mes heures de conduite. Je suis prête, je peux parcourir une courte distance.

J'exécute mon plan, priant pour qu'aucun de mes parents n'entre dans ma chambre ce soir et que la police ne soit pas de sortie. Ce n'est pas la première fois que je fais le mur, mais d'habitude je prends plus de précautions ; comme des oreillers sous les couvertures, par exemple. Ça paraît inutile mais en réalité ça marche mieux qu'on le croit.

Je conduis dans le temps automnal, mon perfecto en cuir insuffisant face au vent qui fouette mon corps. J'arrive devant un hôtel qui fait aussi bar, et m'y arrête. Je me retrouve assise au bar, sirotant un Malibu ananas. Je n'ai eu qu'à exhiber un peu ma poitrine pour que le barman renonce à me demander une carte d'identité. Cependant, ça ne l'empêche pas de me conseiller de me calmer au troisième verre. Je n'en fais rien. *Boire pour oublier.* Qui a inventé ce proverbe débile ? Il est clair que ça ne marche pas. Pourtant, tout le monde continue à le faire. Et ça donne des alcoolos. Et le monde se dégrade. Et les nouvelles générations sont déplorables. *Bla, bla, bla...*

— Regardez qui noie son chagrin dans l'alcool !

Calvi. C'est une blague ? Ce gars m'épie, ou quoi ?

— Tu m'as suivie ?

Il prend place sur le siège à côté du mien.

— Même pas. Je vis momentanément dans cet hôtel.

Je retourne à ma boisson, et termine mon verre cul sec. Le Malibu, c'est traître. On pense que tout va bien, puis d'un coup les effets de l'alcool arrivent sans prévenir.

— Pourquoi es-tu triste, *tesoro* ?

Je décide de ne pas lui répondre. Je n'ai aucune envie de parler de mes peines de cœur avec lui. Mais mon téléphone qui vibre sur le bar, et le fait que je décline l'appel une énième fois, lui apportent la réponse.

— Qu'a-t-il fait ?

— Ça n'a pas d'importance. C'est fini.

La détermination que je mets dans ma phrase m'étonne moi-même. Je suis tellement en colère, tellement blessée, que je ne réfléchis plus clairement. L'alcool n'aide en rien.

Silvio affiche un large sourire.

— Tu pourrais au moins dissimuler un peu ta joie, connard.

— Navré, mais je ne suis pas une bonne personne, inutile de prétendre le contraire.

La main de Calvi glisse sur ma cuisse. Je la fixe remonter vers l'intérieur. Il se penche en avant, comme s'il allait me faire une confidence.

— Et je suis ravi que ce soit fini avec ce type.

Il effleure mon visage de ses doigts calleux. Son regard reste bloqué sur ma bouche.

— J'ai envie de toi depuis la première fois que je t'ai vue, Mia. Et tu as besoin de te distraire. Je peux t'aider.

Il caresse mes pommettes, et je ne l'arrête pas. Je devrais l'arrêter à un moment donné. Mais j'ai bien peur que la soif de vengeance soit trop forte. Après tout, Evan a embrassé Indiana, et nous ne sommes plus ensemble.

Je descends de mon tabouret. Nos visages sont maintenant à la même hauteur. Nos bustes se frôlent. Je chuchote contre ses lèvres :

— Dans ce cas, emmène-moi dans ta chambre.

14. LE POINT DE NON-RETOUR

MIA

Silvio me plaque contre le premier mur en entrant dans l'appartement. Sa langue dans ma bouche me semble inconnue. C'est étrange. Très vite, ses mains se faufilent sous mon pull. Il passe le vêtement au-dessus de ma tête, pour se jeter à nouveau sur mes lèvres.

Je ne le touche pas. Mon corps réagit à peine. En revanche, ses mains à lui se baladent partout. Je ne saurais dire si je trouve ses gestes agréables. J'ai l'impression de retourner un peu plus d'un an en arrière, quand le sexe n'était qu'une distraction.

Silvio me guide dans la chambre. Il m'assoit sur un bureau, avant que sa tête ne disparaisse dans mon cou. Je ferme les yeux, et tente d'apprécier le moment. Il trouve sa place entre mes cuisses, et dégrafe mon soutien-gorge. J'ai la tête basculée en arrière quand sa bouche tombe sur mes seins.

Je plonge les mains dans la chevelure d'Evan. Sa tignasse me paraît moins épaisse qu'à l'ordinaire. Ses mains sur mes reins sont dures, rugueuses, alors que d'habitude elles sont étonnamment douces. Sa façon de me retirer mon jean est inhabituelle, elle aussi. Ses gestes ne sont pas fluides, ils sont saccadés, comme s'il avait du mal. Quand il se relève, je remonte son tee-shirt le long de son buste. Son V me paraît moins marqué. Il me retire mon tanga, et je me retrouve nue.

— Tu es si excitante, *bella*.

Bella ? Evan ne m'appelle jamais comme ça !

J'ouvre soudainement les paupières quand il s'apprête à entrer en moi. Silvio Calvi. Pas Evan. *Merde, mais qu'est-ce que je fous ?*

Il avance ses hanches, je le repousse brutalement juste à temps. Je m'empresse de descendre du bureau, ramasse mes sous-vêtements sur le sol et les enfile.

— Je peux savoir ce que tu fous ?!

— Je ne peux pas faire ça.

Je me revêts à la vitesse de l'éclair, et quitte la chambre d'hôtel. Je cours dans les couloirs de ce bâtiment de malheur, et bouscule un type en sortant de l'ascenseur. Sur le chemin du retour je conduis imprudemment, mais heureusement j'arrive en un seul morceau. Je laisse le scooter devant la porte sans prendre la peine de le rentrer dans le garage. Quand je traverse la maison, elle est complètement silencieuse. Personne n'est conscient que je me suis absentée, ni de l'erreur monumentale que je viens de commettre.

En arrivant à l'étage, le poids de la culpabilité qui m'assaille me fait presque m'écrouler. J'ai laissé Calvi m'embrasser, me déshabiller, me toucher… Tout ça pour quoi ? Parce qu'Evan et Indiana ont échangé un misérable baiser ? Mais qu'est-ce qui ne va pas chez moi, bon sang !

Je me répugne tellement qu'en entrant dans la salle de bains, je n'ose même pas me regarder dans le miroir. Je lance mes vêtements sur le sol, dans un mouvement de rage. Je ne les remettrai plus jamais. Sous l'eau chaude, je me frotte avec acharnement à l'aide de la fleur de douche afin de me nettoyer. De me purifier. Je ne me suis jamais sentie aussi sale. Evan et moi avons rompu, pourtant, alors pourquoi je m'en veux tellement ? Car je sais que si c'était lui qui avait fait ça, je m'effondrerais. Et je ne lui pardonnerais jamais. *Putain, il ne me pardonnera jamais !*

J'ai beau m'acharner à décaper ma peau, ça ne marche pas. Les images de Calvi et moi persistent, ainsi que la sensation de ses mains sur ma peau. Je réalise que ce que je suis en train de faire ne sert à rien. Ce sentiment dégoûtant ne s'en ira pas. Alors je fonds en larmes, colle mon front à la vitre embuée, et résiste à l'envie de m'effondrer. Ce désir de me venger, de faire souffrir Evan à son tour, était trop forte. Mais ce qu'il va éprouver en apprenant ce que Silvio et moi avons presque fait, ça va l'anéantir. Je n'avais pas le droit de lui faire ça.

Je suffoque. Je manque soudainement d'air, et je n'arrive plus à respirer. Alors je sors de la douche, enroule une serviette autour de mon corps, et me laisse glisser contre le mur. Je halète toujours tandis que la pièce semble se refermer sur moi. L'air se raréfie, si bien que je n'arrive plus à remplir mes poumons. J'entends à peine la porte s'ouvrir, mais ma vue brouillée de larmes ne me permet pas de distinguer la personne qui s'accroupit en face de moi.

— Mon Dieu, Mia…

C'est Indiana. Je reconnais sa voix. Je n'éprouve même pas l'envie de l'envoyer bouler tant les remords me rongent.

Elle passe son pouce sur ma joue, et relève mon visage vers elle.

— Mia, respire !

Je n'y arrive pas. J'essaie, mais mes poumons refusent de se remplir. J'arrive seulement à sortir un « pourquoi ? » avant d'être prise d'une quinte de toux abominable.

— Tu es en train de faire une crise de panique. Il faut que tu inspires. Maintenant !

Tout mon corps tremble, les palpitations et les vagues de chaleur sont insupportables.

— J'arrive pas…

— Mais si, regarde, moi j'y arrive ! C'est seulement dans ta tête ! Allez, avec moi.

Indiana inspire, puis expire exagérément. Je tente de faire de même, et soudain, j'arrive de nouveau à respirer.

— C'est bien. Tu vois, ça n'est pas difficile.

Elle continue de m'accompagner jusqu'à ce que je retrouve une respiration à peu près normale. Seulement une fois calmée, mes larmes redoublent. Indiana me serre immédiatement contre elle.

— Chut… Tout va bien…

— Non, tout ne va pas bien…

Indiana s'assoit à côté de moi, contre le mur. Elle attrape une autre serviette pour me couvrir davantage.

— Je suis une personne horrible, lâché-je.

— Non, tu ne l'es pas, soupire-t-elle.

Je la regarde, ahurie.

— Pourquoi tu me défends après la façon dont je t'ai traitée ?

— Je sais pas trop… J'imagine que notre lien de sang signifie quelque chose pour moi. Et peut-être parce que j'ai vu la personne que tu étais avec Evan, Jules, ou encore Eva, alors je sais que je ne connais qu'une facette de toi.

Je sens que je vais me remettre à pleurer, alors je pose ma tempe sur l'épaule de Jones. Je ne l'avouerai jamais, mais j'ai besoin d'elle en ce moment. Et j'apprécie sa compagnie, en un sens.

— Je suis désolée pour ce que je t'ai dit à l'anniversaire d'Eva. Maxime est un crétin.

Elle rit doucement, ce qui fait rebondir mon corps à moitié couvert.

— C'est clair que c'est un naze.

— Et j'espère que t'as réglé son compte à cette Sacha.

— Juste avant de partir de Bordeaux, je me suis infiltrée chez elle et j'ai posé un paquet de cigarettes sur son bureau. La légende dit que quand sa mère a découvert le paquet, elle a vidé son compte en banque et n'y a plus versé un sou depuis.

Je la regarde, étonnée. Indiana hausse les épaules devant mon incrédulité, amusée.

— Tu es démoniaque, en fait, j'avais raison.

— Ça doit être un gène chez les Castez.

Je retiens le sourire qui menace d'éclairer mon visage, car il ne faut pas abuser non plus. Je ne sais pas pourquoi, mais j'éprouve l'envie de tout mettre au clair avec elle.

— Si tu as embrassé Evan… C'est uniquement par vengeance ?

— Si tu cherches à savoir si j'aimerais sortir avec Evan, la réponse est non. Je ne m'imagine pas être en couple avec un gars qui en aime une autre à la folie. C'était pour te toucher toi, et parce que j'avais moi aussi eu le cœur brisé plus tôt dans la journée...

— Maxime ?

Indiana prend un instant pour réfléchir. Puis elle acquiesce :

— Ouais, Maxime.

— Tu devrais l'oublier. Surtout s'il continue de jouer avec toi.

— Ouais... C'est ce que je vais faire.

Après, nous ne parlons plus. Nous restons encore quelques minutes dans la salle de bains, puis décidons de nous relever. Sauf que le sol est extrêmement glissant à cause de l'eau que j'ai laissée couler tout à l'heure en sortant de la douche, alors je patine et me raccroche à Jones. Au final, nous nous retrouvons toutes les deux le cul par terre, et je remonte précipitamment ma serviette pour ne pas dévoiler mes nichons. Indiana et moi nous dévisageons, puis finissons par éclater de rire.

— Là ! J'ai la preuve que tu as essayé de me tuer ! m'accuse faussement Jones.

— Tu parles, je suis sûre que tu avais prévu cette chute afin de vérifier si j'ai bel et bien une plus grosse poitrine que la tienne !

— Ou plutôt tu as fait exprès de me faire tomber pour m'aplatir les fesses.

Je souris, avant de me remettre sur pieds. Je tends une main à Indiana pour l'aider à faire de même.

— Je n'oserais pas, le cul des Castez c'est tout un art. Même si le mien est le plus beau, évidemment.

Indiana roule des yeux, un léger rictus aux lèvres, et saisit ma main. Seulement elle me tire en se relevant, et fait exprès de m'offrir une nouvelle chute.

— Tu ne paies rien pour attendre ! m'indigné-je.

— Après les premières foudres de Mia Castez, je crois que je peux tout endurer.

Nous finissons par regagner nos chambres respectives, le fessier engourdi. Malheureusement notre chahut a alerté ma mère, et sa voix retentit derrière nous :

— Mia, Indiana, mais qu'est-ce que vous faites debout à une heure pareille ?

Indiana et moi frémissons, comme deux enfants coupables d'une bêtise, et nous retournons. Ma mère a adopté un air incrédule, manifestement elle a du mal à croire que nous passons du temps ensemble. *Eh bien moi aussi, chère mère.* Heureusement que j'ai enfilé des fringues traînant dans la salle de bains, je ne sais pas ce qu'elle se serait imaginée sinon.

— Je peux tout t'expliquer, commencé-je sans trop savoir où je vais. Indiana m'a appelée quand elle était aux toilettes car... elle venait de découvrir qu'elle était enceinte !

Bon sang, mes excuses sont de plus en plus nulles. Indiana semble s'étouffer avec sa salive à côté de moi, tandis que les yeux de ma mère sortent de leurs orbites.

— ENCEINTE ?

— Mais c'était une fausse alerte ! Elle était tellement stressée qu'elle a mal lu le test. Il y a des fois où elle n'est pas très futée.

Ma mère soupire, soulagée, alors qu'Indiana me réprimande du regard pour mon mensonge bidon. Je sais qu'elle comprend : ma petite vengeance pour avoir abîmé mon joli fessier.

— Indiana, tu sais qu'il est important de se protéger quand tu as des rapports ?

Je dois retenir un gloussement. Jones devient rouge écarlate, et balbutie :

— Oui, oui, Susan, ne t'en fais pas. C'est juste que ça peut toujours fuir… Enfin…

Indiana s'empourpre davantage suite à ses mots maladroits, et ne sait plus où se mettre. Quant à moi, j'ai maintenant une main sur la bouche, qui ne suffit plus à masquer mon hilarité.

Ma mère nous souhaite bonne nuit, au grand soulagement de Jones. Elle s'éloigne tandis que je tente de me calmer, essuyant les larmes aux coins de mes yeux.

— T'étais vraiment obligée ? grommelle Indiana, blasée.

— Non, mais c'était drôle. Maintenant on est quittes.

Je lui fais un clin d'œil et m'apprête à ouvrir la porte de ma chambre, sachant qu'une fois à l'intérieur toute la culpabilité m'envahira de nouveau. J'appelle Jones une dernière fois :

— Indiana ?

— Hum ?

— Merci pour ce que tu as fait. Tu n'étais pas obligée.

Elle me sourit gentiment et entre dans sa chambre.

•

Ces trois derniers jours, j'ai fait croire à mes parents que j'étais malade. Ça n'a pas été difficile, inutile de jouer la comédie : ma tête de zombie a suffi à les convaincre. Tout ça pour ne pas avoir à croiser Evan, et devoir lui avouer que j'ai failli me donner à un autre.

Je traîne sur les réseaux sociaux, allongée sur mon lit, quand ma mère entre dans ma chambre. Je me redresse aussitôt, alors qu'elle vient s'asseoir sur le coin de mon lit.

— Tu es sûre que tu ne veux pas venir ?

— Je ne suis pas en état, maman.

Ce soir, mes parents vont dîner chez Eva et sa famille. J'ai refusé d'y aller, prétextant être encore trop fatiguée. Je ne mérite pas de m'amuser. Je mérite de rester à ruminer dans ma piaule sur ma misérable existence.

— J'ai mon téléphone en cas de besoin. N'hésite pas à m'appeler.

J'opine et déglutis difficilement, la salive ayant du mal à glisser dans ma gorge sèche. Ma mère pose le dos de sa main sur mon front.

— Tu ne devrais peut-être pas partir pour Paris demain. Tu es crevée, Mia.

— Ça ira. Je vais me remettre.

J'essaie de sourire. Je dois absolument me rendre à cet événement à Paris avec Audace, c'est là que Benoît doit me présenter les personnes importantes de l'équipe, et d'autres travaillant dans le milieu. Je n'aurai plus d'autre occasion.

— OK. Repose-toi bien.

Ma mère quitte ma chambre et aussitôt, Indiana apparaît sur le seuil. Je lui fais signe d'entrer. Nous n'avons que peu discuté depuis l'autre soir, elle n'a pas demandé d'explication sur la raison de ma crise de panique, ce que j'apprécie.

— Evan m'a obligée à lui parler aujourd'hui, annonce-t-elle.

211

Je soupire. Il fallait bien sûr que celui que j'aime soit si borné.

— Il se fait du souci pour toi. Il n'a qu'à moitié cru à l'excuse de la maladie. Il n'a même plus l'air remonté contre moi pour le fait que je t'ai avoué cette histoire de baiser. Tu devrais lui parler, Mia, il est au bout du rouleau.

— Je sais. Je le ferai lundi, quand je ne pourrai plus lui échapper. En espérant que le courage me gagne ce week-end.

Indiana me sourit et sort de ma chambre, me laissant seule. Je me rallonge en soufflant, me disant que ma vie est vraiment merdique.

Quelques minutes plus tard, la sonnette retentit. Je décide de ne pas aller ouvrir. Puis le visiteur insiste. Alors je descends les escaliers, agacée.

Devant la porte, je m'arrête. Je comprends qui se tient de l'autre côté, je le sens. Après tout, pourquoi ne pas me jeter à l'eau tout de suite ? Il faudra le faire, de toute façon.

Je prends une grande inspiration et tourne la poignée. Je découvre Evan sur le seuil, plus beau que jamais. Enfin, pas vraiment, avec son expression dépitée, mais j'ai l'impression que ça fait une éternité que je ne l'ai pas vu. Presque immédiatement, il franchit les quelques pas qui nous séparent et passe ses bras autour de mon corps tremblant.

— Mia... soupire-t-il. Enfin. Ne me fais plus ça, mon ange.

Je le laisse m'étreindre, tout en pensant que c'est peut-être la dernière fois. Il inspire l'odeur de mes cheveux en resserrant sa prise.

— J'ai détesté ces trois derniers jours. Je déteste que ce soit comme ça entre nous.

Evan se détache de moi, et mon visage impénétrable le rend perplexe.

— On ferait peut-être mieux de monter, dis-je d'un ton détaché.

Il acquiesce et peu de temps après, nous sommes dans ma chambre. Cette chambre qui referme un nombre incalculable de souvenirs. Cette chambre où il m'a dit qu'il m'aimait pour la première fois. Cette chambre où nous nous sommes disputés, où nous avons ri jusqu'à en avoir mal au ventre. Cette chambre où il m'a fait l'amour comme personne.

Tous deux assis sur mon lit, c'est ainsi que cela va se finir. Je sais qu'il ne me pardonnera pas mon « aventure » avec Calvi, il ne le pourra pas.

— Je voudrais parler de ce baiser avec Indiana. Mia, ça ne signifiait rien, vraiment. Il n'a même pas duré, je n'appellerais même pas ça un « smack ». Je suis désolé de t'avoir évitée en début de semaine, mais je n'arrivais pas à te regarder dans les yeux, je m'en voulais et ensuite j'ai appris…

— Je comprends.

— C'est vrai ?

Il paraît plein d'espoir. Il ne sait pas que tout est en fait en train de dégringoler, pour de bon. Je comprends parce qu'en ce moment, je n'arrive pas à me résoudre à le regarder.

— Mia, on peut s'en sortir.

Il prend mes mains dans les siennes.

— Je ne peux pas encore te laisser partir. J'ai besoin de toi.

Quelque chose est différent dans sa façon d'être, comparé aux autres disputes. Il est plus désespéré que jamais. J'ai l'impression qu'un détail m'échappe.

— On ne peut pas s'en sortir, Evan...

— Quoi ? Si, si...

Il se retrouve à genoux devant moi, la mine implorante. *Oh, Evan...*

— C'est trop dur d'être loin de toi. Mon cœur ne bat que pour toi. Mon cœur, c'est toi.

Il ramène mes mains sur son cœur. Ce cœur que je m'apprête à briser. Je sanglote.

— Non, ne pleure pas, s'il te plaît. Écoute, j'aurais dû te suivre à l'anniversaire d'Eva, je n'aurais pas dû laisser Indiana s'approcher trop près de moi, c'est ma faute. Laisse-moi me rattraper...

— J'ai laissé Silvio me faire des trucs.

J'ai lâché ma phrase d'une traite. Ça y est, bombe larguée. Maintenant il n'y a plus qu'à attendre la sentence.

Il fronce les sourcils.

— Des trucs ?

— On s'est embrassés, et puis...

— Non.

Evan se lève précipitamment. Il arpente ma chambre, et je sens déjà le drame arriver.

— Evan...

— Non.

Il refuse la réalité, je peux le comprendre. Mais je dois lui dire que nous ne sommes pas allés jusqu'au bout.

— Je l'ai arrêté avant qu'il n'entre en moi, Evan. Je n'ai pas couché avec lui.

— Alors vous avez fait quoi d'autre ? rugit-il.

Je déglutis. *Comment je peux lui dire ça ?*

— Où est-ce qu'il t'a touchée, Mia ? Tu lui as sucé la…

— Evan !

Il se remet à faire les cent pas. Puis d'un coup sec du bras, il envoie valser toutes les affaires qui se trouvent sur mon bureau. Le bruit de fracas me fait sursauter.

— On n'a rien fait de tout ça. Juste des baisers, avant que je l'arrête. J'avais trop bu, et…

— Il t'a vue à poil ?

Sa rage rend ses mots aussi tranchants que des lames parfaitement aiguisées. Je ne peux pas lui en tenir rigueur, je les mérite sûrement.

— Réponds !

— Oui.

Evan se retrouve devant mon armoire, pour balancer un tas de vêtements par terre. Je déteste le rendre comme ça. Et il se met à frapper contre mon mur. Fort. Un coup, deux coups, et c'est trop.

— Evan, arrête !

Je vais me poster derrière lui, entoure sa taille en pleurant sur son épaule.

— Contrôle-toi. Tu n'es plus cette personne.

Il se calme. Doucement, je le fais reculer, et je nous fais tous les deux tomber sur le lit. Je laisse passer quelques minutes, durant lesquelles les yeux d'Evan sont figés sur le sol.

— Je suis désolée, Evan… Tellement désolée.

— Tu vas aller avec lui maintenant ?

— Quoi ? Non ! Je ne veux pas de lui. C'était une erreur, j'étais juste très en colère et je voulais me venger… je regrette tellement.

Il hoche la tête. La douleur lui dévore les traits, et je me déteste de lui infliger ça.

— Tu as raison. On s'en remettra pas.

— Je sais.

Il tourne la tête. Malgré sa rancune, ses prunelles continuent de me transmettre tout l'amour que ce garçon me porte. Comme si c'était la dernière fois que j'y avais droit.

— Et maintenant, qu'est-ce qu'il nous reste ? demande-t-il.

— Une nuit ?

Une nuit d'adieu. C'est tout ce qu'on peut encore s'offrir. Cette fois, le mal ne sera pas réparable. Alors on doit se dire au revoir. Du moins pour un temps.

Evan glisse sa main contre la mienne, puis referme ses doigts autour des miens.

— Je veux tout de toi, cette nuit. Ton corps, ton cœur, ton âme. Une dernière fois.

Nos lèvres se rejoignent en un baiser aussi effréné que déchirant. Il m'embrasse comme si sa vie en dépendait. Comme si ma bouche était sa seule source d'oxygène. Je tire avec empressement sur son tee-shirt, soulagée de constater que cette passion insoutenable est toujours là. Nos vêtements sur le sol, Evan m'allonge sous lui, sans cesser de m'embrasser. Puis il s'arrête, et ses yeux descendent de mon visage jusque sur mon corps nu. Son regard est toujours aussi intense qu'il y a un an, quand tout n'était qu'innocence entre nous.

— Je n'arrive pas à croire que c'est la dernière fois que j'ai accès à ça.

— Peut-être pas la dernière fois, peut-être que dans quelque temps…

Sa bouche me coupe et il a raison, ce n'est pas le moment de blablater. Il faut que je profite de lui, qu'on profite l'un de l'autre en oubliant tous nos problèmes pendant quelques minutes.

— J'aimerais que tu le gardes encore un moment, dit-il en prenant mon pendentif en forme de « E » entre ses doigts. Ce sera trop dur de te voir sans.

— Je ne le quitterai pas.

Mes mains glissant à plat le long de son dos, mes paumes se referment sur ses fesses. Ses yeux plongés dans les miens, je l'accompagne dans sa poussée. Nos bouches s'ouvrent en même temps, et aucun de nous ne cligne une seule fois des paupières. Jusqu'à ce qu'il se mette à bouger en moi. Ses mouvements sont lents. Douloureux. Savoureux. Et pour la première fois, il me donne vraiment tout. Plus aucune barrière entre nous. Il s'abandonne complètement à moi, et je suis à sa merci.

Je me mets à mordiller la chair de son cou, pour qu'il ne me voie pas pleurer. Je n'ai jamais éprouvé autant de plaisir que de chagrin. Mes ongles se plantent dans son dos alors qu'il s'enfonce plus profondément en moi, m'arrachant un cri de plaisir.

— Mia, s'il te plaît, regarde-moi...

Je cède. Je n'ai plus à me cacher avec lui. Quand il découvre mes larmes, il en écume le plus possible avec sa bouche, tout en poursuivant ses va-et-vient. C'est trop intense et j'ai trop mal, j'ai l'impression que je vais mourir de ce trop-plein de sensations. Je suis en sueur, lui aussi, et aucun de nous n'arrive à s'arrêter de gémir.

— Abandonne-toi, Mia... Je ne vais pas tarder à...

Je fais ce qu'il dit, je me détends complètement, et laisse les soubresauts remonter dans tout mon corps. C'est violent. Magique.

Evan me rejoint, et se relâche de tout son poids sur moi. Je caresse ses cheveux, laissant rouler les larmes le long de mes joues, silencieuse.

— C'est ici que tout a commencé.

Il s'endort, sa tête appuyée sur mon cœur. Je sais à quoi il fait référence, à la tentative de viol de Jérémy. Je dépose un long baiser dans ses cheveux humides.

— Même si on ne s'appartient plus, je t'aimerai jusqu'à mon dernier souffle.

Suite à cette confession qu'il n'a pas entendue, je laisse moi aussi le sommeil m'emporter.

Quand je suis réveillée par le réveil le lendemain, je tâtonne dans mon lit. Pour ne rien y trouver. J'ouvre les yeux, et balaie la chambre du regard. *Il est parti. C'est terminé.* Je pleure à nouveau, la tête enfoncée dans les oreillers, en me demandant si tout n'aurait pas été plus simple si je ne l'avais pas rencontré.

15. S'ÉLOIGNER

MIA

Avant d'entrer dans le hall de la gare où je dois retrouver l'équipe d'Audace, je jette un dernier regard à mon visage dans mon miroir de poche. C'est un désastre. Mes yeux sont encore bouffis malgré la tonne de maquillage que je me suis appliquée sur la face. L'amour, ça craint.

Benoît m'accueille chaleureusement, et ne fait aucune remarque sur mon apparence. S'il avait été dans un mauvais jour, j'aurais eu droit à une ribambelle de réprimandes. Et dire que je ne peux même pas le remettre à sa place car il tient mon avenir entre ses mains.

Quand je vois Silvio approcher, je reste paralysée. J'étais tellement mal ces derniers temps que je ne me suis pas préparée à le revoir. Il n'a pas intérêt à espérer qu'on finisse ce qu'on a commencé l'autre jour, c'est hors de question.

— T'es au courant qu'on va voir des gens haut placés, pas jouer dans *The Walking Dead* ?

Je plisse les yeux suite à sa raillerie. Quel enfoiré. Et ce sourire suffisant qu'il affiche, je vais le lui faire ravaler.

— Et toi, t'es au courant que la mode des bad boys traumatisés qui en veulent au monde entier s'essouffle ?

Il hausse les sourcils. Ses yeux noirs me lancent des éclairs. Je ne lui connaissais pas cette attitude.

— Moi, au moins, je suis assez malin pour ne pas me laisser anéantir par une pauvre amourette de lycéens terminée après qu'on m'a jeté.

Calvi attrape ma main en l'air, qui était prête à atterrir sur sa joue.

— Ne t'avise pas de toucher à ce merveilleux visage.

Il relâche mon poignet, puis s'éloigne. Je suis le mouvement de l'équipe, la boule au ventre par appréhension du déroulement de ce week-end.

Six heures de train quand on s'est levé avant le soleil, c'est véritablement inhumain. Surtout quand à côté de vous est assis Silvio Calvi, mannequin complètement imbu de sa personne, qui ne cesse d'user de son humour douteux. Rien que d'imaginer sa bouche sur la mienne, je manque de vomir le peu de contenu de mon estomac. Je ne sais pas comment j'ai fait l'autre soir pour le laisser me déshabiller.

Je perds patience quand Silvio s'adresse à Sonia, la maquilleuse, assise en face de nous.

— Dis, Sonia, tu ne pourrais pas faire quelque chose pour le teint de Mia ? Elle fait tache, et elle va faire mauvaise impression.

— Tu verras qui c'est la tache quand je t'aurai défiguré, trou du cul.

— Tu n'es pas très crédible, en ce moment, *tesoro*.

Avant que j'aie le temps de répondre, Calvi soulève une de mes mèches de cheveux, et éclate d'un rire mauvais.

— Dis, tu comptes te faire sauter par tout Toulouse ?

220

Je prends précipitamment mon téléphone et me regarde dedans. *Merde, un suçon…* Benoît risque de ne pas apprécier s'il le voit. Et Calvi qui me donne des leçons, c'est le pompon sur la Garonne.

— On n'a pas couché ensemble, je te rappelle, chuchoté-je.

— Je m'en fous, c'est tout comme. Je t'ai eue nue devant moi, vulnérable et excitée, ce qui me suffit amplement. De plus, j'ai détruit ton couple.

Ahurie, je n'arrive plus à produire un son. Je savais qu'il n'était pas sincère, mais je ne le pensais pas si répugnant. Maintenant qu'il ne joue plus les séducteurs, il n'est même plus un tant soit peu attirant. Mais je ne me laisse pas démonter.

— À mon avis, tu es juste blessé dans ton ego car je t'ai laissé en plan. Et la seule chose qui a pu rendre ce court moment un minimum agréable, c'est parce que j'ai imaginé Evan à ta place.

— Tu crois que t'avoir dans mon lit m'importait autant ? C'était juste une lubie d'un moment. Et maintenant que tu es seule et faible, tu ne m'attires plus du tout.

Furieuse, je balance son ordinateur portable dans l'allée du train, avant de le piétiner en me rendant aux toilettes.

— Mais t'es folle ! Ça coûte une blinde !

— Rien à foutre !

●

Le défilé de ce soir est incroyable. Je ne regrette pas d'être venue, le monde du mannequinat m'attire encore plus dorénavant. Et surtout, cet événement me change les idées.

Sonia m'a aidée à arranger mon faciès, et on ne dirait plus à présent que je suis sur le point de m'effondrer à tout moment. À la fin du défilé, Benoît me présente à un nombre incalculable de personnes, dont je tente de retenir l'identité. La plupart ne tarissent pas d'éloges sur mon physique, ce qui rend Benoît très fier. Nous sommes actuellement en train de discuter avec un grand créateur, qui est plus rigide que les autres.

— Alors, qu'en penses-tu Stéphane, cette petite a de l'avenir n'est-ce pas ? le questionne Benoît.

Stéphane me déshabille du regard, les traits durs.

— Elle est très belle. Mais j'ai peur que pour les défilés, il y ait des problèmes de mensurations.

Je déteste cette manie qu'ils ont de parler de moi comme si j'étais un produit, et que je n'étais pas présente. Et la remarque de Stéphane ne me plaît pas du tout.

— De mensurations ? répété-je.

— Oui, tu es trop bien en chair. Avec de telles hanches, tu ne rentreras jamais dans une de nos robes.

Alors là, je manque de m'étouffer. On m'en a déjà fait, des réflexions sur mon corps, mais on ne m'a jamais dit que j'étais trop grosse. Mes formes, c'est mon atout. J'ai énormément travaillé pour réussir à avoir une taille fine et un ventre plat. Certes, je suis plus plantureuse que certaines filles, mais jusque-là c'était plutôt une bonne chose.

— Eh bien, ça peut s'arranger, répond Benoît. Elle peut faire un régime et faire davantage de sport.

— Pardon ? je m'étrangle. Je ne vais pas faire un régime pour ressembler à ces cure-dents qu'on voit aujourd'hui ! Je comprends que quand vos nanas n'ont que la peau sur les os elles sont plus faciles à habiller, mais désolée, c'est moche. Vous n'avez qu'à vous adapter…

— On va y aller, me coupe Benoît. On se voit bientôt, Stéphane.

Mon boss me tire à l'écart par le bras, l'air furax. *On est deux.*

— Que ce soit bien clair, tu n'es rien pour l'instant, crache-t-il. Et tu as beau être jolie, si tu commences à jouer les divas, quelqu'un va vite te remplacer. Tu n'as rien d'autre à faire que d'être belle, ce n'est pas compliqué que je sache ! Alors maintenant, tu t'écrases !

Connard. Benoît m'emmène à nouveau vers un groupe de personnes, et je n'ai soudain plus aucune envie d'être ici. Si ce début de soirée était divertissant, je meurs maintenant d'envie de me réfugier dans les bras d'Evan, ou au moins de l'appeler. Mais je ne le peux pas.

Sans compter que Silvio n'a rien manqué de la scène, un peu en retrait, et qu'il me regarde maintenant avec un sourire provocateur. J'aimerais bien savoir si on voudrait toujours de lui s'il avait les couilles écrabouillées. Il ne pourrait plus pratiquer son activité préférée, ce serait dommage !

Je me tais durant toute la soirée, hormis en compagnie d'une autre mannequin qui partage son expérience avec moi. Elle me rassure et m'annonce que Stéphane est dur avec tout le monde. Elle me dit de ne pas m'attarder sur ses propos de ce soir, ce que j'essaie de faire en entrant dans le taxi. Malheureusement, Silvio monte dans le même que moi, tout sourire. Durant le trajet, il trouve judicieux d'ouvrir sa bouche répugnante.

— On dirait que la soirée ne s'est pas bien déroulée pour toi. Tu n'es peut-être pas faite pour ce monde, *tesoro.*

J'empoigne ma robe pour m'empêcher de riposter, sachant que c'est exactement ce qu'il cherche. Je garde le regard sur la vitre, imaginant son sang couler contre le verre si je lui éclatais le crâne dessus.

— J'ai vu Benoît parler avec une mannequin du défilé. Il avait l'air intéressé. Attention, tu vas te faire piquer ta place.

— Tu mens.

— J'aimerais bien, *amore*. Ça me peine de te voir si mal.

Je le sens glisser sur la banquette, pour se rapprocher de moi. Ses doigts m'effleurent quand il repousse une mèche de cheveux de mon visage. Je frissonne de dégoût. Il se penche à mon oreille.

— Lâche prise. Révèle-toi. Laisse éclater ta vraie nature et quitte ce corps de petite fille apeurée.

Je tourne la tête vers lui. Nos bouches à quelques centimètres l'une de l'autre, sa main descend le long de ma hanche pour atteindre ma cuisse.

— Silvio…

Un éclat illumine son regard quand je gémis son nom. Je savais qu'il ne supportait pas de ne pas m'avoir prise dans cette chambre d'hôtel. C'est le genre à toujours arriver à ses fins. Je me rapproche, me penche comme si j'allais l'embrasser dans le cou, sauf qu'au dernier moment, j'enfonce mon coude pile dans son entrejambe ouverte. Silvio geint de douleur alors que la voiture s'arrête, en parfait timing. J'ouvre précipitamment la portière.

— *Puttana !* s'écrie le pauvre mannequin derrière moi.

— Pas la tienne, en tout cas, *puttono !*

Je me doute que cette insulte n'existe pas, mais elle lui va bien. Je claque la portière violemment et me précipite dans notre hôtel. La colère me brûle de l'intérieur. Ce coup dans les couilles n'a pas suffi à l'atténuer. C'est quand je passe devant une pancarte sur les services de l'hôtel, et que j'y vois inscrit « épilation », qu'une merveilleuse idée me vient. J'accours vers le comptoir, et le jeune homme derrière semble surpris de me voir arriver.

— Bonjour, que puis-je faire pour vous ?

— Je voudrais avoir le numéro de chambre de M. Silvio Calvi.

— Je suis désolé, mais j'ai reçu pour ordre de ne pas le divulguer.

Et merde. Encore une des innombrables mesures de Benoît. Mais il se trouve que je ne suis pas du genre à laisser tomber facilement, et que je sais exactement comment obtenir ce que je veux.

La bretelle de ma robe descend d'elle-même quand je m'appuie sur le comptoir, mes deux bras pressant ma poitrine à moitié découverte. Je m'humecte les lèvres avant de les mordiller, lui faisant le grand jeu.

— Peut-être, mais... vous pourriez faire une exception, dis-je d'une voix sensuelle.

Je n'ai pas de temps à perdre. Silvio ne va pas tarder à se remettre de mon attaque, et je dois avoir le temps d'exécuter mon plan avant qu'il monte dans sa chambre.

Mon interlocuteur, Georges – c'est le nom que je vois inscrit sur son badge – arque un sourcil.

— Inutile de vous fatiguer. Je suis gay.

Je soupire et remonte ma robe. Bien sûr, il fallait que je tombe sur un homo dans un moment pareil. Alors je joue la carte de la pitié, priant pour que ça marche.

— S'il vous plaît. Ce mec essaie de détruire ma vie, d'abord il fait tout pour ruiner ma relation afin de me

225

sauter, et maintenant il veut réduire à néant mes opportunités professionnelles. Comprenez-moi, je ne peux pas le laisser faire.

Georges reste sceptique en face de moi. Je devine qu'il n'est pas complètement convaincu, alors j'ajoute sur le ton de la confidence :

— En plus, il est extrêmement homophobe. À chaque fois qu'il croise un gay, il ne peut s'empêcher de le traiter de tapette en se moquant de lui.

Un éclair de fureur passe dans le regard de Georges. Les lèvres pincées, il parcourt l'écran de son ordinateur.

— 211. Faites-lui la misère.

Je m'apprête à partir, quand Georges me retient en me tendant une clé.

— Tenez. Au cas où ce soit fermé.

Je souris d'un air mauvais et m'élance vers l'ascenseur, remerciant Georges au passage. Je passe dans ma chambre prendre mon outil de vengeance, puis me rends chambre 211. Je trouve rapidement la salle de bains, ainsi que son shampoing, et en vide le contenu dans le lavabo. Je le remplace par ma crème dépilatoire, ricanant en même temps.

Alors que j'efface les preuves en nettoyant le lavabo pour en retirer le produit, j'entends du bruit. Je coupe l'eau et sors de la salle de bains, seulement la porte s'ouvre. Je me rue sur le balcon, et me planque derrière un mur sur le côté, comme dans les films.

— Il y a quelqu'un ?

J'entends Calvi zoner dans sa chambre. Quand il arrive près du balcon, je plaque une main sur ma bouche. Mes épaules se relâchent quand il s'éloigne sans être sorti sur sa mini-terrasse. Je profite du bruit de l'eau de la douche qui se met à couler pour m'extirper de ma cachette, mon tube de crème dépilatoire vide à la main. J'ai juste le temps d'entendre un cri strident quand je quitte la chambre, jubilant de la nouvelle coiffure que je lui verrai demain.

16. MAUVAISE NOUVELLE

MIA

Je suis soulagée de rentrer le lendemain. Ce week-end a été aussi enrichissant qu'épuisant, je suis vidée de toute batterie. J'admets que d'avoir vu Calvi ce matin, un bonnet enfoncé sur la tête pour masquer son désastre capillaire, m'a revigorée. Paraît-il qu'en plus, il aurait trouvé une mouche morte dans son petit déjeuner offert par l'hôtel. Je parierais sur mon ami Georges.

Dieu merci, Calvi n'est pas assis à côté de moi lors du trajet du retour. J'essaie de travailler, sachant que j'ai raté trois jours de cours que je vais devoir rattraper, mais mon esprit est ailleurs.

Mon téléphone qui vibre sur la petite table me fait froncer les sourcils. Le numéro n'est pas enregistré dans mon répertoire. Je décroche tout de même, intriguée.

— Allô ?

— Bonsoir, Mia, c'est Seb, le beau-père d'Evan…

Je me redresse immédiatement sur mon siège. *Pourquoi m'appelle-t-il ?*

— Tout va bien ? m'empressé-je de demander.

— Non, à vrai dire. J'essaie de joindre Evan pour m'assurer de son état, me rendre utile, mais impossible de l'avoir au téléphone… Son père m'a dit qu'il valait mieux que je ne vienne pas le voir. Je me fais du souci pour lui.

— Attendez, pourquoi Evan aurait-il besoin de votre aide ?

Un long silence suit au bout du fil. Ma main se met à trembler. Le sang dans mon corps se glace.

— Il lui est arrivé quelque chose ? Il va bien ? Répondez, bordel !

— J'espérais qu'il te l'ait dit et que je n'aie pas à le faire.

Sa voix se brise. Il me semble que le paysage ne défile plus par la fenêtre. Le temps reste en suspens. Mon pouls arrête de battre. En attendant la suite. Ce suspense est insoutenable.

— Seb, bon sang ! RÉPONDEZ !

— Marie est décédée hier. En début de semaine, ils nous ont avertis de son état et… ils n'ont pas réussi à la sauver, Mia…

Mon cœur éclate dans ma poitrine. La bouche grande ouverte, un torrent de larmes jaillit de mes yeux sous le choc de cette annonce.

— Non… C'est impossible… Evan, il…

Les sanglots m'empêchent de parler clairement. Je n'étais pas préparée. Je n'avais pas à être préparée ! Elle aurait dû s'en sortir !

Sonia, assise à côté de moi, tente de savoir ce qu'il m'arrive, mais je repousse sa main sur mon bras.

— Evan ne va pas s'en remettre.

— Il le faudra. Avec toi, il y arrivera.

— Je ne suis même pas à Toulouse.

Je me lève vivement et me tourne vers Benoît, quelques rangées derrière.

— Quand est-ce qu'on arrive ?

Je ne parviens pas à m'arrêter de pleurer. Le regard moqueur de Calvi sur moi ne me fait ni chaud ni froid. Parce que tout est insignifiant à présent, hormis l'état d'Evan qui doit en ce moment traverser cette épreuve tout seul.

— Qu'est-ce que tu as ? demande Benoît.

— QUAND EST-CE QU'ON ARRIVE, PUTAIN !?

Sonia me force à me rasseoir, puis me prend dans ses bras. Je dis à Seb que je me rends chez Evan dès que je rentre, et que je ferai ce qu'il faudra. Je passe le reste du voyage la tête sur les genoux de la maquilleuse, ses mains jouant avec mes cheveux, évitant les questions des personnes autour.

En arrivant devant chez Evan, mes larmes ont enfin cessé. Mais à la perspective de le voir en plein deuil, je manque à nouveau de pleurer comme une gamine. Ma mère me prend la main, et la presse affectueusement.

— Fais ce qu'il faut, Mia. Il a besoin de toi.

Je l'enlace avant de descendre de la voiture, et de m'avancer à pas lents vers l'entrée, plongée dans le noir de la nuit. Après que j'ai sonné, le père d'Evan m'ouvre. Il paraît soulagé de me voir, je crois qu'il pourrait presque me faire un câlin.

— Comment va-t-il ?

Inutile de s'attarder avec les amabilités, ce n'est pas pour ça que je suis là. De plus, M. Pérez sait que je ne le porte pas dans mon cœur à cause du peu d'efforts qu'il fait pour son fils.

— Mal… j'espérais que tu viendrais. Ni Jordan, ni moi n'arrivons à le faire parler…

J'entre sans être invitée, et enchaîne :

— Quand aura lieu l'enterrement ?

— Demain. Seb veut régler ça au plus vite, il m'a dit qu'il passerait prendre Evan.

Je m'arrête et fais volte-face.

— Vous ne venez pas ?

Il soupire pour toute réponse.

— C'est votre ex-femme, la mère de votre fils.

— Je ne crois pas en être capable…

Je laisse tomber, encore plus dégoûtée par cet homme, et monte les escaliers quatre à quatre.

●

EVAN

C'est dingue de ne pas trouver ne serait-ce qu'un programme sympa à la télé avec le nombre de chaînes que paie mon paternel. Affalé sur mon lit, me voilà résigné à regarder de la télé-réalité. Même la vie de ces stupides candidats est moins pathétique que la mienne.

J'entends la porte s'ouvrir. Je continue de fixer l'écran, les mains croisées derrière ma tête. Ce doit encore être mon père qui entre pour constater mon état, histoire de se donner bonne conscience, avant de repartir sans un mot. Ce genre de type ne devrait pas posséder le pouvoir de féconder.

— Evan…

Je ferme les yeux. Cette voix, légèrement éraillée, avec un timbre hors du commun, je la connais. Je l'aime. Mais elle ne peut pas être ici. Mia n'est pas là, je ne l'ai pas avertie des récents événements et j'ai interdit à mon père de le faire. Mon manque de sommeil fait que je déraille complètement.

Pourtant, je sens bien l'enfoncement du matelas, comme si quelqu'un s'asseyait. Je sens son aura qui m'entoure. Son parfum qui vient chatouiller mes narines, comme quand je plonge mon nez dans ses cheveux. *Plongeais*.

— Evan, répète-t-elle.

Mon cœur se serre. Je pensais qu'il avait arrêté de battre. Elle encadre mon visage fatigué de ses douces mains. Pour une fois, son toucher ne me fait rien.

— Evan, mon amour, regarde-moi…

J'ai enfin le courage d'ouvrir les yeux. Elle est bien là, les cheveux ébouriffés et les yeux bouffis. Elle a pleuré. Son regard est encore brillant, et transmet toute l'inquiétude qu'elle ressent à mon égard. Elle a perdu le droit de s'inquiéter pour moi. Elle parcourt mon corps seulement couvert d'un short de sport en fronçant les sourcils.

— Qu'est-ce que tu fous ici ?

Elle sursaute presque suite à mon ton brusque. Ses pupilles se dilatent, traduisant sa surprise. Je n'ai plus envie de me donner la peine d'être aimable avec mon entourage. Je n'ai plus envie de rien, si ce n'est de revoir ma mère, mais ce n'est pas réalisable.

— Seb m'a prévenue… J'ai accouru de la gare, j'étais en voyage à Paris avec Audace.

Fantastique. Alors elle était avec lui. J'espère qu'ils ont pu terminer ce qu'ils avaient commencé, maintenant que je ne suis plus une barrière. Après tout, ils vont bien ensemble.

Je retire ses mains de mon visage. Ce geste semble la tuer mais honnêtement, je m'en branle.

— Pourquoi ? On a cassé.

Je vois mes mots la blesser au fur et à mesure que je les prononce. Tant mieux, car tout est sa faute.

— Parce que... ce n'est pas parce qu'on n'est plus ensemble que tu n'es plus tout pour moi. Je dois te soutenir.

— Ne te donne pas cette peine. Je suis sûr que tu préférerais te taper M. Calvi à l'heure qu'il est, maintenant que tu es libre. Quoique, apparemment que tu sois libre ou non, ce n'est pas ça qui t'a dérangée.

Sa bouche s'ouvre, choquée. Je ne lui ai jamais parlé de la sorte, à part quand j'étais bourré. Je n'ai tout simplement plus envie de prendre des pincettes avec les gens. Pourquoi me donner cette peine, après tout ? Pour la fille que j'aime toujours mais qui a presque couché avec un autre ? À quoi bon ?

— Est-ce que tu as bu ?

Elle ne comprend de toute évidence pas mon comportement. C'est vrai, d'habitude c'est elle qui a le droit d'être infâme, et c'est à moi d'encaisser. Eh bien il se trouve que j'en ai ma claque d'encaisser.

— Pas une goutte.

Sa poigne sur le drap se resserre, signe qu'elle bouillonne intérieurement. Je suis curieux de savoir quand elle va exploser, ce sera plus divertissant qu'une émission de télé.

— Je sais ce que tu essaies de faire. Tu me repousses et tu fais tout pour me répugner afin que je m'en aille, je le sais parce que j'ai inventé cette technique. Mais je ne m'en irai pas. Balance-moi tes merdes à la figure, j'en ai rien à faire.

Je me redresse et m'assois, nos visages maintenant à quelques centimètres l'un de l'autre. J'entends son souffle s'accélérer de cette soudaine proximité. Je me demande si Calvi avait le même effet sur elle, quand il a posé sa bouche sur son corps.

— Et pourquoi, Mia ? On sait tous les deux à quel point tu es égoïste. Tu ne tiendras pas deux jours, tu n'as pas pour habitude de t'occuper des autres.

Sa mâchoire se contracte. Ses yeux bleus s'assombrissent. Cela promet d'être intéressant.

— Si on avait été dans le cas contraire, tu ne m'aurais pas lâchée. Tu ne m'as pas lâchée quand j'étais redevenue la reine des garces alors que je ne cessais de te blesser. C'est à mon tour d'être là pour toi, même si tu le refuses.

— Mmm… J'ai toujours été quelqu'un de si généreux. Et profondément stupide, maintenant que j'y pense.

— Tu n'as jamais été stupide.

Elle écarte une mèche de cheveux retombant sur mon front, mais je me détourne rapidement. Ces gestes ne me rappellent maintenant que des souvenirs douloureux, et je souffre déjà assez comme ça.

— Je vais rester dormir.

Son annonce ressemble nettement plus à un ordre qu'une question.

— Très bien.

Une lueur d'espoir traverse son regard. J'attrape mon oreiller derrière moi, sans la quitter des yeux.

— Dans ce cas je vais dormir dans le canapé.

Je quitte mon lit, la laissant coite, et sors de la chambre.

Dans le couloir, je tombe sur Jordan qui devait écouter la conversation en douce.

— Eeeh, mec… Je vérifiais si l'isolation était bonne. C'est bon, on n'entend rien du tout !

Il tapote le mur pour appuyer ses propos. Je n'éprouve même pas cette exaspération habituelle.

Jordan se racle la gorge.

— Tu veux que je sois là demain ? Pour l'enterrement ?

Ma gorge se noue au rappel de cet événement. Je ravale ce flot d'émotions qui menace de sortir depuis hier.

— Va en cours, Jordan. Tu la connaissais à peine.

— Je sais. Mais ça n'est pas pour elle que je veux venir.

Le sérieux qui l'anime me fait hausser les sourcils.

— Je te l'ai dit, je préfère m'en sortir seul.

Je tourne les talons, mon oreiller sous le bras, et gagne le canapé.

Je n'arrive pas à dormir, et l'inconfort de ce canapé n'en est pas la seule raison. À chaque fois que je ferme les yeux, je vois ma mère sur son lit d'hôpital, une sonde nasale dans le nez et des perfusions plein les bras. Puis elle commence à cracher du sang, elle s'étouffe, jusqu'à ne plus pouvoir prendre d'air. J'assiste à la scène, mais n'ai aucune emprise dessus. Je ne peux pas l'aider. Je ne peux que crier.

Soudain, un corps chaud se glisse à côté de moi sur le canapé étroit. Heureusement que je suis de dos, je n'ai pas à la regarder. Je la laisse passer ses bras autour de ma taille et se blottir contre moi. Elle dépose un baiser sur mon épaule, avant de m'assurer :

— Tu es la personne la plus forte que je connaisse. Tu vas t'en remettre.

J'aimerais en être aussi sûr. Mes paupières se ferment, et je finis enfin par dormir.

17. JOUR SOMBRE

EVAN

Quand je me réveille, Mia n'est plus à côté de moi, si bien que je crois avoir rêvé son arrivée hier soir. Puis j'entends des voix en provenance de la cuisine, alors je reste allongé.

— Il faut que tu essaies de me comprendre, Mia. Je ne m'en sens pas capable, pas après ce que j'ai fait à Marie et la manière dont elle est partie...

— Vous savez, Hervé, ce qu'on dit est vrai. L'enterrement n'est pas pour les morts, mais pour les vivants. Si vous devez enterrer votre ex-fiancée aujourd'hui ce n'est pas pour Marie, mais pour votre fils. Qui je vous le rappelle, vient de perdre sa mère à seulement dix-sept ans.

Intercepter une discussion entre mon père et Mia de bon matin, rien de mieux pour me mettre dans l'ambiance morbide du jour. Cette journée va sans aucun doute être la pire de ma vie.

— Je regrette, mais...

— Mais pourquoi être présent à l'enterrement de la seule femme qui a réellement partagé ta vie ? dis-je en entrant dans la cuisine.

— Evan, c'est plus compliqué que ça…

Je ne réponds rien. Je ne peux pas réellement lui faire la morale là-dessus, je ne suis pas mieux que lui. Mia soupire en me voyant, et s'approche de moi avec hésitation. Elle reste quelques secondes à seulement me regarder, avant d'enlacer mon cou de ses bras. Je souffle dans ses cheveux, concentrant toutes mes forces pour ne pas craquer. Mia avait raison en disant que l'amour rend vulnérable. Mia me rend vulnérable. Alors je la repousse, car je ne peux pas me permettre d'être faible.

Une larme lui échappe, qu'elle balaie rapidement de sa main. Elle essaie de me sourire.

— J'ai essayé de faire des pancakes, mais je crois que c'est un peu raté.

— C'est pas grave. Je n'ai pas faim, de toute façon.

Mia se mord la lèvre en se retenant de dire quelque chose. Puis elle attrape le jus d'orange sur la table, en verse dans un verre, et me le tend.

— Tiens. Bois au moins ça.

— Non merci.

— Evan… Je ne bougerai pas tant que tu n'auras pas bu ce foutu jus d'orange.

Je cède, vidé de toute énergie. Le jus semble m'arracher la gorge quand je l'avale d'une traite. Je quitte la pièce, sans jeter un œil à mon géniteur, pour monter dans ma chambre.

Me revoilà devant cette télé pas le moins du monde distrayante. Je ne sais même pas ce que je regarde. Je fixe l'écran sans saisir ce qu'il se passe à l'intérieur. J'entends la porte s'ouvrir, et immédiatement la voix sermonneuse de Mia.

— Evan ! Tu devrais être en train de te préparer ! Seb nous attend au rez-de-chaussée.

Elle porte une robe noire entièrement dentelée, qui laisse transparaître quelques recoins de sa peau. Elle a ramené ses cheveux en une tresse sur le côté, dégageant ainsi son visage minutieusement maquillé. *Elle est belle, alors pourquoi la regarder me fait mal ?*

— Je suis bien, simplement en short.

Elle essaie encore une fois de garder son calme, et vient s'asseoir à côté de moi.

— Tu ne peux pas aller à un enterrement à moitié nu.

— Eh bien ça tombe très bien, parce que je n'irai pas.

Mia se raidit à côté de moi, alors que ses yeux s'écarquillent.

— Tu dois aller à l'enterrement de ta mère, Evan.

— Tu l'as dit toi-même, l'enterrement c'est pour les vivants. Je n'en ai pas besoin.

Je n'ai pas besoin de passer la journée à entendre tout un tas de monde me dire à quel point ma mère était une personne formidable. Que ce qui lui est arrivé est injuste. Je le sais, tout ça. Je sais qu'elle ne me verra pas entrer dans la vie active. Qu'elle ne connaîtra pas ses petits-enfants. Qu'elle ne pourra pas m'apprendre à être un bon père. J'avais encore besoin de ma mère, putain ! Et on me l'arrache à la pire période.

— Tu le regretteras si tu ne viens pas.

— Tu y serais allée, toi ?

Ce retournement de situation la déstabilise. Elle cille plusieurs fois, sans répondre.

— C'est bien ce que je me disais.

— Peut-être pas, je te l'accorde, d'ailleurs ça se saurait si j'étais un modèle. Mais ce dont je suis sûre, c'est que

238

tu m'y aurais traînée, que je le veuille ou non. Alors c'est ce que je vais faire.

Elle tire le drap pour me découvrir.

— Allez, debout ! Et va prendre une douche.

— Pourquoi tu fais tout ça ? je lui demande en me levant.

Les talons qu'elle porte aujourd'hui sont moins hauts qu'à l'ordinaire, alors je la domine largement.

— Je te l'ai déjà dit hier, chuchote-t-elle.

— Et je t'ai déjà dit ne pas avoir besoin de ton aide. Je n'en veux pas.

Je tourne les talons, mais sa voix désespérée me retient.

— Pourquoi ? Pourquoi tu refuses qu'on te vienne en aide ?

— Parce que tout est ta faute ! je rugis en me retournant.

Mia fronce les sourcils et déglutit, l'incompréhension prenant place sur son visage. Visiblement, elle ne comprend pas. *Le contraire m'aurait étonné.*

— Je n'ai pas tué ta mère, Evan.

— Non, mais si tu n'avais pas été là elle serait peut-être encore en vie. Parce que je serais resté à ses côtés, à Paris. Sans toi je ne serais jamais rentré, je t'ai fait passer avant elle.

Ses yeux deviennent humides. Je n'arrive pas à me laisser attendrir. Je suis peut-être injuste, mais si je ne désigne pas un responsable, les remords me rongent et je me retrouve à terre.

— Je ne t'ai pas forcé à rentrer.

— C'est toi qui as toujours refusé de me téléphoner ou de m'envoyer un simple message ! À chaque fois que je pars, tu me fais la gueule pour me faire revenir. Je ne voulais pas te perdre et le résultat est là : je l'ai perdue, elle.

Mia reste statufiée par mes mots. Peut-être que maintenant, elle va s'en aller. Comme ça je pourrai rester dans ma chambre toute la journée, sans personne pour m'obliger à faire quoi que ce soit. C'était sans compter sur Seb qui entre dans ma chambre au même moment, avec cette mine torturée habituelle.

— Tout va bien ici ?

Mia reprend peu à peu contenance, et se redresse.

— Oui, ça va.

Son regard veut tout dire : « Tu ne te débarrasseras pas de moi comme ça. » Je dois dire que sa ténacité m'impressionne. Mais viendra un moment où elle n'en aura plus.

— Evan, dépêche-toi de te préparer, on va être en retard, s'impatiente Seb.

— Je ne viens pas.

— Oh si, tu vas venir.

— Tu n'es pas mon père, lâché-je sèchement.

Au fond, personne ne l'est. Mon géniteur doit s'être tiré au boulot, pour ne pas avoir à m'affronter encore d'ici ce soir. Ou alors il baise sa copine plutôt que d'être présent pour son fils. Il a toujours eu le sens des priorités.

Je n'ai plus de famille. J'étais proche de mon oncle et ma tante maternelle, mais bien sûr ce sont les parents de cet enfoiré de Mathieu. Je n'ai plus de copine. Il ne me reste plus que ce beau-père que je ne supporte pas et sa fille.

Seb se plante devant moi, furieux.

— Je ne suis peut-être pas ton père, mais je tiens à toi. On est beaucoup à tenir à toi. Et si tu crois qu'on va te laisser tranquille, tu rêves. On est deux dans cette chambre à être prêts à te traîner par la peau du cul à cet enterrement, alors tu ferais mieux de coopérer.

Après un dernier regard noir adressé à Seb, je cède et vais dans la salle de bains. Je ne crois pas être prêt à avoir le cercueil de ma mère sous les yeux. C'est une réalité trop dure à affronter pour moi. Mais en un sens, je n'ai pas le choix.

●

C'est bien ce que je craignais, cette situation est insupportable. Un rassemblement se forme devant l'église, et tout le monde vient m'adresser ses sincères condoléances. Mia, à côté de moi, s'occupe de les remercier à ma place et fait en sorte que je ne réponde pas des impolitesses. C'est le monde à l'envers.

Je crois halluciner quand je vois Mathieu s'approcher de nous. Je n'avais pas calculé qu'il viendrait probablement. Et encore plus en voyant une blondinette à son bras. Alors comme ça, il est accompagné. Intéressant...

Mia se tend à côté de moi et me prend la main, qu'elle serre fort. Mathieu, arrivé à notre hauteur, nous adresse un léger sourire. Rien à voir avec ses sourires espiègles habituels.

— Evan, j'imagine que tu ne veux pas de mes condoléances, alors je ne vais pas risquer de me prendre un pain dans la figure. Je voulais juste vous présenter quelqu'un.

La blonde nous sourit, avec un regard teinté de pitié à mon abord. Comme toutes les personnes ici.

— Voici Roxane, ma petite amie. Et c'est quelqu'un de très bien. Enfin c'était pour vous montrer que j'essaie de changer, et Roxane m'y aide beaucoup.

Mia et moi nous regardons, les sourcils haussés. Décidément, j'ai été envoyé dans un univers parallèle.

— Tu vois, j'ai finalement trouvé mon Evan, ajoute Mathieu à l'intention de Mia.

Mia lâche ma main. Je vois dans ses yeux qu'en regardant Mathieu, elle revit encore ce qu'il lui a fait endurer. Elle ne l'oubliera jamais.

— Je... j'ai besoin de... je vais voir si Seb a besoin d'aide.

Mia se retire à toute vitesse, et Mathieu paraît déçu. *Sérieusement, il s'attendait à quoi ?*

— Bravo, tu as encore réussi à la faire fuir. Il semblerait que c'est ce que tu sais le mieux faire.

Mathieu baisse la tête, honteux. Il peut l'être. Il peut s'excuser tant qu'il veut, essayer de « changer » avec acharnement, ça n'enlèvera pas ce qu'il a fait, ni les séquelles qu'il a laissées à Mia. Je le déteste pour l'avoir tant fait souffrir, même si elle n'est plus à moi à présent. J'imagine que peu importe ma rancune envers elle, j'éprouverai toujours le besoin de la protéger.

— J'aimerais dire que je suis ravi pour toi, Mathieu, continué-je. Mais ce serait mentir et en plus je ne suis pas particulièrement clément alors que je m'apprête à enterrer ma mère, j'imagine que tu comprends.

Le sarcasme semble être devenu l'une de mes meilleures armes. Un moyen de défense.

— Je comprends, déclare Mathieu.

Sa « petite amie » nous observe attentivement. À première vue, elle a l'air d'être une fille calme et posée ; si Mathieu dit vrai elle n'a certainement pas choisi le bon petit copain.

La mère de Mathieu, Sophie, apparaît et me serre immédiatement dans ses bras. Je commence à en avoir ras le bol d'être pressé comme un citron.

— Evan, mon chéri ! C'est tellement triste ce qui nous arrive !

Sans blague, je pensais qu'on se retrouvait pour tous s'éclater. Je m'efforce de ne faire aucun commentaire. C'est fou ce qu'elle ressemble à ma mère. J'ai l'impression de la voir à travers elle, elles ont toutes les deux pris de leur côté maternel. Mais ma mère était mille fois plus belle. Aucune femme ne pouvait et ne pourra jamais égaler son charme.

— Mathieu, rends-toi utile ! Ça va bientôt commencer, viens avec moi.

Sophie tire son fils par le bras. Roxane, restée seule en ma compagnie, m'observe attentivement. Comme si j'étais un putain de tableau dont elle essayait de deviner la technique.

— Je sais que je dois avoir une sale gueule, mais me dévisager ne va pas arranger les choses.

La « copine » de Mathieu se détourne, se rendant compte de son inconvenance. Cependant ça ne l'empêche pas de m'interroger :

— Mathieu m'avait prévenue que lui et toi, ça n'allait pas fort. Tu le détestes vraiment ?

— Comment faire autrement quand il a pris la virginité de la fille que j'aimais simplement pour se foutre de sa gueule et divulguer des photos ?

Elle lève des yeux écarquillés vers moi, la bouche entrouverte.

— Il a *quoi* ?

Alors là, je rêve. Monsieur devrait savoir que pour s'amender, il faut d'abord confesser ses péchés. Tu m'étonnes que cette nana sorte avec lui, s'il ne lui a montré que ce qu'il voulait bien lui montrer. Une partie de moi a envie de tout balancer à Roxane. Les actes puérils de mon cousin, comment il a bourré Mia pour ensuite la sauter, comment il a détruit notre couple en jubilant... Après tout, je le lui dois bien. Il m'a forcé à avouer l'histoire des photos à Mia devant une ribambelle d'invités, l'humiliant encore. Mathieu mérite que je le détruise à mon tour.

Mais je ne suis pas comme lui.

— Lucas, un de mes meilleurs amis, m'a avertie à propos de Mathieu, poursuit Roxane. Il disait qu'il n'était pas quelqu'un de bien, mais il ne m'a jamais dit pourquoi.

Lucas. Il me semble avoir déjà entendu ce nom sortir de la bouche de Mia. Son ancien meilleur ami, si je me souviens bien. Il se pourrait que ce soit le même. *C'est fou ce que le monde est petit...*

— Tu aurais certainement dû écouter ce Lucas.

Roxane déglutit, décomposée. Je n'arrive même pas à éprouver de la peine pour elle. Il faut croire que la bonne partie de moi s'est éteinte en même temps que mon seul parent responsable.

— Je suis désolée pour Mia. Je ne savais pas. Et pour ta mère.

Je hausse nonchalamment les épaules. Elle s'éloigne et je la vois rejoindre Mathieu sur les marches de l'église. Il essaie de la prendre dans ses bras alors qu'elle lui gueule dessus. Cette scène ne me procure pas même un semblant de réjouissance.

Les portes de l'église s'ouvrent. Des personnes commencent à entrer. Alors je rebrousse chemin, car je ne peux pas endurer ça. Mais un petit corps aux sourcils froncés me bloque aussitôt.

— Où est-ce que tu vas, beau gosse ? Tu restes ici.

Alexandra – ou ma cousine la plus chiante – pose une main ferme sur mon torse pour me faire reculer. Je grogne.

— Lâche-moi, Alex.

— Mia m'a demandé de te surveiller. Elle avait raison de le faire, visiblement.

Comment se fait-il que Mia soit si parfaite dans une situation pareille ? L'ancien moi aurait été fier d'elle. Mais le moi qui reste lui en veut de n'être parfaite que maintenant, et de ne pas l'avoir été pour repousser les avances de ce connard de Calvi.

— On vit tous un coup dur, Evan, OK ? Toi tout particulièrement, mais tu dois tenir le coup le temps d'une journée. Après, tu feras ce que tu voudras.

Alexandra me traîne derrière elle sans me demander mon avis. Je n'ai plus la force de me battre. Tant qu'on ne me demande pas de venir déposer de l'eau sur le cadavre de ma mère ou n'importe quelle autre pratique débile, ça devrait aller.

Mia arrange le col de ma chemise à l'entrée de l'église. Elle passe également une main dans mes cheveux, alors je râle :

— C'est bon, on peut y aller ? J'aimerais en finir.

Mia secoue la tête en levant les yeux au ciel, et nous pénétrons dans le bâtiment religieux.

J'avais bel et bien raison. C'est à chier. Tout le monde chiale à côté de moi, même Mia. Ma mère n'aurait pas apprécié. En fait, je suis presque sûr qu'elle voulait se faire incinérer, elle n'est même pas croyante. Seb a dû la convaincre, pensant certainement qu'elle méritait une grande cérémonie pour lui rendre hommage. Personne ici n'a l'air de saisir que cet événement de merde ne ressemble en rien à ce qu'était ma mère.

Quand on en arrive à l'éloge funèbre de Seb, c'est trop. Surtout quand il m'appelle, à la fin de son discours.

— Mais Marie était aussi une mère, d'un enfant qu'elle aimait plus que tout. Evan... Je crois qu'elle aurait aimé que tu dises un mot.

Je sens une ribambelle de regards rivés sur moi. Les yeux de Seb sont pleins d'espoir contenu, en plus des larmes. Mia presse ma main pour m'inciter à faire ce qu'il faut. Je me lève et déçois tout le monde en lâchant :

— Tout ça, c'est n'importe quoi. Ça n'est pas ce qu'elle aurait aimé.

Furieux, je traverse l'allée de l'église qui me semble interminable. J'ai l'impression d'être toujours furieux, ces derniers temps. J'entends des pas précipités derrière moi, et je devine aisément qu'il s'agit de Mia. *Quand se lassera-t-elle ?*

— Evan !

Je l'ignore et balaie l'extérieur du regard, enfin sorti de ce bâtiment de malheur. J'entreprends une cadence rapide, n'ayant aucune idée d'où cette marche va me mener.

— Evan ! Arrête-toi !

Ses talons l'empêchent de me rattraper. Je m'enfonce dans une ruelle, et une fois au fond, je donne un coup de pied dans une poubelle.

— Putain !

Je jure en tentant de me calmer, mais la colère me brûle la peau. J'ai besoin de tout laisser sortir. Mais si je le fais, je ne me contrôlerai plus.

— Evan ! répète Mia, essoufflée.

Je me tourne vers elle. Elle me dévisage, toujours avec cette même pitié. J'en ai marre qu'on me regarde comme si j'étais abattu. Je le suis, mais pas autant qu'ils le croient.

— Ce n'est pas en t'en prenant à tout le monde que tu vas t'en sortir.

Je suis pris d'un rire sarcastique.

— Je ne crois pas que tu aies des conseils à me donner.

Elle passe outre ma pique et s'approche de moi.

— Il faut que tu voies la vérité en face pour avancer.

— J'ai ma façon de gérer le deuil, Mia. Comme tu avais ta façon de gérer la rupture.

— Mais tu ne gères pas le deuil, tu es en plein déni !

Mia, exaspérée, se met à parler avec les mains. Mauvais présage.

— Je ne suis pas dans le déni.

— Ah bon ?

Elle croise les bras, provocante.

— Alors pourquoi tu n'as pas encore admis à voix haute que ta mère était morte ? Pourquoi tu as refusé de parler d'elle, il y a quelques minutes ?

Je serre les poings, mes ongles se plantant dans mes paumes. Je me détourne, cherchant autour de moi quelque chose à casser. Les gens prennent tous des pincettes avec moi, sauf Mia. Elle sait comment y faire, mieux que je ne l'aurais cru. Elle sait comment y faire car en ce moment, je lui ressemble plus que jamais.

— Tu es complètement à côté de la plaque.

Elle ricane.

— Alors prouve-moi que j'ai tort. Dis-le. Dis que ta mère est morte.

Les mots qu'elle emploie me font frissonner. Aucune forme d'atténuation telle qu'« elle est partie » ou encore « elle est décédée ». L'adjectif morte, associé à ma mère, semble me bousiller le cœur. Encore.

— Dis-le, Evan !

— Non ! m'écrié-je. C'est ce que tu veux entendre ? Que je suis dans le déni ? Très bien, je l'admets ! Mais elle ne peut pas être partie, Mia, tu comprends ? Elle était toute seule, alors que j'étais ici. J'aurais pu la soutenir, mais elle était toute seule...

Ma voix se brise. On y est. Mia est en train de me faire craquer.

Elle s'avance encore, la mine pleine d'espoir.

— Laisse-toi aller, Evan. Tu sais que je ne te jugerai pas.

Je fais face au mur en brique derrière moi, et m'y appuie. La fureur qui bout en moi me fait trembler.

— Je ne peux pas.

J'entends encore ses pas se rapprocher.

— Tu as su en début de semaine dernière que son état s'aggravait, pas vrai ? C'est pour ça que tu n'es pas venu à notre rendez-vous mardi matin... parce que tu ne voulais pas que l'on se dispute, tu ne voulais pas me perdre alors que tu allais peut-être la perdre, elle...

Je presse les paupières. *Pourquoi faut-il qu'elle soit si intelligente ?* Elle fait les liens trop facilement.

— Et c'est pour ça que tu avais l'air si désespéré vendredi soir. Quand tu disais que tu avais besoin de moi... tu savais ce qui allait arriver.

— Oui, soufflé-je simplement.

Puis j'ai appris ce qu'elle a fait avec Calvi. Alors j'ai su que je n'aurais pas besoin d'elle. J'aurais eu besoin de la

Mia que j'ai connue en première, qui n'aurait jamais laissé un autre la toucher. Mais elle n'était plus là.

— Quand as-tu appris son décès, exactement ?

Je sens à sa voix qu'elle se met à pleurer. Elle est en train de tout assimiler.

— Quand j'étais chez toi. Il devait être une heure du matin quand la vibration de mon téléphone m'a réveillé. Alors je suis parti.

Ses mains se posent sur mes épaules. Elles glissent vers mon thorax, me serrant contre elle. J'ai une furieuse envie de l'éjecter en arrière, envie qui me provoque des démangeaisons, que seul mon amour pour elle arrive à atténuer.

— Tu aurais dû rester... sanglote-t-elle.

— Pour quoi faire ? On venait de rompre, j'avais le cœur brisé... Puis il est tombé en miettes en apprenant que je n'avais plus personne.

Mia m'oblige à lui faire face, et prend mon visage en coupe entre ses mains.

— Comment peux-tu penser ça ? Tu ne te rends donc pas compte de toutes les personnes qui t'aiment ? Je t'aime, Evan. Même si nous avons rompu, je t'aime toujours aussi fort, et je ne compte pas te laisser seul dans cette épreuve.

Ma lèvre tremble. Je sens toutes mes barrières s'abattre en même temps. Alors j'enlace Mia, fort. Elle soupire dans mon oreille et me rend mon étreinte, avec la même désespérance.

— J'avais pris un billet d'avion. Je devais la rejoindre samedi, mais je n'ai pas pu être là à temps... Je regrette tant de ne pas être parti plus tôt, si tu savais...

Je m'écarte et la regarde, elle et ses larmes qui coulent à flots. Je me mets à faire les cent pas, me tirant les cheveux, tandis que le chagrin m'envahit. Comme une vague déferlante, impossible à arrêter, qui emporte avec elle toutes les forces qui me maintiennent encore debout.

— Il faut que tu trouves un moyen de me divertir, Mia. Si tu ne le fais pas, j'ai peur de totalement déconner, parce que je ne suis pas capable de supporter une telle douleur...

Mia regarde autour d'elle, affolée, à la recherche d'une idée. Elle sait ce que cela veut dire. Que je rêve de me rendre au pub minable du coin et de me bourrer la gueule jusqu'à ne plus pouvoir marcher. Que chaque parcelle de mon corps palpite, me poussant à aller casser la gueule de ce putain d'homme d'Église qui se balade à côté du cercueil de ma mère, ou de n'importe qui, qui croiserait mon chemin. Je résiste du mieux que je peux, mais pour une durée qui se fait de plus en plus courte.

Mia sait tout ça. Son regard s'illumine, comme si une solution lui tombait du ciel. Elle franchit les pas qui nous séparent, me prend par surprise en saisissant ma nuque pour écraser ses lèvres sur les miennes. Je ne pensais pas sentir sa bouche de sitôt. Je n'arrive pas à lui rendre son baiser, perdu.

— Ça ne t'engage à rien, Evan.

Elle caresse la racine de mes cheveux, derrière mon oreille.

— Juste, laisse-moi être là pour toi... de la meilleure façon que je connaisse.

Dans son regard, je décèle ses intentions. Elle est mon ancre dans cette épreuve. Elle est prête à tout me donner pour m'aider. À se donner, elle, même si je ne veux et ne peux plus être son petit ami. Et même si, à présent, je ne suis plus qu'un jouet cassé qu'elle pense pouvoir réparer.

J'entoure un bras autour de sa taille, et la ramène contre moi. Le goût salé de ses larmes se mélange à nos baisers. Sa langue chaude rencontre la mienne, ses dents se plantent légèrement dans ma lèvre inférieure, alors que ses mains se perdent dans mes cheveux déjà en bordel. Je la soulève, la plaque contre le mur, faufile mes mains sous sa robe. Je tire sa culotte tandis qu'elle défait ma ceinture. Je l'aide à descendre mon boxer, j'empoigne ses cuisses, et entre en elle. Elle caresse tendrement mes joues, avant que je niche ma tête dans son cou. Elle gémit quand je commence à bouger. Elle avait raison, je sens la rage quitter peu à peu mon organisme après quelques coups de reins. Et au bout de quelques va-et-vient, je cède à la tristesse.

— Je n'ai pas pu lui dire au revoir. Je n'ai pas pu lui dire au revoir, Mia…

C'est dit. Et les pleurs que je retiens depuis deux jours sortent tous en même temps, alors que je continue de prendre Mia contre ce mur, dans cette ruelle, à l'abri des regards.

— Oh, Evan…

Elle essuie mes joues, ses dents enfoncées dans sa lèvre inférieure. Ses joues sont rouges, ses cheveux ébouriffés, et de la sueur commence à perler sur son front. Elle est magnifique, bordel.

— Elle savait à quel point tu l'aimais. Et je suis sûre qu'elle était fière de toi.

Je la fais taire d'un baiser, et me perds en elle, car c'est tout ce qu'il me reste. *Elle* est tout ce qu'il me reste. Je m'en contenterais volontiers, si je ne savais pas que c'est éphémère.

18. RETOUR À LA RÉALITÉ

MIA

Je monte dans le bus en soufflant. Encore. Petit un, parce que ma vie est vraiment merdique. Petit deux, parce que je regrette déjà d'avoir laissé Evan seul ce matin pour me rendre en cours. Petit trois, parce que je dois *encore* prendre le bus.

Remarquant que toutes les places du fond sont occupées, je m'arrête au milieu du bus. Je jette un œil à la place libre à ma droite, et après avoir pris une profonde inspiration, je prends place à côté d'Indiana, qui me regarde en haussant les sourcils.

— Quoi ?

— Rien, rien…

Je la vois sourire du coin de l'œil. Le bus démarre, et j'essaie de capter son attention pour lui faire comprendre que j'aimerais commencer une conversation ; mais elle a les yeux perdus dans la contemplation du paysage, ses écouteurs vissés dans ses oreilles. Quelques minutes plus tard, elle sort un croissant de son sac. Avant qu'elle n'ait le temps de mordre dedans, je le fais à sa place.

— Hé !

— Désolée, j'ai pas mangé ce matin.

Elle me dévisage un instant, si bien que je deviens mal à l'aise.

— Comment va-t-il ?

Elle n'a pas besoin de prononcer son nom tant c'est évident. Je soupire en triturant mes ongles, les sourcils froncés, quand je réalise que j'ai vraiment besoin de me confier.

— Pas très bien. Pas bien du tout, en fait. Il est vraiment en colère, et au début il repoussait tout le monde. Mais hier, j'ai eu l'impression de l'avoir sorti de cette phase quand il s'est ouvert à moi. Seulement quand on est rentrés et qu'on s'est couchés, il s'est renfermé de nouveau.

— Il faut lui laisser du temps. Je n'imagine pas ma douleur si je perdais ma mère. Je ne saurais pas comment gérer ça.

— Lui non plus, et c'est bien le problème.

Je prends un instant pour réfléchir, puis me tourne vers Jones. Elle a retiré un écouteur pour mieux capter mes paroles.

— Tu vois, Evan a plusieurs facettes. Et il est bien plus complexe qu'on pourrait le croire. La facette qui prime, c'est celle qui le rend si respectueux, attentionné, fidèle… et il lutte tous les jours contre sa facette sombre, qu'il hait plus que tout et qui le rend parfois violent. Le problème, c'est que dans une peine pareille, la facette sombre est susceptible de prendre le dessus, et je crois qu'il compte sur moi pour l'en empêcher.

Je ne sais pas pourquoi je lui raconte tout ça. Mais j'ai le sentiment, au fond de moi, qu'elle peut mieux me comprendre que n'importe qui. C'est étrange. Je n'ai pas envie de faire de telles confidences à Eva ou à Jules, malgré ma confiance en eux, mais j'ai envie de les faire à cette fille qui a fait irruption dans ma vie il y a trois mois et que j'ai d'abord détestée. Peut-être parce qu'au vu de nos antécédents, je sais qu'elle ne me jugera pas quoi que je lui dise.

— Je pense que tu ne mesures pas à quel point tu comptes pour lui. Des filles tueraient pour qu'un garçon les regarde de la façon dont Evan te regarde. Il n'a d'yeux que pour toi, les autres pourraient disparaître qu'il ne s'en rendrait même pas compte. Alors s'il pense que tu es celle qui peut l'empêcher de dérailler… c'est qu'il a sûrement raison.

Bon sang, j'aurais tellement aimé que les choses se déroulent autrement. Je me demande si Evan agirait différemment avec moi si nous étions encore ensemble. En fait, je suis sûre qu'il agirait différemment. Il me regarde avec rancune, et ce n'est pas seulement parce qu'il m'accuse de la mort de sa mère. Il ne m'a pas pardonné mon aventure minable avec Calvi. Je ne peux pas l'en blâmer, si c'était lui qui m'avait fait le coup j'aurais voulu l'écorcher vif.

— Bon, arrêtons de parler de trucs qui fâchent, ça me déprime plus qu'autre chose. Et toi, les amours ?

— Je croyais qu'on arrêtait de parler de trucs qui fâchent ? rit Indiana.

Je souris en lui piquant son écouteur ballant. Je le mets dans mon oreille avant qu'elle n'ait le temps de m'en empêcher. Quand la mélodie accapare mon ouïe, je ne peux pas faire autrement que d'éclater de rire.

— Sérieusement, Indiana ? *Claude François ?*

Je me tiens le ventre tellement mon hilarité est forte, et ça me fait un bien fou. Je n'arrive plus à me rappeler la dernière fois où je n'ai ne serait-ce produit qu'un gloussement.

— Te moque pas ! C'est juste que ça me met de bonne humeur…

Jones m'arrache l'écouteur, jouant les vexées.

— Et il n'y a que le titre qui s'est affiché. Comment ça se fait que tu aies reconnu direct, d'abord ? contre-attaque-t-elle.

— Parce que comme beaucoup de gens de leur génération, mes parents écoutaient Claude François et mettaient ses chansons à fond dans la maison quand j'étais petite. Mais je ne l'écoute pas pour mon plaisir !

Indiana plisse les yeux d'un air de défi et m'extirpe rapidement mon téléphone des mains.

— Voyons voir ce que princesse Mia écoute…

Je riposte en voulant récupérer mon téléphone, mais Jones s'amuse à l'éloigner en le portant toujours plus haut.

— Jones, rends-moi ça !

Elle me regarde, étonnée.

— Jones ? Franchement, Mia, rien que pour ton manque d'originalité, je ne vais pas te le rendre.

Elle secoue mon portable dans sa main avant de parcourir l'écran. J'abandonne, résignée. Et puis elle tombe sur *la* playlist que je redoutais.

— « Déprime » ? Tiens, tiens…

Je cache mon visage dans mes mains tant j'ai honte de ne pas l'avoir supprimée. Indiana cite quelques titres d'amour mielleux en gloussant.

— Ne te fais pas des idées, dis-je en reprenant possession de mon appareil. J'ai téléchargé ces chansons parce qu'avec Evan on aimait bien se moquer des paroles, c'est tout.

Son regard facétieux me donne envie de lui balancer ma main dans la figure.

Mon affirmation était vraie, à la base. Puis je me suis surprise à ouvrir cette playlist lors de mes séances de ruminations intenses dans ma chambre, et à en écouter toutes les chansons. Je déteste être devenue une de ces adolescentes faibles et clichées.

Quand le bus arrive à destination, je lance à Indiana en me levant :

— Ne crois pas que c'est parce que je te parle qu'on va devenir les meilleures amies du monde. Je ne t'aime toujours pas.

Mon rictus trahit mes paroles.

— Ouais, et moi j'ai toujours un plan pour te détruire, bien sûr.

Je me mords la lèvre pour empêcher un sourire de s'étendre sur mon visage, et descends de cet infâme transport en commun.

En arrivant dans l'enceinte de l'établissement, je sens encore plus de regards sur moi. La nouvelle du décès de Marie a déjà dû faire le tour du lycée, et je suis sûre qu'un tas de filles se lamentent sur l'état d'Evan, soit le garçon le plus apprécié autant physiquement que mentalement. Certaines vont sûrement en profiter et se servir de ce prétexte pour le prendre dans leurs bras, et par la même occasion le toucher. Le fait qu'Evan rejette tout le monde et se montre exécrable a quelque chose de rassurant, je sais au moins qu'il repoussera toute personne qui l'approchera, dont les filles.

Je tombe sur Jordan, qui a l'air aussi dépité que moi. Je ne lui ai pas du tout parlé bien que je vive ces jours-ci sous le même toit que lui, étant donné qu'Evan et moi sommes restés seuls dans sa chambre, même pour manger. Ce matin, il est parti avant moi, alors je ne l'ai pas croisé. Je sais à quel point leur amitié compte pour Jordan, et j'imagine que voir Evan dans un état pitoyable le rend aussi morose que moi.

— Salut…

Sans trop savoir comment, ni par quel élan nous sommes pris, je me retrouve dans ses bras. Je ferme les yeux alors qu'il m'étreint, étonnamment unis dans cette galère. Quand nous prenons conscience de notre comportement, nous nous écartons tel un seul homme, gênés comme jamais. Il se racle la gorge tandis que je remets ma coiffure en place.

— Hum… c'était…

— Un moment d'égarement, complété-je pour lui.

— Voilà.

Heureusement, l'arrivée d'Eva et de Jules dissipe le malaise. Ils me prennent en sandwich en me faisant un câlin, je me débats en me plaignant, mais ils n'en font rien. Ensuite, Jules me tourne vers lui, et dégage une mèche de mon visage.

— Comment ça va, toi ?

Je hausse les épaules et fais tout mon possible pour ne pas pleurer encore.

— Je passe ! Parlez-moi de vous.

Timidement, Eva rejoint Jordan, et il passe un bras autour de sa taille. Elle rougit légèrement en lui souriant, et je suis soudain piquée de jalousie. Je regrette ces moments simples de début de relation, je serais bien restée à ce stade-là avec Evan. Quoique, à bien y réfléchir, je suis fière de tout ce qu'on a traversé. Non, en fait, je ne changerais rien.

•

À l'heure du déjeuner, je m'assois sur un banc et m'appuie contre le mur, les genoux ramenés contre la poitrine, pour sortir mon téléphone. J'envoie un message à Evan qui suit la dizaine de ce matin, tous sans réponse. Je me fais tellement de souci pour lui que si j'étais indépendante avec mon scooter, je serais déjà partie. Je me déteste de l'avoir laissé, mais j'ai raté trop d'heures de cours ces derniers temps, et je le ressens : je suis complètement perdue. De plus, je sais que quand Evan redeviendra lui-même, il voudra rattraper son retard. Il est une bonne motivation pour me forcer à écouter en cours, dans l'objectif de pouvoir tout lui expliquer ensuite.

J'attends quelques minutes, toujours aucun nouveau message. Je laisse ma tête rouler contre le mur, épuisée. *Pourquoi ne me répond-il pas ?* Il sait à quel point je m'inquiète pour lui. Peut-être qu'il n'en a rien à faire.

— Mia ?

Je tourne la tête vers Indiana, que je n'avais pas entendue arriver. Elle fronce les sourcils tandis que j'essuie les larmes que je sens rouler sur mes joues. Je me redresse, me racle la gorge, et regarde ailleurs, honteuse d'avoir été surprise dans un tel état de faiblesse.

— Qu'est-ce que tu veux ?

Ma voix se voulait ferme, mais elle sort toute faiblarde.

— Où sont Eva et Jules ? demande-t-elle.

— Partis manger, très certainement.

Je triture les manches de mon pull.

— Sans toi ?

— Je n'ai pas faim, alors je ne les ai pas accompagnés.

Indiana arque un sourcil.

— Et ils t'ont laissée seule ?

— Ouais…

En réalité, j'ai dit à Jules que j'avais déjà mangé un sandwich en vitesse car il fallait que je voie un prof pour m'aider à rattraper mon retard. Je sais que ni lui ni Eva ne m'auraient lâchée sinon, et j'avais besoin d'être seule. Je n'arrive pas à croire qu'en étant la fille la plus imbuvable de cette planète, j'ai réussi à me dégoter des amis aussi formidables.

— Allez, viens quand même, peut-être que la merveilleuse bouffe de la cantine te fera retrouver l'appétit, ironise Jones.

Je la scrute avec étonnement. Elle aussi, elle est trop gentille avec moi. Le seul à me rendre la monnaie de ma pièce en ce moment, c'est Evan. Et il a sûrement raison.

— Je ne suis pas sûre que Margot et Sarah m'apprécient, dis-je d'une voix de souris.

J'imagine qu'Indiana va manger avec ses deux amies, et il se trouve que je n'ai pas toujours été très sympa avec Margot… Elle était dans ma classe de physique en seconde, et un jour j'ai renversé pas si accidentellement que ça un produit chimique sur ses vêtements. Pour ma défense, elle avait osé prétendre qu'il valait mieux ne pas me faire réaliser des expériences, que j'étais un danger public. Je n'ai fait que lui donner raison !

— Mais si ! Elles ne te connaissent pas vraiment, c'est tout.

Indiana est une piètre menteuse, finalement. Vu la façon incertaine dont elle parle, il est évident qu'elle n'aurait pas pu monter un coup contre moi sans se faire cramer.

Je décide tout de même de la suivre. Même si je ne dois rien manger, c'est toujours un meilleur plan que de pleurnicher toute seule en attendant désespérément une réponse à mes messages qui n'arrivera pas. Je ne tiens pas à devenir aigrie à seulement dix-sept ans.

En voyant la gueule que tirent Sarah et Margot quand Indiana et moi nous asseyons à leur table, je devine que le repas risque d'être tendu. Ou alors elles sont simplement surprises de me voir. Sarah me sourit tout de même, alors que Margot ne me regarde pas. En y réfléchissant, j'ai côtoyé plusieurs fois Margot depuis notre mésaventure de seconde, mais il est vrai que je ne l'ai jamais *réellement* calculée. *Oups.*

— J'ai proposé à Mia de venir, j'ai pensé que ça pouvait être sympa qu'elle se joigne à nous, annonce Jones, hésitante.

— Quel honneur ! Je devrais peut-être m'incliner et faire une révérence, marmonne Margot.

— Bien sûr, et si tu pouvais aussi cirer mes chaussures…

Le regard noir d'Indiana m'interrompt. Je me reprends, sans bonne foi toutefois :

— Enfin, je veux dire, ça ne sera pas utile.

Margot ne rebondit pas et avale une bouchée de sa viande. Heureusement, la tension qui plane au-dessus de la table s'évapore au fur et à mesure qu'Indiana et Sarah font la conversation. La discussion dévie sur le devoir de maths bien trop compliqué qu'on avait à faire pour aujourd'hui et que je n'ai même pas regardé. Espérons que Mercier se montre compréhensif avec moi.

— Sinon, on a qu'à appliquer la technique spéciale Indiana et sécher les cours, raille Sarah.

Je relève la tête de mon assiette, interpellée.

— Tu as séché les cours ?

Les joues d'Indiana s'empourprent. Je n'aurais pas cru ça d'elle, elle est si sérieuse dans son travail. Comme je l'étais à une époque.

— C'est bon, c'est arrivé une fois la semaine dernière, j'avais la migraine.

— Ouais, en pleine journée, renchérit Margot. Et comme par hasard, au cours d'après, tu allais mieux. À mon avis, tu fricotais avec un garçon dont tu ne veux pas nous dévoiler l'identité.

Indiana s'enfonce dans sa chaise en lâchant un grognement.

— N'importe quoi.

— On a raison, insiste Sarah. Et tu ferais bien de nous dire qui c'est avant qu'on mène l'enquête.

Si Jones a bel et bien un nouveau garçon dans sa vie, je ne sais pas si elle m'en parlera. Ça n'est pas comme si nous étions les meilleures amies du monde non plus, mais je lui ai confié pas mal de choses alors peut-être qu'elle éprouvera l'envie de faire de même. Ce matin dans le bus, elle m'a laissée entendre qu'il n'y avait rien à raconter, mais apparemment ça n'est pas tout à fait vrai.

Alors qu'Indiana s'apprête à répondre, elle est coupée par une voix masculine. *Sauvée par le gong.*

— Une enquête ? Je veux en être !

Je m'étouffe presque quand je découvre que c'est Kyllian qui vient d'arriver, ou mon ex dont j'avais complètement oublié l'existence. Il se tient debout à côté de Margot, et le regard qu'ils échangent ne trompe pas. Puis les pupilles de Kyllian croisent les miennes, et sa mâchoire semble se décrocher.

— Mia ! Je ne t'avais pas vue…

Il paraît surpris de me voir attablée uniquement entourée de filles. Il sait que je ne porte pas forcément la gent féminine dans mon cœur. Je remarque qu'il s'est écarté d'un pas de Margot, ce qui ne semble pas plaire à cette dernière.

— Ouais…

— Je, enfin… Je sais qu'Evan et toi n'êtes plus ensemble, du moins c'étaient les dernières nouvelles, mais est-ce que… tu sais, ce qu'on dit à propos de sa mère…

— C'est vrai. Et nous deux, c'est compliqué.

— Comme toujours, sourit-il.

Ses yeux noisette ne me quittent plus, il me regarde comme si on ne s'était pas vus depuis trois ans.

— En tout cas, je suis désolé. J'espère que vous allez tous les deux sortir de ce cycle infernal.

Je ne sais pas, à vrai dire, comment interpréter ses paroles, mais son sourire chaleureux suggère qu'il dit cela avec bienveillance. Il s'écarte de nous, et me lance une dernière fois :

— Oh, et Mia… Ça m'a fait plaisir de te reparler, même si c'était rapide.

Aucune réponse ne me vient, alors je me tais et le regarde s'éloigner.

— Putain, mais tu leur jettes un sort, c'est pas possible !

Je tourne des yeux étonnés vers Margot, qui vient de s'écrier en levant les mains en l'air. Elle me fusille du regard. *C'est quoi, son problème ?*

— Quoi ?

— Non mais sérieusement, c'est hallucinant ! Tu vas le reprendre lui, maintenant qu'Evan t'a jetée ? Ah, peut-être pas, c'était quoi ta devise déjà… « Je ne mange jamais deux fois de la même soupe ? » À moins que tu te mettes au recyclage ?

Sarah et Indiana sermonnent leur folle de copine alors que je sens le feu me brûler les joues au rappel de cette règle stupide que je m'étais fixée. Cette époque me paraît si loin… J'admets avoir honte de cette anecdote. Il y avait vraiment des détails dans l'ancienne version de Mia-la-Garce qui étaient futiles et puérils. Sans compter que j'ai bien enfreint la devise que Margot vient d'énoncer avec Evan, et à plusieurs reprises.

Quelque chose qui n'a pas changé, en revanche, c'est mon sens de la repartie.

— C'est marrant venant de la fille qui désire manger mes restes.

— Tu te crois si irrésistible ? siffle Margot, sans tenir compte de ma pique. Je parie que Kyllian t'a oubliée depuis un bon moment.

— J'ai dépucelé Kyllian, chérie, encore et encore. Le corps dont il se souviendra à jamais, c'est le mien. Toi, tu n'es qu'une passade…

Je jure qu'à cet instant, Margot est prête à bondir par-dessus la table pour m'étrangler. Sarah retient le fauve à temps, et lui fait la morale, lui disant que le comportement de Kyllian n'est pas ma faute.

— C'est ça, défends-la. Quand elle cherchera à te piquer Noah, tu te rendras compte de qui elle est. Moi, je me casse.

Margot se munit de son plateau et s'éloigne d'une démarche qu'elle voudrait déterminée. Sarah et Indiana tentent de la retenir, mais Miss tête-de-mule les ignore.

Je lâche un rire nerveux.

— Elle a un grain, votre pote.

— Faut pas lui en vouloir, c'est pas facile pour elle, comme pour beaucoup.

Je lance un regard interrogateur à Sarah pour l'inciter à poursuivre.

— Tu attires tous les garçons. Dès que tu entres dans un couloir, tu accapares toute l'attention. Ça fait un moment que Kyllian et Margot se tournent autour, et il suffit que tu sois là pour que Kyllian oublie complètement pourquoi il était venu. C'est vrai que ça peut être agaçant.

Je n'avais pas conscience de la jalousie que je pouvais provoquer chez les autres filles. Ou plutôt j'en avais conscience, mais je m'en foutais.

— Je ne suis qu'un fantasme, dis-je simplement.

Indiana et Sarah me dévisagent, intriguées, me poussant à m'expliquer.

— Aucun n'a jamais été intéressé par ce que je suis réellement. Sauter la garce de service, c'était presque un défi pour eux. Je l'ai toujours su, et ça ne me dérangeait pas, puisque je ne voulais pas m'attacher non plus. Certains sont soi-disant tombés amoureux de moi, mais moi je connais la vérité. Je sais qu'ils aimaient l'image que je renvoyais, assurée et aguichante, au fond ils n'avaient aucune idée de qui j'étais. Ils ne se doutaient pas que j'étais malheureuse et morte de trouille.

Sauf Evan. Il est l'exception, mais maintenant il ne veut plus de moi. Je sais que quand il aura surmonté la mort de sa mère, il passera à autre chose. Malgré ça, je veux être là pour lui, quitte à souffrir encore plus atrocement quand il me quittera encore. La nature de l'homme a vraiment des tendances sadomasos.

Indiana et Sarah se retrouvent bouche bée devant mes confessions. Je n'ai jamais aimé me dévoiler, j'ignore pourquoi c'est différent aujourd'hui, mais maintenant je me sens mal à l'aise. Je me lève et quitte la table sans un mot, embarrassée.

●

Jordan se gare devant la maison d'Evan, et nous descendons tous les deux de son scooter. Heureusement qu'il m'a proposé de me raccompagner, je ne me voyais pas prendre encore une fois le bus. J'appréhende de voir l'état d'Evan, mais je suis soulagée de pouvoir enfin le retrouver.

Seulement je ne le trouve nulle part dans la maison. Jordan et moi fouillons dans toutes les chambres, mais aucune trace de sa présence. Mon cœur s'affole. Je me vois déjà le chercher dans tous les bars de la ville, pour ensuite le tirer derrière moi, lui complètement ivre et me criant des insultes. Jusqu'à ce que l'illumination éclaire le pois chiche qui sert de cerveau à Jordan.

— Mais oui, putain ! J'aurais dû y penser plus tôt ! Va voir dans le garage.

Je fronce les sourcils. Je ne suis jamais allée dans cette pièce de la maison. *Pourquoi serait-il dans le garage ?* Mais je m'y rends tout de même, sans grande conviction.

Quand j'ouvre la porte qui relie la cuisine au fameux garage, je reste figée dans l'embrasure. Evan est là. En short de sport, des bandes autour des poignets remontant dans la paume de ses mains, il frappe dans un sac sans relâche. Je sursaute quand il donne un coup de pied dans le punching-ball.

— Evan ?

Il ne réagit pas. Je sais qu'il ne m'ignore pas, simplement il ne m'entend pas. Je déteste le voir dans cet état.

Je m'approche et entends de mieux en mieux sa respiration sifflante. Il lâche quelques râles de colère de temps en temps qui me font frissonner.

— Evan.

Je pose une main sur son épaule. Surpris, il sursaute, et ses pupilles dilatées plongent dans les miennes. Un sourire forcé prend place sur le bas de mon visage.

— Comment tu vas ?

Je le connais assez pour savoir qu'il ne me donnera pas de vraie réponse, mais on peut toujours essayer.

— Ça peut aller.

Sa poitrine frôle la mienne à chaque inspiration tant il est essoufflé. La sueur a collé quelques mèches de cheveux à son front, que je me retiens de dégager.

— Je t'ai envoyé plusieurs messages aujourd'hui, pourquoi tu ne m'as pas répondu ?

— Je… j'avais laissé mon téléphone en haut, balbutie-t-il.

— Attends… Tu es resté à taper là-dedans toute la journée ?

Je pointe le punching-ball du doigt, il déglutit et hoche la tête sans me regarder. Cette idée me fait horreur. J'imagine qu'il vaut mieux qu'il se défoule sur un sac de boxe plutôt que sur un type croisé dans la rue, mais cette rage contenue en lui m'effraie. C'est encore pire que ce que je pensais.

— Et les gants, c'est pour faire joli ? je gronde en prenant ses mains esquintées dans les miennes.

Ses doigts qui dépassent des bandes dévoilent des plaies à vif. Ses jointures sont en sang.

— J'aime pas en mettre, répond-il simplement.

Je soupire et le tire derrière moi. Une fois dans la salle de bains, il s'appuie contre le rebord du lavabo tandis que je fouille dans les placards à la recherche de désinfectant. Il grimace quand je verse le produit sur ses blessures, mais ne dit rien. Le voir si vide me tue presque. Je crois que le pire, c'est de ne plus voir cette lueur s'animer dans son regard. Sans elle, c'est comme si toute sorte de vie l'avait quitté.

Quand je termine de lui appliquer le pansement, je lève les yeux vers lui. C'est alors que je remarque son regard intensément concentré sur mon décolleté : d'où il est, il en a une vue plongeante. La température de mon corps monte crescendo. L'atmosphère de la pièce devient plus lourde. La sueur a rendu son torse découvert saillant, faisant ressortir ainsi chaque ligne de sa musculature. Son pouls bat dans sa tempe et à l'instant où sa pomme d'Adam roule dans sa gorge, je laisse presque échapper un gémissement.

Nous avons réellement un problème.

Il se redresse et s'approche davantage, me dominant de toute sa hauteur. Je sens son souffle s'échouer sur mon front quand il m'oblige à relever le menton. Ses lèvres taquinent les miennes lorsqu'il susurre :

— Tu viens prendre une douche avec moi ?

J'opine, soudain prise de mutisme. Il me fait reculer jusqu'à heurter la paroi de la douche. Il enlace ses doigts aux miens et monte nos deux mains confondues le long du verre trempé. Puis sa bouche se referme sur la mienne. Je n'ai toujours pas changé d'avis, je veux l'aider à s'évader. Et si le sexe est la seule solution, alors je me donne à lui, il peut tout prendre. Je ne sais pas ce que nous sommes l'un pour l'autre, ni où est-ce que nous allons, mais je serais prête à donner ma vie pour ce garçon. Je suis prête à tout pour lui apporter ne serait-ce qu'une once de bonheur, et qu'il sorte de la torpeur dans laquelle il s'est plongé.

Ce que je sais, en revanche, c'est que notre relation n'a jamais été aussi toxique.

•

Evan s'est assoupi dès l'instant où nous avons rejoint son lit, une fois propres et… rassasiés. Ses nuits sont agitées ces derniers jours, il n'arrive pas à trouver un sommeil profond. Mais avec sa journée de sport intensif, il est épuisé, et il parvient enfin à réellement se reposer.

Je profite du fait qu'il dorme pour promener mes mains dans ses cheveux et sur les doux traits de son visage. Je mentirais si je disais que l'ancien Evan ne me manque pas. Je n'ai pas l'habitude qu'il soit si… fermé. Et surtout, je n'ai pas pour habitude de devoir assumer toutes les responsabilités. Maintenant, je me rends compte comme ça a dû être dur pour lui au début de notre histoire, quand je n'étais qu'une coquille vide.

Je frissonne quand j'entends mon téléphone vibrer, de peur qu'Evan ne se réveille. Il a encore besoin de reprendre des forces. Heureusement il remue juste un peu en soupirant, mais dort toujours. Le numéro qui m'appelle n'est pas enregistré dans mon répertoire. Je décline l'appel, mais la personne au bout du fil insiste, alors je sors à contrecœur du lit et enfile un tee-shirt d'Evan, ainsi que ma culotte. Je referme la porte de la chambre doucement, puis décroche dans le couloir.

— Allô ?

— Mia, salut...

Je reconnais immédiatement cette voix, et tout mon corps se tend. La pression dans mon cœur est moins puissante qu'auparavant, mais toujours présente.

— Ne raccroche pas ! s'écrie-t-il, comme s'il avait anticipé mes intentions. C'est important.

— Tu as cinq secondes, Mathieu. Cinq... Quatre...

— Je dois donner quelque chose à Evan !

— Trois... Deux...

— Ce sont des affaires que Marie lui a laissées !

Je m'arrête de compter, prise de court. Je n'avais pas pensé que Marie aurait pu laisser une sorte d'héritage sous forme d'objets à Evan. Mais maintenant, cela me paraît logique. Elle se doutait qu'il ne lui restait pas beaucoup de temps, elle a forcément voulu lui céder quelque chose.

— Pourquoi c'est toi qui les as ?

— Evan devait les récupérer à l'enterrement, c'est ma mère qui les avait. C'est un petit carton qui n'a pas été ouvert. Mais vous avez disparu avant la fin, tous les deux.

Mmm, oui... Le fameux ébat dans cette ruelle sombre.

— OK, tu pourrais venir à Toulouse pour me les donner ?

— Euh... comment dire, j'ai été privé de sortie. Je n'ai plus mon scooter et je dois rentrer chez moi directement après le lycée.

Je roule des yeux, ce type est une calamité. Mais il faut absolument que je récupère ces affaires, peut-être qu'avoir ces souvenirs de Marie va brusquer Evan, et qu'il va enfin éprouver l'envie de remonter la pente.

— Tu termines à quelle heure après-demain ? soupiré-je.

Je n'arrive pas à croire que je fasse ça. Normalement demain je peux conduire légalement mon scooter, alors j'aurai la liberté de me rendre où je veux.

— Cinq heures.

— Bien. Alors je t'attendrai devant ton lycée. Tu me donnes le carton, c'est tout, et on retourne chacun à nos petites vies.

La bile remonte dans ma gorge à l'idée d'aller là-bas. Là où sont réunis tous les fantômes de mon passé. Mais bon, la dernière fois ils ne m'avaient pas reconnue, alors je devrais passer inaperçue.

— Ça marche.

19. VIOLENCE INCONTRÔLÉE

MIA

Quand Evan et moi descendons de sa moto, un silence tombe dans la foule devant le portail du lycée. Tous les regards se dirigent vers nous, et plus personne n'ouvre la bouche. J'ébouriffe mes cheveux alors qu'Evan retire son casque, tous les élèves momentanément momifiés.

— Eh bien, c'était une bonne idée de revenir, marmonne Evan à mon oreille. Je suis bien plus efficace pour obtenir le silence que n'importe quelle engueulade du proviseur.

Je souris en me mordant la lèvre. Me disant que le fait qu'il se remette à plaisanter est bon signe, je lève la tête vers lui, mais suis surprise de découvrir que pas l'ombre d'un rictus n'anime le bas de son visage. Il est juste profondément sarcastique, ce qui dans son cas n'est pas nécessairement une bonne chose. Cela prouve encore une fois à quel point il est malheureux.

— Cesse d'être grognon, tu vas te retrouver ridé à seulement dix-sept ans.

Il se contente de hausser les épaules. Je glisse ma main dans la sienne et nous nous aventurons au milieu du tas

271

d'élèves qui nous observe minutieusement. C'est limite flippant.

On peut même entendre les chaussures d'Evan et moi résonner sur le béton. Heureusement, ce silence de mort ne dure pas, et de nouveaux chuchotis retentissent, jusqu'à ce que les discussions reprennent. Quand nous atteignons le hall du bâtiment central, nous tombons sur Eva, Jules, et Adrien. Tous affichent une moue de pitié en nous voyant arriver, et je sais déjà que cela va suffire à agacer Evan. *Encore plus*, je veux dire.

— Evan ! C'est cool que tu reviennes, tente Jules.

— Ouais, j'avais trop envie de me faire dévisager comme le premier Alien sur Terre ! répond Evan d'un ton traînant.

Eva m'adresse un sourire d'encouragement. Adrien donne une tape amicale sur l'épaule d'Evan, et c'est alors que je me demande si Jules et lui se sont rapprochés… d'une autre façon que purement amicale. C'était déjà le cas avant que n'arrivent tous les drames dans ma vie, mais je n'ai pas suivi les nouvelles ces derniers temps.

Bien sûr, vous me connaissez, j'aborde le sujet de manière très subtile.

— Au fait, Jules, comment va Simon ? Ça fait longtemps qu'on ne l'a pas vu !

Mon meilleur ami se mord l'intérieur de la joue, tandis qu'Adrien regarde ailleurs.

— À propos de ça… Je ne t'en ai pas parlé à cause de tout ce que tu avais déjà à gérer, mais Simon et moi avons genre… rompu.

— Quoi ? je m'étrangle.

Je me doutais que Jules avait le béguin pour Adrien, mais je pensais que c'était juste une passade. Je ne pensais pas qu'il larguerait son premier vrai petit copain.

— Bon, moi je vais y aller, glisse Adrien mine de rien, juste avant de s'éclipser à la vitesse de l'éclair.

Jules soupire en se pinçant les arêtes du nez, Eva me réprimande du regard, et je hausse les épaules, jouant les innocentes.

— Waouh, super-ambiance ! J'ai décidément bien fait de me pointer ! ironise Evan.

— Ouais, bon, moi aussi j'y vais, grommelle Jules.

Je reste perplexe en voyant Jules s'éloigner. J'ai dû rater un épisode.

— Quelle idiote ! s'exaspère Eva. Bravo, Mia !

— Bah quoi ?

— Jules a avoué à Adrien son attirance pour lui la semaine dernière. Adrien lui a répondu, désolé, qu'il n'était intéressé que par les filles. Ils ont décidé d'oublier cette histoire et d'essayer de reprendre leur amitié, sauf que bien sûr une certaine gêne s'était installée. Ce matin est la première fois où ce n'était pas trop bizarre entre eux. Enfin, jusqu'à ce que tu arrives.

— Oh, ça va, je pouvais pas savoir ! Vous ne me tenez au courant de rien, aussi. Comme de ta relation avec Jordy…

Eva écarquille les yeux, rougissante.

— Tiens, mais c'est la sonnerie que j'entends là !

— Non, Eva, ça ne sonne…

— On se voit à midi !

Je soupire et laisse ma cousine s'échapper, à court de toute énergie. Je me tourne alors vers Evan, qui est étonnamment silencieux depuis tout à l'heure.

— J'aurais dû me renseigner auprès d'Adrien sur son orientation sexuelle en voyant que Jules se rapprochait de lui, déclare-t-il. Ça aurait empêché que Jules se fasse de faux espoirs et rompe avec Simon.

Mon cœur se gonfle d'espoir en comprenant que la vraie nature d'Evan refait surface, enfin. Celle qui le pousse à veiller sur ses amis, et leur éviter toute souffrance.

— On n'était pas assez renseignés sur leur relation pour comprendre véritablement ce qu'il se passait, dis-je gentiment.

Quelque chose se referme dans l'expression d'Evan, et il tourne mécaniquement la tête vers moi. Aucun éclat n'illumine ses yeux vides.

— Ouais, c'est malheureux.

La sonnerie se fait véritablement entendre cette fois-ci, alors que je suis prise de nausées, comme à chaque fois qu'Evan adopte ce ton amer avec moi. Son moment de générosité aura été de courte durée.

Indiana arrive en même temps que nous devant la salle de maths. Elle me sourit et me fait un clin d'œil qu'elle pense sûrement discret en apercevant Evan qui m'accompagne.

— Tiens, tu sèches plus les maths maintenant ? la charrié-je.

— Il faut croire que je suis sortie de ma phase rebelle !

Evan nous considère, soulève deux sourcils, avant de sortir : « Il faut croire que les poules auront bel et bien des dents » et de nous devancer pour entrer dans la salle.

— Moi aussi je suis heureuse de te revoir, Evan ! lance Indiana.

Puis elle se rapproche de moi, et me chuchote :

— Comment il va ?

— Tant qu'il n'étripe personne aujourd'hui, on peut dire que ça va. Je regrette juste de ne pas être à côté de lui pendant ces deux heures, j'aurais aimé m'assurer qu'il suive un minimum le cours.

— Ça peut s'arranger, t'as qu'à prendre ma place.

Je regarde Indiana comme si le ciel lui était tombé sur la tête.

— T'es folle, Mercier voudra jamais. La mort de sa mère ne suffira pas à compenser tous nos bavardages à Evan et à moi.

Indiana fronce les sourcils et réfléchit un instant, avant de lâcher :

— T'occupe de rien, j'en fais mon affaire.

— Mia, Indiana, je ne vous dérange pas ? beugle Mercier qui attend qu'on entre pour fermer la porte.

Indiana roule des yeux avant d'obéir et de passer devant lui. Elle devient encore plus insolente que moi, c'est limite si l'élève ne dépasse pas le maître.

Je suis donc les indications d'Indiana et me dirige vers mon ancienne place, à côté d'Evan. Mais bien sûr, la voix grave de Mercier m'arrête.

— Mia, je te rappelle que ta place n'est plus là !

— En fait, je lui cède la mienne, annonce Indiana de l'autre côté de la classe.

Mercier croise les bras et s'avance vers la fille suicidaire que représente Jones à cet instant, son agacement se faisant nettement ressentir. *Pas commode ces temps-ci, le Mercier.*

— Et je peux savoir en quel honneur tu te permets le luxe de « céder ta place » ?

Il se tient maintenant devant Indiana, la fusillant du regard du haut de son mètre quatre-vingts.

— Cessez donc ce petit jeu de professeur autoritaire, M. Mercier. Vous n'êtes pas crédible, surtout en vous battant pour une simple place. Si bien qu'on se demande qui est l'enfant, au final…

Quelques rires retentissent dans la classe, alors que Mercier serre les poings. Indiana est folle de le provoquer ainsi ! Pourquoi en faire toute une histoire et risquer de se mettre un professeur à dos pour un détail aussi stupide ? Elle n'adopte pas le comportement qu'une élève normale devrait avoir. À moins que…

— Indiana, dehors avec moi. Tout de suite.

— En fait, je vais m'asseoir ici, et rester sagement à ma place d'élève, comme vous le désirez. Quant à vous, vous feriez bien de commencer votre cours, on a un programme à finir dans l'année, si je ne m'abuse.

… Non. Impossible. Ça ne peut pas être ça. Et pourtant…

Indiana s'assoit, Mercier reste quelques secondes sans bouger, puis regagne son bureau sans un mot. *Bordel, si, c'est ça…* Cet air coupable qu'il affiche, et qui l'empêche de remettre correctement Indiana à sa place, quitte à s'humilier devant ses élèves. La colère qui émanait du corps d'Indiana quelques minutes plus tôt, ainsi que ce ton de défi qu'elle a pris pour s'adresser à lui. Ses phrases pleines de sous-entendus. Et ce sourire satisfait qui se dessine maintenant sur ses lèvres.

Jones a bel et bien un garçon dans sa vie en ce moment, et ce n'est pas un élève avec qui elle fricote en séchant les cours de Mercier.

C'est Mercier.

Evan a l'air de n'avoir rien remarqué quand je prends place sur ma chaise, troublée. Il se contente de faire une remarque sur l'attitude misérable de Mercier, que je ne parviens pas à saisir tant je suis choquée.

Je retire ce que j'ai affirmé l'autre jour. Indiana est une *excellente* menteuse.

Au final, je n'écoute pas un traître mot de ce que Mercier nous raconte, trop occupée à analyser tous les actes de Jones depuis qu'elle a emménagé ici. Plus je réunis les pièces du puzzle, et plus tout paraît logique.

Quand les deux heures touchent à leur fin, je suis sûre de moi. Mercier essaie d'intercepter Indiana à la sortie, mais elle se rue vers l'extérieur ; puis il fait de même avec Evan, mais celui-ci l'ignore. Une fois dehors je me précipite à la poursuite d'Indiana, qui entre dans les toilettes des filles. Je la retrouve les mains appuyées sur le bord du lavabo, comme si elle reprenait son souffle.

— Toi, tu sais que t'es une grande malade !

Indiana me regarde avancer avec de grands yeux terrifiés.

— Le mec que tu n'arrives pas à oublier, ce n'est pas Maxime ! C'est Mercier !

Indiana ouvre la bouche de surprise, puis vient couvrir la mienne pour me faire taire. Elle zieute les toilettes autour de nous, pour être sûre que nous sommes seules et que personne ne m'a entendue.

— Ça va pas de parler de ça ici ? murmure-t-elle.

— Ça va pas de sortir avec ton prof ?

Elle soupire et se mordille la lèvre, paniquée.

— Comment tu sais ?

— J'ai deviné grâce à ta petite scène.

Elle se frappe le front de sa main avant de se mettre à tourner en rond, comme si elle attendait que la réponse à tous ses problèmes tombe du ciel.

— Tu penses que les autres ont compris aussi ?

— Je ne sais pas…

Indiana s'arrête devant moi, torturée. À vrai dire, je ne sais pas quoi penser de tout ça.

— Je suis perdue, Mia, tellement perdue…

— T'as couché avec lui ? dis-je subitement.

— Quoi ? Non ! On s'est embrassés, une fois… Mais ensuite il m'a rejetée. Je ne le comprends pas. Je ne sais pas vraiment qui a fait le premier pas, mais c'est lui qui m'a invitée à boire un café la première fois qu'on s'est croisés en dehors du lycée. Je sais que c'est interdit, mais j'admets que pendant un moment, j'y ai cru… Je me sentais tellement bien avec lui, si tu savais. Et maintenant, c'est trop dur de me rendre à ses cours, de sentir son regard sur moi alors que je fais tout pour l'éviter… Quand je le regarde, c'est comme s'il s'en voulait. Et ça me fait atrocement souffrir…

Indiana fond en larmes sous mes yeux, et je ne sais plus quoi faire. Je me vois mal lui faire un câlin, mais je ne peux pas non plus la laisser déverser ses larmes sans rien dire. Alors j'attrape un gobelet en plastique à côté du lavabo, le remplis l'eau, et lui jette son contenu au visage. Elle cesse de sangloter, choquée, la bouche grande ouverte.

— Putain, mais…

— Chez les Castez, on n'est pas faibles ! Ressaisis-toi, bon sang ! Tu ne vas pas te laisser anéantir par un matheux !

Jones sort une serviette en papier du distributeur, s'essuie le visage avec, et me regarde à travers le miroir en face de nous.

— Tu as raison. Et ce n'est pas parce qu'il est beau comme un dieu et qu'il est mon prof qu'il a le droit de piétiner mon cœur comme ça !

— Alléluia ! Je préfère ça.

J'ai encore plein de questions à lui poser, mais je devine que ce n'est pas le moment. Indiana et moi sortons des toilettes, et elle précise :

— Mia, tu te doutes que j'aimerais que tu gardes cette histoire pour toi…

— Bien sûr.

•

— Jules !

Je me précipite vers mon meilleur ami à travers le couloir, que je croise pour la première fois depuis ce matin. Il me sourit légèrement en me voyant approcher.

— Tu es pressé ou tu as le temps de discuter un peu avant de sortir ?

— Hum… j'imagine que je peux rester dix minutes de plus dans ce merveilleux lycée. Si c'est pour discuter avec ma meilleure amie que je ne vois presque plus.

Je suis piquée de culpabilité pour être si peu présente ces temps-ci, mais son sourire chaleureux suggère que sa phrase n'était en aucun cas une pique dans le but de me culpabiliser.

Naturellement, nous nous éloignons de l'émeute d'élèves qui quittent le lycée, et allons nous asseoir sur un banc dans la cour, à l'écart.

— Je suis tellement désolée pour ma gaffe de ce matin ! Pourquoi tu ne m'as rien dit ? je m'empresse de lui demander.

— Tu as juste tellement de choses à gérer, Mia, soupire-t-il. Et le deuil d'Evan est clairement plus grave que mes histoires de cœur. Ça n'était pas pour te mettre à l'écart, simplement… je ne voulais pas te rajouter un poids sur les épaules.

Je prends ses mains dans les miennes, touchée par sa manie de toujours veiller sur moi, même s'il ne le manifeste pas forcément.

— Alors, tu as rompu avec Simon pour rien ?

— Pas vraiment… En fait, notre rupture était avant tout due à un éloignement, du fait que nous ne sommes pas dans le même lycée. C'était de plus en plus compliqué de se voir, et sûrement à cause de cet éloignement, mes sentiments pour lui étaient moins forts. Alors même si c'est mort avec Adrien… je ne retournerai pas avec Simon pour ces raisons. Après tout, un moment de célibat ne peut pas me faire de mal !

— J'arrive pas à croire que j'ai manqué tout ça de ta vie, soufflé-je.

Mon meilleur ami glisse sa main contre ma joue, et ses yeux bleus brillent de sincérité quand il m'affirme :

— Je pouvais gérer ça tout seul, ne t'en veux surtout pas. En revanche, toi… maintenant qu'on est tous les deux, je peux te le dire : tes faux sourires ne me bernent pas. Plus aucun regard plein de mauvaise curiosité, tu peux te lâcher. Lâche-toi, Mia.

C'était sûr que Jules verrait ma souffrance malgré mon talent de la cacher. Il a toujours été très doué pour me cerner. Alors je fais tout sortir, parce que j'ai vraiment besoin d'une épaule sur laquelle pleurer, là maintenant.

— C'est tellement dur, Jules ! Cette situation est un vrai calvaire. J'ai trop de responsabilités sur les épaules d'un coup, trop de monde qui compte sur moi pour contenir Evan : lui-même, son père, Seb, Jordan… Mais le voir souffrir et se détruire à petit feu me mine complètement. Je me fais tellement de souci pour lui, pour son avenir… et voir qu'il m'en veut toujours à mort à cause de nos antécédents, c'est trop…

Je me remets à pleurer comme une fontaine, à croire que mes réserves d'eau corporelles sont illimitées. Jules me serre contre son torse, et je ne tarde pas à tremper le col de son pull. Je m'accroche à ses épaules en espérant qu'il m'apporte la solution miracle pour surmonter ces épreuves, parce que je suis en train d'échouer lamentablement.

— Chut, je suis là pour toi, tu n'es pas seule…

— Mais j'ai tellement l'impression d'être seule ! Tu sais, au-delà du fait que de voir Evan se foutre en l'air me tue, je dois moi aussi faire mon deuil. J'étais beaucoup attachée à Marie, elle était géniale avec moi. Elle voyait le bien en moi, comme Evan, et me donnait l'espoir de trouver enfin ma place quelque part. Et quand je pense qu'elle nous a quittés à cause d'une satanée maladie… Elle était *la* personne qui ne méritait pas de mourir ! C'est tellement injuste, et rien que d'y penser j'ai du mal à respirer. Evan compte sur moi pour le soutenir… mais qui sera là pour me rattraper si je tombe ?

Jules capture mon visage entre ses mains, et essuie les larmes qui dévalent mes joues.

— Moi. Je serai toujours là, désolé de ne pas avoir été plus présent ces derniers jours. J'aurais dû te montrer que tu pourrais toujours compter sur moi.

Je reste un moment silencieuse, bercée dans les bras de mon meilleur ami, mon cœur plus souillé que jamais.

— Je suis tellement fier de toi, chuchote Jules au bout d'un moment.

Je lève la tête et accroche mes pupilles aux siennes.

— Début seconde, je n'ai pas cherché à voir plus loin que l'attitude que tu te donnais : une garce sans cœur. Et tu sais quand j'ai commencé à me remettre en question ?

Je secoue la tête, ignorant tout de cette histoire.

— C'était après que le prof t'a déplacée à côté de moi. Il avait forcé une élève à se rendre au tableau pour un oral alors qu'elle tremblait comme une feuille, morte de trouille. J'ai vu la compassion traverser tes yeux lorsqu'elle a commencé à bégayer devant tout le monde, au bord des larmes. Discrètement, tu as débranché le vidéoprojecteur de façon à ce qu'elle ne puisse plus faire son exposé. À ce moment-là, j'ai compris que j'avais été stupide de m'être montré si superficiel.

Je me souviens parfaitement de ce moment, mais je ne savais pas que Jules m'avait vue débrancher ce vidéoprojecteur. Tout me paraît plus clair, à présent. Jules me détestait, et du jour au lendemain il s'est montré plus clément avec moi. C'était suite à cette histoire.

— Merci, Jules.

— Il n'y a pas de quoi.

Il embrasse tendrement mon front, et je sens mon cœur se réchauffer. Un peu.

Jules et moi nous quittons dans le hall, où j'attends Evan. Notre discussion a pris un peu de temps, j'espère qu'il ne m'a pas oubliée. J'attends dix minutes, mais toujours rien, alors je me décide à sortir pour voir s'il ne m'attend pas à l'extérieur.

Quand je m'engage dans l'allée, un bruit sourd me retient. Je regarde sur ma droite, et c'est alors que je découvre Evan, furieux, qui vient de plaquer un gars contre un mur un peu en retrait. *C'est pas vrai...* Je n'hésite pas et me précipite vers eux. Heureusement que je suis passée au bon moment.

— Evan ! Qu'est-ce que tu fais ?

Il resserre sa poigne autour du col de son adversaire.

— Bon sang, Mia, grogne-t-il. Pourquoi est-ce que t'es toujours sur mon dos ?

— Parce que de toute évidence, tu en as besoin. Maintenant lâche-le.

Evan n'en fait rien et ses traits se durcissent. Il ne me jette même pas un regard.

— Lâche-moi, espèce de malade ! rugit l'autre mec.

— Tu fais moins le malin maintenant, tu n'as plus envie d'insulter ma copine ?

Mes traits se détendent et mon cœur rate un battement en entendant Evan m'appeler sa « copine ». Je ne sais pas de quoi ce type m'a traitée, mais ça n'est pas la première fois qu'on parle dans mon dos, ni qu'on me critique devant Evan. D'habitude, il se retient d'exploser, mais son état actuel fait qu'il s'emporte trop rapidement. Cependant, bien que j'aimerais voir ce gars souffrir, je ne veux pas qu'Evan ait des problèmes au lycée en plus de ses problèmes personnels. Je dois l'arrêter.

Evan secoue sa main libre avant de la refermer, je sais ce que cela signifie. Alors, sans plus réfléchir, je fouille dans mon sac pour en sortir une paire de ciseaux.

— Stop, Evan ! Si tu ne le relâches pas, je me sers de ça.

Les yeux d'Evan dévient lentement vers la paire de ciseaux ouverte au-dessus de mon poignet. Je tremble de tous mes membres, mes yeux me piquent, mais je continue de le scruter sans bouger.

Evan relève ses pupilles dilatées sur mon visage décomposé.

— Tu bluffes.

— Ah oui, tu penses ?

Je souffle un grand coup.

— Il suffirait d'une petite pression, et puis…

J'appuie doucement avec la pointe du ciseau et gémis de douleur quand il transperce la peau fine de mon poignet. *Bordel, mes plans sont vraiment foireux.*

— Mia…

Il m'avertit, mais il tient toujours l'autre garçon. Alors j'appuie encore un peu, jusqu'à ce qu'une goutte de sang se forme.

— OK, OK ! Arrête-toi !

Je m'exécute et attends qu'il laisse sa proie partir. Il jure entre ses dents, son regard alternant entre son adversaire et moi. Je sursaute quand il lui donne un coup de tête. Le garçon s'étale ensuite sur le sol quand Evan le lâche. Je poste une main sur ma bouche, Evan m'attrape par le poignet qui n'a rien et me tire derrière lui. Mes jambes obéissent sans que je ne leur en aie donné l'autorisation, mais mon esprit est toujours aux côtés de ce gars qui gît par terre.

— Quelle idiote ! gronde-t-il en appuyant la manche de mon pull sur ma minuscule plaie. Tu aurais pu vraiment te blesser.

Nous marchons toujours, sans regarder derrière. Un surveillant risque de trouver ce mec… Il s'est peut-être

284

fait mal en tombant… Evan peut avoir de gros problèmes. Quand nous passons le portail, j'arrive enfin à réagir.

— On ne va pas le laisser là-bas ! Tu dois lui avoir cassé le nez !

— J'espère, ouais.

Je m'arrête net, éberluée.

— Pardon ?

— J'espère que je lui ai cassé le nez, répète Evan d'un sang-froid qui me fait frémir.

Je le dévisage, encore et encore. Non, décidément, je ne fais pas face à la même personne qu'il y a encore deux semaines. Cet être impassible n'est pas le Evan que j'ai appris à connaître et à aimer.

— Tu te rends compte de ce que tu dis ? Même si c'est un enfoiré, tu veux qu'il termine comme Benjamin ?

— Ne parle pas de cette histoire ! hurle Evan. Ça n'avait strictement rien à voir !

Je sais que je dépasse les bornes en lui rappelant cette abominable histoire dont il a affreusement honte. Ce gosse à qui il a failli ôter la vie pour ses jeux puérils. Mais arrivée à ce stade, je ne sais plus quoi faire. Il faut qu'il se rende compte de son comportement.

— Pourtant, tu as aussi laissé Benjamin seul après l'avoir tabassé, et agonisant. Ça y ressemble beaucoup. Ce gars m'a insultée ? Et alors ! Il n'est pas le premier et ne sera pas le dernier, qu'est-ce qu'on en a à foutre ?

— T'es vraiment nulle, Mia. Tout ce que tu fais, c'est vraiment nul. Je prends ta défense alors que ce connard te traite de salope sous mes yeux et tu me donnes une leçon de morale ? En plus, tu ne vois pas que ton plan pour m'aider à m'en sortir échoue lamentablement ? Cesse donc

285

d'essayer de jouer les petites amies parfaites, ce n'est pas toi. Je ne veux plus de toi. Laisse-moi avancer seul, parce que la seule chose que tu fasses, c'est me ralentir.

Ses paroles me statufient sur place. Je sais qu'il ment, mais ça ne me fait pas moins mal. Mon cœur saigne et je peux presque entendre son contenu se déverser sur le sol. Cette situation est un véritable enfer, et s'il commence à me rejeter de la sorte, je ne suis pas sûre de le supporter.

— Allez, viens. Je te ramène, dit-il à contrecœur, prouvant qu'il reste une part de lui dans ce corps monstrueux.

— Je crois que je préfère encore marcher.

Je tourne les talons et commence à m'éloigner. Je suis trop choquée pour pleurer, mais je tremble comme une feuille, et c'est à peine si mes jambes ne se dérobent pas sous moi.

— Mia, attends !

La détresse dans sa voix me stoppe instantanément. Je sens l'espoir renaître en moi quand la panique submerge son beau visage, et qu'il s'empresse de me rattraper. *Il a peur que je le quitte. Il m'aime et il veut que je reste, avec lui. Même s'il ne veut se l'avouer.*

— Je… je…

Quand il me fait face, c'est comme si chacune des émotions qu'il a éprouvées ces dernières secondes s'évaporaient. Il prend conscience de son attitude, et se reprend aussitôt, écrabouillant mon nouvel espoir.

— Je te conseille de prendre par le parc. C'est plus court.

Je secoue la tête, dégoûtée, et me tire loin de lui.

20. POUR EVAN

MIA

En descendant de mon scooter, je dois me rappeler une dernière fois pourquoi je suis ici. *Pour Evan. Je fais ça pour Evan.* Pour que nous ayons peut-être encore une chance, mais par-dessus tout, pour qu'il aille mieux. Malgré son comportement d'enfoiré hier, je n'ai pas changé d'avis comme il semble le vouloir. Au contraire, il semblerait que je sois encore plus déterminée.

Je me recoiffe rapidement, passe mes mains sur ma robe pour la lisser. Je ne sais pas pourquoi je cherche soudain à m'arranger. Peut-être pour qu'au cas où je croise quelqu'un qui me reconnaisse, il voit celle que je suis devenue, que je ne suis pas anéantie, et qu'il tombe sur le cul.

Je m'avance et reste un peu en retrait devant le portail, appuyée contre un mur. Je croise les bras en attendant que la foule se mette à sortir, observant l'établissement dans lequel j'aurais dû aller sans toute cette histoire avec Mathieu. Et me voilà à l'attendre à la sortie, si ce n'est pas ironique. En tout cas, ce lycée est tout vieux et je peux

imaginer d'ici l'odeur moisie des murs. Je préfère définitivement le mien – avec Evan dedans, bien sûr.

La sonnerie retentit et les élèves se ruent dehors.
Quelques têtes me paraissent familières, mais aucune ne
me permet de me remémorer un nom. J'envoie un message
à Mathieu pour lui dire où je suis, puis il apparaît, son
portable entre les mains. Il me sourit timidement en me
rejoignant, le fameux carton sous le bras – Dieu merci, il
ne l'a pas oublié.

— Salut. Merci d'être venue.

— Je ne l'ai pas fait pour toi.

Je tends les mains pour qu'il me donne le carton, mais
il fait exprès de l'éloigner de moi.

— À quoi tu joues ?

— Je veux juste te poser une question.

Évidemment, Mathieu ne rend jamais service sans rien
en contrepartie. J'aurais dû m'en douter.

— Comment est-ce que tu fais pour te rattraper auprès
d'une personne quand elle a appris tes actes puérils par
quelqu'un d'autre ?

Je laisse échapper un rire nerveux. Il est sérieusement en
train de demander des conseils sur sa relation amoureuse
à une fille qu'il a dépucelée pour se foutre de sa gueule,
et il n'a pas l'air de trouver ça anormal.

— Dans ton cas, c'est vrai que ça s'avère un peu compliqué. Il te manque clairement une case.

— Écoute, je te dis ça parce qu'Evan avait réussi à te
récupérer, après que tu as appris pour les photos… Je
veux juste savoir… Comment il a fait ?

— Evan n'est pas toi, Mathieu. Il n'est pas quelqu'un
de profondément mauvais.

Mathieu déglutit, et pour la première fois, je le blesse. Je lis la souffrance sur son visage, et c'est si inhabituel que cela me laisse coite.

— Tu n'as peut-être pas tort. Peut-être que je suis quelqu'un de profondément mauvais, c'est vrai que j'ai tout le temps envie de faire du mal aux autres, et je l'assume. Seulement depuis que j'ai rencontré Roxane, c'est différent... elle me calme. J'ai l'impression qu'avec elle, je pourrais presque devenir une bonne personne, et je dois dire que ça me plaît. Je ne devrais certainement pas te dire ça, mais c'est la première fille avec qui j'ai envie d'avoir une relation durable... je crois bien que je l'aime.

Il a raison, il ne devrait pas me dire ça. Certes je n'étais pas amoureuse de Mathieu, mais j'aurais aimé qu'il ressente de tels sentiments pour moi. Ça l'aurait sûrement empêché d'aller au bout de son plan, et je n'aurais pas tant souffert. Sa déclaration remue en moi toutes les paroles qu'il a pu prononcer pour me berner, sans jamais faire un faux pas, me faisant croire à tous ses bobards.

— T'es sérieux, Mathieu ? Et tu crois que je vais te répondre ? Pourquoi est-ce que je te donnerais une chance de toucher au bonheur, hein ? Où il était mon bonheur à moi, ces deux dernières années ? Tu me l'as volé et piétiné sous mes yeux, tu m'as vue m'effondrer, et tu crois que maintenant je vais t'aider avec cette fille ? Je serais plutôt tentée de la tenir loin de toi, du malade que tu es ! C'est ça, putain, tu es complètement malade et...

— Mia ?

J'arrête de m'agiter et me retourne vers la voix masculine qui vient de s'élever, tout en crachant un « quoi » dédaigneux, lassée. Et la vue qui s'offre à moi me fait l'effet d'une chute du sixième étage d'un immeuble. *Oh, merde...*

— Lucas...

Mon ancien meilleur ami est là, sous mes yeux. Bien changé, certes, mais il est là. Je ne pensais jamais le revoir, il faut dire que je n'ai jamais *cherché* à le revoir. Je ne sais pas si je dois me réjouir de l'avoir devant moi ou prendre mes jambes à mon cou.

Je l'ai laissé tomber. Lucas était la seule personne, lors de ma troisième, qui m'ait toujours soutenue. Seulement après la diffusion des photos... J'ai voulu m'éloigner de tout ce qui me liait à ce bahut de malheur. Ça incluait donc de couper les ponts avec Lucas, malgré son amitié sans faille.

Il me toise de haut en bas, les yeux écarquillés.

— Tu... enfin... je... j'ai failli ne pas te reconnaître.

Je déglutis péniblement en le scrutant à mon tour.

— Moi non plus. C'est quoi cette taille de géant, t'arrives encore à passer les portes ?

Et j'exagère à peine, il est vraiment *très* grand. Certainement plus grand encore qu'Evan.

Ma raillerie le fait sourire, et je le vois littéralement se détendre devant moi. Un sourire me mange la moitié du visage en réalisant que si, merde, je suis plus qu'enchantée de le revoir. Naturellement, nos deux corps se rapprochent, et je craque la première en me pendant à son cou. Il me réceptionne de deux mains dans le bas de mon dos, et la sensation de familiarité d'être dans ses bras est le meilleur sentiment de ces derniers jours.

— J'ai tellement pensé à toi, Mia, tu ne peux pas savoir... Je me suis beaucoup inquiété.

Je me détache de lui, un pauvre rictus désolé sur les lèvres. Ce n'est que maintenant que je le remarque, mais il est devenu vraiment beau garçon. Cette chevelure blond foncé en bataille, cette étincelle dans son regard vert, c'est comme si je n'étais jamais partie.

— Je sais… Mais partir et tout laisser derrière moi, tout recommencer, m'a paru être la meilleure solution. Désolée que tu aies dû en pâtir.

— Je comprends, et je ne t'en veux pas. C'est juste que j'aurais aimé savoir comment tu allais… si tu t'en sortais.

Je suis soudain piquée de remords. Il est vrai que j'aurais pu au moins lui envoyer un message. Mais j'étais dans ma phase « rien à battre des autres », alors ça ne m'était pas venu à l'idée. Ensuite, j'ai essayé de tout oublier.

— Mais qu'est-ce que tu fais ici ? Et surtout, avec lui ?

Ses traits se durcissent quand il désigne Mathieu d'un mouvement de tête.

— Moi aussi je suis heureux de te voir, Luc ! lance Mathieu.

— Oh, ta gueule.

Je glousse de la spontanéité de Lucas, c'est quelque chose que nous avons toujours eu en commun. À ce que je vois, il est loin de porter Mathieu dans son cœur. Je n'en attendais pas moins, Lucas tenait à moi et il a dû détester Mathieu pour ce qu'il m'a fait, mais on dirait qu'il n'a pas décoléré depuis ce regrettable événement.

— Il ne t'embête pas, au moins ? insiste Lucas, me faisant comprendre d'un regard qu'il pourrait le mettre à terre en moins de deux s'il le fallait.

— Non, t'en fais pas. On m'a déjà vengée de lui, aujourd'hui je venais récupérer quelque chose d'important pour mon copain.

— Ton copain ? Pourquoi est-ce que Mathieu doit te donner quelque chose pour ton copain ?

Je soupire.

— C'est une longue histoire, un peu folle. T'as le temps pour un café ? Enfin, pas un café parce que je déteste ça, mais t'as pigé.

Lucas fait mine de regarder sa montre – qu'il ne porte pas, ce qui rend le geste stupide – avant d'adopter une moue adorable.

— T'es en retard de deux ans et demi, mais bon, mieux vaut tard que jamais !

Je lui donne un coup de coude pour oser se moquer de moi, ce qui le fait rire. C'est fou, à peine quelques minutes en sa compagnie et je me sens déjà ressourcée. Ce n'est que maintenant que je l'ai en face de moi que je me rends compte à quel point il m'a manqué.

Mathieu à côté de nous se racle la gorge pour nous rappeler sa présence, comme si elle nous importait.

— Bon, du coup, j'imagine que je peux m'asseoir sur tes conseils.

— Pour récupérer ta blonde, il n'y a qu'une solution. Change de corps. Et de mentalité. Parce que tu es trop répugnant.

Après avoir arraché le carton des bras de Mathieu, je tire Lucas par la main et nous nous éloignons. Mon ami me questionne, incrédule :

— Tu connais Roxane ?

— Je crois qu'on a beaucoup de choses à se dire, toi et moi.

Lucas m'emmène dans un café sympa près du lycée, il m'explique que c'est le lieu de rendez-vous de tous les élèves. Nous prenons place à l'intérieur – foutu temps hivernal oblige – et Lucas prend soin de me laisser la place sur la banquette. Je positionne le carton entre mon corps et la fenêtre, de façon à ce que personne ne puisse s'en emparer. Je me munis ensuite de la carte des boissons et la parcours, avant de hausser les sourcils avec dédain.

— « Chocolat chaud de Noël » ? Ils commencent ces merdes de plus en plus tôt.

— On est le 4 décembre, Mia. Normal que ça commence.

Je lève les yeux vers lui, ébahie, comme s'il venait de m'annoncer la révélation du siècle.

— *Le 4 décembre ?* Déjà ?

— Tes parents auraient peut-être dû t'acheter un calendrier de l'avent, me raille-t-il avant de m'arracher la carte des mains.

— Te gêne pas, surtout. T'étais plus poli à tes quinze ans.

Un demi-sourire se dessine sur ses lèvres.

— Quelque chose me dit que je ne suis pas le plus gros changement ici.

Je ne le contredis pas et nous débutons une discussion bilan sur nos vies. J'apprends que ses parents ont divorcé durant son année de seconde, et qu'il ne l'a pas très bien vécu. C'est à ce moment-là qu'il s'est rapproché de Clara, une jolie fille qui était dans le même cours de solfège que lui. Ils sont tombés amoureux, et sa vie est devenue bien plus rose. Aujourd'hui ils semblent filer le parfait amour depuis un an, ainsi qu'une relation tranquille. Bien sûr, le schéma se corse quand on en vient à parler d'Evan et moi.

— Attends… quoi ? Il est le cousin de Mathieu ?

— Je t'avais dit que c'était une histoire de fous.

Je lui conte notre histoire dans les grandes lignes, omettant volontairement quelques détails qui sont encore trop douloureux. Je m'interromps quelquefois pour siroter mon Coca, quand ma gorge devient trop sèche à force de parler. Sa mine se décompose quand je lui annonce la mort récente de Marie, et comment j'essaie de gérer la chose, sans grand succès.

— Waouh… Ta vie est pour le moins trépidante.

— C'est le moins que l'on puisse dire. Disons que je ne mourrai pas d'ennui…

— Je suis fier de ce que tu es devenue, Mia. J'ai eu tellement peur de ton état quand tu es partie… je m'imaginais le pire. Et comme par hasard, je me suis retrouvé dans la classe de Mathieu tous les ans, comme si le destin se foutait de ma gueule en m'exposant sa face de connard tous les jours. Et maintenant, il tourne autour de Roxane, une autre de mes amies proches. C'est à croire qu'il le fait exprès.

— Si ça peut te rassurer, je crois qu'il tient vraiment à elle. Mais je ne vois pas comment un gars comme lui pourrait s'investir comme il le faut dans une relation. Mais bon, mon opinion est sûrement faussée, puisqu'il est l'auteur de tous mes malheurs.

— La mienne aussi, il n'empêche que ce qu'il t'a fait, je ne pardonne pas. Même moi, j'avais fini par croire qu'il était sincère. Qu'est-ce qui me dit qu'il ne joue pas encore à un de ses jeux puérils avec Roxane ?

Je me tortille sur ma chaise, les mains tremblantes.

— Est-ce qu'on pourrait parler d'autre chose, s'il te plaît ?

J'ai beau avoir dépassé cette histoire, elle remue toujours énormément de choses au fond de moi. Lucas le comprend, et détourne la conversation sur mon métier de mannequin en s'excusant.

Je suis en train de rire quand la porte du bar s'ouvre pour laisser place à un schéma que j'ai déjà vu bien trop de fois. Mon sang ne fait qu'un tour tandis que je vois la bande de Laurie entrer – sans la leader, toutefois. Un immense soulagement s'éprend de moi quand je comprends que Laurie n'est pas là, et que je n'aurais pas à l'affronter. J'ai honte de ce que cette fille provoque encore chez moi, mais à chaque fois que je la vois c'est comme si l'on s'amusait à tordre mon cœur souillé, encore et encore, jusqu'à tel point qu'il me devient impossible de reprendre ma respiration.

Lucas, qui a suivi le chemin de mes yeux arrondis de surprise, me propose d'un air rassurant :

— On peut s'en aller tout de suite, si tu veux.

Je n'ai pas le temps de prendre une décision que Jade me remarque. Elle me regarde un instant sans tiquer, tout de même avec insistance. Puis elle me reconnaît, et secoue le bras de Natacha, à côté d'elle, pour l'alerter de ma présence. Je me rembrunis dans mon siège, sans ciller, mes prunelles semblant scotchées à ce tableau douloureux.

C'est alors que Jade, Natacha et Stéphanie avancent dans notre direction. Je me force à avaler la boule dans ma gorge quand Jade se plante devant moi, feignant ne pas être perturbée.

— Salut, Mia ! dit-elle joyeusement. Ça fait un bail... je ne savais pas que tu traînais dans le coin.

Je ne sais pas à quoi je m'attendais, mais certainement pas à ce qu'elle veuille engager une discussion courtoise avec moi. Légèrement déroutée mais surtout blasée, j'arque un sourcil.

— Je ne traîne pas dans le coin. Je suis juste venue voir Lucas, mens-je.

— En tout cas, ça me fait plaisir de te voir. Je peux m'asseoir ?

Elle n'attend pas mon approbation et prend place sur la banquette à mon côté. Natacha et Stéphanie vont chercher deux chaises pour s'installer de l'autre côté de la table, me souriant tout aussi naturellement que Jade. *Ces filles ne tournent pas rond.* Je me retiens de rire quand Lucas décale sa chaise, histoire d'être le plus loin possible de ces pimbêches.

— En tout cas, on voulait te féliciter pour ta participation chez Audace. C'est incroyable.

Mon cœur rate un battement.

— Quoi ? Vous êtes au courant ?

— Bien sûr, comme toute personne qui suit un minimum la mode.

Jade me montre l'écran de son téléphone, sur lequel s'affiche une publicité. C'est bien un des clichés de Silvio et moi, posant ensemble en sous-vêtements. Avec les récents changements dans ma vie, j'avais oublié le lancement de la pub.

Quand je montre le téléphone à Lucas qui essaie tant bien que mal de comprendre de quoi nous parlons, son teint vire au rouge pivoine et il détourne les yeux, ce qui m'arrache un sourire amusé.

— Alors, dis-nous, comment il est ?

— Qui ça ? je réponds, les yeux toujours fixés sur l'écran.

— Silvio Calvi ?

Je lève la tête vers les trois commères pendues à mes lèvres, attendant impatiemment mes révélations.

— La dernière fois que je l'ai vu, c'était plutôt *Calvitie*, mais bon…

Mes lèvres sont déformées d'un rictus au rappel de cette scène de ma vie pour le moins jouissive. J'espère qu'il a fini par apprécier sa nouvelle coupe.

Mes quatre compagnons ne saisissent pas mes paroles, ce qui dissuade Jade de poursuivre son interrogatoire.

— Bon, moi je ne vais pas tarder à y aller, annoncé-je. Je n'ai pas envie de tomber sur la reine des abeilles et ses kilos en trop.

Je revêts ma veste et passe mes cheveux par-dessus.

— Tu parles de Laurie ? m'interroge Stéphanie.

Qui ça pourrait être d'autre ?

— Elle ne viendra pas. Elle a un rendez-vous je ne sais plus trop où… et puis bon, on reste plus trop ensemble, ces derniers temps.

— Ça n'est pas plus mal pour vous. Laissez-moi deviner, un mec ?

Jade, Natacha et Stéphanie rougissent, conscientes d'être de simples bouche-trous quand ça arrange Laurie. C'était déjà comme ça à l'époque, dès qu'un garçon entrait dans l'équation, madame en oubliait soudainement ses supposées amies. Jusqu'à ce qu'elle se lasse dudit garçon, et qu'elle se tourne à nouveau vers ses copines.

Je sais ce que vous vous dites, j'avais le même comportement avant Evan. Sauf que je n'ai jamais laissé croire à

Fanny et Sophia que je les considérais réellement comme mes amies, quant à Eva et Jules, je ne les oubliais jamais.

— Ouais, un mec. Il est là d'ailleurs, énonce Jade, comme si elle avait senti mon goût de vengeance.

Je suis la direction de son doigt, dévoilant un grand brun de dos, accoudé au bar. Je me mords la lèvre en jubilant. Une vengeance offerte sur un plateau d'argent, si ce n'est pas beau ça ! Sans m'en rendre compte, je suis déjà sur pieds, prête à rejoindre la nouvelle cible de Laurie.

— Mia, qu'est-ce que tu fais ? m'arrête Lucas.

— Relax, je sais ce que je fais. T'en fais pas.

Je balance ma chevelure sur mon épaule et entreprends une marche déterminée. Je souris au grand brun en arrivant à côté de lui, posant mes deux coudes sur le bar.

— Je viens régler pour mon ami et moi.

Je montre la table de Lucas, le serveur hoche la tête avant de s'affairer derrière le bar.

— Je ne crois pas t'avoir déjà vue ici, constate mon plan de vengeance.

Il me dévore des yeux, je ne m'attendais pas à ce que ce soit si facile. Il faut croire que Laurie n'est pas très douée pour garder ses proies en laisse.

— Je ne viens pas souvent, c'est vrai. En revanche, je sais qui tu es…

Le brunet hausse les sourcils, avant de répondre sur un ton séducteur :

— Ah oui… ?

— Oui, tu sors avec une amie à moi, Laurie.

Ces mots me brûlent la gorge, mais je tiens bon.

Il se renfrogne, visiblement mal à l'aise que je sache qu'il est casé.

— Ouais, enfin, sortir est un bien grand mot... disons qu'on traîne ensemble.

— En tout cas, c'est très sympa de ta part. Avec ses problèmes, tous les garçons n'en feraient pas autant...

— Ses... problèmes ?

— Oui, ses mycoses vaginales. C'est une vraie horreur, la pauvre !

Le brun devient blême. Je porte une main à ma bouche en laissant échapper un léger souffle, comme si je venais de commettre une gaffe accidentellement.

— C'est pas vrai, tu n'étais pas au courant ! Je suis désolée, je pensais que tu savais, comme tout le monde...

— N-non... ça va... ne t'excuse pas.

Le serveur me tend ma note, que je règle, satisfaite de mon travail.

Quand je commence à partir, le futur ex de Laurie me demande :

— Hé ! Je ne pourrais pas avoir ton numéro ?

Un sourire malicieux fendant ma bouche, je lui jette un regard ravageur par-dessus mon épaule.

— Je te propose un deal : dis à Laurie que Mia l'embrasse, et je te promets de revenir te voir.

Même pas en rêve. Mais il semble aux anges de ma proposition, et je suis sûre qu'il me mate tandis que je m'éloigne. Lucas me rejoint avec le carton qu'il me tend, et nous sortons. Il me reluque avec insistance, les yeux écarquillés.

— Qu'est-ce qu'il y a ? On dirait que t'as vu un fantôme.

— Non, c'est juste... ce que tu viens de faire, je ne m'attendais pas...

— C'était juste un numéro de charme, Lucas. Je n'étais pas sérieuse, c'était histoire de laisser un petit cadeau de mon passage à Laurie.

Mon ami acquiesce, tout de même chamboulé. Il est clair que l'ancienne Mia n'aurait jamais eu ce comportement, c'est à peine si j'arrivais à saluer un garçon dans les couloirs.

— Tu as payé, me reproche Lucas.

— C'est moi qui t'ai invité, je te rappelle. La prochaine fois on fera moitié-moitié, si tu préfères.

Lucas lève les yeux au ciel suite à ma taquinerie, et reprend son sérieux.

— « La prochaine fois », ça signifie qu'on sera amenés à se revoir ?

Je fixe mes pieds, jouant avec mes ongles vernis.

— Ouais, j'aimerais bien… enfin si tu veux.

— J'aimerais beaucoup.

Nous échangeons un dernier sourire, ainsi qu'un dernier câlin. Il entre mon numéro dans son téléphone, je fais de même avec le sien, et nous sommes à nouveau obligés de nous quitter. Sauf que cette fois, je sais que ce n'est pas définitif ; maintenant que je l'ai revu, j'ai une folle envie de le garder dans ma vie.

Je rentre finalement à Toulouse, soulagée parce que le rendez-vous avec Mathieu s'est relativement bien passé, et heureuse de mes retrouvailles avec Lucas. Je me rends compte qu'en quelques heures, j'ai réussi à oublier mes problèmes, et que ça m'a fait un bien fou. Mais plus je me rapproche de Toulouse plus la réalité me rattrape, et plus je me rappelle que je n'ai pas vu Evan depuis notre dispute hier, étant donné qu'il ne s'est pas présenté en cours aujourd'hui.

J'hésite à faire un détour par chez lui, mais renonce. Il est déjà tard, mes parents vont me faire la morale, inutile d'en rajouter une couche. Je lui donnerai le carton des affaires de sa mère demain, quand on sera tranquillement installés sur son canapé.

Quand j'entre dans la maison, ma mère regarde la télé assise sur le canapé. Je retire ma veste et la suspends au portemanteau, attendant ses réprimandes.

— Ça t'a pris plus de temps que prévu.

Elle se lève du canapé, et vient vers moi.

— Ouais, désolée. C'est que j'ai croisé un vieil ami, et je n'ai pas vu le temps passer...

— Evan est là.

Mon cœur tressaute dans ma poitrine alors que je relève le menton vers ma mère, n'en croyant pas mes oreilles.

— Ici ?

— Oui, dans ta chambre. Quand je lui ai dit que tu n'étais pas là, il a insisté pour t'attendre. Je n'ai pas eu le cœur de lui dire non, ni de lui demander de s'en aller... il t'attend.

C'est comme si quelque chose renaissait au fond de moi. Comme une fleur recouverte de neige qui aurait survécu à l'hiver, et dont maintenant le soleil réchauffait les pétales. *Il est revenu*. Sans que je fasse quoi que ce soit, alors qu'il affirmait ne pas vouloir de moi à ses côtés, il est revenu. Et bordel, c'est encore meilleur qu'une de nos parties de jambes en l'air.

Je suis prise de panique en voyant qu'aucun rai de lumière ne passe sous la porte de ma chambre. Si ça se trouve il est parti sans que ma mère s'en aperçoive. Je suis sauvée d'une déception flagrante en poussant la porte, le découvrant allongé sous mes couvertures, dormant paisiblement. Son sommeil se retrouve définitivement complètement déréglé. Juste la lampe de chevet me permet de le distinguer, ce qui me ramène à notre première fois, à la fête de Kyllian. Ou sans aucun doute au plus beau moment de ma vie.

Je me faufile dans le lit, le visage tourné vers lui. Je lui caresse la joue et il bat lentement des paupières. Je me raidis en appréhendant son état au réveil, me demandant à quel Evan je vais faire face.

— Mia...

Il me tire contre lui, me retournant, pour enfouir son visage dans mon cou. Mon cœur bat la chamade, et je fonds sur place.

— J'ai compris, marmonne-t-il. Je suis un abruti. Je veux que tu m'aides.

Son souffle balaie le lobe de mon oreille, rendant sa déclaration encore plus intense. Si j'avais su qu'il suffirait que je lui tourne le dos pour qu'il voie enfin la vérité en face, je l'aurais fait plus tôt.

— Excuse-moi. J'ai besoin de toi. Ne pars plus.

Je recouvre ses mains appuyées sur mon ventre des miennes, enlaçant mes doigts avec les siens. Même s'il est plongé dans un demi-sommeil, et que demain son discours sera sûrement différent, je m'en fiche. Car il vient de refaire surface. *Mon Evan*.

21. JE VAIS T'AIDER

EVAN

Mes paupières frémissent quand je sens une traînée de baisers mouillés le long de mon cou, jusqu'à ma clavicule. Sentant que je m'extirpe des bras de Morphée, Mia interrompt son activité matinale pour me sonder de ses grands yeux bleus. L'hésitation est perceptible sur ses traits, hésitation due à ma tendance bipolaire ces temps-ci. Elle ne sait pas de quelle humeur je vais être, et si elle va s'en prendre plein la gueule.

Interprétant mon mutisme et mon impassibilité comme un rejet, elle cherche à s'échapper du lit en vitesse. Je l'attrape par son poignet à temps, maintenant assis sur le matelas, et la ramène fermement contre moi. Assise sur mes genoux, elle paraît plus que perdue.

— Où est-ce que tu vas comme ça ?

Son corps se détend au-dessus du mien, elle lâche un souffle inaudible mais que je sens s'échouer sur ma lèvre supérieure. Je m'en veux de créer cette anxiété chez elle. Passant mes mains sur la peau douce et frémissante de son visage, je dégage les mèches brunes qui lui tombent devant les yeux, une des innombrables manières de me faire pardonner mon attitude d'homme de caverne.

— Est-ce que… ce que tu as dit hier…

— Je le pensais, bébé. Je ne sais pas comment m'en sortir, mais ce que je sais c'est que je ne m'en sortirai pas sans toi. Écoute, j'ai conscience de te mener la vie dure et je ne mérite sûrement pas ta patience… Mais tu es celle qui me tient la tête hors de l'eau. Désolé si tu t'es sentie sale ou quoi que ce soit, je ne veux pas que tu penses que je te prenais pour un simple objet lors de nos coucheries ces derniers temps…

— Ça n'est pas ce que j'ai pensé, ne t'en fais pas. Je te comprenais. Mais c'est vrai que c'était dur.

Sa voix se brise, et elle se met à trembloter. Je l'emprisonne entre mes bras qui paraissent soudain immenses comparés à son corps frêle, et la serre contre moi. Là, mon menton posé sur son épaule et ses cheveux chatouillant mon nez, je sens toute barrière m'abandonner. Comme le jour de l'enterrement.

— Elle me manque tellement, Mia… Il y a tellement de choses que je ne lui ai pas dites, tellement de choses que j'aurais voulu lui dire…

— Elle connaissait la plupart de ces choses. Elle t'aimait, et je suis persuadée qu'elle savait à quel point tu l'aimais aussi.

— J'ai tellement de rage en moi. Je ne sais pas comment gérer ça.

Ses ongles s'enfoncent dans la chair de mon dos quand je lui mordille la partie juste en dessous de son oreille. Elle vacille contre moi, nos deux corps ne formant plus qu'une masse énamourée.

— Tu vas y arriver. Je vais t'aider.

Ma bouche remonte contre sa joue, je m'arrête en arrivant à la commissure de ses lèvres. Je la regarde, attendant son approbation. C'est finalement elle qui exécute le mouvement qu'il manque, et ses lèvres pulpeuses viennent caresser les miennes. Un effleurement. Puis, doucement, j'appuie notre baiser. Il est loin d'être aussi langoureux que ceux que nous échangeons habituellement, mais il me paraît à cet instant plus intime. Plus vrai. Un baiser partagé par deux âmes mises à nues par leurs épreuves, au service total de leur amour parfois destructeur, mais indéniablement fort.

— Tu as prévu quelque chose aujourd'hui ? je murmure, comme si j'avais peur de briser le moment.

Ses doigts remontent à plat le long de mes bras, pour venir se mélanger aux cheveux dans ma nuque.

— Euh, ouais… J'ai promis à Jules et Eva qu'on irait se faire un McDo puis un ciné, je ne les ai pas vraiment vus ces derniers temps.

Elle prononce son annonce presque à contrecœur, une grimace déformant son beau visage. Bien sûr, qu'elle a prévu quelque chose. Elle ne vit pas que pour moi.

— Tu pourrais venir avec nous ? propose-t-elle d'une petite voix.

— Quoi ? Non, putain, j'ai pas que ça à foutre !

Mes mots la brusquent tellement que ses yeux s'écarquillent et ses mains retombent ballantes sur le lit. L'atmosphère de la pièce vire des plus agréables aux plus tendues en une seconde. Je presse les paupières pour tenter de me ressaisir. Il va falloir que j'apprenne à gérer mon impulsivité, qui va de pair avec mon agressivité.

— Pardon. Je veux dire que j'ai pas vraiment envie de traîner dans Toulouse comme un ado insouciant et prétendre que tout va bien. Vas-y toi, et amuse-toi.

— T'es sûr ? Je peux rester, sinon.

— Mia… grondé-je.

Elle sourit timidement et démêle son corps des draps. Je lui dis au revoir en l'embrassant rapidement, prêt à quitter sa chambre après m'être revêtu de mon tee-shirt.

— Oh, et Evan ?

— Oui ?

— Il faudra qu'on parle de quelque chose d'important. La raison pour laquelle je n'étais pas là hier soir.

— D'accord…

Elle me sourit d'un air rassurant et me laisse m'en aller.

●

Le lendemain en fin d'après-midi, je rejoins Mia chez elle pour la discussion qu'apparemment nous devons avoir. J'essaie de doser ma rage, surtout contre mon père, mais ça n'est pas un franc succès. Le truc, c'est que la colère me maintient debout. Si je la laisse s'échapper, alors la souffrance prend sa place, et je ne me sens pas encore capable de gérer ces sentiments. En gros, je suis dans un entre-deux fort peu sympathique.

Quand j'arrive à la porte de sa chambre, je suis surpris de trouver celle-ci ouverte. Je crois halluciner quand je vois Mia et Indiana toutes les deux assises sur le lit, apparemment en grande discussion. J'ai vraiment raté un épisode concernant leur relation.

Je toque à la porte pour les avertir de ma présence, ce qui fait sursauter Indiana. Elle s'empresse de se lever pour nous laisser, me souriant gentiment. Mais ça ne suffit pas à masquer ses yeux humides.

— Et Mia… ajoute-t-elle juste avant de partir. J'espère que tu me comprends.

Mia hoche la tête tandis que j'entre, perplexe. Mia se mord la lèvre avant de laisser tomber son dos sur le lit, les mains sur le visage, tout en émettant un râle de désespoir. Je m'assois à côté d'elle, attendant qu'elle me parle. Ce qu'elle ne fait pas.

— Qu'est-ce qu'il se passe ?

Mia se redresse sur ses coudes, m'observant attentivement. Je hausse un sourcil interrogatif.

— C'est compliqué. C'est à propos d'un secret d'Indiana que je dois garder… mais à vrai dire je ne sais pas trop quoi en penser, ni quoi faire.

Un faible mouvement de tête est ma seule réponse, plus aucun de mes actes n'est naturel. Avant, je l'aurais rassurée sans hésiter, et lui aurais suggéré de tout me raconter. J'aurais trouvé les mots justes pour la réconforter et on aurait trouvé une solution ensemble. Mais ça, ce n'est plus moi. Les épreuves dures de la vie en renforcent certains, ou en changent d'autres. Je fais partie de la seconde catégorie.

— Tu veux en parler ?

J'ai beau essayer d'emprunter un ton doux, il sort rêche. Heureusement, Mia n'a pas l'air d'y porter grande importance, trop tiraillée entre l'envie de me dire ce qui la tracasse et sa raison qui l'empêche de le faire.

— Je sais encore garder les secrets, à ce que je sache, insisté-je. Et puis de toute façon, je ne vois pas à qui j'irai les raconter.

Mia soupire et se rapproche de moi. Elle pose son menton sur ses genoux ramenés contre sa poitrine, puis avoue d'une seule traite :

— Indiana se tape Mercier.

Wow, wow, wow… quoi ?! Si je n'avais pas la gorge si sèche, je m'étoufferais avec ma salive.

— Enfin, elle se le tape pas vraiment, se reprend-elle. Mais il se passe un truc entre eux.

— Mais, depuis quand ? C'est un prof, merde !

Mia hausse les épaules et plonge ses yeux dans les miens.

— On choisit pas la personne de qui on tombe amoureux, tu le sais aussi bien que moi.

— Non, mais on peut limiter la casse dès le départ avec un peu de volonté !

Comme à mon habitude, je me mets à arpenter la chambre, tentant d'intégrer les paroles de Mia. Et dire que je n'ai rien vu. Il cache bien son jeu, celui-là. Lui qui prétend posséder des valeurs ou je ne sais quoi, lui qui quelques jours plus tôt m'a affirmé « Evan, si tu veux me parler, je suis là. J'ai une idée de ce que tu endures ». Mon cul, ouais. En attendant, il fait son numéro de charme à une élève insouciante et qui n'a rien demandé.

— C'est quoi cette réaction, Evan ? On dirait que tu fais une crise de jalousie, sérieusement !

— Ça n'a rien à voir avec une crise de jalousie ! Mais c'est illégal, Mia, tu comprends ça ? Ce prof profite de ta sœur !

Mia bondit sur ses pieds, exaspérée. Je devine qu'elle est épuisée avant même d'avoir essayé de me calmer.

— Ça ne s'est pas passé comme ça, me dit-elle doucement en s'avançant. T'as bien vu comme elle lui a tenu tête dans sa classe, l'autre jour. Ils se sont vus quelquefois, puis il l'a rejetée. Il est conscient que ce qu'il fait est interdit.

Je fronce les sourcils, assemblant les diverses pièces du puzzle. Tout paraît clair, maintenant. Il y a toujours eu chez Indiana un comportement qui m'échappait. Quand elle m'avait posé des questions sur notre relation, à Mia et à moi, et sur le fait de tomber amoureux de la mauvaise personne. Puis la fois où elle m'a embrassé à l'anniversaire d'Eva, avant de fondre en larmes en se lamentant sur un mec qui lui avait fait mal. Ce n'était pas de la comédie. Tout ce temps-là, elle entretenait une idylle avec son professeur, ou ce qui s'en rapproche.

— Il n'empêche qu'il a une autorité sur elle. C'est dangereux. Qui sait ce qu'il pourrait l'obliger à faire.

— Ils n'ont rien fait de ce genre, Evan ! Hier ils se sont vus pour tout mettre au clair, et d'après Indiana c'est à peine s'ils se sont effleurés.

— C'est tout de même mal, soufflé-je.

Mia penche la tête sur le côté, étudiant le fond de mes pupilles pour comprendre mes pensées.

— On parle d'amour là, et de deux personnes qui n'ont pas le droit de s'aimer mais qui ne peuvent se tenir loin l'une de l'autre. Où sont passées ta compassion et ton indulgence ?

— Il faut croire que j'ai changé.

À vrai dire, je ne sais pas pourquoi je réagis de la sorte. C'est juste que ce prof me tape sur les nerfs, et bon... en fait tout le monde me tape sur les nerfs. J'ai besoin de me défouler sur quelqu'un, et il se trouve que les cachotteries de Mercier forment un merveilleux argument pour laisser sortir ma haine.

— Peut-être que tu as changé, oui, murmure Mia. Mais on ne peut pas modifier sa vraie nature. Et tu es profondément bon, Evan, au fond de toi. Tu t'efforces simplement de ne pas le voir.

Je soupire et baisse les yeux, vaincu. De toute façon même quand elle a tort, Mia a toujours raison quand elle l'a décidé, alors inutile de poursuivre un débat qui ne nous mènera nulle part.

— Arrête de faire la tête, m'ordonne-t-elle en appuyant ses pouces sur les coins de ma bouche pour les faire remonter. Laisse-les dans leur merde, je n'aurais pas dû t'en parler, tu as d'autres choses à te préoccuper. Oublie ça.

J'opine, ces nouvelles révélations faisant toutefois fuser mon cerveau. Mia me prend la main et m'indique de m'asseoir sur son lit, tandis qu'elle gagne son armoire. Elle en sort un carton fermé par une tonne de scotch avant de revenir vers moi.

— C'est ça que je suis allée récupérer, vendredi. Il s'agit d'affaires de ta mère… qu'elle a décidé de te léguer.

Un frisson d'effroi court le long de mon échine. Au fur et à mesure que mes yeux scrutent le carton, mon cœur se comprime dans ma poitrine en imaginant quel peut être son contenu. Mia me le pose sur les genoux, et j'ai à peine le courage d'en effleurer le coin.

— Comment est-ce que tu as eu ça ?

Les yeux de Mia s'écarquillent presque imperceptiblement, mais ses dents qui se plantent dans sa lèvre la trahissent. Je devine aisément que la suite ne va pas me plaire.

— Mathieu me l'a donné. C'est lui que je suis allée voir.

Bordel, mais il n'en a pas fini de nous coller, celui-là ? Il veut peut-être que je lui règle son compte, et pour de bon cette fois ?

Je me dresse sur mes pieds, raide comme un piquet, laissant le carton s'échouer sur le lit à ma droite. D'un air menaçant, je me rapproche de Mia, qui se fait soudain toute petite.

— Mais il me l'a juste donné et c'est tout, tente-t-elle.

— Et je peux savoir pourquoi *c'est cet enfoiré* qui avait *ce carton ?*

Mia se rembrunit, soutenant toujours mon regard furieux malgré tout. Mes nerfs menacent de lâcher d'une seconde à l'autre, je le sens à mon pouls qui bat dans ma tempe, le son se répercutant dans l'ensemble de mon organisme, formant un brouhaha pas possible. Elle n'aurait pas dû me faire une annonce de la sorte sachant que je pars au quart de tour en ce moment.

— Sa mère l'avait, il n'a fait que me le donner. Evan, je sais que tu es à fleur de peau mais quand tu seras calmé, tu réaliseras que ça n'est pas grave…

— Je ne suis pas à fleur de peau ! démens-je. C'est juste que j'apprends que ma… copine… ou peu importe, est allée voir le type que je déteste le plus au monde pour récupérer un putain de carton d'un supposé héritage de ma mère ! Si ça se trouve, il a préparé un mauvais coup sans que tu le saches, tu t'es posé la question ? Ou tu as été encore une fois trop naïve en croyant à sa bonté d'âme – qui n'existe pas ? Qu'est-ce qui te dit que dans ce car-

311

ton ne se trouve pas une bombe pour nous détruire, une nouvelle fois, et que tu t'es encore fait berner en beauté !

Essoufflé de ma tirade, je m'interromps, et jette un rapide coup d'œil plein de dédain sur ce stupide carton. Quand je reviens sur Mia, sa bouche est entrouverte, en suspens. Elle paraît interloquée par mes paroles, visiblement elle ne s'attendait pas à une telle réaction de ma part. *Navré d'être devenu si imprévisible.*

— La seule personne qui est en train de nous détruire, actuellement, c'est toi. J'en ai marre, Evan. Je t'aime bien trop, et te voir te déchirer et me déchirer en même temps, c'est trop dur. Il faut que tu t'ouvres à moi ou on est fichus.

Je crois que ce n'est qu'à cet instant que je la vois. La douleur que je lui fais endurer. Tous les jours, chaque minute, Mia souffre à cause de moi. Et elle a raison, cela ne peut pas continuer.

Mais j'avais tort, hier matin. Elle n'est pas suffisante. J'ai voulu y croire, mais j'ai trop de colère en moi à extérioriser. La seule façon pour surmonter la douleur sans que j'aie à l'affronter… c'est de tout laisser sortir. Seule la présence de Mia m'en empêche.

Il faudrait donc qu'elle ne soit plus présente.

— Je regrette, c'est impossible.

Ma voix monotone provoque un sanglot étouffé chez Mia. Étrangement, elle ne pleure pas. Mais cette image me paraît pire encore.

— Pourtant, hier matin…

— Laisse tomber. C'étaient des conneries.

Je la devance et sors de la chambre, sans un regard vers elle. Malgré sa fierté profondément affectée par mon rejet, elle me rappelle :

— Le carton.

— Je n'en veux pas, ça ne vient pas de ma mère, mais de Mathieu.

Et je dévale les escaliers.

•

Le surlendemain, je me rends au lycée, sans grand entrain toutefois. J'aurais pu faire comme hier, rester cloîtré entre quatre murs, à ne rien foutre. Mais il se trouve que mon père ne bosse pas aujourd'hui pour x raisons, et je n'avais pas envie de passer cette journée en sa compagnie. C'était déjà assez pesant ce matin quand il a sorti de la poubelle les deux bières que je m'étais enfilées la veille, sous mon regard méprisant. Il n'a rien dit, je m'en doutais. Il est juste resté là à me fixer, comme s'il était tout... sauf un père. Une part de moi aurait voulu qu'il m'engueule. Qu'il joue son rôle de père, merde ! Qu'il prenne ses responsabilités, et tente de me remettre dans le droit chemin. Il sait que l'alcool est un signal d'alarme en ce qui me concerne. C'est l'alcool qui s'insinue lentement dans mon esprit, et qui prend un malin plaisir à remplacer l'image d'un punching-ball neuf par celui d'un visage ensanglanté. Flippant, je sais. Mais malheureusement véridique.

Alors ayant une vie misérable, je n'ai pas vu d'autre option que de me rendre en cours. Une journée dans ce bahut merdique où tout le monde me sait en phase de deuil, c'est pile ce dont j'avais besoin.

Quand j'entre en classe de maths, je suis surpris de trouver Mia installée à ma table habituelle. Elle n'a pas cherché

313

à me joindre depuis notre pseudo-dispute dans sa chambre, je pensais qu'elle avait enfin abandonné.

Seulement elle ne m'adresse pas un mot de toute l'heure de cours. Elle se contente de fixer Mercier, l'air impassible, comme si je n'étais pas là. C'est certainement ce qui est le mieux. Pas pour moi, mais pour elle.

Cependant, ses mains s'agitant sous la table à plusieurs reprises finissent par piquer ma curiosité. Je jette un œil sur ses doigts pianotant sur le téléphone, l'air de rien, mais le coin de la table dissimule l'écran. Je décide de laisser tomber, jusqu'à ce qu'un second détail retienne mon intention. Elle se mord la lèvre en souriant innocemment. Un sourire heureux. Et un peu trop niais à mon goût.

Cette fois je me penche en arrière, quitte à me faire cramer, ne pouvant faire autrement. Je n'ai le temps de voir qu'un mot avant qu'elle ne mette en veille son téléphone. Mais ce mot est suffisant.

Lucas.

Lucas, Lucas, Lucas.

C'est qui, cet enfoiré de mes deux, qui fait sourire niaisement Mia en plein cours de maths ?

Je serre les bords de ma chaise, mes émotions toujours décuplées. Je crois même avoir aperçu une nuance de rouge, comme s'ils échangeaient des… *cœurs ?* Mia ne met jamais de cœur, pas même à moi ! Est-ce normal que cette simple anecdote me donne envie de tout casser ?

Quand la fin de l'heure sonne, je ne peux m'empêcher de faire une remarque.

— Tu te remets vite.

Mia se tourne vers moi, incrédule, et regarde autour d'elle. *Comme si je pouvais m'adresser à quelqu'un d'autre.*

Mon regard insistant lui fait comprendre que mes mots lui sont bien adressés.

— Qu'est-ce que ça veut dire ?

Je me lève, balançant mon sac sur mon épaule. Je baisse les yeux vers elle et ses sourcils froncés d'incompréhension.

— Ce que tu veux.

Je lui tourne le dos, prêt à traverser les rangs.

— Tu sais, je le pense toujours. Je ne t'abandonnerai pas. Mais j'ai aussi une fierté, Evan, et un ego, que tu as tous deux bien affectés.

Je ne réponds rien, à quoi bon ? Je ferais mieux de la laisser partir.

À mon grand étonnement, Mercier me retient, et m'intime de rester quelques minutes. Je me plante devant son bureau, lui faisant comprendre que quoi qu'il fasse, je ne suis pas le moins du monde effrayé. Avec ce que j'ai appris à son propos ce week-end, j'ai du mal à le prendre au sérieux, à vrai dire.

— Je voulais te signaler que j'ai bien eu ton chèque pour le voyage en Angleterre ce matin. Je suis heureux que tu sois de la partie.

Mercier s'appuie sur le bureau, détendu. Un peu trop détendu à mon goût.

— Le chèque ?

— Oui, ton père l'a déposé ce matin.

Cela m'étonnerait que mon père ait pensé à une chose pareille sans personne pour le lui rappeler. À moins que...

— Laissez-moi deviner, mon père ce matin était en fait brune, possédait un corps à tomber par terre et plus grand que la normale, avait des yeux de biche auxquels on ne peut pas résister, et des arguments convaincants pour que vous acceptiez de récupérer son chèque ?

Un rictus pour le moins comique s'installe sur les lèvres de Mercier. Tous ses gestes sont si peu naturels, il devient de plus en plus mal à l'aise. Certainement parce qu'il n'avait normalement pas le droit d'accepter le chèque de Mia.

— J'ai appelé ton père. Le chèque était bien de lui, Mia l'a juste déposé à sa place.

— De toute façon, je ne viendrai pas.

Mercier déglutit en secouant la tête, l'air réprobateur.

— Je me suis promis de ne pas te forcer à me parler, Evan. Mais je sais ce que tu traverses, j'ai moi-même perdu mon père jeune. Et contrairement à ce que tu penses, c'est surmontable, il faut juste le vouloir.

J'aurais presque envie de rire. Ce prof n'est pas croyable.

Je m'avance, appuie deux poings sur son bureau pour me pencher vers lui. Déconcerté par mon audace, il croise les bras en s'éloignant imperceptiblement.

— Il me semble que vous vous écartez de votre simple rôle de professeur, monsieur. Mais apparemment, c'est votre truc.

Toute couleur quitte le visage de Mercier tandis que je souris en coin. Je le lis sur son visage, il s'interroge sur ce que je sais. Et il est à deux doigts de se pisser dessus.

— Je ne vois pas de quoi tu parles.

— Oh, si, vous voyez très bien. Quelle est la peine, pour avoir une relation inappropriée avec une élève ? Une amende, de la prison ?

C'est presque si Mercier ne s'écroule pas devant moi. Je crois même qu'il est prêt à se mettre à genoux pour me supplier de fermer ma gueule.

— Qu'est-ce que tu veux ? demande-t-il difficilement.

— Lâchez-moi la grappe. N'essayez pas de me sauver, ou quoi que ce soit. N'appelez pas mon père. Restez en dehors de tout ça, et votre secret sera gardé.

Je contourne le bureau et lui fais face, profitant de cette supériorité que j'ai exceptionnellement sur lui.

— Je connais le charme des Castez. Et je parie qu'au-delà de tout ce que vous pouvez perdre, vous ne voulez pas que la scolarisation d'Indiana soit mise en péril à cause de vous, et qu'elle souffre, je me trompe ?

Mercier fait non de la tête, la baissant piteusement.

— Bien. Alors nous avons un accord.

J'hésite à lui donner une tape sur l'épaule, mais il ne faut pas non plus pousser le bouchon trop loin. Alors je quitte la salle, jubilant intérieurement. Seulement dès que j'ouvre la porte, je découvre une Indiana dépitée en face de moi. Une larme roule sur sa joue, je devine qu'elle a tout entendu de notre petite conversation.

— Evan... je... s'il te plaît, ne...

Un sanglot l'empêche de continuer, qu'elle réprime en plaquant une main sur sa bouche. Et c'est ainsi, les amis, que la culpabilité s'insinue dans mon corps. Dans chaque veine, je sens ce sentiment désagréable m'envahir en comprenant. Tout ce à quoi je touche, à présent, je le détruis. Mia, Mercier, Indiana... Jordan, bientôt, qui est à bout de me voir si mal en point... et je n'arrive pas à m'en empêcher. Je suis incapable de gérer ma rage, et voilà où cela nous mène.

Je ne peux affronter Indiana plus longtemps, alors je lui passe devant et entreprends une cadence rapide. Je me masse la nuque alors que je bouscule quelques personnes dans le couloir, jusqu'à gagner les toilettes. Je m'éclabousse le visage d'eau, espérant que celle-ci suffise à éteindre le feu qui brûle en moi. Quand je me regarde dans le miroir, je suis dégoûté de ce que je vois. *Comment ai-je pu si vite me dégrader ? Où est passée la partie de moi qui souhaitait faire le bien autour d'elle ?* À cet instant, je suis la définition même de l'adolescent paumé. Et en prime, de l'adolescent détraqué.

Je reste quelques secondes à me dévisager, peut-être même quelques minutes. Je ne sais plus quoi faire de moi-même, si ce n'est pas pathétique. Et pour la première fois de ma vie, j'aimerais disparaître.

Histoire de bien enfoncer le couteau dans la plaie, quand je ressors des toilettes, je tombe encore une fois sur Indiana. Ses joues sont baignées de larmes et elle me regarde avec amertume. Plus personne à part nous n'est présent dans le couloir, je devine que ça a sonné. Je me retrouve muet devant elle, honteux. Sans prévenir, sa main claque contre ma joue, si rapidement que je n'ai pas le temps de l'anticiper.

— Ça, c'est pour être un tel connard avec Mia !

Je garde le regard dans le vide, conscient de mériter cette punition. Mais je ne m'attendais pas à ce que mon autre joue subisse la même sentence que la première.

— Et ça, pour être un tel connard avec tout le monde !

La sensation de brûlure se dissipe peu à peu dans mes joues, pour que je ne ressente plus rien, encore une fois. Sauf ce trou déjà béant s'agrandir dans ma poitrine.

— T'es pas heureux, Evan, on l'a compris. Mais pas besoin de ruiner le bonheur des autres pour satisfaire je ne sais quoi ou te sentir mieux. Accepte ta colère contre toi-même et arrête de la rejeter sur les autres.

Indiana essuie ses yeux mouillés et me donne un coup d'épaule, avant de s'en aller. J'attends de ne plus entendre ses pas dans le couloir pour donner un coup dans le mur le plus proche, ce qui arrache les croûtes sur mes doigts qui avaient presque disparu. Puis je me tire.

•

Je n'arrive pas à croire que j'en reviens là. Un verre d'alcool sur le comptoir devant moi, assis à l'intérieur d'un bar dont je ne connais même pas le nom, seul. Mes vieux démons ont gagné, me voilà plus pitoyable que jamais.

Le barman m'observe, se demandant sûrement pourquoi je n'ai pas encore touché à ma boisson, et pourquoi je reste à la reluquer comme s'il s'agissait du plus beau cul de la Terre. J'ai le sentiment que si je porte ce verre à ma bouche, il n'y aura plus de retour en arrière. Ce sera fini, je serai bel et bien perdu. Cette idée me fait horreur… mais elle est bien trop tentante.

Alors je cède.

22. DURE DÉCISION

Je bois un verre, puis deux, puis trois… et j'arrête de compter. Je suis en train d'avaler la dernière gorgée de mon verre actuel quand une main me surprend en se posant sur mon épaule. Je me retrouve à prier pour que ça ne soit pas Mia, je ne sais plus pourquoi il ne faut pas que ce soit elle, mais je ne le veux pas. Je fronce les sourcils en découvrant la personne dans mon dos, qui m'observe comme si elle n'était pas sûre qu'il s'agisse de moi.

— Alors soit l'alcool me fait halluciner, soit je me suis assoupi sur le bar et je suis en train de rêver.

— Tu ne rêves pas. J'aurais bien aimé que ce soit le cas, en revanche. Evan, qu'est-ce que tu fais là ?

Sa voix soucieuse est si agaçante. Pourquoi tout le monde s'acharne à vouloir m'aider, même le fantôme de mon ex ?

— Ne le prends pas mal, Charlotte, mais je dois dire que j'avais complètement oublié ton existence.

Je crois apercevoir ses joues s'empourprer. *Pour changer.*

— C'est bien pour ça que j'ai changé de lycée, pour me faire oublier. Mais tu n'as pas répondu à ma question.

Je me tourne sur mon siège pour lui faire face, et pose mon coude sur le comptoir, ma tête dans ma main.

— Et toi, qu'est-ce que tu fais là ? riposté-je.

— C'est le bar de ma tante. Je suis venue récupérer des affaires qu'elle avait oubliées. Maintenant réponds-moi.

C'est qu'elle devient autoritaire, la petite Charlotte. Je n'ai pas enregistré toutes les informations de sa phrase, mais il faut dire que je m'en balance pas mal.

— J'erre dans les bars, comme au bon vieux temps.

— Ça, je crois bien l'avoir remarqué. Ma question c'est plutôt : qu'est-ce qui t'a fait replonger ? Mia ?

Je lâche un rire nerveux.

— T'aurais bien aimé, je parie.

Je fais une pause en buvant une nouvelle gorgée, une énième qui m'enflamme la gorge.

— Non, cette fois c'est beaucoup moins rigolo. Ma mère est morte.

Les yeux de Charlotte s'écarquillent tandis qu'elle pose une main sur sa bouche, interdite, comme si elle pouvait ravaler ses paroles.

— Quoi, mais… comment…

— C'est la vie.

Je hausse les épaules.

— Je suis tellement désolée…

Je balaie ses paroles d'un geste de la main, et leur importance, par la même occasion.

— C'est bon. Je vais bien.

— Je vais t'appeler un taxi et tu vas rentrer chez toi, pas question que tu restes ici.

— Lâche-moi, Charlotte, tu n'as toujours pas compris que je ne pouvais pas te voir en peinture ?

Charlotte encaisse en déglutissant, puis réfléchit quelques secondes, sans bouger. Je suis étonné qu'elle n'ait pas encore déguerpi en pleurant.

— OK, tu sais quoi, reste là. Bousille ta vie, t'as raison, c'est pile ce que ta mère aurait voulu.

Son corps pivote et elle s'éloigne d'une démarche déterminée. Elle peut toujours déblatérer ce qu'elle veut, ses paroles n'ont plus aucun impact sur moi. Surtout avec un tel taux d'alcoolémie dans le sang.

Le reste de la soirée se déroule globalement bien, jusqu'à ce que le barman me refuse un nouveau verre.

— Je crois que tu as assez bu, déclare-t-il.

Il a le droit de faire ça, sérieusement ? Et puis quand bien même, il croit que je vais l'écouter sans broncher ?

— Eh bien moi je crois que j'ai encore soif.

Le barman soupire, sûrement lassé des gros lourds comme moi.

— C'est non.

Je le saisis par le col de sa chemise par-dessus le bar, totalement hors contrôle. Je le secoue en lui crachant à la figure :

— J'ai dit : encore un verre !

La peur se reflétant dans ses yeux, le barman reste muet entre mes mains, malgré mes brusqueries. Malheureusement pour moi, un type décide d'intervenir et m'oblige à me détacher de ma proie en tirant sur mon tee-shirt.

— Lâchez-moi !

— On se calme.

L'inconnu qui doit avoir la trentaine m'immobilise en me demandant qui il pourrait appeler pour venir me chercher.

— Personne ! J'ai dit lâchez-moi, putain !

Presque comme un mécanisme, comme si mon cerveau l'avait décidé tout seul sans me concerter, j'abats mon poing sur la mâchoire de ce type. Il trébuche de quelques pas sous la surprise, me rendant ma liberté.

D'autres hommes rejoignent mon adversaire, sûrement dans l'idée de le raisonner et de me gérer. Je tente de retrouver mes esprits, je ne vais certainement pas m'engager dans une bagarre, pas encore. Sauf que je me fais attaquer à mon tour. Un coup dans la lèvre, et je sens presque instantanément le goût du sang dans ma bouche. Alors je riposte et enchaîne les coups, à peine conscient, les bruits autour de moi disparaissant peu à peu.

Seule une voix qui perce au-dessus de toutes les autres me ramène à la réalité.

— EVAN !

Je me fige, sans oser relever la tête pour *la* découvrir. Je réalise alors que je suis assis à califourchon sur le sauveur du barman, et qu'il a le visage recouvert de sang. *C'est moi qui ai fait ça.*

— Non…

Une poigne se referme sur le col de mon tee-shirt et me relève de force. Je fais alors face à mon père horrifié. Mes yeux parcourent le bar à une vitesse fulgurante, pour s'assurer que je n'ai pas imaginé la voix de Mia.

— Elle vient de sortir, elle nous attend dehors.

Je patiente devant la porte pendant que mon père règle cette affaire avec le gérant du bar, sûrement avec quelques billets, encore déconnecté. Quand nous sortons, j'ai droit à un long silence, mais qui veut tout dire. Nous gagnons la voiture, et je m'installe à l'avant. Dans le rétroviseur, je remarque Mia, sur la banquette arrière. Elle ne me jette pas un regard, la tête tournée vers la fenêtre. Aucun de nous trois ne parle jusqu'à arriver chez moi, et je laisse mes paupières se fermer durant le trajet.

Je me retrouve assis sur le bord de ma baignoire, à peine conscient, Mia nettoyant les dégâts sur mon visage. Elle reste concentrée sur ma lèvre ensanglantée, silencieuse. Jusqu'à ce qu'elle se rende compte que mon arcade sourcilière est elle aussi esquintée. Là, elle craque.

— Je refuse de faire ça. Recevoir un coup de fil tard le soir – en plus, de ton ex – pour me dire de venir te chercher et te trouver en train de te battre, pour ensuite panser tes blessures. Tu m'entends ?

J'opine sans rien dire. Je n'ai pas d'excuse.

— J'en ai marre.

Je presse les paupières. Ça y est, on y est. C'est ce que j'ai tant attendu, mais je ne pensais pas que ça me ferait si mal. Même l'alcool ne semble pas atténuer la douleur.

— Est-ce que tu m'aimes ?

Sa question me déroute. Je reste là, à la fixer, cherchant une réponse cohérente.

— Tu ne peux pas me demander ça maintenant.

— C'est pourtant facile, comme question. Tu as juste un mot à dire « oui » ou « non ».

Bien sûr, que je l'aime. Mais je reste bloqué. Tous les événements de ce soir, puis de ces derniers jours, défilent sous mes yeux. Tous les pleurs de Mia, sa souffrance, son désespoir. Elle soupire et se lève, m'annonçant aller dormir sur le canapé. Même complètement bourré, je comprends. Je n'ai pas le droit de la garder prisonnière. Je dois la laisser partir, elle ne sera plus heureuse avec moi désormais. Et pour ça, il n'y a qu'une seule solution.

Je dois rompre. Définitivement.

•

C'est le pire réveil de ma vie, et pas seulement à cause de ma gueule de bois. Ma décision d'hier soir ne me paraît pas plus absurde maintenant que je suis sobre. Je n'apporte plus rien de bon à personne. Peut-être que je peux encore m'en sortir, mais quoi qu'il en soit, je ne veux pas entraîner Mia dans ma chute.

Je continue de réfléchir à comment rompre avec elle. Comment larguer une fille quand elle n'est pas vraiment sa copine, qu'on l'aime plus que tout, et que celle-ci est butée comme une mule ? J'ai bien peur que pour que Mia abandonne, il faille que j'y aille fort. Je n'ai aucune envie de la blesser, mais ce sera pire si elle reste avec moi.

Alors que je pense avoir la journée pour réfléchir, je trouve Mia recroquevillée dans mon canapé, devant la télé. Je devine qu'elle ne la regarde pas le moins du monde. Même mes fâcheuses tendances déteignent sur elle, il est vraiment temps que cela cesse.

Je vais m'accroupir devant elle. Elle m'observe dans mes mouvements, les traits fatigués.

— On peut parler ?

Ma demande la surprend, elle pensait certainement que je la fuirais ; et mon ton doux, encore plus. Je culpabilise déjà pour ce que je m'apprête à faire.

Elle acquiesce et je l'entraîne dans la cuisine sans trop réfléchir. J'avale un médoc pour calmer mon mal de crâne tandis qu'elle s'assoit sur une chaise autour de la table, attendant que j'aie terminé. J'appuie mon dos sur le comptoir. J'ai le sentiment que ce sera plus facile si je ne suis pas trop près d'elle.

— Je suis désolé pour hier. Je regrette que tu aies eu à venir à mon secours, encore une fois.

— Ça va. Tant que tu ne recommences pas, répond-elle en fixant ses ongles qu'elle triture.

— Tu n'auras plus à le faire. Je pense qu'il est temps que tu arrêtes de te soucier de moi.

Cette fois, Mia relève des yeux écarquillés vers moi. Elle commence à comprendre ce que j'essaie difficilement de lui dire, mais elle ne veut pas le croire. Pas encore.

— Tu sais bien que c'est impossible, murmure-t-elle.

— Pour l'instant. Mais ça te paraîtra moins impossible avec le temps.

Mia se lève, méfiante. Elle s'accroche au dossier de la chaise comme si elle avait peur de s'écrouler. *Bon Dieu, pourquoi faut-il que ce soit si difficile ?*

— Qu'est-ce que tu essaies de me dire, au juste ?

— Qu'il est temps que tu vives ta vie, Mia. Je ne suis plus bon à rien, tu le vois.

Elle secoue la tête en se rapprochant. Je la comprends, moi aussi, à sa place, je rejetterais cette idée. Je la rejette déjà, à vrai dire. Mais je sais que c'est ce qu'il faut faire.

Cette rupture va blesser Mia, énormément. Mais une souffrance nette sera moins douloureuse qu'une souffrance lente et dégradante comme celle que je suis en train de lui infliger. Mia mérite d'être heureuse, et je ne peux pas ignorer le fait que je ne lui apporte plus une once de bonheur désormais, mais que du malheur. Sans elle, je ne sais pas comment je vais m'en sortir… mais je ne peux plus l'enchaîner à moi alors qu'une vie de mannequin trépidante l'attend. Elle est trop jeune pour toutes les responsabilités qu'elle doit endosser en ce moment. C'est pourquoi je vais la forcer à tout abandonner, quitte à la déchirer. Mais ça ne sera que pendant un temps, elle se remettra.

Mia prend mon visage en coupe entre ses mains, et ce geste me paraît tellement familier et agréable que je manque d'annuler tous mes plans. Au lieu de lui dire de partir, je meurs d'envie de la supplier de rester auprès de moi, car si mon avenir me paraît déjà bien obscur, il l'est davantage sans elle. Mais j'ai déjà été trop égoïste, et je ne m'autoriserai plus à l'être avec elle.

— Non, Evan. Moi, je veux tout faire pour te sauver. Mais je ne peux pas te sauver si toi, tu ne veux pas être sauvé.

Je soupire et retire ses mains de mon visage à contre-cœur. Je n'arriverai à rien si je suis en contact avec elle.

— Justement, c'est pourquoi il faut abandonner.

Elle secoue la tête encore une fois. Comme je m'y attendais, elle adopte le comportement le plus têtu qui soit, campant sur ses positions. Je déteste me dire que je vais devoir employer les grands moyens.

— Je te l'ai déjà dit, je ne t'abandonnerai pas.

— Mia… le truc, c'est que j'ai *vraiment* envie que tu abandonnes.

Mia recule d'un pas, comme si je venais de la brusquer – littéralement, je veux dire. Elle me dévisage pour tenter de capter mes intentions. Elle n'y arrivera pas, je lutte comme jamais.

— Tu m'as déjà dit que tu ne voulais plus de moi, puis ensuite tu es venu me retrouver.

— Seulement parce que je m'accrochais à ce que je ressentais avant pour toi.

— Avant ?

Sa voix se brise. Je réalise que je suis en train de produire sa plus grande peur : que je rompe avec elle par volonté. Mais elle me remerciera plus tard. Cette idée me fait horreur, mais peut-être qu'elle rencontrera quelqu'un de bien. Qui l'aidera à être heureuse, et qui sera moins détraqué que moi. Je le lui souhaite, même si l'apprendre me tuerait.

— J'ai changé. Mes sentiments aussi.

— Alors hier… si tu ne m'as pas répondu…

— Je ne voulais pas te faire davantage de peine.

Je n'ai jamais débité un si gros mensonge. Lui faire croire que je ne l'aime plus, c'est une torture. Si elle me tenait le même discours, je n'imagine pas mon état… D'ailleurs, je peux presque entendre son cœur éclater en morceaux sur le sol. Des larmes dévalent le long de ses joues, baignant son cou, que je rêve de faire disparaître tant elles paraissent douloureuses.

— C'est vraiment ce que tu veux ? Rompre tout lien avec moi ?

Sa voix se fait plus dure. Je préfère, ce sera moins atroce si elle est en colère.

À la fin de la semaine commencent les vacances de Noël. Avec les fêtes, la famille et tout le tralala, elle aura l'occasion de se divertir. C'est un parfait timing pour me rayer de sa vie. Elle pourra commencer une nouvelle année sans le poids de devoir être là pour moi.

— Oui.

Mon aveu a l'effet d'une bombe entre nous. Malgré ça, Mia n'a toujours pas l'air de me croire. Alors j'officialise le tout, même si ça me déchire :

— C'est fini.

Elle déglutit en hochant la tête, ricanant sans joie.

— Merci de m'avoir tant fait perdre mon temps, franchement, merci !

Enragée, Mia referme ses doigts sur son pendentif en forme de « E », et l'arrache d'un mouvement vif. Elle prend ma main et l'ouvre pour y déposer le collier au fermoir désormais cassé, un peu trop brutalement à mon goût.

— Garde ça. Je ne veux plus rien avoir de toi.

Après un dernier regard plein de dégoût, Mia se détourne de moi et quitte la pièce. Je me sens alors comme Troy dans ce foutu film, quand Gabriella le quitte : misérable. Le claquement de porte me fait sursauter. Et je retiens les larmes qui me brûlent les yeux.

•

Étonnamment, la relation entre mon père et moi semble s'être améliorée. Il faut dire que rompre avec Mia m'a vidé entièrement, je n'arrive même plus à être en colère. Quoi qu'il en soit, ces deux jours de calvaire ont été quelque peu égayés par la présence de mon père. Il s'est mis en arrêt maladie et il est resté avec moi. On n'a pas beaucoup parlé, et le peu de discussion n'était ni à propos de Mia, ni à propos de ma mère. En gros, on s'est fait chier à deux. Mais sa présence m'a tout de même aidé, d'une certaine manière.

— Evan, je vais faire les courses, crie-t-il depuis la cuisine. Besoin de quelque chose ?

Je le regarde gagner le salon par-dessus le dossier du canapé, toujours affalé dans celui-ci. Il est devenu mon meilleur ami.

— Une bouteille de whisky, pourquoi pas.

Le corps de mon paternel se bande entièrement, alors je ne le torture pas davantage :

— Je déconne, papa. J'ai besoin de rien.

Il se détend et tente même un sourire, que je ne parviens pas à lui rendre. Pour le sourire, c'est encore trop tôt.

— Mais c'est qu'il fait des blagues ! On progresse, doucement mais sûrement.

— Très drôle.

Je reporte mon attention sur la télé tandis qu'il s'affaire à je ne sais quoi. Il a sûrement encore une fois perdu son portefeuille, cet homme est un boulet.

— Mais bon, la prochaine fois, essaie de faire une blague un peu plus drôle parce que là... On va dire que c'est le prochain palier à franchir !

Je lui fais un doigt d'honneur, et je devine qu'il ne le voit pas, étant donné qu'il ne vient pas me botter le cul. Qu'on soit d'accord, mon père n'a jamais été un grand autoritaire. Mais les doigts d'honneur l'ont toujours horripilé, c'est comme ça.

Peu après que mon père est parti, une tornade blonde débarque dans mon champ de vision. Eva s'installe à côté de moi, plus souriante que jamais.

— Euh... j'ignorais que tu étais là.

— Je t'ai dit bonjour en entrant tout à l'heure, mais tu semblais tellement occupé à... rien faire, que tu ne m'as pas entendue.

Je suis surpris qu'elle s'adonne à plaisanter avec moi. Vu son caractère, j'aurais juré qu'elle veuille m'écrabouiller les couilles pour avoir brisé le cœur de sa cousine. Peut-être que Mia va mieux que je ne l'aurais pensé…

— Jordan et moi, on vient de baiser pour la première fois.

J'avale ma salive de travers, et suis pris d'une quinte de toux interminable. Eva me regarde avec de grands yeux émerveillés, et je prie pour que le trajet jusqu'aux toilettes dans le but de vider mon estomac ne soit pas trop long.

— Mais je veux pas savoir, putain !

— Au début, j'avais un peu peur, continue-t-elle, sans tenir compte de mon dégoût. Tu sais, j'ai pas eu beaucoup d'expériences… enfin j'en ai eu qu'une seule, avec un puceau, alors t'imagines que la première fois pour deux personnes inexpérimentées c'est pas top. Alors que Jordan, il en a plus à son actif, même s'il ne fait souvent que flirter. Au final, c'était génial !

Merci, Eva, de me faire part de tes expériences sexuelles « géniales » alors que les miennes sont devenues inexistantes. À bien y réfléchir, Mia et moi faisions pareil devant elle, et ça avait vraiment tendance à l'agacer. Maintenant je sais ce que ça fait d'être à la place du célibataire inactif, et ça craint.

— En plus, les mecs qui se vantent de leur engin en ont souvent une petite, c'est connu. Et comme Jordan en fait partie, je craignais un peu que ce soit pas fameux. Mais en fait, les rumeurs sont fondées !

— Bon sang, Eva, je te l'ai dit : je veux pas savoir !

— Oh, ça va. Tu vas pas me faire croire que vous ne vous êtes jamais mesurés ensemble, tous les deux ? Tous les mecs font ça !

331

— Eh ben pas nous, mens-je, honteux de ne pas déroger à la règle.

— En tout cas je suis au courant de la taille de la tienne, juste pour que tu saches. Entre filles on se parle. Juste : félicitations !

Je suis tellement mortifié que me lever et quitter cette tarée me devient impossible.

— Mia t'a fait part de la taille de ma bite ?

— Ouais, normal, elle avait de quoi se vanter.

Je baisse les yeux et m'enfonce dans le dossier. Le sujet de Mia, même intégré dans une discussion légère comme les mesures de pénis, est encore sensible. Et il va l'être pendant encore pas mal de temps, je le sens.

Eva sent le changement d'atmosphère dans la pièce, et en profite pour faire sa fouineuse habituelle :

— En parlant d'elle, figure-toi que ma très chère cousine m'a appris que tu lui avais assuré ne plus avoir de sentiments pour elle, et elle en était bizarrement convaincue. Pourtant, je jurerais avoir vu quelque chose entre tes doigts en rentrant…

Plus rapide que l'éclair, la main d'Eva plonge entre deux coussins du canapé, là où j'ai caché le cliché quand je l'ai entendue arriver. Eva brandit fièrement la photo où Mia rit en plissant le nez – une de mes préférées – m'humiliant avec un malin plaisir.

— C'est bon, bougonné-je en lui arrachant la photo des mains. J'ai juste un peu de mal à décrocher, c'est normal.

Le regard qu'Eva m'adresse signifie clairement qu'elle n'est pas dupe.

— Écoute, tu as peut-être réussi à lui faire croire tes sottises, mais ça ne marchera pas avec moi. On ne perd pas tout sentiment pour quelqu'un à cause d'un décès, surtout quand on l'aime aussi fort.

Je soupire, vaincu. Je n'ai plus qu'à espérer qu'Eva ne convainque pas Mia que ma rupture était bidon, elle a besoin de croire le contraire pour avancer.

Contre toute attente, Eva se blottit contre moi, sa tête sur mon torse.

— Mais je comprends pourquoi tu as fait ça. C'était courageux, de la laisser partir pour son bonheur. Même si je suis intimement persuadée qu'elle sera toujours plus heureuse avec toi.

Je me laisse aller à fermer les yeux, humant le parfum d'Eva. Il ressemble à celui de Mia, même si ça n'est pas exactement le même. *Ce qu'elle peut me manquer...* Je crois que ça ne changera jamais.

— Elle mérite le meilleur.

— Je suis bien d'accord, acquiesce Eva.

Le bruit de la sonnette me fait sursauter. Bizarre, je ne crois pas que mon père ait mentionné que du monde devait passer. J'entends des pas d'hippopotame dévaler l'escalier, pas besoin d'être un génie pour savoir qu'il s'agit de mon colocataire adoré.

— Hé, toi, arrête de bécoter ma copine et va ouvrir !

Il poste ses poings sur ses hanches, un air satisfait sur le visage. Je le détaille, suspicieux.

— Qu'est-ce que...

L'invité s'excite sur la sonnette, signalant clairement son impatience.

— Va ouvrir, abruti ! me brusque Jordan.

Je me détache d'Eva et obtempère. Même marcher jusqu'à ma porte d'entrée me paraît être un gros effort.

Quand je l'ouvre, c'est un concert de cris qui me vrille les tympans.

— Surpriiiiise !!!

Je fronce les sourcils, pas certain que Loïc et Florian se trouvent véritablement sur le pas de ma porte. Et pourtant, j'en ai la confirmation quand ils me donnent tous deux une tape violente sur chacune de mes épaules.

— Qu'est-ce que vous faites là, vous deux ?

— Il paraît que venir à Nice était difficile, alors Nice est venu à toi !

— Tu permets ?

Loïc me passe devant avant d'entendre mon approbation, sans aucune gêne. Florian sourit comme un enfant, et s'arrête devant moi pour me chuchoter :

— Y a même Adèle dans la voiture.

Les muscles de mon corps se tendent, alors que Flo se met à rire.

— Je plaisante, mon petit, détends-toi.

Il ébouriffe mes cheveux comme si j'étais un gosse, et entre à son tour chez moi. Jordan présente Eva à nos deux amis, tout sourires, et bien sûr Florian ne tarit pas d'éloges, ce qui agace automatiquement Jordan.

Avec cette image sous les yeux, je me rends compte que Mia avait raison, je ne suis pas seul. Et cette constatation réchauffe quelque peu mon cœur glacé.

23. PRISE DE CONSCIENCE

EVAN

Déjà, je ne n'aime pas beaucoup le réveil. Alors quand en plus celui-ci est brusqué par une bande d'abrutis, ça ne me fait pas du tout, du tout, rire.

Florian et Jordan se marrent en me renversant un seau d'eau froide sur la tête, puis se tirent comme des lâches. Je reste la bouche ouverte, baignant dans mes draps imbibés d'eau.

— Bravo, quelle maturité !

Je grogne en me levant, poussant quelques jurons, et file sous la douche.

Quand je descends une fois fraîchement lavé, je retrouve mes trois abrutis de squatteurs attablés dans ma cuisine, souriants innocemment.

— Je sens que ce soir, il y en a qui vont dormir par terre, annoncé-je en me dirigeant vers le frigo.

— Moi, j'ai rien fait, je suis resté sagement assis en attendant le maître de maison, se défend Loïc.

— N'importe quoi ! C'était ton idée ! s'offusque Florian.

335

— En effet, je n'ai fait qu'*émettre* l'idée. Puis j'ai donné le sale boulot à mes deux larbins, et j'en sors indemne.

Loïc s'étire, les bras en l'air, avant de les ramener derrière sa tête, provoquant Florian. Ce dernier boude comme un enfant, mimant une moue qui lui retire toute virilité.

— Il fallait bien te forcer à aller sous la douche, plaide Jordan. Tu nages dans la saleté, tu ne vas pas tarder à avoir des morpions.

Florian, Loïc et moi réprimandons Jordan en chœur pour ses allusions dégueulasses de bon matin.

— Quoi ? Les poilus avaient pas honte d'admettre leur hygiène déplorable, eux !

— Oui, sauf qu'eux ils étaient au front, ça n'est pas tellement le même contexte.

— Pff, personne pour rigoler ici, que des rabat-joie !

Jordan s'enfonce dans sa chaise, ronchon, sous nos airs amusés. Je mange mes céréales tandis que mes trois amis mettent au point leur plan pour me faire sortir aujourd'hui, comme si je n'étais pas là. Avant-hier, pour leur premier jour à Toulouse, ils m'ont forcé à aller voir le match de basket de Jordan. Ils m'ont crié dans les oreilles pendant toute la durée du match, et quand l'équipe de Jordan a gagné, celui-ci a montré son cul.

Hier, nous avons repris une de nos grandes activités : glandage au bar en réfléchissant aux paris sportifs. Cette fois, on a décidé de parier entre nous. J'ai vidé leurs poches et suis parti plus riche que jamais, j'ai dû leur offrir un verre pour finalement les réconforter.

Apparemment aujourd'hui on monte clairement d'un cran, puisqu'ils parlent d'aller en boîte. Franchement, je ne suis pas très réceptif à cette idée. Mais il est vrai que leur présence me remonte le moral, et leurs sorties me divertissent agréablement.

— Je suis partant pour la boîte ! s'exclame Florian. Ça fait bien trop longtemps que j'ai pas chassé la femelle.

— Les Niçoises ont un temps de répit, et voilà que les Toulousaines subissent le même sort. Les pauvres, raille Loïc.

— Oh, crois-moi, elles ne se plaignent pas.

Mon père débarque dans la cuisine, me souriant gentiment. Il jette le courrier sur la table, dont le magazine féminin préféré de Jordan. Oui, il s'est abonné à ce truc. Franchement, je suis arrivé à un point où je ne sais plus quoi faire. Mon père nous souhaite une bonne journée et se retire, prêt pour aller bosser.

Je regarde rapidement le magazine sur la table, sans vraiment y prêter attention. Quand mes yeux restent accrochés à la couverture, mon cœur fait un bond dans ma poitrine. C'est presque s'il ne s'échappe pas de ma cage thoracique. Un silence de plomb s'abat dans la salle quand tout le monde prend connaissance de la couverture. Mia, en lingerie fine, son regard révolver fixant l'objectif, un demi-sourire aguicheur aux lèvres.

Loïc est le premier à réagir en retirant le magazine de sous mon nez, le faisant glisser sur la table jusqu'à lui. Mais trop tard, j'ai eu le temps de voir tous les détails, notamment le slogan : « Mia Castez, mannequin chez Audace Lingerie, 17 ans et déjà femme fatale. » Jordan s'empare du magazine, et cherche directement la page de l'interview qui est promise sur la couverture. Sans réfléchir – comme toujours – il se met à lire à voix haute les questions et réponses.

— « Et maintenant, la question que tout le monde se pose : un petit copain en ce moment ? »

Ma poigne se resserre autour de mon verre de jus d'orange, appréhendant la suite.

— « Non. J'ai enfin compris que les mecs sont tous des abrutis, seulement capables de décevoir alors qu'on fait tout pour eux. »

— Waouh, t'as dû vraiment y aller fort, me dit Florian.

Sans blague. Je me frotte le visage, à cran. Jordan nous fait signe de se taire et continue :

— « Cependant, si jamais un beau gosse se présente devant ma porte, j'ai toujours adoré jouer… »

— Oh, mais arrête de lire cette merde ! s'énerve Loïc en arrachant le magazine des mains de Jordan, le balançant à l'autre bout de la pièce.

Je reste quelques instants immobile sur ma chaise, le regard perdu au fond de mon bol.

— Ce sont des journalistes, tente de me rassurer Loïc, ils déforment toujours les paroles de tout le monde et en rajoutent sans scrupule.

Je me lève sans un mot, et me dirige par automatisme vers la porte qui donne sur le garage. Je la pousse et avance vers le sac accroché au plafond, que je hais plus que tout. Je fais glisser les bandes qui pendent sur une étagère entre mes doigts, en pleine réflexion.

— Tu n'as pas besoin de ça.

La voix de Loïc dans mon oreille me fait sursauter. Il pointe les bandes du doigt.

— Tu t'es mis en tête le contraire, mais tu n'as pas besoin de te défouler. Tu as simplement besoin d'être heureux. Il faut juste que tu t'y autorises, comme ces deux derniers jours.

— Tu ne sais pas ce que c'est… cette envie irrépressible qui remonte dans tous mes membres, qui me supplie de l'assouvir, quel qu'en soit le moyen.

— Écoute, moi je connais le Evan que j'ai en face de moi. En approximativement six ans d'amitié, j'ai eu le temps de croiser les différentes facettes de toi. Celui que tu étais avec Adèle était malheureux et se sentait délaissé par ses deux parents. Il était paumé, il pensait qu'il ne valait rien. Il voulait se le prouver, alors il jouait à des jeux puérils. Puis quelques mois plus tard, j'ai rencontré un nouvel Evan. Identique à celui que je connaissais au début, mais avec quelque chose en plus. Une certaine estime pour lui-même. Il avait fini par croire en lui, et comme pour se rattraper de ses horreurs, il voulait faire le bien autour de lui. Et je sais que cet Evan-là, c'est toi. Tu as changé après la mort de ta mère, c'est vrai. Des événements de ce genre forcent les adolescents à grandir trop vite. Mais tu n'es pas une brute, Evan. Et je le répète, tu n'as pas besoin de ça, juste d'accepter que tu n'y es pour rien dans ce décès et surtout, bon Dieu, que tu arrêtes de te détester.

Je presse les paupières, méditant les paroles d'un de mes plus vieux amis. Il me donne une tape d'encouragement sur l'épaule.

— Maintenant, fais ce que tu veux.

Loïc s'en va, me laissant seul face à un choix. Je reste quelques secondes indécis, puis je suis le même chemin que Loïc et retourne voir mes amis, jetant ces foutues bandes à la poubelle.

— Euh, vous êtes sûrs de vouloir aller ici ? demandé-je quand nous nous arrêtons devant le grand bâtiment.

— C'est la meilleure boîte en ville pour les jeunes, Evan, tu le sais, me répond Jordan.

Je déglutis en fixant ce grand bâtiment où nos lèvres, à Mia et à moi, se sont rencontrées pour la première fois. Je sais que depuis ils ont pas mal changé l'intérieur, ça ne ressemble plus à ce lieu où j'ai décidé de céder à mes désirs. Il n'empêche que cela reste le même endroit.

— Ouais, c'est juste… Rien, c'est bon.

Je suis ma bande et nous entrons sans difficulté, Florian ayant déjà fait trois clins d'œil et maté quelques culs.

Le début de soirée se déroule bien, dans l'ensemble. Loïc, Jordan et moi nous sommes installés sur des canapés en sirotant nos boissons, tandis que Florian est parti « chasser la femelle » sur la piste. Résister à l'appel de l'alcool est difficile, mais je tiens bon.

— C'est bientôt nos deux mois avec Eva, et j'aimerais bien lui offrir un cadeau mais je sais pas quoi, nous apprend Jordan.

— Pourquoi tu veux lui offrir un cadeau ?

— Parce que, c'est important pour moi. Mon record c'était une semaine, je te rappelle.

Loïc et moi pouffons de rire, c'est vrai que deux mois pour Jordan, ça paraît être une éternité. Cela ne m'est jamais venu à l'esprit d'offrir un cadeau à Mia pour ce genre d'occasion. Bon, tout d'abord parce qu'on a souvent

340

eu des hauts et des bas, et ensuite parce que notre relation est pour le moins… particulière. *Était*.

— T'as qu'à faire d'une pierre deux coups, Noël et vos deux mois en un seul cadeau, suggère Loïc.

— Tu connais pas Eva, elle voudra un cadeau pour chaque occasion. À cause de Mia, elle se met à me menacer de grève du sexe.

Jordan se mord la lèvre en se rendant compte du nom qu'il vient de prononcer, et de la peine provoquée chez moi.

— Désolé, dit-il aussitôt.

— C'est bon, elle va pas devenir Voldemort non plus.

Heureusement, Flo vient interrompre cette discussion gênante, une fille sous chaque bras. Des jumelles. Au moins un qui s'amuse bien.

— Regardez qui j'ai trouvé perdues sur la piste ! Je vous présente Sam et Sabrina.

Loïc et Jordan les saluent, je n'en fais pas l'effort.

— Allez, faites-leur de la place !

— Dis, Flo, elles sont au courant que tu as quatorze ans ? demande Loïc, très sérieux.

Les deux nanas, offusquées, se débarrassent des bras de Florian et s'en vont sans un regard en arrière.

— Sérieux, mec ? Coucher avec des jumelles fait partie des dix trucs à faire avant ma mort !

Je préfère ne pas connaître les neuf autres « trucs ».

— Bon, c'est pas grave, je me contenterai d'une fille. Jordan, tu viens draguer avec moi ?

— J'ai une copine.

— Oh, allez, mec, on sait tous que ça va pas durer !

— T'es lourd, Flo ! Je t'ai dit que j'avais une copine, point tiret !

Jordan est si mignon de défendre sa relation avec Eva que ni Loïc ni moi ne nous résolvons à lui faire remarquer son erreur d'expression.

Au final, Florian revient avec une bande de nanas de notre âge. L'une essaie de me faire la conversation, elle s'appelle Lucie. Elle est jolie, un carré blond encadrant son visage d'ange, des yeux en amande et des lèvres pleines. De ce que j'ai pu voir de son corps, elle a une silhouette parfaite, des fesses bien moulées dans son pantalon – d'après ce que m'a dit Florian à l'oreille tout à l'heure – et une petite poitrine mise en valeur dans son top. En plus, elle est drôle. Mais je n'arrive pas à être à cent pour cent avec elle.

— Tu vas faire quoi de tes vacances ? me questionne-t-elle.

— Eh bien pour l'instant ces trois idiots me tiennent compagnie, et je passerai les fêtes en famille.

À vrai dire, mon Noël sera plutôt un plateau-télé avec mon père. Quant au jour de l'an, je ne sais pas si je serai d'humeur à sortir.

Lucie hoche la tête, détournant les yeux en jouant avec une mèche de cheveux. Je sens qu'une certaine gêne s'installe, sans que j'en comprenne la raison. Jusqu'à ce que Lucie m'éclaire :

— C'est le moment où tu dois me retourner la question pour tu sais, montrer que tu as envie de me connaître.

— Oh, pardon ! J'avais la tête ailleurs… Bref, que vas-tu faire de tes vacances ?

Lucie retrouve son sourire et me raconte qu'elle compte aller chez ses grands-parents, en altitude. Elle s'extasie sur la beauté des montagnes enneigées en période d'hiver, et je perds le fil peu à peu.

— Et toi, tu aimes ça ?

Je secoue la tête, regardant Lucie avec de grands yeux. *Merde, elle disait quoi déjà ?* Avant que j'aie le temps de m'en souvenir, elle soupire.

— Dis-le tout de suite, si je t'ennuie.

— Non, ça n'est pas ça. J'ai juste du mal à… faire ça, flirter.

— Laisse-moi deviner, chagrin d'amour ?

— Ouais… on peut dire ça.

Lucie s'affaisse dans le canapé, jouant avec les fils qui dépassent du trou dans son jean.

— C'est bien ma veine, tous les mecs séduisants que je rencontre sont soit en couple soit amoureux d'une autre.

— Il y a toujours Florian.

Je désigne mon ami d'un mouvement de tête, que Lucie suit. Florian a actuellement sa langue dans la bouche de la copine de Lucie. *Euh ouais, pas sûr que ça la convainque.*

— Merci, mais non merci.

Lucie se penche et dépose un baiser léger sur ma joue.

— Au revoir, Evan. Je te souhaite de te remettre de cette fille.

Lucie disparaît, et je me sens vraiment nul. OK, je ne suis pas obligé de me remettre à draguer tout de suite, mais j'aurais pu mettre plus d'entrain à lui parler.

Je quitte la table pour aller aux toilettes, à contrecœur parce que cet endroit est répugnant. Quand j'en ressors, je tombe sur quelqu'un que je ne m'attendais absolument pas à croiser ici. Ni même autre part. Elle aussi paraît surprise de me voir, et cligne plusieurs fois des yeux.

— Evan… ça alors, ça fait un bail.

Elle n'a pas tellement changé, toujours ces cheveux noirs de jais retombant droit le long de son visage fin, et ces taches de rousseur qui font partie de ses caractéristiques.

— Salut, Jana. Ouais, un sacré bail.

Un silence tombe entre nous, installant un certain malaise. Je juge bon de lui proposer d'aller discuter, ce qu'elle accepte aussitôt. Nous nous retrouvons au bar, elle me pose pas mal de questions, et c'est avec regret que je lui annonce que Mia et moi ne sommes plus ensemble. Je lui raconte l'histoire dans les grandes lignes. J'aime bien parler avec Jana bien qu'elle fasse parfois flipper, pour la simple et bonne raison qu'elle n'est pas du genre à prendre les gens en pitié. Quand je lui apprends la mort de ma mère, son regard reste le même. Franc et concentré. De plus, je sais qu'elle ne mâche pas ses mots. Si elle trouve mon comportement stupide, elle me le dira sans scrupule.

— C'est drôle, dit-elle avant d'aspirer son cocktail avec sa paille. À première vue, je dirais que tu as l'air tout sauf en colère.

Je me rends compte qu'elle a raison. J'ai de moins en moins envie de me jeter sur quelqu'un, et être agréable avec mon entourage ne me demande plus autant d'efforts.

— J'aurais tendance à dire que tu as rompu avec Mia pour rien, du coup. Mais je commence à comprendre. Au fond de toi, tu n'es pas prêt à tirer un trait sur elle. Tu veux redevenir digne d'elle, mais même toi, tu n'en as pas conscience.

J'intègre ses paroles, me questionnant sur leur justesse. Elle a sûrement raison, en fait.

— Je le comprends, continue-t-elle, car j'avais tendance à agir pareil avec Maël lors de nos disputes.

Son air soudain triste et la douleur sur son visage ne m'échappent pas. Elle cille à plusieurs reprises, comme déstabilisée.

— Avais tendance ? Au passé ?

— Il m'a larguée.

Le spectacle auquel je ne pensais jamais assister se déroule sous mes yeux : Jana-la-dure-à-cuire éclate en sanglots. Des larmes coulent sans cesse, comme une fontaine interminable. Dérouté, je suis plus que mal à l'aise. Elle pourrait littéralement me briser un os si je me risquer à essayer de la réconforter, mais rester à la regarder sans rien faire me semble impossible.

— Il a toujours été fou de toi, ça va sûrement s'arranger...

— Tu ne comprends pas, sanglote-t-elle. C'est différent, cette fois. Je l'ai trompé, il ne me le pardonnera jamais.

Je soupire, comprenant mieux. Sur ce point, Maël et moi nous ressemblons : l'infidélité est intolérable. Pour lui aussi, ça ne doit pas être facile...

— Il traînait avec cette fille, à la fac. Une rouquine à l'allure parfaite, du genre à avoir toujours les meilleures notes, et marrante, en plus. Le contraire de moi. Alors j'ai eu peur, et j'ai déconné...

Je me risque à poser une main sur son épaule, et heureusement, elle ne casse aucun de mes doigts. J'essaie de la réconforter comme je peux, mais mes mots sonnent plutôt faux. Je grimace quand elle se met à jurer comme un charretier, prononçant des insultes dans toutes les langues. Finalement, elle s'arrête à *arschloch* en reprenant ses esprits.

Nous sortons ensemble de la boîte, après avoir retrouvé mes acolytes. Florian repart tout seul, prétendant que les Toulousaines ne l'attiraient pas assez, au final. Malgré tout, il tente une approche auprès de Jana. Celle-ci lui laisse un petit souvenir avant de nous quitter : un cocard à l'œil droit.

Le lendemain, Loïc et Florian sont forcés de repartir pour passer Noël avec leurs parents. Jordan retourne aussi à Nice auprès de son père. Nous nous disons au revoir avec une série d'accolades viriles, et je crains la suite de mes vacances maintenant que je vais me retrouver seul.

— Tiens bon, Pérez, me sourit Loïc.

— Merci d'être venu. Ça m'a aidé.

Loïc hoche la tête d'un air entendu. Je me moque une dernière fois de l'œil de Florian, et je referme la porte de ma maison, qui semble soudain bien vide. Je ne sais pas comment je vais supporter Noël sans ma mère. C'était sa fête préférée, je ne vais pas pouvoir cesser de penser à elle et à ce que nous aurions fait si elle avait été là.

Sur un coup de tête, je monte quatre à quatre les marches de mon escalier. Je récupère le carton posé dans un coin de ma chambre, et vais m'installer sur mon lit. Mia l'a donné à mon père après notre rupture, malgré sa colère contre moi. Les mains tremblantes, je me décide enfin à le déballer.

Les larmes me piquent les yeux quand je récupère un pull à l'intérieur. Un pull immonde, que je lui avais offert quand j'avais cinq ans pour son anniversaire. Je m'étais fâché en voyant qu'elle ne le portait jamais, elle avait fini par aller faire les courses avec pour me faire plaisir. Elle m'a appris il y a trois ans que ça avait été la pire honte de sa vie. C'était devenu une blague entre nous.

Quand l'odeur du pull – son odeur – se faufile dans mes narines, ma vue se brouille. Alors que j'ai l'intention de poursuivre ma découverte des objets qu'elle a décidé de me léguer, un bout de papier perdu sur le côté du carton attire mon attention. Je le déplie, le cœur battant à tout rompre, révélant une ribambelle de mots griffonnés à l'encre noire.

« Mon chéri,
Je n'arrive pas à croire ce que je suis en train de faire. Je souhaite de tout mon cœur que tu n'aies jamais à lire ces mots que je couche difficilement sur le papier, même si les chances se font plus minimes de jour en jour.
Je suis arrivée à un stade où nier l'évidence n'est plus possible. Je ne devrais certainement pas te dire cela, mais ce traitement est abominable. Si je n'ai pas encore abandonné, c'est exclusivement pour toi. Je me suis juré de toujours tout te donner, tout faire pour que tu sois heureux, et voilà qu'une saleté de maladie suffit à tout remettre en question. Je m'affaiblis un peu plus de jour en jour, et je frôle la mort sans arrêt. Je pense qu'arrivée à un certain point, il n'est plus possible de défier la nature. J'y ai cru, et j'y crois encore, mais cela n'empêche pas l'idée de la mort de s'infiltrer dans mon esprit. Et je m'y fais de mieux en mieux.
Pardonne-moi de te faire subir une telle douleur. Je n'avais pas prévu de t'abandonner si jeune, alors que tu n'as pas encore débuté ta vie d'adulte. J'étais supposée t'aider à trouver ton université, à choisir ton appartement,

être à tes côtés pour ce basculement de ta vie. Puis te voir t'épanouir dans ton métier – car je sais déjà que tu excelleras – être là lors des moments difficiles, et j'aurais adoré te voir élever à ton tour ta propre progéniture – même si l'idée de devenir grand-mère ne m'est pas tellement utopique pour l'instant. Je n'ai vu qu'une partie de ton évolution, et c'est abominable. Mais je suis fière de l'adolescent que tu es maintenant, et tu feras un mari et un père merveilleux, sans aucun doute.

Cependant, d'une certaine façon, je pars sereine. Car je sais que tu n'es pas seul. Certes, la famille et les amis sont très importants quand on perd un proche, mais il se trouve que tu as une personne spéciale à ton cœur présente à tes côtés. Tu as la chance de pouvoir traverser cette dure épreuve en compagnie de la personne que tu aimes, et qui t'aime en retour. Te rends-tu compte du privilège que vous avez, Mia et toi, de vous être rencontrés si tôt ? Certaines personnes ne rencontrent jamais leur âme sœur, ils n'ont même pas la chance de savoir ce qu'est aimer réellement. Tu vis un amour passionnel qu'il m'arrive même d'envier parfois.

C'est certain que Mia n'est pas la représentation de la belle-fille idéale. Elle est exécrable une bonne partie du temps et a de nombreux défauts, mais on ne peut pas nier qu'elle est désespérément amoureuse de toi. Je décèle tout l'amour qu'elle te porte rien qu'en regardant ses yeux, et il faudrait être aveugle pour ne pas voir qu'elle serait prête à tout pour toi. Ton père m'aimait, je le sais, mais pas de la façon dont elle t'aime. Pas éperdument. Ton père n'a pas su aller au-delà de son égoïsme pour satisfaire mes attentes. Il n'a jamais su. Mais d'un autre côté, je ne lui en veux plus d'être allé voir ailleurs, car je n'ai pas fait non plus les efforts nécessaires pour sauver notre couple. Alors que vous deux, vous vous battez coûte que coûte pour vivre un peu plus longtemps ensemble, et je dois admettre être admirative. Alors je t'en supplie, Evan, ne la repousse pas. Quoi qu'elle ait pu faire, elle essaiera d'être là pour toi j'en suis sûre, alors ne refuse pas son aide. Car tu ne sais pas combien de temps tu bénéficieras de sa présence, alors ne te referme pas. Surtout que tu sais mieux que personne ce que c'est d'avoir des sentiments pour une personne semblable à un mur, au vu de votre passé. Ne lui fais pas endurer cela alors que tu connais ce que cela fait.

J'ai toujours su que les Charlotte n'étaient pas ce qu'il te fallait. Il te faut une femme de caractère qui arrive à te mettre hors de toi, quelqu'un de complexe. Ce qui n'a rien d'étonnant quand on regarde ta mère.

Je suis tellement désolée de ce qui t'arrive, je ne peux qu'espérer que tu ne sois pas totalement anéanti. Peut-être qu'un jour, nous nous retrouverons, qui sait. En attendant, je veux que tu vives ta vie à fond, est-ce clair ? Sinon je descends de mon nuage pour te donner un coup de pied au cul.

N'oublie jamais que je t'aime plus que tout.

Maman. »

Je pose rapidement la feuille de papier à ma droite sur le lit, avant qu'elle ne soit totalement désintégrée par mes pleurs. J'aurais dû lire cette lettre avant. Je n'ai pas pu dire au revoir à ma mère, mais elle m'a dit au revoir à travers ces mots. Si je les avais lus dès le début, les choses auraient été différentes, je le sais.

Je devrais lui faire honneur. J'enchaîne connerie sur connerie, pour me prouver à moi-même que je ne vaux rien, Loïc avait raison. Mais ça n'est pas comme ça qu'elle m'a éduqué.

Il est temps que je regagne le droit chemin. Et après m'être assuré que toute envie de violence a quitté mon corps, je verrai si Mia veut toujours de moi. Car ma mère a raison. Après tout ce que l'on a enduré, il est inenvisageable que je la laisse filer de la sorte.

24. RÉAPPARAÎTRE

MIA

— Je t'ai dit que c'est toi qui l'avais !

Je croise les bras sur ma poitrine avec provocation, histoire de prouver à mon frère que je suis sûre de moi. Il me regarde d'un air exaspéré, puis se tourne vers Indiana, qui hausse les épaules.

— Mia, je t'ai dit que je n'avais pas pris le dentifrice !

— Et tu veux que ce soit qui, alors ? Tu es le dernier à l'avoir utilisé ! Pas vrai, Indiana ?

Jones ouvre la bouche sans qu'aucun son n'en sorte, embêtée. Mon regard lui suggère de se ranger de mon côté, et pas de celui de mon abruti de frère.

— En fait, je crois bien que c'est toi la dernière à t'être couchée, répond-elle d'une petite voix.

— Quoi ? J'ai compris, vous vous liguez contre moi !

— Au pire, Mia, on s'en fout, soupire Maël, épuisé.

— Non, on s'en fout pas ! Comment je fais pour partir en Angleterre demain sans dentifrice ?

— T'auras qu'à prendre le mien, propose Indiana.

— Non, le tien est dégueulasse.

351

Le reste de la fraternité Castez se pince les arêtes du nez. Ils doivent être en train de planifier un meurtre au couteau. J'ai conscience de leur avoir mené la vie dure pendant toutes les vacances, mais je crois être excusée pour cela, étant donné qu'un idiot s'est amusé à écrabouiller mon cœur. C'est certainement ce qui empêche ma famille de me foutre à la porte.

— Bon sang, je promets d'aller trouver Pérez pour lui péter la gueule, lui qui a fait de mes vacances un enfer !

Je m'empresse de plaquer une main sur la bouche de mon frère, le fusillant du regard.

— Qu'est-ce que j'ai dit ! On ne prononce pas son nom dans cette maison !

— T'avais dit son prénom, marmonne-t-il sous mes doigts.

— Ne serait-ce justement pas l'idée de revoir Voldemort qui te met dans un tel état ? lance Indiana, un sourire mesquin aux lèvres.

Un frisson me parcourt l'échine à cette idée. Aujourd'hui, on reprend les cours. Je sais déjà que Monsieur Plus-de-sentiments ne partira pas en Angleterre demain ; c'est ce qu'il a dit à Mercier, et cela m'étonnerait qu'il ait changé d'avis. Il n'y a qu'aujourd'hui que j'ai des chances de le croiser, s'il vient en cours – chances qui sont d'après moi minimes. Je n'ai donc aucune raison de stresser. Malheureusement, mon corps est d'un autre avis.

— Pas du tout ! démens-je. L'idée de le revoir ne me fait ni chaud ni froid.

Indiana et Maël échangent un regard lassé, tandis que je les ignore et gagne la salle de bains. Au final, je dois quand même mettre la pâte dégueulasse de Jones dans ma bouche.

Quand j'entre dans ma première salle de cours, je n'ose même pas la parcourir du regard de peur qu'il ne tombe sur le nouveau Voldemort. Cependant, en m'asseyant, je sais qu'il n'est pas là. Je l'aurais senti, si ça avait été le cas.

La classe se remplit, et à chaque fois qu'un élève passe la porte, mon cœur s'arrête de battre. Finalement, la prof referme la porte sans qu'il y ait aucune trace d'Evan dans la salle. Je soupire, comprenant que je n'aurai pas à l'affronter. Une partie de moi, celle qui tient encore à lui malgré ma rancune, aurait aimé savoir où il en est. Mais il a été très clair, ça n'est plus mon problème. Je ne vais certainement pas perdre mon temps pour une personne qui ne m'aime plus.

La prof d'anglais commence par nous souhaiter la bonne année, puis fait le point sur le voyage, et nous rappelle l'heure à laquelle nous devons être à l'aéroport demain matin – trop tôt pour être prononcée. Elle est soudain interrompue par trois coups frappés à la porte. Cette dernière s'ouvre et…

Merde.

Je baisse instantanément les yeux, même si mes pupilles ont déjà eu le temps de capter sa beauté renversante. C'est agaçant que je le trouve toujours beau à s'en damner, même maintenant.

— Excusez-moi du retard.

Un silence dure quelques secondes, je devine que la prof vérifie son mot de retard. Puis j'entends ses pas dans la pièce. Réguliers, assurés. Et je me tends quand le bruit se rapproche de plus en plus de moi. *Il ne va quand même pas…*

Et pourtant, la chaise à ma droite frotte contre le sol quand il la tire. Je ferme les yeux quand je sens son aura m'entourer, ainsi que son parfum m'envelopper. Ma tête tournée vers le mur, il ne peut pas voir à quel point sa présence me perturbe. Je ne lui offrirai pas ce privilège.

Il doit y avoir trois places libres dans la classe, et il a quand même fallu qu'il s'installe à côté de moi. Quel genre de connard fait ça ? Comme pour bien enfoncer le couteau dans la plaie déjà à vif, me prouvant comme lui s'en sort bien, alors que je mourrais de l'intérieur chaque jour un peu plus loin de lui. Que je *meurs* de l'intérieur chaque jour un peu plus loin de lui.

Le cours se passe sans que j'en saisisse le moindre mot, bien trop déroutée. Ce qui est bien embêtant quand la prof prononce soudainement mon prénom, me faisant tiquer.

— *Mia, can you tell us what is the topic of this text*[1] *?*

— Hum…

Je balaie ma feuille du regard, seulement je ne sais même pas de quel texte nous sommes en train de parler. Je m'apprête à répondre quelque chose de bidon, quand un murmure me bloque dans mes intentions :

— *The gender gap*[2].

Je tourne vivement la tête vers mon voisin de classe, ahurie.

— Mais ta gueule, toi, je t'ai rien demandé !

— Mia ! Tu es en cours d'anglais ! me sermonne aussitôt la prof.

— *Sorry, miss : shut up and fuck you !*

Des gloussements retentissent dans la classe, Evan se pince les lèvres comme s'il se retenait de rire – je sais que

---

1. « Peux-tu nous dire quel est le thème du texte ? » en anglais.
2. « Les inégalités homme-femme » en anglais.

ça n'est pas vraiment le cas, puisqu'il est devenu aigri. Il n'y a que moi que la situation n'amuse pas.

La prof finit par passer outre mes écarts de conduite, probablement lassée. Il faut croire que c'est le seul sentiment que j'inspire aux gens en ce moment.

Dieu merci, les deux heures qui suivent ne se font pas aux côtés d'Evan, et je n'ai jamais été aussi soulagée de terminer à midi. Fini le calvaire, bonjour l'Angleterre.

Une fois sortie du lycée, une voix que je ne connais que trop bien m'appelle :

— Mia !

Je me retourne à contrecœur. Evan est en train de courir jusqu'à moi. Son apparence est toute autre que la dernière fois que je l'ai vu. Ses cernes ont presque disparu, sa barbe est soignée et taillée de près, et il n'a plus ces traits fatigués. Il faut croire qu'une fois qu'il n'avait plus cette amoureuse transie dans les pattes, se reprendre a été plus facile.

— Qu'est-ce que tu veux ? lâché-je d'un ton abrupt.

— Tu as oublié ça.

Il me tend un stylo. *Il m'a réellement rattrapée pour un stylo ?* Je ne suis même pas sûre que ce soit le mien, tout le monde a les mêmes.

Je le récupère tout de même, perplexe. Il se passe la main sur la nuque, avant de me complimenter :

— C'est bien, tes cheveux.

Je touche d'instinct le bout de mes pointes brunes. J'ai un peu raccourci mes cheveux pendant les vacances, mais honnêtement, je ne m'attendais pas à ce que quelqu'un le remarque. À vrai dire, son compliment me fait plus mal qu'il ne me flatte.

— Sinon, comment tu vas ? enchaîne-t-il, mal à l'aise.

— Je me porte comme un charme, répliqué-je hypo-critement.

Il opine avec une moue triste qui fait baisser mes bar-rières. *Eh merde.*

— Et toi ? dis-je malgré moi.

C'est comme si l'espoir renaissait dans ses pupilles. *C'est quoi, ce bordel ? Il n'a pas fini de me faire souffrir ?*

— Ça peut aller.

Il marque une pause, la bouche entrouverte. Puis il secoue la tête et prend une grande inspiration.

— Mia, je…

Il s'interrompt soudainement quand deux mains se posent sur mes yeux.

— Devine qui c'est.

Je me tourne immédiatement en reconnaissant cette voix chaleureuse. Je souris comme une gamine en ayant la confirmation qu'il s'agit bien de Lucas.

— Lucas, mais qu'est-ce que tu fais là ? m'enthousiasmé-je en l'enlaçant.

— Profs absents cet après-midi, je me suis dit que j'allais te faire une surprise.

Je suis heureuse de le voir. Il a été très présent pour moi durant les vacances, et ce malgré mes sautes d'humeur très régulières. Il m'a présenté Clara, une fille à la beauté classique, de longs cheveux châtain et des yeux noisette. Le genre parfait, qui convient parfaitement à Lucas. Je me suis bien entendue avec elle – ce qui est rare. Il faut dire qu'elle est pleine de qualités, ce qui a tendance à être agaçant pour les garces comme moi.

Lucas soutient mon regard, comme pour me forcer à faire quelque chose. C'est quand il prend l'initiative de tendre sa main à Evan que je me rends compte que j'étais supposée faire les présentations.

— Salut, tu dois être Evan. Je m'appelle Lucas.

Evan observe Lucas avec la plus grande impassibilité, cependant je crois reconnaître une once d'agacement dans ses yeux quand il est obligé de les lever pour observer ses cheveux blonds. Evan n'a pas pour habitude de trouver plus grand que lui, et j'ai cru comprendre que ce détail lui plaisait plutôt bien. Je dois dire que ce constat provoque une pointe de satisfaction chez moi.

Evan serre la main de Lucas, mais pas plus de deux secondes. Il déglutit et annonce devoir s'en aller.

— À plus, Mia.

J'attends qu'il se soit suffisamment éloigné pour reprendre ma respiration, bloquée depuis bien trop longtemps.

— Ça va, toi ? me demande aussitôt Lucas.

— Ouais… je sais pas trop pourquoi il est venu me parler.

— Dis, il est au courant de qui je suis ?

Je le regarde, incrédule.

— J'ai dû déjà lui parler de toi, mais je ne crois pas qu'il ait fait le lien.

Il soupire, exaspéré.

— Tu m'étonnes, qu'il ait été si froid. Mia, tu te rends compte de quoi ça a l'air, moi qui te fais une surprise, toi qui me sautes au cou… ?

Je percute enfin ce qu'il veut dire, non sans mal.

— Oh…

— Ouais, « oh ».

Il est tellement évident pour moi qu'il n'y a que de l'amitié entre Lucas et moi que je n'ai pas songé à une autre interprétation.

— Ouais, eh bien, il m'a fait comprendre qu'il en avait plus rien à foutre de moi, alors ce qu'il croit n'a pas grande importance.

— Si tu le dis.

•

Crevée, j'attends assise sur ma valise… je ne sais quoi. Pourquoi est-ce qu'on doit venir trois heures plus tôt à l'aéroport, déjà ? C'est absurde, surtout quand on voit le temps qu'on passe à patienter.

Indiana a squatté ma valise elle aussi, étant donné que la sienne est un sac de voyage qui ne peut par conséquent pas lui servir de siège.

— T'as vraiment des grosses fesses, grogné-je.

— Tu rigoles ? La moitié est dehors.

— C'est bien ce que je dis.

Jones lève les yeux au ciel. C'est alors que je remarque Mercier arriver dans notre direction, une chemise moulant son torse musclé rentrée dans un jean serré, traînant une valise énorme derrière lui.

— Tiens, mais regarde qui voilà, chuchoté-je à Jones.

Elle feint de rester de marbre, mais je vois bien cet éclat dans ses yeux. Ils se sont vus quelquefois durant les vacances, mais à vrai dire, je n'ai eu que peu d'échos.

— T'es chanceuse, une semaine à Londres avec ton amoureux secret, c'est le rêve.

— Il n'est pas mon « amoureux ». On apprend à se connaître, c'est tout.

J'arque un sourcil dédaigneux.

— Du genre, vous apprenez à vous connaître en profondeur… dans un lit ?

— Oh, Mia ! crie-t-elle presque, mais elle se reprend aussitôt. T'es qu'une obsédée, il n'y a pas que le sexe dans la vie. On se voit de temps en temps, autour d'un café, dans des lieux publics où on n'est pas susceptibles de faire de bêtises. On ne fait rien de mal, et on s'est formellement interdit de tenter une relation avant la fin de l'année. Les sentences pour sortir avec une élève sont lourdes, ça pourrait bousiller sa carrière et moi ma réputation. Alors le sexe est loin d'entrer en jeu, il ne me fait même pas la bise.

Je regarde Mercier, à quelques pas de nous. Il dévore Indiana des yeux, mais se détourne quand il se rend compte que je l'ai surpris en flagrant délit.

— Mmm… et vous comptez vous berner combien de temps ?

— Tu ne nous crois pas capables de tenir ? me répond Indiana, offusquée.

— Honnêtement, non. Il y a une attraction entre vous qui fait que vous finirez par craquer. Et puis vous allez passer vos prochaines nuits dans le même hôtel.

Je lui donne un coup de coude en haussant plusieurs fois les sourcils. Elle se mordille la lèvre, ce qui est un signe de nervosité chez elle comme chez moi.

— Même si on était ensemble, il n'arriverait rien, t'es folle.

— Oh, allez. Il est sexy, t'es pas trop moche, c'est le combo spécial sexe !

— Je sais pas si j'y arriverais, de toute façon… Tu sais, il a déjà eu plein d'histoires, alors que moi…

L'évidence me frappe alors, et je regarde Indiana avec de grands yeux.

— Attends, Indiana… tu es vierge ? murmuré-je.

— Pourquoi ça a l'air d'être une insulte dans ta bouche ?

— Ça ne l'est pas ! Désolée, c'est juste que des fois j'oublie que les gens ne sont pas tous comme moi.

Et heureusement. Heureusement que tout le monde ne perd pas sa virginité pour un plan puéril, et se fait humilier ensuite. Indiana n'a que dix-sept ans, qu'elle soit vierge n'est pas étonnant en soit. À elle, on ne lui a pas volé son adolescence, et je dois dire que je l'envie un peu pour ça.

— Quoi qu'il en soit, je ne veux pas qu'il sacrifie son travail pour moi. Alors il n'arrivera rien avant que j'aie passé mon bac et que je ne sois plus son élève.

Je lève les bras en l'air, vaincue, bien que je sois toujours persuadée que lors de ce voyage, il y aura des mains baladeuses entre ces deux-là.

Nous sommes interrompues dans notre discussion par des élèves de notre classe qui nous rejoignent. Le regard tueur de Mercier quand Adrien se tient un peu trop près de Jones ne m'échappe pas, même s'il se reprend vite. *Mignon à en vomir.*

Mercier commence l'appel, les deux classes de terminale scientifique regroupées au beau milieu de l'aéroport. J'ai le cœur qui se serre au rappel de cette allée que j'ai traversée en courant pour rattraper Evan qui allait s'envoler pour Paris. Un été sans lui me semblait impossible. Je ne me doutais pas qu'un jour, il déciderait de mettre fin à notre histoire pour cause de disparition de sentiments.

Les larmes me montent aux yeux sans que je puisse m'en empêcher. Je suis une vraie fontaine ces derniers temps, c'est infernal. Indiana, même si elle ne saisit pas la cause de ma soudaine tristesse, presse ma main dans la sienne. Sans rien dire, le geste suffit.

Miracle, ma voix ne tremble pas lorsque je dois répondre « présente ».

— Evan ?

Un blanc dure quelques secondes, temps durant lequel Mercier parcourt la foule des yeux en espérant y voir peut-être Evan. Je sens tous les regards braqués sur moi, comme si me dévisager allait leur apporter des réponses. Qu'ils se mêlent de ce qui les regarde, pour une fois.

— Evan ? répète Mercier, avec une conviction moindre cette fois.

Aucune réponse. Il secoue la tête puis finit l'appel, l'air déçu. Apparemment il n'a pas tenu rigueur à Evan pour ses menaces. De toute façon, je sais que jamais Evan ne les aurait mises à exécution, quel que soit son état. Il bluffait juste pour qu'on arrête d'être derrière lui. D'après ce que m'a dit Indiana, Mercier – ou « Romain » comme elle l'appelle, ce qui me fait toujours bizarre – se voit en Evan. C'est pourquoi l'aider lui tenait à cœur, même si ça lui est retombé dessus.

Je joue avec mes ongles alors que Mercier donne des directives, quand soudain il s'interrompt. Je relève alors la tête, intriguée, et mon souffle se coupe. Je crois bien que mon cœur rate plusieurs battements, arrête même de battre pendant quelques minutes, alors que mes paupières clignent rapidement, comme si mes yeux refusaient ce qu'ils voyaient.

Evan est là. À quelques mètres de moi, planté à côté de Mercier. Une veste en cuir parfaitement taillée sur ses épaules carrées, un jean près du corps comme je les aime, ses cheveux plus longs sur le dessus légèrement en bataille comme quand je les ébouriffe. En bref, à tomber. Et une réelle torture pour mon cœur.

Il chuchote quelque chose à l'oreille de Mercier, et je vois la teinte de ses joues virer au rouge. Mercier lui sourit et lui presse l'épaule, avant de répondre quelque chose à son tour. Evan hoche la tête et quand il tourne la tête dans ma direction, ses prunelles se fondent aux miennes. Mon rythme cardiaque s'accélère en constatant que ses billes émeraude ne sont plus vides. Au contraire, elles me font comprendre que lui aussi, il se rappelle. De ma course jusqu'à lui, de nos deux bouches s'entrechoquant brutalement, rassurée qu'il ne se soit pas envolé sans me dire au revoir.

— *Des baskets ? sourit-il.*

— *Il fallait ça pour arriver à temps.*

— *Je pense que c'est la plus belle preuve d'amour venant de toi.*

— *Je t'aime, Mia.*

— *Je t'aime, Evan.*

L'intégralité de mon corps se crispe à la remontée de ces souvenirs. Et même si c'est bien trop douloureux, je n'arrive pas à détourner mes yeux de ceux d'Evan.

— *Mais je ne veux pas vivre d'histoires avec d'autres garçons. Tu ne comprends donc pas, Evan ? C'est toi. Je le ressens dans mes tripes. Je serai là quand tu reviendras. Si jamais tu reviens.*

— *Je ne vois pas comment je pourrais sortir avec d'autres filles non plus. Je suis abonné aux caractères forts, et je ne connais personne qui me fasse autant chier que toi. Quoi qu'il advienne, une partie de moi t'appartiendra toujours.*

J'ai envie de tout casser. Il n'a pas tenu sa promesse, plus aucune partie de lui ne m'appartient. Et il décide de réapparaître soudainement, pour participer à ce stupide voyage scolaire, alors qu'aux dernières nouvelles il n'en avait plus rien à faire des cours. Il décide de réapparaître comme une fleur, beau comme un dieu, pour une semaine durant laquelle je devrai me coltiner la vision de lui ayant tourné la page, peut-être même de lui draguant d'autres filles, tous les jours. Comment vais-je survivre à ça ?

C'est vrai que jusque-là, il ne m'avait pas fait assez de mal.

Je crois qu'il a vu la colère naître dans mes yeux, puisque les siens s'élargissent, et que je peux voir d'ici sa paume d'Adam rouler dans sa gorge. Je cille, estimant que ma séance « spéciale sadomasochisme » doit toucher à sa fin.

Ensuite, je ne le regarde plus. Je l'évite un maximum, me tenant toujours la plus éloignée possible de lui. Je crois que le plus judicieux serait de fixer une distance de minimum deux mètres entre nous. Juste histoire d'être sûre.

— C'est pas si grave, déclare Indiana tandis qu'on se fond dans la queue pour peser nos bagages. On est beaucoup, tu ne seras pas forcée de le voir tout le temps.

— Ton enthousiasme est mignon, Jones, mais tu peux être sûre que si Evan se trouve dans un rayon de cent kilomètres, je le verrai. Ça va être un enfer.

— C'est pas toi qui disais qu'on était forts chez les Castez ? Et arrête de m'appeler Jones.

Je soupire, elle a raison. Sauf que dès qu'il s'agit d'Evan, toute force m'abandonne.

Soudain, Indiana pousse un cri étouffé. Elle me secoue le bras, tout excitée.

— Mais qu'est-ce qui te prend ?

— Regarde.

Elle me montre le panneau publicitaire à notre gauche, qui affiche la publicité d'Audace Lingerie, nos corps à Calvi et moi en gros plan. Je ne peux empêcher un éclat de rire, je ne me fais pas à cette apparition de moi partout.

— C'est incroyable !

Mon rire cesse quand j'entends des voix derrière moi, qui ne cherchent clairement pas à être discrètes.

— J'imagine que Photoshop y est pour beaucoup. Quand on se retrouve face à la réalité, la déception doit être grande.

Je m'apprête à me retourner, ma main préparée à s'écraser sur le gars qui a osé ouvrir sa bouche derrière moi, mais une nouvelle prise de parole me coupe dans mon élan.

— Crois-moi, Mia est la seule fille sur cette Terre à qui la photo ne rend pas justice. T'as raison, quand on se retrouve face à la réalité on est surpris, mais c'est tout le contraire d'une déception.

Je parie que vous avez deviné qui est l'auteur de cette réplique. Quelques indices au cas où : voix grave et sexy, douce comme du velours, une pointe de fierté dans le ton.

Je prends mon courage à deux mains et regarde par-dessus mon épaule. C'est un mec d'une autre classe qui a osé me critiquer, qui me regarde maintenant avec un sourire moqueur. Je ne suis qu'à moitié étonnée de découvrir Margot à côté de lui, affichant le même genre de rictus. Ces temps-ci elle s'est mise de plus en plus à me critiquer, et de plus en plus fréquemment. Et dire qu'elle fait cette fixette parce que Kyllian m'a regardée de manière un peu trop insistante une fois à la cantine, c'est ridicule. Indiana et elle se sont disputées justement à cause de ça, ma demi-sœur en ayant marre de ses piques incessantes à mon égard maintenant que nous sommes proches.

— Ouais, je te crois, finit par dire le mec inconnu. Tu dois savoir de quoi tu parles.

Je n'ose pas tourner davantage la tête, sachant que je rencontrerai le visage d'Evan. Il ne suffit pas de me défendre pour que soudain, tout s'arrange. D'ailleurs, ça n'est certainement pas ce qu'il veut, puisqu'il m'a demandé plus ou moins poliment d'arrêter de le faire chier. Son comportement en est, du coup, bien incompréhensible.

Avant d'embarquer, Indiana, Adrien, Noah, Sarah et moi allons nous acheter des cochonneries à grignoter. C'est selon moi une étape indispensable lorsqu'on prend l'avion. Quand on arrive à la caisse je sors ma carte de crédit, et la vendeuse me demande en désignant Indiana à mon côté :

— Vous payez aussi pour votre amie ?

— En fait, ça n'est pas mon amie.

Je regarde Indiana, qui m'observe, perplexe.

— C'est ma sœur.

Le sourire éclatant sur le visage de Jones ne me fait absolument pas regretter mes paroles, bien au contraire. Indiana a été plus présente que personne pendant les vacances, même quand j'étais infâme, et cela compte beaucoup pour moi. Lui montrer que je la considère à présent comme ma sœur est ma façon de la remercier.

— Et oui, je paie pour elle.

— Très bien. C'est vrai que vous vous ressemblez, remarque la vendeuse.

— Plus que vous ne le pensez.

25. HELLO LONDON !

MIA

C'est la cohue dans l'étroite allée de l'avion, tous ces imbéciles gesticulant comme des animaux en cherchant leur place. J'en bouscule une bonne dizaine en râlant. Ça n'est pourtant pas difficile : il n'y a qu'à lire les chiffres marqués au-dessus de nos têtes. *Et la compagnie est gentille, les places sont dans l'ordre !*

Quand j'arrive enfin devant la mienne, je me demande si l'univers ne me joue pas un tour. Décidément, aujourd'hui, c'est ma journée.

Je m'installe à contrecœur à côté de Kyllian, qui me reluque étrangement. C'est déjà gênant alors que nous n'avons pas encore décollé. La tête droite, je sens son regard persistant sur moi, alors je craque.

— La politesse voudrait que tu me salues au lieu de me scruter comme si tu cherchais à mémoriser chaque millimètre de mon visage.

Mon ex secoue la tête, retrouvant ses convenances. Enfin le peu de convenances qu'il a.

— Excuse-moi. Salut. C'est juste qu'on se croise plus du tout, et je n'avais pas calculé qu'on ferait ce voyage en commun…

— Ouais, moi non plus.

L'hôtesse commence les consignes de sécurité dans toutes les langues, et j'ai déjà envie de me frapper la tête sur le siège de devant. Je sens que ces deux heures vont être longues…

— Sinon, ça va ? me demande Kyllian tandis que l'avion se met à rouler.

— Plutôt bien.

— J'ai lu ton interview dans le magazine de mode… Félicitations, c'est génial ce qui t'arrive.

— En effet, je vis quelque chose d'assez incroyable.

Quand l'avion décolle, les mains de Kyllian se crispent sur les accoudoirs. Il s'y accroche comme si sa vie en dépendait alors que des gouttes de sueur perlent sur son front. Il se met même à balbutier des mots inintelligibles en fermant les yeux, alors j'éclate de rire.

— Mi-mia c'est pas drô…

Il pousse un cri lors d'une secousse. Je me bidonne tellement sur mon siège que mon corps s'en tord, ce spectacle étant plus que jouissif. Je remarque alors Evan, assis quelques sièges devant dans ma diagonale, la tête légèrement tournée et un sourire flottant sur les lèvres. Je ne peux m'empêcher de me demander si c'est mon rire qui lui provoque cette réaction, ce qui interrompt instantanément mes glousse-ments. Il s'en rend compte, et tourne alors complètement la tête pour me regarder. L'intensité de son regard me trouble en une fraction de seconde, alors je me détourne et fais semblant de réconforter Kyllian pour penser à autre chose.

Seulement quand je jette un rapide coup d'œil à Evan, il me fixe toujours. *Non mais sérieusement, c'est quoi son problème ?* Je devrais l'ignorer, il doit seulement chercher à me provoquer et me faire entrer dans son jeu pour *x* raisons. Mais mon côté gamin prend le dessus.

Je déploie mon plus beau doigt d'honneur, un sourire provocateur aux lèvres. Un côté uniquement de sa bouche s'étire, formant un sourire en coin plutôt irrésistible, alors qu'il mord lentement sa lèvre inférieure. Très lentement. Avant qu'il ne la relâche une fois rougie.

J'ai chaud, bien trop chaud. Sans réfléchir, je me lève alors que c'est normalement interdit, mais si je ne bois pas quelque chose c'est moi qui vais me liquéfier.

Je m'empresse de gagner les toilettes, un couple de petits vieux s'offusquant quand je passe devant eux. Je me retiens de déplier encore une fois mon majeur, de peur qu'ils fassent une syncope. Je suis presque arrivée à destination quand un corps conséquent me coupe la route. *Oh non, si près du but.*

— Mia, retourne à ta place, m'ordonne Mercier, lassé.

— J'ai absolument besoin d'aller aux toilettes.

Mercier soupire et croise les bras sur sa large poitrine.

— C'est dangereux. Retourne t'asseoir.

— Bon, écoutez, les Anglais ont débarqué. Alors si vous ne voulez pas vous retrouver à devoir expliquer à la compagnie aérienne pourquoi un de leur siège a été repeint en rouge pendant le vol, je vous conseille de me laisser passer.

Les sourcils de Mercier se haussent de surprise, il se décale machinalement, comme sonné par mon audace. Je le remercie rapidement et me réfugie dans la cabine minuscule de l'avion. *Ça promet.*

Finalement, le reste du voyage se déroule sans encombre. Plus de regards échangés bons qu'à tremper ma petite culotte, seulement un Kyllian au bord de la mort tout au long du vol.

Une fois descendue de l'avion, je raconte mon voyage mouvementé à Indiana, nous faisant toutes les deux glousser comme des poules tandis qu'on avance dans les grandes allées de l'aéroport anglais. Nous croisons même un bel Anglais sur notre route, qui me sourit avec intérêt.

— T'as vu comme celui-là m'a dévorée du regard, glissé-je à Indiana.

— Tu rigoles ? C'est moi qu'il a regardé.

— N'importe quoi ! Il avait les yeux fixés sur ma poitrine.

— On a la même, Mia.

— Non, je suis sûre que j'ai un bonnet de plus.

Jones roule exagérément des yeux et nous arrivons devant l'espèce de tapis qui tourne pour récupérer nos bagages. Quand je vois ma valise, je tends la main pour la récupérer, mais la position peu pratique et le poids de ma valise font que je ne parviens pas à la soulever.

— Et merde…

Une main vient à mon secours en recouvrant la mienne pour la soulever, et reposer ma valise sur le sol. La douceur de sa paume me donne la chair de poule. Il me fait face, et je rassemble toutes mes forces pour relever les yeux vers lui.

— C'est un peu lourd, remarque-t-il. Je me demande comment tu as fait pour passer la sécurité.

— Pourquoi crois-tu que j'ai mis un tel décolleté ?

Ses lèvres ne frémissent pas mais ses yeux me sourient. Son comportement est tellement étrange…

— Tu ne changeras jamais. Il n'empêche que si l'avion s'était crashé, ça aurait été de ta faute.

— Et je n'en aurais, bien sûr, pas assumé les responsabilités.

Evan plonge les mains dans ses poches tout en se redressant.

— Mia, écoute...

— Excusez-moi... ?

Je me tourne vers la voix qui vient de retentir, pour découvrir deux nanas dans la vingtaine.

— On a lu une interview dans un magazine dans l'avion... et vous ressemblez comme deux gouttes d'eau à la fille en question. On voulait savoir, c'est vous ?

Je passe une main dans mes cheveux, jetant un regard à Evan en biais. Il a la tête baissée, impossible de voir son expression. Je me demande si lui aussi a lu cette interview... et ce que je disais dedans. Il faut dire qu'elle a été faite le surlendemain de notre « rupture », et je n'avais pas vraiment décoléré.

— Oui, c'est moi.

— Oh, là, là, vous êtes vraiment sublime ! Et la nouvelle ligne d'Audace a l'air d'être splendide elle aussi ! On pourrait avoir une photo ?

Je fronce les sourcils. Tout ça est si inhabituel pour moi.

— Hum, ouais, OK.

Les deux filles se placent chacune à mon côté, et l'une lève son téléphone pour prendre la photo. Elles paraissent ravies et me félicitent encore une fois, avant de se retirer.

Le temps de reprendre mes esprits, je me rends compte qu'Evan a disparu. En regardant autour de moi, je constate que ma valise a, elle aussi, mystérieusement disparu. *Enfin, pas si mystérieusement que ça.*

Je soupire et suis la foule d'élèves qui commence à s'éloigner, à la recherche d'Evan. Je me mets même à trottiner pour tenter de rattraper le début de la file. Quand je le vois juste derrière les profs, nous sommes déjà à la sortie.

— Hé ! Je peux savoir à quoi tu joues ? demandé-je, essoufflée.

— Y avait pas mal de distance, je me suis dit que c'était mieux si c'était moi qui portais ta valise.

— Je te remercie, mais je n'ai pas besoin de toi ! La preuve, cela fait plus de deux semaines que je m'en sors très bien.

C'est faux, mais il ne le sait pas. Je fais tout pour paraître impassible, et refonder ce mur de protection pour qu'il ne capte pas mes émotions.

— Excuse-moi, je voulais juste être utile…

— Eh bien, arrête. Peu importe ce que tu es en train de faire, juste, arrête. Un jeu puéril dans lequel tu essaies de me faire entrer, ou alors peut-être attends-tu qu'on redevienne amis, mais ça n'arrivera pas. Toi et moi, on ne sera plus jamais amis, ou quoi que ce soit d'autre, d'ailleurs.

Ma fermeté m'étonne moi-même. De peur de découvrir sa mine déconfite, ou justement, de découvrir que mes mots ne lui font ni chaud ni froid, je m'empare de ma valise et m'éloigne de lui.

Quand nous gagnons notre hôtel le soir, j'ai les pieds en feu. Bien que j'aie mis des bottines avec un talon relativement petit, les baskets sont de toute évidence préférables pour un voyage scolaire où l'on marche tout le temps.

●

J'ai passé la journée à jouer à cache-cache. Si Evan se trouvait au début du rang, je me positionnais à la fin, et inversement. Lors du déjeuner, j'ai forcé Indiana à nous mettre le plus loin possible d'Evan dans le parc, si bien que nous avons dépassé la limite fixée. Je sens que Mercier nous aurait tuées sur place si Jones n'avait pas passé affectueusement sa main sur sa joue tandis qu'il nous engueulait, lui ôtant tout mot de la bouche. Je dois dire que le fait qu'elle sorte presque avec un prof a ses aspects positifs.

Éviter Evan est d'autant plus difficile quand on sait que mon corps est irrémédiablement attiré par lui, comme un aimant, et que nous fréquentons les mêmes personnes. Garder mes distances a été particulièrement difficile quand Margot et Anaïs sont venues s'asseoir près de lui à midi. Piqûre de rappel : Anaïs est la fille insupportable par excellence, que Margot critiquait il n'y a pas si longtemps, d'ailleurs. On peut me reprocher beaucoup de choses, mais moi au moins je n'ai jamais fait partie de ce cercle féminin plein d'hypocrisie. Alors voir une fille proche d'Evan, c'est déjà difficile. Mais deux filles que j'ai envie d'emplâtrer, c'est d'autant plus dur de résister.

Cependant, j'ai tenu bon et j'ai simplement détourné les yeux. Croyez-moi, c'est la meilleure chose à faire pour ma santé mentale, afin d'éviter de faire subir de nouvelles souffrances à mon cœur.

Indiana, Sarah et moi nous installons dans notre chambre d'hôtel, qui n'est, ma foi, pas si mal. Nous sommes loin d'être dans un quatre étoiles, mais cela reste convenable.

La première chose que je fais est de sauter sur les deux lits de la chambre, afin de les tester. Je jette mon dévolu sur le deux places, sur lequel je m'étale comme une étoile de mer en déclarant que ce sera le mien.

— OK, mais tu vas devoir le partager.

— Quoi ? Non, j'ai dit que c'était mon lit.

— Mia ! s'énerve Indiana. Il y a deux lits dans cette chambre pour trois : un lit double, et un lit simple. Tu as choisi le lit double, je te laisse faire l'équation dans ta tête.

Je jette un coup d'œil dédaigneux à l'autre lit, et hausse les épaules.

— Vous pouvez sûrement entrer à deux dans le lit simple, il est assez spacieux.

Sarah et Indiana se regardent un instant, puis hochent la tête d'un air entendu. Sans que je puisse réagir, l'une m'attrape par les pieds, l'autre par les mains, pour me soulever dans les airs. Je crie et me débats, mais ça ne semble pas très efficace.

— OK, c'est bon, c'est bon, je vais partager !

Mes deux folles de colocataires me reposent à terre, un sourire satisfait aux lèvres.

— Tu vois, c'était pas si compliqué.

Je lève les yeux au ciel alors qu'Indiana s'assoit sur mon lit sans se départir de son sourire.

J'ai déjà mal à la tête en débarquant dans la salle de restaurant où nous sommes tous réunis. Nous trouvons trois places en milieu de table et nous y installons. Quand Evan entre dans la pièce, mon regard ne cède pas, cette fois-ci. Malgré ma volonté, il reste scotché à lui. Je reconnais instantanément le pull qu'il porte, puisque j'ai dû le porter plus que lui. Il s'agit d'un sweat-shirt rembourré à l'intérieur, tellement confortable que je le lui piquais tout le temps. Je ne peux m'empêcher d'être attendrie par ses cheveux humides et décoiffés, ils le rendent toujours adorable.

Et visiblement, je ne suis pas la seule de cet avis puisque Margot s'empresse de se lever de sa chaise pour aller ébouriffer cette tignasse en riant. *Non mais je rêve ? Depuis quand possède-t-elle le droit de le toucher, ou même le frôler ?* Sans m'en rendre compte, je serre ma fourchette dans la paume de ma main tellement fort qu'elle s'en tord.

— Tu sais, Mia, c'est pas parce qu'elle le colle qu'elle est forcément intéressée par lui, me rassure Sarah. Enfin c'est sûrement un peu le cas, mais elle est accro à Kyllian, et elle n'a pas dû aimer que vous soyez côte à côte dans l'avion… À mon avis, elle cherche à te le faire payer.

Alors là, c'est la meilleure. Elle veut se venger de moi qui ne cherche même pas à me rapprocher de son « crush » ? Bien, apparemment elle n'a pas bien compris à qui elle a affaire.

On peut toucher à beaucoup de choses. Mais Evan, même maintenant qu'il ne m'appartient plus, c'est *la* corde sensible qu'il ne fallait pas frotter.

Le bruit de ma chaise qui racle le sol avertit tout le monde de mon énervement. Il ne me faut que quelques secondes pour apercevoir Kyllian, et le rejoindre d'une démarche déterminée. Une fois devant lui, il n'est plus question de tourner autour du pot. Je m'installe sur ses genoux, ce qui le surprend grandement, sans qu'il me repousse pour autant.

— Mia, qu'est-ce que…

— Ça te va bien, cette nouvelle coupe.

Je passe mes mains dans ses cheveux blonds, bien trop fins par rapport à ce à quoi j'ai été habituée. Mais je passe outre ce détail pour me concentrer sur mon objectif.

— M-merci, content que tu aimes.

— Et ça alors, c'est que tu as fait de la muscu…

Je caresse son torse qui frémit sous mes doigts.

— Tu dois avoir un corps différent de la dernière fois que je l'ai vu, renchéris-je.

Il déglutit en fixant ma bouche.

— Sûrement…

— Kyllian, retentit une voix agaçante à ma gauche.

Eh bien, ça aura été rapide.

Je lève les yeux vers une Margot fulminante, lui adressant mon sourire le plus faux.

— Hum, oui, Margot ? répond Kyllian, troublé, sans pour autant me faire descendre de ses genoux.

— Tu n'as pas répondu à mon message cet après-midi. Encore un problème de batterie ?

— Ouais… elle fait que lâcher.

— C'est drôle, dis-je d'une voix innocente. Pourtant tu m'as envoyé un message juste avant qu'on rentre pour me demander de te rejoindre dans les douches.

— Toi, je vais te…

Margot m'attrape par le col pour m'obliger à me relever. Prise au dépourvu, je me laisse faire, jusqu'à être sur mes pieds. Là, je saisis son poignet, et le tords comme me l'a appris Evan. La fois où il m'a montré ce geste qui est, je cite, « très efficace contre les pervers du type Jérémy qui oseraient poser leurs mains sales sur ton magnifique corps », j'avais compris ma douleur. Je crois bien l'avoir reproduit, vu le cri qui sort de la bouche répugnante de Margot.

— Qu'y a-t-il, Marjorie ? Tu n'aimes pas l'idée que Kyllian et moi ayons pu prendre du plaisir ensemble ?

— Le seul plaisir à présent il le prend avec moi. Et mon prénom c'est Margot.

— Oh, quelle importance ! Vraiment, vous couchez ensemble ? J'imagine que tu connais l'emplacement du grain de beauté sur son cul, alors.

— Oui, souffle-t-elle. Et tu n'as pas accès à son corps, ni même à autre chose de lui.

Je fais mine de réfléchir un instant.

— Il fallait peut-être y penser avant de suivre Evan partout…

— Evan n'est plus ton copain, d'après ce que j'ai compris.

— Et Kyllian n'a jamais été le tien, si je ne m'abuse. Alors un conseil : ne t'approche plus d'Evan, ou sinon tu peux être sûre de retrouver Kyllian dans mon lit dans pas si longtemps que ça.

En vérité, remettre les couverts avec Kyllian ne me branche pas du tout, et je ne le ferai pas. Mais je prends mes dispositions pour être sûre de souffrir le moins possible, c'est-à-dire en me tenant le plus loin d'Evan possible, et en tenant également les autres filles le plus loin possible de lui.

Je lâche le poignet rougi de Margot, prête à m'éloigner de cette pimbêche. Mais juste avant de la quitter, je lui glisse :

— Oh, et si tu avais vraiment vu Kyllian nu, tu saurais qu'il n'a aucun grain de beauté sur le cul, juste une tache

de dépigmentation. S'inventer une vie sexuelle, franchement, c'est moche.

Je quitte ma proie, jubilant de mon merveilleux talent
de chantage. Au moins, je suis tranquille pour un moment.

●

— On va voir Noah et Adrien pendant le temps libre,
tu viens ? me demande Indiana une fois de retour dans
la chambre.

— Je dois faire un Skype avec Eva et Jules, j'ai promis
de tout leur raconter quand je pourrai, je vous rejoins
après.

Sarah et Indiana acquiescent et s'en vont, me laissant
seule dans notre chambre. Je m'installe sur le lit et raconte
à mes deux meilleurs amis tous les détails de ma journée :
ils ne m'ont pas laissé le choix à partir du moment où
le prénom « Evan » a franchi mes lèvres. Quand je raccroche, le temps libre est presque terminé. Je m'empresse
de sortir dans le couloir et cherche le numéro de chambre
qu'Indiana m'a indiqué.

C'est bien connu, Mia Castez ne toque jamais aux portes.
Sauf que cette fois, je regrette de ne pas l'avoir fait.

Au lieu de trouver mes amis dans la chambre comme
je m'y attendais, la seule personne que je vois est Evan.
Evan, avec une fille. Seuls dans une chambre. Tous deux
assis sur un lit, bien trop proches.

Je claque la porte si violemment que les murs en
tremblent, prise de nausées. Mon cœur s'affole dans ma
poitrine alors que je m'adosse à la porte, tremblant comme
une feuille. Je m'éloigne rapidement, trébuchant à plu-

sieurs reprises. Ma vue s'embue en un rien de temps, et je m'appuie sur un mur du couloir tant le trou dans ma poitrine me fait souffrir.

J'entends des pas empressés derrière moi. Honteuse de ma réaction, je tourne mon visage vers le mur.

— Mia…

Sa main qui se pose sur mon épaule me brûle immédiatement, alors je la repousse avec plus de force que je ne m'en croyais capable. J'essuie rageusement mes larmes pour lui faire face.

— Ne t'avise pas de me toucher.

— Écoute, je sais à quoi ça ressemble, mais…

— C'est bon. Tu fais ce que tu veux, je cherchais simplement la chambre d'Adrien et Noah, mais je me suis trompée.

Evan se gratte la nuque, mal à l'aise.

— C'est leur chambre, on la partage à trois. Ils sont tous partis jouer au baby-foot en bas.

— Oh, je vois, et toi tu restes ici pour bécoter une nana.

Ma volonté de rester de marbre échoue lamentablement. La rancune se sent dans mon ton plein de reproches, et j'imagine qu'Evan doit bien jubiler de me voir toujours aussi attachée à lui.

Malgré ma colère, je ne rejette pas sa main chaude qui se glisse dans la mienne. Ses doigts s'enroulent autour des miens et pour une raison encore inconnue, je le laisse faire.

— Elle ne m'intéresse pas. On ne faisait que discuter.

La douleur sur son visage, ainsi que ses sourcils froncés à l'extrême, me donneraient presque envie de le croire.

— Même si tu dis vrai, soufflé-je, des filles te plairont forcément. Tu vas te remettre à draguer – ou peut-être

378

as-tu déjà recommencé ? – et je devrai l'accepter. Même si ça n'est pas toi qui prends les initiatives, il y en a toujours plein qui te tournent autour, et tu finiras par craquer pour l'une d'elles. Mais je ne veux pas avoir à subir ça. J'en ai marre de souffrir. J'en ai marre de faire croire à mes parents, à Maël, à Indiana que je vais bien, alors que c'est loin d'être le cas ! Alors qu'à chaque fois que je me réveille seule, ce vide me tue presque. Alors que quand je songe à mon avenir maintenant, j'ai envie de pleurer. Parce que sans toi, rien n'a de sens ! Et j'en ai marre de dépendre autant de toi alors que tu ne partages même plus mes sentiments, et ça aussi putain, ça me donne envie de tomber pour ne plus me relever !

Ma tirade est à peine prononcée que je la regrette déjà. À quoi ça sert de lui faire part de ma vie pathétique ? Il a pris une décision, celle de me quitter, et il n'existe plus aucune motivation pour qu'il revienne dessus. J'aurais presque envie de le supplier de me toucher, même s'il ne m'aime plus. Mais je sais que ça ne ferait que retarder ma guérison, si jamais elle se fait un jour. Et je mérite mieux. Je mérite quelqu'un amoureux de moi et qui ne me blesse pas à tout-va. Je mérite un amour *normal*, sans souffrance. Un amour d'adolescent.

Je ne retiens plus mes larmes, elles coulent à flot sur mes joues. J'ai renoncé à garder une fierté face à Evan, puisqu'il la détruit à chaque occasion.

Evan, comme s'il ne supportait plus de me voir dans un état pareil, m'attire vivement contre lui. Ses bras qui s'enroulent autour de moi me surprennent, tandis que mes paumes se plaquent contre son torse, en désaccord.

— Je ne veux pas de ta pitié, craché-je en essayant de me dégager.

Il renforce son étreinte autour de moi.

— Jamais je n'éprouverai de la pitié pour toi. J'ai envie de ce contact depuis que tu as été dans ma maison pour la dernière fois.

Sa voix à mon oreille me paraît sincère. Mais je ne peux pas me montrer si faible.

— On ne ressent pas la même chose. Tu ressens un manque parce que tu as perdu l'habitude d'être seul. Je ressens un manque parce que...

Je m'interromps à temps avant que les mots « je t'aime » ne sortent de ma bouche. Evan m'oblige à relever le menton vers son visage. Il me regarde avec attention et une telle intensité que mes jambes se transforment en coton.

— Tu ressens un manque parce que quoi ?

Je ferme les yeux en soupirant. Toute cette discussion ne mène à rien.

— Je devrais retrouver les autres.

Un poil déçu, il me libère. Je réprime la sensation de froid qui m'envahit en me séparant de son corps. Je trouve assez de force pour marcher jusqu'à l'ascenseur, le laissant derrière moi.

— Mia ?

Je me retourne vers lui une fois dans la cabine. Il est toujours planté au même endroit, au milieu du couloir.

— Je ne veux pas des autres filles.

Je souris faiblement.

— Tu en voudras.

Et les portes se referment.

26. CRAQUAGE INVOLONTAIRE

MIA

Ce matin, la visite guidée du *British Museum* est au programme. Nous commençons par un tour du musée durant lequel je bâille plus qu'autre chose, jusqu'à ce que les profs nous lâchent le temps d'une demi-heure, pour qu'on aille revoir ce qui nous a plu. *Comment est-ce qu'on fait si rien ne nous plaît ?*

Alors que Jones et moi restons bloquées sur un sarcophage, une carrure imposante se place à côté de nous.

— Hum, Indiana, j'ai remarqué quelque chose qui pourrait te plaire... si tu veux, tu peux...

— Venir avec toi ? chuchote Indiana.

L'entendre tutoyer notre professeur de maths, c'est vraiment étrange. Le voir bafouiller devant elle aussi, c'est vraiment étrange. En fait, qu'ils se voient et se plaisent, c'est vraiment étrange.

— Ouais, ou un truc comme ça.

Mercier retrouve son assurance et sourit en coin. OK, je dois l'admettre, son attitude est sexy. Il était évident qu'il tomberait sous le charme d'Indiana, c'est une Castez.

— Avec plaisir.

Indiana me sourit d'un air désolé car elle doit me quitter, je hausse les épaules. La solitude ne m'a jamais dérangée. Je n'ai jamais été du genre à accourir me chercher d'autres amis si je me retrouvais soudain seule.

— Ne faites pas de bêtises, les avertis-je tout de même.

Mercier devient rouge écarlate alors que Jones se contente de me réprimander du regard. Je n'ai toujours pas lâché le morceau : ces deux-là sortiront ensemble avant la fin de la semaine, malgré leurs mesures de sécurité. J'avance dans le musée, jusqu'à arriver devant des espèces de statues grecques. Je me demande pourquoi ces types ont toujours des petits pénis. Si c'est une tradition dans le mouvement...

— Alors, on mate ?

Je sursaute presque en entendant la voix d'Evan. Il me regarde d'un air joueur, amusé, les mains dans ses poches.

— Pas vraiment, j'ai été habituée à mieux, lancé-je sans réfléchir.

Je prends conscience du sens de mes paroles et me frappe mentalement pour être si idiote en sa compagnie.

Evan ricane dans sa barbe.

— Ouais, à carrément dix niveaux au-dessus, tu veux dire.

— Je... j'ai pas voulu dire ça dans ce sens-là.

Mon ton sec a pour effet de faire automatiquement cesser les gloussements d'Evan. Il se racle la gorge.

— C'est bon, Eva m'a parlé de vos conversations à propos... de mon anatomie.

Je sens mon sang affluer anormalement dans mes joues, mortifiée.

— Elle t'a pas dit ça ?

— Si, et elle insistait, en plus.

Cette anecdote ne m'aurait pas dérangée il y a encore un mois. Mais maintenant que nous avons rompu, c'est différent.

— Elle n'a jamais su tenir sa langue.

— Mia, par rapport à hier soir…

Le changement d'atmosphère ne me plaît pas du tout. C'est pourquoi je lui fais face, et le coupe avant qu'il n'aille plus loin :

— C'est bon. J'étais fatiguée, c'était un coup de mou et rien de plus. Je n'aurais pas dû me montrer si faible en pleurant de cette façon devant toi.

— Je te l'ai déjà dit, pleurer n'est jamais une démonstration de faiblesse. Pas chez toi, en tout cas.

— Et pourtant, je n'ai jamais été du genre pleurnicharde, alors si, je pense que c'en est une. Le mieux est que l'on s'ignore pendant le reste du voyage. C'est mieux pour nous deux, pour que je puisse définitivement tourner la page, et toi, avancer.

Evan paraît légèrement dérouté, il se passe une main dans les cheveux, avant de jeter des regards nerveux autour de lui.

— Tu es sûre que c'est vraiment ce que tu veux ?

Non.

— Oui. J'accepte ton choix. Tu ne m'aimes plus, tant pis. Ce sont des choses qui arrivent, je m'en remettrai. C'était stupide de croire que tu m'aimerais toujours, l'amour éternel n'existe pas. Sors avec la fille de ta chambre d'hier si ça te chante, ça ne me regarde plus.

En vérité, je n'en pense pas un mot, et je tuerais cette fille si elle venait à le toucher de manière inconvenante.

Mais mieux vaut feindre l'indifférence que de montrer que je suis complètement anéantie. J'ai assez pleuré devant lui, et il faut que je me donne les chances pour peut-être réussir à avancer, sans lui.

— Je n'ai pas envie de te perdre, répond-il simplement.

— Ça devait arriver, un jour ou l'autre. Tu ne peux pas vouloir le beurre et l'argent du beurre. Nous ne sommes plus ensemble, alors nous devenons de simples camarades de classe, je ne peux pas agir autrement.

Déterminée, je tourne les talons, retenant encore une fois mes larmes.

●

À l'heure du déjeuner, nous mangeons encore dans un parc. Heureusement que le temps londonien nous sourit, ça ne serait pas la même ambiance sous la pluie.

Le pique-nique donné par l'hôtel est vraiment répugnant. Personne n'a encore réussi à deviner ce qu'ils avaient mis dans leurs sandwichs.

— Peut-être le fromage bizarre qu'ils achètent en bombe, suggère Adrien.

— Sûrement ! s'écrie Indiana. La consistance y ressemble !

— Ouais, mais ce que je comprends pas alors c'est pourquoi ça a le goût de cornichon, déclare Noah.

Nous continuons d'essayer d'élucider le mystère. Deux jambes élancées m'interrompent dans ma recherche en entrant dans mon champ de vision, et je crois halluciner en voyant cette fille s'asseoir à côté de moi. *La* fille, celle qui était dans la chambre d'Evan hier soir.

— Salut.

Je ne réponds pas dans un premier temps, préférant croquer dans mon sandwich infâme.

— Qu'est-ce que tu veux, il n'y a pas assez de place sur l'herbe ?

Elle baisse la tête en ramenant une mèche violine derrière son oreille. Quand elle se redresse, je suis étonnée de la voir sourire. *Elle veut peut-être que je lui refasse le portrait, on verra si elle sera toujours d'humeur à rire.*

— Alors ce que me disait Evan est vrai, t'es vraiment jalouse.

Je n'aime pas l'amusement qui danse dans ses yeux de chat surmontés d'un trait épais d'eye-liner. Le pire, c'est qu'elle est loin d'être moche.

— Je ne suis certainement pas jalouse ! m'offusqué-je.

Elle ne prend pas en compte mon mensonge flagrant, et poursuit :

— Je suis surprise que tu n'aies pas entendu les rumeurs à mon sujet. Rumeurs vraies, pour une fois.

J'arque un sourcil, intriguée.

— Je ne suis pas vraiment attirée par le sexe masculin, tu vois.

Lorsque je percute, mes lèvres se détachent. Je ne m'y attendais pas. Cependant je reste suspicieuse, elle pourrait très bien me mentir.

— Donc, tu dis qu'Evan ne t'intéresse pas car tu es lesbienne… Dans ce cas qu'est-ce que tu foutais dans sa chambre ?

Elle ramène sa chevelure sur une épaule, et me sourit.

— Je crois qu'il est temps de faire les présentations. Je m'appelle Coralie, et j'ai rencontré Evan pendant les vacances parce qu'il a commencé à se rendre chez mon père.

— Ton père... attends, quoi ?

Cette histoire devient de plus en plus étrange.

— Il est psychologue. Evan a décidé d'aller chez lui pour se reprendre en main et réussir à faire son deuil – c'est Evan qui me l'a dit, pas mon père, je te rassure. On s'est croisés une fois après un de ses rendez-vous, et on a discuté. Depuis je crois que je suis un peu devenue sa confidente, puisque moi aussi j'ai des histoires d'amour avec les filles il me croit bien placée pour le conseiller. Voilà pourquoi j'étais hier dans sa chambre, il me posait des questions.

— Des questions...

— À propos de toi, confirme-t-elle.

Mon cerveau déborde de toutes ces informations insensées. Il faut dire qu'aucun des actes d'Evan ne semble avoir de sens.

— Mais... pourquoi il aurait besoin de conseils ?

— Parce qu'il veut te récupérer.

À l'entendre, ça paraît logique. Ça l'est moins quand on a vécu son rejet il y a presque un mois.

— Il n'a pas eu le courage encore de te le dire, c'est tout. Mais je ne suis pas une menace, m'assure Coralie. Aucune des filles ici n'en est une.

Elle se lève et dépoussière ses vêtements.

— Réfléchis-y le temps qu'il se décide à te parler à cœur ouvert.

Et c'est ce que j'ai fait. Durant toute la journée, je me suis creusé la tête pour essayer de comprendre. Evan me rejette il y a trois semaines et maintenant il voudrait me « récupérer » ? J'aurais préféré que Coralie ne me fasse pas ces aveux. Au moins, j'aurais pu profiter des monuments londoniens.

Après s'être toutes les trois douchées, Indiana et Sarah me traînent jusqu'à la chambre des garçons. J'avance à contrecœur, sachant qu'Evan sera probablement dans la chambre avec Noah et Adrien. Quand nous poussons la porte et qu'aucune trace de mon ex n'est présente, je me surprends à ressentir une certaine déception. *Mais qu'est-ce qui ne va pas chez moi ?*

Je m'assois en tailleur sur l'un des lits, Sarah se jetant dans les bras de Noah, et Adrien attirant Indiana à côté de lui. Cette proximité qui se crée entre eux ne me plaît pas pour deux raisons : petit un, Jules n'a pas encore réussi à oublier Adrien et le voir flirter avec une fille ne va certainement pas l'aider ; petit deux, même si leur relation est complexe, Indiana est en quelque sorte en couple avec Mercier à présent. Enfin, pas vraiment en couple, mais ils se sont promis de s'attendre.

Je ne peux empêcher mon regard tueur d'apparaître quand Adrien commence à chatouiller ma demi-sœur. Jones s'en rend compte et elle s'arrête instantanément de rire. Je sais que je n'ai pas de leçon à donner, mais Indiana et Jules sont des personnes très importantes pour moi, et je n'ai pas envie que ces deux-là souffrent à cause d'Adrien.

Indiana et moi nous livrons à une bataille des yeux, jusqu'à ce qu'un bruit de porte y mette un terme. Quelqu'un sort de la salle de bains et… *double, voire triple merde*.

Evan s'arrête net sur le pas de la porte en voyant le monde dans sa chambre. Malgré moi, mon regard se balade sur son torse encore luisant, descendant sur cette serviette qui tombe bas sur ses hanches, dévoilant cette fine ligne de poils de son nombril jusque…

Seigneur.

— Hum… Je ne savais pas qu'on attendait des visiteurs.

— C'est ça, dis plutôt que tu voulais faire baver les filles, raille Noah.

Un sourire en coin plutôt irrésistible déforme les lèvres d'Evan, et je trouve enfin la force d'avaler ma salive.

— J'avoue, c'était mon plan, rit-il.

Je m'humecte les lèvres devenues sèches tandis qu'il traverse la chambre en petite tenue. Je fronce les sourcils quand il atteint le lit où je suis assise, me demandant ce qu'il veut, jusqu'à ce qu'il se baisse pour fouiller dans sa valise au sol. *Bien sûr, tu t'attendais à quoi, ma pauvre fille ? À ce qu'il se jette sur toi ?*

Je me délecte de la vue de ses fesses, ne pouvant faire autrement. D'ailleurs, je ne crois pas être la seule à jeter des regards lubriques. Evan finit par retourner dans la salle de bains, ses vêtements dans les bras.

Dès l'instant où la porte claque, je m'affale sur le dos, le matelas s'enfonçant sous mon poids. Je lâche le souffle coincé dans ma gorge, les battements de mon cœur pulsant dans mon cou.

— Il fait un peu chaud, non ? Vous voulez pas ouvrir les fenêtres ?

Je regrette immédiatement ma phrase en voyant leur expression entendue à tous. *Idiots.*

— À mon avis, ça n'est pas de l'air qui peut éteindre le feu qui t'embrase le corps.

Je fais un doigt d'honneur à Indiana, maintenant ronchon. Je n'avais pas prévu d'être frustrée en venant ici. En rogne, chiante, râleuse, oui, mais pas frustrée.

Heureusement, mon cœur a le temps de reprendre un rythme normal avant qu'Evan refasse son apparition. Il reste planté devant nous, hébété. Ma bouche parle avant que je lui en donne l'autorisation :

— Tu comptes rester à nous mater ou t'asseoir ?

— C'est-à-dire que quelqu'un occupe déjà mon lit.

Évidemment, il fallait que je choisisse son lit. J'y suis maintenant allongée de tout mon long sur le côté, la tête appuyée sur l'oreiller. N'ayant pas envie de devoir me lever pour lui, je plie simplement mes jambes pour lui faire une place au bout du lit. Il réprime son amusement et accepte ma généreuse donation en s'asseyant sur le petit espace du matelas.

Tous papotent et je décroche vite de la conversation. Je dors mal ces derniers temps, et je commence à bien le ressentir. En plongeant mon nez dans l'oreiller, l'odeur d'Evan m'enivre tout entière. Je laisse alors mes paupières se fermer, et sombre dans le sommeil le plus rapide de ces dernières semaines.

●

EVAN

Je l'observe, elle et ses paupières fermées, allongée sur mon lit, sans savoir quoi faire. J'ai troqué ma place à ses pieds pour le lit d'Adrien à son côté, afin d'avoir une meilleure vue sur elle. La chambre est silencieuse depuis qu'ils sont partis, seuls les légers souffles de Mia produisent un son.

Je suis pris de plein de souvenirs en la regardant. Je l'ai toujours trouvée fascinante endormie, elle qui a le visage si dur et fermé au réveil, durant son sommeil son apparence est tout autre. Elle paraît pure, innocente… jeune. Comme si elle n'avait pas encore été frappée par les souffrances que la vie nous fait subir.

Sa joue frémit quand je passe mon index sur sa pommette. Seulement je n'avais pas prévu que ses paupières se mettent à battre, m'alertant de son réveil imminent. *Eh merde, habituellement ce geste ne la réveille pas.*

Je ramène rapidement mes mains sur mes genoux, promenant mon regard partout sauf sur elle. Retenez bien cela : cette technique ne marche jamais. Il ne manque plus que le sifflotement, et j'aurai la parfaite attitude du couillon.

Elle me regarde en fronçant les sourcils, alors je balbutie :

— Désolé, je… tu avais une mouche sur la joue, je ne voulais pas te réveiller.

— Tu me regardais dormir ? enchaîne-t-elle, une pointe de curiosité dans la voix.

— Je, non… enfin, peut-être un peu, mais depuis pas longtemps, enfin ça doit faire trois minutes…

Je me masse la nuque, gêné. Je n'ai jamais l'air autant stupide que lorsque je mitraille quelqu'un de paroles.

Mia se redresse et s'assoit.

— Où sont les autres ?

— Partis voir un type qui a apparemment réussi à dégoter une bouteille d'alcool. J'ai pas voulu y aller.

— Une première, marmonne-t-elle.

Je vois qu'elle regrette ses paroles devant ma mine décomposée, mais elle ne les ravale pas pour autant. Elle a raison, j'ai été un vrai connard avec elle. Il n'empêche que le lien dédaigneux qu'elle fait entre l'alcool et moi fait mal.

— Coralie m'a dit que vous aviez discuté.

— Ouais.

— Alors, elle t'a fait part de son orientation sexuelle ?

— Ouais.

— Et... t'as quelque chose à dire ?

— Non.

Je soupire. Engager une discussion avec elle me paraît plus compliqué que n'importe quelle épreuve de maths.

Je prends une grande inspiration, et déclare enfin :

— Mia, j'aimerais qu'on discute.

Nous le savons tous, Mia est dysfonctionnelle. Seulement je ne m'attendais pas à ce que sa première réaction soit de rire. Un fou rire la prend alors que je reste stoïque devant elle, perdu.

Puis elle se lève brutalement. Son rire cesse, et dès l'instant où elle lève ses bras en l'air, je sais que ça n'est pas bon.

— Alors comme ça, tu aimerais qu'on discute ? C'est nouveau, ça aussi ! Combien de fois ai-je voulu discuter ? Et combien de fois je me suis pris un stop monumental ?

Je me lève à mon tour, tentant de la calmer, tout en sachant qu'une fois Mia-la-fusée partie, c'est dur de l'arrêter.

— Je sais, je sais que je t'ai mené la vie dure et j'en suis désolé. Mais maintenant je veux qu'on discute. Qu'on mette les choses à plat, qu'on parle de nous...

— *De nous ?*

Elle rit jaune.

— Il n'y a plus de « nous », Evan, grâce à toi ! Et tu sais quoi ? Non, nous n'aurons pas cette discussion ! C'est trop tard, tu as décidé de me virer de ta vie, alors laisse-moi partir !

— Il faut que tu saches… si j'ai fait tout ça, c'est parce que…

Je suis interrompu par la sonnerie de son téléphone. *Waouh, parfait timing !* À chaque fois que je trouve le courage de lui avouer que tout ça n'était que du cinéma et que je suis toujours aussi dingue d'elle, je suis coupé dans mon élan. À croire que l'univers refuse catégoriquement le retour de notre couple.

Mia décline l'appel, mais j'ai tout de même le temps de voir le nom de celui qui ose l'appeler alors que j'essaie de lui faire part de ce que j'ai sur le cœur. Un silence pesant tombe dans la chambre. Depuis lundi, j'essaie de me convaincre que ça n'est pas ce que je crois. Que ce Lucas à qui elle envoie des cœurs n'est qu'un ami, qui lui a fait une surprise qu'elle a adorée, au point de l'enlacer devant moi. Mais ça devient de plus en plus difficile de nier l'évidence.

— Depuis combien de temps est-ce que tu le vois ?

Je fais tout pour garder un ton posé et ne pas m'emporter. Je n'ai pas parcouru tout ce chemin pour tout anéantir maintenant avec ma jalousie.

— Qui ça ?

Ah non. Si elle commence à jouer les ignorantes idiotes, alors je ne vais pas pouvoir me contenir.

— *Depuis combien de temps est-ce que tu le vois ?* répété-je, plus durement cette fois.

Elle ferme les yeux en soupirant. Elle sait qu'elle est coincée.

— Depuis début décembre.

Mes poings se serrent d'eux-mêmes.

— Alors comme ça, tu as commencé à le fréquenter alors qu'on était encore ensemble ?

— Ah oui ? Parce que tu appelles ça « ensemble » ?

— Ne détourne pas la conversation ! rugis-je.

Mia baisse la tête, honteuse. Elle sait que j'ai raison. Nous n'étions peut-être pas un couple à proprement parler, mais nous en étions un.

— Il était là pour moi quand tu ne l'étais pas, murmure-t-elle.

J'empoigne mes cheveux avec force. Ce que j'aimerais revenir en arrière. Rien ne serait pareil.

— Où est-ce qu'il t'a touchée ?

— Quoi ?

Sa voix faiblit de plus en plus.

— Où est-ce qu'il t'a touchée, Mia ? Est-ce que c'est resté au stade de simples câlins, ou alors ses mains sont descendues plus bas ? Est-ce qu'il a osé poser sa bouche sur la tienne ? J'ai besoin de savoir.

Mia cligne plusieurs fois des yeux, comme si elle ne comprenait pas. Pourtant je suis très clair.

— Qu'est-ce que ça peut te faire ?

— Bordel, Mia, juste : réponds ! J'en ai *besoin*.

Son expression se transforme soudainement. Ses traits se durcissent alors qu'un éclair de méchanceté s'illumine dans son regard. Elle s'avance vers moi à pas traînants. Provocante.

— Pourquoi tu veux savoir, Evan ? Tu n'aimes pas l'idée de ses mains sur mon corps ?

Pour illustrer ses paroles, elle passe lentement ses mains de sa taille jusqu'à ses hanches.

— Tu te demandes s'il m'a vue nue ? Si je l'ai vu nu ?

Je secoue la tête, c'est trop. Sa voix sensuellement venimeuse en parlant de lui, c'est plus que ce que je peux supporter.

— Arrête ça ! Arrête ça tout de suite !

— Pourquoi ça ? Je croyais que ça ne te faisait plus rien. Que tu ne m'aimais plus. Alors qu'importe si ses mains ont glissé jusqu'à mon intimité. Si moi aussi, je lui ai donné du plaisir.

— Mia, si tu ne la fermes pas…

— Alors quoi ? Tu feras quoi, Evan ? S'il m'a déjà touchée, c'est trop tard. La marque de ses paumes restera sur mon corps, par-dessus les tiennes.

— Putain, MAIS TA GUEULE !!

Mon ordre hurlé réussit à la faire taire. Nous ne sommes plus qu'à quelques centimètres l'un de l'autre. Je sens son souffle court s'échouer sur mon menton, comme elle doit sentir le mien s'échouer sur son front. À aucun moment son regard ne dévie du mien, enragé. Mon cœur bat si fort que nos poitrines ne cessent de se frôler, sans jamais s'atteindre.

Je craque et me jette sur ses lèvres, cette tension sexuelle entre nous toujours insoutenable, mes deux mains encadrant son visage. Elle pousse un cri de surprise tandis que je la plaque contre le mur. Elle me repousse brutalement, une lueur folle dans le regard. Puis elle me gifle, oui, une gifle phénoménale qui semble me décrocher la mâchoire.

Choqué, je la regarde sans produire un son. Ses épaules montent et descendent à cause de son souffle court, mais je n'ai pas le temps d'analyser plus puisqu'elle me saute dessus en un clin d'œil. Ses mains se glissent dans mes cheveux et sa langue s'introduit dans ma bouche. J'empoigne ses cuisses qu'elle enroule d'elle-même autour de mon bassin pour me retourner et marcher jusqu'au lit. Je l'y dépose en me postant au-dessus d'elle, sans dessouder nos lèvres.

Son corps moulé au mien m'a manqué. Aucune autre n'est faite pour moi. Et je veux qu'elle le sache.

— Tu es la seule, chuchoté-je contre ses lèvres.

Nous nous regardons un instant dans le blanc des yeux, avant qu'elle ne tire sur ma nuque pour me ramener à elle. Je ne me lasserai jamais de l'embrasser. D'ailleurs je l'embrasse partout, frôlant sa joue pour mordre son oreille, et traçant un chemin jusqu'à sa clavicule. Elle lâche enfin les gémissements qu'elle retenait quand je m'appuie sur son intimité. Je bande tellement que j'ai des palpitations dans tout le corps.

Alors mes mains s'immiscent sous son haut. J'appuie sur ses tétons durcis, et elle gémit mon nom. C'est tellement bon que si je devais choisir une mélodie à écouter jusqu'à la fin de ma vie, ce serait celle-là.

— Dis-le encore.

Elle obtempère quand j'exerce une pression plus forte sur son sein. J'ondule contre elle pour calmer le feu qui m'anime, mais ses petits cris de plaisir provoquent le contraire. Il faut que j'entre en elle, tout de suite. Mais il faut d'abord que je m'assure qu'elle veuille aller plus loin.

Le désir brûlant dans ses yeux m'apporte une réponse assez satisfaisante, mais j'ai décidé d'arrêter d'être un connard, et je ne veux pas profiter de son état. Seulement je ne vois pas comment je pourrais m'arrêter maintenant.

Ses talons s'appuient dans mon dos pour accompagner mes mouvements. Au diable les bonnes manières, elle en a envie et moi aussi. De toute façon je ne suis plus apte à réfléchir avec sa langue dans mon cou.

Les coups frappés à la porte ont pour effet de nous figer tous les deux. Elle me regarde avec des yeux écarquillés tandis qu'une voix forte se fait entendre :

— Evan, c'est M. Mercier. Tu pourrais m'ouvrir, s'il te plaît ?

Mia et moi restons interdits durant quelques secondes, jusqu'à ce que l'on s'active dans la chambre.

— Qu'est-ce que je fais ? chuchote-t-elle.

— La salle de bains !

Elle y file sans se faire prier, refermant bien la porte derrière elle. Maintenant que j'y réfléchis, elle aurait pu rester, après tout nous sommes autorisés à nous balader dans les chambres. Mais quelque chose me dit que nous aurions eu un air beaucoup trop coupable.

Après avoir passé une main dans mes cheveux ébouriffés et rabaissé mon tee-shirt, je pars ouvrir. Mercier et moi nous adressons un sourire crispé avant que je l'invite à entrer. Inutile de vous dire que cette surprise a tout de suite fait redescendre l'agitation dans mon pantalon.

— Je voulais juste te dire que j'étais très content que tu sois là. Et aussi, je voulais savoir comment tu vivais ce voyage.

— Ça va plutôt bien, en fait. J'avais besoin de dépaysement, la France me rappelle bien trop ma mère.

— Et alors, moralement ? Où en est ton deuil ?

Je soupire.

— Je fais de mon mieux pour accepter que tout ne soit pas ma faute. Surmonter la douleur n'est pas facile mais… j'y parviens de mieux en mieux. En fait, ça va mieux depuis que j'ai compris que je pouvais tourner mon changement à mon avantage. Je ne serai plus jamais le même, alors à moi d'être celui que j'aimerais être.

Mercier sourit avec fierté. Je ne sais pas pourquoi il se sent si concerné, ce n'est pas comme si j'étais son fils. *Son fils ne l'aurait pas menacé.*

— D'ailleurs, monsieur… je tenais à vous présenter mes excuses. Pour vous avoir menacé. C'était stupide et j'ai agi sans réfléchir. Je ne dirai rien, ne vous en faites pas.

— C'est oublié, m'assure-t-il. Mais je n'aime pas cette situation. Je ne veux pas avoir à te forcer à ne rien dire sur la relation privilégiée entre Indiana et moi, même si théoriquement nous ne faisons rien de mal, tu ne devrais pas être impliqué, et je devrais mettre un terme à tout ça…

— Mais vous ne pouvez pas, complété-je.

Il hoche la tête.

— Non, je ne peux pas.

Mercier regagne la porte, m'avertit qu'il est l'heure de descendre manger, et sort de la chambre. Soulagé, je me tourne vers Mia qui apparaît dans l'embrasure de la salle de bains. Elle ne dit pas un mot, ne me regarde même pas.

— Écoute, Mia, par rapport à ce qu'il s'est passé…

— C'est bon. Tais-toi.

Elle secoue la tête et tente de me passer devant, mais je lui barre le passage.

— Qu'est-ce qu'il y a ?

— Il y a que j'ai compris, et que t'es un grand malade, doublé d'un connard. Ne t'avise même plus de m'approcher, de me parler, encore moins de me toucher.

Dérouté par ses paroles je la laisse me dépasser, et m'échapper encore une fois.

— Attends ! Mia, tu dois écouter ce que j'ai à dire…

Pour seule manifestation, elle claque la porte.

— Je t'aime…

Mes mots retombent dans le vide, sans que je comprenne pourquoi.

27. COMMUNIQUER

EVAN

— Evan ! Sérieux, vieux, lève-toi, on va se faire engueuler.

— Deux secondes…

Adrien soupire derrière moi, exaspéré. J'ai envie de lui répondre que ce n'est pas lui qui s'est creusé les méninges toute la nuit pour essayer de comprendre le comportement imprévisible de son ex qu'il souhaite reconquérir, mais je n'en ai tout bonnement pas la force.

Je finis tout de même par me lever, d'emblée de mauvaise humeur. Je vais dans la salle de bains pour me passer de l'eau sur le visage, histoire de me sortir la tête du cul un minimum. Quand je relève la tête et que je rencontre mon reflet dans le miroir, je n'ai qu'une expression qui me vient en tête :

— Quel con !

— Tu parles tout seul, ça devient flippant, mec ! me crie Adrien de la chambre.

J'hésite entre lui faire un doigt d'honneur ou lui déballer mon sac. La seconde option me semble la plus nécessaire à cet instant.

— Dis, Adrien, quand t'es sur le point de coucher avec une fille et que vous êtes interrompus par quelqu'un, qu'elle se cache dans la salle de bains pendant que t'as une discussion avec ce quelqu'un et que quand elle sort elle a complètement changé d'attitude et qu'elle te traite de grand malade doublé d'un connard, ça veut dire quoi au juste ?

Adrien, les coudes appuyés sur son lit, me regarde comme si j'étais le premier zombie sur Terre.

— Si tu pouvais être un peu plus clair, parce que là…

Une illumination semble éclairer son cerveau lorsqu'il fait le lien.

— Attends… tu parles de Mia et toi, là ? Vous avez couché ensemble dans cette chambre ? En plein voyage scolaire ? Avec tous les profs à côté ?

— Si tu m'avais bien écouté tu saurais que non, on n'est pas allés jusqu'au bout ! Et l'endroit n'est pas vraiment le souci, Mia et moi sommes du genre à rapidement oublier où on se trouve dans ces moments-là.

Adrien se redresse et pose ses avant-bras sur ses genoux, assimilant difficilement mes dernières paroles.

— Je crois qu'on n'a pas la même définition de la rupture, toi et moi.

— Si, c'est seulement que notre histoire avec Mia est différente et compliquée. Bon, alors, selon toi, pourquoi elle est excitée et l'instant d'après elle est remontée ?

— Je sais pas… t'as dû lui faire quelque chose qui lui a pas plu.

— Pendant nos préliminaires ? Non, impossible, je la connais par cœur.

Il lève les mains en l'air, l'air de dire : « Qu'est-ce que tu veux que je te dise ? »

— Ou alors ta discussion avec ce « quelqu'un » qui vous a interrompu lui a déplu.

Je réfléchis à cette possibilité, je ne me rappelle pas avoir pu dire quelque chose à Mercier qui ait pu la blesser ou lui déplaire. Au contraire, mon discours sur le changement était plutôt pertinent... non ?

Bon sang, je suis pathétique.

— Bon, Evan, j'aimerais vraiment t'aider, mais je ne suis pas très doué en comportement de garce, et Mia est la fille la plus incompréhensible que je connaisse. Mais tu as un atout indéniable dans tout ça : elle t'aime, et visiblement son désir pour toi dépasse sa rancœur. Alors je sais pas, joue sur ça.

Je médite ses paroles en m'approchant de la sortie. En effet, je pourrais la faire craquer en la séduisant et en me servant de nos contacts physiques. Il faudra que je demande son opinion à Coralie. Quoique, j'ai peur que Mia s'emporte si elle me voit encore discuter avec elle, bien qu'elle soit maintenant au courant de l'orientation sexuelle de ma psy de substitution. Mon petit doigt me dit qu'elle n'est pas totalement convaincue que Coralie soit lesbienne, une répercussion de sa parano omniprésente.

— Hé, Evan ? m'arrête Adrien une fois dans le couloir. Est-ce que tu penses que... j'aurais mes chances avec Indiana ?

Je dois retenir un rire, il risque de ne pas comprendre ma réaction et de se vexer si je me laisse aller.

— Tu es sûr de vouloir entrer dans le cercle amoureux des Castez ? Parce que je te préviens, une fois qu'on y est on n'en sort pas, et on en bave.

Il sourit faiblement, les mains dans les poches.

— Ouais, mais elle me plaît vraiment. Tu vois, depuis que Jules m'a avoué ses sentiments non réciproques je me retiens de flirter par respect pour lui. Mais la solitude commence vraiment à me peser.

— Dans ce cas, je te conseille de jeter ton dévolu sur quelqu'un d'autre. Indiana est une fille géniale mais complexe, et je crois qu'elle sort d'une relation difficile dont elle ne s'est pas remise, et elle ne doit pas être prête à s'engager dans une nouvelle idylle…

Adrien acquiesce sans parvenir à cacher sa déception. Mieux vaut le dissuader dès maintenant plutôt qu'il mène son enquête et découvre qu'Indiana est en fait déjà amoureuse, et de notre professeur de mathématiques. J'ai le pressentiment que la blague ne le ferait pas rire.

Quand nous débarquons dans la salle de restaurant pour prendre le petit déjeuner, je remarque après des recherches minutieuses que Mia n'est pas encore arrivée. Je décide alors de lui préparer moi-même son plateau avec les choses qu'elle aime, espérant qu'elle apprécie l'attention. Je remplis un bol de muesli, dépose quelques fruits par-dessus, prends soin de lui servir un verre de jus d'orange et non de multifruits puisque celui-ci contient de la banane, et qu'elle déteste la banane. Oui, elle dit qu'elle la sent même dans ce mélange. Allez comprendre.

Je lui fais même une fausse fleur avec une serviette en papier, c'est ma mère qui m'avait appris cette sorte d'origami. Elle disait que ça pourrait me servir à impressionner une fille. Rien d'étonnant, elle avait raison, comme toujours.

Je termine mon œuvre pile quand Mia fait son entrée, et vais la rejoindre, un grand sourire aux lèvres. Je fais abstraction de la gueule qu'elle tire, c'est toujours son expression du matin. *Ne te laisse pas démonter, Evan.*

— Bonjour. Tiens, j'ai pensé que tu apprécierais que tout soit prêt quand tu arrives.

Elle observe le contenu du plateau, un sourcil arqué, et soulève avec dédain ma fleur en papier.

— On est de retour en maternelle ?

OK, maman, très mauvais point.

— Et je n'aime pas le muesli.

— Quoi ? Mais aux dernières nouvelles, c'était toujours ce que tu mangeais.

— Aux dernières nouvelles, mais maintenant je trouve ça dégueu.

Mia me contourne, me bousculant d'un coup d'épaule. *Attendez, quoi ? C'est pas comme ça que c'est censé se dérouler !*

— Attends, mange au moins le reste.

Les mots d'Adrien me reviennent en mémoire. *Jouer avec son désir pour moi.* Je frôle son poignet de mes doigts, ce qui réussit à la figer, la faisant frissonner. Elle reste quelques secondes stoïque, avant de se retourner, de saisir le verre de jus d'orange sur le plateau, et de me le balancer à la tronche.

— Je ne veux plus de tes sales pattes sur moi, c'est clair ?

Les rires autour de moi ne me parviennent même pas tant je suis choqué. Mon tee-shirt est foutu, ce qui me fait chier car il m'a coûté bonbon, mais le pire est de la voir

403

s'éloigner en roulant du cul pour le poser sur une chaise autour d'une table peuplée *uniquement* de garçons. OK, là, c'est sûr, j'ai manqué un truc.

•

Je choisis la séance shopping de la matinée pour aborder Mia. Les profs nous lâchent une heure pour faire les boutiques sur Oxford Street, et je suis bien décidé à avoir une discussion avec la miss qui me jette des regards noirs à tout va. Je me rue à sa poursuite dès le début du temps libre, me doutant que sinon je ne la retrouverai jamais au vu de la longueur de la rue et du monde qui la peuple.

— Mia !

Elle fait mine de ne pas m'entendre et tire Indiana derrière elle en accélérant la cadence.

— Mia Joséphine Bernadette Castez !

Heureusement pour moi, Indiana me vient en aide en stoppant sa sœur. Elle lui dit quelque chose que je ne comprends pas, et le temps que Mia lui réponde, je les ai rattrapées.

— Mia, il faut qu'on parle. On peut pas rester dans cette situation.

— Je vais vous laisser entre vous, annonce Indiana avant de s'éloigner.

Mia s'offusque de son abandon, alors que je me réjouis de cette nouvelle alliance.

— Tu me pourriras la vie jusqu'au bout !

Elle se remet à marcher alors que je rassemble tout mon courage. Je soutiens sa vitesse en débutant cette dure conversation.

— J'ignore ce qui t'a contrariée hier soir, en tout cas j'en suis désolé. J'avais cru comprendre que tu appréciais le moment, je ne m'étais pas rendu compte d'un possible faux pas…

Elle s'arrête net et tourne un visage éberlué vers moi.

— Attends, t'insinues quoi là ? Que je suis énervée parce que tu m'as fait quelque chose qui m'a déplu ?

— Ouais, enfin, c'est ce que je me dis…

Elle éclate d'un rire jaune à faire froid dans le dos.

— T'es vraiment pas croyable ! Je me demande vraiment où est passé le mec respectueux que j'ai connu, ou s'il a même existé !

— Alors là, c'est faux, Mia. Tu peux me reprocher beaucoup de choses, mais je t'ai toujours respectée.

— Ah ouais ? T'appelles ça du respect, de me considérer comme un objet ?

Je fronce les sourcils, incrédule. Soit j'ai un trou de mémoire et je ne me souviens plus d'une partie de notre altercation d'hier soir, soit elle s'est monté la tête toute seule.

— Je ne comprends pas. Je ne crois pas t'avoir forcée hier, t'étais consentante.

— Ça, c'est facile, trop facile, Evan ! Tu connais l'effet que tu as sur moi, et tu en joues, espèce de salaud ! Tu te permets encore de me faire du mal pour tes petits plaisirs personnels ! Qu'est-ce qu'il y a, les autres filles ne veulent pas te servir de vide-couilles ? Tu as la flemme de séduire et de perdre du temps ? Eh bah oui, parce qu'avec Mia-la-désespérée c'est express et en plus c'est bon et orgasme fort garanti, le vrai ticket gagnant !

405

Des larmes de rage perlent aux coins de ses yeux. Elle est humiliée. Je me rends compte qu'elle n'a rien compris du tout.

— Attends… tu crois que je cherche seulement à coucher avec toi ? Que je te considère comme un objet sexuel ?

— Non, c'est ce dont je suis sûre ! Mais contrairement à ce que tu sembles penser, j'ai une estime de moi à préserver, et je ne te laisserai pas la bousiller.

Je me passe une main sur la nuque. Tout ça, c'est n'importe quoi.

— Mais enfin, qu'est-ce qui t'a amenée à penser ça ?

Mon ton doux la déconcerte. L'incompréhension dans mes yeux aussi, apparemment.

— Je… c'est tellement évident ! Tu ne m'aimes plus, alors pourquoi est-ce que tu me courrais après ? J'ai bien compris « tu es la seule », la seule à te provoquer ces sensations ! Je parie que tu n'attendais que ça, qu'on soit seuls et que je te cède. Tu me répugnes, mais je me répugne encore plus d'avoir pu croire que peut-être tes sentiments s'étaient ravivés et… merde, Evan, j'étais prête à me donner à toi ! Et tu étais prêt à l'accepter sans scrupule ! Mais ça ne se passera pas comme ça. Je ne serai pas ta sex friend, une amie avec avantages en nature, rien de tout ça, alors tu peux arrêter de gaspiller ta salive !

Sa lèvre tremble maintenant, et elle paraît dévastée. Si j'avais su une seule seconde que notre rapprochement aurait pris cette tournure dans sa tête, je ne l'aurais même pas touchée.

— Mia, mon ange, t'es complètement à côté de la plaque. J'ai menti.

Ses sourcils se froncent alors qu'elle s'éloigne d'un pas.

— Quoi ? Quand ?

— Le jour de notre rupture. Je ne pensais aucun mot qui est sorti de ma bouche.

Elle s'appuie sur le mur derrière elle, comme si elle avait peur de tomber en analysant mes aveux.

— Qu'est-ce que ça veut dire ?

Je hausse les épaules, les mains dans mes poches.

— Que je t'aime.

Elle passe une main sur son front, comme si elle venait de courir un marathon. Je franchis les quelques pas qui nous séparent, tout en veillant à garder une certaine distance de sécurité.

— Si je t'ai embrassée, si j'ai posé mes mains sur ton corps, c'est uniquement parce que je t'aime. Je t'aime toi, ton corps, ton esprit détraqué, ta mentalité tellement changée depuis notre rencontre et dont je suis si fier. Je t'aime comme au premier jour, et je t'aimerai jusqu'à mon dernier souffle, comme je te l'ai promis.

J'ai le sentiment que c'étaient les mots qu'elle avait besoin d'entendre, et je viens enfin de les prononcer. J'espère qu'elle peut saisir la sincérité dans ma voix, la voir sur mon visage. Car je n'ai jamais rien dit de plus vrai.

Mia reste stoïque, ses grands yeux bleus écarquillés posés sur mon visage, muette durant quelques secondes. Quand elle retrouve la force de parler, c'est uniquement pour me dire :

— Tu es très déroutant, tu sais.

— On m'a déjà asséné de pires paroles. Comme « tu es un grand malade doublé d'un connard ».

Sa joue frémit, mais elle s'interdit de rire. J'en déduis qu'elle n'en a pas fini de me faire la gueule.

— Oui, eh bien moi, après tout ça, je ne sais plus où j'en suis. Je ne suis pas non plus sûre de mes sentiments pour toi maintenant. Mais je refuse d'être ta marionnette à émotions contradictoires.

Ma mine se décompose, elle me laisse en plan et s'enfonce dans l'avenue. Je ne m'attendais pas à ce que ce soit facile, évidemment. Mais je n'étais pas préparé à cette réaction. Ça m'apprendra à craquer pour les filles imprévisibles.

•

MIA

— Genre, une vraie déclaration ? insiste Indiana.

— Oui, du genre « j'aime ton corps, ton âme, bla, bla, bla… », je confirme en prenant une voix grave.

La vendeuse s'impatiente car Indiana met trop de temps pour sortir son fric à cause de ma révélation.

— *You can wait, no*[1] *?*, m'énervé-je.

— *Hum, not really*[2], répond la vendeuse en désignant la file à rallonge derrière nous.

— *Sorry*, s'excuse Indiana en lui tendant les billets.

Nous attendons que la vendeuse encaisse nos fringues et sortons de la boutique. Le temps libre terminé, nous sommes obligées de regagner le point de rendez-vous.

— Et donc, c'est plutôt bien si ses sentiments n'ont pas changé, non ?

---

1. « Vous pouvez attendre, non ? » en anglais.
2. « Hum, pas vraiment. »

— Je ne sais pas. Mais enfin, ça ne retire pas le fait qu'il m'ait brisé le cœur ! Je comprends encore moins tout ce cirque, du coup.

— Il doit avoir une bonne raison alors. Si tu étais restée avec lui tout à l'heure, tu le saurais sûrement.

Je m'arrête pour fusiller Jones du regard.

— Eh, oh, me fais pas la morale ! J'étais perdue...

— J'ignore pourquoi il a décidé de rompre, et c'est sûr que le fait qu'il revienne ne rattrape pas tout, mais n'oublie pas qu'il a une circonstance atténuante : il est en plein deuil de sa mère.

— Ouais, une sacrée circonstance, murmuré-je.

Et je ne peux m'empêcher d'être fière de lui pour ses efforts. Evan a beau donner un aspect chaleureux et heureux de lui, je le connais par cœur, il n'est pas heureux. Il est triste et seul. Et cette simple observation a failli me faire revenir vers lui à plusieurs reprises, parce que je ne supporte pas de le voir dans cet état. Seulement il faut que je me préserve, moi aussi.

Il est clair que nous devons avoir une discussion. La lueur d'espoir de pouvoir un jour être de nouveau sa copine se remet à danser dans mon ventre, alors que j'essayais à tout prix de l'éteindre il y a encore une heure. Je ne me vois pas me remettre avec lui, mais je ne me vois pas non plus me tenir loin de lui. Mais surtout je ne vois pas comment, après tout ça, on pourrait tout simplement reformer un couple. Cela me paraît impossible et totalement irréalisable.

Quand nous arrivons enfin au point de rendez-vous, en retard, nous sommes étonnées de trouver un troupeau et non un rang ordonné. D'ailleurs plein d'inconnus sont mélangés aux élèves de notre lycée, ce qui est clairement anormal.

— Qu'est-ce qu'il se passe ? demande Indiana.

— J'en sais rien. Viens, on essaie d'avancer.

J'aperçois Mercier – nous pouvons dire merci à sa taille – qui, sa liste d'appel entre les mains, ne semble clairement pas rassuré. Je me faufile au milieu du troupeau, la main d'Indiana dans la mienne pour ne pas la perdre, jusqu'à lui. Quand il nous voit, il soupire longuement et se détend instantanément. Juste avant de prendre son expression de professeur autoritaire en colère.

— Bon sang, ça vous tuerait d'être à l'heure pour une fois !

— Il y a un problème ? le questionne Indiana.

— Un braquage, dans un magasin un peu plus loin dans la rue. Les policiers nous ont tous rassemblés ici, et vous manquiez toutes les deux, j'ai cru que vous étiez…

L'effroi dans ses yeux à l'idée qu'Indiana ait pu être dans la boutique du braquage donne la chair de poule. Indiana le remarque et des remords lui rongent le visage.

— Je suis désolée… si j'avais su…

— La prochaine fois, sois à l'heure, c'est clair ?

Indiana hoche docilement la tête, et ils se retiennent clairement de s'enlacer. Devoir retenir ses pulsions tout le temps, cela doit être épuisant.

Je jette un œil à la liste d'appel de Mercier, et note un détail qui fait tout de suite monter une pression en moi.

— Les noms cochés, ce sont les personnes présentes ?

Mercier opine, et quand il prend conscience de ce que cela signifie pour moi, il tente de me rassurer instantanément :

— C'est bon, Mia, les policiers sont sur le coup, je crois qu'il n'y a même pas eu de balle tirée.

— Mon Dieu.

Je plaque une main sur ma bouche. Une douloureuse sensation de froid traverse mon corps, gelant l'intégralité de mes muscles. Mes jambes tremblent tellement que j'ai du mal à tenir debout.

— Quoi ? s'empresse de demander Indiana. Mia, qu'est-ce qu'il se passe ?

— Evan n'est pas là.

Mes yeux parcourent la foule, affolés. Aucune trace de lui nulle part.

— Il est pas là !

Indiana pose sa main sur mon bras mais je me dégage violemment et pars à la recherche d'Evan. Je refuse qu'il ait été dans cette boutique au moment du braquage, c'est trop de poisse qui s'abat sur nous. Je me fais bousculer de tous les côtés, je tourne en rond, et tout ce que je suis capable de comprendre, c'est qu'il n'est pas là. Un frisson de terreur parcourt mon échine en repensant à notre dernière conversation. Il ne peut pas être... pas avec ce dernier souvenir de moi...

Je me retrouve comme une idiote à crier son nom à travers la foule, sans jamais recevoir de réponse. Dans ces situations, on imagine toujours le pire. Je me vois déjà poursuivre les ambulanciers, son corps sur un brancard. Inerte. La sensation qu'il est parti est déjà là. Quand je reviens près de notre groupe, je devine à la mine désolée de Mercier qu'il n'est pas revenu.

— Mia, tu n'as pas à t'inquiéter...

411

— Vous ne comprenez pas ! m'écrié-je. S'il n'est pas là, c'est qu'il n'a pas réussi à s'en aller, et héroïque comme il est il a dû mettre sa vie en péril pour sauver d'autres personnes, sortir un bébé ou que sais-je ! Il est du genre à agir dans l'action, il ne pense pas à moi et…

— Calme-toi, il est possible qu'il n'y ait aucun blessé.

Une boule remonte dans ma gorge.

— Mais c'est peu probable ! Et vous en savez pas plus que moi ! Personne ne sait !

Soudain, les sourcils de Mercier se défroncent et un sourire illumine son visage en fixant un point derrière moi. Je me tourne et découvre Evan avancer tranquillement vers nous, les mains dans les poches.

— Mais quel con…

Mon cœur bombarde ma poitrine alors que je me précipite vers lui. La surprise quand je lui saute dessus le fait reculer de quelques pas, sans toutefois perdre pied. J'éclate en sanglots dans son cou, laissant sortir toutes les émotions telles que la peur, la colère, et l'angoisse ressenties en un laps de temps bien trop court. Il pose ses grandes mains chaudes dans le bas de mon dos, et je soupire en resserrant mon étreinte autour de son cou.

— J'ai cru que je t'avais perdu.

Il écume quelques larmes de son pouce, incrédule.

— Mon cœur, qu'est-ce qui t'arrive ?

— Bien sûr, t'es au courant de rien ! T'es vraiment qu'un imbécile !

Ses sourcils se froncent.

— T'étais passé où ?

— Je m'étais perdu, tu connais mon super-sens de l'orientation…

412

— Il y a eu un braquage. J'ai cru que t'étais dedans. Alors la prochaine fois, évite de disparaître.

Je me laisse aller contre son torse, soulagée qu'il n'ait rien. Il joue avec les pointes de mes cheveux avant de m'embrasser sur le haut du crâne.

— Décidément aujourd'hui, tu ne cesses de tremper mes tee-shirts, blague-t-il en désignant son col mouillé de larmes.

— Tu l'as mérité. Les deux fois.

Nous revenons vers le groupe, main dans la main. Je ne suis pas encore prête à le lâcher. Tout le monde nous regarde comme si nous étions d'adorables chiots, et ça a tendance à m'agacer.

— Bon, au final tout le monde est là sain et sauf ! On va pouvoir aller manger ! annonce joyeusement Mercier.

Un cri de joie général retentit. Pendant toute la durée du trajet je reste collée à Evan, comme s'il était une bouée de sauvetage, lui faisant même des croche-pattes involontaires quelquefois.

— S'il suffit que je disparaisse pour que tu deviennes câline, je vais le faire plus souvent.

— C'est bon, c'était juste le temps de reprendre mes esprits. J'ai toujours envie de te frapper.

Je me détache de lui, et sa mine enjouée se décompose instantanément. Ça lui apprendra, à jouer les malins.

Tandis que je m'éloigne, il s'écrie :

— Mia, je rigolais !

— Eh ben moi pas !

Je lui fais un clin d'œil avant de trottiner vers l'avant du rang, comme une gamine.

Le soir, il m'est impossible de fermer l'œil. Evan et moi n'avons pas eu le temps d'avoir une discussion, il faut dire que j'ai tout fait pour l'éviter. Je suis une poule mouillée, comme d'habitude, et puisque lui n'a pas insisté non plus... nous en sommes toujours au même point.

Indiana ne dort pas non plus à côté de moi, elle ne cesse de pianoter sur son téléphone, et ça m'agace.

— Bon, Indiana, c'est pas bientôt fini ?

Elle se redresse soudainement, s'appuyant sur un bras, et me regarde avec des grands yeux. Elle a le sourire d'une enfant qui s'apprête à faire une bêtise.

— Il est sorti devant l'hôtel. Il m'attend.

Je hausse les sourcils, surprise. *Mercier l'intrépide.*

— Bah vas-y, qu'est-ce que t'attends ?

— Mais, et si je me fais pincer ?

— Mercier inventera une histoire et ça marchera. T'es jeune, profite, tu ne voudrais pas terminer vieille fille à faire du tricot en compagnie de tes chats ?

Mes arguments convainquent Jones, elle s'extirpe du lit et sur la pointe des pieds, ses chaussures à la main, elle rejoint la porte de la chambre. Je vérifie que Sarah ne se réveille pas pendant ce temps-là, et lui fais signe qu'elle peut y aller.

Je soupire, maintenant seule entre les draps. Tous ces couples heureux autour de moi me fatiguent : Eva et Jordan, Sarah et Noah, Mercier et Indiana... tout est facile pour eux. Quoique, il est clair que ça n'est pas le cas pour Mercier et Indiana. Je ne dis rien à Indiana car elle nourrit de grands espoirs pour leur relation, mais je ne suis pas dupe. Admettons qu'ils arrivent à attendre jusqu'à la fin de l'année scolaire, il n'y aura plus la loi contre eux, mais ils devront faire face à d'autres obstacles. Le premier étant leur importante différence d'âge. Ça aurait moins été le cas si Indiana avait trente ans et Mercier quarante, mais elle viendra juste de terminer le lycée alors que lui a déjà terminé ses études, est entré dans la vie active, et approchera de la trentaine. Bientôt, il voudra des enfants alors que cette dingue veut se taper dix ans de médecine. L'amour, peu importe sa force, est souvent insuffisant contre toutes ces barrières. Il y a carrément un conflit de générations entre eux. Indiana sait tout ça, j'imagine que Mercier aussi, mais évidemment ils préfèrent se voiler la face parce qu'ils vivent ce que l'on appelle le coup de foudre. Seulement, j'ai bien peur qu'ils finissent par se détruire. Ils sont clairement incompatibles, et c'est égoïste de penser ça, mais je suis rassurée de voir un amour plus impossible encore que celui entre Evan et moi.

Je suis interrompue dans ma réflexion par la porte qui s'ouvre de nouveau. Alors que je m'attends à voir entrer Indiana, c'est une silhouette masculine qui se dessine.

— Hé, mais qu'est-ce que tu fous là !

Je distingue Noah au fur et à mesure qu'il s'enfonce dans la chambre.

— Mercier est sorti ! Tout le monde court dans le couloir pour faire des changements de chambre, alors je viens chercher ma princesse !

Je grogne alors qu'il va chercher sa « princesse » sur son lit. Sarah a à peine le temps de se réveiller qu'il la soulève et la porte jusqu'à la sortie, tous deux riant comme des idiots.

415

— Protégez-vous, les enfants !

J'enfonce ma tête dans mon oreiller, gênée par le bruit de l'agitation dans le couloir. Alors que je pense enfin sombrer dans le sommeil, du bruit se fait à nouveau entendre dans la chambre.

— Qu'est-ce qu'il y a encore ?

— Mia, c'est moi...

Je m'assois, droite comme un piquet.

— Evan ?

— Ouais. Sarah et Noah ont verrouillé la chambre, Adrien est parti je sais pas où, alors je me retrouve un peu sans domicile.

Il se balance d'un pied sur l'autre dans la pénombre.

— C'est non, tu ne dormiras pas ici. Tu vas bien trouver une autre chambre avec un lit de libre.

Evan grommelle des injures mais finit par sortir en traînant des pieds. Seulement quelques minutes plus tard, j'entends de nouveau à mon oreille :

— Y a plus de place nulle part.

— Franchement, Evan, tu fais chier !

— Enfin si, il reste une place dans la chambre de Margot.

Je tourne vivement la tête vers lui. Il m'a eue, le con.

— OK, tu restes. Mais tu prends le lit de Sarah.

— Je ne vais pas dormir dans son lit, ça se fait pas !

Réflexion faite, l'idée qu'il dorme dans le lit d'une autre fille, même si celle-ci n'est pas présente, me déplaît fortement. Oui, ça va jusque-là.

— C'est bon, Mia, je promets de garder mes mains pour moi. Et on n'est pas des animaux, on peut se retenir, de quoi t'as peur ?

Je soupire, résignée, et me pousse pour lui faire de la place dans le lit. Il s'y installe et même dans l'obscurité, je peux voir son sourire satisfait.

Je reste quelques minutes à fixer le plafond. Super, maintenant je n'ai plus du tout sommeil. On se demande à cause de qui.

Il est éveillé, je le sais à sa respiration, elle devient plus régulière lorsqu'il dort.

— Il n'y avait pas vraiment de place dans la chambre de Margot, n'est-ce pas ? analysé-je.

— Honnêtement, je n'en ai pas la moindre idée.

Il me regarde, amusé. Il me paraît à des kilomètres tant j'ai l'habitude de dormir collée à lui.

— T'es vraiment qu'un abruti.

— Un abruti intelligent, alors.

— Non, un abruti tout court. Maintenant, abruti tout court, j'aimerais que tu te taises pour que je puisse dormir.

— Mais c'est toi qui…

— Chut.

Il se tait et mes paupières se ferment.

28. TOUT RECOMMENCER

MIA

Je fronce le nez quand un bip strident vrille mes oreilles. J'ouvre difficilement les yeux, signe d'un manque de sommeil imminent. Au bout de quelques secondes d'adaptation, je vois Evan glisser son doigt sur son téléphone, ce qui éteint le bruit désagréable.

— Désolé. Je devais mettre un réveil pour regagner ma chambre avant que Mercier ne s'aperçoive de nos échanges.

Je ne réponds rien, préférant l'observer. Il se frotte les yeux et passe une main dans ses cheveux châtains en bataille, avant de poser son regard vert sur moi.

— Merci de m'avoir laissé rester.

— Tu ne m'as pas trop laissé le choix.

Il se rallonge et cale sa tête sur son bras positionné en travers de l'oreiller. Je reste sans bouger, mes prunelles accrochées aux siennes.

— Il n'empêche que passer une nuit en ta compagnie est toujours agréable, conclut-il.

Je mentirais si je disais que ce genre de paroles ne me fait rien. Au contraire, elles font gonfler mon cœur et lui redonnent de l'espoir. Ce qui me fait automatiquement flipper.

— Alors… tes sentiments n'ont pas changé ?

Il bouge légèrement, comme pour trouver une position suffisamment confortable pour avoir cette discussion.

— Non. Cette rupture était bidon.

— Mais… pourquoi ?

Evan soupire et se retourne pour se mettre sur le dos. Par la même occasion, il tire la couverture, révélant le côté de son torse étiré. *Mia, reste concentrée.*

— Cette soirée, quand je me suis bourré la gueule et battu, ça a été le déclic. Ton expression fatiguée, tes cernes immenses, ton air triste… on n'aurait pas dit une adolescente de dix-sept ans. Je t'apportais du bonheur au début de notre histoire, et c'est comme si j'étais en train de tout te reprendre. J'avais conscience de devenir incontrôlable, et je ne voulais pas qu'un jour ma violence retombe sur toi… je voulais te tenir éloignée de moi et que tu vives enfin ta vie sans que je sois toujours un fardeau.

— Mais, pourquoi m'avoir fait croire que tu ne m'aimais plus ?

— Tu n'aurais pas accepté de partir sinon. Il fallait que tu ne voies plus de but à rester avec moi.

Je prends la même position que lui, espérant que le plafond m'aidera à réagir. Car à cet instant je suis tellement bousculée par des sentiments contradictoires que je n'arrive pas à choisir une émotion qui surpasse les autres.

— Pendant les vacances, tu me manquais bien trop, continue-t-il. J'ai bossé sur moi-même pour peut-être redevenir digne de toi et t'apporter à nouveau ce dont tu as besoin. À la rentrée, je m'étais dit que je devrais attendre encore un peu pour revenir… mais dès que je t'ai vue j'ai pas pu m'empêcher de venir te voir.

Ces derniers aveux semblent déclencher quelque chose au fond de moi, et ça y est : je m'assois et le dévisage, effarée.

— Evan, tu te rends compte que tu as pris toutes ces décisions seul ? Tu ne crois pas que le choix de t'abandonner ou non, c'était moi qui le détenais ?

Il se redresse sur ses coudes.

— Si, et j'en suis conscient. Mais on était coincés, et tu ne serais pas partie par fidélité envers moi alors que je te détruisais à petit feu.

— Mais tu m'as détruite en me quittant et en me faisant croire que tu ne m'aimais plus !

Il s'assoit en tailleur, posant une main près de ma cuisse. Je ramène la couverture contre moi, m'en servant de bouclier.

— Dis-moi honnêtement si vivre après notre rupture sans moi était plus dur que de vivre avec moi alors que je refusais ton aide et que je déconnais complet. Si tu m'affirmes que oui, tu étais plus heureuse en étant avec moi, alors j'admettrai que j'ai eu tort de rompre. Pourtant je suis convaincu d'avoir bien agi.

Je soupire en réfléchissant. Il a raison. Même si l'idée qu'il ne partageait plus mes sentiments me faisait horreur, ça n'était pas pire que quand il me rejetait sans cesse. Je me souviens même, et je m'en suis voulu pour ça, avoir ressenti une certaine libération en quittant sa maison, au milieu de cette vague de colère et de tristesse.

— Et donc, on est censés faire quoi maintenant ? demandé-je. Il est clair que tu vas mieux, et c'est sûr que j'aimerais t'aider à achever ton deuil si maintenant tu acceptes mon aide, mais on ne peut pas tout simplement reprendre où on en était. D'ailleurs où est-ce qu'on en était ? Et même si je comprends ton choix maintenant, je t'en veux toujours, en un sens.

— C'est à toi de voir. Moi je sais ce que je veux, je l'ai toujours su. Et je suis quelqu'un de patient.

Je tourne la tête vers lui, un faible sourire aux lèvres.

— J'aime bien le nouvel Evan.

— Je crois qu'il t'aime beaucoup, lui aussi.

L'amour a repris sa place dans ses iris, son regard redoublant d'intensité. Pour être perdue, je le suis, complètement.

Nous sortons tous les deux du lit, sans un mot. Je le raccompagne jusqu'à la porte, juste avant de l'arrêter en le retenant par le bras.

— Attends que le couloir soit calme.

Sans m'en rendre compte, je l'ai ramené vers moi, et voilà qu'en levant les yeux je trouve sa bouche proche de la mienne. Bien trop proche. Il déglutit en fixant mes lèvres, je sais déjà qu'il est entré dans notre transe habituelle. Ma main est toujours accrochée à son poignet, et me voilà incapable de le lâcher.

— Mia, arrête-moi tout de suite, j'ai pas envie que tu croies encore que je profite de toi, m'avertit-il.

J'aimerais exécuter un mouvement, mais j'en deviens incapable. Tout ce que je suis capable de faire est de fermer les yeux quand ses lèvres frôlent les miennes.

— Mia… fais quelque chose…

— Arrête…

Mon ordre ressemble plus à un gémissement.

— Sois plus convaincante, grogne-t-il.

Au moment où je suis prête à abandonner et rapproche ma bouche, la porte de la chambre s'ouvre dans un grincement. Nous reculons tous les deux d'un bond, pris en flagrant délit. Indiana apparaît sur le seuil, et s'arrête net en nous voyant tous les deux.

— OK, alors désolée de vous interrompre et je regrette de casser votre moment d'intimité mais les profs vont passer dans les chambres d'une minute à l'autre.

Evan me regarde une dernière fois, je hoche la tête, et il s'en va pour retrouver sa chambre. Indiana et moi attendons quelques secondes et nous écrions en même temps :

— T'as dormi avec Evan ?

— T'as dormi avec Mercier ?

Nous rions en cœur, et nous installons sur le lit. Indiana, les cheveux en bataille, sourit comme une idiote avant de rougir.

— Jones... tu as quelque chose à me dire ?

— Tu avais raison ! On a craqué ! Il m'a embrassée et c'était magique. C'est la première fois que j'avais autant envie qu'un homme me fasse l'amour, là, dans son lit, dans cette chambre d'hôtel !

— Wow, ralentis... Vous êtes passés à l'acte ?

— Non, en bon gentleman il m'a arrêtée pour être sûr que je ne fasse pas quelque chose que je regrette, en plus c'était un peu rapide. Mais à partir de maintenant, je ne pense pas qu'on puisse garder une relation platonique.

— Je vais pas dire que je te l'avais dit, mais je te l'avais dit, dis-je, un sourire fier éclairant mon visage.

Indiana ne s'attarde même pas sur ma raillerie, trop occupée à flotter sur son petit nuage. Je lui souhaite de rester dans cette euphorie le plus longtemps possible avant qu'un tas de problèmes leur tombent dessus – parce que c'est sûr qu'il y en aura.

— Par contre, je crois que toi, tu as assouvi tes désirs avec ton ex pas si ex que ça cette nuit, glousse Indiana.

— Non, on n'a rien fait non plus.

Indiana hausse les sourcils. Elle ne me croit pas.

— Mais c'est vrai !

— Si tu le dis.

— T'as quand même dormi dans le lit d'un prof. Tu deviens tout de suite plus cool.

Indiana passe outre ma raillerie et sort de la chambre. J'enfile une veste et la suit, marchant à pas traînants dans le couloir. Soudain, quelqu'un arrive de ma droite et me heurte de plein fouet. Choquée, je trébuche, et fais tomber mon téléphone.

— Bordel ! Mais fais attention !

Je m'accroupis et c'est avec soulagement que je constate que mon téléphone n'a rien. La personne s'abaisse également, et je lève les yeux pour me confronter à deux émeraudes.

— Merde, désolé, je ne t'avais pas vue. Je ne t'ai pas fait mal ?

Je scrute Evan, incrédule. Il est évident qu'il m'a bousculée exprès, et maintenant il me parle comme si j'étais une étrangère. Il ne tourne définitivement pas rond.

Je me relève, lui suivant le mouvement.

— Evan, qu'est-ce que…

— Excuse-moi, c'est que c'était la cohue avec ces gamins qui gesticulaient de partout.

Ces paroles familières, ainsi que la voix aiguë qu'il prend, me mettent la puce à l'oreille. Je suis tout d'un coup transportée un an en arrière, lors de ma rentrée en première, le jour de notre rencontre. Ou le jour qui a changé ma vie.

— Des gamins, hein ? réponds-je avec dédain. Pourtant certains ont ton âge et sont même plus vieux que toi.

J'emprunte le même ton glacial que lui à l'époque. Je me souviens d'avoir été complètement déroutée par son attitude, il semblait si impassible, et j'avais la sensation qu'il me jugeait sans arrêt. En tout cas, c'est bien plus drôle d'être dans le rôle d'Evan qui clashe que dans le mien.

— Excuse-moi, ce n'est pas ce que je voulais dire. Je m'appelle Evan, au fait.

Je ne sais pas ce qu'il cherche au juste, en nous faisant revivre le jour où il m'a mis bien trop de vents pour les compter, mais je dois dire que me prendre au jeu est plaisant. Surtout quand je connais ma prochaine réplique, et ce que je dois faire ensuite.

— Moi c'est Mia. Au revoir, Evan.

Jubilant intérieurement, je le contourne et roule des hanches jusqu'à atteindre l'ascenseur, un sourire idiot aux lèvres.

Je prends mon petit déjeuner en compagnie d'Indiana, Sarah, Noah et Adrien, et Evan nous rejoint. Il s'assoit en bout de table à côté d'Adrien, et agit véritablement comme s'il ne me connaissait pas. Il me jette juste quelques coups d'œil aguicheurs comiques, comme j'avais dû le faire en voulant le draguer piteusement. Et le pire, c'est qu'il me fait rire plusieurs fois. Ce gars a vraiment le don de me faire passer par tous les états.

Une fois qu'il a fini de manger, Evan se lève avec son plateau et vient se pencher près de mon oreille.

— Je voulais encore m'excuser pour tout à l'heure…

Je le coupe avant qu'il ne continue :

— Evan, ce petit jeu est très marrant, mais je ne comprends pas où tu veux en venir.

Il soupire et se force à revenir dans le présent.

— Tu as raison, on ne peut pas reprendre où on en était. Alors on a qu'à tout recommencer.

Ses mots me laissent sans voix, le temps que je comprenne leur enjeu.

— Mais c'est impossible ! On ne peut pas juste remonter en arrière pour oublier tous nos problèmes !

— Et moi je pense que ça vaut le coup d'essayer.

Je me mords la lèvre, tiraillée. Même avant la mort de sa mère, il s'est passé trop de choses, entre son baiser échangé avec Indiana et ma bêtise avec Calvi. Et je ne pense pas que feindre avoir oublié toute notre histoire résolve quelque chose, car notre passé nous rattrape toujours.

— On a déjà essayé de résoudre nos problèmes une centaine de fois, Evan…

— Alors essayons une cent unième fois.

Devant mon air peu convaincu, il insiste :

— Donne-moi une journée. Une journée où on oublie tout et on apprend à se connaître. Et après tu seras en droit de me jeter comme une merde.

Les sourcils haussés, je reste silencieuse, indécise. Il décide donc pour moi :

— Génial, tu es d'accord ! Très bien, alors je te vois tout à l'heure, quand j'essaierai de t'approcher maladroitement.

Je le regarde s'éloigner en secouant la tête. Ce mec est…

— Parfait, murmure Indiana derrière moi. Vraiment parfait.

Le pire, c'est que je crois que ses imperfections ne le rendent que plus parfait. Le charme de ce jeune homme restera une énigme pour la science.

●

C'est dans le métro qu'Evan se décide à faire son « approche maladroite ». Il vient s'accrocher à la même barre que moi, et je fais exprès de ne pas le regarder. Manquerait plus que je lui facilite les choses, en plus.

— Cet endroit est vraiment répugnant, lance-t-il avec dégoût.

Il passe son doigt sur la barre en grimaçant pour illustrer ses propos.

— Pourtant il me semble que tu es dans cet endroit répugnant. Et le métro est un transport très pratique pour la vie quotidienne.

Jouer les rabat-joie est plutôt jouissif, je comprends mieux l'agissement d'Evan à notre rencontre, maintenant.

— Ouais, enfin, je veux dire… pourquoi tout le monde se sent obligé de se coller comme ça ? Il devrait y avoir une zone propre spécialement pour moi.

— Hé, mais j'aurais jamais dit ça ! m'offusqué-je.

S'il commence à me faire encore plus garce que je ne le suis, on est mal partis.

— Chut, c'est moi qui endosse ton rôle alors je choisis.

Je roule des yeux et tire à nouveau la gueule.

— Non, c'est bon, Evan. Toi et moi, on ne s'entendra pas. J'ai cru que tu n'étais peut-être pas si mauvais au fond, mais tu n'arrives pas à agir autrement qu'en horrible connard. Salut.

Je le fusille du regard et tente de faire une sortie classe, mais tout le monde me bouscule dans le métro et m'empêche de passer, me faisant trébucher. Evan se marre évidemment derrière moi, mais je finis par m'éloigner suffisamment de lui pour ne plus le voir.

Les profs nous laissent un temps libre en début d'après-midi, et Evan en profite pour revenir m'aborder. De but en blanc, il me demande :

— Est-ce que tu es lesbienne ?

J'explose de rire, me rappelant très bien lui avoir demandé s'il était gay dans ma chambre, la soirée où il m'a sauvée des sales pattes de Jérémy. Cela me semblait tellement invraisemblable que quelqu'un ne soit pas attiré par moi que c'était la seule explication plausible que j'avais trouvée.

— T'es sérieux, là ?

— Totalement.

— Non, Evan, je suis cent pour cent hétéro.

Il marque une pause et réfléchit, les sourcils froncés.

— Alors pourquoi je ne t'attire pas ?

— Qu'est-ce qui te dit que tu ne m'attires pas ?

— D'habitude toutes les filles sont à mes pieds. Je me demande pourquoi ça n'est pas ton cas.

Je hausse les épaules et balance ma chevelure derrière mon épaule.

— Je suis Mia Castez, je mérite qu'on se batte pour moi et j'adore t'envoyer bouler.

Il sourit et avance d'un pas.

— Tu pourrais essayer… d'apprendre à me connaître ?

Je fais semblant d'hésiter.

— Hum, je ne sais pas… on est très différents, toi et moi.

— Pas tellement, en fait. On est tous les deux des canons.

— C'est vrai. C'est bon, tu m'as convaincue !

Evan sourit de toutes ses dents et me fait signe de le suivre. Nous nous enfonçons dans les rues londoniennes, et il s'arrête devant un Starbucks.

— C'est un peu cliché, dis-je avec amusement.

— Ouais, mais on n'est pas censés se connaître, alors je prends une valeur sûre.

Il me prend la main et me traîne à l'intérieur. Nous faisons la queue et quand notre tour arrive, Evan me chuchote :

— Suis-moi dans le jeu.

Je fronce les sourcils, incrédule. Il passe sa commande, et quand la serveuse lui demande son prénom, il déclare très distinctement :

— *Dick.*

Je comprends maintenant, cela fait un bout de temps qu'Evan et moi avions prévu de jouer à ce petit jeu. La serveuse lève les yeux au ciel, sachant qu'il se paie sa tête. Je me retiens de rire et garde mon sérieux quand vient mon tour.

— *Vagina.*

Evan et moi craquons et gloussons comme des idiots devant l'air outré de notre cible. Elle fait tout de même son boulot, écrit nos supposés noms sur les gobelets, et nous nous mettons sur le côté pour attendre notre boisson.

428

Nous faisons exprès d'admirer un tableau sur le mur, tournant le dos à la serveuse qui doit nous donner nos boissons.

— *Dick and Vagina*, chuchote-t-elle.

Je me mords la lèvre et nous feignons ne rien avoir entendu. Elle répète nos noms, sans que nous réagissions, bien trop absorbés par le tableau, évidemment.

— *Dick and Vagina !* s'écrie-t-elle cette fois.

L'ensemble des personnes présentes dans le Starbucks regardent la serveuse, qui est morte de honte. Evan se retourne et prend nos deux boissons en s'excusant pour notre inattention, sous les rires de certains et les interrogations d'autres.

Evan et moi rions de notre jeu puéril pendant une bonne dizaine de minutes, se remémorant sans cesse la teinte du visage de cette pauvre fille.

— Alors, Evan, quelles sont tes passions ?

Lui et moi ne nous sommes jamais posés ce genre de questions. On a appris à connaître l'autre en partageant son quotidien, mais je suis curieuse de savoir ce qu'il va répondre à cette question.

— Eh bien, je fais pas mal de sport, de la natation entre autres, et je m'investis beaucoup, notamment dans la vie de mon lycée.

Je pouffe de rire.

— C'est une blague ? Tu fuis tout le temps les événements scolaires comme la peste, la seule fois où je t'ai vu t'intéresser à la vie du lycée c'était pour avoir plus de frites à la cantine !

— Et t'es pas censée savoir ça, alors je peux prétendre ce que je veux, sourit-il.

Très bien, il veut jouer à ça.

— OK, alors moi...

— Euh, je t'ai rien demandé, me coupe-t-il.

J'ouvre la bouche, choquée par son manque de courtoisie. Il prend son rôle de connard un peu trop à cœur.

— C'est une chose que tu apprendras avec le temps, je n'attends pas que les gens me permettent des choses, je m'autorise moi-même.

Evan lève les mains en signe de défaite et me fait signe de continuer.

— Alors, moi j'aime aussi le sport...

— Copieuse.

— Ta gueule. Donc, je reprends : j'aime aussi le sport, je suis bonne dans tous les domaines en fait. Oh, et je suis très douée en danse classique.

— Pardon ? Le seul cours de danse classique où tu es allée, tu avais six ans, et on t'a jetée de l'école parce que tu t'étais amusée à faire des croche-pieds à toutes les gamines chaque fois qu'elles levaient une jambe.

— Elles l'avaient mérité, elles se croyaient meilleures que moi parce que j'étais nouvelle. Mais tu n'es pas censé savoir ça non plus, alors laisse-moi prétendre ce que je veux.

Evan obtempère et se retient de faire une remarque quand je dis être bénévole à la maison de retraite. Quant à lui, il affirme être un garçon très organisé et très propre – alors que sa chambre est toujours une porcherie sans nom. Je ris toutes les deux minutes, et je ne pensais pas que son drôle de plan me ferait autant de bien.

Nous sommes malheureusement obligés d'écourter notre pseudo rendez-vous puisque le temps libre s'achève, et que nous devons retrouver notre groupe. En sortant, Evan glisse sa grande main dans la mienne, et je me surprends à ressentir une envolée de papillons dans mon ventre comme lors d'un premier rencard.

Nous passons finalement l'après-midi ensemble, durant laquelle nous faisons cette espèce de visite de Londres en bus. Notre guide est une vieille dame qui tient à peine debout, et qui essaie de conserver son allure british malgré son dos qui se courbe de plus en plus. Un peu plus et sa tête s'écrase sur le sol tant elle est penchée en avant. Evan se moque d'elle en l'imitant à mon oreille, ce qui nous vaut plusieurs réprimandes de Mercier.

Quand nous rentrons à l'hôtel, j'accapare Evan pour lui faire mon débriefing de la journée, qu'il attend avec impatience.

— Bon, alors… toute cette journée était très amusante, j'admets avoir passé un bon moment, mais…

— Ah non, pas de mais. Si tu as aimé, pourquoi mettre un mais ?

— S'il te plaît, laisse-moi finir. Certes j'ai aimé faire semblant d'apprendre à te connaître, mais je ne veux pas oublier tout ce qu'on a vécu. Je suis fière du chemin qu'on a parcouru ensemble, Evan, et je ne veux pas tout recommencer.

Il se détend et sa mine se radoucit. Il comprend.

— Ouais, à bien y réfléchir, moi non plus…

— Mais toi et moi on a tout fait à l'envers. On était des sex friends avant d'être en couple, on a brusqué les choses, et on a eu à vivre des choses qui nous ont obligés à aller trop vite. Sérieusement, parfois on dirait un couple marié !

431

C'est pourquoi je suis d'accord avec l'idée que si on doit se redonner une chance, alors on doit y aller doucement. On a tous les deux eu une perte de confiance en l'autre et j'ai besoin de me sentir en confiance dans cette relation.

Il baisse la tête, indécis. Quand il la relève, il paraît déterminé.

— Qu'est-ce que tu proposes ?

— On continue sur la lancée d'aujourd'hui. Tu m'inviteras à un prochain rencard, et peut-être qu'à la fin de notre troisième entrevue, tu m'embrasseras. On ne couche pas dès le départ, on essaie de vivre une histoire progressive d'adolescents.

— Ça me paraît bien… en revanche, t'es sûre pour le sexe ? Parce que bon…

Je le tape, ce qui le fait rire. En vérité je ne sais pas si on arrivera à tenir. Après tout, ce sont nos pulsions qui nous ont poussés l'un vers l'autre, sans elles notre histoire n'aurait sûrement jamais vu le jour. Lors de notre « break » l'année dernière, nous avions tenu presque deux mois, ce qui était en soit un exploit. Mais c'était différent, puisque nous avions pris nos distances. Là, nous nous verrons toujours, ce sera donc un véritable combat.

— Je suis d'accord, annonce Evan. Que je te fasse encore tomber amoureuse de moi.

— T'es vraiment un abruti.

— Je crois l'avoir compris.

Il me pince les joues pour se foutre de moi, ce que je hais presque autant que les chatouilles, et ce qui lui vaut une claque forte derrière la tête. Suite à ça il décide de bouder comme un enfant, prétextant que « ça fait mal ».

Je le regarde entrer dans sa chambre, toujours ronchon, et secoue la tête. En souriant niaisement.

●

Notre séjour en Angleterre se termine tranquillement. Evan et moi restons ensemble, mais pas trop, histoire de garder du mystère pour notre second rencard – oui, parce que nous avons décidé que le Starbucks en était un. Autant vous dire que je regrette amèrement d'avoir déterminé que ce second rencard se ferait à Toulouse, je n'en peux plus de me retenir d'être près de lui. Mais je tiens bon, pour nous.

Je prends place dans l'avion, du côté du hublot cette fois-ci. Nous avons les mêmes places qu'à l'aller, je sais donc que Kyllian va venir s'installer d'ici peu. Il ne tarde pas à arriver, et je ne peux qu'espérer qu'il ne me fasse pas le même cirque qu'à l'aller. Quoique, c'était divertissant.

Je me surprends à être nostalgique en regardant l'aéroport à travers le hublot. Ce voyage aura été fantastique.

— Salut, Kyllian. Ça te dit d'échanger ta place avec la mienne ? Je suis assis à quelques rangs devant.

Je tourne la tête et souris en voyant Evan jouer les négociateurs.

— Euh, c'est-à-dire, bredouille Kyllian.

— Je savais que t'accepterais ! C'est vraiment sympa, mec, merci.

Mon ex n'a pas d'autres choix que de céder sa place à mon autre ex et potentiel futur petit copain. Evan s'installe à côté de moi, posant sa main par-dessus la mienne sur l'accoudoir.

— Salut, beau brun, murmuré-je.

433

— Salut, beauté.

— Je ne crois pas que passer deux heures collés est bon pour notre plan.

— Oui, mais c'est ce qui arrive quand tu me manques : j'enfreins les règles.

Je pose ma tête sur son épaule pour qu'il ne voie pas mon sourire débile. Durant toute la durée du voyage je somnole, bercée par ses doigts jouant avec les miens, et j'espère que cette situation légère durera encore longtemps.

29. UNE JOURNÉE SPÉCIALE

EVAN

Deux semaines plus tard

Je m'aventure dans les couloirs, n'ayant toujours pas décidé de mon humeur. Je suis mitigé entre la déprime et l'excitation habituelle pour l'événement d'aujourd'hui. Soudain, je sens deux bras m'enlacer par-derrière et s'accrocher à moi pour se hisser sur mon dos. *Tiens, ça faisait longtemps.* Le rire de Mia résonne dans mon oreille, ce qui provoque mon premier sourire de la journée.

Je la repose à terre. Elle paraît bien plus enjouée que moi.

— Joyeux anniversaire, beau gosse !

— Merci…

Elle enlace mon cou et j'hésite en regardant sa bouche.

— T'as le droit de m'embrasser, c'est ton anniversaire et je te rappelle qu'on a passé le cap du premier baiser lors de notre rencard, mercredi dernier.

— C'est que faire les choses dans l'ordre, ça me perturbe.

Je me penche et pose doucement mes lèvres sur les siennes, qui m'apportent tout de suite le réconfort dont j'ai besoin. Je me rappelle encore notre baiser de mercredi, juste devant sa maison après que je l'ai ramenée, exactement comme dans les films que nous critiquons. Mia a levé les yeux au ciel et a déclaré avoir rarement vu un ciel aussi étoilé en hiver.

— Ce ne sont pas les étoiles qui m'éblouissent ce soir, ai-je répondu.

Elle a baissé la tête et m'a regardé d'un drôle d'air, avant d'éclater de rire. *Excusez-moi, j'avais oublié que j'avais affaire à Mia Castez.*

— C'est quoi, le retour d'Evan-le-lover ?

— C'est toi qui le réveilles en moi, pas ma faute, ai-je bougonné.

Son nez plissé lorsqu'elle a rigolé plus fort a suffi à faire s'envoler toute contrariété de ma part, et j'ai fini par sourire moi aussi. Il faut dire que j'étais déjà de bonne humeur suite à ce troisième rencard. Mia et moi avions dîné dans un fast-food – faute de moyens – et nous nous étions ensuite rendus au cinéma. J'avais passé mon bras autour de ses épaules et nous avions partagé du pop-corn, histoire de rester dans le cliché. Mais nous étions sortis au milieu de la séance, ayant pris conscience que rester dans un cinéma à se taire pour un rencard était une idée débile simplement créée pour les coincés qui avaient peur de se retrouver bêtes sans rien dire. Nous avions erré dans Toulouse, en parlant de tout et de rien. Puis je l'avais ramenée, et nous nous sommes retrouvés devant sa porte.

Son rire a cessé peu à peu, et un silence s'est installé. Je n'avais pas oublié ses paroles deux semaines plus tôt : « Peut-être qu'à la fin de notre troisième entrevue, tu m'embrasseras ». Nous y étions. Elle attendait ce faux premier baiser elle aussi, je l'ai vu à son regard brillant. Soudain, je me suis retrouvé à stresser comme un gamin. Pourtant le nombre de baisers échangés entre Mia et moi était trop élevé pour le retenir, mais cette fois, c'était différent. C'était comme si cette fois, je pouvais me planter ; en lui bavant dessus, par exemple.

J'ai combattu ma peur et me suis penché vers elle. Lentement, pour éviter l'entrechoc maladroit de nez. J'ai vu ses paupières se fermer peu à peu. J'y étais presque.

— J'ai les mains moites, ai-je murmuré au bord de ses lèvres.

Je l'ai sentie sourire.

— Moi aussi.

Elle a glissé ses mains dans les miennes pour me prouver ses paroles. En effet, nous angoissions tous les deux comme des gamins.

C'était l'encouragement qu'il me manquait. J'ai refermé ma bouche sur la sienne, et une ribambelle de frissons est remontée le long de mon échine. Quand elle a approfondi notre baiser, j'ai quitté ses mains pour poser les miennes dans le creux de ses hanches. Je l'ai ramenée contre moi, et nous nous sommes embrassés jusqu'à en perdre haleine, car c'était ce que nous avions attendu chaque jour avant ce rencard.

Quand je l'ai relâchée, nous étions tous les deux essoufflés, et on s'est souri. Le silence de la plénitude nous a frappés, et j'ai attendu qu'elle ait passé la porte pour me décider à m'en aller.

— Bonne nuit, Evan.

— Rêve de moi.

Une fois la porte fermée, je suis parti.

— EVAN ! Tu m'as mordu la lèvre.

Le gémissement de Mia me ramène au présent. Elle tapote sa lèvre inférieure en me fusillant du regard. *Me remémorer un baiser alors que je suis justement en train de l'embrasser, mauvais plan.*

— Désolé, je suis un peu distrait en ce moment. Et il faut dire que j'ai un peu faim de toi.

— T'es bien un mec, tiens.

— Aux dernières nouvelles, oui, mais tu peux vérifier si tu veux… ?

Mia se retient de rire à ma blague perverse et niche sa main dans la mienne pour me traîner dans les couloirs. Pendant que nous marchons, elle se colle à moi, son bras longeant le mien et sa tête sur mon épaule.

— Alors, qu'est-ce que ça fait d'avoir dix-huit ans ?

Je devine à son air malicieux qu'elle fait exprès de me poser cette question car elle est cliché, et elle sait que je déteste les répliques cliché inutiles du genre.

— Pas grand-chose. Je me demande pourquoi on fait tout un plat de sa majorité, ça change pas des masses.

— Eh bien, tu peux aller voter…

— Ouais, mais à part ça ?

Mia fait une pause et sort sans réfléchir :

— Tu peux boire légalement.

Devant ma grimace, elle se rend compte que ce fait n'est pas tellement un avantage pour moi. Je continue sur un ton léger, n'ayant pas envie de casser l'ambiance :

— Disons que ça ne change rien, étant donné que très peu de barmans ou de vendeurs sont fichus de demander une pièce d'identité.

— T'es chiant à jouer les rabat-joie comme ça.

Mia fait la moue comme une enfant, et je sais déjà qu'elle va bouder. Arrivés au bout du couloir, je l'attire dans le coin à côté de la porte, qui est notre ancien repère où on se mangeait la bouche plus qu'on ne se parlait.

— Tu ne vas pas faire la gueule pour mon anniversaire ?

Je saisis ses poignets et passe ses mains derrière mon cou. Je la sens flancher au fur et à mesure que ma bouche descend dans son cou, la rendant pantelante dans mes bras.

— Se servir de la séduction pour arriver à ses fins, c'est pas très joli, m'accuse-t-elle d'une voix faible.

— Et c'est toi qui parles ?

Je reviens sur sa bouche, et elle m'embrasse sans se faire prier. Malheureusement cette foutue sonnerie gâche notre moment intime, nous obligeant à aller en cours.

— On s'en fout, lâche Mia avant de m'embrasser de nouveau.

— Mercier risque de ne pas apprécier.

— C'est pas grave, on a Indiana comme moyen de pression sur lui. Elle le mène à la baguette.

Je lève les yeux en faisant semblant de réfléchir.

— Je ne crois pas que ce soit très légal, tout ça.

— Leur relation est illégale, et puisqu'on garde leur secret, on a bien le droit de s'attribuer des petites faveurs... et puis c'est ton anniversaire.

Je me laisse convaincre sans grandes difficultés, et Mia et moi mettons finalement dix minutes à aller en cours. Mercier nous ouvre, et je suis surpris de voir qu'il ne nous fait aucune remarque désobligeante. Au contraire, il m'annonce :

— Je tiens à dire que je n'y suis pour rien dans cette histoire. Désolé par avance.

Je fronce les sourcils, et Mia me pousse pour me faire entrer dans la salle. Là, des élèves sortent de sous les tables, et se lèvent tous en même temps pour crier :

— JOYEUX ANNIVERSAIRE !!

Je remarque Jordan au premier rang, qui a dû s'infiltrer dans la salle et qui bien sûr, en se relevant, s'est cogné la tête contre la table. Il est finalement plus préoccupé à se plaindre en se frottant la tête que par ma réaction.

Mia, dans mon dos, pose son menton sur mon épaule et me murmure à l'oreille :

— Je sais que rien ni personne ne remplacera sa présence. Mais je voulais te montrer à quel point tu es apprécié et le nombre de personnes qui sont là pour toi.

Comment fait-elle pour toujours tout deviner ? Mia me comprend plus que n'importe qui, c'est dingue. En fait, elle est presque devenue une partie de moi.

Ma mère faisait de mon anniversaire un réel événement depuis ma tendre enfance. Elle mettait toujours les petits plats dans les grands, se démenait pour me faire passer une journée la plus agréable possible, comme si tout mon bonheur dépendait de mon anniversaire. Il n'empêche que j'attendais toujours avec impatience ce jour où j'aurai une année de plus, et que j'avais le sourire aux lèvres toute la journée. Sans elle, mon anniversaire n'a plus aucun sens, et le fait que j'aie dix-huit ans ne change rien à la donne.

— Ce qui m'importe, c'est que tu sois là.

Elle me sourit en me pressant le bras.

— Je le serai jusqu'à ce que tu ne veuilles plus de moi. Et même après, répond-elle dans un chuchotis.

Je me tourne vers la classe et la remercie en m'efforçant de sourire.

— Bon, maintenant que la super-surprise est passée, revenons à nos vecteurs ! annonce joyeusement Mercier.

C'est une plainte générale qui envahit la salle tandis que Mia et moi allons nous asseoir.

•

Ma journée était moins horrible que ce que j'avais imaginé. En fait, elle était même mieux, et je suis persuadé de le devoir à Mia.

Nous sortons tous les deux du lycée, et je la retiens à l'entrée du parking :

— Où est-ce que tu vas ?

Elle me jette ce regard. Celui où elle me fait comprendre qu'elle me prend pour un idiot.

— Rejoindre ta moto, là où tu la gares toujours.

— Je ne suis pas venu en moto aujourd'hui.

Elle se tourne complètement vers moi, et lève ses bras en l'air.

— Quoi ? Mais tu as dit que tu pouvais me ramener, j'ai dit à mon père de ne pas venir me chercher, Indiana se fait ramener par Mercier et ils sont déjà sûrement partis… je fais quoi moi maintenant ?

— Je n'ai pas menti. Je vais te ramener.

Je m'avance de quelques pas et m'accoude sur le capot de la voiture devant moi.

— Mais par un autre moyen de locomotion que ma moto.

Je désigne d'un mouvement de tête mon pick-up sur lequel je suis appuyé. Les yeux de Mia s'écarquillent en comprenant que cette bête m'appartient, sans parler de sa mâchoire qui tombe.

— Tu… cette voiture est à toi ?

— Cadeau de mon père. Une voiture ne suffit pas à rattraper dix-huit ans d'absence, mais j'imagine que ça aide, en un sens.

Un avantage des dix-huit ans que Mia a oublié de mentionner ce matin : si on a déjà passé son permis, on peut conduire dès son anniversaire. Et je dois dire que ça, c'est cool.

Mia passe son index sur la carrosserie, en adoration. Je ne pensais pas qu'une bagnole lui provoquerait un tel effet. Certes, j'ai été gâté, mais on ne peut pas dire que ce soit ce genre d'engins qui la passionne.

Puis quand elle fait la comparaison qui l'émerveille, je comprends.

— C'est la même que Troy dans *High School Musical 3* ! *J'aurais dû m'en douter.*

Je lève les yeux au ciel, exaspéré.

— Pas du tout ! Compare pas sa vieille ferraille à ma voiture neuve !

— Mais c'est la même forme !

Je me frappe le front. Cette fille est irrécupérable.

— Déjà c'est pas la même marque, c'est pas non plus la même époque, et la mienne est plus belle.

Elle arque un sourcil.

— Comme ça, on dirait presque que tu es jaloux d'un personnage fictif.

— Quoi ? Mais non ! En plus il fait gamin avec sa stupide mèche.

Je rejoins la place du conducteur, et Mia me charrie durant tout le trajet jusqu'à chez moi. Comme l'année dernière, je passe ma soirée avec Mia. Sauf que cette fois nous ne regarderons pas *Twilight* et elle ne fera pas semblant de me détester. Cela sera probablement plus calme.

Je me gare devant chez moi, et Mia m'arrête lorsque je veux ouvrir ma portière, nerveuse. J'arque un sourcil, interrogateur.

— Je… tu peux rester, une seconde ? J'ai quelque chose à te donner. Ou plutôt à t'offrir.

Je souris en coin, attendri par son anxiété.

— Ça ne peut pas attendre qu'on soit à l'intérieur ? On sera plus à l'aise…

— Non, j'ai envie de le faire maintenant.

J'obtempère et reste dans la voiture. J'ai renoncé à essayer de comprendre les drôles de raisonnements de Mia. J'attends alors qu'elle fouille dans son sac, pour en sortir un petit paquet carré.

— C'est pas grand-chose, et beaucoup moins extraordinaire que ce que tu m'avais offert l'année dernière, mais j'ai essayé…

— Mia ? Tais-toi.

Elle se mord la lèvre et attend que je déballe son cadeau. Je sais que Mia se pense nulle en cadeaux, pourtant ceux qu'elle m'avait offerts à Noël lorsque nous étions à Nice restent les meilleurs que j'aie jamais reçus.

Mais je ressens une pointe de déception en découvrant une simple montre. Elle est jolie, certes, un cadran noir et un bracelet en cuir qui me paraît de bonne qualité, elle a dû y mettre le prix, mais c'est un peu… impersonnel.

— Regarde le fond du cadran, me dit-elle en se rendant compte de ma déception.

Je me sens idiot de ne pas avoir remarqué ce détail avant. Une grande lettre « M » en or habille le cadran noir mat, fine et propre, à l'effigie de Mia.

— Un M comme Mia ? souris-je.

— Possible… ouais. Retourne la montre.

Elle le fait à ma place, et je découvre sur le dos du cadran les mots « *Je t'appartiens* » gravés dans l'or. Je retire ce que j'ai dit, ce cadeau est extrêmement personnel. Et bien trop touchant.

Son pouce glisse sur le derrière du bracelet en cuir, et me montre un dernier détail. « Mivan » est inscrit sur l'envers.

— « Mivan » ? C'est un petit peu nunuche, la charrié-je.

— Je voulais écrire Mia et Evan, mais ça faisait plus de lettres et c'était plus cher.

— Tu viens de casser tout le romantisme, là.

— Et je trouvais que Mivan sonnait bien, se rattrape-t-elle.

Je passe la montre à mon poignet, sans me départir de mon sourire. C'est exactement ce dont j'avais besoin. La montre est très belle – ce qui ne m'étonne en rien, Mia a bon goût. Mais ce sont les détails personnels qui la rendent unique et irremplaçable.

— Merci, Mia. Vraiment, c'est parfait.

Je jurerais que la teinte de ses joues est en train de virer au rouge. Je ne le lui dis pas, au risque qu'elle casse le moment en affirmant qu'elle ne rougit jamais.

444

— J'avais moi aussi envie que tu portes ma lettre sur toi. Un truc de plus qu'on partage, et j'aime l'idée d'être toujours avec toi.

— D'ailleurs, en parlant de ça…

J'attrape mon sac à dos sur la banquette arrière, et ouvre la poche avant. Je sens Mia trépigner d'impatience à côté de moi, sachant de quoi il s'agit. Je sors le collier, son collier, que j'ai fait réparer après qu'elle a cassé le fermoir en l'arrachant de son cou.

— J'espérais que tu aies pu le faire réparer. C'est toujours le même, n'est-ce pas ?

— Bien sûr.

Je me penche et passe mes mains dans sa nuque pour lui attacher le collier autour du cou. Elle frissonne sous mes doigts, ce qui me provoque une once de satisfaction. Une fois ma tâche achevée, je ne m'éloigne pas. Au contraire, je reste à la hauteur de son visage, et presse doucement mes lèvres sur les siennes.

Et là, je ne sais pas trop comment, mais tout s'enchaîne.

Notre baiser devient intense quand nos deux langues chaudes se rencontrent, et qu'elle passe sa main dans les cheveux derrière mon oreille. Elle tire dessus, me provoquant une délicieuse douleur, et je l'aide à enjamber le levier de vitesse de mes deux mains sur ses hanches. Elle s'assoit à califourchon sur moi, et mes mains se faufilent sous son haut, le long de la peau douce de son dos.

Je sais d'ores et déjà que je ne contrôle plus rien.

— C'est mal… on a dit qu'on attendrait… chuchoté-je.

Elle mord ma lèvre inférieure, comme pour atténuer son désir.

— Ouais, il faut qu'on arrête…

445

Ses hanches contredisent ses paroles quand elles se balancent contre moi. Ou plus spécifiquement, contre mon membre de plus en plus dur.

J'ai à peine conscience de dégrafer son soutien-gorge sous son tee-shirt. Et je suis sûr qu'elle ne se rend pas compte que le mouvement de ses hanches se fait de plus en plus insistant, et de plus en plus vite. J'encercle sa jolie poitrine, qui complète parfaitement mes paumes. Simultanément, je dépose des baisers mouillés dans son cou, aspirant sa peau entre mes dents par endroits. Sa tête bascule en arrière, et elle lâche un gémissement tellement sonore que je manque de jouir sur le coup.

Cette fille me rend fou. Complètement fou à lier.

— Evan... j'arrive pas à m'arrêter...

— N'arrête pas... Tant qu'on ne franchit pas la barrière des vêtements, on enfreint rien.

J'ai du mal à parler avec ma gorge soudain sèche. Mia me chevauche vraiment maintenant, comme si nous étions nus, tandis que j'augmente la pression sur ses tétons. Je lui arrache un cri, ce qui fait vibrer mon corps de plaisir.

— Evan... bébé, je crois que je vais...

Je l'encourage du regard, soudain pris de mutisme. Je lève mon bassin pour accentuer son frottement contre moi, tout en malaxant ses seins, et elle vient. Elle atteint l'orgasme sous mes yeux, les joues roses et la bouche grande ouverte, le son de mon nom dans sa bouche se répercutant dans tous les coins de ma putain de bagnole. Cette image provoque chez moi la pulsion de trop, et je la rejoins, étouffant mes gémissements en l'embrassant.

Nos cœurs se calment peu à peu, battant l'un contre l'autre. Je caresse ses cheveux emmêlés et humides de sueur en reprenant mon souffle.

— Un mec ne m'avait encore jamais fait jouir alors que j'étais toute habillée, sans même me pénétrer, et en ne touchant que mes seins, m'avoue-t-elle, sa tête plongée dans mon cou.

— Une fille ne m'avait encore jamais fait jouir alors que j'étais habillé, sans même que je la pénètre, simplement en se balançant contre moi.

Je suis sûr que nous avons actuellement le même sourire béat sur les lèvres.

— C'est pas pour casser l'ambiance, mais j'aimerais bien, tu sais, me changer.

Mia se pousse et je grimace devant la grosse tâche à l'entrejambe de mon pantalon.

— Ouais, il faudrait moi aussi que je change de sous-vêtements…

Nous sortons de la voiture, tous les deux inconfortables dans nos vêtements. En ouvrant ma porte d'entrée, je prie pour que mon père soit déjà parti et qu'il ne nous découvre pas dans ces… accoutrements. Mais la situation est en fait pire.

Dès que le bruit de la porte frottant contre le sol retentit, un « surprise » général fuse, faisant apparaître tous mes foutus amis. Adrien, Indiana, Jules, Eva, Jordan, Noah, Sarah, ils sont tous là. *Et merde.*

Mia, son soutien-gorge à la main, moi, tentant vainement de cacher la zone de mes parties intimes avec mes mains, nos chevelures ébouriffées et nos joues rouges, on ne trompe personne.

447

— OK, alors là, c'est très gênant, murmure Indiana.

— Vous êtes pires que des animaux, sérieusement ! nous accuse Eva. Et Evan, pourquoi t'as éjaculé dans ton jean ?

Je crois que jamais de ma vie je n'ai été aussi mal à l'aise. Pour une fois, Mia le paraît aussi, bien qu'elle soit bien plus sonnée que moi.

— On va aller se… enfin…

— Ouais, et pas de nouveau round dans la salle de bains, on vous attend, blague Adrien.

Je tente un rire, mais il est tellement nerveux qu'il en devient ridicule. Mia et moi nous empressons de monter les escaliers, honteux.

— Laisse-moi deviner, t'étais censée me retenir dans la voiture pendant qu'ils entraient tous par la porte de derrière, d'où ton empressement pour m'offrir ton cadeau, sauf qu'avec notre petit… rapprochement, tu en as oublié la surprise, et donc l'objectif.

Mia se mord la lèvre, rougissante.

— C'est à peu près ça.

Je la traîne par la main jusqu'à ma chambre, où nous nous changeons tous les deux. Elle enfile des sous-vêtements qu'elle avait laissés ici, et que je n'ai pas cherché à lui rendre. Tandis que je referme le bouton d'un nouveau jean, elle m'appelle :

— Evan ?

— Hum ?

— Est-ce que tu penses qu'on a… tu sais… vraiment un problème ?

Je la regarde en souriant, maintenant amusé.

— Au pire, qu'est-ce que ça fait ? Ça n'est pas toi qui disais que les gens normaux étaient ennuyeux ?

Elle paraît soulagée. C'est drôle qu'elle ne s'inquiète de notre santé mentale que maintenant.

— C'est vrai.

Nous regagnons tous les deux le rez-de-chaussée, où mes invités-surprises nous attendent tous sur le canapé.

— Bon, qui a eu l'idée de l'anniversaire surprise ? demandé-je.

Ils se regardent les uns les autres, décidés à ne pas parler. Je dois dire que j'étais enchanté de passer une soirée rien qu'avec Mia, mais avoir tous mes potes présents ce soir est bien aussi.

— Eva… ? deviné-je.

— Pourquoi forcément moi !

— Parce que t'es la seule à aimer ce genre de trucs et à vouloir te démener pour les organiser.

— OK, alors je veux te faire plaisir, et tu réagis comme ça ! Toi et ton putain de pote, allez tous les deux vous faire foutre ! crie Eva en se levant pour quitter la pièce.

Nous restons tous silencieux, en incompréhension. Jusqu'à ce que Mia soupire :

— Jordan, qu'est-ce que t'as fait ? T'as refusé de regarder *Titanic* ?

— Mais je sais pas ! Et je l'ai regardé en plus !

— Bon, moi je vais aller préparer le mojito, annonce Adrien. Tu viens avec moi, Indiana ?

— Hum… ouais.

Adrien et Indiana se dirigent vers la cuisine, sous le regard agacé de Mia.

— Elle est bizarre en ce moment, me chuchote-t-elle. Particulièrement avec lui.

— Il m'a avoué être attiré par elle quand on était en Angleterre. Mais elle est accro à Mercier, pas vrai ?

— Je ne sais pas… leur relation est compliquée, et pas toujours compréhensible. Je vais m'isoler avec Noah et Sarah pour les interroger sur la relation entre Indiana et Adrien. Peut-être qu'ils savent des trucs.

J'approuve son idée d'un hochement de tête, et elle s'en va pour exécuter son plan en proposant à Sarah et Noah de l'aider pour préparer le buffet. Je vais m'asseoir sur le canapé avec Jules et Jordan, qui sont apparemment en train de parler d'Eva.

— Alors, mon petit Jordy… que se passe-t-il ?

— Eva est incompréhensible ! s'exaspère-t-il.

— Bah, fallait pas choisir une Castez, marmonne Jules.

Je tente de rester sérieux et d'aider mon ami, ce qui n'est pas simple avec Jules qui se moque gentiment de la chose. Jordan est nul pour comprendre le comportement féminin, quelque chose a forcément dû lui échapper.

— Quelle a été votre dernière discussion ?

Jordan réfléchit à ma question quelques instants.

— On était dans ma chambre, juste avant de venir, et on…

— OK, OK, on n'a pas besoin de plus de détails, l'arrêté-je.

— Je crois être le seul ici à ne pas avoir une vie sexuelle active, soupire Jules.

Je réprime mon sourire et laisse Jordan poursuivre sa réflexion.

— On parlait du fait que ça marchait bien entre nous. Et elle m'a dit qu'elle m'aimait quand j'étais attentionné.

Jules et moi nous regardons quand nous captons en même temps. Ce type est un abruti pur. Eva lui a dévoilé implicitement qu'elle était amoureuse de lui, et il n'a même pas tilté.

— Et tu lui as répondu quoi ? continue Jules, craignant sa réponse.

— Bah, « cool ».

Je pousse un soupir d'exaspération en me laissant aller sur le dossier du canapé. Mon poulain est irrécupérable.

— Quoi, qu'est-ce qu'il y a ?

— Jules, tu lui expliques ou je le fais ?

— Si tu veux bien te charger de ce fardeau, ça ne me dérange pas.

Je prends une grande inspiration et m'apprête à éclairer mon pauvre Jordy.

— Quand elle a dit qu'elle t'aimait quand t'étais attentionné, ça voulait dire qu'elle t'aimait tout court. C'était sa façon à elle de te dire qu'elle avait de forts sentiments pour toi, et toi tu lui as répondu « cool ».

Les yeux de Jordan s'écarquillent quand il prend conscience de sa boulette. Il prend un air affolé et jette des coups d'œil partout autour de lui.

— Elle *m'aime* ?

— De toute évidence, oui. Ne me demande pas comment c'est possible, je ne sais pas.

Il ne semble pas y croire, au point de ne même pas saisir ma raillerie.

— Honnêtement, Jordan, je trouve ça étonnant que tu ne lui aies pas encore dit être amoureux d'elle sachant que quelques mois plus tôt tu tombais amoureux d'une simple fille croisée dans la rue.

— C'est pour ça qu'elle s'est vexée et qu'elle est partie ! Et que depuis elle me fait la gueule !

— Bravo, Einstein, se moque Jules.

On sonne à la porte. Mia court dans le salon en entendant le bruit, un sourire aux lèvres. Elle me tire pour me forcer à aller ouvrir, excitée comme une puce, prétendant qu'arrive ma dernière surprise.

Au même moment, Indiana et Adrien reviennent dans la pièce. Et la main d'Adrien dans son dos ne m'échappe pas. Ils se postent derrière moi alors que Mia ouvre la porte.

Le frère Castez se tient dans l'embrasure, tout sourire. Mia lui bondit dessus, ce qui le fait presque basculer en arrière.

— Wow, je sais que je t'ai manqué, mais quand même…

— J'ai cru que tu n'allais pas venir, imbécile.

Elle s'écarte de son frère et quand je m'apprête à donner une accolade à Maël, heureux de le voir pour la première fois depuis bien trop longtemps, je suis coupé dans mon élan par une rousse qui apparaît à ses côtés. Mon sourire retombe sous le coup de la surprise. Leurs deux mains l'une dans l'autre, le fait qu'il l'emmène à une fête, aucun doute sur leur relation.

— Maël, c'est quoi ce bordel ? s'étrangle Mia.

30. SOIRÉE ARROSÉE

MIA

Je reste bloquée sur le seuil de la porte devant cette rouquine au sourire immense. J'aimerais me dire que ce n'est pas ce que je crois, mais la main de mon frère dans la sienne, l'air coupable que Maël affiche, ne permettent pas la confusion.

— Je… je vous présente Annabelle. C'est ma copine.

En plus elle a un nom à coucher dehors. *Bon Dieu.*

Evan reprend ses convenances, alors que je suis toujours incapable d'exécuter ne serait-ce qu'un mouvement.

— Enchanté, je m'appelle Evan, tente-t-il de sourire.

— Ouais, je sais, j'ai déjà entendu pas mal parler de toi. Joyeux anniversaire.

L'intruse s'approche pour lui faire la bise, et je réprime mon agacement devant ces dents blanches qu'elle ne cesse de dévoiler. *Elle n'arrête donc jamais de sourire ?*

Maël reste en retrait, les mains dans les poches et se balançant d'un pied sur l'autre, preuve de son malaise.

— Et toi, tu dois être Mia. Je suis super heureuse de te rencontrer, je t'ai vue sur les affiches un peu partout, tu es encore plus jolie en vrai.

Elle se penche pour m'embrasser, sauf que je l'arrête d'un geste de la main. Ses grands yeux verts me jaugent, perplexes.

— Ce serait bête de gâcher ma beauté avec les traces de fond de teint que tu laisserais si tu posais tes joues sur les miennes, tu ne penses pas ?

Mission accomplie, son sourire factice retombe entièrement. C'est à mon tour de sourire hypocritement.

— Mia ! me réprimande Maël.

— Oui, Maël ? C'est drôle parce que cette fille semble plutôt informée à propos de nous, en revanche je ne crois pas tu nous aies déjà parlé d'elle...

— C'est pour ça que je vous la présente aujourd'hui. Je me suis dit que si vous vous voyiez direct...

— Ce serait plus facile à encaisser ?

Visiblement, Annabelle est un peu paumée au vu des allers-retours que fait son visage incrédule entre Maël et moi. Mon frère aurait peut-être dû la mettre au goût de la fête avant d'arriver.

Elle ne sait pas que ce soir, elle va vivre un véritable interrogatoire.

— Dans ce cas, entre, Angèle.

— Euh, je m'appelle Annabelle...

— Quelle différence ?

Trop choquée pour avoir du répondant, Annabelle s'infiltre dans la maison, suivie d'Evan, Maël, et moi. Seuls Jordan et Indiana accueillent bien la nouvelle « copine » de mon frère, puisqu'ils n'ont jamais eu la chance – ou la malchance ? – de croiser Jana. Les autres sont sur le cul, comme Evan et moi. Jana et Maël étaient un couple emblématique du lycée l'année dernière tant il était surprenant.

Mais avec cette nana, j'ai l'impression de revenir plus d'un an en arrière, quand Maël sortait avec cette Amanda. *Quand comprendra-t-il que les petites filles parfaites l'ennuient ?*

— Mia, tu viens ? Je pense qu'on devrait parler, me propose mon frère.

J'acquiesce, crevant d'envie de comprendre cette mascarade. Maël demande aux autres d'intégrer Annabelle et mon frère me traîne à l'étage, jusqu'à la chambre d'Evan. Je n'attends pas une seconde pour exprimer tous mes remous intérieurs, l'accablant dès son arrivée.

— Mais c'est qui cette nana ? On dirait Rebelle, mais en plus moche ! Depuis quand t'aimes les rousses ? Et ses lèvres sont bloquées vers le haut ou quoi ? Je croyais que tu t'étais pas remis de Jana !

— Mia, mets-toi sur pause, j'ai déjà mal à la tête.

Maël se laisse tomber sur le lit, et plonge son visage entre ses mains, ses coudes posés sur ses cuisses.

— Je savais que tu réagirais comme ça, grogne-t-il.

— Excuse-moi d'être choquée ! Excuse-moi d'être surprise de te voir avec une nouvelle fille alors qu'il y a encore trois semaines, tu te morfondais dans ta solitude en attendant désespérément des nouvelles de Jana ! Eh oui, tu crois que je n'ai pas deviné ce que tu espérais désespérément en guettant l'écran de ton portable ? Tu crevais d'envie qu'elle revienne, qu'elle se batte pour toi, parce que c'est Jana que tu aimes, pas cette foutue rouquine !

Dès l'instant où Maël lève des yeux tristes et embués vers moi, je sais que je suis allée trop loin. Il n'a pas besoin de ma franchise en ce moment. Le voir dans un tel état de tristesse me laisse sans voix, je n'avais encore, il me semble, jamais vu mon frère aussi dépité. Nous avons en commun le talent de masquer nos émotions aux autres, et quand il exprime ce qu'il ressent, il le fait plutôt à travers la colère. Aujourd'hui, c'est une nouvelle facette de lui qu'il me dévoile. Sa vulnérabilité.

Je sais ce que représente Jana pour lui. C'est pour cela que pendant les vacances de Noël, je ne l'ai pas forcé à parler, pour ne pas le faire souffrir. Mais mon grand frère souffre atrocement de la trahison de celle qu'il considérait comme son premier véritable amour, et j'aurais dû être davantage là pour lui plutôt que de me préoccuper uniquement de mon petit nombril, comme d'habitude. Tout ce que je voyais, c'était la douleur que m'apportait ma propre rupture. Et non la sienne.

— Mais elle ne l'a jamais fait. Elle n'a jamais appelé, Mia. Pas un message. Elle m'a laissé partir comme ses ex avant moi, et je ne supporte pas d'être placé à la même échelle qu'eux…

— Oh, Maël…

Je me précipite sur le lit à son côté, et m'empresse de l'enlacer. Si je ne sentais pas ses larmes s'échouer sur le col de mon haut, je ne devinerais pas qu'il pleure. Je n'ai pas l'habitude d'être dans cette situation. Ça a toujours été lui, le grand frère protecteur, présent à chaque étape de ma vie. Je ne me rends compte qu'aujourd'hui de tout ce qu'il a fait pour moi. Et à quel point son soutien m'a été vital durant chaque coup dur.

Il a tout donné dans sa relation avec Jana. Il a nourri de tels espoirs en elle que parfois elle prenait peur, et fuyait. Mais elle revenait toujours car elle aimait la personne qu'elle devenait en étant avec Maël. S'il la calmait, Jana avait aussi un effet positif sur lui. Elle l'obligeait à se remettre en question, à repousser ses limites. Ils se complétaient parfaitement. Jusqu'à ce que tout dégringole après leur entrée dans les études supérieures.

Je sentais que Maël souffrait de cette relation depuis quelques mois. Mais je n'ai pas été alarmée, trop préoccupée par mes propres problèmes. J'ai tout donné à Evan, mais je n'ai pas été capable de donner ne serait-ce qu'un peu d'amour à mon frère aîné qui pourtant compte énormément pour moi. Je n'ai jamais autant regretté d'être si égoïste.

Et à cet instant, je serais prête à tout pour atténuer sa tristesse.

— Tu n'es pas comme les autres à ses yeux, Maël. Elle ne t'a pas oublié, loin de là, et elle s'en veut terriblement.

Ses yeux mouillés se remplissent d'un espoir qu'il tente de dissimuler, sans grand succès.

— Comment tu pourrais le savoir ?

— Evan l'a croisée un soir, en boîte, pendant les vacances. Ils ont très peu discuté, mais ça a été suffisant pour qu'elle se mette à pleurer devant lui. Tu imagines bien son état si elle en a été réduite à se confier à Evan qu'elle connaît à peine.

— Elle… elle a pleuré ?

Je hoche la tête, le cœur lourd.

— Elle a aussi parlé d'une rousse avec qui tu traînais… du genre parfaite, son contraire… et qui l'aurait poussée à faire une connerie.

Son visage se referme instantanément, et je regrette déjà d'avoir abordé ce point apparemment sensible.

— Qu'est-ce que tu insinues ? Que j'ai poussé Jana à embrasser ce type parce que je m'entendais bien avec Annabelle ?

— Non… ce n'est pas ce que je dis. Mais peut-être qu'avec Annabelle, il y avait un rapprochement plus qu'amical entre vous, ce qui aurait fait qu'elle se sente menacée. Et puis tu n'as pas tardé pour te mettre en couple avec ta rousse, on peut donc supposer qu'un flirt s'était déjà installé…

Maël se lève d'un bond, ouvre la bouche, sans arriver à sortir un son tant il est éberlué. Il me fusille du regard, certainement parce que je le mets face à une réalité qu'il ne veut pas accepter.

— Je… jamais je n'aurais trompé Jana !

— Peut-être pas trompé, non. Mais est-ce que tu n'aurais pas fini par quitter Jana pour une relation plus simple avec Annabelle ?

— Je sens que tu me juges.

— Non, Maël, je ne…

— Si, tu me juges. Et tu as peut-être raison, car en effet, je traînais avec Annabelle alors que je savais qu'elle nourrissait des sentiments pour moi. En fait, je traînais avec elle spécialement parce que je savais qu'elle nourrissait des sentiments pour moi. J'avais besoin d'affection. Tu ne sais pas ce que c'est, que de voir Jana disparaître une semaine ou deux, pour réapparaître comme une fleur, feignant que rien ne s'est passé. Tu ne sais pas ce que c'est, que de la voir changer d'humeur d'une minute à l'autre, et de devoir encaisser ses mots durs quand elle a décidé d'être blessante. Et tu ne sais pas ce que c'est, que de la voir broyer du noir sans pouvoir rien y faire, même si une bonne partie du temps je la rends heureuse. Elle ne l'est jamais pleinement, et pendant longtemps, j'ai tout fait pour l'aider. Mais je suis épuisé, et malgré mon amour pour elle, je ne veux plus m'infliger la lourde douleur que je ressentais en étant avec elle ces derniers temps. Mais en même temps, je n'arrive pas à l'oublier.

Je comprends Jana sur quelques points, car nous nous ressemblons. Mais une grande part d'elle reste un mystère, et visiblement Maël a du mal à vivre avec. Je ne sais pas ce qu'a vécu Jana pour être si détraquée actuellement ; Maël le sait sûrement, et c'est ce qui le pousse à passer au-dessus de ses sautes d'humeur.

— Et avec Annabelle, tu es plus heureux ?

Il hausse les épaules.

— Je crois. C'est mieux que d'être seul, en tout cas. Tu sais, tu ne ressens peut-être pas le besoin de te rapprocher de quelqu'un d'autre quand Evan et toi avez des problèmes, mais c'est parce qu'il est toujours là pour toi. Malgré vos défauts respectifs, vous vous apportez un soutien égal à votre amour. Et c'est quelque chose que je vous envie.

Je me plante devant Maël, dont les mots m'attendrissent. C'est vrai qu'il y a entre Evan et moi une force inexplicable, c'est ce qui fait que nous en sommes là aujourd'hui.

— Tu as mon soutien, à moi.

J'arrive à lui arracher un rictus, et le serre dans mes bras une dernière fois.

— Tu sais, tu es un peu un modèle pour moi, chuchoté-je à son oreille. Mais je t'ordonne d'oublier cet aveu une fois sorti de cette chambre.

— Marché conclu, rit-il.

Notre discussion à cœurs ouverts terminée, nous retournons à la fête. Je me rends compte que nous sommes restés longtemps en haut en voyant que la nuit est tombée, et que l'alcool a été attaqué.

Maël rejoint Annabelle qui discute avec Sarah, et l'attire contre lui. J'imagine que je dois laisser cette rouquine tranquille, étant donné qu'elle apporte un minimum de bonheur à mon frère. Tant qu'elle ne commence pas à squatter la maison tous les week-ends.

Je vais m'installer à côté d'Evan sur le canapé, qui discute toujours avec Jules. Jordan et Eva se sont isolés de l'autre côté de la pièce, et se bécotent niaisement. Jordy a dû se rattraper. Quant à moi, je me blottis contre Evan amoureusement. Il paraît surpris de cet élan soudain d'affection, mais ne le refuse pas, au contraire.

— Ça va ? me demande-t-il.

J'opine.

— Je t'aime.

Il hausse les sourcils.

— Je crois que tu vas un peu trop vite dans notre progression. Les échanges de « je t'aime », c'est bien après, me taquine-t-il. Tu sais, quand tu me frapperas en me traitant de connard…

— C'est vrai, mais j'avais envie de te le dire.

Je sens mes joues se réchauffer et je cache ma tête dans son cou pour qu'il ne s'en rende pas compte.

Après quelques minutes de discussion, je commence à être alarmée de ne pas voir Indiana. Ni Adrien. Je demande aux personnes autour de moi si elles les ont vus, sans aucune réponse positive.

— La dernière fois que je les ai aperçus ils étaient dans la cuisine, m'apprend Jules. On peut aller les chercher, si tu veux.

J'accepte et intime à Evan de ne pas s'en faire et de profiter de sa soirée. Mon meilleur ami et moi partons à la recherche des deux disparus, et sommes déçus de ne trouver personne dans la cuisine. En revanche, une bouteille de vodka vide gisant sur le plan de travail attire mon attention.

— Dis-moi que c'est une bouteille du père d'Evan qui était déjà entamée, soufflé-je.

— Non… C'est Jordan qui l'a apportée, on avait prévu de l'ouvrir plus tard…

— Merde, c'est pas vrai.

J'ouvre la porte qui mène au garage, prise d'inquiétude, les mains tremblantes de nervosité. Jules tente de me calmer, mais je suis trop en colère contre ma sœur de me faire un coup pareil pour l'écouter.

— Indiana n'a pas l'habitude de boire, je suis sûre qu'elle ne tient pas l'alcool ! Et elle est seule avec l'autre con, et s'il l'obligeait à faire quelque chose ?

— Adrien n'est pas comme ça… Il est respectueux.

— Oui, enfin, je te rappelle que ni toi ni moi ne l'avons déjà vu avec une fille. Et ton avis est forcément faussé.

Après avoir fouillé dans les pièces de la maison sans aucune trace d'Indiana, la peur me paralyse les membres. Je ne pensais pas que j'angoisserais autant, mais j'ai le sentiment que Jones était sous ma responsabilité ce soir, et je ne me suis pas occupée d'elle alors que je savais très bien qu'elle n'avait pas le moral.

— Le jardin ! s'écrie soudain Jules, comme frappé par une illumination.

— Mais oui ! Beaumont, t'es un génie !

Tel un seul homme, Jules et moi sortons dans le jardin par la porte de derrière. Nous sommes guidés par des rires jusqu'à une balancelle, où est affalé Adrien, Indiana contre lui. Ils gloussent idiotement tous les deux, une bouteille

461

d'alcool à leurs pieds, et la main d'Adrien posée sur le postérieur de Jones. Quant à elle, elle lui caresse les cheveux, leurs visages à quelques centimètres l'un de l'autre. *C'est une blague ?*

— Indiana ! rugis-je.

Je déteste jouer les mères poules, mais là, c'est trop. Il va falloir qu'elle m'explique ce qu'elle fabrique. Mais je devine quand elle tourne ses yeux rougis vers moi qu'elle ne sera pas en état de le faire.

— Oh… Mia… Coucou !

Jules est bouche bée, et je ne trouve rien à dire non plus. Adrien nous fait un pauvre signe de la main, ce qui rend Jones hilare.

C'est la goutte de trop.

Je saisis Adrien par le col et le force à se lever. Son état d'ébriété ne lui permet pas de m'en empêcher.

— Combien de verres tu lui as fait boire, espèce de connard ?

— Je… C'est elle qui a voulu ouvrir les bouteilles. Elle a commencé toute seule, je l'ai juste accompagnée. On s'amuse, Mia, t'es pas la dernière à le faire pendant les fêtes.

— Et ta main sur son cul, elle te l'a demandée aussi ?

— C'est bon, c'est pas comme si je la violais… On fait rien de mal, on se plaît, c'est tout.

Je jette un œil à Jules à ma droite, qui a la tête baissée. La situation est difficile pour lui, mal pour Jones, et agaçante pour moi. Cet Adrien commence sérieusement à me taper sur les nerfs, même si en soi, il ne fait rien de bien méchant. Seulement on ne touche pas aux gens que j'aime.

Alors je lui balance mon poing dans la gueule, ce qui le fait chuter.

— Aïe ! Putain, il a la mâchoire dure !

Je secoue ma main pour dissiper la douleur, alors que Jules s'affole derrière moi.

— Mais Mia !

— Il s'en remettra, et peut-être que défiguré, il arrêtera de semer la zizanie dans le cœur de tout le monde.

Je vais m'accroupir à côté de la balancelle où se trouve toujours Indiana, prête à l'engueuler. Seulement elle a maintenant les yeux fermés, le côté de son visage enfoncé dans les coussins.

— Jones, c'est pas le moment de faire la sieste, debout !

Je la secoue pour la tirer du sommeil. De plus en plus fort. Mais aucun mouvement de sa part.

— Indiana !

Je la secoue toujours, paniquée. Jules vient m'accompagner et lui tapote les joues, sans grand succès.

Alarmés par le bruit, Evan et Jordan accourent vers nous. À l'instant où je dis à Evan d'appeler les secours, les yeux d'Indiana s'ouvrent. Je soupire de soulagement, et Jules se laisse tomber en arrière sur l'herbe, submergé par trop d'émotions.

— Mia, j'ai froid, lâche Indiana d'une voix à peine audible.

— Jordan, ta veste !

Jordan obtempère et c'est avec surprise que je constate qu'il la retire sans s'emmêler avec ses propres bras. Je la positionne autour du corps frêle de Jones, maintenant tremblotant.

— On va te rentrer à l'intérieur. T'en fais pas.

Evan et Jules s'avancent pour la porter, ne se préoccupant aucunement d'Adrien qui se plaint, allongé par terre.

— Je suis désolée, s'excuse Indiana quand on la soulève.

— C'est pas grave, lui susurre Evan. On va te coucher.

Indiana ne cesse de s'excuser encore et encore durant le chemin de l'extérieur à la chambre d'Evan. La montée des marches s'avère compliquée, et arrivée en haut, Indiana est prise de nausées. Jules et Evan sont forcés de la porter jusqu'aux toilettes avant de la coucher, afin qu'elle régurgite l'alcool avalé, étape durant laquelle je peine à ne pas être dégoûtée. Je lui tiens tout de même les cheveux, Evan, à côté d'elle, tentant de la rassurer du mieux qu'il peut.

Épuisés, nous la recouvrons de couvertures après l'avoir allongée sur le côté.

— Vous avez rien fait dans ces draps, pas vrai ? geint une Indiana à peine consciente.

— Non, notre nouvelle lubie c'est les voitures. Tu peux dormir tranquille.

— J'ai mal à la tête, gémit-elle.

J'ordonne à Evan et Jules de quitter la chambre maintenant qu'elle est dans un lit, en sécurité.

— C'est mignon, tout ce que tu fais pour elle, me dit Evan avant de partir.

Je hausse les épaules sans répondre.

— Je vais m'occuper d'Adrien maintenant. Appelle-moi si tu as besoin.

Je me retrouve seule dans la chambre, que je parcours le temps de m'assurer qu'Indiana dort paisiblement sans soucis. Mon regard est alors attiré par une pile de papiers, sur le bureau d'Evan. Ce meuble est toujours en bordel, je ne sais pas comment Evan fait pour bosser dessus. Mes sourcils se froncent quand je prends une des feuilles du tas entre mes mains, et que mes yeux se concentrent sur des photos d'appartement.

— Qu'est-ce que...

Je parcours les autres feuilles, il s'agit à chaque fois de location d'appartements, tous se situant à Paris. Je devine qu'il regarde déjà les offres de logement pour l'année prochaine, apparemment il souhaite toujours faire ses études dans la capitale. Une fois, nous avions parlé d'une vie étudiante à Paris ensemble, mais il n'a plus soulevé le sujet depuis. Pourtant ça a l'air de plus en plus concret pour lui, puisqu'il fait ses recherches de son côté.

Je m'appuie sur le bureau, fatiguée de moi-même. S'il fait des recherches, il n'est pas obligé de m'en parler. D'ailleurs, qui me dit qu'il a envie qu'on emménage ensemble tous les deux ? On vient à peine de se remettre ensemble en y allant doucement, il ne souhaite certainement pas avoir la fille la plus chiante de la planète dans les pattes en permanence, ce qui se comprend. Mais il ne m'a pas parlé du tout de son projet d'aller vivre à Paris... peut-être qu'il ne veut pas que j'y aille aussi.

J'ai la tête qui tourne de toutes ces informations qui se bousculent dans mon cerveau. Je ne sais pas pourquoi la perspective d'une vie sans nous deux réunis dans la même ville me fait autant horreur. Nous avons grandi, une relation à distance est sûrement envisageable. Mais ne plus l'avoir auprès de moi au quotidien m'effraie. Je ne veux pas qu'il m'échappe, pas encore.

Je repose ce paquet d'annonces, décidant d'arrêter de me torturer l'esprit. Evan me parlera de ses projets, j'en suis sûre. Et quand ça arrivera, je feindrai de ne pas être au courant, et j'agirai en adulte. En fait, le savoir va me permettre de ne pas avoir une réaction trop impulsive et égoïste.

Tout va bien. Vraiment, tout roule. Je pète la forme. Aucun souci.

Je vais m'allonger sur le lit à côté de Jones. Au bout de ce qui me semble un quart d'heure, elle se réveille, et grimace instantanément.

— Mal de tête ?

— Ouais…

— Bien fait.

Elle me dévisage, incrédule.

— Tu m'as fait peur.

Ses paupières redeviennent lourdes, signe qu'elle n'est pas encore prête à avoir cette discussion. Puis soudain, elle prend un air paniqué, et remue sous le drap.

— Merde, Mia !

— Qu'est-ce qu'il y a ?

Elle sort son portable de sa poche arrière, et se passe la main sur le front en voyant l'écran.

— J'ai envoyé des messages à Romain alors que j'étais… il essaie de me joindre depuis trois quarts d'heure.

Elle tourne le téléphone vers moi, qui affiche tous les appels manqués. *Et merde… Pourquoi tout le monde en état d'ébriété ressent le besoin de joindre un amant, un ex, ou autre qui risque de s'inquiéter ?*

Jones déverrouille son portable et rougit violemment.

— Oh non…

Je lui arrache l'appareil des mains sans lui demander la permission, et lis ses messages malgré ses ripostes.

Je pense à toi…

Le premier message est encore light.

J'aimais bien ta chemise aujourd'hui… elle moulait ta musculature, c'était… sexy. J'aimerais toucher cette musculature.

Pourquoi tu ne réponds pas ? J'ai vraiment envie de toi…

Bon, là, il a dû chauffer.

— Arrête de lire !

— C'est bon, Indiana, ce ne sont que des sextos envoyés à ton amoureux secret.

— Mais on s'est disputés juste avant que je vienne ! Il va savoir que je ne suis pas dans mon état normal !

Indiana se lamente tandis que ses yeux retombent sur son écran. Là, elle frôle la crise cardiaque.

— Putain… le dernier message…

Je me penche pour découvrir ce qui lui provoque une telle angoisse.

Puisque tu ne réponds pas, je vais devoir me calmer avec quelqu'un d'autre… Ça tombe bien, Adrien est juste à côté.

Là, je ne rigole plus.

— Mais enfin, pourquoi tu lui as envoyé ça ?

— Je sais pas ! On s'est disputés parce qu'il savait qu'Adrien serait à cette fête, et il a vu notre rapprochement. Il m'a interdit d'y aller, et moi je me suis énervée parce qu'il n'a pas à me donner d'ordres. Je me suis braquée quand il a dit que je n'étais qu'une gamine, ce mot dans sa bouche m'a blessée plus que n'importe quoi. Mais il a raison, je suis une grosse gamine, qui est restée toute la soirée avec Adrien justement parce que… je sais pas pourquoi, en fait !

— Bon, calme-toi. Tu n'es pas en état d'avoir ce genre de réflexion. Dors, je m'occupe de tout.

Indiana n'a pas de mal à suivre mes indications, puisque son corps ne répond plus. Je le savais, que leur relation s'envenimerait, c'était inévitable. Les conflits débutent et, sans vouloir être pessimiste, je ne leur donne pas longtemps avant la rupture. C'est triste, mais réaliste ; ils vivent un réel amour impossible.

Je garde le téléphone d'Indiana, et quand je vois un énième appel entrant de Mercier, je vais décrocher dans le couloir.

— Allô ?

— Indiana, putain, je vais te tuer ! Je n'arrête pas d'essayer de te joindre, qu'est-ce que…

— Vous allez vous calmer tout de suite, Mia à l'appareil. Même pas fichu de reconnaître la voix de sa dulcinée, si ce n'est pas triste.

Blanc au bout du fil pendant quelques secondes.

Mia ? Où est Indiana ?

— En sécurité, elle dort dans une chambre. Plus de raisons de vous inquiéter.

— Dans une chambre ? Seule ?

Je soupire. Cet homme n'est pas plus mature qu'Evan en matière de jalousie.

— Bien sûr, seule.

— Je sais qu'il se passe un truc entre Adrien et elle, Mia, je ne suis pas dupe. Je sais qu'il lui plaît mais que je lui plais davantage, c'est pour ça qu'elle ne succombe pas, mais si notre relation continue de chuter comme elle est en train de le faire...

— Écoutez, je ne suis pas votre Doctor Love. Alors vous verrez tout ça avec Indiana demain, là elle a besoin de se reposer.

— Bien sûr, excuse-moi, je n'aurais pas dû te parler de ça... En revanche, je suis en route.

— Pardon ?

— Je viens la chercher. Je sais qu'elle est ivre.

— Quoi ? Mais vous... Enfin, vous ne savez même pas où se trouve la maison !

— Être prof comporte quelques avantages, Mia.

Ce foutu Mercier me raccroche au nez alors que j'ai la bouche grande ouverte. Affolée, je descends les escaliers, me précipite vers la porte d'entrée, que je prends pour sortir devant la maison. Mais j'entends des pas derrière moi.

Et double merde. Si quelqu'un voit Mercier débarquer avec sa bagnole, furax, pour venir chercher Indiana, la personne devinera forcément leur relation.

Je suis soulagée en découvrant que la personne n'est qu'Evan.

— Mia, qu'est-ce qui se passe ?

— Mercier va débarquer d'une minute à l'autre. Indiana et lui se sont disputés et il vient la chercher... il faut que je l'empêche d'entrer.

Il se rapproche de moi, la mine inquiète. Il me caresse le bras du bout des doigts, rassurant, mais je n'arrive pas à soutenir son regard, ma découverte de ses projets encore trop fraîche. Évidemment, il saisit que quelque chose ne va pas.

— Tout va bien ?

— Oui, ça va. Je suis juste fatiguée... de tout ça.

— Moi aussi. J'aime bien cette soirée, mais maintenant j'ai envie qu'on soit seuls.

Evan frôle tendrement ma joue avant de replacer une mèche derrière mon oreille, m'obligeant à le regarder.

— Tu as envie d'être seul avec moi pendant combien de temps ? Longtemps ?

Il fronce les sourcils, l'incompréhension le gagne. Je n'ai pas le temps de lui expliquer quoi que ce soit que des phares m'éblouissent, et en un rien de temps une voiture noire est garée devant la maison. Je me précipite à la porte conducteur pile au moment où Mercier l'ouvre.

— Ne descendez pas !

— Je t'ai dit que j'irai la chercher, alors j'irai la chercher, Mia.

Je pose une main sur son thorax, l'empêchant d'avancer. Son état de colère ne lui permet pas de comprendre les conséquences que peuvent avoir ses actes dirigés par l'impulsion.

— Cette maison grouille d'ados qui ne sauraient pas tenir leur langue s'ils apprenaient que vous vous tapez une élève. Si vous n'en avez rien à faire actuellement de votre travail, pensez à Indiana. Elle passe le bac dans quelques mois, elle a besoin de terminer l'année tranquillement, sans rumeurs et moqueries à son sujet.

Les épaules de Mercier s'affaissent. Il cède.

— OK, mais...

— Je vais la chercher, le coupe Evan. Après vous vous tirez, et on dira que c'est son père qui est venu la chercher.

Mercier acquiesce, résigné, et remonte dans sa voiture. Evan revient quelques minutes plus tard, Indiana enroulée dans des couvertures dans ses bras, toujours assoupie. Il l'installe sur le siège passager, et Mercier s'empresse de prendre en coupe le visage d'Indiana entre ses mains pour vérifier son état. Il l'embrasse sur le front avant de lui murmurer quelque chose que je n'entends pas.

Mercier nous remercie rapidement et reprend la route. *Cette soirée est bien trop riche en émotions.*

— Tu viens, on rentre ? me propose la douce voix d'Evan.

Il me tend une main, que je saisis à contrecœur. Mais au bout de quelques pas, je craque.

— Non, désolée, je ne peux pas faire comme si de rien n'était.

Je lâche sa main pour lui faire face, lui et son incrédulité.

— Mais enfin, de quoi tu parles ?

— J'ai vu les papiers sur ton bureau ! Je sais que tu cherches un appart et que tu ne m'en as pas parlé. Écoute, je comprendrais si tu me disais ne pas vouloir vivre avec moi l'année prochaine, mais j'aimerais que tu m'en parles…

Il soupire en se grattant la nuque.

— Ce n'est pas ça. Tu sais que les prépas qui m'intéressent sont à Paris, et je serai bien obligé d'y habiter si jamais je suis pris.

J'opine, étant déjà au courant de ces informations.

— Si tu avais été plus attentive, tu aurais remarqué que tous les apparts se trouvent dans le même coin. Et ça, ça a un rapport direct avec toi.

— En quoi ça a à voir avec moi ?

— Ça a tout à voir avec toi.

Cette fois, c'est moi qui suis perdue, et c'est à lui de m'éclairer.

— Il se trouve que j'ai croisé Benoît, ton boss, l'autre jour. On a discuté de ton avenir, et de fil en aiguille, on en est venus à parler d'une école de stylisme à Paris qui pourrait te plaire. Et il m'a dit qu'il pourrait facilement te pistonner…

L'excitation monte en moi. J'ai déjà entendu parler de cette école, mais je savais que je n'y entrerai jamais vu mes notes moyennes. En effet, je n'avais pas pensé au piston.

— Et si ça t'intéresse… beaucoup d'appartements sont placés près de cette école, les annonces que tu as vues en sont la preuve. Et j'aimerais beaucoup qu'on emménage ensemble, si jamais nous sommes tous les deux pris. C'est pour nous deux que je regardais ces appartements, mais je comptais t'en parler un peu plus tard, pour ne pas brusquer les choses entre nous…

Dans un élan de joie, je me pends à son cou. Mes déductions étaient loin d'être bonnes, elles étaient même à l'opposé de la vérité. Le savoir me soulage d'un poids énorme, et je suis submergée par l'envie de partager un logement avec le garçon que j'aime. L'homme, à présent.

— Comment as-tu pensé que je puisse m'enfuir sans toi ? souffle-t-il dans mes cheveux.

Son regard est si intense que toute phrase devient impossible à formuler.

— Qu'en dis-tu, Mia Castez ? Veux-tu vivre avec moi ?

Je n'arrive alors qu'à sortir un mot en trois lettres : « oui ».

31. RUMEURS DESTRUCTRICES

EVAN

Mars

Cela va faire dix minutes que je suis planté devant cette pierre tombale, mon dossier à la main. J'ai tout de suite regretté de ne pas être venu plus tôt en voyant les mots « Marie Morel, une femme, une mère, et une amie extraordinaire ». Elle méritait justement une phrase plus extraordinaire, elle aurait détesté le cliché de celle-ci.

J'entends soudainement des pas s'enfoncer dans les galets du cimetière. Je tourne la tête vers ma droite, et vois Mia avancer, ses cheveux virevoltant à cause de la légère brise de printemps. L'apparition du soleil lui a fait sortir ses robes d'été, pour mon plus grand plaisir.

— Je me doutais que tu serais là.

Elle vient s'accrocher à mon bras, se tenant maintenant elle aussi face à la tombe de ma mère.

— Je comptais venir te chercher après, me justifié-je.

— C'est bon, Evan, j'ai un scooter. Même si je préfère être avec toi sur ta moto ou dans ta bagnole.

473

Nous restons quelques instants silencieux, son corps contre le mien.

— Tu es stressé ? finit-elle par demander.

— Un peu. J'ai peur de ne pas être pris et que tu sois la seule à aller à Paris, au final.

Elle lève ses yeux azur vers moi, et me sourit d'un air rassurant.

— Tu seras pris. Ton dossier est irréprochable.

— Sauf ma chute du deuxième trimestre.

— Heureusement pour toi, pour les dossiers de prépa, ils regardent surtout les résultats de première et ceux du premier trimestre de terminale, réplique-t-elle. Et puis pour le second trimestre, tu as la justification « deuil » sur ton dossier qui t'aide bien. Tu seras pris.

Je me tais, sachant qu'elle a raison. Il n'empêche que la concurrence est rude. Mia sait d'avance qu'elle sera prise dans son école de stylisme, et ce avant même de poster son dossier, elle ne subit donc pas la même pression que moi. Mais j'ai tellement envie de ces prépas, et de ma vie à Paris avec elle, que j'angoisse à l'idée que tous mes plans tombent à l'eau.

— J'aurais aimé qu'elle soit là pour me conseiller, chuchoté-je.

— Je sais. Mais je suis sûre qu'elle aurait approuvé les choix que tu as faits.

Elle essuie rapidement la larme qui s'échappe de ma paupière, dépose un léger baiser sur mes lèvres, et je remercie la force supérieure qui a fait que plus aucun problème ne nous tombe dessus depuis deux mois. Nous filons le parfait amour, ce qui ne nous était pas arrivé depuis longtemps. Nous avons un projet d'avenir, et sommes toujours aussi dingues l'un de l'autre. Surtout depuis que nous avons sauté le pas du sexe, il y a un mois. Nous avions tellement attendu que l'acte en lui-même était au-delà de toute espérance, et depuis notre libido n'a jamais été aussi élevée – si, je vous le jure. À croire que la passion entre nous ne s'éteindra jamais – non pas que je m'en plaigne.

— Tu as l'air fatiguée, constaté-je en passant mon pouce sur l'un de ses cernes.

— J'ai dû porter soutien à Indiana hier soir, soupire-t-elle.

— Pourquoi ? Elle a un problème ?

— Oh, non. Elle a enfin couché avec Mercier, et dire qu'il y a deux mois ils avaient pour objectif d'attendre la fin de l'année scolaire ! Elle est rentrée en pleurant et en disant qu'elle n'était qu'une « pute ». Indiana, quoi. Et après lui avoir assuré qu'elle n'était pas une pute parce qu'elle avait couché avec l'homme qu'elle aime, même si c'est un prof, elle a été plongée dans une euphorie totale en se remémorant l'acte. Apparemment, Mercier est un bon coup, même si elle n'en a pas eu beaucoup. Enfin aucun avant lui.

— Waouh. Je pensais qu'ils l'avaient déjà fait depuis longtemps.

— Ouais, moi aussi. Ils devaient être affamés.

Je jette un coup d'œil sur la tombe, et grimace.

— C'est pas très respectueux de parler de ça devant la tombe de ma mère, non ?

— Non, en effet. Prêt à rendre le dossier qui déterminera ton avenir ?

Je serre les papiers entre mes mains.

— Oui. Plus que jamais.

Main dans la main, nous quittons le cimetière pour revenir à notre réalité.

•

Dans la file pour aller à la cantine, les plaintes de Mia me vrillent les oreilles. Indiana et moi lui disons plusieurs fois de la fermer, mais ça n'a pas grand effet. Elle a beau être une moins grande garce qu'à notre rencontre, elle est toujours aussi grande chieuse.

Des paroles derrière moi attirent soudain mon attention. Je tends l'oreille, intrigué.

— Non mais quelle traînée ! Je savais que derrière son visage d'ange se cachait une cochonne, elle est pire que Mia, en fait.

Mia a arrêté de se plaindre, Indiana se vide de toutes ses couleurs, signe qu'elles ont elles aussi entendu les dires de ces connards.

— Et Mercier, il se cache derrière l'image d'un prof sympa et respectueux mais il se tape une élève, sérieusement !

Indiana porte une main à sa bouche, les larmes aux yeux. Je fais signe à Mia de la faire avancer plus vite, quitte à gratter la file sur les côtés, pendant que je vais m'occuper de questionner ces mecs.

— Hé, les gars, où est-ce que vous avez entendu ces rumeurs ?

— Des potes, ce matin. Ah, mais toi qui sors avec Mia, tu aurais pas des anecdotes ?

Connard.

— C'est faux, Indiana est trop droite pour sortir avec un prof. Il ne faut pas croire tout ce que vous entendez.

— Pourtant, les rumeurs sont apparemment fondées. Et puis tout le lycée ne va pas tarder à en parler, de toute façon.

Je soupire. Il ne manquait plus que ça. Indiana n'a pas les épaules pour supporter les insultes directes des jaloux, bien qu'elle soit forte. Et Mercier va avoir du mal à exercer avec les rumeurs qui courront sur lui, ce qui n'est pas encore le pire. Le pire, c'est si quelqu'un a des preuves. Alors, je crois bien que Mercier devra payer une grosse amende, et que son aventure lui vaudra un séjour en prison.

Je rejoins Mia et Indiana à une table, mon plateau à la main. Indiana a la tête baissée alors que Mia a des yeux pleins d'espoir en me voyant approcher. Je secoue la tête pour lui faire comprendre que la situation est grave.

— Je n'aurais jamais dû me lancer dans cette relation, murmure Indiana, les yeux plongés dans son assiette.

— Indiana…

— Non. Ne me cherche pas d'excuses, Mia. J'ai juste été faible. Et à cause de moi, il va avoir des problèmes. Probablement de très gros problèmes.

Elle tente de ravaler un sanglot, mais un gémissement de douleur s'échappe de sa gorge. Je presse les paupières, ne supportant pas de la voir dans un tel état.

— Tu n'es pas la seule fautive, lui aussi a sa part de responsabilité, et la plus grosse. Il a choisi de se rapprocher de toi.

— Mais il a essayé de me rejeter plusieurs fois au début ! Je lui faisais la gueule, dans le but qu'il regrette, je le provoquais… J'aurais dû accepter qu'il ne veuille pas de moi, tout aurait été plus simple.

J'arrive généralement à trouver les mots justes pour réconforter mon entourage, mais j'admets être à court actuellement. Mia m'incite à lui porter secours du regard, mais je reste bouche bée.

— J'ai pas faim.

Indiana se lève avec son plateau et s'éloigne de nous à grands pas. Mia et moi hochons la tête, en accord, et la suivons.

Nous voilà devant la classe de Mercier, en train de monter la garde pendant qu'il discute avec Indiana à l'intérieur. Mia et moi ne pouvons nous empêcher de laisser traîner nos oreilles, mais la majorité des bruits que je capte sont des sanglots.

— Indiana, ça suffit. D'après ce que j'ai compris, personne n'a de preuve, ce sont juste des commérages. Tu auras juste à démentir quand tu seras convoquée, et on n'aura aucune sanction.

Je n'entends pas la suite, si ce n'est des soupirs de temps en temps. Quand Indiana ressort, ses joues sont baignées de larmes et elle referme précipitamment la porte. Elle s'y adosse et Mia et moi attendons une réaction, qui ne vient pas.

— Indiana ? tente Mia.

— C'est fini.

Ma respiration se bloque en attendant la suite.

— De toute façon, ça n'aurait jamais dû commencer. On ferait mieux de ne pas rester là.

Indiana prend une démarche déterminée dans le couloir, sans un mot de plus. Son sang-froid est à faire peur. Mia et moi essayons de maintenir son allure, un de chaque côté de son corps.

— Comment ça, c'est fini ? répète Mia. Vous allez pas laisser une bande de gamins jaloux briser votre amour !

— Mais tu crois vraiment que c'est le seul problème, Mia !

Indiana s'arrête net, pour fusiller sa sœur de ses yeux embués.

— Même s'il ne va pas être sanctionné, il ne pourra plus exercer ici ! Il va devoir démissionner, et au mieux il sera muté ! De toute façon on savait qu'on devrait se quitter un jour ou l'autre. Il y a plein de femmes qui lui tournent autour et qui sont prêtes à lui offrir un enfant, à s'installer avec lui, des femmes avec qui il ne sera pas obligé de se cacher… et surtout, qui n'iront pas se bourrer la gueule au premier problème pour flirter avec un autre ! Cette relation était vouée à l'échec.

Mia déglutit, les larmes aux yeux. Nous attendons qu'Indiana calme sa respiration, tous les trois au milieu du couloir désert. Heureusement qu'entre Mia et moi n'existe pas une grande différence d'âge et une loi contre nous, en plus de tous nos problèmes. Nous avons finalement trouvé plus compliqués que nous.

— Pourquoi il fallait que pour ma première relation amoureuse, je ne rencontre pas un garçon ordinaire ? souffle Indiana.

Mia lui presse le bras affectueusement.

— Car les gens extraordinaires ne sont pas faits pour rencontrer des gens ordinaires.

À la fin de sa phrase, Mia dirige son regard azur sur moi en souriant légèrement. Mia et moi étions trop timbrés pour avoir une relation basique, et il en a été apparemment de même pour Mercier et Indiana. Quel que soit notre futur, nous pourrons tous nous vanter d'avoir réellement vécu l'amour, alors que certains n'aiment jamais profondément. Et ça, c'est un cadeau qui n'a pas de prix.

Indiana est finalement convoquée chez le proviseur en début d'après-midi, alors que Mia et moi nous rendons en cours. Devant la salle, en attendant le prof, je vais m'adosser au mur à côté d'Adrien tandis que Mia rejoint Sarah à l'autre bout du rang.

— Quelle journée !

Adrien semble observer un point devant lui sans vouloir s'en détourner. Je lui pose alors la question que je redoute :

— T'as entendu les rumeurs ?

— Lesquelles, celles qui racontent qu'Indiana n'a jamais envisagé une relation avec moi puisqu'elle se tapait un prof ?

— Ouais…

J'ai de la peine pour lui. Je sais qu'Indiana lui plaisait vraiment, et je sais aussi qu'elle l'a un peu fait espérer, même si ça n'était pas ses intentions. Il doit se sentir sacrément con, et sacrément humilié.

— C'est dégueulasse de faire courir de telles absurdités.

— Tu appelles des absurdités des informations lorsqu'elles sont vraies ?

Je me tourne complètement vers lui, interloqué. Je tente de déchiffrer son expression, mais ses traits sont tellement durs que ça m'est impossible. Soudain, il est pris d'un rire sarcastique.

— Vous vous êtes tous bien foutus de ma gueule !

Il tourne son visage haineux vers moi, et je ravale la bile qui remonte dans ma gorge.

— Écoute, Adrien…

— Je pensais que t'étais mon ami. J'ai attendu que tu m'en parles, et non seulement tu ne l'as jamais fait, mais en plus tu continues à me prendre pour un con aujourd'hui alors que la vérité a éclaté.

Je comprends alors qu'il est inutile de faire l'autruche plus longtemps. Il sait, c'est évident. Et il se sent trahi par l'un de ses amis les plus proches : moi.

— Je suis désolé. J'avais promis de garder le secret. Comment tu as su ?

— Le soir de ton anniversaire, j'ai vu cette voiture se garer devant chez toi par la fenêtre du salon. Le type n'est pas descendu, mais la bagnole me disait quelque chose. Je n'ai pas compris pourquoi tu as porté Indiana jusqu'à cette voiture, mais je n'ai jamais cru à l'histoire du père que vous auriez appelé. Seulement je n'avais pas encore fait le lien, mes questions restaient sans réponse. C'est le week-end dernier que j'ai enfin eu la vérité. J'étais en voiture quand Indiana a traversé devant moi à un feu rouge. Elle s'est dirigée vers une voiture garée sur ma droite. La même voiture que l'autre soir. Elle a regardé autour d'elle avant de monter, elle aurait dû être plus attentive, peut-être qu'elle m'aurait vu. Et quand ma mère a avancé, j'ai pu voir à travers le pare-brise qui était le conducteur, et devine qui c'était ? Notre bon vieux Mercier. Ensuite, j'ai assemblé tout le puzzle, et il n'a pas été dur de comprendre la nature de leur relation.

Une vague de froid me traverse. Son regard n'exprime rien, si ce n'est une profonde colère. Une profonde colère qui aurait pu le pousser à tout dévoiler.

— Adrien, est-ce que c'est toi qui es allé…

— Voir le proviseur ? Non. Moi, je me suis contenté d'en parler à un pote qui, hélas, a du mal à garder les secrets.

Mon corps agit plus vite que ma raison, et je l'attrape par le col pour le plaquer contre le mur. Mais je me rappelle vite des élèves autour de nous, qui nous dévisagent actuellement étrangement. Alors je le relâche en retrouvant mon calme, difficilement toutefois.

— Tu te rends compte que tu viens de détruire la vie de deux personnes ? lâché-je, les dents serrées.

— Non, Evan. Je viens de libérer Indiana d'un pédophile qui abusait d'elle, comme aucun d'entre vous n'a eu le culot de le faire avant.

— Tu sais aussi bien que moi que c'est faux. Tu l'as fait par vengeance parce qu'Indiana n'a pas voulu de toi.

— Peu importent mes raisons. J'ai fait ce qu'il fallait, je suis droit dans mes bottes.

Adrien profite du fait que la prof nous fasse entrer dans la salle pour se libérer. Bouillonnant, je le suis et lui fais malencontreusement un croche-patte par-derrière, qui le fait chuter tête la première. OK, je ne peux peut-être pas le frapper. Mais des accidents tels que celui-ci, ça arrive.

— Oups. Vraiment désolé, Ad.

Je lui tends ma main qu'il saisit pour se relever, et le ramène fermement contre moi pour lui chuchoter à l'oreille :

— J'espère que tu ne tiens pas trop à tes couilles. Parce que quand Mia saura, tu pourras leur dire adieu.

Et ça n'a pas manqué. Quand j'ai raconté ma découverte à Mia plus tard dans la journée, elle s'est mise à l'insulter à distance, et je sais qu'elle mettait déjà un plan au point dans sa tête. Nous avons décidé de ne rien dire à Indiana pour le moment, estimant qu'elle souffrait déjà assez de perdre son premier amour, elle n'avait pas besoin de savoir en plus qu'un de ses plus proches amis en était la cause.

Nous passons la soirée à trois sur le canapé à regarder un film pourri, et Mia a même appelé Maël pour nous tenir compagnie. Susan et Max ont été mis au courant, heureusement nous avons réussi à les convaincre qu'il ne s'agissait que d'une bande de filles qui était jalouse d'Indiana et qui a voulu se venger en lançant les rumeurs. Au final, tout le monde s'en tire bien, sauf les cœurs d'Indiana et de Mercier.

— Ce film est nul, et on se morfond encore plus devant ! désespère Mia. Non, nous avons besoin d'un vrai remontant.

Mia retire ses fesses du canapé pour les amener jusqu'au placard à DVD. *Non, tout mais pas ça...*

— Mia, je te préviens, je m'en vais sur-le-champ si tu fais ça ! la menace Maël.

— Indiana n'a qu'à décider ! annonce Mia en brandissant les trois *High School Musical*. C'est pour elle qu'on s'est transformés en larves, après tout.

Maël et moi supplions Indiana de ne pas nous infliger ça, alors que Mia l'encourage à accepter. Elle se mord la lèvre, et quand le premier sourire de la journée naît sur ses lèvres, je sais déjà que l'équipe des garçons a échoué.

— Je crois que j'ai bien besoin de voir le faciès de Zac Efron.

Maël et moi poussons une plainte en cœur, à bout d'entendre ces chansons agaçantes. Quand Mia revient se glisser près de moi après avoir mis le DVD en route, je l'ignore et garde les yeux rivés vers l'horizon.

— Quoi ? T'es sérieusement en train de me faire la gueule pour un film ?

Je ne réponds rien, même quand l'une de ses mains se pose sur mon torse. Son doigt se met à dessiner le contour de mes pectoraux par-dessus mon tee-shirt.

— Evanounet, Evanounet…

Elle se hisse contre mon corps pour atteindre mon oreille. Ses lèvres frôlant mon lobe m'arrachent un frisson lorsqu'elle se met à parler d'une voix sensuelle.

— Je te préfère lorsque tu ne boudes pas… et qu'au contraire, tu es à cent pour cent avec moi.

Sa main descend petit à petit le long de mon ventre. Quand elle arrive à la ceinture de mon jean, je me raidis. *Elle ne va quand même pas… avec Maël et Indiana à côté…*

Mais si, juste après avoir pris le lobe de mon oreille entre ses dents, elle glisse sa main dans mon pantalon. Je retiens un gémissement quand elle commence de lentes caresses, et me retrouve incapable de lui dire d'arrêter. Heureusement, le son de la télé est assez fort pour que les voix de Troy et Gabriella masquent mes soupirs. Ces films vont perdre toute leur innocence, une fois que ma copine m'aura offert une branlette dessus.

Heureusement, Mia stoppe sa torture avant que je devienne plus bruyant. Mais nous ne résistons pas longtemps à l'envie de monter dans sa chambre, annonce qui fait soupirer d'exaspération Maël et Indiana.

— Protégez-vous, au moins ! dit celle-ci avant que nous disparaissions.

●

Le lendemain, c'est anxieux que je me rends en cours de maths. Je ne sais pas si nous allons faire face à Mercier, ou à l'annonce d'un professeur absent.

Un surveillant nous fait entrer, preuve que nous aurons cours aujourd'hui. Je cède ma place à une Indiana tremblotante, c'est certainement mieux qu'elle soit à côté de Mia pour cette épreuve. Si Mercier entre, ce sera terrible pour elle de le voir alors qu'ils ont rompu. Et s'il n'entre pas, eh bien ça la détruira. Car d'après ce que j'ai compris, ils n'ont pas eu droit à un réel au revoir.

La tension est à son comble durant nos minutes d'attente, pas une personne ne produit un son dans la salle. *Mercier va-t-il se pointer malgré les rumeurs ?* C'est la question qui occupe tous les esprits. Si oui, les remarques à son égard vont fuser.

La porte s'ouvre, je retiens ma respiration, et la relâche en voyant la personne qui entre. Il vient se planter devant le tableau, souriant.

— Bonjour à tous, peut-être que certains d'entre vous me connaissent déjà, je suis M. Pichon, professeur de mathématiques, et je remplace M. Mercier aujourd'hui. En effet, mon collègue a quitté le lycée et ne reviendra pas pour des raisons personnelles. Ne vous inquiétez pas pour votre bac, vous aurez un remplaçant dès la fin de cette semaine.

Déçu, je jette un œil à Indiana, qui paraît impassible. Mais sa bouche qui se tord et ses yeux brillants prouvent qu'elle ne l'est pas. Mia lui attrape la main sous la table, et je reporte mon attention sur M. Pichon.

Il est clair qu'il n'a rien à voir avec Mercier. Déjà il doit avoir le double de son âge, sa bedaine dépasse l'entendement, et il a une voix qui bercerait facilement des nourrissons. Le départ de Mercier ne m'attriste pas seulement pour Indiana, mais aussi parce qu'il était un bon professeur et que je m'étais pris d'affection pour cet homme. Il a cherché à m'aider lors de mon deuil alors que les autres profs se sont contentés de m'adresser leurs condoléances. Mercier était un homme qui prenait à cœur son rôle de professeur, et qui en dépassait la fonction. Son absence va nettement se faire ressentir. Et ce vieux croûton ne va clairement pas la combler.

Résigné, j'ouvre mon cahier pour faire l'exercice que M. Pichon nous a indiqué, me réconfortant à l'idée que l'année est bientôt terminée.

32. UN NOUVEL AU REVOIR

MIA

Juin

Le corps d'Evan au-dessus du mien, je plante mes ongles dans son dos en me sentant venir. Ses coups de hanches sont de plus en plus rapides, et de la sueur perle sur son front, faisant ressortir son teint hâlé par le soleil. Lui aussi y est presque, je l'entends à ses gémissements qu'il n'arrive plus à retenir.

— Bordel, tu es… je t'aime.

Il m'embrasse pour appuyer ses paroles, qui me font exploser. Je resserre mes jambes autour de son bassin, alors qu'il atteint l'orgasme en même temps que moi, avant de se laisser tomber sur mon corps pantelant.

Nos relations sexuelles n'ont jamais été aussi bonnes. Je ne pensais pas cela possible, mais si, croyez-moi. On s'aime plus que jamais, et la vie nous laisse enfin un peu de répit. Il y a encore cinq mois je pensais que notre relation n'avait plus aucun avenir, mais en fait la mort de Marie a changé notre lien. Désormais, nous raisonnons avec plus de maturité, notre confiance l'un en l'autre est à son paroxysme, et nous sommes tous les deux libérés de nos démons. Bien qu'il soit toujours triste et qu'il n'ait pas encore achevé son deuil, Evan voit la lumière au bout du tunnel. Il est même très éclairé, ce qui me rend extrêmement heureuse.

Sa tête appuyée au-dessus de ma poitrine, je joue avec ses cheveux le temps de calmer ma respiration. Nous sommes incapables de parler pendant bien cinq minutes, plongés dans le silence de la plénitude. Jusqu'à ce qu'Evan se redresse, se détachant de moi.

— Hé ! Où est-ce que tu vas ?

— Pas loin.

Il se baisse pour ramasser sa veste en cuir, et en sortir quelque chose de sa poche. Une enveloppe.

— Regarde ce que j'ai imprimé de mon ordi ce matin.

Il secoue l'enveloppe sous mes yeux, et je m'empresse de m'en emparer. Je peine à l'ouvrir à cause de mon excitation, et quand je vois les lettres en gras en haut ainsi que le mot « accepté », j'explose de joie.

— L'IPESUP ? Mais Evan, c'est génial !

Son large sourire me réchauffe le cœur, qu'il ait eu la prépa qu'il voulait me réchauffe le cœur, et que nos projets pour Paris se concrétisent me rend plus heureuse que jamais. Pour une fois, tout va dans notre sens.

Je le serre contre moi, mes seins pressés sur ses pectoraux découverts, mais ça n'est qu'un détail.

— Pourquoi tu me l'as pas dit en arrivant ? Notre partie de jambes en l'air aurait sûrement été encore meilleure !

— Je voulais le faire, mais dès l'instant où tu m'as sauté dessus, j'ai perdu toute notion du réel.

— Ça faisait trop longtemps, en même temps.

Evan fait mine de réfléchir.

— Ouais… une semaine ?

— Une semaine et deux jours, je crois bien !

Ces fichues épreuves du bac m'empêchent de satisfaire mes besoins sexuels, si ce n'est pas une honte. Heureusement, nous en avons fini avec cet examen éprouvant cet après-midi. Il n'y a plus qu'à attendre les résultats, mais honnêtement, je suis déjà passée à autre chose.

— Bon, du coup on peut toujours rattraper le temps perdu et fêter la qualité de ton cerveau, susurré-je avant de l'embrasser.

— Ouais, non, j'ai besoin de recharger les batteries. Tu m'as épuisé.

Il se laisse tomber sur le dos, un sourire en coin fendant sa jolie bouche.

— Comme tu voudras. De toute façon mes parents ne vont pas tarder à rentrer, on devrait se rhabiller.

Je m'extirpe des draps et ramasse mes sous-vêtements par terre pour les enfiler.

— Personne n'est dans la maison, du coup ? me demande Evan. J'ai même pas fait gaffe en entrant.

— Si, Indiana, mais elle m'a dit qu'elle mettrait le son de ses écouteurs très fort.

Je me sens un peu mal d'exposer mon bonheur à ma sœur. Ça fait trois mois qu'elle déprime après sa rupture avec Mercier, et elle a beau faire bonne figure, c'est comme si son manque de lui ne la quittera jamais. Elle a des moments d'absence, parfois, des moments où elle garde le silence durant de longues minutes, et des moments où elle refuse qu'on soit auprès d'elle. Mes parents savent qu'elle est en plein chagrin d'amour, mais pas de son ancien professeur. Qui n'a pas donné signe de vie depuis son départ, on ne sait même pas s'il est encore à Toulouse.

Mais au-delà de ma volonté de la faire souffrir le moins possible, j'avais besoin de ce rapport avec Evan.

Mon petit ami, résigné, se lève pour se vêtir, lui aussi. Soudain, la sonnerie de mon portable retentit, et Evan l'attrape sur la commode pour me le tendre.

— Numéro inconnu.

Je fronce les sourcils, me demandant qui ça peut être. Je décroche et mets le haut-parleur en m'asseyant sur le lit.

— Allô ?

— Bonjour, Mia, c'est Laetitia, de l'équipe Audace Lingerie.

Evan et moi échangeons un regard interrogateur. *Qu'est-ce qu'elle me veut, celle-là ?*

— Oh, bonjour.

— Voilà, Benoît m'a demandé de t'appeler car il était très occupé, pour t'annoncer une nouvelle… une excellente nouvelle !

Elle paraît tout excitée. Je replie mes jambes en tailleur alors qu'Evan prend place à côté de moi, afin de mieux entendre la conversation.

— Ah oui ? demandé-je, perplexe.

— Tu n'imagines même pas ! Alors voilà : Audace collabore depuis peu avec une grande marque de vêtements de luxe et il se trouve que cette marque va faire une tournée mondiale pour la promotion de leur nouvelle collection et malheureusement un de leurs mannequins s'est désisté il y a quelques jours… devine qui ils ont choisi pour la remplacer ?

— Euh…

490

— C'est toi, Mia ! Il se trouve que tu as pratiquement les mêmes mensurations qu'elle, et ils ont craqué pour ton regard. Tu vas partir découvrir le monde en défilant devant les plus grands créateurs pendant un an !

Ma respiration se coupe comme si on venait de me donner un coup de poing dans le ventre. Je n'ose même pas lever la tête vers Evan. Mon cœur se comprime, provoquant une douleur atroce dans ma poitrine, en comprenant que ma vie prend un autre tournant. Un tournant inattendu, et peut-être non souhaité.

— Un an ?

— Oui, je sais, c'est incroyable ! Ils devraient bientôt te contacter pour te donner tous les détails. Tu partiras dans quelques semaines, milieu juillet. Je sais que c'est rapide mais ils ont vraiment besoin de toi et ça va être un pic dans ta carrière !

Je me passe une main dans les cheveux, l'atmosphère devenant étouffante dans la pièce.

— Mais, j'ai déjà prévu une vie pour l'année prochaine, j'ai été prise dans une école de stylisme…

— Mia, c'est plus qu'une école de stylisme qu'on te propose, c'est un décollage dans le milieu ! Après ça, tu deviendras une célébrité internationale et le milieu du mannequinat n'aura plus de secret pour toi.

Mes yeux me piquent tant cette nouvelle dont je devrais me réjouir me fait tomber de haut. Nous avions tout prévu. Evan venait d'être accepté dans la prépa de son choix. Tout était OK avec nos parents. Et là, tout dégringole.

— Écoute, je sais que c'est beaucoup d'informations d'un coup. Ils vont te laisser un peu de temps pour réfléchir, en discuter avec tes proches, mais il faudra te décider rapidement.

— D'accord. Je vais le faire.

— Et Mia ? Ce genre d'opportunité ne se présente qu'une fois dans une vie, et ça ne se refuse pas. Surtout à dix-huit ans.

— Bien sûr.

Je raccroche, plongeant ainsi ma chambre dans un silence pesant. J'ose enfin relever la tête, pour découvrir Evan de profil, deux mains autour de la bouche, son regard rivé sur l'horizon, et son pied tapant nerveusement sur le sol. Il ne dit rien, et je n'ai pas non plus envie de commencer cette conversation. J'aurais voulu ne jamais avoir à débuter cette conversation.

— Evan…

Je le supplie de réagir. J'ai besoin qu'il m'aide à gérer la situation.

— On n'y arrivera jamais…

— On n'arrivera jamais à quoi ? je répète, me doutant de sa réponse.

— À être ensemble ! Quoi qu'il arrive, quelle que soit la force de notre amour, la vie trouve toujours un moyen de nous séparer !

Il baisse la tête un instant. Je l'entends respirer de plus en plus fort.

— Putain ! hurle-t-il avant de se lever, hors de lui.

Rien d'étonnant, il se met à faire les cent pas, alors que je suis toujours sonnée. Je comprends sa déception, encore plus sa frustration. Tout allait enfin bien entre nous, la vie semblait nous sourire, mais une nouvelle bombe a forcément dû éclater.

— Je suis désolée…

— Désolée de quoi, Mia ? De réussir dans ce que tu aimes ?

Ma vue devient trouble quand je le scrute, désespérée.

— Désolée d'être une telle poisse.

— Ça n'est pas ta faute, répond-il calmement, à l'opposé de ses cris d'il y a quelques secondes. C'est une super-opportunité qui s'offre à toi. On devrait être ravis.

— Alors pourquoi je ne suis pas enthousiaste le moins du monde ?

Je peine à tenir sur mes pieds en me levant pour me planter devant lui. Il se mord douloureusement la lèvre, ce qui l'empêche de craquer en, je ne sais pas, cassant en deux les meubles de ma chambre.

— La collection d'Audace a fait un tabac. On aurait dû se douter que tu n'en resterais pas là. J'aimerais te dire être heureux pour toi, mais là, en ce moment, j'entrevois juste une nouvelle rupture.

Je hoche la tête, attendant une solution venant tu ciel. Qui ne vient pas.

— Ce n'est qu'un an…

— Un an où tu feras le tour du monde. Un an où tu croiseras de nouvelles personnes haut gradées. Un an où tu feras de nouvelles rencontres, d'autres mannequins… je ne serai plus une priorité. On sait qu'on ne résistera pas à ça.

Je soupire, car il a raison. Même si nous décidons d'entretenir une relation à distance, qui sait quand je passerai par la France, trouver une heure pour nous parler avec les décalages horaires s'avèrera difficile, la fatigue nous irritera, et nous finirons par couper tout lien. Et c'est bien pour cela que cette nouvelle opportunité me paraît affreuse. Car si elle m'ouvre un grand nombre de portes, elle me coupe de ma plus grande source de bonheur.

— Je peux toujours refuser…

Evan se passe frénétiquement les mains sur le visage, en pleine bataille intérieure.

— Écoute, je ne suis pas vraiment capable de réfléchir, là tout de suite… je crois que j'ai besoin d'être un peu seul.

— OK. Tu peux rester, je vais descendre.

Je n'ai pas envie qu'il s'en aille pour ne plus le voir jusqu'à ce qu'il se décide à revenir, ce serait trop dur. L'emprisonner dans ma chambre me permet de m'assurer qu'il ne me fuit pas.

Je sors et me dirige vers la cuisine pour m'hydrater. L'eau m'aide également à faire passer toutes les informations incroyables de ces dernières minutes.

J'entends la porte d'entrée s'ouvrir, et alors que je m'attends à voir entrer mes parents, c'est plutôt une large carrure qui apparaît sur le seuil de la cuisine. Que mon frère soit là sans nous avoir prévenus ne me ravit même pas. Il remarque rapidement mon expression dépitée, et recule d'un pas.

— Waouh. Qu'est-ce qu'il se passe, toutes les boutiques ont été dévalisées ?

Je pensais que la situation ne pouvait pas être pire, jusqu'à ce que je me rende compte que Maël n'est pas venu seul, mais accompagné. Par cette chère Annabelle, que je ne porte pas forcément dans mon cœur. D'accord, je n'ai pas *réellement* essayé d'apprendre à la connaître, mais dès qu'elle ouvre la bouche, j'ai une furieuse envie de dormir.

— Écoute, Annamoche, c'est pas que je t'aime pas, mais j'ai vraiment pas envie de devoir t'accueillir maintenant.

Maël ne me réprimande même pas tant il est stupéfait par mon état.

— Mia, dis-moi ce qu'il y a.

— Il y a qu'on vient de me proposer un job extraordinaire qui va faire exploser ma carrière, et que c'est la merde !

Mon frère plisse les yeux, perdu.

— Excuse-moi, peut-être que j'ai mal compris, mais ça me semble plutôt être une bonne nouvelle, et non « la merde »…

Je soupire en me passant la main sur le front, exténuée. Je pose mon verre sur la table devant moi, et lui suggère :

— Et si on allait prendre l'air pour discuter ? Je crois que j'en ai besoin.

Même si je ne vis à Toulouse que depuis trois ans, j'ai toujours aimé cette ville, surtout petite. Lorsque mon père devait s'y rendre pour certains de ses rendez-vous, ma mère en profitait pour venir passer une journée ici et se balader dans les rues avec Maël et moi. Parfois, quand on s'était bien tenus, elle nous emmenait dans un parc géant pour nous récompenser.

Et c'est ainsi que mon frère et moi nous retrouvons dans le parc de notre enfance, tous deux assis sur nos balançoires fétiches. Ils les ont remplacées depuis le temps, mais le grincement familier des crochets me laisse penser que rien n'a changé. Et pourtant, tout est différent.

— Bon sang. Jamais je n'aurais pu imaginer qu'on te propose un tel truc à seulement dix-huit ans… mais c'est incroyable.

— Ouais. Si seulement on m'avait annoncé cette nouvelle à un autre moment… Ça remet tous mes plans en question.

J'observe mes escarpins que je m'amuse à balancer légèrement dans le vide, et que j'ai pourris en marchant dans la terre.

— Je crois que tu es choquée, et que tu ne réalises pas bien tout ce que ça représente pour toi. Je me souviens encore de toi à tes six ans qui t'amusais à confectionner des robes pour tes poupées avec les morceaux de tissu que tu trouvais n'importe où. La mode, ça a toujours été ta passion, et cette tournée pourrait t'apporter un vrai carnet d'adresses.

— Je sais bien. Et une part de moi est excitée par tous ces points positifs. Mais il reste un gros point négatif.

— Quitter Evan, devine mon frère.

— Oui, et pas seulement. Quitter Evan, Indiana, Eva, papa et maman… toi. Quitter ma vie dans laquelle je suis enfin bien. Je ne sais pas si je suis prête à ça.

Maël vient s'accroupir devant ma balançoire, et prend mes mains dans les siennes.

— Tu aurais de toute façon dû quitter cette vie pour Paris.

— Ça n'aurait pas été pareil. J'aurais toujours été dans le même pays, les lignes de train nous auraient reliés, alors que là je vais carrément quitter le continent…

— Mais tu pourras toujours nous retrouver quand tu éprouveras l'envie de rentrer.

Je baisse les yeux. Il presse mes mains pour me rassurer, devinant mes pensées. Ils seront tous là, disposés à m'attendre, sauf Evan. Evan a une vie qui l'attend, qui se doit d'être extraordinaire. Comme lui. Et évidemment qu'il ne va pas la gâcher pour attendre un hypothétique retour de Mia Castez, si je peux rentrer après la tournée. Qui sait quel tournant prendra ma carrière après cette année de mannequinat. Et si moi, j'aurai envie de rentrer.

— Il va partir à Paris seul. Ce qui était notre projet devient exclusivement le sien.

— Peut-être pas, qu'est-ce que tu en sais ? Peut-être que ça redeviendra votre projet plus tard. Mais Mia, il faut être réaliste. Si tu refuses ce job pour Evan, tu t'engages sur une pente glissante. On sait que votre relation est explosive, et si, par malheur, votre vie à Paris ne fonctionnait pas ? Si vous finissez par rompre là-bas, alors cette super-opportunité t'aura glissée entre les doigts, et tu le regretteras. Ou pire, si tu finissais par détester Evan parce que tu l'accuserais de t'avoir privée de ce travail ?

— Je ne ferais jamais ça.

— C'est toujours ce qu'on dit dans ces cas-là. Écoute, cette décision t'appartient, je ne fais que t'exposer mon point de vue. Votre vie à Paris peut aussi très bien se passer… mais tu te demanderas toujours « et si ».

Je bascule ma tête en arrière, tiraillée. En voyant les nuages qui planent au-dessus de moi, je me rappelle une discussion qu'on avait eue, Evan et moi, alors que nous n'étions encore qu'amis.

— *Ça t'arrive d'imaginer des formes quand tu regardes les nuages ?*

Je me souviens d'avoir pensé que cette remarque n'était pas mon style. Il avait dû se dire la même chose.

— *Je ne sais pas. Oui, comme tout le monde, j'imagine.*

— *Quand j'étais petite, chaque nuage que je regardais me faisait penser à quelque chose. Un animal, un objet, mon imagination était débordante.*

Il avait anticipé la suite en me demandant « *Et maintenant ?* ».

— *Maintenant, je ne vois plus rien.*

Et aujourd'hui, je souris. Car je décèle dans le nuage au-dessus de moi une forme de fesses. Alors ça n'est pas très romantique, je vous l'accorde, mais je prends cela pour un signe.

Je sais ce que je dois faire.

●

Maël et moi descendons de sa voiture. En entrant dans la maison, il exerce une pression sur mon bras pour m'encourager, et part tenir compagnie à nos parents qui sont arrivés entre-temps. Quant à Annabelle... je ne sais pas où elle est passée, mais c'est bien le cadet de mes soucis.

Je prends une grande inspiration avant de pousser la porte de ma chambre. C'est avec soulagement que je constate qu'Evan ne s'est pas enfui. Mais le bout de papier que je reconnais entre ses doigts, et qu'il est en train de lire, les sourcils froncés, suffit à me glacer le sang.

— Où est-ce que t'as pris ça ?

Il lève vivement la tête vers moi et, encore sonné par sa lecture, ne m'empêche pas d'arracher la lettre d'entre ses mains pour la froisser rageusement. Je m'apprête à la jeter lorsqu'il m'arrête :

— Non, ne la jette pas.

— J'aurais dû le faire depuis longtemps.

Je reconnais quelques mots entre les froissements, et me rappelle très bien les avoir penchés sur le papier l'été dernier. Durant un jour de mal-être, j'ai écrit cette lettre à Evan en sachant pertinemment que je ne la lui donnerai jamais, simplement pour me libérer. J'avais prévu de la

498

jeter, mais au lieu de ça j'ai dû la laisser croupir dans un tiroir, et bien sûr il a fallu qu'Evan tombe dessus.

Dans mon dos, j'entends les pas d'Evan se rapprocher. Mon cœur bat à tout rompre et pour une raison que j'ignore, je ne parviens pas à me résoudre à jeter ce misérable papier à la poubelle.

— Tu ne me l'as jamais donnée.

— Tout simplement parce que tu n'aurais jamais dû la lire, réponds-je fermement.

— Pourtant elle m'était adressée.

Je me contente de lever les yeux au ciel pour toute réponse, ce qu'il ignore puisque je ne lui dévoile pas mon visage. Sa main qui vient effleurer mon avant-bras me fout la chair de poule, et m'immobilise tout entière.

— Ces sentiments que tu décris, je les ressentais aussi. Tous les jours.

Je soupire en fermant les yeux. Les émotions de l'été dernier, lorsqu'il était à Paris et moi seule à Toulouse, à espérer qu'il revienne, me submergent soudainement. Cette sensation de vide s'installe à la pensée que cet enfer va recommencer si je pars.

— J'étais terrifiée à l'idée que tu ne reviennes pas. Ça n'était pas exactement la même chose pour nous deux, toi tu ne vivais pas ce suspens.

Il me force à me retourner et à faire face à ses deux émeraudes, brillantes de sincérité.

— Je souffrais loin de toi aussi. Mais c'était il y a presque un an. Tu as changé depuis… *on* a changé. Je ne doute pas qu'être à des kilomètres de toi sera toujours aussi difficile. Mais je pense que je pourrai gérer.

Mes yeux s'écarquillent quand je comprends ce qu'il essaie de me dire. Qu'il dise la vérité ou non, il tente de me pousser à accepter ce travail qui nous séparera.

— Tu veux y aller, n'est-ce pas ?

Je sais qu'il est inutile de mentir, il lit en moi comme si chaque expression de mon visage transcrivait ce que je ressens. Alors je hoche la tête plusieurs fois, sentant mes larmes monter.

— C'est l'aboutissement de tout. De cet enfer de harcèlement. De ces années de lycée à me cacher derrière un masque. De ce malheur qui m'a empêchée pendant plus d'un an de vivre pleinement. C'est un nouveau départ.

Ses épaules s'affaissent. L'amour de ma vie rend les armes.

— Après en avoir bavé bien trop pour une adolescente, tu mérites ce nouveau départ. Plus que quiconque, tu mérites d'être heureuse. Même si la condition est que nous devions nous séparer.

Je passe mes bras autour de son cou, à la fois triste et heureuse d'avoir un petit ami si compréhensif. Si parfaitement imparfait.

— Je n'ai pas envie d'une nouvelle rupture.

— Pourquoi penser à ça ? Il nous reste quelques semaines, non ? On est jeunes, peut-être qu'on devrait apprendre ce qui s'appelle « vivre au jour le jour ».

Je souris malgré la larme qui s'échoue sur ma lèvre supérieure.

— Peut-être bien.

Evan insiste pour garder la lettre et, à cause de mon cœur fendu, je finis par accepter, à condition qu'un jour il m'en écrive une du même style à son tour.

33. UN NOUVEAU DÉPART

MIA

Juillet

La nostalgie est un sentiment que je connaissais peu avant Evan. Depuis notre rencontre, je l'ai côtoyée à plusieurs reprises. Mais ce dernier tour que je fais dans Toulouse est sans aucun doute le moment de ma vie le plus nostalgique.

À cheval sur mon scooter, je revis les événements de ces deux dernières années au fur et à mesure que le parcours jusqu'à chez moi se raccourcit. C'est la dernière fois que je vois la devanture de ce glacier dans lequel Evan et moi avons réalisé notre jeu de rôle le plus réussi. Dernière fois que j'aperçois cette pelouse verte du parc dans lequel Evan m'a fait danser sous les jets d'arrosage le jour de mon anniversaire. Dernière fois que je passe devant ce lycée qui nous a réunis, Evan et moi, et qui a permis le gros changement de ma vie. Dernière fois avant au moins un an.

Toulouse n'est pas un simple lieu d'habitation pour moi. Ça a été la ville de mon nouveau départ après la pire épreuve de ma vie. Celle qui a vu naître la reine des garces insensible, qui s'est transformée en garce amoureuse, jusqu'à progresser doucement vers la Mia d'aujourd'hui. Et dont je suis fière.

Quand j'arrive devant chez moi, mon cœur est comprimé au maximum. Demain, je m'envole pour les États-Unis. Ensuite, j'irai en Angleterre. Et je poursuivrai mon chemin sur la carte du monde, défilant devant les plus grands créateurs. Comment moi, Mia Castez, garce égocentrique, égoïste, et chiante à souhait, ai-je pu en arriver là ?

Je pousse la lourde porte d'entrée de chez moi, certainement pour la dernière fois. *Il faut que j'arrête de penser ça.*

— SURPRISE !!!

Je dois faire un bond d'un mètre de haut sous le coup de la surprise. Une ribambelle de personnes sortent de tous les coins de ma maison en criant en même temps, le sourire jusqu'aux oreilles.

Ce qui me provoque quelque chose qui ne me ressemble absolument pas. Je fonds en larmes, déjà parce que j'étais fébrile avant d'entrer, et que voir mes amis tous réunis pour la dernière fois me rend plus que morose. Cela me fait prendre conscience que je pars bien demain, et que je vais laisser tout ça derrière moi.

Ils sont tous stupéfaits par ma réaction, et me dévisagent avec des yeux ronds.

— Mais... qu'est-ce que vous faites tous là à quatre heures de l'après-midi ?

— Tu croyais vraiment qu'on allait te laisser te barrer à l'autre bout du monde sans une fête d'adieu ? dit Eva en s'approchant. Et pour l'heure on n'a pas eu le choix, on doit tous être partis à vingt et une heures, tes vieux veulent une soirée familiale pour te dire au revoir.

Elle me prend dans ses bras, et je me vide de mon eau sur son épaule, bien trop émue. Sa main, à plat sur mon dos, exerce des mouvements circulaires familiers.

— Tu te souviens de la dernière fois que tu m'as fait ça ? reniflé-je.

— Parfaitement, oui. L'époque de la mini-princesse Mia, rit-elle.

Je souris en me rappelant la fête d'anniversaire des sept ans d'Eva.

Les bras croisés, je boude dans un coin de la chambre d'Eva. J'entends maman parler de moi à la maman d'Eva à côté.

— Elle ne veut pas sortir, rien à faire…

Maman dit qu'elle n'aime pas les petites filles capricieuses. Pourtant un jour elle a dit qu'elle m'aimerait toujours. Est-ce que c'est possible d'arrêter d'aimer une petite fille pour un caprice ?

Ma maman et ma tante finissent par s'éloigner, j'entends leurs pas dans le couloir. Je me sens seule. C'est toujours comme ça, maman s'intéresse à moi pendant cinq minutes, et après elle m'ignore jusqu'à ce que j'arrête de bouder. Elle dit toujours que je devrais prendre exemple sur Maël, qui n'a selon elle pas un caractère de cochon. Mais je suis une petite fille, pas un cochon !

De toute façon, Maël fait toujours les choses mieux que moi.

La porte de la chambre s'ouvre, et j'ai un espoir de voir ma maman revenir. Mais au lieu de ça, c'est une tornade aux boucles d'or qui entre, pour venir s'asseoir en face de moi.

— Mia, pourquoi tu ne descends pas ?

Je hausse les épaules, n'ayant pas envie de lui parler. Elle m'a invitée à son anniversaire alors que je ne connais pas ses copines. Ce sont ses copines d'école, et j'ai l'impression qu'elle les aime plus que moi. En plus, elle ne m'a même pas réservé le plus beau déguisement.

— Tu ne veux pas te déguiser ? insiste ma cousine.

— Nan. Il reste juste un déguisement de fée, et j'aime pas les fées.

Eva me jauge de ses grands yeux marron. Ses yeux à elle sont jolis. Les miens ne brillent pas autant.

— Tu veux te déguiser en quoi ?

— En princesse. Mais tu as déjà donné le déguisement à l'autre alors qu'elle ne ressemble même pas à Cendrillon. Tu l'as préférée à moi.

Eva secoue la tête, en désaccord.

— Mais non ! Je te préfère toi, t'es ma cousine.

— C'est vrai ?

— Mais oui !

Eva enroule ses petits bras autour de mon corps, et me frotte le dos en faisant de petits cercles.

— Tiens.

En me lâchant, elle retire la couronne de sa tête pour la poser sur mes cheveux bruns.

— Maintenant que tu es princesse Mia, tu veux bien descendre ?

Je hoche vivement la tête, et Eva me prend par la main pour me traîner vers l'extérieur.

Je reviens au présent quand Eva me libère et que d'autres invités viennent m'enlacer. Maël, Jules, Indiana, Sarah, Noah, Jordan… ils sont tous là. Et quand je vois une chevelure blonde dépasser de toutes les autres têtes, je saute presque de joie.

— Lucas !

— Surprise !

Il vient m'enlacer et je souris à Clara, qui l'a accompagné. Puis il me présente un garçon qu'il a aussi emmené avec lui. Un très beau garçon.

— C'est lui dont on avait parlé ? chuchoté-je à l'oreille de Lucas.

— En chair et en os. Toujours célibataire.

Je souris malicieusement en regardant Jones un peu plus loin. Ce soir – ou plutôt cet après-midi – je joue les cupidons.

Toutes ces présences me font plaisir, mais il en manque une qui est, il me semble, primordiale. C'est en parcourant le salon des yeux que mon regard tombe sur Evan, les mains dans les poches, en retrait, qui m'observe. C'est comme si à chaque fois que je le voyais, je redécouvrais sa beauté. Il porte une chemise noire qui moule sa musculature, une de mes préférées. Ses cheveux sont trop longs pour leur donner une coupe, et même si cela fait un moment qu'il me dit vouloir aller chez le coiffeur, je le convaincs de garder encore un peu ses cheveux en bataille. J'aime bien.

Aucun de nous ne sourit, sachant que demain nous ne nous verrons plus. Il détourne le regard et se passe la main sur la nuque. Tout mon enthousiasme vient de retomber. Nous n'avons pas envie de nous dire au revoir. Si nous avons profité l'un de l'autre ces dernières semaines, maintenant que nous sommes arrivés à mon presque départ, nous n'avons plus envie de faire d'efforts. Car nous sommes trop dégoûtés pour ça.

Je décide de feindre la joie afin de ne pas plomber cette fête d'adieu, mais je n'ai soudain plus envie de m'amuser. Je me force à aller voir l'accompagnateur de Lucas, qui, en solitaire, sirote une boisson qu'il vient de se servir à côté de la grande table de la salle à manger.

— Salut, lancé-je en m'approchant. Victor, c'est ça ?

— Oui, c'est ça.

Il s'efforce de me sourire, et j'observe son profil après m'être appuyée contre la table à sa droite. Des cheveux châtains bien coiffés, un nez fin et droit, des lèvres parfaitement dessinées… ce petit gars me plaît bien.

— Tu ne te sens pas trop exclu ?

— Si, un peu, en fait. Je ne comprends pas trop pourquoi on m'a obligé à venir.

Oh, eh bien, j'avais déjà discuté de toi avec Lucas et je lui avais dit de t'amener à Toulouse à la première occasion, en fait je veux juste te caser avec ma sœur afin d'aider à la réparation de son cœur brisé. Rien de bien incroyable.

— Si tu veux je peux te présenter à quelques personnes…

Pile à ce moment-là, Indiana passe devant nous. Il faut croire que le destin nous sourit. Je l'appelle aussitôt avant qu'elle ne disparaisse :

— Oh bah tiens, Indiana ! Viens ici.

Les sourcils de ma sœur se froncent, mais elle sourit tout de même en s'approchant, fidèle à ses bonnes manières.

— Je te présente Victor, un ami de Lucas. Victor, voici Indiana, ma petite sœur.

— Oui, enfin, petite sœur de cinq mois.

— Je m'en fous. Ça compte.

Indiana salue brièvement Victor, et il se met déjà à la manger des yeux. Il faut dire que la robe qu'elle porte ne

506

laisse pas beaucoup place à l'imagination. D'ailleurs, il me semble bien qu'elle fait partie de ma garde-robe… Il va falloir qu'on parle de ces aises qu'elle acquiert au cours du temps, la poussant jusqu'à me piquer mes vêtements sans demander.

Mais pour l'heure, je m'éclipse discrètement pour les laisser seuls. Je connais assez Indiana et sa gentillesse pour savoir qu'elle va tout faire pour qu'il se sente intégré, ce qui promet un certain rapprochement. Même si cette histoire ne va pas plus loin que cette soirée, Indiana mérite de se divertir avec un simple flirt.

Je rejoins Lucas pour lui taper la discute, étant donné que cela fait bien trop longtemps que je ne l'ai pas vu. Je remarque rapidement qu'Evan n'est pas dans les parages, et je dois dire que cela commence à me déranger.

— Dis, t'as pas vu Evan ?

L'expression désolée sur le visage de Lucas me provoque un mauvais pressentiment.

— Je crois qu'il est sorti dans le jardin, avec le mec qui se prend les murs et le blond.

— Il m'évite, deviné-je.

— Il faut dire que ça ne doit pas être facile pour lui.

Et pour moi non plus. Mais c'est moi qui m'en vais, alors je n'ai pas réellement le droit de me plaindre.

— Même s'il n'a plus envie de me tuer, il n'a pas l'air d'avoir envie de se rapprocher de moi, m'apprend Lucas. Tu aurais pu lui expliquer qui j'étais dès le début, ça nous aurait évité ce malaise.

— Désolée. Mais en même temps, une part de moi aime bien le voir jaloux, tant que ça ne prend pas de trop grandes proportions.

Je ne peux empêcher ce sourire niais d'apparaître. Ce qui n'échappe pas à Lucas, qui en profite pour me charrier.

— T'es vraiment folle de lui, ça me rappelle notre rencontre en sixième.

— Non, Lucas, je t'interdis de me parler de ça.

— T'étais tellement mignonne…

Je cache mon visage entre mes mains, honteuse. J'ai tellement changé depuis cette période.

Cachée derrière mon ordinateur en salle informatique, j'observe ce brun aux yeux bleus entrer. Cela fait quelques semaines que je l'ai remarqué. Depuis ma rentrée au collège, en fait. Il a l'air d'être un abruti fini, mais sa vue n'est clairement pas désagréable.

— C'est un abruti fini.

Je tourne des yeux étonnés vers mon voisin à ma droite, qui me regarde avec un air amusé. Et merde, j'ai encore dû parler à voix haute sans m'en rendre compte.

— Euh… je…

— Onze ans, et je ne sais toujours pas si Mathieu sait écrire son prénom. Il n'a pas grand-chose dans la cervelle.

Honteuse qu'il m'ait surprise en pleine contemplation, je baisse les yeux.

— C'est bon, ça n'est pas comme si j'avais envie de sortir avec lui. Je ne le connais même pas.

— Ouais, et mieux vaut ne pas le connaître, crois-moi.

Le blond qui me tape la discute depuis deux minutes se penche à mon oreille.

— En plus, il mange encore ses crottes de nez…

Je grimace de dégoût, l'estime de ce « Mathieu » se dégradant fortement.

— Merci de l'avertissement.

— Je m'appelle Lucas, au fait.

Je scrute ce Lucas un instant. C'est une des premières personnes avec qui je sociabilise depuis mon entrée en sixième, et je dois dire que je l'aime bien.

— Mia.

Après ça, nous ne nous sommes plus quittés. Lucas et moi avions beau être séparés par nos classes, nous trouvions toujours le moyen de nous retrouver. Jusqu'à ce que je décide de partir, en fin de troisième.

Deux bras s'enroulent autour de mes épaules, et l'effluve de mon frère touche mes narines. Je souris alors qu'il m'embrasse la tempe, tout en me proposant d'aller danser.

— Tu ne sais pas danser, ris-je.

— Et alors ? Tu vas m'apprendre.

Je me laisse entraîner au centre du salon, et à l'instant où nous y arrivons, c'est un slow qui débute. Maël me ramène alors contre lui, et me marche sur les pieds bien trop de fois pour les compter en un temps record.

— T'es vraiment un empoté.

— Disons que la danse n'est pas un de mes principaux talents. Mais j'en ai d'autres.

Il lève plusieurs fois les sourcils.

— Je ne te demanderai pas lesquels.

Maël me fait tourner sur moi-même maladroitement. Puis, son torse contre le mien, il m'avoue :

— Je suis fier de toi, tu sais.

— Pour le travail de mannequin ?

— Ça, et pour la personne que tu es maintenant.

Je soupire en posant mon menton sur son épaule.

— Heureusement que j'ai changé. Je n'imagine pas à quel point je serais aigrie si j'avais poursuivi ma voie de début du lycée.

— Je me rappelle encore ta rentrée en seconde. Tu m'avais tellement surpris.

Les débuts de la reine des garces. Un grand moment.

Je me regarde une dernière fois dans la glace, souriant fièrement de mon apparence. Un été à me démener pour avoir une ligne parfaite, affiner ma taille malgré la largeur de mes hanches, et obtenir ce ventre plat qui contraste avec mes fesses bombées. Mes vêtements, mon corps, ma coiffure, mon maquillage... rien à voir avec la Mia détruite d'il y a deux mois. Et je veux l'enterrer pour ne plus jamais la revoir.

— Prête ? me demande Maël en arrivant dans l'embrasure de la porte.

Je lui jette un bref coup d'œil sans répondre, et ajuste encore mon décolleté en le descendant un peu plus. Maël a le temps d'entrer pour se planter dans mon dos.

— Cette tenue est... différente de ce que tu as l'habitude de porter.

— C'est parce que je suis différente.

Je lève mes yeux bleus vidés de toute émotion sur le reflet de mon frère.

— Tu es très jolie... mais tu sais, ça va être dur de passer inaperçue dans un tel accoutrement.

— Peut-être que justement, je ne veux pas passer inaperçue.

Je fais volte-face, n'offrant à mon frère pas l'ombre d'un rictus. Je sais que mon impassibilité le déstabilise.

— Ce que je veux dire, c'est que les gars risquent d'avoir les yeux rivés sur ton cul, s'explique-t-il sans plus aucun tact. Et de s'imaginer te faire des trucs…

Mes lèvres se tordent en un sourire en coin.

— Cesse ce petit jeu de grand frère protecteur, Maël, et laisse-moi vivre ma vie comme je l'entends.

Je tente de lui passer devant, mais il m'attrape le bras pour m'arrêter.

— Tu ne serais pas prête à une nouvelle expérience sexuelle après… tu sais… pas vrai ?

— Mon pauvre Maël, tu es bien naïf. C'est déjà fait avec Ben.

— Attends… le voisin de papy et mamie ? Quand on était en vacances ? Mais il a quoi… dix-neuf ans ?

Je hausse les épaules.

— Au moins, il était expérimenté.

Maël, les yeux écarquillés, tombe des nues. Il ne trouve même pas la force de m'engueuler tant il est choqué.

— Mais… tu n'étais pas amoureuse de lui, si ? balbutie-t-il.

— Pas le moins du monde. Je ne tomberai jamais amoureuse, Maël.

Je le dépasse pour sortir de ma chambre, et commencer ma nouvelle vie en tant que lycéenne. La plus grande garce parmi les lycéennes.

Maël me marche encore une fois sur les pieds, et s'excuse pour me piétiner ainsi depuis cinq minutes. Heureusement, Jules vient à ma rescousse pour me proposer de changer de partenaire, ce que j'accepte volontiers. Je passe mes bras autour du cou de mon meilleur ami, alors qu'il se met à me bercer sur la musique.

— Tu étais avec Evan ?

— Ouais… avec Jordan, on sirotait une bouteille.

Tout mon corps se tend, ce que Jules remarque immédiatement, et il se rattrape rapidement :

— T'inquiète, Evan n'a bu que quelques gorgées et il a dit qu'il s'arrêtait.

Je me détends, rassurée.

— J'arrive pas à croire que pour parvenir à tout ce que j'aie toujours voulu, je doive abandonner tout ce qui me rend heureuse.

— Ce n'est pas parce que tu seras à des kilomètres de nous qu'on va te laisser tomber, heureusement la technologie existe. Comment ferais-je sans une Mia Castez dans ma vie ?

— Et dire qu'au début on ne pouvait pas se voir en peinture, gloussé-je.

Il me fait un clin d'œil.

— C'était avant que je voie la part de fragilité dans la reine des garces.

J'entre dans la salle de classe, ne présentant même pas mes excuses pour mon retard. Le prof ne relève pas mon insolence, maintenant habitué. J'ignore le regard de dédain que me jette ce blond au premier rang, ou Jules Monsieur-parfait, afin d'éviter que ma bonne humeur s'envole.

Je vais m'asseoir à côté de Kyllian, avec qui je flirte depuis environ une semaine. Je sais qu'il espère qu'on se mette en couple rapidement, mais je compte bien le faire poireauter encore un moment. Qu'on ne croit pas que sortir avec Mia Castez est chose facile.

— J'aime beaucoup ta robe, me chuchote Kyllian.

— Merci. Je suis encore mieux sans, mais ça tu ne l'as pas encore découvert.

Je lui fais un clin d'œil aguicheur, mais suis malheureusement rappelée à l'ordre par le professeur.

— Mia, devant. J'en ai marre de tes bavardages incessants.

Je regarde la place inoccupée au premier rang, près de Jules. Non, impossible. Je n'irai pas à côté de ce donneur de leçon.

Malheureusement je suis finalement obligée de me déplacer, ce que je fais à pas traînants. Jules garde le regard fixé sur le tableau, mais je distingue bel et bien son sourire satisfait. Connard.

Je souffle une première fois. Et le fais toutes les minutes suivantes, ne suivant en aucun cas le cours. Ce qui finit par faire craquer Jules. Bingo.

— Bon, tu peux arrêter deux secondes de jouer les chieuses ?

Je lui souris angéliquement.

— Désolée, je ne sais pas faire.

Ses yeux bleus s'emplissent d'agacement, et je souffle encore une fois, le poussant à bout.

— Je me demande bien comment Kyllian peut apprécier une fille comme toi.

— Crois-moi, mon chou, une fois qu'on entre dans le cercle de Mia Castez, on ne peut plus en sortir.

Il hausse un sourcil méprisant.

— J'en doute fort.

Et pourtant, Jules est entré dans mon cercle un mois après. Pour ne plus en sortir depuis.

Eva ne tarde pas à nous annoncer que la fête touche déjà à sa fin. En effet, mes parents ne vont pas tarder à se ramener. Je retiens mes larmes en disant au revoir à tout le monde, et le flot de personnes disparaît peu à peu de ma maison. Jusqu'à ce qu'il ne reste qu'Evan, en dernier. Il s'avance jusqu'à moi, et ma respiration s'accélère en songeant que c'est la dernière fois avant longtemps que je le vois de si près.

— Je ne t'ai pas beaucoup vu, soufflé-je.

— Je sais. Désolé. C'est que je n'étais pas trop d'humeur à faire la fête.

— Je comprends.

Un blanc passe, et je me décide finalement à le prendre dans mes bras. Sans grand entrain, il m'enlace également, mais ça n'a rien de fort. Notre déprime mutuelle nous empêche de nous offrir un au revoir digne de ce nom. J'ai compris que dans son esprit, c'est comme si j'étais déjà partie.

J'essuie une larme nomade en m'écartant, et pose douce-ment mes lèvres sur les siennes. Notre baiser n'a rien de passionné. Pas un de mes poils ne se hérisse. *C'est terminé.*

— Tu m'envoies un message quand tu seras arrivée à New York, m'indique-t-il avant de regagner la porte.

— D'accord.

— Au revoir, Mia.

Pour toute réponse, je souris pauvrement. Au moment où il ferme la porte, une seconde larme ruisselle sur ma joue. Je l'essuie rapidement car je sais que Maël et Indiana m'observent dans mon dos, et je me prépare maintenant à une soirée familiale.

Mon ventre bien plein, je monte dans ma chambre, et m'affale sur mon lit, cette soirée d'au revoir enfin terminée. Indiana vient me rejoindre quelque temps après, et s'allonge sur le peu de place restante sur mon matelas.

— Alors, comment était Victor ?

— Sympa. Mais pas assez… ou trop… je sais pas trop. Mais pas comme il fallait.

— Dommage.

Indiana se tortille sur le lit, ce qui ne manque pas de m'agacer.

— Mais j'ai quand même pris son numéro, m'annonce-t-elle.

— Tu n'es pas une Castez pour rien.

Je souris en fixant une des fissures au plafond. Et je trouve enfin le courage de lui dire ce que j'ai sur le cœur.

— Je suis heureuse que tu aies été là cette année. Sans toi je ne sais pas si j'aurais résisté à cette vague d'obstacles.

— C'est moi qui suis heureuse de m'être si bien intégrée. Même si c'était pas gagné au départ.

Je tourne la tête vers elle, et lui prends la main.

— Ton soutien va me manquer.

Des larmes se mettent à couler sur son visage, et je lutte pour que le même phénomène ne se produise pas sur le mien.

— Et voilà, à être aussi « attachiante », tu me fais chialer.

Je rigole et me rapproche d'elle. Je ferme les yeux, la tête à la hauteur de son épaule, et murmure :

— Merci, Indiana.

Et je m'endors pour la dernière fois à Toulouse.

•

La gorge nouée, je regarde le paysage défiler à travers la fenêtre. Je suis à la fois triste de quitter Toulouse et la France en général, excitée par ce qui m'attend, et anxieuse que ma nouvelle vie ne me convienne pas. Mon père n'a pas l'air rassuré non plus, vu sa conduite saccadée.

Quelque chose se déclenche en moi quand je passe devant le lotissement d'Evan. Une peur bleue de m'en aller. S'il me manque déjà, comment ferai-je quand je serai à l'autre bout du monde ? Sans vraiment y réfléchir, j'ordonne à mon père de tourner. Il ne réagit pas dans un premier temps.

— Papa, tourne ! Il faut que j'aille voir Evan !

Mon père fait finalement ce que je dis, tandis que ma mère, sur le siège passager, me réprimande en prétextant que je risque d'être en retard pour prendre mon avion. Mais je ne l'écoute pas, et à peine la voiture arrêtée, je me précipite jusqu'à la porte d'entrée de celui que je m'apprête à quitter.

J'entre à la volée, et cours dans la maison jusqu'à la cuisine. Il s'est levé, alerté par le bruit, et se retrouve pile en face de moi.

— Mia ?

— Je ne veux pas partir.

Je lui saute dans les bras en pleurant sur son épaule. Il me serre contre lui en soupirant dans mes cheveux.

— Comment ça, tu ne veux pas partir ?

— Je ne veux pas partir si ça signifie te quitter. Je veux rester avec toi, qu'on ait une vie ensemble.

Il caresse lentement mes cheveux, avant de dégager quelques mèches de mon visage.

— Mon amour, c'est normal que tu stresses. Mais ça ira. Je n'ai pas le droit de te retenir ici, je m'en voudrais toute ma vie si je te privais d'une telle opportunité.

Je renifle et passe mes mains dans ses cheveux emmêlés.

— Tu n'as pas envie que je reste ?

— Si, plus que tout. Mais je t'aime davantage pour te laisser partir.

Je hoche la tête. Il a raison, je le sais. Je dois partir, je le regretterai sinon, et lui aussi.

— J'ai peur de ne pas être heureuse sans toi. Et que tu ne le sois pas non plus.

— C'est bon, Mia. Je te jure. On a tous les deux obtenu ce qu'il nous fallait pour atteindre nos bonheurs respectifs. On ne pourra simplement pas les avoir ensemble.

Je l'embrasse violemment, à bout de nerfs, et il me rend mon baiser avec la même ferveur. Nos larmes se mélangeant au rythme de nos bouches, nous en sommes au même point que l'année dernière, dans cet aéroport. Sauf que cette fois, ça n'est pas lui qui s'en va pour deux mois, mais moi pour au moins un an.

— J'ai peur que ce soit la dernière fois qu'on soit ensemble, j'admets contre ses lèvres.

— Le destin a toujours fait en sorte qu'on se retrouve jusqu'ici, même si la vie cherche toujours à nous séparer. Alors pourquoi il n'en serait pas de même cette fois-ci ?

Je me détache de lui en gardant cette idée en tête. Que nous nous retrouverons. Il est plus facile de l'abandonner, ainsi.

Je recule peu à peu, sans le quitter des yeux, lui et ses joues mouillées.

— Je t'aime, Evan.

Il m'offre un dernier sourire.

— Je t'aime, Mia.

34. NOUVELLES VIES

EVAN

Deux ans et demi plus tard

Je me fais chier. J'ai l'impression que pour me divertir, il faut toujours que je sorte, ça en devient infernal. Je reste quelques minutes confortablement installé dans mon canapé et automatiquement l'ennui me gagne, me rappelant à quel point ma vie monotone me lasse en ce moment.

Pourtant, je n'ai pas à me plaindre. Au contraire, tout me réussit. Je sors de deux ans de prépa infernale qui m'ont finalement mené à l'école de commerce prestigieuse que je souhaitais, j'ai un appartement en plein cœur de Paris que je parviens à me payer avec l'héritage de ma mère, l'argent amassé grâce à plusieurs petits boulots, les généreuses donations de mon père, et je suis bien entouré. Tout roule.

Seulement voilà, je n'arrive pas à m'en satisfaire. Ce philosophe avait raison de dire que les hommes sont ainsi faits, éternels insatisfaits. Désireux de ce qu'ils n'ont pas et ignorant les trésors qu'ils possèdent.

La tête blonde qui repose actuellement sur mon torse en est un, de trésor. Je mesure la chance que j'ai de l'avoir, toujours à mes côtés, d'une patience d'ange. À sa place, j'aurais jeté l'éponge depuis longtemps. Je ne comprends pas très bien pourquoi elle s'accroche, d'ailleurs.

— Je peux changer ?

La douce voix de Clarisse me tire de ma réflexion. Je plonge dans le vert de ses iris, qui tentaient jusqu'alors de m'intercepter. Je la sens qui se retient de souffler pour mon manque de présence.

— Hum, oui, vas-y.

De toute façon, je ne regardais pas le programme que diffusait la télévision. Il ne contribue même pas à atténuer mon ennui.

Son air soucieux me fait culpabiliser davantage de ne pas être à la hauteur pour elle. Même si depuis que nous sommes ensemble je suis plus heureux, cela ne signifie pas que je le suis pleinement. Clarisse le ressent, comme elle ressent la plupart des choses. Et au lieu de me laisser broyer du noir, elle tente de m'en sortir, ce qui fait d'elle une personne peu ordinaire et précieuse.

Avant, je lui aurais offert un grand et beau sourire pour la rassurer. Mais maintenant, j'ai le sentiment qu'il sonnerait faux. Je me sens incapable d'un simple étirement de lèvres, si je ne deviens pas pathétique.

Clarisse soupire, et mon cœur se serre. J'ai envie de me confier à elle, mais je n'y arrive pas. J'ai peur de lui dire que cette routine qui s'est installée entre nous, je ne l'aime pas. Je sais que c'est ce que vivent la plupart des couples, et que ça leur convient, mais pas à moi. Je veux plus. Tout est trop plat. Trop prévisible. Je veux des paillettes, des explosions. Qu'elle me gueule dessus au lieu d'être si compatissante, qu'elle se mette en colère, merde ! Et que cette pitié disparaisse de son regard quand je rentre d'une journée de cours et que je file me coucher, sans un mot, alors qu'elle est rentrée plus tôt pour gentiment préparer le dîner. Que cette pitié soit remplacée par de la rancune, qu'elle m'en veuille de ne pas lui offrir ce qu'elle mérite. Qu'elle se casse un soir où je suis trop cynique, ou mieux, qu'elle me vire. J'ai besoin d'un choc qui me fasse sortir de cette torpeur dans laquelle je me suis enfermé.

Ma copine change de chaîne, et comme le destin adore se foutre de ma gueule, je décide de m'intéresser à la télé pile à ce moment-là. Je n'aurais pas dû. Comme à chaque fois que cette foutue pub pour shampoing passe, je n'arrive pas à m'en détourner, malgré la douleur qu'elle provoque. Je déteste ces saletés de cheveux bruns en mouvement, que j'ai déjà agrippés lors des meilleurs ébats de ma vie. Je déteste savoir que même si cette chevelure a été préalablement préparée pour rendre le mieux possible à l'écran, son apparence en réalité n'est pas moins soyeuse et éclatante. Je déteste ce regard revolver qui me transcende alors qu'elle n'est même pas en face de moi. Et je hais par-dessus tout le sourire aguicheur qu'elle fait à la caméra, car je pensais être le seul à en bénéficier, alors que maintenant le monde entier peut fantasmer dessus.

Je déteste le mannequinat.

— C'est pas vrai, cette pub passe tout le temps ! grogne Clarisse.

Seulement dix secondes, et Mia disparaît de l'écran. Je reste un moment béat devant la promotion de carottes qui suit, puis sors de ma transe. Je me lève, bousculant

Clarisse au passage, maintenant de mauvais poil, et me dirige vers la cuisine.

Comment suis-je censé l'oublier alors que je la vois partout ? Sur les affiches dans la rue, dans le métro, dans les magazines, dans les bannières sur les sites internet… Elle me suit même jusque chez moi. C'en est invivable.

— Evan, qu'est-ce que tu fais ?

— Faut que je bouffe un truc.

Ou que je m'hydrate. N'importe quoi.

Je fouille dans les placards quand j'entends les pas de Clarisse s'approcher. Je me retourne et la vois les deux mains appuyées sur le comptoir, tandis qu'elle me regarde fixement.

— Parle-moi d'elle.

Alors là, on peut dire qu'elle me prend de court. Mia est un sujet placé dans la pile « à ne pas aborder » depuis le début de notre relation. OK, c'est moi qui l'ai placé, mais je n'ai pas eu l'impression que ça dérange beaucoup Clarisse. Je lui ai dit que j'avais eu une histoire avec ce mannequin pendant deux ans, et ça avait eu l'air de lui suffire.

Mais je me rends compte aujourd'hui que c'est loin d'être le cas. Comme toute personne à sa place, elle a forcément envie d'en savoir plus sur mon premier amour. Et surtout pourquoi, après deux longues années, je ne me suis toujours pas détaché de cette relation. Mais le sujet, même après deux ans, m'est impossible à aborder.

— Clarisse…

— Non.

Elle lève la main pour m'indiquer de me taire.

— Je ne supporte plus ce silence, Evan. Je ne supporte plus de te voir malheureux au quotidien sans pouvoir rien y faire. Je me suis retenue de te poser des questions jusqu'ici, mais voilà, je ne tiens plus. Maintenant, s'il te plaît, parle-moi de cette fille qui t'a brisé le cœur.

Elle a avancé tout en parlant, et ne se retrouve plus qu'à quelques centimètres de moi. Tel un lâche, je garde la tête baissée pour ne pas l'affronter.

— Je ne peux pas. Je ne peux pas te parler d'elle. Pardon.

— Et j'en peux plus, de tes putains d'excuses !

Je relève vivement la tête, alerté. Ça y est, elle vient de hausser le ton. Et je ne suis plus trop sûr de la vouloir en colère, à présent.

— Je veux t'aider, Evan, OK ? Notre couple compte plus que tout pour moi. Mais j'ai besoin de ta participation. J'ai besoin de comprendre pourquoi mon Evan disparaît et se renferme chaque fois qu'une pub de cette fille passe à la télé !

Clarisse attrape un magazine dans la pile sur le plan de travail, et me le fourre sous le nez.

— Tu crois que ça me fait quoi, de te voir te décomposer devant des photos d'elle aussi sublimes les unes que les autres ?

J'ai feuilleté ce magazine un million de fois. Mia est en couverture, la photo prise sur le tapis rouge du festival de Cannes. Elle porte une robe somptueuse, et ses cheveux sont tirés en arrière, révélant son beau visage, la rendant plus rayonnante que tout le monde. Ça a toujours été le cas.

Elle n'était qu'à quelques kilomètres de moi, dans le même pays, et elle n'a pas cherché à me voir. Je devais m'y attendre, avec tout ce qui lui arrive, notre histoire doit lui paraître bien loin. Après sa tournée d'un an à travers le monde, elle a croulé sous les opportunités. Des demandes de collaborations avec des tas de marques, d'apparitions dans des clips musicaux, elle a continué de voyager et sa vie n'est plus que ça. Je devrais me réjouir de sa réussite, du fait qu'elle soit maintenant un des mannequins mondiaux les plus connus. Mais je pense que j'arriverai à me réjouir de son bonheur seulement quand le mien réapparaîtra.

Je me souviens que la photo sur laquelle elle pose au bras de ce chanteur de mes deux m'a presque mis à terre. Ils ont été élus plus beau couple du moment, si ce n'est pas merveilleux.

— Je suis à bout ! reprend Clarisse, tout en claquant la revue sur la table. Je tiens à toi, tu le sais, mais je ne comprends pas. Ça va faire huit mois qu'on sort ensemble, tu m'as demandé d'emménager avec toi au bout de deux mois, mais tu ne fais rien pour que notre relation progresse !

Je me sens mal à propos de ça aussi. C'était une erreur, de la faire emménager ici. Je l'ai fait uniquement parce que je n'en pouvais plus d'être seul.

— Même quand on fait l'amour tu n'es pas avec moi ! Tu te rends compte qu'on fait tout à l'envers ? Depuis le temps, tu ne m'as pas encore dit je t'aime, et j'attends, comme une conne, que tu sois prêt !

Elle me surprend en prenant mon visage en coupe entre ses mains, m'exposant ses yeux emplis de larmes.

— Mais j'en ai marre d'attendre. Alors je vais te le dire. Je t'aime.

Ces mots résonnent en moi au point que je n'entends plus qu'un bourdonnement. Pendant un instant, la douceur des iris de Clarisse semble remplacée par l'éclat de passion dangeureux qui habite parfois ceux de Mia. Puis je ferme les yeux pour me ramener à la réalité.

Les bras de Clarisse retombent. Je me force à rouvrir les yeux pour regarder la fille que je suis en train de briser.

— Tu as entendu ce que je t'ai dit ?

Sa voix se brise. Toutes les parcelles de mon corps me hurlent de lui répondre. Je devrais lui assurer une sécurité. Mais je ne connais pas la réelle nature de mes sentiments, tout est flou. Et je ne peux pas risquer de mentir sur ces mots.

— Evan…

Maintenant elle me supplie. J'ai encore plus envie de lui dire que je suis désolé, mais j'ai le pressentiment qu'elle me giflerait si je le faisais.

Comprenant que je resterai muet, elle s'écarte de moi. Pour partir en courant de l'appartement. Une larme touche mes lèvres lorsque la porte claque, faisant trembler les murs. Je reste stoïque une minute, puis accours à sa poursuite, priant pour qu'elle ne soit pas déjà trop loin.

•

MIA

Paris est une ville que j'ai toujours appréciée, depuis toute petite. Je harcelais mes parents pour y passer quelques jours pendant les vacances scolaires, et je disais à tous ceux qui voulaient bien l'entendre que ce serait ma ville quand je serai plus grande. Je voyais déjà mon propre magasin de vêtements sur les Champs-Élysées, le meilleur de tous, évidemment. Je ne pensais pas qu'un jour, mon rêve de petite fille se réaliserait.

— T'es sûre que c'est une bonne idée ?

Je souffle dans le combiné, en ayant marre d'entendre encore et toujours la même question.

— Indiana, tu crois pas que c'est un peu tard pour y réfléchir maintenant ? Ça y est, j'ai atterri, plus de retour en arrière !

— T'as pas peur que tes projets ici foirent, et que tu te retrouves sans rien ?

J'arque un sourcil tout en descendant du taxi, mon téléphone calé sur mon épaule.

— Je suis Mia Castez, aucun plan ne foire avec moi.

D'accord, cette idée de revenir en France pour créer ma propre ligne de lingerie est peut-être un peu tirée par les cheveux. Ce doit être la première fois ces deux dernières années que j'ai peur pour mon avenir. C'est un choix ambitieux que de mettre ma carrière de mannequin en pause pour monter les échelons dans le milieu. Mais être modèle, faire des photos et des défilés tout le temps, ça va deux secondes. Sans compter qu'aujourd'hui on a tendance à manier les mannequins comme des marionnettes et il est hors de question qu'on se mette à agir pareillement avec moi. Je veux être mon propre boss et réaliser mon rêve : voir mes créations dans des vitrines.

À travers le monde, j'ai pu récolter pas mal de contacts. Et je suis soutenue dans mon projet, ce qui est très rassurant.

— D'accord, capitule Indiana. Mais pourquoi revenir en France pour ça ? Tu ne m'as rien expliqué, quand tu m'as demandé de te chercher un appart à Paris en urgence.

Je lève les yeux au ciel, agacée. Elle et moi savons ce qui se cache derrière mon retour aux sources.

— Paris est le choix parfait pour le stylisme. Et la France me manquait, voilà tout.

— Hum… ça n'est pas plutôt Evan, qui est en France, qui te manquait ?

Je frissonne, et ne tarde pas à réprimander ma sœur :

— Indiana !

— Pardon, ton ex-dont-on-ne-doit-pas-prononcer-le-nom. Comme Voldemort.

Je roule encore une fois des yeux, et galère à descendre de stupides escaliers avec ma valise tout en continuant ma discussion téléphonique qui devient pénible. Je ne supporte pas d'entendre son prénom. Entendre quelqu'un le prononcer est encore bien trop douloureux.

— Non, ce n'est pas pour lui. Je veux vivre ici, Paris est ma ville de cœur. Tous mes contacts ont approuvé l'idée de me lancer ici. Je ne compte pas renouer avec mon passé.

— Très bien, je m'incline ! Toujours est-il que je trouve étrange que tu sois rentrée du jour au lendemain, alors qu'il y a quelques jours tu étais aux États-Unis, en train de fêter le succès du dernier clip dans lequel tu as tourné.

— Tu me connais, je suis du genre à tout faire sur un coup de tête.

En réalité, elle n'a pas totalement tort de trouver mon départ étrange. Il y a bien une raison particulière en plus de ma carrière à ce soudain besoin de rentrer, et rien que d'y penser, j'en ai la nausée.

— Et Matthew, alors ? Que devient votre « super-couple » ?

Et voilà qu'elle évoque justement la raison. Matthew est un chanteur américain, c'est dans son clip que j'ai tourné dernièrement. Les paparazzis nous ont inventé une histoire d'amour avant même que nous ayons le temps d'y penser.

— Arrête, tu sais très bien qu'on sortait ensemble pour le buzz. C'était une bonne façon de faire monter nos notoriétés sans trop d'efforts.

— Peut-être, mais tu m'as bien dit qu'à la fin vous aviez vraiment tenté le coup, je me trompe ?

Malheureusement, oui. Et je ne sais pas ce qui m'a pris, d'ailleurs, ce type est bête comme ses pieds. Un besoin de me divertir, très certainement, comme au bon vieux temps.

— Oui, mais ça ne marchait pas.

— Et pourquoi ça ?

Ce qu'elle me tape sur le système, avec son ton supérieur de Madame Je-sais-tout. Estimant que cette discussion doit toucher à sa fin, je simule un manque de réseau.

— Indi… ana, tu… tends ?

— Mia ?

— Je… ccroche… tends plus.

— Me la fais pas encore, Mia !

Trop tard, mon téléphone est déjà rangé dans mon sac.

Je grimace devant l'apparence de l'immeuble où se trouve mon appartement de dépannage. C'est moins miteux que ce que je craignais, mais bien en dessous des suites auxquelles je suis maintenant habituée. C'est ça de partir sur les chapeaux de roue, j'ai dû confier la « mission appartement » à ma sœur, qui a fait de son mieux, j'imagine. Ce qui est sûr, c'est que je ne resterai pas ici longtemps.

Bloquée devant la grande porte, je fouille dans mon sac à la recherche de ce foutu code noté sur un bout de papier. Je sais que je l'ai mis dans mon sac, je n'ai qu'à chercher un peu…

Quelques jurons m'échappent, ce qui me vaut un regard de travers de la part de la vieille qui passe à côté. Elle secoue la tête et je peux l'entendre penser : « Ah, les jeunes aujourd'hui, c'est affligeant ! » Autant lui donner raison.

— Quoi, vous n'avez jamais entendu de gros mots ? C'est fou ça, pourquoi les vieux s'entêtent à dire que notre génération est scandaleuse alors qu'à notre âge, vous étiez les mêmes sans les films pornos ! Quand vous couchiez avec votre petit ami – je parle au passé, parce que j'imagine que vous ne pouvez plus exercer ce sport – vous ne juriez jamais quand il comblait vos désirs ?

Son expression passe de révoltée à carrément choquée. *Oups, j'y suis peut-être allée un peu fort.* Tant pis, au moins elle retiendra quelque chose de ma tirade.

— Impolie, grommelle-t-elle en s'éloignant.

Bien, ma leçon de morale n'aura servi à rien. C'est bon à savoir.

Je crie « bingo ! » quand je tombe enfin sur le fameux bout de papier, le brandissant fièrement devant moi. Je tape la combinaison et peux enfin pénétrer dans mon nouveau lieu de vie, ma lourde valise derrière moi. J'espère qu'ils expédieront le reste de mes affaires à la bonne adresse.

Alors que je songe à un bon bain chaud, à peine dans l'entrée, une tornade me frappe de plein fouet. Je manque de perdre l'équilibre et mon sac s'écrase sur le sol, expulsant mes affaires de part et d'autre de mes pieds.

— Regarde ce que t'as fait, empotée !

La blonde que je devine dans ma zone d'âge se confond en excuses tout en s'accroupissant pour rassembler mes affaires. Je l'entends renifler et quand elle se relève, je remarque que sur ses joues dévalent des larmes interminables. Quelle situation cocasse ! Pour moi, bien sûr.

Je comprends que cette fille empotée a réellement un problème quand ses yeux mouillés remontent sur mon visage. Ceux-ci s'écarquillent. C'est certainement une de mes fans, sauf que là je n'ai pas vraiment envie de m'éterniser avec des selfies.

— Qu'est-ce que tu *fous* ici ?

Je hausse les sourcils. *Quel culot !*

— J'emménage, ça pose un problème ?

— Non ! s'écrie-t-elle. Tu n'as pas le droit, après tout ce temps, de venir faire foirer tout ce qu'on a construit !

Alors là, c'est définitif, cette fille est folle. Ce qu'elle dit n'a aucun sens.

J'ouvre la bouche pour la remettre à sa place, quand une voix grave qui résonne dans la cage d'escalier fait vibrer l'intégralité de mon corps, me provoquant une soudaine bouffée de chaleur.

— Clarisse !

Je siffle plus que je ne respire, mes membres tremblotent, et mes yeux ronds restent rivés sur les dernières marches de l'escalier. Jusqu'à ce qu'*il* apparaisse, affolé. *Non, c'est impossible...*

— Clarisse, excuse-moi, remonte s'il te...

Lui aussi perd tout moyen lorsqu'il me découvre. Il s'arrête net, son flot émeraude exprimant toute sa confusion. Son regard sur moi me brûle à chaque endroit où il le pose, faisant cogner mon cœur contre ma poitrine, bruit qui remonte jusque dans mes tempes.

Le monde s'arrête de tourner autour de moi quand je me perds dans sa contemplation. Evan semble s'être plongé dans la même transe, puisqu'il détaille mon tailleur et mon chemisier près du corps, qui me donnent une apparence de femme d'affaires ultra-sexy. Mon visage subit la même inspection que mon corps, passant par mes cheveux bruns retombant en vagues sur mes épaules, ma bouche dont il a raffolé, puis mes yeux. Ma respiration déclare forfait à cet instant. Quand ses billes émeraude fouillent le bleu des miennes, faisant abattre toutes mes défenses.

Lui n'a pas tellement changé. Je veux dire par là qu'il a toujours ce charme incroyable qui n'appartient qu'à lui, et qui m'a séduite dès le premier jour. La forme de ses cheveux m'indique qu'il a dû passer ses doigts entre ses mèches un peu trop de fois ces dernières minutes. Sa barbe me paraît plus longue, lui mangeant davantage la mâchoire que dans mes souvenirs. J'aime bien. Ce que j'aime moins, en revanche, c'est que je sais au fond de moi que la laisser pousser n'était pas un choix. Mais une négligence de sa part.

Le retrouver ici n'est certainement pas un hasard. À moins que ce hasard s'appelle Indiana. Elle a fait exprès de me faire emménager dans le même immeuble que lui, c'est certain. Cela explique ses nombreuses questions de tout à l'heure, sur mon retour et ses raisons. Elle commençait à douter et à se dire qu'elle avait peut-être fait une bêtise en me poussant à retrouver mon ex.

Evan rompt finalement notre contact visuel, sans que ça n'ait l'air de l'affecter. Cette indifférence est le premier coup de poignard. Le second, c'est lorsqu'il reporte son attention sur la blonde, et qu'il s'approche d'elle pour poser sa main sur son bras. *Non...*

— Excuse-moi, tout est ma faute. Je t'en prie, accorde-moi encore un moment.

Evan m'a déjà blessée trop de fois pour les compter. Mais je crois que jamais je n'ai eu si mal qu'à cet instant.

Il s'adresse à elle de la même manière qu'il s'adressait à moi. Avec la même tendresse, chaque mot roulant sur sa langue avec une telle douceur que son ton en devient le plus agréable à écouter.

Le plan d'Indiana a fonctionné, elle nous a bel et bien réunis. Mais c'est pour qu'Evan m'expose sa nouvelle vie. Sans moi. Comme une sorte punition pour être partie et l'avoir laissé derrière moi, au lieu de la récompense de le retrouver.

— Et elle, t'en fais quoi ?

La blondasse fait un mouvement de tête dénigrant dans ma direction, mais Evan ne me regarde pas pour autant. Il la regarde, *elle*. Et je ne peux empêcher les larmes qui me montent aux yeux. Aucune réplique bien sentie ne me vient à l'esprit contre cette piqueuse de mec tant la douleur prime sur tous mes sens.

— Mia, que fais-tu ici ?

Le fait de me parler sans me regarder est l'acte le plus méprisant qu'il ne m'ait jamais fait endurer. Pourtant, moi, je n'arrive pas à arrêter de le fixer. Deux ans peuvent paraître courts, mais deux ans sans Evan, c'est une éternité.

— Tu savais qu'elle emménageait ici ?

Cette information provoque chez Evan la pire des réactions. Il relève vivement la tête pour me fusiller de son regard le plus noir. Ce ne sont plus des coups de poignard à ce stade, mais des rayons X qui détruisent chacun de mes muscles en les brûlant sans aucune retenue.

— Je... je...

Aucune phrase cohérente ne veut sortir de ma bouche. Ma tête tourne quand je le regarde, lui avec son expression rancunière, elle et son dégoût, puis la main de l'amour de ma vie qui caresse lentement l'avant-bras de ma remplaçante. C'est trop.

Ma vision se trouble alors que le sol se dérobe sous moi. Trop d'émotions me submergent, mes jambes tremblent à un rythme effréné, et je dois m'appuyer contre le mur derrière moi pour ne pas m'écrouler. Le décalage horaire est multiplié par dix à cause de ces nouvelles révélations. De plus, j'ai n'ai pas dormi depuis quarante-huit heures.

Evan, interpellé, s'approche prudemment de moi.

— Mia ? Ça va ?

Il me rattrape avant que je ne m'écroule par terre. Dans ses bras, ses yeux verts accaparent toute mon attention.

— Ça va... je suis juste tellement fatiguée, et tellement bouleversée...

La chaleur qui émane de son corps suffit à me bercer, et mes paupières deviennent trop lourdes pour que je les maintienne ouvertes. Alors je cède.

35. DISCUSSION À CŒURS OUVERTS

MIA

Mes paupières papillonnent, pour finalement s'adapter peu à peu à la lumière que diffuse la lampe au-dessus de ma tête. J'ai l'impression qu'on martèle mon crâne, et il me faut un temps pour comprendre que l'environnement autour de moi ne m'est pas familier. Des voix à ma gauche me parviennent, sans que je n'arrive pour autant à me redresser.

— Qu'est-ce qui te dit qu'elle n'a pas fait semblant de s'évanouir ? demande une voix féminine.

— Non, Mia n'aurait pas fait ça.

Les battements de mon cœur s'accélèrent à l'entente de ce ton rauque.

— Tu en es sûr ?

Evan se tait le temps d'un blanc de quelques secondes, avant de soupirer bruyamment.

— Non, je n'en sais rien, en fait.

C'est donc ainsi qu'Evan me voit maintenant. Quoique, il m'a sûrement toujours vue ainsi. *Simuler une sorte de malaise pour me retrouver dans son appartement qu'il a pris avec cette Clarisse, c'est vraiment ce que je voulais.*

Cette blondasse veut jouer, on va jouer. Je connais assez bien Evan pour savoir qu'il va être aux petits soins avec moi.

— Evan ? murmuré-je d'une voix fébrile.

Aussitôt, il vient s'agenouiller à côté du canapé sur lequel je suis allongée, m'observant attentivement. Je m'attendais à la mine soucieuse de son visage. Ce à quoi je ne m'attendais pas, en revanche, c'est la dureté de ses yeux, au lieu de la douceur qui les animait auparavant.

— Comment tu te sens ?

Aucun contact physique. Sa paume ne rencontre pas mon visage. Ses doigts n'effleurent même pas mon bras. *Bien sûr, Mia, à quoi tu t'attendais ? Vous n'êtes plus ensemble.*

— Ça va, je crois.

Tant que tu es près de moi.

Clarisse se poste derrière lui, les bras croisés, m'offrant une vue non désirée. La haine qu'elle provoque chez moi me donne la force de m'asseoir, malgré un terrible mal de tête qui me fait gémir. Par automatisme, les mains d'Evan encadrent mon visage pour me retenir, et je retiens ma respiration.

Malheureusement il ne m'accorde pas le temps de profiter de son toucher, puisqu'il retire ses mains aussitôt, comme si la rencontre de nos deux peaux l'avait brûlé.

— Je crois que c'est mieux que tu restes allongée pour l'instant.

— Evan, j'aimerais qu'on parle, dis-je brusquement.

Il me regarde un instant, puis sa tête pivote lentement vers sa nouvelle copine. Ce titre, même en pensées, est abominable.

— Pour quoi faire ?

Il garde le visage tourné vers elle. Je ris nerveusement.

— Ça fait plus de deux ans qu'on ne s'est pas vus, tu n'as rien à me dire ?

Je n'en ai rien à carrer que cette blonde assiste à la conversation. Qu'elle écoute, et je serai d'autant plus satisfaite si elle fulmine.

— Si ma vie t'intéressait, je pense que tu aurais essayé de prendre de mes nouvelles depuis ces deux ans.

Je plisse les yeux, venimeuse.

— Parce que tu as essayé d'en prendre, de mes nouvelles, à moi ?

En plus, c'est faux. Je lui ai envoyé une carte postale lorsque j'étais à Milan pour la tournée, car nous avions toujours rêvé d'y aller tous les deux. Je lui contais rapidement ma vie, lui disais qu'il me manquait, mais je n'ai jamais eu de retour. C'est à partir de ce moment-là que j'ai compris qu'il avait pris la résolution de passer à autre chose. Je ne peux pas le lui reprocher.

— Bon, intervient Clarisse, agacée. Je vous laisse discuter, apparemment vous en avez besoin. Evan, j'attendrai que tu m'appelles pour rentrer.

Evan se lève et s'approche d'elle, inquiet.

— Tu es sûre ? Tu peux aussi bien rester...

— C'est bon. Je te fais confiance.

Quelque chose dans sa voix m'indique que non, elle ne lui fait pas confiance. Cette affirmation est plus un avertissement pour l'empêcher de commettre une erreur. L'erreur, c'est moi.

— Merci, chuchote-t-il.

J'ai la nausée. Je risque de vomir sur le tapis de ce salon – hideux, je suis sûre que c'est elle qui l'a choisi – d'une minute à l'autre.

Elle approche ses lèvres des siennes et je détourne le regard à l'instant où elles se touchent. Mes paupières se pressent d'elles-mêmes, tentant de faire disparaître l'image de cet horrible couple.

Ce n'est que lorsque j'entends la porte claquer que je m'autorise à ouvrir les yeux. Mais Evan n'est plus devant moi, j'entends ses pas dans l'appartement. *À quoi joue-t-il ?*

Une fois sur pieds, je me rends compte qu'il fait les cent pas. Bien sûr, ce tic ne pourra jamais le quitter. Ce constat a quelque chose de rassurant, cela signifie qu'il n'est pas aussi impénétrable qu'il cherche à le montrer, et que je lui fais toujours de l'effet.

— Alors c'est ça ta nouvelle vie, un appartement bien rangé rempli de babioles inutiles, répliqué-je avec sarcasme.

Je secoue la boule à neige contenant une mini-tour Eiffel que j'ai attrapée sur un meuble en bois. *Tellement cliché.*

— Alors c'est ça ton plan, débarquer dans ma vie et détruire tout ce que j'ai construit ? répond-il sur un ton de reproche.

Excédée, je le regarde d'un air mauvais.

— Attends, parce que tu crois que je suis venue pour ça ? Je fais mon retour en France et entre dans l'immeuble dans lequel j'emménage, pour tomber sur toi et cette Charlotte bis filant le parfait amour ! Je crois que la plus à plaindre ici, c'est moi, qui dois endurer la vue dégueulasse de votre couple !

Il s'avance vers moi, menaçant, et pointe un doigt accusateur sur mon être fulminant.

— Tout d'abord, ne mêle pas Charlotte à cette histoire, ça n'a strictement rien à voir ! Ensuite, je t'interdis de dénigrer mon couple de cette façon. Tu n'as aucune leçon à donner.

— Pourtant ça a tout à voir avec Charlotte ! poursuis-je, ignorant la seconde partie de sa réponse. Tu te rends compte que tu es en train de revivre la même histoire qu'à tes seize ans, quand comprendras-tu que les petites prudes ne sont pas pour toi ?

J'exagère, c'est vrai. D'apparence Clarisse et Charlotte sont semblables, mais il est évident que Clarisse a beaucoup plus de jugeote. Seulement cette fille a tout ce que j'ai toujours souhaité : une vie de couple avec Evan. Et il est tout à fait inenvisageable de penser qu'elle soit mieux pour Evan que je ne l'aie été. Que je ne le suis.

— Clarisse est différente de Charlotte, tout comme notre histoire ! Ça n'a rien de semblable ! Et encore une fois tu n'es pas en droit de parler, surtout quand madame se tape des chanteurs américains !

Qu'Evan ait pu suivre notre histoire, à Matthew et à moi, qui n'était presque que du fake, me remonte en quelque sorte le moral. Peut-être qu'il a ressenti un soupçon des sentiments qui m'accablent aujourd'hui.

— Il était sexy, pourquoi m'en priver ?

Quelle blague. Pas sexy le moins du monde, et il manquait cruellement de classe.

— Ne me dis pas ça, merde !

Je souris, car je constate qu'une part de mon Evan de dix-huit ans reste dans celui de vingt ans. Même s'il tente de le cacher.

— Pourquoi ? On est tous les deux passés à autre chose, susurré-je en approchant. Tu sais, être toujours collée à des mannequins, chanteurs, acteurs à moitié nus, ça attise forcément quelques désirs.

Evan baisse les yeux en secouant la tête. Il lutte contre ses vieux démons, je le vois. Il meurt d'envie d'exploser. *Explose, Evan. N'importe quoi, tant que tu me montres un minimum d'intérêt.*

— Alors, Evan... il t'est arrivé de penser à ce que nous faisions, dans le milieu ? On est tous très proches, tu sais.

C'est absolument absurde. Mes relations dans le milieu professionnel sont on ne peut plus platoniques. Mais ça, il ne le sait pas.

— Qu'est-ce que tu veux entendre ?! rugit-il. Ce que j'ai ressenti quand je voyais un article sur toi et ton super-couple hypermédiatisé ? Eh ben, ça fait chier, Mia. Parce que moi je reste comme un con, en France, à penser à toi alors que tu es à l'autre bout du globe, commençant une nouvelle vie et ayant passé l'éponge sur notre histoire ! C'est toi qui es partie...

Je ne m'attendais pas à un tel éclat de sa part. Et pour la première fois depuis que je suis ici, je la discerne. Toute la souffrance dans ses yeux. Evan souffre atrocement, et c'est ma faute. Pourtant, le faire souffrir est ce que je désire le moins sur Terre.

— Parce que tu crois que ça a été si facile pour moi ! hurlé-je à mon tour. Non, loin de là. Chaque jour je regrettais un peu plus et je m'en voulais de t'avoir laissé derrière moi, sans être certaine que tu aies bien fait ton deuil. La culpabilité m'a rongée chaque semaine où ton état occupait toutes mes pensées, j'aurais tout donné pour savoir comment tu allais *véritablement* !

— J'ai passé onze mois à t'attendre, en plein déni. À me persuader, au fond, que tu serais bientôt de retour, ta tournée était bientôt terminée après tout. Car l'idée d'avancer sans toi m'était insupportable. Et puis j'ai fini par me rendre à l'évidence. Avec le succès que tu provoquais, il y avait peu de chances pour que tu rentres tranquillement en France après la tournée. J'ai fini par comprendre que tu poursuivrais ta carrière de mannequin international. Quand j'ai compris ça, j'ai également compris que c'était fini.

C'était fini. Pour moi, ça ne l'a jamais été. La tournée et ce qui a suivi étaient juste une expérience avant de retrouver l'amour de ma vie, et finir mes jours avec lui. C'était une pensée égoïste, maintenant que j'y réfléchis, mais une partie de moi était persuadée qu'il m'attendrait. Mais je ne suis finalement pas étonnée qu'il ne l'ait pas fait, et je ne suis pas en droit de le lui reprocher.

— Et qu'as-tu fait, après ces onze mois ?

Ces mots m'arrachent la gorge. Je crains tellement sa réponse que j'en ai des sueurs froides.

— Tu n'aimerais pas savoir, souffle-t-il.

— Si. Je veux savoir.

Il s'appuie sur le comptoir de sa cuisine, et se passe la main dans les cheveux. Il semble épuisé.

— Je me suis bourré la gueule, lâche-t-il. Durant quelques soirs de week-end, l'alcool permettait que ton visage quitte mes pensées, le temps d'un moment.

Les larmes me montent aux yeux en imaginant un Evan dépité, assis au bar d'un pub miteux, ayant pour seul refuge l'alcool. Pas étonnant qu'il me déteste à présent.

— Tu as couché avec Clarisse ? demandé-je subitement.

Il me regarde, les yeux écarquillés. *Bien sûr qu'il l'a fait.*

— Oui.

Il ne devrait pas se sentir coupable de ça, et je ne devrais pas lui en vouloir. Pourtant je vois que m'avouer ce fait lui fait mal, et moi je lui en veux de ne pas m'être resté fidèle. Égoïstement, j'espérais qu'il s'abstiendrait. Que poser les mains sur une autre que moi le répugnerait, comme c'est le cas pour moi.

— Qui d'autre ?

Il soupire et se gratte la nuque.

— Des filles. Pendant des soirées.

Je ferme les yeux au moment où une larme s'échoue sur ma lèvre. Je m'y attendais. Je savais que si je retrouvais Evan un jour, il aurait eu d'autres aventures. Et pourtant, c'est la chute libre, et je m'écrase à terre sans aucune protection.

— Combien ?

— Deux.

Sa réponse vient presque immédiatement, comme si m'avouer les faits le ferait se sentir moins coupable.

Ça fait trois. Trois filles. Trois filles à qui il a fait l'amour. Trois filles devant qui il s'est retrouvé nu. Trois filles qui ont bénéficié de ce qui m'était exclusif, il y a deux ans et demi de cela.

J'arrive à ne pas défaillir et à garder la tête haute, bien que je sente la force me quitter au fur et à mesure de ses aveux.

— Ce n'était pas tes copines, j'imagine.

— Non. Juste un moyen d'assouvir mes envies, la plupart du temps j'étais pompette. C'est Clarisse qui m'a aidé à reprendre ma vie en main, à m'en sortir.

C'est encore trop. Entendre le nom de cette fille rouler sur sa langue avec tendresse, c'est dépasser les limites de ce que je peux endurer.

Alors je pose mes deux mains sur mes oreilles, ne supportant plus le discours qu'il me tient depuis dix minutes. Et je craque, j'éclate en sanglots, tellement fort que je me retrouve accroupie sur le sol, recroquevillée sur moi-même. Jamais je n'ai autant regretté d'être partie. Bien sûr que j'ai aimé ces deux dernières années, mais si j'avais été là, il n'y aurait jamais eu personne d'autre. J'ai tout fichu en l'air, tout simplement. Il est l'homme de ma vie, je le sais depuis le début. Il était le seul, il est le seul, et il sera à jamais le seul.

Sauf qu'aujourd'hui, il ne m'appartient plus.

— Mia.

La voix d'Evan me parvient à peine, comme s'il était loin. Il attrape mes poignets et tente de retirer mes mains, mais je résiste. Je ne veux plus entendre sa voix qui m'apprend ce que cette fille a fait pour lui alors que je l'ai abandonné. Tout ça pour quoi, ma carrière ? Mais qu'en est l'ultime but ? Vivre aisément, devenir riche ? Tout ça ne rime à rien si je ne suis pas heureuse. Ma seule source de bonheur, c'est lui, et ce depuis mes seize ans.

— Mia, tu me fais peur ! Arrête !

Entre les larmes qui m'inondent les yeux, je peux discerner l'incrédulité sur son visage. Il n'a pas l'habitude de me voir si expressive. Il est le seul à parvenir à me mettre dans de tels états.

Sûrement parce qu'il ne sait plus quoi faire, il enroule ses bras autour de mon corps secoué de sanglots. Au début je le repousse, ne supportant pas qu'il me prenne en pitié, mais c'est tellement bon de le sentir contre moi que je finis par me laisser aller. C'est ainsi que pendant une durée que je ne pourrais donner, je me retrouve bercée par mon premier amour, tous deux au sol et mon dos appuyé contre celui du canapé. Ses mains qui caressent mes cheveux me sont presque devenues étrangères, tout comme son parfum qui chatouille légèrement mes narines.

Au bout d'un moment, je suis redevenue un peu plus calme, alors il se détache de moi. Il dégage mon visage des deux mèches qui l'encombrent, comme il le faisait avant.

— Tu sais pourquoi je suis revenue ?

C'est d'une voix brisée que je l'interroge. Il secoue la tête.

— Je veux créer ma propre ligne, ici, à Paris.

Il essaie de la masquer, mais je la vois, sa déception. Même s'il s'interdit de le penser, il aurait voulu entendre les mots « pour toi » sortir de ma bouche.

— C'est un projet ambitieux, se contente-t-il de dire.

— En effet. Mais j'aurais très bien pu mener ce projet autre part. Seulement voilà, c'est pour une raison en particulier que j'ai dû quitter les États-Unis précipitamment.

Il m'écoute attentivement, le front plissé. Je prends une longue inspiration avant de poursuivre :

— Matthew White et moi ne formions pas un couple. C'était faux, juste pour que l'on parle de nous.

Les épaules d'Evan se relâchent, il semble soulagé. Je me reprends donc immédiatement :

— Mais un jour il m'a avoué que je lui plaisais vraiment, et qu'il avait envie de m'inviter à sortir. J'ai accepté, je me suis dit qu'il pourrait être un bon divertissement. On était un couple, j'imagine, même si ça n'avait rien à voir avec nous. Et un jour, on l'a fait… la veille de mon départ.

Il contient sa jalousie et garde le silence, attendant la suite.

— J'ai regretté tout de suite. Non seulement c'était nul, mais en plus je m'en suis voulu à mort. Parce qu'en deux ans, je n'ai eu aucune relation sexuelle.

Son changement d'expression traduit sa surprise.

— Quoi ?

— Aucune. Je ne pouvais pas. À chaque fois que je commençais à flirter avec quelqu'un, j'avais l'horrible impression de te tromper. Une fois, un mec en soirée m'a vraiment fait du rentre-dedans. J'ai failli céder, puis arrivés dans le taxi pour nous ramener à son appartement, j'ai vomi sur sa chemise. Je ne sais pas comment j'ai fait pour aller au bout avec Matthew…

De nouvelles larmes se forment, et je détourne les yeux tant je me sens honteuse. Il tente de capter mon regard en ramenant mon visage face au sien, de son index sous mon menton. Je constate que des pleurs lui rongent les joues, à lui aussi, et mon cœur déjà brisé se déchire.

— Ça n'était pas facile pour moi non plus, tu sais. Si j'ai réussi à franchir le pas les premières fois, c'était à cause du taux d'alcool trop important dans mon sang. Quant à Clarisse, cela fait huit mois que nous sommes ensemble, et je n'arrive même pas à la regarder dans les yeux pendant l'acte.

J'appuie mon pouce sur sa lèvre pour le faire taire.

— Stop. Ne me parle pas d'elle, s'il te plaît…

Il acquiesce, compréhensif. *Comme toujours.*

Je fais glisser mes mains derrière sa nuque, et remonte dans ses cheveux épais. Ils ont poussé depuis la dernière fois que mes doigts s'y sont mêlés. J'attends qu'il m'arrête, mais il n'en fait rien. Je le dévisage autant qu'il me dévisage, silencieux. Ces trois petits mots me brûlent la gorge depuis le début de notre altercation, je ne résiste plus et les laisse sortir.

— Je t'aime, Evan.

Ses yeux s'écarquillent. Il ne devrait pas être surpris, il est évident que mes sentiments pour lui n'ont pas changé.

— Je t'aimais il y a deux ans, je t'aime maintenant, et je suis persuadée que je t'aimerai toute ma vie.

Je colle mon front au sien, et recueille son souffle accéléré sur ma lèvre inférieure.

— Je t'appartiendrai toujours.

Ne pouvant plus attendre, je presse mes lèvres contre les siennes. Elles sont toujours aussi douces, et complètent les miennes parfaitement. Malheureusement pour moi, ce baiser ne doit durer que deux secondes avant qu'Evan ne me repousse, s'écartant de moi. Un rejet ne m'a jamais fait si mal que celui-là.

— Je ne peux pas, je ne peux pas lui faire ça.

Bon sang, même dans un moment pareil cette fille ne quitte pas ses pensées ? Je croyais qu'il était exclusivement avec moi, dans notre bulle, comme avant. Sauf que cette pimbêche a réussi à s'y infiltrer.

— Je vois. J'espère que ta Clara arrivera à te satisfaire, dans ce cas.

Je me lève, vexée et humiliée, et vais chercher mon sac sur le canapé.

— Clarisse, grogne-t-il.

— C'est pareil.

De plus, le prénom Clara est bien plus joli. Clarisse, d'où ça sort, sérieusement ?

— Mia, il faut que tu comprennes, tu étais partie et…

— J'ai compris ! le coupé-je. Je suis partie, et je t'ai perdu. C'est ma faute. Je vais faire ce qu'il faut pour me trouver un autre appartement, et disparaître de ta vie, comme ça tu pourras vivre ta petite idylle tranquillement.

J'enfile mon manteau et récupère ma valise dans l'entrée, un sentiment de défaite m'enserrant la poitrine. Le destin s'est bien foutu de ma gueule en me faisant retrouver Evan aujourd'hui, ou alors c'est le karma qui me tombe dessus. Il me fait payer toutes mes erreurs.

Je m'apprête à attraper ma valise, lorsqu'on me retient par le bras. Evan me tire en arrière et me retourne, puis en quelques secondes à peine perceptibles, sa bouche s'écrase sur la mienne.

36. CARTES SUR TABLE

MIA

Je gémis quand la langue d'Evan s'introduit dans ma bouche et qu'il m'attrape par les hanches. *Seigneur*. Je me colle à lui et agrippe sa nuque, le rapprochant davantage de moi. Si je n'ai été excitée par aucun homme ces deux dernières années, le corps d'Evan contre le mien suffit à ranimer toutes mes anciennes pulsions sexuelles.

Je le force à reculer, et le plaque sur le mur à côté de l'entrée. Je me débarrasse de mon manteau et le laisse tomber à mes pieds, sans quitter sa bouche. Je m'empresse d'attraper le bas de son tee-shirt et le passe au-dessus de sa tête. Le court moment où nous nous regardons, je vois le désir brûler ses pupilles, ce qui envoie une onde directe à mon entrejambe. Je plonge dans son cou, suçote chaque recoin de sa peau. Ses mains se referment sur mes fesses alors qu'il gémit mon nom quand ma bouche descend petit à petit le long de son corps. Ses paumes remontent le long de mon dos quand je m'accroupis devant lui. Sans le quitter du regard, je déboutonne son jean. Il déglutit en me contemplant, fasciné. Je suis prise d'une ferveur inconnue

546

quand je libère son membre, constatant qu'il est toujours prêt pour moi. Rien à voir avec celui de Matthew, c'est certain. Je referme mes doigts à la base, ce qui me vaut un râle de la part de l'objet de tous mes désirs. Quand je referme ma bouche autour de lui, il empoigne mes cheveux et accompagne mes mouvements. Je suis sûre que Clarisse ne le connaît pas aussi bien que moi je le connais, et qu'elle ne sait pas comment le rendre fou, ce qui me donne clairement l'avantage. Au bout de quelques secondes, il saisit mes épaules et m'oblige à remonter. Il m'embrasse encore et encore, et j'en veux toujours plus. Mon intimité est en feu.

— Tu es merveilleuse, chuchote-t-il contre mes lèvres.

Je suis rassurée qu'il pense ça de moi. Même si ses idées doivent être faussées par son désir, j'avais trop peur de n'être devenue qu'une horrible garce à ses yeux.

Je suis momentanément absente quand les doigts d'Evan se baladent sur mon corps pour me déshabiller. Et je refais acte de présence quand il me prend contre le mur, entourant son bassin de mes jambes, à présent tous les deux nus. C'est tellement brutal que je crie, faisant profiter tous les voisins de notre ébat. À chaque coup de hanche, l'un et l'autre ne pouvons nous empêcher de gémir. Le mur derrière moi racle la peau de mon dos à chaque mouvement, mais je n'en ressens même pas la douleur. Tout ce que je ressens, c'est la sensation de ne former qu'un avec lui alors qu'il entre en moi et ressort sans arrêt, nos corps pressés l'un contre l'autre. J'empoigne ses cheveux en sueur et plonge mon regard dans le sien, ce qui me fait craquer. Je vis l'orgasme le plus dévastant de ma vie, criant son nom trop de fois pour les compter.

Evan me serre contre lui sans bouger durant un instant, le temps que je me remette. Je ne sais pas comment je fais pour avoir encore de l'énergie ; durant ces deux ans d'abstinence, j'ai dû recharger les batteries, mais je me sens de nouveau apte. D'autant plus que lui n'a pas encore joui.

Je descends de ses bras et l'attire dans le reste de l'appartement en l'embrassant toujours. Guidés par notre ferveur à tous les deux, nous nous retrouvons sur le sol de sa cuisine, moi au-dessus de lui. Le trajet jusqu'au canapé était trop long. Je descends sur lui en me mordant la lèvre pour ne pas crier encore. Je l'aspire complètement, puis recommence. Je guide ses mains le long de mon buste, et le laisse empoigner mes seins.

— Mia… C'est tellement… putain !

Il n'arrive pas à aligner trois mots, ce qui me fait sourire. Il faut croire que je n'ai pas perdu mes talents durant ces deux ans inactifs.

Je me penche pour m'approprier sa bouche, alors ce sont ses hanches qui prennent le relais. Il encadre mon visage de ses mains en continuant ses va-et-vient, mes jambes surchauffent, la goutte de sueur sur son front m'indique qu'il n'en peut plus. Ses yeux n'ont jamais été imprimés d'un tel amour. Et il m'aime avec le même amour toute la nuit.

•

C'est le soleil filtrant par la fenêtre qui me tire du sommeil. Il me faut un moment pour reprendre mes repères. Je prends alors conscience qu'Evan et moi avons passé la nuit sur le sol de sa cuisine, avec seulement une couverture pour recouvrir nos deux corps nus. *Evan*. Il dort à côté de moi, paisiblement.

Je l'ai retrouvé. Et c'était magique.

Souriante comme jamais, je m'extirpe de ses bras, et enfile ma culotte et son tee-shirt qui m'arrive à mi-cuisse. Je me fais un thé et, anticipant qu'il voudra certainement un café, je mets la cafetière en marche. Le bruit ne le réveille même pas, il a l'air d'être plongé dans un profond sommeil. Mon cœur se serre à l'idée que cela fait bien trop longtemps qu'il n'a pas eu une nuit digne de ce nom.

Puis la panique me prend quand je me rappelle l'existence de sa nouvelle copine. Il ne me choisira pas, c'est certain. Après deux ans d'absence, je ne peux pas revenir comme une fleur, pour reprendre là où on en était. Je veux dire, je ne sais même plus où nous en étions. Mais je ne vois pas comment, après cette nuit, je pourrais le quitter comme si de rien n'était.

Soudain, la porte s'ouvre brutalement. Une portion du mur m'empêche de voir l'entrée et donc de voir qui pénètre dans l'appartement, mais j'entends une voix féminine.

— Salut la compagnie ! Je devais vraiment passer, alors Clarisse m'égorge pas pour ne pas t'avoir prévenue, j'ai apporté des croissants ! Et Evan, il faut absolument que je te...

L'inconnue s'interrompt quand elle me découvre. Elle me regarde et je fais de même, n'ayant aucune idée de qui il s'agit. C'est une petite brune d'environ un mètre soixante, des boucles coupées au carré encadrant son visage. Sa peau est bien plus hâlée que la mienne, carrément mate. Sa bouche bien dessinée s'ouvre de surprise. Elle a beaucoup plus de charme que l'autre Clarisse ; qu'une nana pareille partage la vie d'Evan me noue la gorge.

— Oh putain ! Tu es... Oh, merde ! Putain de bordel de... oh, bah... merde !

Elle n'arrête pas de jurer, les yeux écarquillés, puis jette un regard à Evan sur le sol à ma droite, qui se réveille doucement.

— Evan François Bernard Pérez ! Dans quelle merde tu t'es foutu ?

Elle vient d'inventer ce deuxième et troisième prénom, puisque je sais qu'Evan n'en a pas. Celui-ci met du temps à émerger, puis il ramène vivement la couverture sur son torse, qui recouvrait à peine ses parties intimes un peu plus tôt.

— Vic ! Putain, qu'est-ce que tu fais là ? Et tu ne peux pas frapper, à la fin, bon sang !

— C'est-à-dire que je n'ai pas pour habitude de *devoir* frapper. Je vous trouve rarement nus, Clarisse et toi, allongés sur le sol de ton appart.

Je ne comprends rien, mais alors vraiment rien. *C'est qui, cette fille ? Et pourquoi elle a l'air de si bien connaître Evan ?*

Evan se lève, seulement la couverture lui glisse des mains, dévoilant ses bijoux de famille quelques secondes, avant qu'il ne la remonte précipitamment. Ladite Vic se retourne en barrant ses yeux de sa main, et s'écrie, offusquée :

— Evan ! Une des principales règles de l'amitié, c'est de ne pas montrer sa bite à l'autre !

Alors, ils seraient amis ? Quel genre d'amis ? Du genre Evan et moi au début de notre histoire ? Bordel, mais qu'est-ce que je fais ici ?

— Vic, arrête de déblatérer, tu m'épuises. Et désolé, je sais que tu n'as pas dû en voir beaucoup.

Evan s'approche de moi et me confie :

— Vic est presque vierge.

— Connard !

550

« Vic » se munit d'un des coussins du canapé et le lui balance à la figure alors qu'il ricane. *Je rêve ou ils flirtent devant moi ?*

— Evan, c'est quoi ce merdier ? interviens-je, énervée.

— Excuse-moi, excuse-moi.

Il a du mal à calmer son engouement et doit se racler la gorge pour cesser de rire. Je le regarde, lui et ses yeux qui brillent de bonheur, outrée.

Est-ce qu'il vivrait une histoire d'amour avec deux femmes ? Dans ce cas-là, je me sentirais bien plus menacée par la brune.

— Mia, je te présente Victoire Lebrun, ou la seconde plus grande chieuse de la planète – après toi, évidemment. Vic, voici Mia Castez, c'est…

— Ton ex, la mannequin, ouais. Que tu viens de prendre sur le sol de ton salon. Me dévoilant ensuite tes parties intimes. Nous menant à cette conversation gênante, durant laquelle ton ex me regarde comme si elle allait me tuer.

— Attends, quoi ? Comment tu sais que c'est mon ex ? s'étonne Evan.

— Longue histoire, beau gosse. Disons que t'as la langue bien pendue quand t'as un peu d'alcool dans le sang, et apparemment tu t'en sers aussi pour la fourrer dans la bouche de…

— Oh ! Ça va, je ne vous dérange pas ? m'époumoné-je.

Un silence tombe dans la cuisine. « Victoire » et Evan se dévisagent en se fusillant mutuellement du regard, avant de s'écrier en même temps :

— C'est sa faute !

Puis ils rient. Bordel.

Je. Suis. Paumée.

— Bon, je vais aller enfiler un jean. Vic, sois gentille avec Mia et évite de lui faire peur. Vous devriez bien vous entendre toutes les deux.

Evan quitte la pièce, et je suis trop bouche bée pour le retenir. Je bois une longue gorgée de mon thé, comme s'il pouvait me redonner de la force.

Victoire me fixe de ses grands yeux bruns, attendant quelque chose. J'arque un sourcil. Elle se décide alors à s'avancer vers moi, mais elle se tord la cheville. Pas étonnant, vu les talons aiguilles qu'elle porte. Même moi j'ai du mal à marcher quotidiennement à une telle hauteur.

— Quand on ne sait pas marcher avec des talons, on évite d'en porter.

— Ah, m'en parle pas, c'est une horreur.

Elle vient s'appuyer contre le comptoir à côté de moi, grimaçant de douleur.

— Je regrette chaque seconde de les avoir achetés. Mais au moins j'atteins le mètre soixante-trois avec.

— C'est clair que t'es super petite.

Je ne prends pas de pincettes avec elle : je ne l'aime pas.

— Pas si petite que ça, en fait. Tu sais que la moyenne de taille chez les femmes est d'un mètre soixante-deux ? J'y suis presque sans talons, et avec talons je les dépasse ! Et ma petite fierté personnelle : je suis au-dessus de la moyenne du tour de poitrine. Je sais, on dirait pas, mais ça c'est à cause de tous les push-up qu'on crée de nos jours, ça fausse toutes les impressions.

— Ouais, je sais, je bosse dans le milieu.

Je la regarde de travers tout en buvant une nouvelle gorgée dans ma tasse. C'est la première fois que je rencontre quelqu'un qui n'en a clairement rien à battre de mes piques. Elles ne semblent même pas l'atteindre, et en plus, elle répond complètement à côté.

— C'est vrai ! Bon, du coup, t'as pas des conseils pour marcher avec ce genre de chaussures ? J'ai essayé de suivre une ligne imaginaire comme les mannequins, mais je me suis étalée en pleine rue – eh oui, le trou dans mon jean n'est pas fait exprès. Tu vois, j'ai l'impression qu'on me broie les pieds et qu'un petit malin s'amuse à chauffer le dessous de ma plante avec une flamme. Tu vois, comme si je marchais sur des braises et que je courais le plus vite possible pour en sortir, sauf que c'est un chemin infini ?

Je cligne des yeux, pas certaine de vouloir rester en compagnie de cette brunette.

— T'es super bizarre.

C'est tout ce que je trouve à dire. Et encore une fois, elle ne paraît pas blessée.

— Désolée, c'est que j'ai vécu trop de trucs choquants aujourd'hui, ça perturbe mon équilibre. Déjà qu'il n'est pas très stable, vous trouver Evan et toi à poil, ça n'arrange rien.

Je pose ma tasse sur le plan de travail et me plante devant elle, en ayant marre de tourner autour du pot.

— Bon, Victoria. Va falloir qu'on parle sérieusement.

— Je m'appelle Victoire.

Je n'ai pas le temps de dire « c'est pareil », qu'elle se remet déjà à parler :

— Quoique, je préfère Victoria. Tu peux m'appeler Victoria.

— Peu importe. Dis-moi la vérité sinon je le verrai : tu couches avec Evan ?

Elle n'a aucune réaction durant trois secondes, puis elle éclate de rire.

— Pardon ?

Je ne sais pas si c'est une feinte pour me faire lâcher le morceau, mais je n'en démords pas, attendant sa réponse.

— Non ! Non, beurk ! Evan Pérez et moi avons une relation des plus platoniques !

J'ai un peu de mal à la croire. J'ai été amie avec Evan, je sais que ça n'est jamais complètement platonique.

— Pourtant vous m'avez l'air proches.

Elle soupire et joue avec une de ses boucles.

— C'est le cas. Evan est une partie de ma vie qui m'est devenue indispensable. Il est toujours d'un soutien sans faille.

Je déglutis péniblement en songeant que s'il est si important pour elle, c'est qu'ils doivent se côtoyer depuis un moment.

— Mais ça ne dépasse pas l'amitié, je te le jure. Ni de mon côté, ni du sien, tu peux en être sûre.

La sincérité contenue dans ses yeux bruns me donne envie de la croire. Je crois que je n'ai jamais été aussi perplexe.

— De toute façon, je ne sais pas mentir, m'affirme-t-elle. Tu le verrais si je te racontais des choux.

— On dit raconter des salades.

— C'est vrai, mais je trouve qu'avec le mot « choux » ça sonne mieux.

Un faible sourire cherche à se dessiner sur mes lèvres, que je réprime aussitôt. Manquerait plus que je me mette à blaguer avec cette cinglée.

Evan revient dans la cuisine pour me sauver, maintenant habillé d'un jean et d'un tee-shirt blanc qui moule sa musculature. Il fuit mon regard. *Ça y est, il regrette.*

— Bon, du coup je vais vous laisser, on aura le temps de discuter plus tard, déclare Victoire.

Elle replace son sac sur son épaule et me sourit. Le genre de sourire sincère qui illumine tout de suite un visage. Le charme naturel de cette fille est troublant, j'ai peur qu'Evan y soit sensible.

Victoire passe devant Evan, mais il la retient par le bras.

— Tu venais pour ce que je pense ?

Elle soupire et baisse la tête.

— Ouais. Mais mes problèmes peuvent attendre, je t'assure.

— Reviens quand tu veux, ou alors on en parle demain après les cours, ça me tient à cœur de t'aider.

Elle hoche la tête et quitte l'appartement, sous mon incrédulité. Evan, l'air soucieux, se gratte la nuque. *L'état de cette fille provoque réellement une telle anxiété chez lui ?*

— Qu'est-ce qui arrive au moulin à paroles ?

Il sourit pauvrement en relevant la tête vers moi.

— Elle n'est pas très gâtée niveau relation, elle non plus.

— Elle a un copain ?

Si c'est le cas, alors je me sentirais tout de suite moins menacée. Je viens juste de rencontrer cette fille mais elle semble être véritablement gentille et droite de nature, je la vois mal tromper son mec. Surtout si ce qu'elle dit est vrai et qu'elle ne sait pas mentir.

— Non, enfin… c'est compliqué. Et si on s'asseyait pour discuter ?

J'acquiesce tout en redoutant la suite. S'il me fait asseoir, c'est que ça ne va pas être bon pour moi.

Nous prenons place sur la petite table rectangulaire au centre de la cuisine, à côté de notre lit arrangé, l'un en face de l'autre.

— Comment tu as trouvé Vic ? commence-t-il.

— Elle est… spéciale.

C'est tout ce que je trouve à dire. En vérité, je n'arrive pas à émettre un réel jugement.

— En effet, sourit-il. J'ai tendance à côtoyer des filles spéciales.

— C'est quoi la nature de votre relation, au juste ?

Mes yeux sont plantés dans les siens pour m'assurer qu'il ne me ment pas.

— Amis. Très bons amis.

Ma perplexité le pousse à approfondir.

— Vic m'a beaucoup aidé. Je l'ai rencontrée dès mon arrivée ici, on était dans la même prépa. On était tous les deux brisés… d'un chagrin d'amour. On n'en a jamais clairement parlé, on se contentait d'être là l'un pour l'autre, mais aujourd'hui j'en sais plus sur le garçon qui lui a brisé le cœur, et visiblement elle en connaît plus que je ne le pensais sur moi également puisqu'elle savait qui tu étais. On en a bavé ensemble pendant deux ans, toujours en se serrant les coudes. Et on a tous les deux été pris dans la même école de commerce en début d'année, alors elle continue de faire partie de mon quotidien.

Je suis forcée de m'adoucir en voyant les souvenirs s'animer chez lui. Il a souffert à cause de mon départ, et cette fille l'a aidé à remonter la pente sans lui mettre le grappin dessus. J'imagine que je lui dois une fière chandelle.

— Tu l'aimes beaucoup, murmuré-je.

— Ouais, beaucoup. Je veux dire, elle est géniale. C'est un gag à elle toute seule, elle est tellement douée pour se taper la honte que ça devient maladif. Elle est toujours pleine de vie, je crois que si je ne suis pas devenu aigri c'est grâce à elle. C'est vrai que notre proximité peut porter à confusion, d'ailleurs Clarisse ne l'aime pas particulièrement.

Je me tends à l'évocation de ce prénom. Sentant que la tension pointe le bout de son nez, Evan se reprend :

— Enfin, tout ça pour te dire que j'adore Vic, mais pas de la façon que tu crois. Parfois, elle me rappelle toi.

— Pardon ? Alors là, je ne sais pas comment le prendre.

Il est pris d'un léger rire.

— Dans le sens où vous pratiquez toutes les deux le « sans filtre », elle est un peu trop franche et dit tout ce qui lui passe par la tête. Elle a aussi tendance à clasher les gens, sauf qu'elle, elle ne s'en rend pas compte et s'en veut ensuite, ce qui rend la chose encore plus comique.

— J'ai compris, c'est moi, en mieux.

— Je ne trouverai jamais personne mieux que toi, Mia.

— Alors reste avec moi, dis-je sans réfléchir.

L'atmosphère change instantanément dans la pièce. L'inévitable sujet arrive sur la table : nos ébats imprévus d'hier soir. Que je ne regrette pas le moins du monde, mais je doute que ce soit le cas de l'homme droit en face de moi.

— Mia… c'est compliqué, hier…

— T'as pas aimé ?

Ça y est, je suis déterminée. Je *veux* Evan. Indiana nous a donné un coup de pouce, et je lui en suis finalement reconnaissante. C'est notre moment. J'ai décollé dans ma carrière, je vais maintenant me poser à Paris. Lui a passé le plus dur de ses études, il est maintenant dans une école de commerce pour trois ans, ça ne sera plus le même esprit compétitif et stressant que la prépa. Cette fois, je ne veux pas manquer le coche.

Seulement un obstacle de taille nous barre la route : sa nouvelle relation. Mais je le connais assez pour savoir qu'il n'aime pas cette fille, et qu'elle ne le rend pas heureux. Il le paraissait plus en compagnie de Vic, par exemple. Clarisse n'est qu'un moyen pour lui de ne pas sombrer dans la solitude. Sauf que maintenant, je suis là.

— Bien sûr que j'ai aimé, Mia… mais je deviens comme mon père…

Ses mains jointes sur la table se mettent à trembler alors que les remords lui rongent le visage. *Non, pas ça…*

— J'ai été infidèle. Moi qui ai toujours condamné l'infidélité, j'ai trompé Clarisse.

— Evan, ça n'est pas pareil…

— Mais tu connais le pire dans tout ça ? me coupe-t-il. C'est que je n'arrive pas à culpabiliser d'avoir couché avec toi.

Une once d'espoir renaît en moi alors que je me redresse.

— Parce que tu n'as pas eu l'impression de la tromper en me faisant l'amour, analysé-je.

Il fait non de la tête.

— Mais tu as l'impression de me tromper quand tu couches avec elle.

— Oui, souffle-t-il.

Il est honteux de ses sentiments, mais il ne devrait pas. Notre relation, à Evan et moi, est particulière. Les mots « je t'appartiens » n'étaient pas des paroles en l'air. Lui et moi pouvons sortir avec un million d'autres personnes, nous aurons toujours l'impression d'appartenir l'un à l'autre.

Alors je rassemble mon courage, et recouvre ses mains des miennes. Je plonge mon regard bleu dans le sien, et mets mon âme à nu.

— Je veux qu'on nous accorde une nouvelle chance. On s'est encore retrouvés, Evan. Tu en étais persuadé il y a plus de deux ans, et tu avais raison. J'étais prête pour une vie avec toi à l'époque, et je le suis toujours. C'est ce que je souhaite le plus au monde. Certes ces deux ans étaient enrichissants, certes ma carrière a explosé, certes j'ai gagné beaucoup de pognon, mais il n'y a qu'avec toi que je suis pleinement heureuse. Je serais prête à tout abandonner pour vivre avec toi, même dans un endroit miteux, je m'en fous ! Je serais prête à tout plaquer si tu me le demandais. Demande-moi ce que tu veux.

— Mia, c'est compliqué… il y a Clarisse, maintenant.

— Je sais que tu es toujours amoureux de moi, Evan. Je l'ai vu dans tes yeux quand tu me faisais l'amour hier. Je le vois maintenant. Ne fous pas tout en l'air parce que tu as peur.

Essoufflée, je me tais. J'attends une réaction de sa part. Je peux très bien imaginer la bataille qui se livre entre sa raison et son cœur. Il faut simplement que j'arrive à faire s'allier ces deux ennemis.

— Je crois que j'ai besoin d'un peu de temps pour réfléchir à tout ça, finit-il par annoncer.

— Bien sûr. Je serai à côté, de toute façon.

D'ailleurs, il serait temps que j'emménage dans mon nouvel appartement. Je me lève pour me diriger vers l'entrée, jusqu'à ce qu'Evan m'arrête.

— Mia, attends.

Il se lève et me rejoint, prend ma main pour me ramener contre lui, et embrasse mon front.

— Je ne devrais sûrement pas te le dire, mais… Ne disparais pas, s'il te plaît.

— C'est la dernière de mes envies.

Un sourire passe sur mon visage avant que je ne m'éclipse.

37. FAIRE UN CHOIX

MIA

Cela fait seulement trois jours que je suis à Paris. J'ai couché avec Evan samedi soir, dimanche matin nous avons discuté, et je n'ai pas cherché à le joindre hier. Je sais qu'il a besoin de temps, mais cette attente est insoutenable. Alors je me suis noyée dans le travail toute la journée d'hier, jusqu'à tard le soir. Mais en voyant la date ce matin, j'ai eu du mal à me concentrer toute la journée.

Aujourd'hui, précisément, cela fait trois ans que Marie est décédée. Et cela m'étonnerait qu'Evan l'ignore.

C'est pourquoi je me retrouve à présent devant l'ESCP, l'école d'Evan, à regarder nerveusement les élèves entrer et sortir. Sans savoir réellement ce que j'attends. Il y a peu de chances que je tombe sur Evan, mais je me voyais mal l'appeler pour lui demander comment il vivait cette journée, encore moins sonner chez lui pour tomber sur Clarisse. Sauf que mon plan n'est finalement pas très efficace.

Deux nanas me reconnaissent et demandent une photo, ce que j'accepte à contrecœur. Si je ne surveille pas attentivement la foule qui sort, je peux manquer Evan.

— Mia ?

Je tourne la tête et découvre Victoire, la super-pote d'Evan, qui avance vers moi. Elle arbore un sourire resplendissant, me prouvant sa bonne humeur. *Ça en fait une sur deux.*

— Salut, lancé-je, sur la défensive. Tu sais si Evan va bientôt sortir ? Ou est déjà sorti ?

— Il est pas venu en cours aujourd'hui, il m'a prévenue ce matin.

Je soupire. *Bien sûr, les choses ne pouvaient pas être simples.*

— Mia, je voulais te dire, désolée si la dernière fois j'ai été un peu… extravagante. C'est juste que surprendre un de mes amis les plus proches en délit d'infidélité m'a vraiment surprise.

— Je comprends. Le corps d'Evan a tendance à provoquer ce genre de comportement, encore plus ses parties intimes.

Je l'analyse d'un œil critique alors qu'elle rit légèrement. Si elle n'est pas une menace, elle peut être une source d'informations. Et puisqu'elle est du genre gaffeuse, ça ne serait pas dur de lui soutirer des détails sur la vie d'Evan pour m'en servir ensuite.

— Dis, Victoire, si on allait boire un verre ?

— Je préfère qu'on m'appelle juste Vic, en fait.

Elle ne répond toujours qu'à une partie des questions ? Elle est exaspérante.

— Très bien, alors *Vic*, si on allait boire un verre ?

Je sens ma patience s'amenuiser alors qu'elle plisse ses yeux marron, suspicieuse.

— Toi, tu veux aller boire un verre avec moi ?

— Ouais, t'as l'air sympa.

Je regrette instantanément ma phrase tant elle sonne faux.

— Écoute, j'ai peut-être l'air naïve, mais je ne suis pas assez stupide pour croire que tu as simplement envie d'apprendre à me connaître.

Je lève les yeux au ciel. Ce qu'elle peut être agaçante.

— Mais tu sais quoi, allons boire ce verre, puisque tu sembles si désespérée.

Son sourire réapparaît alors qu'elle remonte son sac à main sur son épaule. Je jurerais qu'elle se moque de moi.

— Moi aussi, après tout, j'ai envie d'en savoir plus sur… comment il disait… « la reine des garces » ?

Je ne peux m'empêcher de glousser tant ce surnom me paraît loin. Ça faisait un bout de temps que je ne l'avais pas entendu.

— Il t'a dit ça ?

Nous commençons à marcher l'une à côté de l'autre. D'après ce que je comprends, c'est elle qui choisit où nous allons boire ce verre.

— Oui, mais ne lui dis pas, il aura honte sinon. C'était un soir où je l'ai trouvé un petit peu… éméché. Il a commencé à nous raconter des histoires à propos de toi tout à fait incompréhensibles.

— *Nous* raconter ? Qui était avec toi ?

— J'ai dit nous ? Non, j'étais toute seule. C'est bizarre, des fois ma langue fourche sans mon autorisation, ça arrive tout le temps, c'est infernal. Je ne sais pas pourquoi, à croire que mon cerveau a un manque de coordination avec ma bouche, il faudrait peut-être que je voie un spécialiste.

Enfin y avait pas de *nous*, mais juste un *je*. Au singulier. Première personne.

Un sourcil haussé, je l'observe du coin de l'œil déblatérer des absurdités.

— Tu ne te tais jamais ?

— Rarement. Peut-être que ma bouche a quelques bugs, mais elle ne se met jamais en pause.

Elle ramène une de ses mèches brunes derrière son oreille, et je remarque que la teinte de ses joues vire au rouge. Je comprends maintenant ce qu'Evan disait hier. C'est vrai que cette fille est rafraîchissante, même si ça me fait mal de l'avouer. La preuve, je n'ai aucune idée du chemin que nous avons parcouru depuis l'école tant je suis occupée à écouter sa voix enthousiaste. Je me demande s'il lui arrive d'être triste, et je me rappelle qu'Evan et elle se sont rencontrés alors qu'ils étaient au plus bas tous les deux.

Soudain, elle trébuche en se tordant la cheville. *Encore*. Elle se raccroche à moi de justesse, mais en retournant son pied, nous découvrons que son talon est cassé.

— Oh non. La poisse.

— Si tu casses l'autre, peut-être que ce sera pas si mal, me moqué-je.

— On va faire plus simple.

Elle retire ses deux chaussures et, ses talons à la main, elle se remet à avancer.

— Attends, tu ne vas pas te balader dans Paris pieds nus, si ?

— Pourquoi pas ? Quand j'avais huit ans, je suis bien allée à l'école avec mon pyjama troué aux fesses.

Je prie pour qu'aucun paparazzi ne me voie en compagnie de cette folle et reprends la route avec elle en secouant la tête.

— Tiens, regarde, on va s'installer là.

Elle me montre un bar sur une grande place. Nous nous installons en terrasse malgré le temps automnal, face à face.

— Ce café est notre lieu de rendez-vous avec nos amis de l'ESCP, à Evan et à moi. Je me suis dit qu'être dans un de ses lieux familiers nous mettrait dans l'atmosphère de l'interrogatoire que tu me prépares.

Bien, elle est lucide sur mes intentions. Et si elle est disposée à me répondre, alors ça n'est que plus bénéfique pour moi.

— J'imagine qu'Evan plaît à beaucoup de filles ici.

Ses boucles au carré rebondissent sur ses épaules quand elle hoche la tête.

— Le fessier d'Evan Pérez, c'est un mythe.

— Alors tu le mates, toi aussi ?

— Eh, oh, on se calme. Je ne le regarde toujours qu'avec objectivité. C'est pour la science, tu vois.

Je tapote mes ongles vernis sur la table devant moi, amusée.

— Et c'est quand qu'il a commencé à fréquenter cette… blonde ?

— Clarisse ? Vers la fin de notre deuxième année de prépa, avril dernier, il me semble. C'est la première qui a réussi à l'approcher. Les autres, il les rejetait sans état d'âme.

— Il est doué pour ça, dis-je en songeant aux vents qu'il me mettait au début de notre histoire.

— Elles en ont bavé, c'est sûr.

Vic regarde nerveusement les gens autour de nous, tout en triturant ses ongles. Elle ne sera pas apte à répondre sérieusement à toutes mes questions si elle adopte ce comportement parano.

— Tu cherches quelqu'un ?

— Hein ?

Elle sursaute en entendant ma voix, comme si elle s'était absentée durant quelques secondes.

— Excuse-moi. C'est que je pensais qu'un serveur ne travaillait pas aujourd'hui, mais je crois l'avoir aperçu. Tu disais ?

Je décide de ne pas relever, de toute façon sa vie m'importe peu.

— Qu'est-ce qui a fait qu'il choisisse Clarisse et qu'il repousse les autres ?

Elle réfléchit un moment, ses sourcils froncés.

— J'aimerais pouvoir te répondre, mais la vérité c'est que je me demande encore pourquoi il sort avec elle. Ils s'entendent bien, mais ils sont tellement… tellement pas en phase. Je ne sais pas, ils sont peut-être un peu trop similaires.

La tirade de cette Victoire commence à me plaire. Apparemment, même elle se demande ce qu'ils foutent ensemble. Si leur histoire marche si peu, alors pourquoi est-ce si dur pour lui d'y renoncer ?

Pas question d'envisager qu'il puisse avoir des sentiments pour elle. Non, impossible.

— Vous êtes amies ? Avec Clarisse ? continué-je.

— Pas vraiment… On se connaît depuis le collège, en fait, et on se retrouve à faire les mêmes études. Disons qu'il est difficile d'être amie avec Clarisse parce qu'elle

566

veut toujours être la meilleure partout. En cours, c'est pire que tout. Le pire du pire, c'est quand elle prenait cet air supérieur en réussissant une équation au tableau au lycée. J'avais envie de lui arracher ses longs cheveux blonds.

— On s'allie et on fait ça quand tu veux.

Je vois que ma proposition la tente mais, sûrement une répercussion de sa gentillesse, elle ne répond rien. Je dois dire qu'entendre quelqu'un critiquer cette Clarisse est revigorant. Les filles parfaites me font peur. Mais les filles trop parfaites comme Clarisse, je n'en fais qu'une bouchée.

— J'aimerais que tu répondes sincèrement à ma prochaine question. C'est ce qui va déterminer mon avenir.

Je vois la pression monter en elle alors qu'elle se tortille sur sa chaise, comme si elle s'apprêtait à répondre à la question finale d'un grand questionnaire qui la mènerait à une grosse somme d'argent.

— Je t'écoute.

— Est-ce qu'il est réellement heureux avec elle ?

Si elle répond oui, alors peut-être que je le laisserai tranquille. Peut-être que je disparaîtrai pour lui laisser cette vie simple et ne pas l'embarquer dans une vie mouvementée à mes côtés. Il m'a déjà incitée à partir, il y a plus de deux ans, pour mon bonheur. Alors je pourrai faire de même pour lui aujourd'hui, en sortant définitivement de sa vie.

— Non, souffle-t-elle. Il n'est pas heureux. Et il est toujours amoureux de toi.

Je soupire en balançant ma tête en arrière. Dieu merci, je vais pouvoir me comporter en égoïste !

— Bonjour, retentit une voix grave à ma gauche.

Un serveur se tient à côté de notre table. Un très beau serveur. Jeune, grand, brun, la mâchoire la plus carrée que j'aie jamais vue, et un corps que je devine attrayant derrière sa chemise et son tablier. Son regard est posé sur Vic et ne semble pas vouloir dévier alors qu'elle regarde ses mains, posées sur la table.

— Je croyais que tu ne devais pas bosser aujourd'hui, lance-t-elle, toujours sans le regarder.

— Émile est malade, j'ai dû le remplacer en urgence.

— Quelle chance !

Le serveur soupire en roulant des yeux. Intriguée, je me redresse et me racle la gorge.

— Vic, tu ne me présentes pas ?

Elle me fusille du regard, mais n'est pas plus intimidante qu'une enfant de cinq ans. Maintenant, j'aimerais bien savoir quel genre de relation les lie, ce serveur et elle, pour qu'elle soit si remontée contre lui.

— Adam, je te présente Mia, c'est une… amie d'Evan qui vient d'arriver. Mia, je te présente Adam, mon colocataire.

— Et membre indispensable de sa vie, ce qu'elle ne précise pas puisqu'elle essaie de rester crédible en me faisant la gueule, la reprend Adam.

— Ta gueule.

— Ma Vic, tu manques cruellement de repartie.

Vic, agacée, pose enfin les yeux sur lui.

— Bon, tu prends nos commandes ou tu comptes continuer de nous taper la discute ?

Le serveur ouvre son carnet, résigné, et me demande ce que je veux. Quand il en vient à Vic, elle ne s'est pas encore décidée.

— Tu portes du blanc… réfléchit-il. Te connaissant, mieux vaut prendre quelque chose qui ne tache pas trop. Un Sprite, c'est parfait.

Il s'en va avant qu'elle n'ait pu rétorquer, alors qu'elle reste la bouche grande ouverte.

— Il sait que je n'aime aucune boisson gazeuse. Je vais le tuer.

— Vous êtes sortis ensemble ? demandé-je.

— Quoi ? Non ! Jamais de la vie je ne… enfin il est…

— Sexy ?

Elle se passe les mains sur le visage.

— Voilà ! Trop sexy et trop con.

— La définition d'un mec !

J'arrive à lui arracher un sourire. Je ne sais pas si c'est parce que je me sens redevable de ses renseignements sur Evan, mais j'ai envie de lui renvoyer la balle en l'aidant à mon tour. Je deviens vraiment quelqu'un de trop bien.

— En tout cas, il a l'air dingue de toi.

— Non, pas du tout.

Elle reste un instant sans rien dire, butée, mais finit par murmurer :

— Euh… Qu'est-ce qui te fait dire ça ?

— Eh bien, ce n'est pas difficile. Il n'a pas arrêté de te dévorer des yeux et il m'a à peine regardée, ce qui n'arrive pratiquement jamais. Il faut vraiment qu'un homme soit obnubilé par une autre pour ne pas me mater un minimum.

— Tu es très modeste, dis-moi.

— C'est une de mes principales qualités.

Je souris angéliquement. Je vois que mes analyses la troublent, et de la fumée s'échappe presque de sa tête tant elle réfléchit.

Soudain, une grande carrure à ma droite attire mon attention. Je reconnais immédiatement le corps d'Evan qui vient dans notre direction, et ne peux m'empêcher de soupirer. *Trop sexy.*

Il s'arrête net à quelques pas de nous en nous apercevant. Surpris, il jette un coup d'œil incrédule à Vic, puis à moi. Sans réfléchir je me lève, et vais me planter face à lui.

— Comment se passe ta journée ?

Il lit dans mes yeux que j'ai réalisé quel jour horrible nous étions aujourd'hui.

— Pourrie.

Je lui saute au cou au même instant où il m'enlace, en parfaite synchronisation. Une main dans mes cheveux, l'autre dans le bas de mon dos, il me serre contre lui. J'hume son odeur dont je suis redevenue accro, et dont j'ai été privée pendant presque deux jours.

— Qu'est-ce que tu fais avec Vic ? m'interroge-t-il après un moment.

— Pas de panique, je ne l'ai pas kidnappée. Je l'ai croisée tout à l'heure, on a discuté.

Je tourne la tête vers la principale intéressée, qui nous observe de son siège.

— C'est bon, j'ai compris ! crie-t-elle. Je vais boire ma boisson que je n'aime pas toute seule. Soyez sages !

— Je la trouve toujours bizarre, chuchoté-je à Evan.

Le plus beau sourire sur Terre éclaire son visage, alors qu'il glisse sa main sur ma joue.

— Il n'y a que Mia Castez pour me faire sourire lors d'une journée pareille.

Sans plus de dialogue, nous partons main dans la main. Je suis prise de nostalgie quand nous nous arrêtons devant une moto. *Sa* moto.

— J'arrive pas à croire que tu l'aies gardée.

Je passe mes doigts sur le siège, me rappelant toutes les fois où je me suis accrochée à Evan sur cet engin. C'est l'un de nos souvenirs d'adolescence que je voudrais garder à jamais.

— J'ai dû la faire réparer quelquefois, mais elle est toujours en état.

J'essaie de repousser la pensée qui cherche à s'insinuer en moi. Celle qui dit « *ça n'est plus seulement notre souvenir, Clarisse a dû monter sur cette moto aussi* ».

Et c'est ainsi que je me retrouve sur la moto de mon premier amour, mes bras autour de son bassin, ma tête appuyée sur son épaule, comme à nos seize ans. Nous faisons une promenade à travers Paris, passant par les Champs-Élysées, devant notre fameuse tour Eiffel, Notre-Dame… et je ne me suis jamais sentie aussi bien dans une scène à l'eau de rose.

Malheureusement nous sommes forcés de revenir à la réalité en rentrant à notre immeuble commun. Je descends de sa moto la tête baissée, en songeant qu'il va maintenant rejoindre Clarisse. Qu'il va dormir dans son lit. Peut-être même pas que dormir…

Evan relève mon visage vers lui et capture la larme qui m'échappe.

— Eh… je ne compte pas te faire souffrir, OK ? Je vais parler à Clarisse pour décider de ce que je veux faire. Tu comprends que c'est un retournement de situation difficile…

— C'est bon. Me parle pas d'elle.

Il est soudain attiré par un détail derrière mon oreille, et me force à pivoter la tête. Il passe son pouce sur mon

tatouage, qu'on ne voit que lorsque j'ai les cheveux atta-
chés.

— Un quatre ?

J'opine doucement en visualisant le chiffre délicatement
dessiné à l'encre noire.

— Pourquoi ?

— Tous les événements clés de ma vie se sont déroulés
un quatre. J'ai déménagé à Toulouse un quatre juillet. Ma
rentrée de seconde, le commencement de la nouvelle moi,
était un quatre septembre. J'ai passé le casting d'Audace
également un quatre septembre. J'ai retrouvé Lucas un
quatre décembre…

Evan paraît presque déçu des raisons de mon tatouage.
C'est pourquoi je continue :

— Mais tu sais ce qui s'est produit un quatre septembre
également ?

Une lueur qui s'illumine dans son regard m'indique qu'il
a compris. Alors je lui confirme :

— Ma rentrée en première était un quatre septembre.
Le jour de notre rencontre. Un peu ratée, certes, mais c'est
le jour où j'ai craqué sur toi.

— J'ai craqué sur toi aussi, tu sais, je ne voulais juste
pas l'accepter.

— Évidemment.

Je souris faiblement.

— Et c'est surtout cette date que je veux retenir. C'était
la fin d'une Mia, et la naissance d'une autre. Grâce à toi.

Je suis prête à l'embrasser. Ce moment est trop intense,
sa main est toujours sur ma joue, et mon corps collé au
sien. Mais au lieu de me taire en posant mes lèvres sur les
siennes, je l'implore :

— Choisis-moi, Evan.

Ses épaules se relâchent.

— Cette situation est tellement complexe…

— Non, elle ne l'est pas. Arrête de te poser des questions et écoute ton cœur.

Je presse ma paume contre son cœur pour appuyer mes propos.

— Tu sais, j'ai extrêmement mal vécu notre rupture. En arrivant à Paris, j'étais dans un sale état, au plus bas. C'est Clarisse qui m'a aidé à me remettre. Alors certes je ne suis pas particulièrement heureux aujourd'hui, mais elle m'a au moins sorti du trou.

— Je comprends ton hésitation, Evan, vraiment. Mais tu ne peux pas rester avec Clarisse parce que tu te sens redevable, ça n'est juste ni pour elle, ni pour toi.

Au fond, ce qu'il peut bien arriver à Clarisse m'importe peu, mais mes paroles sont véridiques. Le hochement de tête d'Evan me le confirme.

— Je saurai te rendre heureux, affirmé-je pour le convaincre. Je te le promets.

Ses pupilles brûlantes se soudent aux miennes, mes doigts s'emmêlant aux mèches de cheveux dans sa nuque, et nos nez se frôlent tant nous sommes proches. Sa bouche s'ouvre et je sais qu'à cet instant, il va m'apporter une réponse. Cette réponse, c'est un prénom : soit le mien, soit celui de Clarisse.

Mais c'était sans compter cette voix aiguë et agaçante qui s'élève derrière moi.

— Ça va, je ne vous dérange pas ?

Evan s'écarte précipitamment de moi, et fait presque tomber sa moto en reculant. Son visage s'imprègne de culpabilité quand il dévisage Clarisse, à quelques pas en face de lui, horrifié.

— Clarisse, je…

— Je comprends maintenant pourquoi tu t'es éclipsé toute la journée.

— C'est la commémoration de la mort de sa mère, espèce d'idiote ! m'écrié-je sans pouvoir m'en empêcher.

Evan me réprimande du regard alors que l'expression de Clarisse se décompose. Elle s'approche lentement de lui, de moi, la mine coupable.

— Désolée, je ne savais pas…

Evan hausse les épaules.

— Tu ne pouvais pas le deviner.

Les yeux de Clarisse se remplissent de larmes, nous alarmant que la conversation prend un autre tournant. Larmes qui semblent littéralement tuer Evan.

— Je ne suis pas assez idiote, justement, pour ignorer ce que vous avez fait samedi soir. Je l'ai su dès l'instant où le voisin m'a appelé pour m'engueuler en prétextant qu'il n'arrivait pas à endormir son gamin avec les cris et les coups sur les murs. J'ai attendu que tu m'en parles, Evan. Dimanche soir quand je suis rentrée, hier… mais tu n'as pas ouvert la bouche.

— Je ne… je suis juste tellement paumé, Clarisse.

La voix d'Evan se brise. Et je me dis que je ne vais pas pouvoir supporter cette conversation. D'ailleurs, on ne me laisse pas y participer, c'est comme si j'avais disparu.

— Tu veux retourner avec elle ? sanglote Clarisse. Tu veux retourner dans le passé et abandonner tout ce qu'on a construit ?

Evan se passe la main sur la nuque. Et les mots qui suivent sonnent comme une évidence dans sa bouche :

— Mia est mon premier véritable amour.

Mon cœur se gonfle de bonheur. Parce que cette phrase signifie bien plus qu'une déclaration de dix pages.

Clarisse retient sa respiration en comprenant ce qui est en train de se produire. Qu'Evan est en train de me choisir, moi, la garce, et non elle, la Miss Parfaite. Mais, sentant qu'il lui échappe, elle sort un magazine people de son sac à main. Et je sais déjà que ce n'est pas bon.

— Je savais qu'elle réussirait à t'embobiner. Alors j'ai apporté ça avec moi.

Clarisse plante un article sous le nez d'Evan. Je me mets sur la pointe des pieds pour le lire par-dessus son épaule.

SCOOP : Mia Castez aperçue à Paris. Il semblerait que la jolie brune ait fait un retour aux sources, mais sans son prince charmant… Matthew White est à la recherche de sa belle Française, et incite toute personne qui la croiserait à lui donner des informations pour qu'il puisse retrouver sa petite amie.

— Il semblerait que celle que tu t'apprêtes à choisir ne soit pas tout à fait libre, crache Clarisse.

Evan froisse le magazine entre ses mains.

— Non, tout ça, c'est un amas de conneries. Je connais Mia, elle ne sort pas avec ce gars en ce moment.

Quand Evan se tourne vers moi, son visage est déformé par l'espoir. Et mes yeux se remplissent de larmes en comprenant que je ne vais pas pouvoir satisfaire cet espoir.

— Pas vrai, Mia ? Tu as rompu avec ce type ?

Je prends une grande inspiration, tremblante.

— Je n'ai pas vraiment rompu... mais le fait que je parte du jour au lendemain, je pensais qu'il avait compris le message...

Evan se pince les arêtes du nez, tandis que je m'accable intérieurement. *On y était presque, bordel !*

— Tu vois, Evan, ce sera toujours comme ça avec elle. Des incertitudes. Des cachotteries. Des mensonges. Une vie dans un doute constant.

Non mais je rêve, cette fille me connaît depuis quoi, cinq minutes ? Et elle croit m'avoir cernée ?

— Evan, tu sais que je ne suis pas comme ça, soufflé-je.

Mais ce n'est pas le véritable problème. Je le comprends en lisant ses pensées dans les yeux verts d'Evan. Il est mort de trouille par l'idée de souffrir encore. Car si lui et moi sommes très doués pour se donner de l'amour, on est aussi très doués pour se détruire. Mais nous avons changé... j'ai changé. Malheureusement, je crains que les peurs d'Evan soient trop fortes pour peser dans la balance.

— Je suis désolé, mais je ne peux pas risquer mon cœur encore une fois, lâche finalement Evan.

Le goût de l'échec me monte en bouche. Il choisit Clarisse. Je jette un œil à cette blondasse, qui a les bras croisés, un air satisfait imprégné sur son visage et un demi-sourire sur les lèvres.

Là, à cet instant, je meurs d'envie de lui balancer ma main dans la figure. De lui tirer cette sale chevelure, comme en parlait Vic tout à l'heure, afin de vérifier que ce ne sont pas des extensions.

Mais contrairement à elle, je suis une personne civilisée. Un mannequin élégant qui se respecte. Et je vais montrer à Evan, par la même occasion, qu'il ne laisse pas filer la Mia adolescente, mais la femme qui a acquis de la maturité et qui s'assume.

Je m'approche donc tout près d'elle, assez pour la dominer d'une tête. Elle cherche à gagner une certaine contenance, mais je la sens déglutir.

— Pour une personne qui a une si haute estime d'elle-même et qui se prétend si parfaite, tu manques cruellement de manières, pour le coup. Tu n'es qu'une gamine. Une gamine minable.

La tête haute, je concentre toutes mes forces pour ne pas m'effondrer et garder la face. Je fais face à Evan une dernière fois avant de m'en aller.

— Bravo, tu viens de te condamner à une vie carrément à chier.

Après un dernier regard noir, je gagne la lourde porte de l'immeuble, et me dis qu'il faut absolument que je trouve un nouvel appartement au plus vite.

38. FAIRE SIMPLE

MIA

Le bruit de la sonnette de mon appartement me brusque. Assise à la table de ma cuisine provisoire, je réalise que cela va faire dix bonnes minutes que j'observe le fond du verre vide devant moi, en pleine réflexion. Il faut vraiment que je change de vie, ça en devient pathétique.

Cela fait une semaine que la scène avec Evan et Clarisse est passée, et cela fait une semaine que j'espère le voir revenir. En vain. Il faut croire qu'il ne regrette pas son choix. Je lui souhaite plein de malheur avec sa pouffiasse.

Mon visiteur s'active sur la sonnette, impatient. Je me lève donc, ayant perdu tout espoir que ce soit Evan. Déjà car je me suis rendue à l'évidence : il ne reviendra pas ; et ensuite car si c'était lui, il attendrait patiemment que je vienne lui ouvrir plutôt que de sonner comme un bourreau.

— J'arrive !

Je finis par ouvrir la porte, et tombe sur mon frère. Je suis tellement surprise que des larmes me montent aux yeux. Il se tient là, tout sourire, ses cheveux bruns parfaitement coiffés et une barbe taillée de près que je ne lui connaissais pas.

— Alors t'es plus imberbe ?

Il passe sa main sur son menton, amusé.

— Eh non. Au moins un truc de positif qui s'est passé durant ton absence.

Ne résistant plus à la tentation, je me pends au cou de Maël, bien trop heureuse de le revoir. Cela va faire presque un an qu'on ne s'était pas vus, et être loin de ma famille a été l'une des épreuves les plus difficiles ces deux dernières années.

— Tu m'as manqué, tête de bite.

— Toi aussi, crevette hydrocéphale.

Je me détache de lui et essuie le coin de mes yeux quand il s'écarte, dévoilant une seconde présence derrière lui. Ma bouche s'ouvre en grand en découvrant Indiana, précédemment cachée par mon frère. Et Eva, juste derrière elle. Elles me serrent toutes les deux contre elles en un câlin collectif, alors que je ne réalise toujours pas que mon frère, ma sœur, et ma cousine sont ici, à Paris, dans mon nouveau logement, venus à l'improviste.

— Mais qu'est-ce que vous faites là ?

— On en avait marre de t'entendre pleurer au téléphone. Alors on est venus, dit simplement Eva.

Je grimace. Comme à chaque fois que je vais mal, je deviens insupportable avec mes proches en me plaignant sans arrêt. Je les ai tous les trois appelés tous les jours cette dernière semaine, et je sentais bien qu'ils commençaient à en avoir marre.

— Mais… et vos cours ? Indiana, ta médecine !

— En trois années, je n'ai jamais séché une journée. Il fallait bien que ça arrive… et puis je vais rattraper, peut-être que je m'en sortirai pas, mais tu es plus importante.

Touchée, je lui fais un grand sourire. Indiana en bave en médecine, et sa vie sociale a fortement diminué ces deux dernières années, puisqu'elle ne fait que bosser. Je sais à quel point c'est important pour elle, et qu'elle mette ses études entre parenthèses le temps de venir me voir est l'une des plus belles preuves d'amour de sa part.

— Dans ce cas, entrez.

Je me déplace pour que les trois membres de ma famille entrent, et précise :

— C'est pas top – normal, c'est Indiana qui a choisi – mais je vais vite déménager.

Ils observent le salon, qui est la pièce principale.

— C'est pas mal, je trouve, déclare Maël. En plus c'est lumineux.

— Maël, tu le fais exprès ! le sermonne Eva. Le pire c'est pas l'état de l'appartement, mais le fait qu'Evan vive quelques étages en dessous.

Indiana affiche une mine honteuse et coupable. Elle s'est déjà excusée pour avoir voulu nous rapprocher, Evan et moi, sans mon accord ; et je lui ai répété de ne pas s'en vouloir.

Je tressaille alors que mon frère m'adresse un regard désolé, que je fais semblant de ne pas capter. Au lieu de ça, j'affiche un large sourire, feignant l'impassibilité, et leur demande :

— Vous avez faim ?

Maël, Indiana, Eva et moi passons la journée affalés dans mon salon, parlant de tout et de rien, nous racontant des anecdotes sur nos vies, et rire autant suffit à me revigorer et à faire réapparaître ma bonne humeur. Le soir, nous décidons de sortir. Je les emmène au même endroit où nous sommes allées avec Vic, samedi dernier. Forcément, je ne connais pas grand monde à Paris, et après le rejet d'Evan, j'avais besoin de sortir. Vic m'a tenu compagnie plusieurs soirs, même si c'était en majorité un plateau-télé dans son salon pendant qu'elle révisait. Tant que je n'étais pas toute seule, ça m'allait. Et, je l'avoue, piquer l'amie d'Evan a quelque chose de réjouissant.

C'est ainsi que nous nous retrouvons au Maddy's, bar la journée, et presque tous les soirs des groupes amateurs se produisent. Aujourd'hui, il s'agit d'un jeune DJ.

— Je vais me chercher un autre verre, annonce Indiana, juste avant de quitter la table où nous sommes installés.

— Elle a vidé son verre super vite, je remarque, un poil inquiète.

— Elle sort presque jamais, alors quand elle le fait, elle se lâche, m'apprend Maël. Mais je crois qu'elle connaît ses limites.

J'observe sa chevelure brune bouger tandis qu'elle parle à la barmaid, qui hoche la tête. Un type barbu assis sur un tabouret à côté d'elle la reluque sans réelle discrétion. Contre toute attente, Indiana se tourne vers lui, et engage la conversation. Elle lui fait de grands sourires en enroulant une mèche autour de son doigt.

— Je rêve où elle drague ouvertement cet inconnu ?

— Elle n'a pas vraiment retrouvé quelqu'un après… enfin tu sais. Alors quand elle sort, elle s'amuse à flirter, ça la sort de sa solitude. Elle n'en parle pas beaucoup, mais je sais qu'elle vit mal de voir tous ces couples heureux autour d'elle, alors qu'elle n'arrive pas à trouver quelqu'un qui lui corresponde.

Mon cœur se serre. C'est un de mes regrets, de ne pas avoir été à Toulouse pour connaître les détails de la vie de mes proches. Si Indiana est heureuse en flirtant de temps en temps, alors je suis ravie pour elle. Mais je doute que ce mode de vie lui convienne.

— Alors si je comprends bien, vous êtes tous les deux des veinards qui vivent de parfaites idylles.

Un sourire éclaire le visage de mon frère, et qu'il soit finalement si heureux me soulage. Il a beaucoup souffert en amour, lui aussi. Et quand j'ai su qu'il avait quitté cette Annabelle, j'ai presque sauté de joie. Surtout quand ensuite, il m'a dévoilé l'identité de sa remplaçante. Je suis ravie de retrouver Jana en tant que belle-sœur.

— C'est ça, confirme Maël.

— Je ne dirais pas « parfaite », continue Eva, c'est un peu impossible avec Jordan. Surtout quand il ne sort pas les poubelles pour cause « d'oubli » alors que je lui ai répété quinze fois de le faire.

— Qui l'eût cru que votre relation, à Jordy et à toi, durerait si longtemps, dis-je en m'enfonçant dans la banquette.

La bouche d'Eva se déforme en un sourire idiot.

— J'étais la première à ne pas y croire. Surtout quand on voit comme il se lassait facilement des filles avant.

— On ne se lasse pas des Castez, voilà tout.

Maël et Eva lèvent leurs verres pour approuver cette déclaration.

— Tout à fait d'accord ! s'exclament-ils en cœur.

J'enfouis au fond de mon cœur l'idée qu'Evan s'est probablement lassé de moi, et avale une gorgée de mon cocktail.

Quelques minutes plus tard, je suis forcée de me rendre au bar pour remplir nos verres. Indiana discute toujours avec son barbu, et je me poste dans son dos en ne faisant aucune remarque. Je passe la commande à la barmaid, et attends impatiemment qu'elle ait fini de la préparer, jouant à tracer des cercles imaginaires avec mon doigt sur le bar devant moi. Soudain une voix retentit à ma droite, et mon corps se crispe entièrement.

— J'ai appelé Maddy pour lui commander deux sandwichs à emporter.

Clarisse. Bien sûr, j'avais totalement besoin de ça.

La barmaid hoche la tête.

— Je vais les chercher.

Clarisse me découvre en tournant la tête, et ses yeux verts s'arrondissent de surprise.

— Mia. J'aimerais dire que je suis ravie de te revoir, mais ce serait un mensonge.

— Et je mentirais davantage si je te répondais, Clary.

— Moi c'est Clarisse.

— C'est pareil.

Elle paraît fatiguée, j'espère qu'elle et Evan n'arrêtent pas de se disputer. Ça devrait être interdit d'avoir des cheveux aussi ternes, je crois même que les racines sont grasses. *Décidément, Evan a vraiment fait le bon choix.*

Clarisse récupère ses deux sandwichs, et je tente d'ignorer l'idée qu'elle aura le plaisir de dîner avec Evan, ce soir.

— À ta place j'aurais pris une salade, lâché-je sans pouvoir m'en empêcher. C'est important de surveiller sa ligne, surtout dans ton cas.

— Inutile de continuer ces petits jeux, tu sais. Je vais assez mal comme ça.

Après un dernier regard noir, elle s'en va. Elle est vachement culottée, il me semble que c'est moi qui ai perdu l'homme de ma vie dans l'histoire, et par sa faute.

Indiana est maintenant tournée vers moi, une expression soucieuse sur le visage. Elle ne discute plus avec son barbu, mais m'accorde toute son attention.

— C'est elle ?

Je déglutis en opinant. Indiana se penche à mon oreille pour me chuchoter :

— Cette pétasse décolorée ne t'arrive même pas à la plante du pied.

Je ris doucement, ce qui provoque un drôle de pincement à mon cœur.

— C'est certain. Alors tu ne repartiras pas avec Monsieur Barbu ?

— Non, je viens de voir une bague à son annulaire, soupire-t-elle.

— Le salaud !

— Un vrai de vrai.

Indiana et moi rejoignons Eva et Maël, et nous passons le reste de la soirée à rire tous les quatre avant qu'ils ne repartent le lendemain.

●

Juste avant de quitter mon appartement, le miroir dans l'entrée attire mon attention. Je m'arrête pour contempler mon reflet, ou plutôt me lamenter. Les grands cernes sous mes yeux ne mentent pas et prouvent au monde entier à quel point je dors mal ces derniers temps, et la soirée d'hier n'a rien arrangé. J'imagine que c'est normal, puisque mon ex dont je suis folle amoureuse vit avec sa nouvelle copine quelques étages plus bas. Je vois encore le sourire suffisant de cette blondasse hier soir, je regrette de ne pas l'avoir étouffée avec ses sandwichs.

— Ah non, Mia, interdiction de pleurer et de te donner une apparence encore plus minable, ordonné-je à mon reflet.

Et voilà que je me mets à parler toute seule. *Il faut vraiment que je change de logement.*

Je sors un correcteur de mon sac et tente tant bien que mal de camoufler les restes de mon manque de sommeil avec le maquillage.

Après m'être un minimum arrangée, je redonne du volume à mes cheveux, quand mon téléphone vibre dans la poche de mon jean. Une fois. Deux fois. Trois fois. Agacée, je sors mon appareil et déverrouille l'écran.

Vic : *T'es où ??*
Vic : *T'es en retard.*
Vic : *Bouge ton joli fessier.*

Et quelques secondes plus tard :

Vic : *Je sais que tu es en train de m'ignorer. Méchante.*
Vic : *Non mais bouge-toi, vraiment.*

Cette fille est une plaie. Mais elle a été très présente pour moi cette dernière semaine, alors je peux encaisser ses défauts. Du genre la lourdeur.

Vic est au courant de ma recherche intensive d'appartement, dans le but de quitter cet immeuble le plus vite possible, et c'est pourquoi elle m'accompagne à la visite de l'appartement de sa voisine qui veut elle-même déménager. Je ne suis pas sûre de vouloir vivre juste à côté de Vic, sur le même palier, au quotidien, mais les appartements là-bas sont pas mal et plutôt modernes, et ce sera toujours mieux que de vivre dans le même immeuble qu'Evan.

Vic a tenu à ce que nous visitions cet appartement le soir à vingt et une heures. Ne me demandez pas pourquoi, honnêtement, j'ai arrêté d'essayer de comprendre la logique de cette fille.

À moitié satisfaite de mon apparence, je quitte mon appartement. En arrivant dans le hall d'entrée, la boule dans mon ventre se forme à l'idée que je pourrais croiser Evan. Ça n'est encore jamais arrivé cette dernière semaine, mais sait-on jamais, vu comme les hasards sont fréquents entre lui et moi.

Mon taxi m'attend en bas de ma rue, et je reçois encore un message de Vic en entrant dans la voiture, du même style que les autres. Je l'ignore.

Quand j'arrive à destination, je suis surprise de tomber sur Vic dans le hall. Elle paraît… énervée.

— Bon sang, c'est si difficile d'être à l'heure ?

Elle me tire par le bras vers l'ascenseur, un peu trop fermement à mon goût.

— Eh, mais pas besoin de réagir comme ça, en plus tu me fais mal !

Elle me lâche dans l'ascenseur, non sans me fusiller du regard. Sa petite taille la décrédibilise grandement dans ce genre de situation.

— Faut pas qu'on fasse la visite trop tard.

— Je tiens à rappeler que c'est toi qui as voulu faire la visite à vingt et une heures.

— Oui, vingt et une heures. Pas vingt et une heures trente.

Je hausse les épaules.

— Tant pis !

Elle se tait – phénomène très rare – jusqu'au troisième étage, là où se trouve mon potentiel futur appartement. La propriétaire nous attend et je suis étonnée qu'elle laisse Vic me faire la visite, restant en retrait dans l'entrée. Je ne crois pas que Vic soit la mieux placée pour me montrer toutes les pièces, mais comme j'ai pris la résolution d'arrêter d'essayer de comprendre sa logique, je me laisse faire.

Elle me fait tout visiter très rapidement, à croire qu'elle est pressée. Quand nous revenons dans le salon qui est la pièce principale, elle m'annonce :

— Voilà, voilà, on a tout vu, maintenant il reste plus que le balcon.

— J'ai pas envie de sortir, il fait froid, de toute façon c'est la même vue que de chez toi non ?

— Non ! Je veux dire oui, mais tu devrais quand même vérifier que ça te plaît ! C'est important, la vue, le bruit de l'extérieur, tu devrais t'assurer que ça te convient.

De ses deux petites mains, elle me pousse vers le balcon en même temps qu'elle déblatère. Je finis par y aller pour qu'elle me lâche, fatiguée.

— Voilà, j'y suis et ça me convient, contente ?

Je commence à me retourner pour revenir dans l'appartement.

— Je peux…

Je suis coupée dans mon élan par Evan, qui se tient juste à côté de moi. Sur ce balcon. De cet appartement. Une chemise comme je les aime sur le dos. Et une rose à la main.

— Salut, beauté.

Je reste stoïque, incapable d'exécuter le moindre mouvement. Vic croit s'éclipser discrètement, mais j'entends parfaitement ses pas d'éléphant qui sortent sur le palier de l'immeuble, nous plongeant ensuite dans un profond silence.

— Qu'est-ce que… tu, enfin, je…

Il avance d'un pas, et le balcon me semble tout à coup bien trop étroit. La rose qu'il tient devant lui vient frôler mon décolleté.

— Tu sais, il paraît que les hommes ont le cerveau lent. J'espère que je n'arrive pas trop tard et que ton cerveau est prêt à ralentir pour le mien.

J'ai du mal à réfléchir actuellement, qu'est-ce que tout cela signifie ? Je suis trop bouche bée pour m'exprimer, et trop sur le cul pour tirer des conclusions.

— Où est Clarisse ? je parviens à articuler.

— Pas la moindre idée. Je l'ai quittée la semaine dernière, après avoir compris que je t'avais laissée filer à tort. J'ai passé des jours à essayer de trouver un moyen de revenir vers toi après ma connerie.

Je baisse les yeux sur la rose rouge, tandis que son parfum s'insinue dans mes narines. Les bras ballants, j'essaie de déterminer comment réagir. Contrairement à ce que je pensais, il n'était pas avec Clarisse cette dernière semaine. Il l'a passée à penser à moi. Voilà pourquoi Clarisse semblait tant m'en vouloir hier soir.

— Evan, je… tu n'avais pas envie d'une vie sur le long terme avec moi, la semaine dernière…

— C'est faux. Une vie de couple avec toi, c'est tout ce que j'ai toujours souhaité. J'avais seulement… peur. Comme j'ai peur depuis le début de notre histoire.

Je déglutis, mes yeux plantés dans les siens brûlant d'amour. Je ne pensais pas me retrouver dans une telle situation ce soir.

— Mia Castez, tu me terrifies. Encore plus aujourd'hui qu'il y a quatre ans. Après ton départ, j'ai eu le cœur brisé. Littéralement, je sentais les morceaux se répandre sur le sol chaque jour que je passais sans toi. Il n'y avait que les études dans ma vie, et Vic pour me divertir de temps en temps. Te perdre toi, mon premier amour, ça a été la seconde expérience la plus atroce de ma vie. Alors j'ai commencé à me construire une vie parfaite avec Clarisse quand je l'ai rencontrée, me convainquant que c'était ce dont j'avais besoin et ce qui allait me sortir de ce trou. Je vivais dans des persuasions que j'avais moi-même créées. Voilà pourquoi ça a été si dur de faire un choix, parce que j'étais toujours convaincu que pour me protéger, je devais vivre avec une fille comme Clarisse. Mais en fait, tout ce dont j'ai besoin, c'est toi. Et merde, tu peux me briser le cœur encore et encore, je suis prêt à endurer cette peine pour t'avoir à mes côtés. Car il n'y a qu'avec toi que je me sens moi-même.

Je sens mon cœur fondre, je peux même entendre son contenu se déverser sur le sol. Ses paroles, c'est ce que je rêve d'entendre depuis deux ans. Je rêvais toutes les nuits de nos retrouvailles, même lorsque j'étais à l'opposé du globe. Evan est mon véritable amour, je le sais.

— Je ne sais pas pourquoi, mais j'ai l'impression que c'est trop facile, susurré-je.

— Tu ne t'es jamais dit que c'était peut-être nous qui compliquions toujours tout ? Alors pourquoi ne pas aller directement à la simplicité, cette fois-ci ?

Il me tend la rose, que j'accepte après un temps d'hésitation. Puis, en franchissant le dernier pas qui empêchait nos deux bustes de se frôler, il sort quelque chose de la poche de son pantalon.

— Je t'aime, Mia. Et j'ai envie de vivre avec toi pour ne plus te quitter, ici, dans cet appartement. C'est aussi simple que ça.

Il brandit devant moi une clé, et mes yeux se remplissent de larmes.

— C'est pourquoi je vais te poser cette question pour la deuxième fois : veux-tu vivre avec moi, Mia Castez ? Ne refuse pas, s'il te plaît, j'aurais l'air con.

Je ris, ce qui rend un drôle de son avec les sanglots qui me font hoqueter, et enlace son cou comme à mes dix-sept ans.

— Oui.

Doucement, il approche ses lèvres des miennes. Juste avant de céder à la tentation du baiser, il insiste :

— Et évite de partir au bout du monde cette fois-ci, s'il te plaît.

— Promis, je reste ici.

Et c'est ce que j'ai fait. Durant trois longues années, mais qui m'ont parues courtes tant ma nouvelle vie m'a plu, j'ai tenu compagnie à Evan. Et ça continue, puisque nous emménageons aujourd'hui, trois ans plus tard, dans un nouvel appartement. Bien plus spacieux, même si ce choix nous a obligés à quitter le centre-ville. Evan voulait rester près de l'ESCP durant ses études, mais puisqu'il est maintenant entré dans la vie active, plus rien ne nous enchaînait à notre ancien logement. En plus, les voisins commençaient réellement à saturer du bruit que nous faisions quotidiennement.

— Mia, tu pourrais porter au moins les plus légers, se plaint Evan, des cartons plein les bras.

— Je préfère te regarder transpirer en te tuant à la tâche, c'est plus… divertissant.

Il roule des yeux, agacé. J'ai bien un moyen de me faire pardonner : l'une de mes nouvelles pièces que je porte actuellement sous mes vêtements. C'est sûr qu'il ne pourra pas résister.

Mon portable vibrant dans mon jean m'oblige à m'équilibrer sur une fesse pour le récupérer, ce qui manque de faire dégringoler les cartons sur lesquels je suis assise. Une lueur d'effroi passe dans le regard d'Evan, prêt à me secourir, mais en voyant qu'on a évité la catastrophe, il se remet à m'ignorer.

Indiana : *Alors ? Tu l'as fait ?*
Moi : *Quoi ?*
Indiana : *Commence pas à jouer les idiotes. Fais-le.*

Je soupire. Elle est exaspérante quand elle essaie de jouer les grandes sœurs.

Indiana : *Maintenant.*

Résignée, j'attrape mon sac, la boule au ventre. Une fois assise sur la cuvette des toilettes, je sors de mon sac le test de grossesse que j'ai acheté ce matin.

— Toi, t'as pas intérêt à être positif.

Je fais ce qu'il faut – vous comprendrez que je vous épargne les détails – plus anxieuse que jamais.

— Je ne suis pas, je ne suis pas, je ne suis pas…

Je lève le test.

— ENCEINTE !!

Affolée, je regarde encore et encore l'icône « positif » sur le test, sans qu'il ne change. *Bordel…*

— EVAAAAN !!!

Hystérique, je ne sais rien faire d'autre que crier et pleurer. Je pleure comme une gamine, impuissante devant les farces de la nature.

Des pas précipités me rejoignent, et Evan s'accroupit devant moi, paniqué. Je lui montre alors le test, des pleurs ravageant mes joues et commençant à tremper mon haut.

— C'est une catastrophe…

Evan, les pupilles dilatées, n'a d'abord aucune expression en déchiffrant l'inscription. Puis il me regarde, abasourdi.

— Tu ne prends plus la pilule ?

— Il se peut que je l'aie oubliée une fois pendant notre voyage à Milan…

J'étais tellement comblée lors de nos vacances que lorsque je me suis rendu compte que j'avais oublié de prendre un des comprimés, je ne me suis pas alarmée. Ça n'était qu'un oubli, après tout. *Grossière erreur.*

— Pourquoi tu ne me l'as pas dit ? me sermonne-t-il.

— Pourquoi faire ?

— J'aurais pu acheter des préservatifs.

Le mot « préservatif » sonne bizarrement dans sa bouche. Cela fait bien trop longtemps que nous n'avons pas fait l'amour avec ce bout de latex comme barrière.

— Si ça se trouve, ce test dit n'importe quoi ! essayé-je de me convaincre. J'en ai acheté un autre, à mon avis ça n'est qu'une fausse alerte.

— Oui. Oui, tu as raison. Essaie l'autre.

C'est ce que je fais. Et quand je vois de nouveau l'icône « positif », je repars dans une crise de larmes.

— Mon Dieu… Evan… je ne peux pas être… *enceinte*. Mais qu'est-ce qu'on va faire ?

La tête entre les mains, je tente de me calmer, sans grand succès. Tomber enceinte, c'est une de mes plus grandes phobies, c'est pourquoi j'ai toujours pris ma pilule avec assiduité. Sauf une fois.

Il ne peut pas y avoir un bébé là… dans mon ventre. C'est impossible.

Evan saisit mes poignets et me force à le regarder. Son expression a changé. Il paraît presque adouci, et un léger sourire flotte sur ses lèvres.

— Mia, tu veux avoir cet enfant avec moi ?

— Quoi ? Non ! Jamais !

— Réfléchis-y deux secondes. C'est le parfait timing. On travaille tous les deux, on emménage dans un appartement plus grand avec une chambre en plus, on est heureux… pourquoi ne pas joindre un petit mec à notre bonheur ?

— Un petit mec ? Qu'est-ce qui te dit que ce sera un mec ?

— Je les sens, ces choses-là.

Non mais sérieusement, nous sommes véritablement en train de débattre sur le sexe d'un bébé non désiré ?

Je n'arrive pas à comprendre qu'Evan ait des étoiles plein les yeux alors que je n'ai jamais été aussi effarée.

— Evan, c'est impossible… Imagine quelle piteuse mère je ferais.

Honteuse, je détourne le regard. Rien que d'imaginer un bébé dans mes bras, j'ai mal pour lui. Je n'ai jamais eu l'instinct maternel, les gosses sont ma plus grande trouille et j'aurais trop peur que mon enfant soit malheureux à cause de moi.

— Je pense qu'on ferait de bons parents, ensemble. Pas comme mon père. Tu es peut-être égoïste, mais tu chéris les gens que tu aimes. Il est impossible que tu n'aimes pas ta progéniture.

Il pose ses mains sur mon ventre, m'arrachant une nouvelle larme. *Et dire que je m'étais calmée pendant, allez, dix secondes…*

— Tu as envie d'avorter ? insiste-t-il.

Je regarde les mains de l'homme que j'aime sur mon ventre, et secoue la tête.

— Non.

Rien que l'idée d'ôter la vie à ce truc qui est en train de se former dans mon ventre, j'en ai la nausée. Même si ce n'est encore qu'un fœtus, il est le fruit de notre amour, à Evan et à moi. Je serais incapable de l'empêcher de venir au monde.

Evan soupire de soulagement.

— Et tu as envie de le faire adopter ?

— Non ! Si j'endure une grossesse, je veux avoir le résultat du travail. Hors de question que je donne ma fille à quelqu'un d'autre.

— Ton fils, tu veux dire.

— T'es lourd.

Evan se relève, tout sourire.

— Bon, alors je crois que c'est tout vu. J'ai hâte d'avoir ce garçon avec toi. Tu devrais remonter ta culotte, maintenant.

J'étais tellement désemparée et bouleversée que j'avais momentanément oublié que nous étions dans les toilettes. *Tellement romantique.*

Je m'exécute, les jambes tremblantes d'angoisse. Je vais avoir un gosse. Moi, Mia Castez, la garce de service, je vais donner vie à un être humain. Et bizarrement, mon cœur se réchauffe soudain à cette idée, et je ne peux empêcher ce sourire qui me mange le visage.

Car je comprends. Cet enfant est la conclusion de tout. La dernière phase de ma progression vers le bonheur.

ÉPILOGUE

Je ne sais pas exactement comment commencer cette lettre. J'ai mis du temps à me décider à l'écrire, ne parvenant jamais à me résoudre à te donner une réponse. D'ailleurs, ta première lettre n'appelait pas véritablement une réponse. Mais j'ai toujours eu le sentiment, au fond de moi, que je me devais de t'en offrir une.

C'est ce matin, en me levant, que cela m'a frappé. En voyant Mia allongée sur le canapé, un bouquin de grossesse appuyé sur son gros ventre. C'est un des seuls avantages qu'elle trouve à être, je cite, « grosse comme une montgolfière », que ce ventre lui serve de pupitre.

Je me suis assis à côté d'elle pour l'embrasser. Mais avant de lui offrir ce baiser, j'ai pris un temps pour observer l'éclat de ses yeux azur et son teint lumineux. Je ne pensais pas que la grossesse lui irait aussi bien, et pourtant, elle est resplendissante.

En lui demandant comment elle allait, elle m'a annoncé avec regret et mauvaise humeur qu'elle avait une nouvelle vergeture. Elle est obnubilée par ces traces indélébiles sur sa peau, ces temps-ci. Mia est une des rares femmes à avoir eu la chance de n'avoir aucune vergeture à l'adolescence, et en avoir maintenant lui sape le moral. Mais franchement, il n'y a pas de raison. Et je le lui ai dit. Je lui ai murmuré que j'aimais ces cicatrices. Car elles seront la preuve de l'existence de mes enfants. Et rien que pour cela, elles sont magnifiques.

Elle a souri, et je crois que le message est passé. De toute façon, elle n'a plus besoin d'avoir un corps parfait sous toutes les coutures, à présent, puisqu'elle n'exerce plus le métier de mannequin, mais se consacre entièrement à sa carrière de styliste. Elle est douée là-dedans, et sa notoriété grandissante le prouve.

C'est après cette altercation que j'ai eu envie de t'écrire cette lettre. J'avais envie de coucher ces moments de bonheur sur le papier dans l'idée de les partager avec toi. Peut-être que je vais tester ce truc, de brûler le papier dans l'espoir que le message s'envole jusqu'à toi. J'aimerais également te faire part de mes peurs, parce que bordel, je suis terrifié.

Déjà, un enfant me faisait peur. Mais imagine lors de la première échographie, notre réaction, lorsque le gynéco nous a annoncé que Mia n'attendait pas un enfant, mais deux. Des jumeaux. Des putains de faux jumeaux, maman.

Je crois que Mia n'a jamais autant frôlé la crise cardiaque, quant à moi, j'étais incapable de détacher mon regard de l'écran en face de moi. Deux fœtus, dans deux poches. Je les ai vus, et j'ai juré comme un charretier – tu m'aurais probablement frappé si tu avais été là. Mia a hurlé qu'elle allait exploser, et même si le gynéco a essayé de la rassurer en lui expliquant que son corps était prêt à supporter la grossesse de jumeaux, elle n'avait pas l'air convaincue.

Mais sa seconde réaction a été la plus étonnante. Après qu'elle s'est calmée, elle a demandé au gynéco si, du coup, elle serait obligée d'accoucher par césarienne, dégoûtée.

Quand le médecin lui a répondu que non, pas forcément, à moins qu'elle accouche prématurément ou ait autres problèmes du genre, Mia a lâché le plus long soupir que j'ai jamais entendu. Elle a clamé qu'elle n'avait jamais aimé l'idée de la césarienne, qu'elle préférait accoucher par voie naturelle, et que d'après tous les témoignages qu'elle avait pu lire, il paraissait que c'était ainsi qu'on vivait le mieux l'accouchement. Et qu'elle voulait vivre à fond la mise au monde de ses deux enfants.

Et je suis retombé amoureux d'elle.

J'aurais réellement souhaité que tu sois là pour nous conseiller, car ça n'est pas facile tous les jours. Il nous arrive toujours de douter de notre choix, de nos capacités à être parents. Surtout de deux enfants d'un coup. Je regrette tellement que tu ne sois pas là pour voir tes petits-enfants grandir. Mais je leur parlerai de toi, souvent. Je voudrais qu'ils sachent à quel point leur papa a eu une maman courageuse et extraordinaire.

J'espère être un bon père, car on ne peut pas dire que j'ai eu une figure paternelle particulièrement idéale. Je suis un peu mauvaise langue, car papa fait des efforts depuis ton décès. Beaucoup d'efforts. Et il y a peu de temps, quand je suis descendu à Toulouse pour le voir, on a enfin réussi à parler de toi, ce qu'il n'avait jamais voulu faire. Il m'a conté comment il avait craqué sur toi la première fois que vous vous étiez vus à cette fête universitaire. Comment ensuite, il a ramé pour que tu acceptes de lui accorder un rencard, alors que tu méprisais sa réputation de tombeur. Comment il est tombé follement amoureux de toi, mais qu'il n'arrivait pas à te le montrer. Comment votre relation s'est dégradée après ma naissance inattendue, et comment la communication dans votre couple s'est évaporée petit à petit. Et comment tu l'as largué après avoir appris qu'il t'avait trompée avec la voisine.

Et comment il s'en est voulu de ne pas avoir été à la hauteur. Non seulement pour toi, mais pour moi.

Il n'est pas parfait, mais j'ai fini par accepter l'idée que je devais le prendre comme il est, et que je ne pouvais exiger de lui ce qu'il ne pouvait m'apporter. Il fait ce qu'il peut, mais la vérité est qu'il n'est pas né pour être père. Ce qui ne veut pas dire que moi, je serai un père comme lui. Je sais que ce ne sera pas le cas, car j'ai pris plus de ton côté en ce qui concerne la famille. Je serai différent. Et j'imaginerai tes conseils à chaque coup dur.

J'ai également rendu visite à Seb, lors de ce retour à Toulouse. Il a presque entièrement refait votre maison après que tu nous as quittés, je crois que ça a été sa principale distraction lors du deuil. Il s'en sort bien. Il a beau être barbant à souhait, il n'en est pas moins fort et admirable, spécialement avec moi. Il m'appelle régulièrement, même aujourd'hui alors que cela fait plus de cinq ans et que j'ai eu le temps de me remettre de ta disparition.

Juliette est une ado, à présent. Et je crois que Seb aurait bien besoin de toi pour comprendre ce qui se déroule dans sa tête de jeune femme rebelle. Il m'a raconté qu'il avait vu un mec la peloter, l'autre fois, en allant la chercher au lycée. L'image de sa petite fille adorée a fortement changé, et il m'a même demandé des conseils pour éloigner ce type. J'aurais aimé que tu sois là pour lui faire comprendre que sa fille devrait de toute façon perdre sa vertu un jour ou l'autre. Mais il n'a pas l'air prêt à l'entendre.

Je crois que si j'étais bloqué toutes ces années pour t'écrire cette lettre, c'est que j'attendais que quelque chose de fort *se produise dans ma vie. Or, être sur le point de devenir papa, c'est quelque chose de fort. Tu me manques, maman. Mais il reste une part de toi chez moi, comme il reste une part de toi chez Seb, chez Juliette, chez papa... chez chaque personne que tu as côtoyée. La mort n'a pas suffi à t'arracher à nos cœurs, et je suis persuadé qu'aucune force n'y arrivera jamais. Car tu n'es pas faite pour que l'on t'oublie. Tu es faite pour rester.*

Un gémissement de douleur interrompt ma concentration ainsi que mon écriture, et je relève la tête de mon bout de papier.

— Evan !

Mia, toujours allongée sur le canapé, se tord avec difficulté. Je me précipite à côté d'elle et lui serre la main, ce que je fais à chaque fois pour l'aider à supporter ses contractions.

— Je crois qu'ils arrivent.

Une vague d'angoisse me traverse.

— Quoi ? T'es sûre ?

— Si je te le dis !

Elle gémit à nouveau, alors je m'empresse d'aller chercher son manteau et mes clés de voiture. Je crois que je vais devoir terminer ma lettre à ma mère plus tard.

Nous nous retrouvons à l'hôpital, moi plus stressé que jamais, et Mia plus bruyante que jamais. Une équipe médicale grouille autour de nous : paraît-il que l'accouchement de jumeaux nécessite une plus grande surveillance, alors adieu l'intimité.

Mia me broie la main, et je réprime une grimace en sentant tous mes doigts craquer.

— Evan, et si je n'étais pas assez dilatée ? Si ça ne passait pas ?

— Détends-toi, mon amour. Ça passera, y aura aucun souci. Essaie de penser à autre chose.

— Comment veux-tu que je pense à autre chose alors que deux trucs essaient de sortir par mon vagin ?!

Dit comme ça, c'est sûr que ça paraît difficile.

Finalement, après une série de cris intenses, cette épreuve est enfin terminée. Je caresse les cheveux bruns de Mia, assis à son côté sur son lit, quand une sage-femme vient déposer notre fils désormais lavé sur sa poitrine. Le sourire sur le visage de Mia est tellement éblouissant que je regrette de ne pas avoir pris d'appareil photo. Cet enfant est le plus beau du monde. Je sais que tous les parents disent ça, et que par conséquent ça n'est pas objectif, mais c'est pourtant la vérité.

— Alors, toujours OK pour Milo ? demandé-je doucement.

— Oui, sourit-elle. Ça lui va bien.

Nous sommes vite tombés d'accord sur le prénom de notre petit gars. Étant donné qu'il a été conçu à Milan, on trouvait sympa de faire un rappel.

Je comprends parfaitement le sentiment du père gaga lorsqu'on m'amène ma fille. Je retire ce que j'ai dit tout à l'heure, Milo n'est pas le plus beau bébé du monde, lui et sa sœur arrivent ex æquo. J'ai peur de casser cette petite merveille rien qu'en frôlant sa joue de mon index, elle paraît si fragile.

Un problème se présente maintenant : le prénom de cette merveille. Car Mia et moi n'avons pas trouvé jusqu'ici un prénom qui nous satisfasse tous les deux. Nous avons fini par décider que nous choisirions un prénom sur le vif, le moment venu, quand on la verrait.

Et Mia semble avoir une illumination.

— Que dis-tu de Marie ?

Je la considère, les yeux écarquillés, qui ne tardent pas à se remplir de larmes. Mon cœur tambourine dans ma poitrine. Puis je regarde notre fille, observe ses lèvres rosées, son petit nez rond, et surtout l'expression dans ses yeux, et cela me frappe.

— Pourquoi n'y avons-nous pas pensé plus tôt ?

— Franchement, je ne sais pas.

Je me noie dans les yeux de ma fille, y voyant Mia et ma mère en même temps. Ce prénom est parfait. Et le fait que Mia y ait pensé me rappelle encore une fois à quel point je suis heureux de tout ce que nous avons construit, de tout ce que nous construisons, et de tout ce que nous construirons. Ensemble, maintenant que notre « nous » inclut deux adorables enfants. Maintenant que nous formons une famille.

Je finis par sourire et conclus :

— Va pour Marie.

REMERCIEMENTS

Ça y est, c'est la fin, et la vraie cette fois. Je n'arrive pas à croire que j'écris maintenant les derniers mots de la série *Dans la tête d'une garce*, sur laquelle j'ai travaillé pendant deux longues années. Ces romans regroupent mes doutes, mes peurs, mes réflexions, ma folie, mon humour ; l'évolution de ma mentalité de mes seize à mes dix-huit ans qui, je pense, est visible à travers toutes ces lignes. Ici, je tourne la page de mon adolescence (au sens propre comme au figuré) et c'est une sensation vraiment étrange.

Encore une fois, mille mercis à mes lecteurs d'être présents, toujours derrière moi, quoi qu'il arrive. Vous m'avez aidée dans l'écriture de ce tome que je nommais « le livre de tous les défis » quand je le publiais sur Wattpad et, sans vos retours, je suis sûre que le résultat n'aurait pas été le même. J'ai exploré des horizons plus risqués dans ce second livre que dans le premier et, vos conseils comme vos encouragements m'ont clairement remotivée à chaque phase difficile que je rencontrais.

Maman, toi qui as lu ce tome 2 au fur et à mesure de son écriture, je suis si heureuse qu'il t'ait plu (et de t'avoir fait pleurer, bien sûr). Contrairement à Evan, j'ai la chance de t'avoir avec moi pour vivre cette folle aventure, et je suis ravie qu'on puisse la partager. Papa, toi qui es si différent des pères décrits dans ce livre, voir la fierté dans tes yeux est la plus belle des récompenses. Merci d'être des parents si géniaux.

Merci également à tous mes proches, à tous ceux qui ont participé de près ou de loin à l'aboutissement de ces projets, vos encouragements n'ont rendu cette aventure que plus belle.

Et enfin, comment pourrais-je ne pas remercier l'équipe d'Hachette Romans ? Merci à vous tous pour m'avoir donné ma chance. Chaque jour a été plus beau que le précédent et cette expérience est certainement la plus enrichissante que j'ai vécue jusqu'à présent. Une mention spéciale à Isabel et Louise, avec qui j'ai été en contact direct durant ces derniers mois, et qui ont su me mettre en confiance à chaque étape.

J'ai créé Mia, Evan et les autres, mais c'est vous tous, chers lecteurs, qui les avez fait vivre, et je vous en suis infiniment reconnaissante ! J'ose espérer qu'ils ont une petite place dans vos cœurs, sachant qu'ils occupent une grande place dans le mien.

Laurène

Le Livre de Poche s'engage pour l'environnement en réduisant l'empreinte carbone de ses livres. Celle de cet exemplaire est de : **300 g éq. CO₂** Rendez-vous sur www.livredepoche-durable.fr

PAPIER À BASE DE FIBRES CERTIFIÉES

« Pour l'éditeur, le principe est d'utiliser des papiers composés de fibres naturelles, renouvelables, recyclables et fabriquées à partir de bois issus de forêts qui adoptent un système d'aménagement durable. En outre, l'éditeur attend de ses fournisseurs de papier qu'ils s'inscrivent dans une démarche de certification environnementale reconnue. »

Édité par la Librairie Générale Française – LPJ
(58, rue Jean Bleuzen, 92170 Vanves)

Composition Nord Compo
Achevé d'imprimer en Espagne par Liberdúplex
Dépôt légal 1re publication : août 2019
73.7238.5/ 02 – ISBN : 978-2-01-786840-8
Loi n° 49-956 du 16 juillet 1949 sur les publications destinées à la jeunesse
Achevé d'imprimer : février 2020